FERNANDO S. LLOBERA

Der neunte Höllenkreis

Buch

Sebastião Silveira, Professor für Anthropologie in London, ist auf das Verhalten von Massenmördern spezialisiert und hat die Polizei bei der Aufklärung von Verbrechen bereits häufig unterstützt. Doch als er wegen eines unerwarteten Todesfalls in seine Geburtsstadt Madrid reist, ist er persönlich betroffen: Sein ehemaliger Schulfreund Juan, ein leidenschaftlicher Spieler, ist brutal ermordet worden. Bei der Leiche finden sich Spuren eines Medikaments für Diabetiker und ein seltsames Schreiben, das sich wie das Bekenntnis eines Selbstmörders liest. Schon ist Sebastião in die Aufklärung des mysteriösen Falls verwickelt, zusammen mit einem spanischen Geheimagenten und der höchst attraktiven Kommissarin Beatriz Puerto. Auch bei zwei weiteren grausam Ermordeten findet man kryptische Selbstmörderbekenntnisse und Spuren des Blutzuckermittels. Ein Serienkiller? Doch nach welchem Muster sucht er seine Opfer aus, und wer steht als Nächstes auf seiner Liste? Durch Zufall stößt Sebastião auf den dubiosen Club »Die Freunde von Cambridge«, dem einst auch sein Vater angehörte. Dieser Kreis Intellektueller beschäftigt sich mit Dante, dem Schöpfer der *Göttlichen Komödie*. Und plötzlich erkennt Sebastião ein Muster in den Serienmorden. Doch er ahnt nicht, dass er auch den Schatten seiner dunklen Vergangenheit begegnen und in höchste Lebensgefahr geraten wird ...

Autor

Fernando S. Llobera, geboren 1965 in Madrid, hat auf drei Kontinenten gelebt. Er arbeitet als Luftfahrtingenieur und Experte für Informationstechnik an der Universität von New York. *Im neunten Höllenkreis* ist sein erster Roman.

Fernando S. Llobera

Der neunte Höllenkreis

Roman

Aus dem Spanischen von
Matthias D. Borgmann

blanvalet

Die spanische Originalausgabe erschien 2005
unter dem Titel »El noveno círculo«
bei Editorial Planeta, Barcelona.

FSC
Mix
Produktgruppe aus vorbildlich
bewirtschafteten Wäldern und
anderen kontrollierten Herkünften

Zert.-Nr. SGS-COC-1940
www.fsc.org
© 1996 Forest Stewardship Council

Verlagsgruppe Random House FSC-DEU-0100
Das für dieses Buch verwendete FSC-zertifizierte Papier
Holmen Book Cream
liefert Holmen Paper, Hallstavik, Schweden.

1. Auflage
Taschenbuchausgabe Juni 2009 bei Blanvalet,
einem Unternehmen der Verlagsgruppe
Random House GmbH, München.

Umschlaggestaltung: HildenDesign, München,
unter Verwendung eines Motivs von
© Villedieu Christophe / shutterstock
Redaktion: Peter Kultzen
LW · Herstellung: RF
Satz: Buch-Werkstatt GmbH, Bad Aibling
Druck und Bindung: GGP Media GmbH, Pößneck
Printed in Germany
ISBN: 978-3-442-36788-7

www.blanvalet.de

Meinen Eltern

»Nein, wenn auch hundert Zungen ich hätt'
und hundert der Kehlen,
Eiserne Stimm', nie könnt' ich sie all' umfassen die Frevel.«

VERGIL

Prolog

»Lasst, die ihr eingeht, jede Hoffnung fahren!«

Karfreitag, 29. März

Die Nacht von Gründonnerstag auf Karfreitag, in der er durch Steinigung ermordet werden sollte, hatte für Juan Alacena bereits ausgesprochen schlecht begonnen.

Denn egal, wofür man sie ausgibt, sind fünfzehntausend Euro eine Menge Geld. Eine solche Summe zu verlieren, ist nie eine Bagatelle; sie noch dazu am Roulettetisch zu verlieren, im Bewusstsein, dass man sich den Luxus nicht erlauben kann, darüber mit Leichtigkeit zu verfügen, kommt einer Katastrophe gleich. Juan benötigte das Geld tatsächlich für andere Dinge, statt es einfach so zu verschleudern.

»Das ist ja Wahnsinn!«, sagte er sich, schob den unbequemen Stuhl zurück und machte sich daran, den Tisch zu verlassen, an dem er während der letzten zwei Stunden gespielt hatte.

»*Wahnsinn …*« Einige Schweißperlen standen ihm auf der Stirn, kaum zu erkennen, als ob der Anstand es ihm verböte, seine Nervosität zur Schau zu stellen. Aber unter den Achseln war sein Hemd durchnässt.

Wie jeder richtige Spielsüchtige war er sich des Ausmaßes seiner Verluste in jener Nacht genau bewusst; niemand hätte sie ihm vorzurechnen brauchen. Das Geld war weg – ebenso wie der Kredit, den ihm das Casino noch zugestanden hatte –, vorbei war der Rausch der zwei oder drei Momente, in denen er fantastischen Gewinnen nahe gekommen war, die ihn noch viel reicher gemacht hätten, als er es je gehofft hatte; der Adrenalinspiegel in seinem Körper war wieder gesunken, und stattdessen überkam ihn ein Gefühl des Grauens darüber, was er wieder getan hatte.

Nicht ohne Sarkasmus (den er sofort verdrängte) dachte er, dass sich fünfzehntausend Euro doch nach weniger anhörten als *zweieinhalb Millionen Peseten.* Vielleicht könnte er es ja auf diese Weise vorbringen, und so würde der Verlust geringer erscheinen. Er zuckte die Achseln, ließ die rechte Hand in der Tasche seines Anzugs verschwinden und befühlte einige Münzen. Er überlegte, ob er alles auf die Fünfzehn setzen sollte, entschied sich aber schließlich dafür, es bleiben zu lassen: Er würde die Münzen als Trinkgeld an der Garderobe hinterlegen. Vor allem musste man als ein Gentleman erscheinen.

Und so verließ Juan Alacena am Karfreitag, dem 29. März, um 3.16 Uhr das Casino von Madrid.

Ohne nochmals stehen zu bleiben, ging er durch die große Glastür nach draußen und lief die Vortreppe hinunter. Es war klirrend kalt. Er merkte, wie sein Hemd, das bis dahin schweißnass gewesen war, vor Kälte starr wurde, und er presste den Kragen seines Mantels gegen den Hals. Ein Parkwächter kam auf ihn zu und fragte nach dem Parkschein, aber Juan schüttelte eilig den Kopf und lief weiter. Er ließ niemals jemanden an sein Auto heran; von Natur aus misstrauisch, war ihm der Gedanke unerträglich, dass jemand in seinen Sachen herumstöbern und entdecken könnte, was er im Inneren seines Wagens liegen hatte.

Gab es etwa nicht viele Halunken unter den Parkwächtern? Bei ihm hätten sie jedenfalls kein Glück.

Außerdem, welches Trinkgeld konnte er ihm schon geben? »*Um Gottes willen*«, durchfuhr es ihn, wie würde er es seinen Eltern beibringen? Sie hatten ihm vertraut, sie hatten ihn während der Therapie bedingungslos unterstützt, während der vielen Stunden, die er beim Psychotherapeuten zugebracht hatte. Sie hatten die Schwierigkeiten akzeptiert und den Verlust von Millionen von Peseten in Kauf genommen, den sein Wunsch nach Heilung nach sich gezogen hatte. Und jetzt das. Wie würde er es ihnen nur sagen? Er musste sich eine Ausrede einfallen lassen und gar nicht erst versuchen, die sowieso nicht zu verheimlichenden Verluste vor ihnen zu verbergen; er musste alles zugeben, sich reumütig zeigen und bereit, wieder mit der Therapie zu beginnen … Aber, verdammt! War es etwa nicht sein Geld? Wessen musste er sich also schämen?

Wutentbrannt nahm er die letzte Stufe und rannte dabei fast ein Paar um, das gerade ankam. Er murmelte eine Entschuldigung und lief weiter.

Nach wenigen Schritten befand sich Juan außerhalb des Sichtbereichs all derer, die ihn, wie er fand, mit anklagender Miene ansahen. Mehrere Scheinwerfer erhellten den Parkplatz ausreichend, damit die Angestellten des Casinos die der Reihe nach geparkten Autos erkennen konnten, aber dahinter wurde es schlagartig finster. Schon bald war Juan Alacena in der Dunkelheit verschwunden.

Er hielt einen Moment inne, orientierungslos. Sein Auto befand sich dort drüben, ein Stück weiter, auf der linken Seite, wenn er sich richtig erinnerte. Er lief langsam weiter, damit sich seine Augen an die stockfinstere Nacht gewöhnen konnten.

Er schnalzte mit der Zunge: Da stand es. Seine Hand

fuhr in die Tasche, er spürte den Autoschlüssel. Dann legte sich seine Stirn in Falten. Ein Schatten, noch dunkler als die Schatten der Nacht? Jemand, der sich völlig lautlos bewegte? Was sollte diese Heimlichtuerei? Strich da etwa ein Ganove herum, der es auf die geparkten Autos abgesehen hatte? Blödsinn! Es handelte sich wahrscheinlich bloß um einen Nachtschwärmer, der kurz vor der Sperrstunde ins Casino gekommen war, um sein Glück zu versuchen.

»Ist da wer?«, fragte er trotzdem, mehr um sich selbst Mut zu machen, als um einen herumstreunenden Autoknacker zu verscheuchen. Nichts bewegte sich.

Verwundert hob er die Schultern und lief nach kurzem Zögern unweigerlich seinem Tod entgegen.

Es ging sehr schnell. Ein brutaler, dumpfer Schlag gegen den Brustkorb ließ ihn schwanken. Er verlor das Gleichgewicht, taumelte und fiel schließlich auf die Kühlerhaube eines Fahrzeugs.

»Was …?«, brachte er noch heraus, bis ihn ein Spray blendete und seine Kehle austrocknete, ihm den Atem nahm, während der ätzende Geschmack eines giftigen Gases sich in seinem Mund ausbreitete.

Hoch konzentriertes Pfefferspray besitzt aus wissenschaftlicher Sicht eine interessante, für den Organismus allerdings unerträgliche Wirkung. Sobald es mit der Hirnhaut und den weichen Gewebeteilen des Gaumens und der Speiseröhre in Berührung kommt, trocknet es die betroffene Zone brutal aus und führt zu unmittelbaren Verbrennungen, Orientierungslosigkeit und Schwindel. Dieser Prozess braucht nur eine Sekunde, um seine Wirkung zu entfalten, aber die Folgen einer einzigen kurzen Anwendung auf Nase und Mund sind äußerst schmerzhaft und setzen den Organismus außer Gefecht. Das Gas reizt den Kehlkopf, als wäre er mit einem Reibeisen bearbeitet worden, trocknet die Schleimhäute aus und löst eine heftige

Kontraktion der gesamten Halsmuskulatur aus, in einem Krampf, der den Atmungsprozess unterbricht; doch noch davor dringt es in die beiden oberen Lungenbläschen ein und führt dort zu grausamen Verwüstungen.

Juan hörte nicht mehr, wie die Wagentür geöffnet wurde, aber inmitten der schrecklichen Schmerzen und der Verwirrung, die die Blendung in ihm ausgelöst hatte, fühlte er, dass er ins Innere gezerrt wurde, wo man ihn an den Haaren zog und so dazu zwang, sich auf den Rücksitz zu legen.

Einige Sekunden später riss ihm sein Angreifer vom Vordersitz aus die Hände vom Gesicht, hielt sie mit einer Hand fest und fesselte sie mit der anderen an die Metallverankerung des Sitzes.

Dann startete der Mann den Motor des Fahrzeugs und verließ langsam den Parkplatz.

Es vergingen mehrere Minuten, bis Juan sich etwas besser fühlte. Beim Luftholen schmeckte es nun nicht mehr so stark nach dem ätzenden Gas, das ihm Rachen und Lungen ausgetrocknet hatte, und es kam ihm so vor, als begänne er Schatten und, leicht verschwommen, auch Lichter zu unterscheiden.

»O Gott!«, flüsterte er flehend. »Was ist das? Wer sind Sie?«

Der Fahrer drehte sich nicht um, er antwortete auch nicht, sondern fuhr weiter, als wäre nichts geschehen. Juan versuchte sich aufzurichten, aber die Fesseln verhinderten jede Bewegung und zwangen seine Armgelenke auf den Boden. Er nahm die Umrisse anderer Fahrzeuge wahr, die den Wagen überholten, und durch den oberen Teil der Scheibe konnte er das eine oder andere Bürogebäude erkennen, das in Windeseile vorüberzog. Er vermutete, dass sie auf der Autobahn nach La Coruña in Richtung Stadtzentrum fuhren.

»Hilfe …!«, schrie Juan.

Als er die Nutzlosigkeit seines Flehens begriffen hatte, schwieg er. Er versuchte sich zu beruhigen und nachzudenken. Es musste irgendeine Möglichkeit geben, aus dieser Hölle zu entkommen. Juan rutschte auf dem Sitz hin und her und winkelte ein Bein so weit an, dass er der Wagentür mit aller Kraft einen Stoß versetzen konnte. Aber er war zu schwach und das Fahrzeug zu solide. *»Deutsches Fabrikat«*, dachte er albernerweise; normalerweise hätte er über seinen Einfall gelacht, aber der Schreck saß zu tief. Er stieß nochmals gegen die Tür.

»So helfen Sie mir doch!«, rief er mit nachlassenden Kräften.

Der Fahrer drehte sich um und warf ihm einen finsteren Blick zu. Dann riss er das Steuer herum und nahm die Abzweigung Las Matas in Richtung *El Escorial.*

»Was zum Teufel tun Sie da? Sind Sie wahnsinnig?«, schrie Juan.

Der Fahrer hatte Gas gegeben, und sie legten jetzt mit hoher Geschwindigkeit einen Kilometer nach dem anderen zurück. Was geschah nur mit ihm? Eine ETA-Entführung, oder vielleicht irgendein Irrer auf der Suche nach dem scheinbar schnellen Geld? Hatte es etwas mit seinem Job zu tun? Nein, sein Posten war nicht so wichtig. Ihm kam die Entführung eines Mädchens in den Sinn, das beim Joggen durch ihre Wohnanlage gekidnappt worden war; man hatte sie getötet, noch bevor man das Lösegeld eingefordert hatte. Während eines flüchtigen Augenblicks dachte er, das Ganze könne etwas mit seinen Aktivitäten in dieser Nacht zu tun haben, doch das erschien ihm unwahrscheinlich.

»Hören Sie, ich weiß zwar nicht, wer Sie sind, aber können Sie nicht einen Moment den Wagen anhalten? *Wenn …«*, er zögerte, »wenn Sie mir sagen, was Sie von mir wollen …« Dabei beließ er es. Es gab keine Antwort. Er begann die Kontrolle zu verlieren.

»Ruhig Blut, Juan!«, sagte er sich. »Es muss doch irgendeine Erklärung, irgendeinen Grund hinter diesem Wahnsinn geben.«

»Scheiße …!« Er sah sich um, suchte nach etwas, womit er sich befreien konnte, oder das Fenster einschlagen – oder den Schädel des Idioten da vorne. Doch hier gab es nicht einmal eine Stecknadel. Kurze Zeit später bog das Fahrzeug ab und bremste scharf. Juan knallte gegen den Vordersitz. Der Fahrer stieg aus dem Wagen und schloss bei halb geöffnetem Fenster die Tür hinter sich zu. Es war völlig dunkel, und Juan konnte die Umrisse des Mannes kaum erkennen. Juan lag regungslos da, aber er ließ den Typen nicht einen Augenblick aus den Augen. Dann sah er mit Grauen, wie dieser erneut die Hand durch die Scheibe streckte und ein Finger in einem weißen Latexhandschuh den Sprühknopf der Spraydose drückte.

Juan erinnerte sich wieder an das Gefühl und begann zu schreien.

– 1 –

»Noch nirgend war die Schar so groß wie dort.
Laut heulend kamen sie von beiden Enden
Und wälzten Lasten mit den Brüsten fort.«

Samstag, 30. März

Sebastião pflegte zu sagen, man könne nicht aus der Stadt des Todes zurückkehren, ohne Tränen vergossen zu haben. Denn wenn sich jemand darauf einließ, gegen einen Mörder zu kämpfen, tauchte er letztlich in die schäbige Seite des Lebens ein.

Der *Portugiese*, wie ihn einige seiner Freunde nannten, erreichte Madrid mit dem Frühflug und fuhr anschließend direkt zum Almudena-Friedhof im Osten der Stadt. Das Taxi brachte ihn zum Eingang; zwischen Gräbern und Mausoleen folgte er der Hauptallee, die zum modernen Teil führte. In Madrid wehte an diesem Märzmorgen ein eisiger Wind, und der Himmel war trüb, so als klammerte sich der Winter an die letzte Gelegenheit, noch einmal einen richtigen Sturm aufzubieten. Sebastião trug einen langen Regenmantel, und in der rechten Hand hielt er eine Reisetasche, die kaum Gewicht zu haben schien.

Sebastiãos portugiesische Gene hatten ihm eine Hautfarbe verliehen, die ihn das ganze Jahr über sonnengebräunt wirken ließ. Er war einen Kopf größer als die meisten Menschen, und an Orten, wo es sehr laut war, musste er sich immer bücken, um seine Gesprächspartner zu verstehen. Er lief gerade durch einen Zypressenhain, als er auf einen Mann mittleren Alters stieß, der offenbar die Uniform der städtischen Behörden trug.

»Entschuldigen Sie«, sagte Sebastião. »Ich möchte zu einer Beerdigung – Familie *Alacena …?*«

Der Mann zuckte mit den Schultern.

»Hier gibt es viele Beerdigungen.« Er lächelte verlegen über die Albernheit seiner Bemerkung. »Ist wahrscheinlich da drüben.« Er deutete mit dem Arm in eine bestimmte Richtung.

Sebastião bedankte sich und setzte seinen Weg fort. Seit acht Jahren war er nicht mehr auf diesem Friedhof gewesen, seit dem Tod seines Vaters; aber er erinnerte sich nur allzu gut an den Geruch verwelkter Blumen, an die feuchte Wintererde, das Grau der Grabsteine und die Kälte, die die Seele bedrückte.

Einige der Wege, der Eingangsbereich und der Parkplatz waren ihm ins Gedächtnis gebrannt, als wären statt Jahren nur Stunden vergangen. Manchmal drängten ihn seine Gewissensbisse, das Grab seines Vaters aufzusuchen, aber dann geschah immer in der letzten Minute etwas, was es verhinderte.

Er blieb stehen, sah sich um und seufzte. Erinnerungen stiegen in ihm auf. Der Weg auf der rechten Seite, fünfzig oder sechzig Meter weiter vorne, dort hatte die Beerdigung seines Vaters stattgefunden – dieses Jahr im Februar war es acht Jahre her. Er schloss die Augen und spürte den Schmerz einer gescheiterten Beziehung. Er wehrte sich gegen die Schuldgefühle, aber die Ungewissheit darüber, dass er sich vielleicht mehr um die Klärung der Angelegenheiten zwischen ihnen hätte kümmern können, plagte ihn. Er erinnerte sich daran, wie sein Vater und er sich nach dem Tod seiner Mutter immer mehr auseinandergelebt hatten, bis sie wie Fremde füreinander gewesen waren. Er hatte sich oft gefragt, ob er tatsächlich alles getan hatte, um ihre Beziehung aufrechtzuerhalten. Niemals würde er diese Sorge loswerden. Er versuchte die trüben Gedanken zu verscheuchen und lief weiter.

Nach wenigen Minuten machte er eine größere Gruppe Menschen aus und ging auf diese zu. Der Vater des Toten war zwar ein bekannter Mann, dennoch überraschte Sebastião die Menge an Leuten, die um die Familie versammelt waren. Er erkannte einige Gesichter, ernste Mienen, einige hinter dunklen Brillengläsern versteckt, obwohl die Sonne nicht schien.

Der Pater sprach, und Sebastião versuchte sich auf seine Worte zu konzentrieren, um den bitteren Erinnerungen auszuweichen. Er blieb etwas abseits der Menge stehen.

Das Responsorium dauerte vierzig Minuten und endete mit einem makabren Ritual, das, wie Sebastião schien, nur in Spanien zelebriert wurde. Zwei Männer in blauem Overall stellten sich zu beiden Seiten des Sarges auf und hoben ihn mühsam in die Höhe. Dann bedienten sie sich robuster Stricke und ließen den Sarg, indem sie sich wie bei einem Möbeltransport Anweisungen zuriefen, in die Grube hinab, bis er mit einem dumpfen Geräusch auf dem Grund aufschlug. Mit ziemlicher Sicherheit gab es eine reinere, christlichere Formel, einen Sarg in die Erde hinunterzulassen. Oder zumindest eine modernere.

Die Versammelten begannen sich zu zerstreuen, doch Sebastião blieb wie angewurzelt an seinem Platz stehen. Die Erinnerung an eine andere Beerdigung spukte ihm durch den Kopf. Er hatte sich seither immer wieder gefragt, ob er sich schuldig fühlen solle, weil er damals nicht um seinen Vater geweint hatte.

»Sebastião …« Die Stimme kam von rechts. Er drehte

sich um, schaute auf und lächelte, als er Horacio Patakiola sah. Ferne Erinnerungen kamen ihm ins Gedächtnis, manche davon angenehm, andere dagegen weniger.

»Schön, dich zu sehen, Horacio.«

»Man hat mir gesagt, du würdest kommen, aber ich habe es nicht geglaubt. Ich freue mich auch.«

Horacio war ein Mann von ungefähr siebzig Jahren, der aus jeder einzelnen Pore Vitalität verströmte. Seine Augen, intelligent und stets hellwach, bewegten sich lebhaft und erforschten ständig alles, was um ihn herum war. Er hatte dichtes weißes Haar, das ihm eine Aura von Vornehmheit verlieh, die ihm zweifellos zustand. Er war groß und hielt sich dank seiner intensiven intellektuellen Aktivitäten jung. Er war ein Onkel zweiten Grades, ein Vetter seiner Mutter.

Sebastião gab ihm die Hand und schüttelte sie mit festem Händedruck.

»Es ist furchtbar ...«, sagte Sebastião mit einer kurzen Geste Richtung Grab. »Gestern rief mich ein Freund an, der mir die Nachricht übermittelte; da habe ich die Gelegenheit genutzt, weil ich nächste Woche hier in Madrid einen Vortrag halte. In Wahrheit habe ich die Reise einfach ein paar Tage vorverlegt.«

Horacio bewegte wie abwesend den Kopf, als hätte er seinen Worten gar nicht zugehört.

»Es hat uns allen die Sprache verschlagen, es hat uns aus der Fassung gebracht. Es geschah am Donnerstag, spätnachts. Man meint immer, dass man vor einer solchen Art von Gewalt gefeit ist, dass solche Grausamkeiten in unseren Kreisen nicht vorkommen. Und ...« Er schüttelte wieder den Kopf und sah gleich darauf nach oben.

Der bleierne Himmel versprach Regen, und es war ein lästiger Wind aufgekommen, der das trockene Laub von einer Seite auf die andere wehte. Sebastião wickelte sich den

Schal um den Hals und versuchte sich daran zu erinnern, wann er Juan zum letzten Mal gesehen hatte. Er hatte ihn als kleinen Jungen in Erinnerung, beim Fußballspielen auf dem Schulhof, auf einem Sandplatz. Nach den Spielen hatten sie immer die Haare und Schuhe voller Steinchen, das Hemd verschwitzt, und nur wenig Lust, wieder in den Unterricht zurückzukehren. Juan war in derselben Jahrgangsstufe gewesen, aber nicht in derselben Klasse. Später hatte er den Kontakt zu Sebastião verloren, als dieser Madrid verließ und zum Studieren und später zum Arbeiten ins Ausland ging; aber er war meistens mit von der Partie gewesen, wenn der Portugiese sich während seiner seltenen Aufenthalte in Spanien mit Freunden traf. Juan war etwas mehr als nur ein Bekannter gewesen, aber weniger als ein Freund.

Ihre Eltern dagegen hatten über die Jahre hinweg eine enge Verbindung gehabt. Juan Alacena war für ihn deshalb vor allem der Sohn eines guten Freundes seines Vaters und seines Onkels Horacio.

»Sebastião!« Ein Mann kam auf ihn zu und nahm ihn beim Arm.

»Don Claudio, Sie wissen gar nicht, wie sehr ich das Geschehene bedauere.«

»Es war furchtbar …« Der Mann drehte sich um und blickte zu einer älteren Dame, die am Arm einer etwas jüngeren davonging. »Seine Mutter ist am Boden zerstört.«

Was konnte er Juans Vater schon sagen, ohne dass es sich leer und künstlich anhörte? Seit er klein war, hatte er Don Claudio als einen Ausbund an Kräften in Erinnerung, als einen durchtrainierten Mann und guten Sportler. Doch die Jahre und die jüngsten Ereignisse waren nicht spurlos an ihm vorübergegangen. Er trug Hut, Handschuhe und einen langen, dunklen Überzieher, der ihm bis zu den Schuhen reichte. Er hatte blasse Haut, was ihm, verstärkt durch seine feuchten und ein wenig trüben Augen, ein kränkliches Aussehen verlieh. Man wird sich seines eigenen Alters erst bewusst, wenn man den unerbittlichen Gang der Zeit an den anderen wahrnimmt, dachte Sebastião.

»Ich muss dich um etwas bitten, Sebastião …«

»Selbstverständlich, Don Claudio.«

»Du musst wissen, die Polizei erzählt uns überhaupt nichts.« Er fuchtelte mit den Händen durch die Luft und fügte dann hinzu: »Unbestimmtes Zeug, lauter oberflächliche Informationen, aber sie wollen uns nicht sagen, was tatsächlich vorgefallen ist. Gestern waren wir den ganzen Tag auf dem Kommissariat und danach in der Gerichtsmedizin, bis sie uns endlich den armen Juan überließen.« Don Claudio machte eine zornige Geste: »Sie erzählen uns nichts!«

Sebastião sah Horacio an, der die Lippen zusammenkniff.

»Wir müssen die Wahrheit erfahren – du verstehst mich, oder? Um unseren Seelenfrieden zu finden.« Er sah Sebastião entschlossen an: »Du hast doch Kontakte zur Polizei, bitte hilf uns!«

Das traf ihn völlig unerwartet.

»Uff …, das ist nicht so einfach, Don Claudio. Ich lebe schon seit ein paar Jahren nicht mehr in Madrid und habe kaum noch Kontakte in die Abteilungen. Wenn die Polizei nichts rausrückt, was könnte ich da schon tun?« Er fühlte sich unbehaglich, trat einen halben Schritt zurück, um einen gewissen Abstand zwischen ihnen herzustellen.

»Offiziell kannst du wenig machen, ist mir schon klar«, gestand Don Claudio ein. »Aber du hast mit ihnen zusammengearbeitet, und einem Freund hilft man normalerweise. Ich verlange ja nicht, dass du dich richtig in die Angelegenheit einmischst, aber was immer du herausfinden kannst, es würde uns helfen, das Unglück zu verstehen. Warum Juan? Warum sagt uns niemand etwas? Wie lange werden sie uns noch im Ungewissen lassen?«

»Es ist ja erst zwei Tage her seit ...« – Sebastião zögerte, er war sich der Härte seiner eigenen Worte bewusst – »... seit Juans Tod. Heute ist Samstag, Don Claudio. Ich denke, Sie sollten noch ein paar Tage warten, bis die Ermittler ihre Ergebnisse zusammengestellt haben und Ihnen konkrete Fakten vorlegen können. Lassen Sie die Polizei ihre Arbeit machen, sicherlich erhalten Sie bald Nachricht.«

»Ich weiß ..., aber bitte rede mit irgendwem und teile uns mit, was immer du herausbekommst.« Don Claudio lenkte seinen Blick auf der Suche nach einem Verbündeten zu Horacio, bevor er wieder Sebastião ansah. »Du warst Juans Freund, und das Einzige, was wir wollen, ist ein ruhiges Gewissen. Ich flehe dich an, Sebastião!«

Der Portugiese zuckte die Achseln.

»Das klingt einfacher, als es ist, Don Claudio. Aber ich werde tun, was ich kann.«

Don Claudios Miene spiegelte die Anspannung der vergangenen Stunden wider, doch jetzt schien er ein wenig Hoffnung zu schöpfen.

»Ich danke dir, wirklich, in meinem Namen und in dem meiner Frau. Es wird ein Trost für sie sein, zu wissen, dass du hier bist.«

Dann verschwand Don Claudio, ohne ein weiteres Wort zu verlieren, und ließ Sebastião und Horacio erstaunt zurück.

»Glaubst du, dass du ihnen helfen kannst?«, fragte Horacio.

»Schwierig. Ich bin schon zu lange nicht mehr in Madrid gewesen, höchstwahrscheinlich lässt man mich nicht einmal vor. Die Ermittler werden nicht gerade begeistert davon sein, dass ich in ihrem Territorium schnüffle.«

»Ich mag mich ja nicht einmischen, aber ich bin überzeugt, dass sie dir etwas verraten werden. Dein Ruf eilt dir voraus, und außerdem bist du noch nicht so lange aus den Kreisen heraus. Jedenfalls gebe ich Claudio Recht: Es ist unerhört, dass ihnen niemand etwas sagt.«

Sebastião ließ den Blick in die unmittelbare Umgebung schweifen, über Grabsteine und gepflasterte Wege hinweg. Die neueste Mode, Duos oder klassische Streichquartette für Beerdigungen zu engagieren, trug zwischen den einzelnen Windstößen gedämpfte Musikfragmente zu ihnen herüber. Die Menschen verließen langsamen Schrittes den Ort, einige mit verschränkten Armen, andere mit leiser Stimme, in kleinen Gruppen.

»Wie lange bleibst du in Madrid?«, wollte Horacio wissen.

»Bis Dienstag. Ich sagte dir ja schon, dass ich am Montagabend einen Vortrag halten muss. Zu wenig Zeit, fürchte ich, um Don Claudio zu helfen.«

Horacio blies zum Zeichen der Resignation die Backen auf und verharrte einige Sekunden in Schweigen gehüllt. Dann sagte er mit fragender Geste zu ihm: »Einige alte Freunde deines Vaters sind mit mir hergekommen …«

»Horacio, ich …«

»Schon gut, mach dir keine Sorgen«, sagte er und klopfte ihm sanft auf die Schulter. »Es ist Zeit zu gehen, du hast ja meine Telefonnummer. Melde dich einfach.«

Sebastião lächelte und nickte, im Bewusstsein, dass er nicht anrufen würde. Irgendwo waren die Glockenschläge einer Uhr zu hören, und ein Schwarm Tauben flatterte davon, während sich Sebastião langsam dem Ausgang näherte.

Der Almudena-Friedhof liegt im Osten der Stadt. Sebastião verließ ihn um halb eins durchs Haupttor und machte sich, während er sich seinen Schal um den Hals wickelte, auf den Weg zu einem in der Nähe gelegenen Taxistand. Es schien, als würde es von Minute zu Minute kälter, und es begann zu nieseln. Sein Blick fiel auf eine jener digitalen Uhren, die man überall in Madrid auf Plätzen und Straßenkreuzungen findet, und er wartete, bis sie die Temperatur anzeigte: Zwei Grad Celsius! »Ist ja wie in London …«, dachte er.

Er winkte eines der Taxis heran, und während er Platz nahm, bat er den Fahrer, ihn ins Zentrum zu bringen. Der Wagen fuhr zunächst die Avenida de Daroca hinunter. Sebastião sah sich um, bemüht, nicht an das zu denken, was vor wenigen Minuten geschehen war, sondern durch die Scheibe die Umgebung zu erforschen, wobei er sich an bekannte Straßen und Plätze zu erinnern versuchte. Wie immer, wenn es in Madrid regnet, und obwohl zahlreiche Madrilenen wegen der Feiertage aus der Stadt geflohen waren, hatte sich ein unerwarteter Stau gebildet. Ein Verkehrswächter, in einen phosphoreszierenden Regenmantel gehüllt, bemühte sich – der allgemeinen Legende über diese Berufssparte zum Trotz –, die Situation unter Kontrolle zu bringen.

Sebastião schloss die Augen und ließ sich von den Bewegungen des Autos treiben. Seine Gedanken kehrten zum Friedhof zurück.

Juan Alacena war der Sohn eines der besten Freunde seines verstorbenen Vaters; er hatte Juan als Kind kennengelernt, über sein Leben als Erwachsener wusste er allerdings so gut wie nichts. Von den spärlichen Momenten, in denen sie sich in den vergangenen Jahren gesehen hatten, war er ihm als sympathischer Lebemann in Erinnerung, mit geringer Neigung zur Verantwortung; ein Bummler, der gern den Frauen nachstieg und nie vernünftig zu werden schien.

Ganz anders Juans Vater, ein bekannter Unternehmer, inzwischen kurz vor seiner Pensionierung, brillant, ein Erfolgsmensch und fest im letzten Jahrhundert verwurzelt. Es war verständlich, dass ein Mann wie Don Claudio, der an Autoritäten gewöhnt war, an dem wenig entgegenkommenden Verhalten der Ermittler verzweifeln musste. Diese waren vermutlich noch mit den Vorbereitungen zu den Ermittlungen, den gerichtsmedizinischen Untersuchungen und dem Sammeln von Indizien beschäftigt und hatten, so hart dies auch klingen mochte, offenbar nur wenig Zeit für die Familie des Verstorbenen.

Er würde für Juan tun, was er konnte, wohl wissend, dass er Don Claudio damit nicht zufrieden stellen würde. Abgesehen davon, dass Sebastião in seinem Beruf ein respektierter Mann war und sich damit brüsten konnte, dass er unter den Polizisten gute Freunde hatte, würden die Ermittler jedem misstrauen, der im Auftrag der Familie versuchte, ihnen vertrauliche Informationen zu entlocken. Solche Spiele spielte man normalerweise, ohne sich dabei in die Karten sehen zu lassen. Die Angelegenheit stellte sich ihm als ziemlich kompliziert dar, bedachte man, dass er nur wenig Zeit zur Verfügung hatte und sein Terminkalender randvoll war. Er wollte die wenigen Tage seines Madridaufenthaltes dazu nutzen, einige Dinge zu erledigen, die er gewöhnlich immer aufschob, und für den Montagabend hatte er sich dazu verpflichtet, einen Vortrag zum Thema *Suizidtendenz bei Jugendlichen* zu halten, an dem wichtige Experten aus aller Welt teilnahmen.

Das Taxi bremste scharf ab. Sebastião riss die Augen auf, schnaubte und zog dann sein Handy aus der Innentasche seines Anzugs. Er konsultierte die Telefonagenda und wählte eine Nummer.

»Ja bitte …?«

Als er am anderen Ende der Leitung die Stimme seines

alten Freundes hörte, konnte er sich ein Lächeln nicht verkneifen.

»Morantes. Ich bin's, Sebastião.«

Dann herrschte eine Sekunde Schweigen in der Leitung.

»Mensch, Sebastião. Wo steckst du?«

»Ich bin auf Stippvisite in Madrid. Wenn du Zeit hast, lade ich dich auf einen Schluck ein!«

»Aber immer doch. Sag mir wo?«, antwortete sein Gesprächspartner.

Schließlich verabredeten sie sich in einer Bierkneipe im Stadtzentrum, und Sebastião teilte dem Taxifahrer sein neues Ziel mit.

La Ardosa in der Calle Colón war eine von Morantes' Stammkneipen. Nicht etwa, dass sie ein besonderes Flair besessen hätte, sie lag auch nicht in der sehenswertesten Gegend der Stadt, dafür schenkte man dort schlicht und einfach das beste Bier aus, das man im Zentrum von Madrid finden konnte. Das war es, ganz zu schweigen von der exzellenten Kartoffeltortilla mit Zwiebeln. Das Lokal war ziemlich eng, die Wände waren mit Kacheln geschmückt, auf denen Stierkampfszenen abgebildet waren, am Ende befand sich eine Theke voller Zapfhähne und Flaschen, und in der Mitte standen drei wuchtige Holzfässer, die als Tische dienten. Ein paar Barhocker waren alles, was zur Gemütlichkeit und Entspannung der Kunden aufgeboten war. Es war Mittag, als Sebastião in die Kneipe kam. Drinnen stieß er auf Morantes, der gerade dabei war, sein erstes Bier zu leeren.

Er erinnerte sich an ihr erstes Treffen. Damals hatte Morantes ihm seine Karte zugesteckt und gemeint: »Wenn du irgendein Problem hast, dann weißt du, an wen du dich wenden kannst.« Er hatte einmal auf seine Hilfe zurückgegriffen, als er in ein Riesenproblem verwickelt war, und Morantes hatte ihm, wie versprochen, aus der Patsche geholfen.

»Wie geht es dem großen Morantes denn so?« Und ohne ihn zu Wort kommen zu lassen, sagte er: »Wie ich sehe, ausgezeichnet.«

»*Obrigado, meu amigo*«, bedankte sich Morantes auf Portugiesisch und ging auf seinen Freund zu, um ihn zu umarmen. Er hatte eine Essiggurke in der Hand, von der er, während sie sich begrüßten, ein Stück abbeißen wollte.

»Ich sehe, du versuchst nach wie vor, mehrere Dinge gleichzeitig zu erledigen. Und du hältst es nicht eine Minute aus, ohne was zu futtern!«, meinte Sebastião schmunzelnd.

Morantes, fünfzigjährig, nicht sonderlich groß, untersetzte Statur und Glatze im fortgeschrittenen Stadium, arbeitete für den spanischen Geheimdienst, den früheren CESID, dessen Antiterroreinheit er angehörte.

»Du weißt ja, dass Essiggurken mein persönliches Erfolgsgeheimnis sind, und diese hier sind ganz besonders gut. Magst du eine? Oder isst man in England keine Gurken?« Während er dies sagte, drehte er sich zur Theke und bestellte für seinen eben eingetroffenen Freund ein Glas Guinness. »Ich freue mich, dich zu sehen, Professor Silveira!«

»Ich freue mich auch«, erwiderte Sebastião herzlich. »Wie lebt es sich denn so?«

Morantes machte eine theatralische Geste.

»Ach, ich kann nicht klagen. Man schlägt sich so durch.«

Morantes' Frau war vor anderthalb Jahren an Lungenkrebs gestorben. Ihre Agonie hatte sich fast ein Jahr lang hingezogen, bis die Metastasen die Schlacht gegen die Chemotherapie und die Bemühungen der Ärzte gewonnen hatten. Sebastião hatte Sol als außergewöhnliche Frau in Erinnerung, beharrlich und liebenswert, die ihrer Krankheit mit bewundernswertem Mut begegnete. Sie wollte zu Hause sterben, in ihrem Ehebett und mit ihrem Mann an der Seite. Und eines Morgens im Oktober verließ sie ihn, still und leise, und hinterließ eine Lücke, die im Leben derer, die um sie herum waren, nie geschlossen werden konnte.

»Junge, ich finde, du siehst ausgezeichnet aus«, meinte Sebastião.

»Du bist mir so ein portugiesischer *Gentleman*. Was für eine Mischung!« Morantes klopfte ihm auf die Schulter. »Na, erzähl schon, wie lange bleibst du, und weshalb bist du hergekommen?«

»Nur kurz …«, erwiderte Sebastião. »Bis Dienstag.«

»Ich warne dich, meine Schnüfflernase riecht da was Faules. Warum bist du zurückgekommen? Hat es mit einem Fall zu tun?«

»Überhaupt nicht«, erwiderte er.

Sebastião war Professor am University College of London, wo er den Lehrstuhl für Sozialanthropologie bekleidete. Neben seiner Tätigkeit als Dozent arbeitete er häufig mit der Interpol und der englischen Polizei zusammen, er war auf die Erstellung psychosozialer Täterprofile und Verhaltensforschung bei Serienmorden spezialisiert. Seine Beziehung zur Polizei hatte vor mehreren Jahren begonnen, als zahlreiche, besonders blutige Ereignisse London erschütterten. Damals berief die Interpol eine Expertenkommission ein, um die Fälle begleitend zu untersuchen, und man hatte Sebastião als Spezialisten für menschliche Verhaltensweisen dazu eingeladen. Die Kommission erwies sich für die Ermittlungen als ausschlaggebend, sie steuerte psychologische Daten bei und erstellte

Verhaltensmuster, die entscheidend dazu beitrugen, die Bestie zu fassen. Der Job wurde für Sebastião zum Ersatz für ein Privatleben, das ihn nicht mehr befriedigte, und er widmete all seine Energie den Kriminalfällen, an denen er beteiligt war. Vielleicht war deshalb auch seine Ehe in die Brüche gegangen, vielleicht aber auch aus einem anderen Grund. Tatsache war, dass Suzanne ihn eines schönen Tages sitzen ließ, nach einem unterkühlten Gespräch an einem ebenso kühlen Londoner Morgen, in dessen Verlauf sie ihn beschuldigt hatte, nicht genug um ihre Beziehung gekämpft zu haben. Vielleicht.

Von da an wurde seine Mitarbeit bei der Polizei immer häufiger, und er bekam Kontakte zur Abteilung für Verhaltensforschung des FBI und zu verschiedenen europäischen Polizeiabteilungen. Für kurze Zeit arbeitete er auch mit der Terrorismusfahndung in Spanien zusammen, und auf diese Weise war die Beziehung und spätere Freundschaft zu Morantes entstanden.

»Es hat nichts mit Serienmördern zu tun …«, deutete Sebastião an. »Ich bin gekommen, um an einer internationalen Konferenz teilzunehmen und mit ein paar Freunden ein Bierchen zu trinken.«

Morantes hob seinen Krug zum Toast.

»Na dann, herzlich willkommen!«

Sebastião nahm einen Schluck und probierte ein paar gefüllte Oliven.

»Na ja, das ist nur die halbe Wahrheit …«, gestand er. »Offen gesagt, es ist mir nicht angenehm, dich zu belästigen, aber ich brauche deine Hilfe. Eine Kleinigkeit. Einige Informationen über ein Thema, auf das ich heute gestoßen bin.«

»Na, rück schon raus mit der Sprache«, sagte Morantes, nahm noch eine Essiggurke und schob sie sich geradewegs in den Mund.

»Ein Freund, besser gesagt, ein Freund meines Vaters, Claudio Alacena, ein ziemlich wichtiger Typ, hat mich darum gebeten, etwas über einen tragischen Vorfall in seiner Familie herauszufinden: Sein Sohn wurde ermordet, und sie haben keine Ahnung, was wirklich geschehen ist. Es scheint, als möchte die Polizei keine Informationen über den Vorfall herausgeben. Also hat er mich gebeten, meine Beziehungen spielen zu lassen, um für ihn etwas herauszubekommen. Der Mord ist erst vorgestern geschehen, aber du kannst dir ja vorstellen, wie es den Eltern geht. Hast du eine Ahnung, an wen ich mich zwecks Informationen wenden kann?«

Als er zu Ende gesprochen hatte, sah er Morantes' Gesichtsausdruck und machte große Augen.

»Juan Alacena …?«

Sebastião war überrascht.

»Ja, genau. Kennst du ihn?«

»Ein wenig …«, antwortete Morantes und bewegte den Kopf. »Er hat mit uns zusammengearbeitet und ist tatsächlich vor zwei Tagen hopsgegangen! Abgesehen davon, dass es sich um eine Angelegenheit der Polizei handelt, gibt es bei uns eine Reihe von Leuten, die an der Sache dran sind.«

»Was für ein Zufall«, entfuhr es Sebastião. »Juan hat für den spanischen Geheimdienst gearbeitet. Du machst mich sprachlos.«

Morantes machte eine zweideutige Geste, bevor er weitersprach.

»Im Archiv. Sein Posten war nicht operativ und in keinster Weise …« – er zögerte und suchte nach dem passenden Wort – »… *gefährlich,* aber die Chefs werden eben immer nervös, wenn es einen von uns erwischt. Du weißt ja: Die Alten bei uns fangen immer gleich mit ihren Geschichten vom Kalten Krieg und von Spionageaffären an.«

Sein alter Sarkasmus kam wieder zum Vorschein.

»Wer bearbeitet den Fall?«

»Ein paar Leute von der Sicherheit, nicht der Rede wert – ihre einzige Arbeit besteht darin herauszufinden, was die Bullen wissen. Mit denen zu reden, wäre Zeitverschwendung, aber ich kann dich mit der Hilfskommissarin, die den Fall leitet, in Kontakt bringen. Aber da begibst du dich auf heikles Gelände, mein Freund.«

»Was soll ich sagen«, entgegnete Sebastião und machte eine Geste mit der Hand. »Du weißt ja, wie ich bin. Also, was weißt du über das Thema?«

»Nicht viel. Der Junge wurde am Casino von Torrelodones entführt und anschließend auf einem Feld in der Umgebung zerstückelt aufgefunden. Zurzeit gibt es nur wenige Informationen. Auf dem Casinoparkplatz hat man die Stelle gefunden, wo der Entführer den Wagen geparkt hatte, in dem er deinen Freund anschließend verschleppt hat. Die von der Spurensicherung suchen noch nach Hinweisen.« Mit einer Hand führte er den Bierkrug zum Mund, die andere hob er in die Luft, womit er andeuten wollte, dass er mit seinen Ausführungen noch nicht zu Ende war: »Ich habe auch gehört, dass er in jener Nacht ziemlich viel Geld verspielt hat und dass er Stammgast war. Die Ermittler überprüfen wahrscheinlich auch, ob es sich um einen Racheakt gehandelt hat und sonstige undurchsichtige Angelegenheiten.«

»Du gibst nur wenig Konkretes von dir.«

»Das, was mir zu Ohren gekommen ist. Ich bin eben nicht direkt in die Ermittlungen eingebunden, und in meiner Abteilung habe ich genug zu tun, um mich nicht zu langweilen.«

Sebastião trank von seinem Bier und wischte sich mit der Serviette den Schaum von den Lippen.

»Und dein Kontakt?«

Morantes zuckte die Achseln.

»Den Fall bearbeitet eine neue operative Einheit. Die besagte Hilfskommissarin ist schon seit langem mit mir befreundet.«

Sebastião runzelte die Stirn.

»Was für eine Einheit?«

»Die kennst du nicht«, antwortete Morantes. »Eine ganz neue, die über modernste Arbeitsgeräte und Medien verfügt. Jedenfalls kann ich dir nichts versprechen, und ich habe keine Ahnung, ob die in der Lage sind, dir zu helfen. Wenn du willst, verschaffe ich dir ein Rendezvous mit der Hilfskommissarin.«

»Wie ist sie?«

»Ein Engel.«

»Mensch, Morantes. Das meinte ich nicht, du tust, als wäre ich ein hirnloser Macho.«

Morantes schmunzelte.

»Ich weiß schon, mein Junge. Aber du spielst einem nun einmal die Bälle zu, dass es nur so ein Vergnügen ist. Sie ist ein Profi, wie er im Buche steht, und ich würde mich vor ihr nicht blamieren wollen! Aber es hängt in jedem Fall von ihr ab.«

»Schon gut. Tu, was du kannst. Ich bin dir dafür dankbar.«

Nachdem er sich von Morantes verabschiedet hatte, warf sich Sebastião die Reisetasche über und lief die Calle Fuencarral entlang, um etwas Luft zu schnappen und über die Unterhaltung mit seinem Freund nachzudenken.

Morantes hatte ihm gegenüber angedeutet, dass im Inneren *des Hauses*, wie der frühere CESID und jetzige spanische Geheimdienst CNI genannt wurde, ein ziemliches Durcheinander herrschte und die Politisierung äußerst unangenehme Ausmaße angenommen hatte. Die erzwungene Umwandlung des ehemaligen Informationsdienstes für militärische Sicherheit in eine moderne, durch zivile Leiter kontrollierte Kraft – unbarmherzig mit all denen, die dem Wechsel kritisch gegenüberstanden – schuf ein kompliziertes Arbeitsklima. Dazu kamen noch die Probleme und politischen Ungewissheiten im Baskenland und der erst kürzlich, aber umso dramatischer auf den Plan getretene islamische Terrorismus, der auf die Agenten der Antiterroreinheiten und der Spionageabwehr nicht gerade beruhigend wirkte.

Die neue Einheit, von der ihm Morantes erzählt hatte und die nun mit dem Fall befasst war, war ein Versuch, tiefgreifender und mit verbesserten Hilfsmitteln in die neuen Formen und Strukturen des internationalen organisierten Verbrechens vorzudringen. Es schien, als besäßen die Ermittler der Guardia Civil und der spanischen Polizei im Ausland kein ausreichendes Ansehen mehr; anscheinend verlangte die Globalisierung große Veränderungen.

Er lief bis zur Gran Vía. Dort suchte er eine Buchhandlung auf, in der er die folgenden Stunden verbrachte; am Ende erwarb er ein halbes Dutzend Bücher und verstaute sie in seiner Reisetasche.

Fast ohne es zu merken – so versunken war er in seine Gedanken – erreichte er die Plaza Iglesias. Es war schon nach fünf. In Wahrheit hieß der Platz gar nicht so, sein offizieller Name lautete *Plaza del Pintor Sorolla,* aber der Volksmund hatte ihn nun einmal auf diesen Namen getauft. Er blickte die Calle Eloy Gonzalo hinunter und blieb stehen. Ein paar Häuserblocks weiter, und er käme zur Plaza Olavide, wo das alte Wohnhaus seiner Familie stand, in dem er als Kind gelebt hatte und das so viele Erinnerungen – nicht nur angenehme – in ihm wachrief.

Die Plaza Olavide ist ein weiträumiger Platz, nicht nur was den Durchmesser betrifft, sondern auch gemessen am

Abstand zwischen den Gebäuden, die daran grenzen. In gewisser Weise erinnerte sie Sebastião an die Plätze nordspanischer Städte – die viergeschossigen Bauten, die Gitterbalkone voller Blumentöpfe und die in Ocker, Orange und diskretem Blau bemalten Fassaden. Er hatte den Platz viel eleganter in Erinnerung. Die Stadtverwaltung hatte zwei große Zugänge zur Tiefgarage gebaut, die durch Glaswände geschützt waren, die die Halbwüchsigen aus dem Viertel mit Graffiti verziert hatten; daneben waren Sandplätze angelegt worden, auf denen Kinder spielten. Auf der anderen Seite erkannte er zwei Bars, die im Sommer auf ihren Terrassen Bier und mit Paprikawurst gefüllte Tortilla anboten. Er näherte sich langsam seinem alten Hauseingang, wobei er einer Gruppe herumtollender Kinder ausweichen musste – von den wenigen, die über die Feiertage in Madrid geblieben waren. Zweimal stand er kurz davor, sein Vorhaben aufzugeben, aber aus irgendeinem Grund ging er weiter.

»Gott steh mir bei, wenn das nicht Don Sebastião ist!«

Er erkannte die Stimme sofort und drehte sich mit einem Schmunzeln auf den Lippen um.

»Benito, wie geht es Ihnen?« Der Klang dieser Stimme versetzte ihn in seine Vergangenheit zurück.

»Nun, Sie sehen ja – ein paar Jahre mehr auf dem Buckel, aber wir können nicht klagen. So manchem geht es schlechter.«

»Ja, natürlich.« Sebastião schmunzelte.

»Man hat Sie ja schon seit Ewigkeiten nicht mehr hier gesehen. Sind Sie zurückgekommen, um in Madrid zu bleiben?«, erkundigte sich sein Gesprächspartner.

»Nein, nein, ich bleibe nur ein paar Tage.«

Benito war für viele im Viertel eine Institution, vor allem für die Älteren, die ihn noch aus den schwierigen Zeiten Madrids in den Sechzigerjahren kannten. Er war einer der letzten richtigen Nachtwächter gewesen und hatte nichts mit dem gescheiterten und nutzlosen Versuch der Stadtverwaltung vor einigen Jahren zu tun, als man versucht hatte, diese Institution wiederzubeleben. Er war einer jener Nachtwächter mit dem charakteristischen Spieß, der Trillerpfeife und dem großen Schlüsselbund gewesen. Sebastião erinnerte sich noch genau daran, wie er nachts an seinem Elternhaus ankam und Benito ihm die Tür aufschloss; manchmal hatte Sebastião ihn, obwohl er die Schlüssel in der Tasche stecken hatte, sogar durch Händeklatschen herbeigerufen, nur um Benito das obligatorische Trinkgeld zu geben. Einige Jahre später hatte die Hausgemeinschaft den Nachtwächter dazu überreden können, der Portier des Gebäudes zu werden. Das Echo seines Holzstocks auf dem Asphalt war längst verhallt, doch wenigstens lebte Benito weiterhin im Viertel.

»Sie wissen ja, Ihre Wohnung befindet sich in perfektem Zustand …!«

Benitos Tochter putzte sie einmal pro Woche, und Sebastião überwies ihr regelmäßig Geld aus London. Warum ließ er die Wohnung schon so lange leerstehen, warum hatte er sie nicht vermietet? Schon häufig hatte er sich diese Frage gestellt, und ohne dass er sich weder in der einen noch in der anderen Hinsicht darüber klar wurde, hatte er die Frage jedes Mal wieder verdrängt. Ein anderer Grund für seine Reise nach Madrid war der Verkauf der Wohnung gewesen: Das Geld käme ihm nicht ungelegen, und seine Besuche in Spanien waren in den letzten Jahren immer seltener geworden. Es gab keine Entschuldigung dafür, ein kleines Vermögen ungenutzt herumliegen zu lassen.

»Einige Tage bleibe ich schon.«

»Wunderbar!«, rief Benito, große Gebärden machend. »Um das Essen machen Sie sich mal keine Sorgen. Meine

María ist noch immer die beste Köchin von Chamberí und kocht für Sie Essen vor, wann immer Sie es wünschen.«

Sebastião vergrub die Hände in den Taschen.

»Vielen Dank, Benito. Ich freue mich wirklich, Sie wiedergetroffen zu haben. Grüßen Sie Doña María von mir!« Dann machte er sich auf den Weg zum Hauseingang.

»Ah, bevor ich's vergesse …«, rief Benito. »María hat mir vorhin einen Zettel für Sie zugesteckt, für den Fall, dass Sie hier auftauchen würden.« Er kramte in seiner Jacke und zog ein sepiafarbenes Kärtchen hervor. »Das hat vor kurzem ein Herr hier abgegeben.«

Sebastião nahm die Nachricht entgegen. Auf dem Briefkopf stand: DER CAMBRIDGE-KREIS, und auf das Kärtchen war mit breiten Lettern eine Botschaft geschrieben, die aus der Feder seines Onkels Horacio stammte: »Hoffentlich findest du Zeit, uns am Montagabend um acht einen Besuch abzustatten.«

»Der *Cambridge*-Kreis …« Sebastião schmunzelte und blieb mit dem Kärtchen in der Hand einige Sekunden bewegungslos stehen: Jener Philosophen-Zirkel, der in den letzten Lebensjahren die ganze Freude seines Vaters gewesen war. Sechs Gelehrte – Genies, wie einige behaupteten –, die sich zwei- bis dreimal die Woche in einer alten Dachwohnung in der Calle Barquillo trafen, um über Philosophie, Mathematik und Wissenschaft zu plaudern. Und um die Welt zu verbessern – was sonst?

Es war in den Neunzigerjahren gewesen, als Sebastião seinen Wohnsitz kurzfristig von London nach Madrid verlegt hatte, um über die Beziehungen zwischen IRA und ETA zu forschen und neue Wege in der Zusammenarbeit zwischen den Antiterroreinheiten der beiden Länder zu finden. Das Schicksal hatte ihn in die Stadt verschlagen, in der auch sein Vater wohnte, welcher für ihn, seit dem Tod seiner Mutter vor zwanzig Jahren, zu einem Fremden geworden war. Sebastião hatte seinen Vater nie wieder gesehen und in keinem Augenblick die Notwendigkeit verspürt, ihn anzurufen oder sich für sein Leben zu interessieren. Hin und wieder, in nachdenklichen Momenten, wenn Sebastião allein in seinem Zimmer saß und nachdachte, hatte er sich gefragt, ob er sich richtig verhielt. Obwohl er seinen Vater nie besuchte, rief ihn sein Onkel Horacio manchmal an, um ihn zum Mittagessen einzuladen. Dabei führten sie Gespräche, die thematisch penibel abgegrenzt waren und alle Tabus und persönlichen Gefühle ausblendeten. Und doch waren ihre Gespräche niemals kühl oder distanziert. Sebastião vermisste sie, seit er in London lebte.

Ab und zu hatte er in literarischen Zeitschriften oder philosophisch angehauchten Universitätsgazetten eine Anspielung auf den *Cambridge*-Kreis gefunden. Sie waren allerdings noch häufiger gewesen zu der Zeit, als sein Vater seine ersten Bücher veröffentlichte. Niemals hatte er eines davon gekauft. Er ließ die Einladung in der Tasche verschwinden und betrat das Gebäude mit einem Gefühl wachsenden Unbehagens.

Das Gebäude war düster, genau wie er es in Erinnerung hatte – so wie die meisten älteren Häuser in Madrid. Der lange Gang mit den Zimmern auf der rechten Seite hatte sich wie eine Fotografie in sein Gedächtnis gebrannt. Ein persischer Läufer breitete sich über einem braunen Teppichboden aus, und mehrere Lüster verzierten in regelmäßigen Abständen die Wände. Sie fingen an zu leuchten, sobald man einen der schwarzen Schalter anknipste, die aus einem anderen Jahrhundert zu stammen schienen. Sebastião hatte die Wohnung vor acht Jahren nach dem Tod seines Vaters geerbt; er hatte sie seit dreißig Jahren nicht betreten. Seit sein Vater gestorben war, hatte er sich mehrmals in Madrid aufgehalten, immer aus beruflichen Gründen, und er hatte jedes Mal in einem Hotelzimmer übernachtet; er schob seine eigene Bequemlichkeit vor, obwohl in Wirklichkeit andere Gründe dahintersteckten. Doch diesmal würde er seine Unterkunft in Olavide beziehen: Schließlich war es ja seine Wohnung. Und bevor er sie zum Verkauf anbot, musste er sie in Ordnung bringen.

Um die Erbschaftsangelegenheiten und die anderen Dinge seines Vaters hatte sich seinerzeit Horacio gekümmert; eine egoistische und unreife Geste von Sebastião, er hatte immer seine Arbeit vorgeschoben, um diesen Verpflichtungen aus dem Weg zu gehen.

Sebastião blieb im Flur stehen. Er wirkte groß und kalt. An der Wand hing ein riesiger Wandteppich. Darauf konnte man eine römische Jagdszene erkennen: ein Bankett mit Weintrauben, erlegtem Wild, herumliegenden Hunden und glänzenden Waffen. Auf der linken Seite des Flurs gab es eine zweiteilige Schiebetür, die ins Wohnzimmer führte, und rechts befand sich der Gang. Sein Zimmer lag im hinteren Teil der Wohnung, neben den Küchenräumen – der Plural passte bestens, um die gigantischen Zimmer zu beschreiben, drei an der Zahl: das *office*, wie es auf elegante Weise hieß, die Küche und eine große Speisekammer.

Er betrat das Wohnzimmer und blieb in der Mitte des Raums stehen. »Mein Gott!« Es hatte sich nichts verändert. Benitos Tochter hielt die Wohnung sauber, »dass es nur so glänzte«, wie sie zu sagen pflegte. Es war nicht einfach, so plötzlich nach Madrid zurückzukehren, ohne dabei von tausend Details aus der eigenen Vergangenheit überwältigt zu werden, die jetzt wie ein Wirbelwind auf Sebastião einstürmten. Er schloss die Augen und konnte die Stimme seiner Mutter hören, wie sie ihn zum Essen rief, oder wie sie seinen Vater fragte, ob er eine Tasse von jenem grässlichen koffeinfreien Kaffee haben wollte, den sie immer tranken. Er erinnerte sich an die Fernsehnachrichten in dem alten Holzkasten und die Kinderprogramme, die er anschaute, während er auf dem Parkett lag.

Er ging den Gang entlang, bis er zu seinem alten Zimmer kam. Die Wände besaßen noch immer denselben cremefarbenen Ton. Er stellte seine Reisetasche auf dem Bett ab. Es war frisch überzogen, aber die Bettdecke ließ in jeder Faser den Lauf der Zeit erkennen: Sie hatte jenen stumpfen Gelbschimmer angenommen, den Weißwäsche bekommt, wenn sie altert. Er verstaute seine wenigen Habseligkeiten im Schrank und stellte sein Necessaire ins Bad. Er machte ein zufriedenes Gesicht, als er feststellte, dass reichlich Warmwasser aus dem Hahn kam, und drehte den Duschknopf so weit es ging auf. Obwohl Benitos Tochter geprüft hatte, dass die Heizkörper funktionierten, würde ihm eine heiße Dusche nicht schaden.

Er machte einen schnellen Rundgang durch die Wohnung, wobei er nur kurz im Zimmer seiner Eltern stehen blieb. Dann ging er rasch durch die Küchenräume und die Zimmer des Dienstpersonals, und anschließend duschte er. Sebastião ließ das Wasser lange an seinem Körper hinabfließen, die Wärme sollte die Kälte draußen besiegen und mehr als nur seine Haut reinwaschen. Er trocknete sich ab und fand seinen alten Bademantel an der Tür, sauber und mit Weichspüler gewaschen. Sebastião machte sich eine Notiz im Geiste: Er wollte Benitos Tochter dafür Trinkgeld geben.

Später machte er es sich auf der Wohnzimmercouch bequem, schloss die Augen und nickte ein.

Ostersonntag, 31. März

Sein Handy schreckte ihn auf, als er in einer der Bars, die sonntagmorgens an der Plaza Olavide geöffnet hatten, seinen Kaffee schlürfte. Sebastião fand es interessant, Dinge wiederzuentdecken, die er vermisste, während er im Ausland lebte. Viele davon, wahrscheinlich die wichtigsten, waren kleine Details, die man oft gar nicht bemerkt, solange man in der eigenen Stadt lebt. Kaffee zu trinken und dabei einem Gespräch über das Fußballspiel vom Vortag zu lauschen, der Anruf eines Freundes, der sich mit einem am Samstagvormittag in einer Bar auf ein Bier treffen möchte, ein improvisiertes Abendessen in irgendeinem Restaurant, nachts um elf.

Das war es, was er am meisten vermisste; die Familie, seine Heimat – Dinge, von denen er gewohnt war, dass sie weit weg waren.

Er wühlte in seinem Mantel, bis er das Handy fand.

»Ja?«

»Sebastião.«

»Am Apparat.« Er erkannte Don Claudios Stimme sofort.

»Ich bin's, Claudio Alacena. Entschuldige, dass ich dich um diese Zeit belästige, noch dazu am Sonntag, aber ich wollte wissen, ob du schon Gelegenheit hattest, mit jemandem zu sprechen. Ich weiß, wir haben uns erst gestern getroffen, aber …«

»Ich fürchte, bis jetzt noch nicht, obwohl …« – sagte er schnell –, »ich habe eine Kontaktperson, die mit dem Thema befasst ist, und, na ja, … ich erwarte in Kürze Informationen von ihr.«

»Ich habe nachgedacht und glaube, dass ich dich gestern etwas überrumpelt habe«, entschuldigte sich Don Claudio. »Es war nicht richtig von mir, dich um den Gefallen zu bitten, vor allem, wo du ja gerade erst angekommen bist und wahrscheinlich wichtigere Dinge zu erledigen hast. Ich wollte mich bei dir entschuldigen.«

Sebastião wunderte sich über Don Claudios Entschuldigung.

»Ganz und gar nicht«, erwiderte Sebastião. »Ich tue gerne alles, was in meinen Kräften steht, obwohl …«, er zögerte, »ich sagte Ihnen ja schon, dass es wahrscheinlich nicht viel sein wird.«

»Was auch immer, Sebastião, so wenig es dir auch vorkommen mag, es wird uns weiterhelfen. Diese Mistkerle müssen gefasst werden, man muss sie ihrer gerechten Strafe zuführen!«

»Natürlich«, stimmte Sebastião zu.

»Na denn …, ich will dich nicht länger stören, ich wollte dir nur sagen, wie sehr ich dir für deine Bemühungen danke. Ich hoffe, von dir zu hören. Nochmals vielen Dank!«

Er hatte aufgelegt. Sebastião konnte ein Gefühl von Mitleid nicht unterdrücken: Was für eine Tragödie, den eigenen Sohn unter so brutalen Umständen zu verlieren.

Er verstaute sein Handy in der Innentasche und schnappte sich einen der in heißem Öl gebackenen Churros. Dann schreckte ihn das verflixte Handy erneut auf. Es handelte sich um eines jener Modelle, die erst zwei Mal surren, bevor sie losläuten, und Sebastião glaubte jedes Mal, eine Wespe habe sich in seiner Jackentasche verirrt.

»Ja?«

»Sebastião Silveira?«

»Der bin ich.«

»Tagchen. Beatriz Puerto mein Name. Ich rufe Sie in Morantes' Auftrag an.«

»Ach …«, sagte Sebastião. Da war sein Freund aber ganz schön schnell gewesen.

»Ich habe Unterlagen für Sie. Können wir uns heute Nachmittag treffen?«

»Klar«, antwortete er. »In Ihrem Büro?«

›Verdammt, heute ist ja Sonntag‹, fiel ihm plötzlich ein. »Nein, besser an der Plaza Moncloa, unter den Torbogen. Wir treffen uns dort um sieben Uhr, okay?«

»Einverstanden.« Er wollte sich noch bedanken, aber das Gespräch wurde ganz plötzlich unterbrochen.

Der Morgen fing ja munter an.

Sebastião aß spät zu Mittag, und da er bis zu dem Treffen mit der Hilfskommissarin noch ein paar Stunden zur Verfügung hatte, beschloss er, das Casino von Torrelodones aufzusuchen. Er lief auf die Straße hinunter, die an diesem Feiertagssonntag wie leergefegt wirkte, und wartete einige Minuten, bis er ein Taxi ausfindig machen konnte. Er wusste nicht, wo der unselige Ort lag, an dem sein Freund Juan ermordet worden war, also entschloss er sich, wie man so schön sagt, ganz von vorne zu beginnen: Mit dem Parkplatz, auf dem man Juan entführt hatte. Mit großer Wahrscheinlichkeit würde er dort auf nichts stoßen, was die Polizei nicht schon entdeckt hätte, aber der Grund seines Besuchs war rein egoistischer Natur: Er wollte sein eigenes Gewissen beruhigen. Es war besser – wenn auch nur oberflächlich –, selber etwas herumzuschnüffeln und einen eigenen Eindruck vom Tatort zu bekommen, als mit verschränkten Armen durch die Stadt zu bummeln.

Das Taxi setzte Sebastião um Viertel nach fünf am Casinoeingang ab, gerade in dem Moment, als die Türen für das Publikum geöffnet wurden. Ein Bus lud vor der Eingangstreppe eine Seniorengruppe aus, die entschlossen schien, ihre Rente am Roulettetisch zu verspielen. Sebastião ging auf der rechten Seite entlang, ließ das große Gebäude linker Hand hinter sich und gelangte auf den

Parkplatz, wo er etwa zwanzig Fahrzeuge vorfand, die vermutlich den Angestellten des Casinos gehörten. Er lief fast am Ende des Parkplatzes schnurstracks auf einige Parkverbotsschilder zu, die er schon von weitem erkannt hatte. Währenddessen ließ er seinen Blick über den Platz wandern und versuchte sich jede Einzelheit zu merken. Wo hatte sich der Mörder wohl aufgehalten, um den Eingang zu bewachen, bis Juan den Spielsalon verlassen hatte? Er musste mindestens zwei Stellen ausgewählt haben; eine ersatzweise, für den Fall, dass jemand ein Auto in seinem Blickfeld abstellte. Er erreichte die vier Schilder, die mit einer langen gelben Polizeibanderole verbunden waren, und ein drei mal fünf Meter großes Rechteck eingrenzten – ohne Zweifel der Ort, an dem das Fahrzeug gestanden hatte, in das Juan gewaltsam hineingezerrt worden war. Sebastião ging in die Hocke und prüfte aufmerksam die Oberfläche. Er fand eindeutige Merkmale, die von der Spurensicherung stammten: Pulver, das noch immer einige größere Kieselsteine weißlich einfärbte und von der Suche nach den Fingerabdrücken des Angreifers stammte. Er neigte den Kopf zur Seite und überzeugte sich, dass der Blickwinkel zum Eingang des Casinos gut war. Er knurrte zufrieden. Welchen Standort konnte der Mörder noch gewählt haben?

Er sah sich in der Umgebung um und erkannte etwa fünfzig Meter weiter im Inneren der Anlage die Umrisse einiger Büsche, die mit Sicherheit einen guten Sichtschutz boten und von denen aus man jeden sehen konnte, der sich zwischen der Eingangstreppe des Casinos und dem Parkplatz hin und her bewegte, selbst wenn der Blickwinkel es einem nicht erlaubte, den Zugang zum Gelände direkt zu kontrollieren. Er lief bis zur Hecke und stellte weitere Nachforschungen an. Gute Sicht! Er drückte einige Zweige zur Seite und stöberte zwischen den Büschen umher. Mit viel Glück würde er vielleicht einen Zigarettenstummel finden, den man einer DNS-Analyse unterziehen konnte. Oder einen Schuhabdruck. Er durchkämmte zehn Minuten lang das Gestrüpp, wobei er penibel darauf achtete, wo er hintrat. »Man wäre über die Menge an Spuren geradezu erstaunt, die an einem Tatort unentdeckt bleiben«, pflegte einer seiner Freunde von Scotland Yard in London zu sagen. Er blieb noch einige Sekunden in der Hocke, dann seufzte er auf. Noch immer war er erstaunt über die Karriere eines Universitätsprofessors, eines Portugiesen mit Wohnsitz in London, der es bis zum Mitarbeiter in den Polizeiabteilungen der verschiedensten Länder gebracht hatte. Oft war seine Welt durch das Auftauchen eines kaltblütigen Killers erschüttert worden, in dessen Gewaltspirale er schließlich festsaß. Er lächelte zynisch.

Schließlich stand er auf und kehrte zu der Stelle zurück, wo der Mörder das Fahrzeug geparkt hatte. Er blieb an einer Seite des Rechtecks stehen, schwenkte neunzig Grad nach links und begann dann langsam um das Absperrband herumzulaufen; das Innere war von der Polizei sicherlich Stein für Stein durchkämmt worden und schloss den Umfang des Wagens sowie einen Meter auf jeder Seite ein. Er bewegte sich langsam, machte kleine Schritte, den Blick starr auf seine Schuhe gerichtet. Als er einmal ganz herumgelaufen war, trat er einen halben Meter zurück und begann seine Runde aufs Neue, abermals ohne Erfolg.

Er blieb mit in die Seiten gestemmten Armen stehen und ließ den Blick über die rechteckige Fläche schweifen, bis ein Lichtschimmer am Boden neben einem der Parkverbotsschilder seine Aufmerksamkeit erregte. Er ging in die Hocke und erkannte einige Glasscherben, die sich unter die Kieselsteine an der Plattform des Schildes gemischt hatten. Er rückte das Schild vorsichtig zur Seite, bis es die

Stelle am Boden freigab, wo es gestanden hatte. Aus der Innentasche seines Mantels zog er einen Füllfederhalter und scharrte damit zwischen den Scherben und Steinchen, bis er auf eine größere Scherbe stieß. Er drehte sie vorsichtig um und erkannte, dass noch immer Fetzen eines Etiketts daran hafteten. Die Scherbe war kaum einen Quadratzentimeter groß, aber sie stammte eindeutig von einem kleineren Behälter, der zerbrochen war – wahrscheinlich war ein Autoreifen darüber hinweggerollt. Er sah erneut auf das Parkverbotsschild und schüttelte den Kopf: Wer konnte das Schild nur so unbeholfen aufgestellt haben, dass es genau die Scherbe verdeckt hatte? Er untersuchte aufmerksam das Etikett und versuchte zu entziffern, was darauf stand: »*Insul* … Insulin!« Er machte große Augen. Die Aufschrift war praktisch unbeschädigt geblieben, und die Ränder der Scherbe waren noch immer scharf, ohne eine Spur von Verwitterung; ein deutliches Zeichen dafür, dass sie noch nicht lange auf dem Boden lag.

»He, Sie da! Sie dürfen sich da nicht aufhalten.«

Er rührte sich nicht vom Fleck, damit er die Stelle nicht aus den Augen verlor, dann sah er auf.

»Warum nicht?«

Der Wachmann in Uniform einer privaten Sicherheitsagentur, mit Gummiknüppel und Revolver, zögerte einen Moment.

»Wollen Sie ins Casino?«

»Im Augenblick nicht«, antwortete Sebastião.

»Dann dürfen Sie sich hier auf keinen Fall aufhalten. Dies ist Privatgelände, und außerdem ist der Bereich von der Polizei abgesperrt worden.«

Sebastião zog einen Ausweis aus der Tasche und hielt ihm diesen hin, ohne sich von der Stelle zu rühren. Der Wachmann näherte sich verwirrt und prüfte den Ausweis.

»*Interpol*«, erklärte Sebastião. Das gab ihm zwar keine Berechtigung, sich in die Ermittlungen einzumischen, aber der Wachmann wusste davon ja nichts.

»Wenn das so ist …«, murmelte der Mann und gab ihm den Ausweis zurück. »Soll ich dem Direktor Bescheid geben?«

Sebastião schüttelte den Kopf: »Nicht nötig, ich brauche nur ein paar Minuten.«

Er stellte sicher, dass sich der Wachmann einige Meter entfernt hatte, und rief dann:

»Hören Sie, waren Sie Samstagnacht hier?«

Der Wachmann drehte sich um.

»Ja. Im Augenblick arbeite ich tagsüber, aber vergangene Woche hatte ich Nachtschicht. Aber das wissen die Inspektoren schon längst.«

Dann sagte Sebastião: »Hier hatte der Mann, der das Opfer entführt hat, den Wagen geparkt, stimmt's?« Er deutete mit dem Zeigefinger auf die Stelle. »Ich vermute, dass dort, wo ich jetzt stehe, noch andere Fahrzeuge geparkt waren. Mit anderen Worten, das Casino war in jener Nacht voll, oder?«

»Genau. Dasselbe hat mich die Polizei auch gefragt. Der Parkplatz war praktisch voll.«

Sebastião nickte und bedankte sich für die Auskunft. Er zog ein Taschentuch aus seiner Tasche und wickelte die Scherbe vorsichtig ein: Ein Geschenk für Morantes.

Vielleicht war es nichts wert, aber man sollte niemals auch nur ein einziges Indiz außer Acht lassen. Er warf einen Blick auf seine Armbanduhr und erinnerte sich, dass er um sieben mit der Hilfskommissarin verabredet war.

Sebastião erschien pünktlich zu seiner Verabredung in Moncloa. Er stellte sich unter die grauen Torbogen des Platzes, die Hände in den Taschen seines Mantels verborgen, und begann hin- und herzulaufen, um gegen die Kälte anzukämpfen. Er hatte das Gefühl, dass er sich in eine ziemlich heikle Angelegenheit verwickelt hatte. Er war zu einer Beerdigung gekommen, und nun verwahrte er womöglich das Beweisstück zu einem Mord in der Tasche seines Mantels und war wie in einem US-amerikanischen Spionagefilm an einem öffentlichen Platz mit der Polizei verabredet.

Die Plaza Moncloa war praktisch menschenleer; nur ein paar Jugendliche aus der Nachbarschaft trotzten der Kälte, als hätte der Sommer schon Einzug gehalten, und das schlechte Wetter und die Verbote der Stadt, was den Bierkonsum auf öffentlichen Plätzen betraf, ginge sie nichts an. Er hoffte, nicht besonders lange warten zu müssen. Dann fiel ihm auf, dass er nicht einmal wusste, wie seine Kontaktperson aussah, auch wenn es sich der Stimme nach um eine jüngere Frau handeln musste. Fünf Minuten später näherte sich ihm ein roter SEAT in langsamer Geschwindigkeit und parkte mit den Rädern auf dem Gehsteig. Die Beifahrertür sprang unter leichtem Quietschen auf.

»Silveira?«

Sebastião stieg ins Auto und musterte die Polizistin. Sie war eine attraktive Frau mit großen braunen Augen; etwa dreißig Jahre alt, schätzte er. Ihr Haar war zu einem Pferdeschwanz zusammengebunden, der so weit hinabreichte, dass er ihren Nacken bedeckte; sie trug Jeans und eine dicke Nubukjacke, die sie jünger erscheinen ließ, als sie in Wirklichkeit war.

»Ja, der bin ich. Beatriz Puerto, nehme ich an?«

»*Hilfskommissarin* Puerto«, berichtigte sie in trockenem Tonfall. Sie wirkte verärgert. Sie drehte sich um und entnahm dem Rücksitz eine weiße Mappe.

»Bedanken Sie sich bei Ihrem Freund Morantes!«

»Und bei Ihnen …«, meinte Sebastião, während er die Akte in Empfang nahm.

Puerto zuckte die Achseln.

»Wenn es nach mir ginge, würde das hier das Kommissariat nicht verlassen. Es sind selbstverständlich Kopien, und ich habe nur noch eine Minute Zeit, um Sie auf etwas hinzuweisen« – sie sah ihm mit einer leisen Drohung in die Augen –, »… der Fall, um den es geht, hat nichts mit der Interpol zu tun, und unsere Abteilung hat Sie dabei nicht um Hilfe gebeten. Ich weiß, dass Sie der Familie des Opfers lediglich einen Dienst erweisen wollen, aber Sie kennen die Vorschriften.« Dann zeigte sie auf die Mappe: »Diese Seiten hier sind streng vertraulich, klar? Die Akte enthält Unterlagen der Gerichtsmedizin, einige Ergebnisse der Sachverständigenkommission und Berichte über den Tathergang. Der einzige Grund, weshalb ich Ihnen all das aushändige, ist Morantes' ausdrückliche Bitte. Sie haben vertrauliches und sensibles Material vor sich, Professor Silveira. Versprechen Sie mir, dass niemand außer Ihnen die Akte zu sehen bekommt und dass sie auf keinen Fall in die Hände Ihrer Kollegen in London gerät.«

»Versprochen. Aber gewisse Informationen werde ich der Familie des Verstorbenen doch geben müssen, deshalb bin ich ja hier.«

»Wir stehen ganz am Anfang unserer Untersuchungen und … es besteht die Gefahr, dass die Ermittlungen gestört werden könnten. Sie wissen selbst, dass die Familienangehörigen in solchen Momenten immer verzweifelt sind, aber zum Wohl aller müssen wir mit Überlegtheit vorgehen. Unsere Abmachung ist, dass Sie die Informationen lesen, eine Zusammenfassung schreiben und mir diese dann zur Überprüfung zurückgeben. Erst danach, wenn ich es für angemessen halte, werde ich diese autorisieren, damit Sie sie der Familie übergeben können, verstanden?«

»Absolut.«

Sebastião öffnete die Tür und stieg aus.

»Señor Silveira ...«, sagte sie dann durch die Scheibe hindurch, »all das mache ich Morantes zuliebe, sollten Sie sich nicht an unsere Abmachungen halten oder ohne meine Erlaubnis mit jemandem darüber sprechen, werden wir uns bei Ihren Vorgesetzten beschweren. Meine Karte finden Sie in der Mappe. Wenn Sie mit dem Material durch sind, melden Sie sich bei mir!«

Dann fuhr sie den Wagen vom Gehsteig herunter und gab Gas. Er verstand das Verhalten der Hilfskommissarin und ihre Skrupel, was die Weitergabe vertraulichen Materials an einen Mitarbeiter der Interpol anging, noch dazu in einem Fall, an dem ihre Abteilung mit größtem Eifer arbeitete. Was hatte sie Morantes nur zu verdanken, dass sie in einer solchen Weise mit den Spielregeln brach?

Nach dem Gespräch suchte Sebastião eine Notdienst-Apotheke auf und kaufte eine hermetisch abschließbare Plastiktüte, in der er die Scherbe, die er auf dem Parkplatz gefunden hatte, sicher aufbewahren konnte. Er wollte das Beweisstück lieber Morantes geben als der Hilfskommissarin.

Er nahm ein Taxi, das ihn nach Hause brachte, wo er die Berichte aus der Akte in Ruhe lesen wollte. Er hatte nur wenig Zeit und wollte so früh wie möglich damit anfangen.

Als Erstes stieß er auf Beatriz Puertos Visitenkarte: »*Polizeihilfskommissarin*«. O Mann! So attraktiv, wie die Hilfskommissarin aussah, konnte er sich nur schwer vorstellen, dass sie mit der Pistole im Anschlag wie eine Furie hinter einem Verbrecher herrannte. Andererseits schien sich Señorita Puerto ganz gut selbst verteidigen zu können. Oder war sie *Señora* Puerto?

Im Anschluss an die Visitenkarte folgte die Zusammenfassung des Polizeiberichts:

PROTOKOLL DES VORGANGS
FALL: Tötungsdelikt – CM12A – 1424

Das Mordopfer, Juan Felipe Alacena, 32 Jahre, männlich, von weißer Hautfarbe, wurde am 29. März um 7.20 Uhr tot aufgefunden. Eine Patrouille der Guardia Civil, benachrichtigt durch zwei Jugendliche (siehe Namen in beiliegender Zeugenbeschreibung), sperrte beim Erreichen des Tatorts diesen in einem Umkreis von 50 Metern ab. Es wurde die Untersuchungsabteilung der Gerichtspolizei benachrichtigt, die Spurensicherung, der Untersuchungsrichter, eine Ambulanz des lokalen SAMUR und die Gerichtsmedizinische Abteilung der Region Madrid.

Um 7.50 Uhr trafen die Kommissare Ernesto Suárez und Herminio La Fuente in Begleitung von zwei Funkstreifenwagen sowie die Ambulanz des SAMUR am Tatort ein. Sie bestätigten offiziell den Tod des Opfers und erklärten den Tatort anschließend zum Sperrgebiet. Um 8.05 Uhr erreichten ein mobiles Laboratorium der Forensischen Abteilung der Region Madrid sowie zwei Mitglieder der Technischen Untersuchungsbrigade den Tatort und untersuchten denselben (siehe Bericht über Spurenbefunde). Um 8.30 Uhr bestätigte der anwesende Untersuchungsrichter die amtliche Untersuchung der Leiche, dieser Vorgang wurde um 8.45 Uhr abgeschlossen, anschließend wurde die Leiche in das Gerichtsmedizinische Institut von Madrid überführt.

Bis hierhin klang alles völlig normal. Sebastião holte einen kleinen Notizblock hervor und fing an, das, was er las, schriftlich zusammenzufassen, wie er es in der Vergangenheit schon so häufig getan hatte. Am Tatort waren, zog man die dreiköpfige Besatzung der Ambulanz ab, insgesamt zehn Personen anwesend. »Verdammt viele Leute …«, dachte er. Die Gefahr, dass der Tatort verunreinigt und wertvolle Spuren beschädigt oder verwischt werden konnten, war die Hauptsorge eines jeden Ermittlers.

Er blätterte weiter und nahm sich die Zusammenfassung des Protokolls der Gerichtsmedizin vor. Angefügt fand er die Fotos der Technischen Untersuchungsbrigade, brutale Bilder, an die er jedoch gewöhnt war, aufgenommen an zwei verschiedenen Standorten; einige direkt am Tatort, wo man Juan gefesselt und gekrümmt im Sand liegen sah. Sein Kopf war mit einer Rasierklinge komplett kahlgeschoren und mit einer Mischung aus dunklem Blut, Haarfetzen und Lehm bedeckt, was ihm ein entsetzliches Äußeres verlieh. Seine Augen waren weit aufgerissen, und die Pupillen spiegelten Schrecken und Angst wider. Sebastião sah die Szene in schrecklicher Klarheit vor sich: Juan auf dem Boden, gefesselt, wie er sich bemühte, mit dem Mörder zu sprechen und den Grund für das, was ihm geschieht, zu verstehen. Wahrscheinlich flehte Juan seinen Mörder zum Schluss an, als sich die furchtbare Gewissheit dessen, was danach mit ihm geschehen würde, seiner Seele bemächtigte. Die Szenen von der Steinigung seines Freundes spulten sich vor Sebastiãos Augen wie der Schnelldurchlauf eines Films ab, er schüttelte den Kopf, um die unangenehmen Bilder loszuwerden.

Es gab noch andere Aufnahmen. Sie stammten von der Autopsie. Sebastião überflog sie. Er konnte mit den Bildern nur wenig anfangen. Darunter lag ein weiteres Protokoll. Diesmal von der Sachverständigenkommission am Tatort. Der Text, oder zumindest der wichtigste Teil davon, lautete:

Der Tote wurde mit auf dem Rücken gefesselten Händen vorgefunden – Handschellen Marke Smith & Wesson, *Stahl/Nickel, siehe Anhang 1 –, er befand sich in Rückenlage auf dem Boden. Er weist, wie eine kurze, vorläufige Untersuchung bestätigt, zahlreiche Quetschungen im Schädelbereich auf, mit offensichtlichen Hirnmasse- und Blutaustritten und weiteren Prellungen im Bereich des Brustkorbs. Sein Schädel ist vollständig rasiert. Die Haare, die um den Körper verstreut gefunden wurden, gehören dem Opfer. Der Tote wurde letztmalig gegen 3.00 Uhr im Casino Torrelodones gesehen. Die Parkwächter hatten um diese Uhrzeit eine Auseinandersetzung auf einem Nebenparkplatz bemerkt, aber nicht eingegriffen (siehe beiliegende Zeugenaussagen). Durch die Vernehmung der Parkwächter kann der exakte Ort der Auseinandersetzung identifiziert werden; der Bereich, wo das Fahrzeug des/der Täter(s) stand, wird eingegrenzt und anschließend untersucht. Der amtliche Befund liegt bei. Zusammenfassend gilt es festzuhalten, dass die Ergebnisse der DNS-Analyse von Speichelresten mehrerer Zigarettenstummel noch nicht vorliegen, die im Umkreis gefunden wurden. Diesbezüglich sind jedoch kaum Aufschlüsse von besonderer Bedeutung zu erwarten. Es konnten keine Fingerabdrücke sichergestellt werden. Auch liegen keine deutlichen Abdrücke von Reifenspuren vor.*

Er durchstöberte die Fotografien, bis er die fand, die zum Casinoparkplatz gehörten. Sie waren am Freitag aufgenommen worden, aber sie gaben ein fast identisches Bild dessen wieder, was er an diesem Nachmittag gesehen hatte. Erneut bedauerte er die Nachlässigkeit des Ermittlers, der die Schilder aufgestellt hatte; dann erinnerte er sich, dass er später seinen Freund Morantes anrufen musste, um ihm von seiner Entdeckung zu erzählen.

Konzentriert las er im Protokoll weiter: Dass der Täter sein Opfer in einem großen, dunkelfarbigen Fahrzeug zu einem Feld gebracht hatte; dass Juan wenigstens zwanzig Meter bis zum Ort seiner Steinigung gezerrt worden war; dass man im Umkreis der Leiche Schuhabdrücke der Schuhgröße 42 gefunden hatte (die offensichtlich nicht von Juan stammten); dass überall Spuren von Juans Blutgruppe (0/Rhesusfaktor positiv) entdeckt wurden; dass man in einem Radius von zwei Metern mehrere Zähne gefunden hatte, die von Juan stammten – ein deutlicher Hinweis auf die Brutalität der Schläge; dass die Spurensicherung auf mehreren der Felsbrocken, die den Tod seines Freundes herbeigeführt hatten, Plastikfasern (vermutlich von Latexhandschuhen) festgestellt hatte.

Ungefähr einen Meter von der Leiche entfernt fand man in einer Plastiktüte, in der sich Eintrittskarten fürs Casino befanden, den Ausdruck eines PC-Druckers. Der Text in der Schriftart *Courier* und Schriftgröße 12 lautete wie folgt:

Auf der Suche nach der definitiven Lösung habe ich rundum versagt …! Meine Tat geschieht nicht aus Verzweiflung, noch möchte ich mich für diese entschuldigen. Sie ist ein Akt der Befreiung, die Möglichkeit, der Versuchung zu entkommen, der einzige Weg, die Sklaverei des Geldes zu überwinden, die Nutzlosigkeit der Verschwendung. Ich begehe weder ein Verbrechen noch einen Mord, noch eine Hinrichtung, und ich bin mir sicher, dass ihr mich verstehen werdet. Die Worte erhalten eine ganz unterschiedliche Bedeutung, je nachdem, wer sie ausspricht. Die Sprache verschleiert das Denken, sie betrügt es und verleiht ihm eine Bösartigkeit, die es nicht besitzt. Versucht die Wahrheit zu verstehen, die unter der notwendigen Gewalt verborgen liegt. Die Gesellschaft und die Gesetze werden meine Handlung nicht mit wohlwollenden

Augen betrachten, aber was zählt schon die Gesellschaft, wenn ein einzelnes Atom nicht in der Lage ist, in Würde zu existieren, wenn das Individuum versklavt und unterjocht wird? Das ist der klarste Weg, der Pfad im finstern Wald der Komödie. Das Schicksal wollte es, dass sich zwei Seelen mit einem Schlag befreien.

Sebastião war sprachlos. Der Mörder hatte eine Botschaft hinterlassen. Was hatte das zu bedeuten? Handelte es sich vielleicht um jemanden, der für seine eigenen Sünden büßte? Ein geisteskranker Rächer? Vielleicht eine falsche Fährte, die Verwirrung stiften sollte? Er las weiter:

Die Analyse mittels Ninhydrin und ALS auf dem Papier ließ keine Fingerabdrücke erkennen. Eine allgemeine Untersuchung der Computerschrift führte ebenfalls zu einem negativen Ergebnis.

Zwei Meter von der Leiche entfernt wurden Ammoniumspuren gefunden, die mit menschlichem Urin vermischt waren. Nach der Analyse im Laboratorium stellte sich heraus, dass diese nicht mit Juans DNS übereinstimmten. Der Killer hatte offensichtlich plötzlich ein dringendes Bedürfnis verspürt. Sebastião suchte in der Akte nach der radioimmunologischen Analyse des Urins. Man müsste ihr entnehmen können, ob sich der Mörder Insulin spritzte, was genau zu der Scherbe passen würde, die er am Vormittag gefunden hatte. Er konnte die Analyse nicht finden. Es war wohl einfach noch zu früh für das Laboratorium gewesen; man hatte noch gar keine Zeit gehabt, diese Information im Protokoll zu verarbeiten; obwohl, wenn er es recht bedachte, konnten die Ermittler ihrerseits gar nichts von dem Insulin wissen. Er würde Morantes danach fragen, sobald er ihn sah.

Sebastião stützte die Ellbogen auf den Tisch und schloss die Augen. Eine flüchtige Idee schoss ihm durch den Kopf, das kaum wahrzunehmende Gefühl, dass irgendetwas nicht stimmte. Die Erfahrung in dieser Art von Fällen ist oft ein zweischneidiges Schwert: Zwar verleiht sie einem die notwendige Routine, um einen Verbrecher zu überführen, aber gleichzeitig stürzt sie einen auch in den Abgrund der Betriebsblindheit, und zum Schluss sucht man nach Ungeheuern, wo es gar keine gibt. Andererseits hatte er schon unzählige Male ähnliche Protokolle gelesen. Es war, als ob einer der Serienmörder aus seiner Vergangenheit aus dem Dunst hervorblickte. Eine andere Tatsache erregte seine Aufmerksamkeit:

Es wurden Spuren von 2-Chlorbenzyliden-Malonsäuredinitril (Wirkstoff des zur Selbstverteidigung eingesetzten CS-Gases) in einer Konzentration von 45% gefunden (Anmerkung d. Abteilung: Diese Konzentration ist laut Waffengesetz verboten). Das Spray führte zu den charakteristischen Reizungen der Schleimhäute und Augenvenen und beeinträchtigte den Kehlkopf durch die Zerstörung von Gewebeteilen.

Ein so starkes Spray hatte Juan sicherlich vor Schmerz laut aufschreien lassen, und dennoch war ihm niemand zu Hilfe geeilt.

Sebastião versuchte zusammenzufassen, was er Claudio Alacena erzählen würde. Es blieb ihm noch ziemlich viel in der Akte zu lesen, die Daten der Sachverständigenkommission, die Schlussfolgerungen und, falls Hilfskommissarin Puerto so freundlich gewesen war, dies anzufügen, die weitere Vorgehensweise der Ermittler. Aber es war schon spät, und er wollte sich mit diesen Dingen lieber am nächsten Morgen beschäftigen. Er würde seinen Bericht gleich nach dem Aufstehen schreiben, ihn zuerst der Polizistin zum Lesen geben und dann der Familie Alacena überreichen. Anschließend würde er nach London zurückfliegen. Morantes würde ihn schon auf dem Laufenden halten.

Montag, 1. April

Am folgenden Montag wachte Sebastião durch die Macht der Gewohnheit schon um sieben Uhr auf und ging zum Frühstücken in eine Bar an der Plaza Olavide. Er betrat das Lokal und machte es sich an einem der Tische bei einer Tasse Tee, einem Croissant und frisch gepresstem Orangensaft bequem. Der Tee war eine triste Brühe, davon verstand man hierzulande einfach nichts, dafür bekam man Paella – bzw. *pallela,* wie sie die Engländer nannten – außerhalb Spaniens ebenfalls nur selten in einem akzeptablen Zustand serviert.

Er legte die Akte auf den Tisch und öffnete sie erst, als der Kellner verschwunden war. Die Aufnahmen waren von extremer Brutalität und Intimität, er wollte dabei keine neugierigen Zuschauer. Er übersprang die Berichte, die er in der vergangenen Nacht gelesen hatte, und suchte direkt nach dem Dokument mit den Schlussfolgerungen.

ZUSAMMENFASSUNG DER ERMITTLUNGEN
Anmerkung d. ermittelnden Abteilung: Das Mordopfer war in die Schutzliste für Spielsüchtige eingetragen. Eine Woche vor dem Verbrechen wurde es von offizieller Seite wieder daraus entfernt.

Da staunte er. Zwar hatte ihm Morantes erzählt, dass Juan im Casino Stammgast gewesen war, aber es überraschte ihn dennoch, dass er bis zum Extrem der Spielsucht gelangt war. Das war ein Aspekt von Juans Leben, von dem er nichts gewusst hatte und der von seiner Familie rigoros geheim gehalten worden war; wie es schien, hatte sich Juans Vorliebe für Spielautomaten während seiner Jugendzeit in seinen letzten Lebensjahren in eine Krankheit verwandelt. Eine Krankheit, von der in Spanien, wie Sebastião wusste, eine halbe Million Menschen betroffen war, rund fünfzigtausend davon innerhalb der Region Madrid. Die sogenannten *Schutzlisten für Spielsüchtige* hatte man eingerichtet, um die Interessen der Familien von Spielsüchtigen zu schützen; die Spielsüchtigen waren Abhängige, die aufgrund ihrer Obsession dazu imstande waren, ganze Vermögen zu verschleudern. Sofern nicht das ausdrückliche Einverständnis des Betroffenen vorlag, brauchte es einen gerichtlichen Beschluss, um einen Spielsüchtigen registrieren zu lassen; kam eine solche Registrierung zustande, wurde dem unglücklichen Spieler der Zugang zu sämtlichen Bingos und Casinos in Spanien verweigert. Sebastião wusste, dass es genauso schwer war, wieder aus der Liste entfernt zu werden. Und trotzdem hatte Juan in seiner Todesnacht im Casino gespielt.

Das Verbrechen weist eine enge Verbindung mit den Fällen CM-AJO-23 (Datum: 11. März) und CM-PSE-1578 (Datum: 27. Februar) auf (vgl. beiliegende Dokumentation). In beiden Fällen fand man ähnliche Selbstmordbotschaften, die dem Anschein nach von den Mördern/-innen angefertigt wurden. Die übrigen Umstände sind laut Sachverständigenkommission in jedem einzelnen Fall verschieden.

Sebastião saß da wie festgefroren, mit der Spitze seines Croissants auf halbem Weg zwischen Teller und Mund. Er las den Satz wieder und wieder, um wirklich sicherzugehen. Drei Verbrechen in weniger als einem Monat! Er wühlte in der Mappe, bis er die letzte Seite gefunden hatte.

An den Tatorten der drei Verbrechen wurden ähnliche Schriftstücke gefunden. Das verwendete Papier ist in allen drei Fällen identisch, die Druckerschrift ist dieselbe. Auch der Schreibstil ist in allen Fällen der gleiche. Das psychologische Gutachten kommt zu dem Ergebnis, dass es sich bei den drei Schriftstücken um denselben Autor handelt. Es besteht offenbar keine Beziehung zwischen den Opfern, weder in beruflicher, persönlicher noch in krimineller Hinsicht. Die Kriminologische Abteilung schlägt vor, den Fall als Serienmord einzustufen.

»… Señor?«

Sebastião blickte den Kellner an.

»Ja, bitte?«

»Ich hatte Sie gefragt, ob Sie noch etwas Tee möchten?«

»Nein, danke«, winkte er ab, und sobald der Kellner verschwunden war, fiel sein Blick wieder auf den knappen Bericht vor ihm, der zwar kurz war, ihn jedoch zutiefst bestürzt hatte. Ein Serienmörder? Hier in Madrid? O Gott! Wie konnte ihm das gestern nur entgangen sein? Er griff nach seinem Handy und tippte eilig eine Nummer ein.

»*Morantes*«, antwortete die Stimme am anderen Ende.

»Ich bin's, Sebastião.«

»Mensch, Portugiese, du bist mir aber ein Frühaufsteher! Ich wollte dich gerade anrufen.«

Da fiel ihm auf, dass es noch nicht einmal Viertel vor acht war.

»Ich habe gerade den Bericht gelesen, den mir Hilfskommissarin Puerto gegeben hat.«

»Ja, sie hat mir inzwischen auch eine Kopie zukommen lassen.«

»Morantes, wir reden hier von einem *Serienmörder*«, rief Sebastião. »Welche Glaubwürdigkeit räumt man dem Thema denn ein?«

»Es ist absolut glaubwürdig. Am Samstag wird sogar eine Pressekonferenz stattfinden. Wie es aussieht, hat eine Zeitschrift von der Sache Wind gekriegt, du weißt schon, eines dieser Sensationsblätter, die wollen die Geschichte am nächsten Wochenende ganz groß rausbringen. Bei uns denkt man zurzeit darüber nach, wie sich die Wogen noch glätten lassen.«

»Die werden wie die Geier über euch herfallen.«

»Und? Was sollen wir tun?«, sagte Morantes. »Aber ich habe Informationen für dich, von denen du noch nichts weißt.«

»Ach ja.«

»Ich habe die Akten zu den anderen beiden Verbrechen.«

»Junge, du bist ein Genie. Und wann bekomme ich sie?«

»He, he, nicht so schnell, Portugiese! Das ist ein ziemlich heißes Eisen. Lass mich erst mal selbst lesen, danach reden wir weiter.«

»Morantes, in Madrid werden in der Regel nicht viele Serienmorde verübt. Die Geschwindigkeit und die Häufigkeit, mit der dieser Typ zuschlägt, ist ungeheuerlich. Serienmörder lassen zwischen ihren einzelnen Taten normalerweise viel größere Zeiträume verstreichen. Die letzten drei Morde haben sich innerhalb weniger Wochen ereignet!«

»Portugiese, ich weiß, dass du die *number one* bist« – er sprach dies mit betont spanischem Akzent aus –, »aber versteh bitte, dass es sich hier um eine ausgesprochen heikle Angelegenheit handelt.«

»Gut, du musst es ja wissen.«

Morantes brach am anderen Ende des Hörers in lautes Lachen aus; er hatte Sebastião mal wieder auf den Arm genommen.

»Keine Angst, wir treffen uns heute Abend, ich ruf dich später noch mal an und sag dir, wo.«

Sebastião schmunzelte.

»Du bist ein Crack. Aber nicht zu spät, ich kenne dich. Außerdem habe ich etwas, was dich interessieren könnte.«

Er bezog sich auf die Glasscherbe, die er auf dem Gelände des Casinoparkplatzes gefunden hatte. Er glaubte zwar nicht, dass man darauf Fingerabdrücke finden würde, aber für alle Fälle behandelte er das Beweisstück mit der allergrößten Sorgfalt.

»Na rück schon raus mit der Sprache …«

»Wenn wir uns treffen!«

»Wie du meinst. Hör mal, noch was …«, sagte Morantes. »Die kleine Bea ist ein Klasseweib, oder?«

Ein paar Minuten später erhielt Sebastião erneut einen Anruf von Morantes. Dieses Gespräch sollte ihn im Nachhinein dazu zwingen, doch länger als geplant in Madrid zu bleiben.

»Hör zu, Sebastião …«, meinte sein Freund.

»Sag schon.«

»Ich hab ein kleines Problem, was unser Treffen heute Abend angeht. Ich muss für ein paar Tage Madrid verlassen. Das heißt: Ich kann dir die restlichen Protokolle heute nicht mehr geben.«

Sebastião schnalzte mit der Zunge. Er musste wieder zurück an seine Arbeit; schließlich war er Uniprofessor, und die Prüfungszeit stand kurz bevor. Der Lehrstuhl für Anthropologie verfügte nicht über viele Mitarbeiter, und fehlte einer, und war es auch nur für wenige Tage, machte das keinen guten Eindruck.

»Kann man wohl nichts machen …«, sagte er resigniert. »Du kannst sie mir ja per E-Mail nach London schicken.«

»Gut. Aber du verpasst die Pressekonferenz am Samstag. Ich wollte dir eigentlich Rangplätze reservieren lassen, wie beim Fußball, sicherlich fliegen die Fetzen. Vor allem tut mir leid, dass ich mich nicht persönlich von dir verabschieden kann.«

»Mir auch. Aber meine Arbeit wartet auf mich, und eine Handvoll junger, unruhiger und arroganter Köpfe, denen ich humanistisches Denken beibringen soll. Wir bleiben auf jeden Fall in Kontakt. Enttäusch mich nicht, ich hab bei der Sache so ein komisches Gefühl!«

Einen Moment herrschte Stillschweigen.

»Was willst du damit sagen?«

»Ich weiß nicht, wie ich es dir erklären soll. Ein Gefühl, über das ich mir selbst noch nicht ganz im Klaren bin. Nochmal: Ich habe was für dich, was wichtig sein könnte …«, sagte er. »Ich werde ein Paket für dich bei meinem Portier hinterlegen.«

»Hört, hört, jetzt machst du's aber spannend. Außer mir verrät hier wohl niemand was …!«

»Ich lese den Bericht und erzähle dir dann, was ich weiß, okay?«

»Sebastião, machen wir's so: Ich schicke dir ein offizielles Fahrzeug, mit den Ermittlungsberichten der beiden Verbrechen. Alles kann ich dir nicht geben, weil ich selbst noch nicht alles gelesen habe, aber ein bisschen was, damit du auf den Geschmack kommst.«

»Perfekt. Aber innerhalb der nächsten Stunde … ich muss noch weg!«

»Einverstanden.«

Sebastião musste nicht lange auf die zwei Mappen mit den Informationen über die beiden anderen Mordfälle warten. Was er Morantes gesagt hatte, stimmte tatsächlich: Die Häufigkeit, mit der der Psychopath zuschlug, war erstaunlich. Unter normalen Umständen benötigte ein Krimineller dieser Art nach jedem Mord eine bestimmte Zeit, bis ihn sein manischer Impuls erneut dazu trieb, einen weiteren Mord zu begehen. Im Grunde ließ sich das Ganze mit einem Schnellkochtopf vergleichen: Wenn ein Teil des Drucks aus seinem Inneren entwichen war, musste er sich erst wieder neu aufbauen, bevor er zu pfeifen anfing.

Er nahm auf einem der Sofas im Wohnzimmer Platz. Dann zog er die Dokumente aus dem großen, weißen Umschlag, sah auf die Uhr und schnaubte vor sich hin: In weniger als zwei Stunden begann die Konferenz, an der er teilnehmen sollte, und er musste noch zur Universiät fahren.

Es waren mehrere Blätter, die durch einen Clip zusammengehalten wurden, vorangestellt fand er eine Notiz seines Freundes: *»Mal sehen, welche Schlüsse du daraus ziehst.«*

Der erste Bericht befasste sich mit dem Mord an einer gewissen Vanessa Población alias *Mademoiselle Noir*, einer Prostituierten, die sich in ihrem Appartement in der Madrider Altstadt auf Sadomaso-Techniken spezialisiert hatte. Sie trat außerdem zweimal pro Woche in einem heruntergekommenen Laden der Hauptstadt in einer Lesben-Show auf; dadurch besserte sie das Honorar auf, das sie mit ihrer normalen Kundschaft verdiente. Ihr Appartement, von dem man auf den Puente de Segovia blicken konnte, war eine Reminiszenz an die Absonderlichkeiten menschlicher Fantasien und enthielt eine Folterkammer, in der das unterschiedlichste Instrumentarium Platz fand: Masken und Lederkleidung, Ketten- und Riemenwerk, Peitschen und Schmerz verursachende Geräte, Käfige und Folterbänke. Ihr Mörder war problemlos in ihre Wohnung gelangt, nachdem er sie durch eine Anzeige in einer einschlägigen Zeitschrift kontaktiert hatte. Er hatte sie kaltblütig mit einem Seidenschal stranguliert, nackt ausgezogen und mit Hilfe mehrerer Geräte, die in der Wohnung herumstanden, ein entsetzliches Szenario veranstaltet.

Die Polizisten, die die Tür aufbrachen, fanden – nachdem sie nach mehreren Tagen penetranten Verwesungsgeruchs durch die Nachbarn alarmiert worden waren – im Zimmer noch einen zweiten Kadaver. Auf Vanessas Leiche hatte der Mörder einen toten Vogel hinterlassen. Eine Nachricht, die um seine Krallen gewickelt war, handelte von Unzucht, Strafe und Suizid:

Willst du tatsächlich wissen, warum ich so gehandelt habe – dann entschlüssle, was ich hier schreibe. Ein Mensch lässt seinen finstersten Leidenschaften freien Lauf und wird zu seinem eigenen Wolf. Ein Mensch verfällt dem Wirbelsturm der Perversion und der Unzucht und verliert unweigerlich seine Menschlichkeit. Ein Mensch versinkt in fleischlichem Vergnügen und ist nicht länger Mensch, sondern Tier. Die einzige Entscheidung, die wir zu treffen haben, ist die Flucht aus dieser Welt durch unsere eigene Hand.

Nach dem Verhör der Nachbarn und der Kundschaft von *Mademoiselle* erschien ein Zeuge, der auf der Treppe dem begegnet sein wollte, der aller Wahrscheinlichkeit nach Vanessas Mörder gewesen war: Er beschrieb eine kleinwüchsige Gestalt, bekleidet mit einem langen Mantel und Hut. Die gerichtsmedizinische Untersuchung hielt fest, dass in Vanessas Augen und Rachen dasselbe Reizspray in hohen Konzentrationen gefunden wurde, mit dem auch Juan Alacena außer Gefecht gesetzt worden war.

Die Ermittlungen der Polizei konzentrierten sich zunächst darauf, den Mord mit einem verschmähten Kunden in Zusammenhang zu bringen, oder einem sexuell Verirrten, der eine Kurzschlusshandlung begangen hatte; aber als einige Tage später bei einem anderen Mordfall eine weitere, ähnliche Selbstmordbotschaft auftauchte, kamen nach und nach die ersten Theorien über einen Serienmörder auf.

Sebastião fand in den Unterlagen keine weiteren Informationen, woraus er schloss, dass der Sachverständigenbericht und die gerichtsmedizinischen Gutachten noch in Morantes' Händen waren. Was ihn wunderte, war der tote Vogel auf Vanessas Leichnam. Was wollte ihnen der Mörder mitteilen? Sebastião notierte sich diesen Punkt im Geiste, er wollte sich der Sache später widmen.

Der zweite Mord geschah in der Nacht des 11. März in einer Villa in Guadalix de la Sierra, außerhalb von Madrid. Julio Martínez, Rechtsanwalt und ein Mann mit vielen Kontakten, war am Tag danach von seiner Putzfrau in seinem Wohnzimmer tot aufgefunden worden.

Julio arbeitete schon seit Jahren in einer angesehenen Kanzlei, die sich der Rechtsberatung bei komplexen finanziellen Operationen widmete (»was so viel heißt wie Geldwäsche und Mithilfe zur Steuerflucht seiner Kunden«, dachte Sebastião zynisch) und ausländische Unternehmen, die in Spanien investierten, mit juristischer Hilfe versorgte sowie bei Fusionen und Unternehmensakquisitionen ihre Unterstützung anbot. Julios Gehalt war gut, und seine Arbeitstage waren lang. Er war ein extrem methodischer Mensch, der mit der Anerkennung seiner Vorgesetzten rechnen konnte, und man munkelte, dass er im nächsten Jahr zum Gesellschafter der Firma ernannt werden sollte. Und in seiner Firma verdiente man als Gesellschafter sehr viel Geld. Seine Intelligenz stand jedoch in keinster Weise mit seinem Äußeren in Einklang: Martínez gehörte zur Bevölkerungsgruppe der Fettsüchtigen, was ihn zum klaren Herzinfarktkandidaten machte. Schon oft hatten ihn seine Vorgesetzten zu einer Diät oder zu körperlicher Ertüchtigung in einem der Luxus-Fitness-Studios seines Stadtteils animiert: Künftige Gesellschafter mit Gesundheitsproblemen waren unerwünscht. Doch Martínez blieb für ihre Vorschläge auf beiden Ohren taub, und seine Vorgesetzten verdrängten das Problem angesichts der spektakulären Resultate, die sie von ihm gewöhnt waren.

Seine Kanzleikollegen schätzten ihn sehr: Im Job war er ein anspruchsvoller, aber gerechter Chef. Außerhalb des Büros war er ein unterhaltsamer und geselliger Mensch, ein guter Esser und Trinker und ein Anhänger feuchtfröhlicher Partys, wann immer es die Arbeit zuließ.

Nachforschungen der Polizei ergaben, dass Señor Martínez noch weitaus exzessiver lebte, als es seinen Vorgesetzten bekannt war. Die sporadischen Untersuchungen, denen er sich in einer Madrider Klinik unterzogen hatte, brachten ans Tageslicht, dass sich seine Leber nicht im besten Zustand befand, und in seiner Villa stieß man auf eine bestens ausgestattete Bodega.

Er war auf fürchterliche Weise ums Leben gekommen. Man hatte die Villa bis in den letzten Winkel durchsucht, aber keine Anzeichen dafür gefunden, dass Türen oder Fenster gewaltsam aufgebrochen worden waren, weshalb man vermutete, dass Julio seinen Mörder gekannt haben musste oder dass er getäuscht worden war und ihm selbst die Tür geöffnet hatte. Von jenem Augenblick an hatte der Killer sein makabres Spiel begonnen. Er hatte den Schädel seines Opfers mit einem massiven Gegenstand bearbeitet und anschließend flüssigen Stickstoff über sein Gesicht gegossen.

Sebastião verzog angewidert das Gesicht.

Die Flüssigkeit hatte Mund, Kehlkopf und Rachen des Opfers bei einer Temperatur von 197 Grad unter null zu Frost erstarren lassen. Danach hatte der Täter weiteren Stickstoff über den Hals des Opfers gekippt und war mit einem Eispickel über den Anwalt hergefallen (der Pickel wurde neben der Leiche gefunden, aber eine Untersuchung der Fingerabdrücke blieb negativ). Die Auswirkungen auf die gefrorene Haut und die Organe konnten nicht schauriger sein: Das Fleisch wies Risse auf, und der Hals war an mehreren Stellen gespalten. Der Tod war durch traumatischen Schock und massiven Blutverlust eingetreten.

Der Mörder hatte an der Haustür ein Stoffhündchen zurückgelassen, als ob es sich dabei um einen Wachhund handelte. Was hatte das zu bedeuten? Im Haus fand man zahlreiche Indizien wie Stofffasern und Haarreste, Substanzen, die von der Straße stammten, und einige Fußabdrücke, aber durch die Vielzahl an Informationen konnten die Ermittler kein klares Täterprofil erstellen. Nach dem Handgemenge zwischen Täter und Opfer herrschte im Wohnzimmer ein großes Durcheinander: Der zentrale Glastisch war durch den Sturz des Opfers zerbrochen, und zahlreiche Objekte lagen auf dem Boden verstreut. Die Polizei machte im Gästebad einen wichtigen Fund: Jemand hatte die Toilette benutzt und auf den Rändern der Kloschüssel Urinspuren hinterlassen; offenbar ein Mann, der danebengepinkelt hatte. Die Spurensicherung nahm Proben und fand heraus, dass sie nicht vom Opfer stammten und somit also vom Mörder herrühren konnten. Man würde die DNS-Analyse der Urinreste abwarten, die man auf dem Feld gefunden hatte, auf dem Juan Alacena gestorben war, um sicherzugehen, dass die entnommenen Proben zu ein und derselben Person gehörten. In diesem Fall hätte der Täter eine unverwechselbare Fährte hinterlassen, die ihn mit beiden Morden in Verbindung brachte.

Am Halsband des Stoffhündchens hing eine Selbstmordbotschaft, auf der stand:

Entschlossen muss ich die Lösung aus dieser Situation finden. Eifrig verfolge ich jeglichen Genuss, aber mir steht nichts zur Verfügung. Ein Dickicht aus Leidenschaften, ein Labyrinth des Lasters, eine Hölle unerreichbaren Friedens. Den Ausweg findet man, indem man die schwierigste aller Türen durchschreitet.

Die Analyse dieser Botschaft konnte für die Polizei von größtem Wert sein. Sie würde, mit Hilfe modernster Technik und der jahrelangen Erfahrung der Ermittler durchgeführt, ein der Realität ziemlich nahe kommendes psychologisches Täterprofil ermöglichen.

Als Sebastião die Zusammenfassung zu Ende gelesen hatte, machte er sich eilig auf den Weg zur Universität. Die Niederschrift seines Berichts über den Tatvorgang musste bis zum Nachmittag warten, er würde ihn Benito geben, genau wie er es Morantes versprochen hatte, gemeinsam mit der Scherbe und einer handschriftlichen Notiz mit seinen Verdachtsmomenten – im Vertrauen darauf, dass sein Freund der Hilfskommissarin den Bericht aushändigen und anschließend der Familie Alacena übergeben würde.

Viel mehr konnte er nicht tun – Don Claudios Sohn war durch die rein zufällige Wahl eines Psychopathen umgekommen, ohne Grund und Motiv.

Um Punkt acht verließ Sebastião die Metrostation Gran Vía und machte sich auf den Weg zur Hausnummer 2 in der Calle Barquillo. Wie immer war er pünktlich, eine jener Gewohnheiten, die er sich im Lauf der vielen Jahre in England angeeignet hatte. Doch in einem Land wie Spanien, wo es als pünktlich galt, wenn man eine halbe Stunde zu spät kam, geschah es häufig, dass Sebastião seine Gastgeber dabei überraschte, wie sie gerade die letzten Vorbereitungen für das Abendessen trafen oder noch schnell unter die Dusche wollten.

Sein Vortrag an der Universität war zufriedenstellend verlaufen. Sein Beitrag war von den Teilnehmern mit einiger Begeisterung aufgenommen worden, und die Kontakte zu seinen Kollegen versprachen interessante Aussichten für die Zukunft. Ganz zu schweigen von dem Vortragshonorar, das als Ergänzung zu seinem Professorengehalt und dem Lohn als Mitarbeiter der Interpol mehr als attraktiv war. Als er die Universität verlassen hatte, bemerkte er in seiner Manteltasche die Einladung zum Treffen des *Cambridge*-Kreises und erinnerte sich an die Verabredung mit seinem Onkel Horacio. Der Verkehr in Madrid hatte sich gegen Ende der Osterwoche in ein komplettes Chaos verwandelt, und der Himmel wirkte genauso regnerisch wie an den Tagen zuvor. Laut Fernsehwetterbericht verscheuchte das miserable Wetter die Touristen mit derselben Gewalt, mit der es das Wasser an den Stränden zu meterhohen Wellen auftürmte. In der Stadt drängelten sich die Autos in einem Meer aus roten Rücklichtern und dröhnenden Hupen. Erschöpfte, überdrüssige und verzweifelte Kraftfahrer versuchten der Rushhour zu entkommen, die durch die unzähligen und nie enden wollenden Baustellen, mit denen der Bürgermeister die Einwohner von Madrid beglückte, noch schlimmer war als sonst. Baugruben, gelbe Absperrungen und allerorts Bagger, die dröhnenden Lärm verursachten und die Straßen in schmale Streifen verwandelten. Einige Autos parkten in der zweiten Reihe, Frauen in dicken Pelzmänteln hielten vor Geschäften an *(»Es dauert nur einen*

Augenblick!«) und verursachten damit ein Riesenchaos. Die Fußgänger gingen dem ganzen Durcheinander in der Gewissheit aus dem Weg, dass dies alles mit ihnen nichts zu schaffen habe. Madrid und seine Staus.

Als Sebastião den Hauseingang betrat, näherte sich ihm ein Herr im blauen Arbeitskittel.

»Wohin des Wegs, junger Mann?«

»Ich komme Horacio Patakiola besuchen«, antwortete Sebastião, »im Dachgeschoss!«

»Ah, das Treffen? Stimmt, das findet in der Dachwohnung statt.«

Der Portier wies ihm den Weg zum Aufzug, aber Sebastião zog es vor, in den fünften Stock hinaufzulaufen. An der Tür erkannte er ein goldenes Schild mit der Aufschrift: »Der Cambridge-Kreis«. Er läutete, und während er darauf wartete, dass man ihm öffnete, versuchte er sich vorzustellen, wie jener Ort, über den er schon so viel gehört hatte, wohl aussehen mochte. Erstaunlich genug, dass Sebastião die Dachwohnung der Calle Barquillo, in der die Treffen des *Cambridge*-Kreises stattfanden, trotz der wiederholten Einladungen seines Onkels noch immer nicht kennengelernt hatte. Er wunderte sich darüber, wie nervös er war. Ein paar Sekunden später hörte er, wie sich Schritte näherten und die Tür geöffnet wurde.

»Sebastião, ich freue mich, dass du gekommen bist. Nur hereinspaziert, warte, gib mir deinen Mantel.«

Er trat in die kleine Empfangshalle und überreichte Horacio sein Kleidungsstück.

»Die Gelegenheit konnte ich mir einfach nicht entgehen lassen«, bekräftigte Sebastião. »Neben der Konferenz und dieser Angelegenheit mit der Familie Alacena hatte ich tatsächlich nur wenig Zeit. Aber wie hätte ich auf einen deiner berühmten Cocktails verzichten können?«

»Sehr gut, sehr gut«, schmunzelte sein Onkel. »Folg mir einfach, es sind schon alle seit einer geraumen Weile da.«

Die Dachwohnung hatte hohe Decken und ein Giebelfenster. Die Empfangshalle ging links in einen Gang über, der vermutlich zu den Zimmern, der Küche und den Bädern führte. Durch eine andere Tür gelangte man in den kleinen Salon, wo die Freunde des *Cambridge*-Kreises sich normalerweise trafen, ein mittelgroßer Raum, der die Quintessenz an Gemütlichkeit darstellte. Mehrere ziemlich abgesessene, aber ausgesprochen bequem wirkende braune Ledersessel beherrschten das Zimmer, umringt von Schrankwänden voller Bücher in grauen und braunen Einbänden. Die Sessel und ein dreisitziges Sofa waren um einen niedrigen Tisch aus dunklem Nussbaumholz gruppiert, auf dem Fachzeitschriften zu philosophischen und mathematischen Themen und mehrere Tageszeitungen lagen. Zwei große Fenster, die mit Scheibengardinen und schweren braunen Vorhängen verhängt waren, ließen den strömenden Regen nur erahnen, der an den Scheiben herunterlief. Direkt am Eingang des Raumes stand ein großes Lesepult mit einer illustrierten Kopie von Miltons *Verlorenem Paradies,* die mit Kohlestift gezeichnete Bibelszenen zeigte. An den Wänden hingen einige Bilder, unter denen ein prächtiges, in Ockertönen gehaltenes Ölgemälde des spanischen Malers Antonio López hervorstach. Auf einem beigefarbenen Teppichboden ruhten, in wohlüberlegter Unordnung, mehrere persische Läufer.

Dann sagte Horacio: »Meine Herren, ich habe das Vergnügen, Ihnen Sebastião Silveira vorzustellen!«

Endlich war Sebastião hier, nach so vielen Jahren, an dem Ort, an dem sein Vater seine letzten Momente verbracht hatte.

Es waren fünf Personen im Raum, aber Sebastião spürte

die beklemmende Anwesenheit seines Vaters. Er räusperte sich.

Auf dem dreisitzigen Diwan saß Ivan Polskaian, er stammte aus Aserbaidschan, ein großer internationaler Schachmeister und Schriftsteller, oder das war es zumindest, was Sebastião von seiner Biografie noch wusste. Irgendwo hatte er gelesen, dass Ivan ein außergewöhnlich schweres Leben hinter sich hatte; in jungen Jahren mussten er und seine Familie aufgrund ihrer politischen Ansichten aus der Heimat fliehen. Ivan erlebte den Tod seiner Mutter auf einem Gehöft in Osteuropa, sie war urplötzlich an einer Lungenentzündung gestorben; danach trat er mit seinen Geschwistern und seinem Vater eine beschwerliche Reise bis nach Paris an, auf der sie zuvor Jugoslawien, Norditalien und einen großen Teil Frankreichs durchquerten. Von klein auf war Ivan ein leidenschaftlicher Schachspieler gewesen, und sein Vater machte alles möglich, um ihm die Schachkurse zu bezahlen und ihn beim Kinderschachverband in Paris anzumelden. Der junge Ivan Polskaian widmete sich seinem neuen Leben mit einer außergewöhnlichen Leidenschaft und stieg blitzartig unter den Mitgliedern des Verbandes auf, bis er mit fünfzehn die französischen Schachmeisterschaften gewann. Mit fünfundfünfzig war er das jüngste Mitglied des *Cambridge*-Kreises, und als leidenschaftlicher Anhänger der Mathematik und der rationalistischen Philosophie steuerte er das nötige Maß an Wahnsinn und Anmaßung bei, das die Besonnenheit der übrigen Mitglieder konterkarierte. Ivan beobachtete Sebastião aufmerksam und begrüßte ihn mit einem Kopfnicken.

Rechts von Sebastião, neben der Bibliothek, stand Oskar Schmidt, der Zweitälteste des Kreises. Inzwischen achtundsechzig Jahre alt, hatte er sein ganzes Leben mit Reisen durch asiatische Länder verbracht, wobei er als

Korrespondent für eine deutsche Tageszeitung tätig gewesen war und sich die raffinierte Kultur Asiens angeeignet hatte. Mit seinem üppigen Bauch und seinen rosa gefärbten Wangen, die nur von einem penibel gepflegten Schnurrbart unterbrochen wurden, konnte er nicht deutscher aussehen. Er trug einen grauen Anzug mit Weste, und Sebastião fand, dass ein Monokel seine Erscheinung perfekt abgerundet hätte.

»*Herzlich willkommen* …«, sagte er mit starkem deutschem Akzent, einer von denen, die nicht verloren gehen, selbst wenn man ein ganzes Leben lang im Ausland verbracht hat.

Links von Ivan Polskaian, auf demselben Sofa, erkannte er Emiliano Del Campo, eine Koryphäe in der Welt der Medizin. Sebastião kannte seinen Lebenslauf gut: Doktor in Psychiatrie, Doktorprüfung *cum laude* in Princeton und Doktor *honoris causa* an einigen anderen Universitäten. Del Campo hatte sich als Forscher und Pionier bei der Behandlung zahlreicher Geisteskrankheiten wie der Schizophrenie große Anerkennung erworben; seine Entdeckungen hatten mit bedeutenden Hindernissen auf dem Weg zum Verständnis der menschlichen Seele – jener großen Unbekannten – ein für alle Mal Schluss gemacht. Er mochte schon über siebzig sein, aber seine dunklen Augen unter den buschigen weißen Brauen ließen auf erstaunliche geistige Rüstigkeit schließen. Er nahm die Pfeife aus dem Mund, die den Raum mit einem angenehmen Geruch nach süß duftenden Gewürzen erfüllte, und winkte damit zum Gruß.

Auf einem der bequemen Sessel saß, Del Campo gegenüber und in Papieren blätternd, das fünfte aktive Mitglied des Kreises – sofern man seinen Onkel Horacio mitzählte. Alberto Carnabucci war in seinem Leben italienischer Botschafter, Philosoph und Schriftsteller aus Berufung gewesen, aber letztlich, behauptete er mit Stolz, war es seine Mitgliedschaft im *Cambridge*-Kreis, die ihm die Türen zum Himmel geöffnet hatte. Sebastião war drauf und dran, sich bei seinem Onkel nach dem Grund für den kuriosen Namen des Freundeskreises zu erkundigen, als Alberto die Papiere auf den Tisch legte, aufstand und ihn mit einem festen Händedruck begrüßte. Zweifellos: Er würde den Grund erst später erfahren.

»*Piacere.*«

»Nun kennst du ja alle.« Horacio deutete auf den Sessel, der noch leer geblieben war. »Nimm einfach Platz, und genieß den besten Martini Spaniens.«

Horacio näherte sich seiner Hausbar, die zwischen den beiden hohen Fenstern lag, und goss ihm einen Martini ein. Dann nahm er eine Olive aus einem Behälter und überreichte Sebastião den Drink.

»Falls du in London etwas Besseres finden solltest, verlegen wir unsere Treffen dorthin!«

Sebastião nahm den Cocktail und hielt ihn gegen das Licht.

»Es ist ein Jammer, dass diese Kunst langsam ausstirbt ...«

»Mein Freund, inzwischen gibt es nur noch wenige Orte, an denen man einen guten Cocktail serviert bekommt. Heutzutage macht man alles mit Coca-Cola und solchem modernen Gebräu. Bei einem trockenen Martini kommt es darauf an, dass der verwendete Gin erstklassig ist und nicht eins dieser Lösungsmittel, die man heutzutage angeboten bekommt; und man sollte nur einige wenige Tropfen weißen Wermut dazugeben.«

»Ein trockener Martini ist ohne jeden Zweifel das letzte Getränk für einen Gentleman unseres Jahrhunderts ...«, urteilte Alberto. »Wusstest du, dass man früher bei Dreharbeiten in Filmstudios die letzte Aufnahme *Martini*-

Szene nannte? Es ist eine Pflichtübung, die Dinge mit Stil zu beenden!«

»Jetzt wird dir Horacio gleich erzählen, dass der Martini um 1860 in Nordkalifornien erfunden wurde«, gab Oskar zu verstehen. »Unser Historiker, nicht wahr, geschätzter Horacio?«

»Und dann wird er noch hinzufügen, dass er durch James Bond zu seiner Popularität gelangte«, deutete Alberto mit schelmischem Grinsen an.

Alberto war ein groß gewachsener Mann, mit Kräuselhaar im Nacken und der einen oder anderen grauen Strähne, die widerspenstig hervortrat. Er putzte gerade seine in Stahl gefasste Brille und prüfte anschließend gegen die Halogenstrahler an der Decke, ob sie auch sauber war.

Horacio täuschte eine Geste der Geringschätzung vor.

Dann antwortete er: »James Bond trank seine Martinis stets mit Wodka. Und wisst ihr auch, warum? Weil die Marke Smirnoff in den Sechzigerjahren die Werberechte für die Bond-Filme erwarb. Ach …, und aufgrund des klitzekleinen Details, dass Ian Fleming es so in seinen Büchern geschrieben hat.« Schließlich stellte Horacio fest: »Aber was verstehen die Engländer schon von guten Cocktails?«

Alberto lachte laut auf.

»Es gibt eine berühmte Anekdote …«, fuhr Horacio fort. »Der Kriminalschriftsteller Raymond Chandler wollte das Drehbuch zum Film *Die blaue Dahlie* eigentlich überhaupt nicht schreiben, also traf er mit dem Produzenten ein Abkommen: Sie vereinbarten, dass er das Drehbuch anfertigen würde, sofern in seinem Vertrag ausdrücklich festgehalten wurde, dass er dies in trunkenem Zustand tun könne. Darüber hinaus hatten ihm die Paramount Pictures rund um die Uhr Limousinen und Sekretärinnen zur Verfügung zu stellen sowie einen Arzt und Krankenschwestern, die ihn mit Vitaminspritzen versorgten, da er natürlich nichts aß, wenn er Alkohol trank. Im Anschluss an das Mittagessen, bei dem der Produzent die extravaganten Bedingungen des Schriftstellers akzeptierte und in dessen Verlauf Chandler, wie man sich erzählt, drei doppelte Martini und drei Whisky mit Pfefferminzcreme hinunterschüttete, machte sich der Autor auf den Heimweg. Zwei Wochen später war das Drehbuch fertig.«

Alle Anwesenden verfielen in Lachen. Nach einer Weile seufzte Horacio auf und wandte sich Sebastião zu: »Übrigens, konntest du etwas über Claudio Alacenas Sohn herausfinden?«

»Ich fürchte, ja, und es ist nichts Angenehmes.«

Er schilderte in knappen Worten, was er bisher erlebt hatte, und die Ergebnisse der Polizei; das löste Bemerkungen jeglicher Art und einen Ausdruck allgemeinen Erstaunens aus.

»Ein Serienmörder?«, rief Alberto. »*É incredibile!*«

»Es handelt sich nur um eine Hypothese.«

»Also bleibst du in Madrid, um weiter an dem Fall zu arbeiten?«, fragte Horacio.

»Nein, nein, für den Fall ist die spanische Polizei zuständig; man müsste uns offiziell um unsere Mitarbeit bitten. Das verlangen die Vorschriften.«

Es herrschte eine Weile Schweigen, das von Emiliano del Campo gebrochen wurde: »Ein entsetzlicher Vorfall!« Er klappte das Buch zu, in dem er geblättert hatte, und streckte die Hand nach einem voluminösen Cognacschwenker aus, der ihm gegenüber auf dem Holztisch stand. Sebastião versuchte dem Blick des Arztes standzuhalten, aber dann musste er wegsehen; es war, als würde Del Campo ihn mit den Augen durchbohren und seine geheimsten Gedanken erforschen. »So was Brutales. Falls wir irgendwas tun können …?«

Del Campo presste die Lippen aufeinander; die Nachricht schien ihn stark mitgenommen zu haben. Sebastião hatte keine Ahnung davon gehabt, dass Del Campo so eng mit den Alacenas befreundet war.

»Ich kann nur wenig tun, außer zu hoffen, dass der Albtraum für Don Claudio und seine Frau so bald wie möglich zu Ende geht.«

»Ich wiederhole Emilianos Angebot. Claudio Alacena ist ein guter Freund!«, meinte Oskar Schmidt.

»Natürlich«, nickte Sebastião.

»*Bene*«, rief Alberto Carnabucci plötzlich. »Bringen wir unseren Gast auf andere Gedanken. Können wir nun anfangen? Ich kann es kaum noch erwarten, euch zu zeigen, was wir hier vor uns haben.«

»Warte, Alberto«, unterbrach ihn Horacio. »Unser junger Freund weiß noch gar nichts von dem kleinen Projekt, das uns derzeit beschäftigt.«

Sein Onkel richtete sich im Lehnstuhl auf.

»Vor genau vier Monaten habe ich die glücklichste aller Entdeckungen gemacht«, begann Horacio zu erzählen. »Um dich nicht zu sehr auf die Folter zu spannen: Ich befand mich im Urlaub in Verona und stieß dort rein zufällig auf etwas, das in kürzester Zeit meine ganze Aufmerksamkeit auf sich ziehen sollte. In jener Nacht war ich bei alten Freunden zum Abendessen eingeladen, ich hatte sie schon seit vielen Jahren nicht mehr gesehen; eines jener Abendessen, bei denen man sich Anekdoten aus der Jugend erzählt und Sätze wie ›*Ach, wie doch die Jahre vergehen*‹ sagt. Die Mutter Francescas, meiner Gastgeberin, war gerade verstorben und hatte den beiden eine nicht unbedeutende Erbschaft hinterlassen. Wie auch immer. Ich will dich nicht mit den Villen und Landgütern langweilen, um die es dabei ging, denn das Abendessen kreiste ausschließlich um zwei Truhen mit alten Schriftstücken, über die sie meine Expertenmeinung hören wollten, für den Fall, dass sich in ihnen etwas Wertvolles befand. Francescas Mutter hatte die beiden Truhen seit dem Tod des Vaters, ein paar Jahre davor, in einem Dachgeschoss unter Verwahrung genommen. Sie enthielten persönliche Sachen des Vaters – Dinge, die im Laufe der Jahre völlig in Vergessenheit geraten waren und jetzt mit der Erbschaft wieder ans Tageslicht kamen.

In Wirklichkeit wussten wir schon vorher, dass das, was sich in den Truhen befand, einen gewissen Wert hatte, denn die Vorfahren meiner Freunde waren berühmte Angehörige des italienischen Hochadels und somit Zeugen der italienischen Geschichte des vergangenen Jahrhunderts. Meine Freunde hatten vor, die Dokumente zum eingehenden Studium in ein Museum zu bringen, da sie aber von meiner Leidenschaft für Literatur und Kunst wussten, entschieden sie sich dafür, mir mittels eines exquisiten Abendessens noch in derselben Nacht eine erste Einschätzung abzugewinnen.

In der ersten Truhe fanden wir Dokumente von großem historischem Wert, aber ich will dich nicht mit den Einzelheiten langweilen. Jedenfalls entdeckten wir in der zweiten Truhe etwas, was uns die Sprache verschlug: drei vollkommen unzerstörte Pergamente. Wir staunten darüber, mit welcher Sorgfalt die Schriftstücke zwischen zwei schweren Glasplatten aufbewahrt worden waren, die um die Blätter herum ein Vakuum erzeugt hatten. Francesca erzählte mir, sie könne sich dunkel daran erinnern, die Vitrine einmal auf dem Schreibtisch ihres Vaters gesehen zu haben, aber genauere Details wusste sie nicht.«

Horacio redete von der anderen Ecke des Zimmers aus, er stand neben einem Schubladenschrank, auf dem ein etwa siebzig Zentimeter breiter und drei bis vier Zentimeter starker Gegenstand lag, der mit einem schwarzen

Samttuch bedeckt war. Ohne Zweifel das famose Schriftstück.

»Es handelt sich um ein fabelhaftes Dokument, nicht so sehr, was seinen Inhalt betrifft, obwohl der sicherlich auch interessant ist – nun, es ist nicht gerade der Weisheit letzter Schluss –, sondern vielmehr seines Autors wegen: einer der größten italienischen Dichter aller Zeiten. Vielleicht der größte überhaupt. Wie es der Zufall will, bin ich selbst ein leidenschaftlicher Anhänger dieser historischen Figur und kenne ihr Werk sehr gut. Also baten mich meine Freunde, nachdem sie alle Erbschaftsangelegenheiten geklärt hatten, das Schriftstück in Madrid in Empfang zu nehmen und es ausführlich zu prüfen, bis ich mich ganz von der Echtheit seiner Herkunft überzeugt hätte. Das ist auch der Grund, weshalb seit seiner Entdeckung und unserer heutigen inoffiziellen Präsentation so viele Monate vergangen sind. Bis gestern befand es sich noch im Pradomuseum in den Händen der angesehensten Restauratoren und Wissenschaftler, einige davon waren extra aus Rom angereist. Heute haben wir es hier, aber morgen verlässt es uns schon wieder auf seinem Weg zurück nach Italien.«

»Ich kann es kaum noch erwarten, Horacio«, gestand Sebastião. »Kann ich nun endlich erfahren, worum es sich handelt?«

Horacio zog das schwarze Samttuch ab, und Sebastião trat näher. Die Vitrine war drei Handspannen breit und drei Handspannen hoch und setzte sich aus zwei Glasplatten zusammen, die etwa zwei Zentimeter dick waren und drei vergilbte Pergamente einschlossen. Die Glasplatten waren gegen einen Sockel gestützt, der sie in der Vertikale hielt, mit einer Rückwärtsneigung von etwa zwanzig Grad. Sebastião trat ganz nah an die Vitrine heran, die durch einen Strahler an der Decke beleuchtet wurde, und versuchte die uralten Buchstaben in schwarzer Tinte zu entziffern, die noch immer recht gut lesbar waren. Aber der Lauf der Zeit hatte seine Spuren auf dem Pergament hinterlassen, sodass einige Bruchstellen und aufgerissene Nähte ein paar der Absätze unleserlich machten. Das dritte Blatt brach etwa zwei Drittel vor Schluss ab und ließ die Geschichte unvollendet.

»*Dante Alighieri* …«, verkündete Horacio.

Sebastião wandte sich mit überraschtem Gesicht um. Anschließend richteten sich seine Blicke erneut auf die Vitrine.

»Sieh mal einer an!«, rief der Portugiese. »Was für ein Fund! Jetzt will ich aber endlich wissen, worum es geht.«

»Und wir auch«, erklärte Ivan Polskaian. Er zog ein silbernes Zigarettenetui aus der Tasche und bot Sebastião eine Zigarette an; der schüttelte den Kopf und meinte: »Nein, danke, ich rauche nicht.«

Horacio kam nun wieder zurück und nahm in Sebastiãos Nähe Platz. Die Bemerkung des Aserbaidschaners hatte Sebastião erstaunt. War Horacio etwa der Einzige, der den Inhalt des Schriftstücks kannte? Es schien, als wüssten die übrigen Anwesenden genauso viel oder wenig wie er selbst.

»In der Tat …«, bestätigte Alberto Carnabucci, »nur Horacio und ich wissen, was das Schriftstück in sich birgt, da nur wir beide eingeladen waren, gemeinsam mit den Experten des Pradomuseums an dessen Analyse teilzunehmen. Als gebürtiger Florentiner bin ich ein bedingungsloser Anhänger Dantes. Da konnte ich es mir natürlich nicht entgehen lassen, an der Übersetzung des Textes mitzuwirken.«

»Und uns verständigte Horacio, als er mit der Vitrine in Madrid ankam«, erklärte Ivan. »So lernten wir das Schriftstück vom ersten Tag an kennen, aber wir konnten natürlich nicht an dessen Übersetzung teilnehmen. Wie es aussieht, ist sie ja nun abgeschlossen. Unsere lieben Freunde haben sich bisher jedoch ziemlich geheimniskrämerisch verhalten.«

Er machte es sich auf dem Sofa bequem, zeichnete mit der Zigarette einen Rauchkringel in die Luft und blickte diesem hinterher, bis er sich ein paar Sekunden später in nichts aufgelöst hatte.

»Obwohl uns die modernsten Informatiksysteme zur Verfügung standen, war es keine leichte Aufgabe, den Text zu übersetzen, nicht so sehr aufgrund der archaischen Sprache des Dichters, sondern wegen der Schwierigkeiten der Lektüre, die durch die Mängel des Manuskripts verursacht wurden«, erklärte Horacio.

»Nun erzähl schon, alter Freund, wo wir alle hier versammelt sind«, drängte Oskar.

Horacio machte es sich in seinem Lehnstuhl bequem und nahm einen Schluck von seinem Drink.

Dann meinte er: »Da wir Zeit haben, erlaubt mir, dass ich euch, um euer Gedächtnis ein wenig aufzufrischen, eine kleine Geschichte erzähle: *Dante Alighieri* erblickte in Florenz im Mai des Jahres 1265 in einem kleinen Haus gegenüber der Torre della Castagna das Licht der Welt. Seine adlige Abkunft verdankte er seinem Ururgroßvater und dessen mutigen Rittertaten während der Kreuzzüge unter der Herrschaft Kaiser Konrads III. Dantes Vater lebte in Florenz von Maklergeschäften und Geldwechseln, obwohl böse Zunge behaupten, er sei eigentlich nur Geldverleiher gewesen. Seine Mutter starb, als Dante noch sehr klein war, und sein Vater heiratete gleich darauf zum zweiten Mal. Wie es das Schicksal wollte, verstarb kurze Zeit danach auch sein Vater.

Den Bräuchen der Zeit folgend, hatte dieser für seinen

Sohn ein schriftliches Eheversprechen hinterlegt, das den jungen Dante dazu verpflichtete, eine gewisse Gemma Donati zu heiraten.«

»Florenz ...«, fuhr nun Alberto fort, »erlebte gerade die Blütezeit seiner ersten demokratischen Verfassung und war zwischen den papsttreuen Guelfen und den kaisertreuen Ghibellinen gespalten. Bereits bevor Dante zur Welt kam, und aus Gründen, die hier keine Rolle spielen sollen, hatten sich die beiden Parteien in blutigen Schlachten bekriegt, die mit dem Sieg der Ghibellinen zu Ende gegangen waren. Dantes Familie fühlte sich den Guelfen zugehörig und forderte ihr Schicksal heraus, indem sie auch weiterhin in dem ihnen feindlich gesinnten Florenz blieb, das die kaiserlichen Ghibellinen beherrschten. Glücklicherweise wurden diese im Jahr nach Dantes Geburt in der Schlacht bei Benevento geschlagen, was der Familie eine Zeit lang Ruhe und Frieden bescherte.«

Das einzige Licht im Raum kam vom Kaminfeuer und einer barock anmutenden Stehlampe, die so gar nicht zum Rest der Dekoration passte.

Horacio nahm den Faden wieder auf: »Unser Dante verbrachte seine ersten Jahre bei den Franziskanermönchen von Santa Croce, und seine Leidenschaft und Begabung zur Poesie machten sich bereits in frühem Alter bemerkbar. Vom Sommer des Jahres 1286 bis zum Frühjahr des folgenden Jahres studierte Dante Rechtswissenschaften, Philosophie und vermutlich auch Medizin an der Universität von Bologna. Denn ihr wisst ja ...« – Horacio sagte dies mit dem nicht böswillig gemeinten Hochmut genialer Menschen, die voraussetzen, dass das Allgemeinwissen ihrer Gesprächspartner solche Details mit einschließt –, »in Florenz gab es zu jener Zeit keine Universität, wie etwa in Bologna oder Siena, und aus diesem Grund verließ Dante die Stadt.«

»Du bist schon zu weit in deiner Erzählung!«, unterbrach ihn Alberto mit seinem weichen italienischen Akzent. »Als Dante neun Jahre alt war, geschah etwas, was fortan sein ganzes Leben bestimmen sollte: Er begegnete zum ersten Mal einem bezaubernden Mädchen namens Beatrice di Folco Portinari, die ein Jahr jünger war als Dante und bis an sein Lebensende die Frau seiner Träume bleiben sollte. Zu seinem Leid konnte er seine Geliebte erst neun Jahre später wiedersehen.«

»Seine *Geliebte* … natürlich nicht in der heutigen Bedeutung des Wortes, versteht sich!« Alberto und Horacio wechselten sich bei der Erzählung der Geschichte ab, und Sebastiãos Blicke hüpften wie bei einem Tennismatch vom einen zum anderen. »Beatrice heiratete sehr jung einen wohlhabenden Bankier der Stadt namens Simone Bardi. Sie verstarb im Alter von nur vierundzwanzig Jahren.«

»Das war für Dante ein heftiger Schlag, der ihn beinahe in den Wahnsinn getrieben hätte«, warf Horacio ein. »Im Jahr zweiundneunzig … ich meine natürlich 1292«, ergänzte er schmunzelnd, »… verfasste Dante ein Gedicht mit dem Titel *Vita nuova.* Vermutlich einige Jahre nach Beatrices Tod. Wie dem auch sei: In diesem Gedicht besingt er die Geschichte seiner Liebe zu dieser jungen Frau. Das Buch beginnt mit den Worten: ›*Von diesem Augenblick an nahm die Liebe meine Seele in Besitz.*‹ Klingt hübsch, was? Am Ende der *Vita nuova* durchlebt Dante eine außergewöhnliche Vision, in der ihm seine Angebetete in all ihrem Glanz erscheint, und das ist die Zeit, als die *Göttliche Komödie* entsteht.«

Sebastião hatte die *Göttliche Komödie* zwei- oder dreimal gelesen, und in seiner Londoner Bibliothek standen mehrere Ausgaben des Buches. Er runzelte die Stirn; eine flüchtige Idee schoss ihm durch den Kopf, ein Geistesblitz, dem er keine konkrete Gestalt zu geben vermochte, aber sein Gefühl sagte ihm, dass es sich dabei um etwas Wichtiges handelte. Er konnte sich nur noch mit größter Mühe auf Albertos Worte konzentrieren.

»Davor«, sagte der Italiener, »um genauer zu sein, im Juni 1289, kämpfte Dante in der Schlacht von Campaldino gegen Arezzo und die toskanischen Ghibellinen, und im August desselben Jahres nahm er an der Belagerung der Festung von Caprona teil. Ihr versteht schon, Jugendsünden eben! Während dieser Jahre heiratete er Gemma, über die er nie auch nur eine einzelne Zeile geschrieben hat, mit der er aber vier Kinder in die Welt setzte: Iacopo, Pietro, Giovanni und Antonia.«

Sebastião wollte nach seinem Martini auf dem Tisch greifen, aber das Glas war leer.

»Als Dante dreißig Jahre alt wurde«, erzählte Horacio weiter, stand auf und nahm Sebastiãos leeres Glas vom Tisch, »trat unser tragischer Held in die Politik ein, nachdem er festgestellt hatte, dass er nicht zum Soldaten taugte.« Horacio servierte Sebastião einen weiteren Drink. »Seine politische Karriere entwickelte sich vorzüglich, und fünf Jahre später wählte man ihn als eines von sechs Mitgliedern ins Priorat, das höchste Gremium der Stadt Florenz. Und das ist der Moment, in dem seine Probleme beginnen …«

Ein Holzscheit des Feuers knisterte plötzlich so laut, dass man es im ganzen Raum hörte. Sebastião trug einen dicken Wollpullover, doch selbst so reichte die Wärme der Glut nicht aus, es fror ihn.

»Die alte Feindschaft zwischen Guelfen und Ghibellinen lebte in jener Zeit in Gestalt der ›Schwarzen‹ und ›Weißen‹ wieder auf – Namen, die selbstverständlich nichts mit der Hautfarbe der Bewohner zu tun haben! Dante musste in seiner Eigenschaft als Prior einschreiten, um den Konflikt zu lösen, und verbannte die Anführer beider Seiten, einige Verwandte und einen seiner besten Freunde aus der Stadt.«

In diesem Moment ging die Tür auf, und eine Frau erschien im Zimmer.

»Gestatten, die Herren?«

Die Versammelten nickten unisono, und die Frau, eine ältere Hausdienerin, die sich um die Dachwohnung kümmerte, kam mit einer großen Platte herein. Sie näherte sich lautlos und stellte die Platte mit kleinen Kanapees, *Quiche-Lorraine*-Törtchen und Käseecken auf dem Tisch ab.

»Etwas zum Abendessen ...«, sagte Oskar. »Ein wenig spärlich, aber exquisit.«

Der Raum füllte sich unweigerlich mit dem Aroma von Del Campos Pfeife, Ivans Zigarettenrauch und dem Geruch nach Holz, der dem Kamin entströmte.

»Die Geschichte geht weiter.« Horacio griff zur Speiseplatte. »Obwohl sich Dante und der Anführer der ›Weißen‹ gegen das Einschreiten des Papstes wehrten, animierte Papst Bonifaz VIII. im Jahr 1301 Charles du Valois, in Florenz einzumarschieren und die Streitigkeiten zwischen den verfeindeten Parteien zu schlichten. In Wirklichkeit verhalf dieser aber nur den ›Schwarzen‹ zur Macht, an deren Spitze der umstrittene Corso Donati stand. Und so kam es zu einer Reihe von Verbannungsurteilen; eines davon betraf auch unseren Dante, den man, weil er sich geweigert hatte, eine nicht unerhebliche Geldstrafe zu zahlen, zum Tod auf dem Scheiterhaufen verurteilte, falls er sich in Florenz blicken ließ. Von diesem Augenblick an bereiste Dante ganz Italien – möchte jemand vielleicht ein Glas Wasser haben ...?«

Horacio beugte sich über den Tisch und begann einige Gläser mit eisgekühltem Wasser und Zitrone zu servieren.

»Dann erzähle ich jetzt weiter«, meinte Alberto. »Während all dieser Jahre lebte Dante abwechselnd in Bologna und Padua, wo er Giotto kennenlernte. Damals begann er auch sein Werk *Convivio* zu schreiben, das den Anspruch erhob, ein Schatz an Weltwissen in Gedichtform zu sein, und durch Cicero und Boetius inspiriert war.«

»Und ...«, ergriff Horacio wieder das Wort, »an dieser Stelle kommen wir ins Spiel! Zu jener Zeit verfasste unser Dichter das Schriftstück, ein Reisetagebuch, das wir übersetzt haben. Es muss um das Jahr 1308 gewesen sein, als Dante den Brief eines Freundes namens Pietro della Bastogna erhielt, ein Schüler des berühmten Leonardo von Pisa, besser bekannt unter dem Namen Fibonacci.«

»*Fibonacci,* eine Gestalt, die in unseren Tagen große Bedeutung gewonnen hat«, warf Ivan Polskaian ein. »Und für viel Leidenschaft in unserem Kreis gesorgt hat ...« Er sah zu Horacio hinüber. »Stimmt's, lieber Freund?«

Der Aserbaidschaner machte mit größter Sorgfalt seine wer weiß wievielte Zigarette aus, indem er den Stummel sanft gegen den Aschenbecher drückte. Er hatte einen starken Akzent, aber sprach mit fast akademisch genauer Grammatik.

»Ich möchte die Aufmerksamkeit nicht vom Manuskript ablenken, aber ich habe eine Frage, die ihr mir unbedingt beantworten müsst«, warf Sebastião in die Runde.

»Nur zu.«

»Warum nennt ihr euch eigentlich *CAMBRIDGE-KREIS?*«

»Hat dir das dein Vater nie erklärt?«, fragte Ivan mit sanftem Lächeln. »Unterbrechen wir an dieser Stelle also einen Augenblick unsere Dante-Historie und erklären dir die Bedeutung unseres Namens; eine Anekdote, die die Geschichte der hier anwesenden alten Träumer verändert hat. Anfang des 20. Jahrhunderts hielt ein berühmter

Deutscher namens David Hilbert auf dem Internationalen Mathematikerkongress in Paris einen Vortrag über noch ungelöste mathematische Probleme. In seiner brillanten Rede fasste er die Wissensströmungen des zu Ende gehenden Jahrhunderts zusammen und postulierte dreiundzwanzig grundlegende mathematische Fragestellungen, deren Lösungen zu jener Zeit noch niemand kannte. Er unterstrich, dass diese Probleme die mathematischen Forschungen der folgenden Jahre bestimmen müssten. Hilbert verteidigte den Standpunkt, dass die Entscheidung darüber, welche Fragen zu den dreiundzwanzig Problemen gehörten, mindestens genauso wichtig sei wie deren Lösung. Das heißt, die reine Problemstellung, also den Weg zu klären, den man einschlagen würde, auch wenn man noch nicht einmal wusste, wie man darauf vorwärtskommen sollte, bedeutete an sich schon einen enormen Fortschritt. Zweifellos war Hilbert einer der Mathematiker, der den größten Einfluss auf die Fortentwicklung dieser Wissenschaft gehabt hat. Das Ansehen dieses Deutschen führte dazu, dass sich die brillantesten Forscher der Herausforderung stellten, und heute sind viele der Hilbertschen Probleme gelöst; andere dagegen sind es nur teilweise oder entziehen sich noch immer der Wissenschaft.«

»Kürzlich …«, mischte sich Emiliano Del Campo ins Gespräch, »hat das *Clay Mathematics Institute of Technology* der US-amerikanischen Universität Cambridge in Massachusetts sieben nach wie vor ungelöste Probleme formuliert, die Mathematiker seit Hilbert beschäftigen. Für die Lösung dieser Probleme hat das Institut sieben Millionen Dollar angeboten, das heißt: Eine satte Million pro Problem!«

»Hört, hört …«, murmelte Sebastião.

»Die Probleme kreisen um die *Riemannsche Hypothese,* die *Poincaré-Vermutung,* die *Hodge-Vermutung,* die *Swinnerton-Dyer-Vermutung*, die Lösungen zur *Navier-Stokes-Gleichung, Yang-Mills-Gleichung* und zum *P/NP-Problem*.«

»Fünf alte Freunde bündelten ihre Kräfte in der Überzeugung, dass die Lösungen zu so abstrakten Problemen nur jenseits der reinen Wissenschaften zu finden seien«, fuhr Horacio fort. »Sie haben ihre gesamte Intelligenz ins Spiel gebracht, um unterschiedliche Lösungsansätze zu ein und demselben Rätsel zu liefern: die Schönheit der Schachmathematik: Mischung aus Exaktheit und Leidenschaft; die Genialität und Frische der Klassiker; der Scharfsinn fernöstlicher Philosophie; das psychologische Verständnis mentaler Prozesse. Enthusiasmus im Dienste der Wissenschaft! Und wir knackten eines der Probleme.«

»Eine Million Dollar kommen schließlich niemandem ungelegen«, ergänzte Oskar mit breitem Grinsen.

»Der *Clay*-Kreis«, prüfte Sebastião. »Der *Hilbert*-Kreis … Der *Cambridge*-Kreis …« Ein Lächeln huschte über seine Lippen: »Ich hätte mich auch für die letzte Möglichkeit entschieden.«

»Eine bescheidene Hommage an unsere … *Lehrmeister*!«

»Welches der Probleme habt ihr denn gelöst?«, fragte Sebastião.

»Wir haben die Arbeiten von Coates und Wiles aus der Mitte der Siebzigerjahre im Zusammenhang mit den komplexen Zahlen erweitert, um eine vollständige Lösung zu den Überlegungen von Swinnerton zu liefern. Wir werden dich nicht mit den Einzelheiten dieser komplizierten Vermutung langweilen. Nur so viel: Es hat uns fast zwei Jahre harte Arbeit gekostet, und schließlich war es Alberto, der die Lösung fand. Doppelte Primzahlen und eine Zahlenreihe von Smarandache.«

»*Smarandache …?*«

Alberto vollführte mit seinen Händen eine Bewegung in der Luft.

»Numerische Reihen …! Wir haben uns dabei auf die Lucas-Folge gestützt, eine Abfolge ganzer Zahlen, die mit Hilfe einer rekurrenten Formel gebildet wird:

1 – 3 – 4 – 7 – 11 – 18 – und immer so weiter.«

»Einen Moment«, unterbrach ihn Del Campo und wandte sich an Sebastião: »Welche Zahl wäre demzufolge die nächste der Reihe?«

Sebastião blickte ihm fest in die Augen, während er im Kopf die Reihe von allen Seiten her prüfte. Del Campo wandte seinen Blick nicht eine Sekunde von ihm ab und klopfte dabei den Pfeifenkopf mehrmals sanft gegen seine linke Handfläche.

»29!«, sagte Sebastião nach einer Weile. »Es ist eine einfache Reihe, in der sich jeder Term aus der Summe der beiden vorhergehenden zusammensetzt.«

»Exakt«, erwiderte der Psychiater.

Sebastião nickte schmunzelnd.

»Ein Einfall, der uns amüsiert hat, aber nicht der Rede wert ist«, sagte Horacio und wandte sich dem Italiener zu: »Komm schon, Alberto, erzähl uns endlich, wie es mit unserem Dante weiterging, sonst enthältst du Sebastião ja die Pointe vor.«

Alberto zog aus einem Umschlag, der vor ihm lag, ein Dokument heraus.

»Dies hier ist die Übersetzung des Pergaments!«

Er setzte sich die Brille mit der Metallfassung auf und begann zu lesen:

Es ist der Wille der Bürger unserer Stadt Florenz, der schönsten und berühmtesten Tochter Roms, mich außerhalb ihres mütterlichen Schoßes zu verfolgen. Ich bin durch alle Regionen gereist, in denen man unsere Sprache spricht, ge-

gen meinen eigenen Willen die Wunden des Schicksals präsentierend. Diesmal führt mich mein Weg nach Pisa, der Stadt des Turms, zu einem Treffen mit meinem Freunde Paolo Gerardi, Schüler des bekannten Leonardo von Pisa. Ob Fibonacci *anhand der lateinischen Übersetzungen der Schrift* Al-jabr wa'l-muqabala *des illustren Mathematikers Al-Khwarizmi zu seinen Kenntnissen gelangte, oder ob er sein Wissen auf seinen zahlreichen Reisen in ferne Gegenden erwarb, ist uns nicht bekannt, aber es ist gewiss, dass er meinem Freund seinen Wissensschatz wortgetreu überliefert hat.*

Leonardo, Sohn des Bonacci, hat mir durch Paolos Zunge von seinen Überfahrten auf unserem Meer gen afrikanische Küsten zur Hafenstadt Bugia und von seinen eingehenden Studien der Theorien des Abu-Kamil und Al-Karawi berichtet. Sein Werk mit dem Titel Liber Abaci, *weithin bekannt, bezeugt ohne den geringsten Zweifel jene Meisterschaft.*

Aber es ist Paolo, von dem ich berichten möchte.

Er ist ein Mann von mittlerer Statur, leicht gebeugtem, aber ruhigem Gang. Er ist stets sittsam gekleidet, prahlt selten durch seine Kleidung oder prunkhaftes Auftreten. Im Gegenteil, sein Benehmen ist unverändert schlicht und korrekt. Was seine Mahlzeiten angeht, so prasst er nur selten, weil er davon ausgeht, dass eine genügsame Ernährung den Geist lebendig erhält. Seine Speisen sind von gewöhnlicher Natur, obwohl ich davon Zeugnis ablegen kann, dass es mir nie an etwas gefehlt hat, wann immer ich die Ehre hatte, sein Gast zu sein.

Er besitzt ein gedehntes Antlitz, mit einer leicht hakenförmigen Nase, sowie ein hervorstehendes und großes Kinn; seine Augen und seine Stirn sind üppig und klar, ja beinahe lebhaft, könnte man sagen; von dunkler Hautfarbe, wie sie der Region eigen ist, braunes und reichlich vorhandenes Haar an Haupt und Barte. Ich habe nur wenige Menschen kennengelernt, die sich mehr um Studien und Wissenschaft bemüht haben als er, das geht so weit, dass er, sobald etwas seine augenblickliche Aufmerksamkeit erfordert, jede andere Pflicht links liegen lässt. Wenn sein Intellekt ihn anstachelt, ist er hurtig bemüht, ihn zu beruhigen. Wenn ein Problem sich als schwierig erweist, geht er es mit größtem Eifer an, bis er es bezwungen hat. Seine Qualitäten stehen außerhalb jeden Zweifels; ein starkes Gedächtnis, scharfer Intellekt und tadellose Tugend.

Ein Kenner des Liber Abaci *des großen Fibonacci, ist er selbst der Herausgeber überarbeiteter Manuskripte mit außergewöhnlichen Erweiterungen. Ein Meister mathematischer Praktiken, Rechenexempel und der Theorie quadratischer Gleichungen, wie denen aus den Texten Al-Khwarizmis, Abu-Kamils und Al-Karawis.*

Irgendetwas an den jahrhundertealten Worten erinnerte Sebastião wieder an jenes Gefühl, das am Rande seines Bewusstseins dahinschwirrte. Er presste die Lippen aufeinander und versuchte dem Gefühl Gestalt zu verleihen, aber die Teile des Puzzles wollten einfach kein harmonisches Ganzes ergeben.

»Einen Augenblick«, unterbrach Horacio. Sebastião verdrängte seine Gedanken und hörte aufmerksam zu. »Es wäre angebracht, eine Randbemerkung über die mathematischen Konzepte jener Epoche zu machen. Das ist etwas, was wir nicht getan haben, aber ich glaube, dass wir es anfügen sollten.«

»Ich bin auf diesem Gebiet zwar kein Experte«, bemerkte Ivan, »doch versuchen wir's einfach!« Er schloss einen Moment lang die Augen, dann fuhr er fort: »Paolo Gerardi verfasste ein Buch mit dem Titel *Libro di ragioni*, eine zu jener Zeit sehr einflussreiche Abhandlung über die

Algebra. Es beinhaltete 193 mathematisch-rhetorische Beispiele. Die meisten davon entstammten dem Gebiet des Handels. Die letzten hatten neun kubische Gleichungen zum Inhalt, bei fünf von ihnen handelte es sich um nicht reduzierbare Gleichungen.«

»Ich fürchte, dass ich bei den nicht reduzierbaren kubischen Gleichungen etwas verloren bin«, gestand Sebastião.

»Ganz einfach …!« Ivan nahm den Faden wieder auf. »Eine Gleichung ersten Grades beschreibt eine Linie; eine Gleichung zweiten Grades eine Fläche, wie das Blatt vor dir, und eine kubische Gleichung ein Volumen. Nehmen wir das Beispiel der Olive in deinem Martini, man könnte sie mittels einer kubischen Gleichung beschreiben, genauer gesagt, mit einem symmetrischen Paraboloid. Die Lösungen solcher Gleichungen, die man heute in der Schule lernt, waren zu jener Zeit völlig unbekannt. Man meinte sogar, es gebe dafür keine Lösungen.«

»Davon einmal abgesehen, irrte sich unser Gerardi bezüglich der Fragestellung, während er sich damit brüstete, das Problem gelöst zu haben. Da er seine Ergebnisse niemals verifizierte, indem er sie erneut auf die ursprüngliche Fragestellung anwandte, hat er nie bemerkt, dass seine Lösungen verkehrt waren. Die Problematik dieser Art von Gleichungen blieb bis ins sechzehnte Jahrhundert ungelöst.«

»Nun gut, um also den Rest des Schriftstückes ein wenig genauer zu erklären, muss ich euer Gedächtnis zunächst etwas in Hinblick auf Kaiser Heinrich VII. auffrischen«, sagte Horacio. »Am 27. November 1308 ernannten die sieben Kurfürsten des deutschen Reiches während ihrer Versammlung in Frankfurt am Main den jungen Heinrich von Luxemburg zum Nachfolger der kaiserlichen Krone. In Italien war erst kurze Zeit vorher der Krieg des Corso

Donati zu Ende gegangen, den wir bereits erwähnt haben. Des Kaisers erste Amtshandlung war die Bildung eines Heeres und der Marsch nach Italien.«

Da ergriff Ivan wieder das Wort.

»Zu ebenjener Zeit kehrte Dante aus Paris zurück, um Heinrich VII. in seiner Absicht, Florenz von der Herrschaft der ›Schwarzen‹ zu befreien, zu unterstützen. Aber Dantes Hoffnungen zerschlugen sich. Heinrich VII. lenkte seine Truppen nach Brescia. Anschließend zog er, statt Kurs auf Mittelitalien zu nehmen, nach Genua weiter. Dort blieb der Kaiser bis Mitte Februar 1312, und ein paar Monate später gelangte er in Dantes Begleitung nach Pisa, denn unser Dichter war noch immer darum bemüht, Florenz zu befreien. Hier stoßen wir auf Dante und hören ihn inmitten der Stadt über Mathematik reden. Dieses Fragment handelt vom Schiefen Turm von Pisa und gibt Aufschluss über einige unbekannte Details, die bis zum heutigen Tag für bittere Debatten gesorgt haben, wie zum Beispiel der Name des Architekten … Ich glaube, wir werden unter den Architekten der Welt für eine kleine Revolution sorgen«, erklärte Ivan mit boshaftem Schmunzeln.

Nachdem die uns begleitenden Priester ihre Frühmesse gehalten hatten, gelangten wir im Morgengrauen in die Stadt und lenkten unsere Schritte auf direktem Wege zum Turm. In der Nacht des vorangegangenen Tages hatten wir den Arno zu unserer Linken gelassen und in einer Herberge genächtigt, die eine Tagesreise von der Stadt entfernt lag. Meine Beine sind vom vielen Herumziehen in der letzten Zeit müde, und es bestürzt mich, Pisa zu betreten, die Todfeindin meiner geliebten Dame Florenz, doch der Empfang hätte wohl kaum herzlicher sein können. Der Kaiser wurde mit allen Ehren empfangen, die ihm sein Rang und

Gottes Gnaden verleihen. Noch vor Mittag werde ich Gelegenheit dazu haben, meinen Freund Paolo Gerardi *zu treffen. Die dialektische Herausforderung wird unter dem aufmerksamen Blick des erst halb fertigen, doch schon gen Süden geneigten Campanile stattfinden.*

Sechzig Münzen dienten zu seiner Grundsteinlegung am 9. August anno Domini 1173 und für den Entwurf der Pläne durch die sichere Feder des Bonnano Pisano. Meinen Nachforschungen zufolge weist der Campanile eine besorgniserregende Neigung gen Süden auf, in so hohem Maße, dass die Domherren im Frühjahr anno Domini 1298 Meister Simone den Auftrag erteilten, das Gelände, auf dem der Campanile steht, zu befestigen; ein in höchstem Grade sandiges Gelände. Das ist der Grund dafür, dass Tommaso di Andrea da Pontedera bereits festgestellt hat, dass die Neigung des Turms nicht mehr korrigierbar sei. Die Neigung beträgt zweieinhalb Armlängen.

Nach der letzten Unterbrechung der Bauarbeiten anno Domini 1284, bedingt durch den Krieg mit Genua, hat er nun seinen sechsten von sieben geplanten Bauabschnitten erreicht.

Doch es hat schon die Herausforderung auf dem Platze begonnen ..., und eine gewaltige Menge versammelt sich vor Paolo und dem jungen Gianlucca Isnenghi, kühner Anwärter auf den Titel, den mein geliebter Freund für sich beansprucht. Rechenexempel der schwer lösbaren Handelsmathematik werden von Isnenghi vorgestellt, denen mein Freund Rede und Antwort stehen muss ...

Alberto schnalzte mit der Zunge:

»Und an dieser Stelle, liebe Freunde, reißt das Manuskript ab. Ein Jammer, aber ...«

»Eine Sekunde, aber hier müsste eine Erklärung eingeflochten werden.« Horacio wandte sich zu Sebastião: »Ein

Lehrmeister der Mathematik im Italien des Mittelalters lebte in einem höchst konkurrenzbewussten Umfeld. Es war sogar so, dass die Schüler ihren Meister für jeden einzelnen Kurs direkt bezahlten. Auf diese Weise lief der Lehrmeister Gefahr, dass ihn seine Schüler nicht mehr bezahlten, wenn sie der Meinung waren, die Qualität seiner Lehre habe nachgelassen. Er setzte dabei seinen Ruf so weit aufs Spiel, dass er im schlimmsten Fall die Universität oder sogar die Stadt verlassen musste. Also verwickelten sich die Lehrer in öffentliche Wettstreite, um ihren Ruf zu wahren – so eine Art Wissenschaftsolympiaden! Der Sieger vergrößerte damit seinen Ruhm und, wenn alles gutging, auch die Zahl seiner Schüler. Normalerweise wurde ein solcher Wettstreit vom Herausforderer ins Leben gerufen, er genoss das unantastbare Recht, dem großen Lehrmeister eine Reihe von Problemstellungen zu unterbreiten. Der Lehrer bereitete ganz ähnliche Fragen für seinen Gegner vor, und nach einer gewissen Zeit traf man sich auf einem öffentlichen Platz, um den Wettstreit auszutragen. Derjenige, der die größte Anzahl von Problemen lösen konnte, ernannte sich selbst zum Sieger.«

Sebastião konnte der Erzählung nur noch mit Anstrengung folgen; die Geschichte interessierte ihn zwar, doch gab es etwas am Rande seines Bewusstseins, das weiterhin seine ganze Aufmerksamkeit beanspruchte. Eine Idee, wie ein Stechen im Rücken, kreiste ihm durch den Kopf – klein, lästig und unzugänglich.

»Auf diese Weise«, warf Ivan ein, »hatte der Hüter einer revolutionären Lösung oder derjenige, der eine neue mathematische Technik erfunden hatte, tatsächlich einen beachtlichen Konkurrenzvorteil. Sicherlich schlug Paolo Gerardi seinen Herausforderer, denn es ist nun einmal sein Name, der in die Geschichte eingegangen ist, aber wir werden's wohl nie erfahren …«

Im Bruchteil einer Sekunde – fast blitzartig – nahm jene Idee Gestalt an, die sich Sebastião immer wieder entzogen hatte und nun schon eine geraume Weile in seinem Kopf herumspukte. Ein Wort ließ ihm keine Ruhe, seit er in Madrid angekommen war und die Berichte der Sachverständigen gelesen hatte: »*Komödie. Das ist der klarste Weg, der Pfad im finstern Wald der Komödie.*« So stand es in Juan Alacenas Selbstmordbotschaft, der vorletzte Satz. »*Komödie.* O Gott! *Die Göttliche Komödie.*« Sebastião saß wie festgefroren im Lehnstuhl. Die Stimmen des Raumes traten mit einem Mal weit in den Hintergrund, und es wurde ihm mit schrecklicher Bewusstheit etwas klar. Er wusste, dass er Recht hatte, aber sein Instinkt riet ihm zugleich, nicht zu ungeduldig zu sein und behutsam vorzugehen.

»Horacio …«, unterbrach er seinen Onkel mit leiser Stimme. »Wie leiden eigentlich die Sünder im ersten Kreis der *Göttlichen Komödie?*«

Sebastião hatte das Werk vor einigen Jahren gelesen, aber die Details nicht mehr so genau im Gedächtnis. Er erinnerte sich an Szenen und einzelne Abschnitte, doch er wollte lieber seinen Onkel Horacio wegen seiner beunruhigenden Idee zu Rate ziehen. Aufgrund der Spannung, die Sebastião ausstrahlte, herrschte jetzt absolutes Stillschweigen. Horacio blickte ihn mit argwöhnischer Miene an.

»Nun …, nachdem der Vorhof zum Limbus, die Vorhölle, durchschritten wurde, und erinnern wir uns auch daran, dass Dantes Führer, der römische Dichter Vergil, hier zu Hause ist, stoßen wir als Erstes auf die tugendhaften Heiden, kurz gesagt: Menschen, die zwar keine Christen sind, aber ein tadelloses Leben geführt haben. Ihre Strafe besteht darin, dass sie niemals in den Genuss von Gottes Güte und Herrlichkeit kommen.« Dann sagte

Horacio: »Der Weg vom Vorfegefeuer bis zur Tür des Heiligen Petrus wird zu einer Art Buße, und man könnte sich fragen, bis zu welchem Grad jemand aus dem Limbus nicht irrtümlich an diesem Ort weilt, den Dante die Luftsphäre nennt. Denken wir nur an die ganze Symbolhaftigkeit, die traditionellerweise mit diesen Texten verbunden war …«

Sebastião nickte. Genauso hatte er es im Gedächtnis behalten.

»Und der zweite Kreis?«, erkundigte er sich neugierig.

Horacio, der nicht daran gewöhnt war, unterbrochen zu werden, hielt einen Moment inne und blinzelte verlegen. Dann schaute er Sebastião aufmerksam an: »Dort hausen die aufgrund der Wollust Verdammten«, bemerkte er ohne Hast. »In diesem Sinn erhalten die fleischlichen Themen besondere Bedeutung. Es geht hierbei nicht nur um tatsächlich gelebte Wollust, sondern auch um die Wollust im Geiste. Damit du den historischen Kontext verstehst: Erinnere dich, dass zu der Zeit, als das Werk entstand, der Einfluss des Giovanni Fidanza, des heiligen Buenaventura, sehr groß war. Seine Meditationen gelten als theologisches und moralisches Schlüsselwerk des Mittelalters. Das eine war für ihn ebenso schlimm wie das andere. Es ist schon merkwürdig, dass die Wollust der Kreis ist, der auf die Vorhölle folgt, vor anderen, die man für weniger wichtig halten könnte, wie etwa die Gefräßigkeit. Daran erkennst du, dass die Wollust, wenngleich eine der Todsünden, in Wahrheit gar nicht einen so schlimmen Ruf hatte. Zum Beispiel stoßen wir hier auf Francesca da Rimini, die sich gezwungen sah, den buckligen Giovanni Malatesa zu heiraten, und sich später in ihren Schwager Paolo verliebte. Als die beiden beim Ehebruch überrascht werden, werden sie vom Gatten hingerichtet. In diesem Kreis tritt die Strafe in Form eines Höllensturms und orkanartiger

Sandwinde auf, die die nackten Körper auspeitschen.« Dabei machte Horacio eine Gebärde mit der Hand. »Ganz knapp gesagt – versteht sich! Über dieses Thema könnte man lange reden. Weshalb …?«

Sebastião sah Horacio fest in die Augen.

»Und der dritte Kreis?«, fragte er, ohne auf die Frage seines Onkels einzugehen. Die Verse des Dichters kamen ihm langsam, aber sicher wieder ins Gedächtnis.

»Die Schlemmer und all diejenigen, die sich durch Völlerei verführen ließen. Dante dachte dabei allgemein an Menschen, die unfähig waren, ihr Essen mit anderen zu teilen, und sich aufgrund ihres eigenen Verlangens nicht für ihre Mitmenschen aufopferten; Menschen, die ihre animalischen Triebe allem Menschlichen voranstellten. Ihre Strafe sind Kälte, Eisregen, Hagel und Schnee. Aber warum fragst du mich das alles, Sebastião?«

Sebastião holte tief Luft. Er bemerkte, dass er bis auf den Rand des Lehnstuhls vorgerutscht war und ihn alle aufmerksam ansahen.

»Hast du eine Ausgabe des Buches hier?«, fragte Sebastião.

»Aber sicher«, antwortete Horacio.

Er griff in der Bibliothek nach einem Exemplar und reichte es ihm. Sebastião blätterte eine Weile schweigend in dem Band. Er überflog die Seiten und suchte nach konkreten Bezügen, an die er sich vage erinnern konnte.

Schließlich sagte er: »In der Regel folgen Serienmörder einem bestimmten Muster. Es ist zwar nicht immer der Fall, aber hier könnte es stimmen. *Jack the Ripper* ermordete ausschließlich Prostituierte, um sie danach zu verstümmeln. Ein solches Muster zu entschlüsseln, ist ein erster und ganz entscheidender Schritt bei der Annäherung an einen Serienmörder.«

Dann sagte er nachdenklich: »Der Killer hinterlässt uns

ziemlich klare Hinweise. Ich glaube, Juan Alacenas Mörder wurde durch Dantes Text inspiriert.«

Sebastião betrat die Straße, zog sein Handy aus der Tasche und tippte Morantes' Nummer ein. Es läutete vier Mal, bis dieser abnahm.

»Sebastião?« Morantes' Stimme klang angespannt. »Ich kann im Augenblick nicht mit dir sprechen …«

»Eine Sekunde, es ist was Wichtiges.«

»Ja, Sebastião, aber …«

»Ich glaube, ich habe das Motiv deines Serienmörders gefunden«, fiel er ihm ins Wort.

Am anderen Ende der Leitung herrschte eine Sekunde Schweigen.

»Morantes?«

»Ja …, ich bin noch dran. Hör zu, ich kann jetzt nicht, ich bin in ein Riesenproblem verwickelt, aber ich komme übermorgen nach Madrid zurück, wir sehen uns, okay!«

»Aber ich fliege doch morgen schon nach London. Ruf mich einfach dort an, und ich erzähle dir alles.«

»Kommt nicht in die Tüte, mein Junge. Wenn du Informationen hast, gibt es bestimmt mehr als eine Person, die daran interessiert ist, sich mit dir darüber zu unterhalten. Hör zu …«

Dann war plötzlich ein lautes Geräusch zu hören, es klang wie ein Schuss, und die Unterhaltung wurde jäh unterbrochen. Am anderen Ende der Leitung schrie jemand.

»Scheiße …«, rief Morantes. »Portugiese, warte noch zwei Tage in Madrid auf mich …!« Er hatte aufgelegt.

Mit besorgter Miene schaltete Sebastião sein Handy aus. In welchem Schlamassel steckte sein Freund nur? Was für ein Wochenende in Madrid! Er knipste noch einmal sein Handy an und rief das Reisebüro an.

Dienstag, 2. April

Noch ein paar Tage in Madrid zu bleiben, kam Sebastião überhaupt nicht gelegen. Er müsste die Universität anrufen und dort erreichen, dass einer seiner Mitarbeiter während seiner Abwesenheit für ihn einsprang und seine Sekretärin alle seine Termine absagte. Und das ausgerechnet am Anfang des letzten Semesters vor Abschluss des Studienjahres.

Doch wie konnte er Madrid verlassen, mit all den Informationen, die er besaß? Würde es ein weiteres Opfer geben – und daran hatte er nicht den geringsten Zweifel –, dann wäre dies zum Teil seine Schuld! Er müsste also bleiben, mit Morantes reden und ihm von seinem Verdacht berichten. Und falls dieser ihm nicht glaubte, müsste er ihn davon zu überzeugen versuchen.

Er war sich sicher, dass der Mörder bald wieder zuschlagen würde.

Am nächsten Morgen suchte er erneut die Buchhandlung in der Gran Vía auf und kaufte Dantes *Göttliche Komödie* und mehrere Kommentare zum Werk. Außerdem besorgte er sich ein ornithologisches Handbuch: Zwar glaubte er zu wissen, welcher Rasse der Vogel angehörte, den der Mörder von Vanessa Población (alias *Mademoiselle Noir*) im Appartement der Unglücklichen hinterlassen hatte, aber er wollte auf Nummer sicher gehen. Er kehrte in seine Wohnung zurück, nahm ein spärliches Mittagessen zu sich und vertiefte sich bis zum Einbruch der Dunkelheit in die Lektüre. Er überlegte, ob er Hilfskommissarin Puerto anrufen solle, um sich bei ihr nach Morantes zu erkundigen, aber schließlich ließ er es sein. Er war sich sicher, dass sein Freund ganz gut auf sich selbst aufpassen konnte.

Dann schlug er das Epos des Italieners auf und begann zu lesen:

»Auf halbem Weg des Menschenlebens fand
Ich mich in einen finstern Wald verschlagen
Weil ich vom rechten Weg mich abgewandt …«

Es war bereits stockfinster, als Sebastião in größter Eile die Plaza Olavide überquerte, um nachzusehen, ob das Informatikgeschäft auf der anderen Seite noch geöffnet hatte. Drinnen schien zwar noch Licht, aber das Schild an der Tür verkündete: »*Geschlossen*«. Auf gut Glück klopfte er leicht an die Tür. Er blickte ins Innere des Ladens und verständigte sich per Handzeichen mit dem Angestellten, einem langhaarigen Jungen mit Ohrring. »Ist schon zu?«, erkundigte er sich stumm, mit übertriebenen Lippenbewegungen.

Der Junge schien ein paar Sekunden nachzudenken, dann lächelte er und kam hinterm Ladentisch hervor.

»Ich war eigentlich schon dabei abzuschließen, aber eine Minute ist immer drin.« Er ließ ihn herein.

Sebastião dankte ihm.

»Ich suche nach einem Netzgerät für meinen Laptop. Ich habe ihn aus London mitgebracht, das Netzgerät besitzt eine englische Steckerbuchse, und die ist quadratisch statt rund!«

»Eine Sekunde …« Der Junge verschwand hinter einer Tür, die wahrscheinlich in ein kleines Lager führte; nach ein paar Minuten war er wieder zurück. »Hier haben Sie, was Sie brauchen! Geben Sie mir einen Moment Ihren Laptop, und wir probieren's gleich mal aus.«

Der Junge hatte ein ansteckendes Lächeln, und Sebastião lächelte ebenfalls.

Der Computer startete mit einem leisen Pfeifen.

»Wohl viel Arbeit, was?«, fragte der Junge, während er das Netzgerät in eine Plastikhülle steckte.

»Ach, es geht so. Aber es fehlt eben immer das berühmte

Teil, das die ganze Arbeit zum Erliegen bringt. Jedenfalls vielen Dank, dass du für mich geöffnet hast.«

»Keine Ursache!« Der Junge sah in der Preisliste nach und gab Sebastião die Rechnung. »Ich hoffe, Sie haben Glück damit. Sollte irgendein Problem auftauchen, bringen Sie's mir einfach vorbei.«

Sebastião nickte und verließ den Laden. Die anschließende Nacht verbrachte er damit, die Zusammenfassungen zu schreiben und Informationen für den Bericht der Alacenas zu sammeln.

Mittwoch, 3. April

Sebastião las in der Bar unterhalb seiner Wohnung die Zeitung und schlürfte dabei seinen Kaffee, den er immer sehr heiß bestellte. Er blätterte eine Seite nach der anderen um, ohne eigentlich zu wissen, was er las. Er musste ständig an Juan, Vanessa und Julio denken und damit an die Hunderte von Unschuldigen, die ihr Leben durch die Verbrechen psychopathisch veranlagter Mörder verloren hatten. Jahrelang hatte er versucht, Serienmörder zu verstehen, hatte in deren Köpfen gewühlt, um irgendeinen Sinn zu entdecken, so pervers dieser auch sein mochte, hatte sich mit deren Begierden und Beweggründen auseinandergesetzt. Manche Kollegen versicherten ihm, es sei notwendig, sich selbst in die Bestie zu verwandeln, um sie ergreifen zu können, aber das erschien ihm unmöglich. Er erinnerte sich an andere Fälle von Serienmorden, die er bearbeitet hatte, und die Lektüre zahlloser Protokolle. Er zerbrach sich den Kopf auf der Suche nach Parallelen zu dem Mörder, der in diesem Moment in Madrid sein Unwesen trieb, aber er wusste, dass jeder Fall verschieden war, jeder Mörder eine perverse und komplexe Welt für sich, die nur wenig mit seinen *berühmten* Vorgängern zu tun hatte.

Er wählte Claudio Alacenas Nummer, der sich umgehend meldete; ohne Zweifel verbrachte der Freund seines Vaters zurzeit Tag und Nacht neben dem Telefon. Sebastião teilte ihm mit, dass er sich noch immer in Madrid befand und schon bald Nachrichten für ihn habe. Die Polizei rückte nach wie vor nichts heraus, aber Sebastião erinnerte sich daran, dass Morantes ihn über die Pressekonferenz am Samstag informiert hatte, die den Alacenas die tragische Wahrheit eröffnen würde. Er fühlte sich verpflichtet, sie auf die Nachricht vorzubereiten, bevor sich die Presse in schlüpfrigen Details erging. Zuallererst müsste er aber mit Hilfskommissarin Puerto sprechen, um größeres Übel zu vermeiden. Dann zückte er seinen Notizblock und formulierte zwei Mitteilungen: Eine für seine Sekretärin und eine andere für seinen Mitarbeiter am Lehrstuhl. Er musste unbedingt eine zweite Meinung über die Vorfälle einholen; wenn sich die Hilfskommissarin dadurch auf den Schlips getreten fühlte, war sie selbst schuld. Jetzt konnte es nur noch ein Ziel geben: Die Bestie zu fassen! Und er musste einen Weg finden, die beiden E-Mails zu verschicken.

Da kam ihm eine Idee. Er stand auf und ging schnurstracks auf einen der Tische zu. »Guten Tag!«, sagte er. Der Junge aus dem Informatikgeschäft der vergangenen Nacht sah ihn an und schluckte dabei hastig eine Toastbrothälfte hinunter. Neben ihm saß ein etwa gleichaltriges Mädchen – beide waren ungefähr siebzehn Jahre alt.

»Ich weiß nicht, ob du dich an mich erinnerst?«, meinte Sebastião.

»Klar«, antwortete der Junge mit noch halb vollem Mund, »… das Netzgerät von gestern Nacht!«

»Ja, genau. Ich würde dich gern was fragen: Weißt du zufällig, wo es hier in der Nähe einen Ort gibt, von dem man E-Mails verschicken kann? Vielleicht ein *Cybercafé* oder so was Ähnliches?«

Das Mädchen, blond und mit extrem kurzen Haaren, sah ihn ohne mit der Wimper zu zucken an.

»Haben Sie kein Modem in Ihrem Laptop?«, fragte der Junge etwas erstaunt.

Sebastião verzog ein wenig das Gesicht.

»Ich fürchte, nein. Es ist ein älterer Computer. Und ich habe auch gar keinen Internetanschluss hier in Madrid. In meinem Büro in England war schon alles vorinstalliert!«

»Schon gut, Alter, nur kein Stress. Ich mach sowieso gleich den Laden auf, von dort aus können wir's verschicken.«

»Man dankt«, sagte Sebastião. »Also, ich trink noch schnell meinen Kaffee aus und komme dann vorbei.« Er drehte sich um und ging wieder zurück zu seinem Platz an der Theke. Der Kaffee war inzwischen kalt geworden, Sebastião ließ ihn stehen und bestellte einen neuen. Nach einer Weile stand das junge Paar auf und verließ die Bar. Sebastião wartete noch einige Minuten, um ihnen Zeit zu geben, den Laden aufzusperren, dann bezahlte er sein Frühstück und folgte ihnen.

Er kam, als sie gerade die Lichter einschalteten und die Jalousien hochzogen. Er begrüßte sie noch einmal und fragte, ob er störe. »Überhaupt nicht!«, antwortete der Junge.

»Wir schicken es von dem hier weg«, sagte er und deutete mit dem Kinn auf einen Computer, der schon eingeschaltet war. »Was ich nicht verstehe, ist, dass Sie keinen Internetanschluss für Ihren Laptop haben.«

Das Mädchen – Sebastião vermutete, dass es seine

Freundin war – saß hinterm Ladentisch. Ohne von ihrer Zeitschrift aufzublicken, murmelte sie: »Was is'n das bloß für'n olles Relikt?«

Sebastião hoffte, dass sie damit seinen Laptop meinte und nicht ihn selbst. Vielleicht lag es an seiner verfluchten Angewohnheit, immer alles erklären zu wollen, oder es war einfach eine kleine Hilfestellung des Schicksals, jedenfalls sollte sein nächster Satz den Verlauf der kommenden Wochen auf radikale Weise verändern, und beiläufig auch Sebastiãos Leben.

»Ich benutze Internet normalerweise nur von meinem Bürocomputer aus. In Wirklichkeit habe ich gar keine Zeit, so viel im Netz zu surfen, wie ich gerne wollte …« Beinahe entschuldigend zuckte er die Achseln. Der Junge sah ihn überrascht an.

»Na kommen Sie.«

»Ich bin ziemlich beschäftigt …«, wiederholte er.

Die zwei Jugendlichen sahen sich an, als stünden sie einem Dinosaurier gegenüber, der entschlossenen Schrittes seinem eigenen Aussterben entgegenlief. Der Junge verschickte schnell Sebastiãos Botschaften, dann drehte er sich um.

»Eine Frage!« Sebastião hob die Augenbrauen. »Was machen Sie eigentlich beruflich?«

»Ich bin Professor.«

Der Junge riss die Augen sperrangelweit auf und warf sich ungläubig in die Brust: »Und da sind Sie nicht den ganzen Tag über online? Mann! Mit der Menge an Informationen, die Ihnen im Internet zur Verfügung steht.«

»Na ja. Ich benutze täglich E-Mail im Büro, und wir haben auch ein ziemlich umfangreiches Intranet in der Universität; aber ich muss zugeben, dass ich mich ansonsten nicht weiter damit auskenne. Nützliche Informationen aus meinem Fachgebiet im Internet zu finden, würde viel zu viel Zeit beanspruchen, und die fehlt mir eben. Aber ich lese die spanische Presse online!«

»Welches Fachgebiet unterrichten Sie denn?«

Sebastião dauerte die ganze Angelegenheit bereits viel zu lange. Er zuckte mit den Schultern.

»Vielleicht könnte ich Sie ja überraschen«, bedrängte ihn der Junge. Sebastião sah argwöhnisch auf seine Uhr und wollte sich schon eine Ausrede ausdenken.

»Lass ihn in Ruhe, David«, mischte sich das Mädchen ein und sah Sebastião mit überlegenem Gesichtsausdruck an. »Wissen Sie, er hat mit'n paar Kumpels eine Suchmaschine für spanische Websites entwickelt, und jetzt will er sie unbedingt jedem vorführen.«

David wurde rot und presste gekränkt die Lippen aufeinander. *»Du liebe Güte«*, dachte Sebastião. Er hatte eine Idee, wie er die Situation wieder zurechtbiegen konnte; der Junge war es wert, dass man ihm vor seiner Freundin ein Erfolgserlebnis gönnte.

»Listen für Spielsüchtige ...«, entschlüpfte es Sebastião. »Das heißt, wenn ich zum Beispiel wissen möchte, ob eine Person in einer Verbotsliste für Glücksspiel oder so etwas Ähnlichem steht. Wie komme ich an solche Informationen ran?«

»Was für Listen?«

Sebastião hatte sich die ganze Nacht den Kopf darüber zerbrochen, mit welcher Methode der Mörder ausgerechnet auf Juan Alacena gestoßen war, um die Sünder des vierten Höllenkreises zu verkörpern. Er wusste, dass ein Serientäter seine Opfer mit der allergrößten Sorgfalt aussuchte, damit sie in sein tödliches Spiel hineinpassten. Sebastião hätte – wenn er sich einmal in die Haut des Killers versetzte – nach einem beglaubigten *Verschwender* gesucht, und welche bessere Beglaubigung gab es schon als eine offizielle? Ein Gelegenheitsspieler würde ihm nicht genügen. Und er wusste, dass jener Typ Mörder so sehr von seinen makabren Plänen besessen war, dass er viel Energie auf seine Vorhaben verwandte und nach dem entscheidenden Detail suchte, das ihm bei der Presse oder seinen Gegenspielern auf Seiten der Polizei Respekt verschaffte. Sebastião musste mehr über jene Listen herausfinden: Wie leicht konnte man auf sie zugreifen? Wo waren sie zu finden? Vielleicht hatte der Mörder ja Zugang zu den Listen gehabt.

»Die Irren mit den Spielautomaten …«, rief das blonde Mädchen aus der anderen Ecke des Ladens.

Sebastião warf ihr einen warnenden Blick zu.

»Etwas eleganter ausgedrückt: Personen, denen der Zutritt zu Casinos und Spielhallen aufgrund eines gerichtlichen Beschlusses untersagt ist. Ich wüsste gern, wer Zugang zu solchen Verzeichnissen hat, durch welche Organisation sie verwaltet werden usw. …«

Der Junge verdrehte die Augen.

»O Mann, das ist natürlich komplizierter. Ich nehme mal an, dass dieses Verzeichnis ein privates und kein öffentliches ist, oder?«

»Davon gehe ich aus.«

»Kann man von Krankenhäusern oder von der Polizei aus darauf zugreifen?«

Sebastião zuckte mit den Schultern.

»Das ist es ja eben, was ich herausfinden möchte.«

»Wenn dies der Fall wäre, stehen sie in einem Netz, das man schon lange von außen einsehen könnte. Obwohl mit Sicherheit gut geschützt. Was brauchen Sie sonst noch für Informationen?«

Sebastião gab ihm den Namen von Don Claudios Sohn.

»Schau mal, ob dieser Name irgendwo auftaucht.«

»Verflixt, das ist nicht leicht …!«

Sebastião blickte ihn herausfordernd an.

»*Logisch*«, sagte er in vorgetäuscht skeptischem Tonfall.

Der Junge griff nach einem Stück Papier und reichte es Sebastião.

»Lassen Sie uns etwas vereinbaren. Sie schreiben mir alles auf, was Sie über dieses Verzeichnis wissen. Sie wissen schon: Diese und jene Ärztekammer, oder was auch immer … und wenn ich herausfinde, wonach Sie gesucht haben, kaufen Sie mir ein Modem ab, okay?«

Sebastião sah ihn einige Sekunden an und dann schmunzelte er.

»Okay.«

Sie tauschten für den Fall, dass der Junge etwas Interessantes herausfinden würde, ihre Handynummern und ihre Namen aus – die beiden Teens hießen Rosa und David –, und Sebastião verließ den Laden in Richtung Wohnung.

Donnerstag, 4. April

In der Nacht schlief Sebastião schlecht, und er wachte erschrocken auf. Er brauchte einige Sekunden, bis er merkte, dass sein Handy klingelte. Er hatte es die ganze Nacht über eingeschaltet gelassen, was er eigentlich nie tat. Er rannte in die andere Ecke des Schlafzimmers, um den Anruf entgegenzunehmen.

»Ja …«

»Portugiese, ich kann's nicht glauben, du liegst immer noch im Bett?« Es war Morantes' Stimme.

»Nein. Jetzt natürlich nicht mehr. Mensch, du hast mir beim letzten Mal aber einen Schrecken eingejagt! Ist alles okay bei dir?«

»Ach, nicht der Rede wert, die Guten haben wieder mal gewonnen. Wo treffen wir uns?«

Sebastião erinnerte sich, dass er Morantes die Glasscherbe geben wollte, die er auf dem Casinoparkplatz gefunden hatte.

»Ich bin in ein paar Minuten so weit. Wie spät ist es?« Er blickte flüchtig auf seinen Nachttisch, aber der kleine Wecker war leicht verdreht, und er konnte nicht erkennen, wie viel Uhr es war.

»Sieben!«, sagte Morantes. »Aber ich bin wie die Navy. In einer halben Stunde hole ich dich an deinem Hauseingang ab.«

»Alles klar.«

Das Gespräch war plötzlich unterbrochen.

Etwa eine halbe Stunde später verließ Sebastião mit nassen Haaren das Haus. Es fing schon an zu dämmern, aber noch brannten die Laternen des Platzes. Morantes' Wagen war auf der gegenüberliegenden Seite geparkt. Sebastião öffnete die hintere Tür und nahm Platz. Der Fahrer, ein Agent des CNI, den er nicht kannte, betrachtete ihn durch den Rückspiegel und grüßte durch flüchtiges Kopfnicken.

Dann sagte Sebastião: »Als Erstes musst du mir erzählen, was passiert ist, als wir das letzte Mal miteinander telefoniert haben.«

Morantes, der auf dem Beifahrersitz saß, trug eine Schlinge um den Arm.

»Ach, nichts weiter … eine Routinekontrolle, die ein wenig aus dem Ruder gelaufen ist.«

»Hm. Und dein Arm?«

»Wie gesagt, die Situation ist ein bisschen aus dem Ruder gelaufen. Mach dir keine Sorgen. Danke übrigens, dass du doch noch ein paar Tage länger in Madrid geblieben bist – tut mir leid, wenn du deshalb Schwierigkeiten bekommen solltest.«

Sebastião beugte sich zwischen den Vordersitzen hindurch.

»Kein Problem. Aber ich muss dir unbedingt was mitteilen!«

»Deshalb sind wir ja hier«, meinte Morantes.

Sebastião zog eine kleine Plastiktüte aus seinem Mantel und reichte sie ihm.

»Das hab ich auf dem Parkplatz gefunden, auf dem Juan Alacena entführt wurde.«

Morantes nahm die Tüte entgegen, knipste die Innenbeleuchtung des Wagens an und hielt die Tüte gegen das Licht.

»Und?«

Sebastião schilderte noch einmal kurz seinen Besuch im Casino und den Fund der Scherbe auf dem Parkplatz. Er erklärte, dass der Mörder, falls die Scherbe von diesem stammte, möglicherweise Diabetiker sei; die Scherbe konnte natürlich ebenso gut von einem anderen Besucher des Casinos stammen, oder es handelte sich um eine falsche Fährte, um die Ermittlungen in die Irre zu führen. Er berichtete ihm auch von seiner Verwunderung, dass er die Scherbe unter dem Parkverbotsschild der Polizei gefunden hatte. Morantes fluchte leise.

»Wie auch immer«, sagte Sebastião, »die radioimmunologischen Untersuchungen des Urins auf dem Feld werden ja zeigen, ob der Mörder Diabetiker ist oder nicht. Habt ihr schon Ergebnisse?«

Morantes zuckte die Achseln.

»Ich glaube nicht. Aber du weißt ja, ich bin nur inoffizieller Mitarbeiter und hab nicht alle Daten zur Verfügung. Ich werde mich erkundigen. Aber du wolltest mir doch das Motiv unseres bösen Buben verraten?«

»Ohne lange um den heißen Brei herumzureden«, sagte Sebastião, »unser Mörder folgt offenbar einem Muster, das durch einen italienischen Dichter des 14. Jahrhunderts beeinflusst ist.«

Morantes wollte sich auf dem Sitz herumdrehen, aber ein schmerzhafter Ausdruck überzog sein Gesicht. Er fluchte und kehrte Sebastião wieder den Rücken zu.

»Sag das noch mal«, knurrte er vor sich hin.

»Ich kann meine Hand nicht dafür ins Feuer legen, solange ich nicht über mehr Hinweise verfüge, aber ich habe die Protokolle von vorne bis hinten durchgelesen und glaube nicht, dass ich mich täusche. Der Mörder ist viel cleverer, als ihr bisher angenommen habt …«

»Sprich bitte endlich Klartext, Portugiese.«

»Wie du willst. Fangen wir von vorne an. Kannst du mit dem Namen *Dante Alighieri* was anfangen?«

»Der Dichter der *Göttlichen Komödie?* Das Buch hab ich vor tausend Jahren mal gelesen.«

»In dem Buch schildert Dante seinen Abstieg durch die Hölle in Begleitung des Dichters Vergil. Er teilt die Hölle in neun Kreise auf, die umso schmaler werden, je weiter sie hinabkommen, so als handelte es sich dabei …« – er schloss die Augen und suchte nach einem passenden Vergleich – »… um einen *Trichter voller Schrecken.* An dessen oberem Ende liegt der Eingang zur Hölle und ganz unten hockt das Prinzip des Bösen, *Luzifer.*«

Der Fahrer bog den Rückspiegel zurecht, um Sebastião besser sehen zu können.

»Junge, deine Geschichte ist fesselnd, aber ich seh noch nicht den Zusammenhang«, gestand Morantes.

»Immer mit der Ruhe! Jeder Kreis ist mit Männern und Frauen bevölkert, die ähnliche Sünden begangen haben und nun die Foltern und Qualen des jeweiligen Kreises durchleiden müssen.«

»Er ist schon ein Schatz, unser Dante …«, bemerkte Morantes.

»Du hörst mir nicht zu«, entgegnete Sebastião mit einem Ausdruck von Ungeduld. »Im zweiten Höllenkreis siedelt Dante die Wollüstigen an und beschreibt sie als einen Schwarm von Staren.«

Morantes machte eine ausweichende Bewegung mit dem Kopf.

»Der Vogel, der auf *Mademoiselle Noirs* bzw. Vanessa Poblacións Leichnam gefunden wurde, gehörte zur Rasse der Starenvögel. Das habe ich nachgeprüft. Und in Sachen Wollust hätten wir der guten Dame wohl kaum etwas beibringen können, was sie nicht selbst schon kannte …«

»Weiter!«, sagte Morantes in befehlshaftem Ton.

»Im dritten Höllenkreis sind die Feiglinge zu Hause und diejenigen, die sich von Schlemmerei und Gefräßigkeit verführen lassen. Dante dachte dabei an jede Art von Schlemmerei, nicht nur was das Essen angeht. Gemeint sind, sagen wir, generell gierige Menschen. Und ihre Strafe ist die Kälte, der ewige, nie versiegende Eisregen.« Sebastião zählte abermals die Ähnlichkeiten auf: »Fresslust, darin eingeschlossen natürlich auch eine exzessive Neigung zu alkoholischen Getränken, und Eiseskälte, wie die knapp minus 200 Grad des flüssigen Stickstoffs. Und die Botschaft, die in das Halsband des Stoffhündchens eingewickelt war, am Eingang zur Villa, damit kann eigentlich nur *Zerberus* gemeint sein, der Wache schiebende Höllenhund des dritten Kreises.«

Der Fahrer ließ Sebastião nicht aus den Augen. Er hatte noch kein einziges Wort gesprochen.

»Im vierten Kreis schließlich leiden die Geizhälse und die Verschwender, die ihr Geld *wider die Natur* verschleudern. Ihre Strafe besteht darin, dass sie den Rest ihres Lebens riesige Steinquader einen Hügel hinaufwälzen müssen, und wenn sie am Gipfel ankommen, stoßen sie mit den Sündern von der anderen Seite zusammen, stürzen hinunter und müssen wieder von vorne beginnen.«

Morantes schüttelte erneut den Kopf.

»Alacena?«, sagte er in misstrauischem Ton.

»Juan wurde zu Tode gesteinigt. Und anschließend hat ihm sein Mörder den Kopf geschoren, genau wie es in der *Göttlichen Komödie* beschrieben ist. Der Mörder erwähnt in seiner Botschaft sogar ausdrücklich das Wort *Komödie*. Noch deutlicher kann er es uns eigentlich nicht machen, und ich war ein Vollidiot, dass ich es nicht schon früher bemerkt habe. Ich weiß, das klingt alles etwas kompliziert, aber die Hinweise lassen nicht den geringsten Zweifel! Wenn du alle Beweise in Betracht ziehst, wirst du dich schnell selbst davon überzeugen. Wir haben es hier mit einer ziemlich delikaten Angelegenheit zu tun, und Dante scheint dabei das Leitmotiv zu sein. Vielleicht täusche ich mich, aber es lohnt sich bestimmt, diesen Aspekt in die Ermittlungen miteinzubeziehen.«

»Portugiese«, sagte Morantes, wobei er sich wieder herumzudrehen versuchte, »ich glaube, du wirst mir noch mehr über deine *Komödie* berichten müssen!«

– 2 –

»Dort stand ich nun und sah nach jener Flut,
Und jäh im Sumpfe Leute, kot'ge, nackte,
zugleich des Jammers Bilder und der Wut.«

Freitag, 5. April

Der Mörder steckte sich eine Zigarette an und blies eine Mischung aus Rauch und Angst aus. Sein Auto war auf dem Hügel über der Zigeunersiedlung geparkt, hinter einer Gruppe verkümmerter Baumstämme, die kaum Schutz vor den Augen Neugieriger bot. Es regnete in Strömen, als hätten sich die finstersten Mächte verschworen, ihm bei seinen Plänen zu Hilfe zu kommen. Der Motor lief, die Scheinwerfer waren ausgeschaltet, und die Heizung pustete ihm einen warmen Luftstrom ins Gesicht. Doch selbst so war ihm noch kalt.

Er zweifelte.

Gedankenversunken beobachtete er die Scheibenwischer, die sich vergeblich darum bemühten, dem Regenvorhang Einhalt zu gebieten; ein Fieberschauer lenkte ihn ab. Von der Siedlung war nicht die geringste Spur zu erkennen, weder die Hütten, noch die Mercedes-Limousinen, noch die Lieferwagen, die er an den vergangenen Tagen beobachtet hatte, nicht mal Licht. »Verfluchte Scheiße.« Was hatte er hier zu suchen? An einem der größten Drogenumschlagsplätze im Süden von Madrid konnte ein einzelnes Auto um fünf Uhr morgens eigentlich nur Verdacht erregen. Er betete, dass man ihn für einen Junkie hielt, auf der Suche nach seiner täglichen Dosis. Oder für einen Kripobeamten auf der Lauer. Dann würden sie ihn in Ruhe lassen. Er erforschte die Gegend um sich herum. Aber was brachte das schon, schließlich konnte er kaum zwei Meter weit sehen?

Seine Hand zitterte leicht, und der Rauch umspielte seine Augen. Und trotzdem … *sein Wahnsinn,* wie manche sagen würden, ließ ihn unerschütterlich bleiben. In seinem Kopf schwirrte die fixe Idee herum, dass seine eigene Erlösung und der Tod denselben Weg beschritten.

Sein Mantel begann ihm lästig zu werden, es wurde ihm darin jetzt unerträglich heiß, und er musste sich verrenken, um ihn abzustreifen. Er saß schon eine ganze Weile im Auto und verspürte einen heftigen Drang zu pinkeln; lange würde er es nicht mehr aushalten. Er spürte, wie ihm durch die Bullenhitze im Wagen schwindlig wurde. »Die Medikamente«, dachte er. »Sie zermürben mich innerlich, aber bald habe ich den letzten Zyklus hinter mir. Noch eine Dosis, und alles ist vorbei.« Der Schwindel, so hatte man ihm erklärt, werde durch den Anstieg des Blutzuckers verursacht, eine Folge »der anderen verfluchten Tabletten«. Er griff in die Innentasche seines Mantels und zog eine Schachtel Diabetestabletten heraus. Er schluckte die Dosis, kurbelte reflexartig die Scheibe der Beifahrertür herunter und warf die Schachtel zum Fenster hinaus. »Auf die Straße damit, wo der Scheiß hingehört!«

Eine Gestalt lief an seinem Auto vorbei, ihr Kopf war zum Schutz vor dem Regen so sehr in einen Plastikumhang eingehüllt, dass sie kaum sehen konnte, wo sie hinlief; dabei rammte sie unabsichtlich seinen Außenspiegel. Der Mörder zuckte zusammen und stieß einen Schrei aus. Sein Herz pochte wie wild, und es verschlug ihm den

Atem. Sein Mund schmeckte nach Angst; ein Geschmack wie Messing, der seinen Speichel austrocknete.

Als er die Tür öffnete und den Kopf hinausstreckte, überzog sich seine Brille mit Regentropfen, und er musste seine Brillengläser putzen, um überhaupt etwas sehen zu können. Die Gestalt taumelte weiter, als wäre sie betrunken. Der Mörder griff nach einem Gegenstand auf dem Beifahrersitz und stieg hastig aus. Er warf einen kurzen Blick in die Umgebung, dann rannte er los, die Augen starr auf dem Rücken seines Opfers und die Welt um sich herum vergessend. »Was tue ich eigentlich?«, fragte er sich. Er schüttelte den Kopf, um seine Zweifel zu zerstreuen: »Es ist der einzige Weg!« Das Prasseln des Regens dämpfte das Geräusch seiner Schritte. Wenige Sekunden später hatte er sein Opfer erreicht; mit jedem Schritt, den er dem Mann näherkam, wuchs seine Überzeugung, dass der eingeschlagene Weg der richtige war, und beseitigte seine Zweifel.

Er schlug mit aller Kraft zu, der Hammer in seinen Händen prallte zurück; das widerliche und dumpfe Geräusch des Eisens auf dem Knochen verwirrte ihn ein paar Sekunden. Das Opfer ging zu Boden, und der Mörder fiel über den ausgestreckten Körper her. Während ihm das Adrenalin durch die Adern schoss, stützte er eines seiner Knie auf dem Rücken seines Opfers ab. Er überwältigte die schwache Gegenwehr des Mannes, und mit beiden Händen, die in weiße Handschuhe gehüllt waren, drehte er den Kopf des Opfers so lange herum, bis er ihn in eine Schlammlache getaucht hatte; dann drückte er zu, bis sich nichts mehr regte. Selbst dann verharrte der Mörder noch eine knappe Minute in dieser Haltung, die Augen starr auf die Hände seines Opfers gerichtet, damit ihm auch nicht die geringste Bewegung entging. Durch sein hastiges Atmen beschlug die Brille, bis er die

Gestalt unter ihm fast nicht mehr erkennen konnte. Er wartete noch einige Minuten, bis seine Finger die frostige Berührung des Todes spüren konnten. Dann zog er aus seinem Jackett einen Gegenstand, um den er einen Zettel gewickelt hatte, und verstaute ihn in der hinteren Hosentasche des Mannes.

Endlich stand er auf, und ohne länger an sich halten zu können, öffnete er den Reißverschluss und pinkelte an einen Strauch. Er stieg wieder ins Auto und betrachtete einen Augenblick sein Opfer, das kopfüber im Morast lag; dann schaltete er die Heizung ab und fuhr los.

Samstag, 6. April

Bereits den zweiten Tag in Folge verließ Sebastião seine Wohnung, ohne gefrühstückt zu haben und in höchster Eile. Als er an der Portierskabine vorbeikam, traf er Benito. Dieser gab ihm zu verstehen, er solle einen Moment warten.

»Don Sebastião …«, sagte er, »kommen Sie einen Augenblick. Man hat mir wieder einen Umschlag für Sie zugesteckt.« Die Hände auf die Schenkel gestützt, stand Benito mit größter Mühe von seinem Holzstuhl auf, der sich in dem Zimmerchen befand, in dem er die meiste Zeit über auf einen winzigen Fernseher glotzte. »Warten Sie, ich hab's drin liegen!«

Benito verschwand gemächlich durch eine Glastür, die mit weißen Spitzenvorhängen verziert war, und kehrte mit dem Umschlag zurück. Eine weitere mysteriöse Botschaft des *Cambridge*-Kreises?

»Wissen Sie, das hat der Junge aus dem Geschäft hier abgegeben!«

Sebastião erinnerte sich an die Wette mit dem jungen

Computerexperten vor einigen Tagen und war erstaunt darüber, dass er schon etwas herausgefunden hatte. Er hätte den Umschlag am liebsten gleich aufgemacht, aber weil ihn fror und er es eilig hatte, verschob er es auf später. Anschließend nahm er ein Taxi, das ihn zum Kommissariat in der Calle Miguel Ángel brachte, wo die Pressekonferenz aus Anlass der Serienmorde stattfand. »Komm nicht zu spät, Portugiese, sonst bleibst du vor der Tür!«, hatte ihn Morantes gewarnt.

Die Presse, die immer hungrig nach Informationen war, hatte die Nachricht von den Serienmorden aus unbekannter Quelle zugespielt bekommen, und die Polizei hatte sich gezwungen gesehen, auf eine Politik der Schadensbegrenzung zu setzen. Es war besser, zu den Vorfällen eine Erklärung abzugeben und auf diese Weise die Presse zufrieden zu stellen, als am nächsten Tag lauter halbwahre oder ersponnene Versionen darüber in der Zeitung zu lesen.

Sobald Sebastião Morantes' Namen erwähnt hatte, ließ ihn ein Polizist in Uniform durch den Haupteingang des Kommissariats herein. Sebastião lief über eine gewaltige Steintreppe in den ersten Stock hinauf und traf dort auf seinen Freund, der in einem hellen Regenmantel und mit Zigarette im Mundwinkel lässig an der Wand lehnte. Sein Arm steckte noch immer in einer großen Schlaufe.

»Du bist doch sonst immer so pünktlich, Portugiese.«

»Ich weiß. Ich bin ein paar Minuten zu spät dran. Sorry, der Verkehr!«, meinte Sebastião entschuldigend. »Kannst du mir noch mal erzählen, wie du mich davon überzeugt hast, bis Montag in Madrid zu bleiben? Ich schätze, der Dekan meiner Uni wird bei meiner Rückkehr nicht gerade erfreut sein.«

Morantes schmunzelte.

»Wie stehen die Dinge?«, erkundigte sich Sebastião.

Morantes zog an seiner Zigarette und zwinkerte ihm zu. Er deutete mit dem Kopf Richtung Saaltür.

»Die haben mit Verspätung angefangen. Chefs, die sich vor Kameras produzieren, und die Zeitungsgeier auf Ausguck, welches faule Ei sie diesmal an Land ziehen können!«

»Du wirkst nicht besonders glücklich.« Sebastião sah sich um, auf der Suche nach einem bekannten Gesicht.

»Pah, hier kennst du niemanden, aber drinnen wartet schon ein spezieller Freund auf dich.«

Die Art, wie Morantes dies sagte, ließ Sebastião diesen mit besorgter Miene anblicken.

»Wer denn?«

»Wirst schon sehen. Ich will dir die Überraschung nicht vermasseln.«

Mehrere Personen betraten den Saal: Polizeibeamte, Pressekorrespondenten, Kameraleute, die im letzten Moment aufgetaucht waren und dadurch nicht mehr in den Genuss des besten Platzes kamen, sowie der eine oder andere Tontechniker mit einer Batterie in der Hand und um den Bauch gewickelten Kabeln. Ein Beamter der Nationalpolizei winkte ihnen von der Tür zu, Morantes machte sich von der Wand los.

»Die Show beginnt!«

Sie betraten den Saal und blieben neben der Tür stehen, *»damit wir schnell abhauen können, falls es brenzlig wird«*, wie Morantes sagte. Auf der anderen Seite befand sich ein mit rotem Stoff überzogener Tisch, auf dem Mikrofone für mehrere Personen standen. Nach einigen Sekunden ging die Tür auf, und drei Personen betraten den Raum. Vor Hilfskommissarin Puerto lief ein untersetzter Mann mit Schnurrbart und in einem billigen Anzug, den Sebastião nicht kannte. Hinter ihr »sein spezieller Freund« (wie Morantes ihn genannt hatte).

»Verdammt«, nuschelte Sebastião.

»Ich hab's dir ja gesagt. Die wahre Freude, was?«

»Was macht González hier?«

»Er ist der Chef der neuen operativen Einheit, von der ich dir erzählt habe. Er leitet den Fall.«

»Na wunderbar«, seufzte Sebastião schlechtgelaunt.

Die drei nahmen am Tisch Platz, Beatriz saß ganz links außen. Der Mann mit dem Schnurrbart klopfte ein paar Mal gegen das Mikrofon, dass man es im ganzen Saal hören konnte und es zu einer schrillen Rückkopplung kam.

»Guten Tag!«, sagte er, indem er sich über den Tisch beugte. »Mein Name ist Kommissar De la Fuente. Zuerst mal möchte ich mich für Ihr Kommen bedanken und Ihnen versichern, dass die spanische Polizei alles tut, um Ihre Fragen zu beantworten. Jedoch bitten wir Sie um Verständnis, dass wir Ihnen angesichts der laufenden Ermittlungen bestimmte Fakten nicht mitteilen können. Ich gebe das Wort nun an Kommissar González ab, er ist der oberste Verantwortliche in diesem Fall!«

González zog ausgiebig an seiner Zigarette und schlug eine Aktenmappe auf.

»Wie Sie sicherlich wissen, wurden in einem Zeitraum von zweieinhalb Monaten …«, er warf einen Blick auf seine Aufzeichnungen, »innerhalb von *achtundvierzig Tagen,* um exakt zu sein, drei Morde verübt.«

In den darauffolgenden Minuten, während Kameras filmten und die Redakteure wie wild schrieben, umriss González die Morde an Vanessa Población, Julio Martínez und Juan Alacena. Sein Bericht enthielt kaum Einzelheiten und selbstverständlich kein einziges Wort über die Botschaften des Mörders, da man verhindern wollte, dass irgendein Irrer auf dumme Gedanken gebracht und zum Nachahmungstäter angeregt wurde; dagegen erwähnte

González die exzellente Vorgehensweise der Polizei und die Geschwindigkeit, mit der die drei Fälle bearbeitet wurden. Als er fertig war, schloss er die Aktenmappe und räusperte sich.

»Noch Fragen?« Mehrere Hände hoben sich.

»Haben Sie schon irgendeine heiße Spur?«

»Diese Auskunft ist streng vertraulich«, antwortete González. »Allerdings können wir Ihnen versichern, dass die spanischen Behörden, was die Ermittlungen betrifft, bestens vorankommen!«

»Der Mörder hat sicherlich Spuren hinterlassen. Haben Sie schon seine DNS-Analyse vorliegen?«

»Wir haben einige Gegenstände identifiziert, die vom mutmaßlichen Täter stammen könnten, sie liegen zurzeit bei der Spurensicherung …«

Der Reporter machte ein enttäuschtes Gesicht.

»Mit anderen Worten, Sie haben noch nichts?«

»Das habe ich nicht behauptet«, erwiderte González. »Aber diese Information ist streng vertraulich.«

»Können Sie uns nicht wenigstens verraten, ob Sie schon ein Indiz haben?«

»In der Tat, das kann ich nicht«, erwiderte González in trockenem Tonfall.

Eine andere Hand wurde gehoben:

»Aber der erste Mord liegt doch schon ziemlich lang zurück. Welche Fortschritte haben Sie seitdem gemacht?«

»Nochmal: Ich fürchte, ich kann Ihnen diese Art von Informationen nicht geben!«

González' Erklärungen erweckten den Eindruck, als besäße die Polizei schon mehr Informationen, als es in Wirklichkeit der Fall war.

»Glauben Sie, dass es zu weiteren Morden kommen wird? Müssen die Bürger besondere Sicherheitsmaßnahmen treffen?«

»Die Antwort auf letztere Frage lautet: Nein! Die Polizei hat mit größter Geschwindigkeit reagiert, und die Sicherheit der Bürger ist gewährleistet. Wir wollen unter keinen Umständen eine Panikwelle auslösen, und umso weniger, wenn diese unbegründet ist. Und als Antwort auf Ihre erste Frage: Wir können nicht ausschließen, dass es zu weiteren Morden kommen wird.«

»Hat der Mörder schon einen Namen?«

»Bislang wissen wir noch nichts über seine Identität«, meinte González.

»Nein, ich meine, ob es schon irgendein Pseudonym für ihn gibt? Sie wissen schon, der Spielkartenmörder oder so was in der Art?«

»Der *Spielkartenmörder?*«, fragte González verwirrt.

»Ja, irgendwas, wodurch man ihn charakterisieren könnte?«

González sah den Redakteur ernst an, er wusste nicht, ob dieser versuchte, ihn auf den Arm zu nehmen.

Nach einer Weile sagte er: »Nein, nichts dergleichen. Doch bin ich der festen Überzeugung, dass wir den Fall so schnell wie möglich lösen werden!«

»Hör mal …«, flüsterte Sebastião Morantes ins Ohr, »ich glaube, du bist mir noch ein paar Seiten aus dem Protokoll schuldig.«

»Ich hab alles dabei. Lass uns gemeinsam ein Tässchen Kaffee trinken, und ich gebe es dir. Was meinst du?«, fragte er und deutete mit dem Kinn Richtung Tisch.

»Ich glaube, die haben keinen blassen Schimmer von der Sache.«

»Das Gefühl habe ich auch.«

Die Pressekonferenz war wenige Minuten nach elf Uhr zu Ende. Die Fotografen, Kameraleute und Tontechniker begannen nach und nach ihre Gerätschaften abzubauen, während sich einige der anwesenden Journalisten zum Klatsch über die neuesten Gerüchte trafen. Die Tageszeitungsjournalisten gingen frühstücken und danach in ihre Redaktionen, um ihre Artikel zu schreiben.

Morantes gab Sebastião Bescheid, dass er auf ihn warten solle, und lief dann schnurstracks zum anderen Ende des Saals. Als Hilfskommissarin Puerto Morantes entdeckte, ging sie zu ihm und begann mit sorgenvoller Miene auf ihn einzureden. Wieder fragte sich Sebastião, welche mysteriöse Beziehung die beiden wohl miteinander hatten. In diesem Augenblick bemerkte er, dass González ihn erkannt hatte und auf ihn zukam. Der Portugiese stieß einen leisen Fluch aus.

»Silveira, was machen Sie hier?«

González roch nach ranziger Zigarre und schien gealtert zu sein, seit ihn Sebastião zum letzten Mal gesehen hatte. Falten durchfurchten sein Gesicht wie bei einem Landarbeiter und umgaben seine klitzekleinen Augen mit Hunderten von Linien; dunkle Augen, die so tief in ihren Höhlen saßen, dass sie die Welt mit Verachtung anzusehen schienen. Er trug ein braun kariertes Sakko, das ihm viel zu groß war und offensichtlich bessere Zeiten gesehen hatte, und ein schwarzes Hemd, das einfach nicht zu der mit kleinem und engem Knoten gebundenen Krawatte passen wollte. Auf seiner goldenen Krawattennadel glänzte das Abzeichen der Polizei.

»Ich bin ein paar Tage in der Stadt«, erwiderte Sebastião. Dann deutete er auf Morantes: »Alte Freunde besuchen!«

»Ich verstehe, in Madrid. Aber was zum Teufel haben Sie hier, in diesem Saal verloren?« Dabei fuchtelte González mit den Händen. Er sprach mit ungeschliffenem Akzent und heiserer Stimme, die Folge von jahrelanger Arbeit auf der Straße und viel schwarzem Tabak.

»Ich bin eingeladen worden, und Sie verstehen – die Neugierde …«

González stand so nah vor Sebastião, dass der Portugiese dessen Atem nach Kaffee und billigem Tabak riechen konnte. Der Kommissar reichte ihm gerade mal bis ans Kinn. Sebastião versuchte Abstand zu nehmen, aber die Wand hinderte ihn daran. Dann meinte González: »Ich will Sie hier nicht wiedersehen, klar? Das ist unsere Angelegenheit, und wenn Sie Ihre Nase da reinstecken, versichere ich Ihnen, gibt's Probleme!«

»Ich bin im Urlaub«, sagte Sebastião mit ruhiger Stimme.

Er wusste, dass González, wenn er es wirklich darauf anlegte, ihm trotz seines Ausweises der Interpol Schwierigkeiten bereiten konnte. González war einer jener Polizisten, die es zum Glück nur selten gab: Er missbrauchte rücksichtslos seine Macht und war durch viele Zufälle die Hierarchieleiter hinaufgeklettert, unbarmherzig mit jedem, der ihm dabei in die Quere kam.

Der Kommissar sah Sebastião noch eine Weile an, dann verschwand er. Auf dem Weg stieß er auf Morantes und Puerto, er hielt die beiden zurück und gestikulierte wie wild in Sebastiãos Richtung.

Als Morantes zurückkam, meinte er: »Verflixt, Portugiese! Was hast du mit dem nur wieder angestellt?«

Sebastião zuckte mit den Schultern und fragte: »Was wollte er denn?«

»Kinkerlitzchen. Ich hab ihm gesagt, er kann uns mal kreuzweise. Pah, lass uns hier abhauen!«

Nachdem sie das Gebäude verlassen hatten, bogen sie in die Calle Miguel Ángel ein, bis sie einige Minuten später zu einem Café gelangten.

»Hör zu, Morantes«, sagte Sebastião. »Meine Mission ist hier zu Ende. Du kennst ja inzwischen meine Vermutungen, und es gibt genügend kompetente Leute, die den Fall bearbeiten.«

»Schon gut, aber bevor du wieder an die Themse zurückkehrst, sind wir hier noch mit jemandem verabredet. Du erzählst ihr einfach deine Geschichte, und dann sehen wir weiter.«

»Hilfskommissarin Puerto?«

»*Bea* …«, lächelte Morantes.

Sebastião beschränkte sich darauf, mit der Zunge zu schnalzen.

»Du kennst sie nicht. Sie ist ein reizendes Mädchen, aber sie steht unter einem ungeheueren Druck, und ihr Boss ist ein Arsch.«

Nach wenigen Minuten erschien Beatriz Puerto.

»Hi!«, grüßte sie die beiden.

Dann zog sie Handschuhe und Schal aus und setzte sich zu ihnen an den Tisch. Sie bestellte einen heißen Kaffee im Glas und schloss sich selbst mit einer fröstelnden Geste in die Arme, was Sebastião extrem feminin und anziehend fand.

»Was für ein Monat!«, meinte Beatriz.

»Ja, drei Leichen sind ganz schön viel«, nickte Sebastião ihr zu.

»Na ja, ich meinte eigentlich eher die Affenkälte draußen …« Dann wandte sich Beatriz an Morantes: »Der Boss will mich vor zwölf Uhr sehen, also hab ich nicht viel Zeit!«

»Sebastião möchte dir etwas erzählen. Mal sehen, was du davon hältst.«

»Aber bevor du loslegst, wollte ich mich bei dir noch für deine Hilfe mit der Insulinkapsel bedanken«, meinte die Hilfskommissarin.

Sebastião sah Morantes schief an; dieser verzog keine Miene.

»Ein nicht zu entschuldigender Fehler unsererseits«, fuhr Beatriz fort.

Dann erzählte sie ihnen, dass sie noch immer auf die Ergebnisse der Urinproben von den verschiedenen Tatorten wartete. Sie diskutierten noch kurz über die Möglichkeit, ob der Mörder Diabetiker gewesen sein könnte, bis der Kellner eine weitere Runde Kaffee und mehrere Gläser Wasser brachte. Dann begann Sebastião, von seinem Verdacht in Bezug auf die *Göttliche Komödie* zu erzählen. Nach zehn Minuten hob Beatriz die Hand und meinte: »Hör mal, das sind doch nichts weiter als zufällige Übereinstimmungen und vage Vermutungen. Ich habe das Gefühl, ihr versucht, das Unmögliche möglich zu machen.« Sebastião sah Morantes argwöhnisch an, schnaubte und stand verärgert auf.

»Du hast Recht«, nickte er. Er zog einen Zehn-Euro-Schein aus der Tasche und legte ihn auf den Tisch.

»Sebastião ... mein Junge! Wer wird denn gleich?«

»Ich bin schon viel zu lange hier und vernachlässige meine Pflichten in London. Es ist ja wirklich nicht mein Bier!«

»Warte ...«, sagte Beatriz, wobei sie ihn am Arm festhielt. »Ich hab mich ungeschickt ausgedrückt. Morantes hat mir viel von dir erzählt, und ich weiß über deinen exzellenten Ruf Bescheid. Es ist ja nicht so, dass ich dir nicht glaube, aber du musst doch selbst zugeben, dass die Sache mit Dante ein wenig weit hergeholt ist. Ich wollte dir damit nicht zu nahe treten.«

In diesem Moment klingelte das Handy der Hilfskommissarin. Mehrere Personen in der Bar stürzten sich zeitgleich auf ihre Mäntel und Taschen.

»Entschuldigt mich eine Sekunde ..., Beatriz Puerto, ja bitte?«

Sebastião war aufgestanden und hatte sich den Mantel

übergezogen. Der Geheimdienstagent zwinkerte ihm zu. Aber Sebastião schien nicht darauf zu achten. Beatriz war verstummt, sie lauschte aufmerksam, während ihre Augen den Portugiesen ins Visier nahmen.

»Ich verstehe«, sagte sie und schaltete das Handy aus, dabei ließ sie Sebastião nicht eine Sekunde aus den Augen. »Ein weiterer Mord!«

»Wie ist es passiert?«, fragte Sebastião, wobei er für einen Moment seine Verärgerung vergaß.

»Sag du's mir!«, entgegnete Beatriz. Sebastião hatte sich in den vergangenen Tagen eingehend mit Dantes Werk beschäftigt.

»Der Reihenfolge nach wäre jetzt der fünfte Kreis dran: Die Jähzornigen und die Mutlosen, die für alle Ewigkeit in den Sümpfen des Unterweltflusses Styx dahinschmachten.« Er machte eine Pause, dann fügte er hinzu: »Hat man das Opfer ertränkt?«

»In einer Schlammlache«, erwiderte Beatriz. Sie stand auf und wickelte sich in Mantel und Schal ein. »Ich muss los, aber ich würde mich gerne heute Abend mit euch treffen, damit wir uns in Ruhe unterhalten können.« Dann fügte sie hinzu: »Und um mich vielleicht zu entschuldigen.«

»Ich lade euch bei mir zum Abendessen ein«, schlug Morantes vor. »Ein ruhigeres Plätzchen werden wir nicht finden, und außerdem habe ich frischen Seebarsch eingekauft.«

Beatriz lächelte und sah dann wieder zu Sebastião. Jedes Mal, wenn sie ihn anschaute, schien sie ein paar Sekunden zu zögern, bevor sie zu sprechen begann. Mit Augen, bei denen einem die Luft wegblieb.

»Ich freue mich drauf.«

Dann bat Sebastião die Hilfskommissarin: »Kannst du, bevor du gehst, noch einen kurzen Blick auf den Bericht für Don Claudio werfen? Ich finde, er hat ein Recht darauf, dass man ihm die Todesursache seines Sohnes mitteilt, bevor sie in den Fernsehnachrichten gesendet wird. Wenn du an meinen Ausführungen nichts auszusetzen hast, werde ich noch heute Vormittag bei Don Claudio vorbeischauen.«

Beatriz griff nach der Mappe, die zwei beschriebene Seiten enthielt, und las sie zügig durch.

»Der Ärmste«, sagte sie. »Ich denke, es ist soweit alles okay! Richte ihm von unserer Seite aus, dass wir unser Möglichstes tun. Also dann, bis später.«

Nach ein paar Minuten entschuldigte sich Morantes ebenfalls. Der Dienst rief.

Da erinnerte sich Sebastião an den Briefumschlag des Jungen aus dem Informatikladen, der in seinem Mantel steckte, und er öffnete ihn. Er enthielt mehrere Ausdrucke mit Informationen über die Schutzlisten für Spielsüchtige: Am oberen Ende der Seite waren einige Internetadressen aufgelistet, auf denen sein junger Helfer die Informationen gefunden hatte, und darunter standen Daten zu Kontrollorganen, Reglementierungen und Zugang zu den Listen; Informationen zur staatlichen Spielbehörde; Zahl der Personen mit Zutrittsverbot in Casinos: über 28 000; Zahl der Personen mit Zutrittsverbot in Spielotheken: knapp 20 000 usw. Schließlich folgte ein Abschnitt mit Angaben von offizieller Seite, dessen Datum bereits mehrere Monate zurücklag und aus dem hervorging, dass Juan Alacena ein zwanghafter Spieler gewesen war, dem man den Zutritt zu sämtlichen Spielsalons verweigert hatte. Im Gegensatz dazu, am Seitenende, die ärztliche Bescheinigung, die ihm aufs Neue den Zutritt erlaubte, unter anderem zum Casino von Torrelodones; eine Woche vor seinem Tod. Allerdings konnte man dem Ausdruck den Namen des Arztes nicht entnehmen, der den Beschluss, Juan wieder aus der Liste zu entfernen, unterzeichnet hatte; in jedem Fall war er dem Jungen aus dem Informatikladen ein Modem schuldig! Wenn ein jugendlicher Computerfreak an all diese Informationen herankam, konnte es ein Killer mit einem Minimum an technischen Möglichkeiten ebenso gut.

Sebastião verließ die Bar und nahm ein Taxi, das ihn zu Don Claudio brachte. Kurze Zeit später saß er im Wohnzimmer der luxuriösen Wohnung des Unternehmers. »Die Herrschaften kommen gleich«, informierte ihn eine Hausbedienstete in Uniform.

Das Wohnzimmer war groß, drei hohe Fenster zeigten zur Straße hin und hätten den Raum vollständig mit Licht erfüllt, wenn die Jalousien nicht heruntergelassen gewesen wären. Ein langes, weiß lackiertes Bücherregal auf der einen Seite des Zimmers beherbergte zahlreiche Bände verschiedener Größe und Breite, und hier und dort entdeckte er Bilderrahmen mit Fotos, die von der Geschichte der Familie zeugten. Er fühlte sich ein bisschen wie ein Voyeur, während er all dies betrachtete, insbesondere die Fotos, auf denen Juan zu sehen war; und weil ihn plötzlich die unerklärliche Furcht überkam, man könne denken, er schnüffle herum, zog er sich zurück und nahm auf einem der Sofas unterhalb eines großen Porträts von Don Claudio Platz.

Fünf Minuten später kamen Don Claudio und seine Frau. Sie betraten das Zimmer, und Sebastião erschrak darüber, wie sehr sie sich verändert hatten. Sie schienen stark gealtert zu sein, seit er sie vor wenigen Tagen auf dem Friedhof gesehen hatte. Er stand auf, um sie zu begrüßen.

»Danke, dass du gekommen bist, Sebastião. Können wir dir etwas anbieten?«

Don Claudio reichte ihm die Hand, während Juans Mutter in einem hohen Lehnstuhl Platz nahm. Sie trug Trauerflor, ein langes schwarzes Kleid und ein schwarzes Sakko. Der Mann blickte seine Frau mit sorgenvoller Miene an, dann bat er Sebastião, sich zu setzen.

»Nein, danke, Don Claudio. Ich habe gerade Kaffee getrunken. Wie Sie sich vorstellen können, bin ich gekommen, weil ich Ihnen erklären möchte, was geschehen ist. Aber ich fürchte, ich bringe bestürzende Nachrichten!«

Don Claudio nahm neben seiner Frau Platz und hielt ihre Hand. In seinem Gesicht spiegelten sich die spärlichen Stunden Schlaf der letzten Tage und die Anspannung der Ungewissheit wider. Die Bedienstete, die Sebastião die Tür geöffnet hatte, kam herein und erkundigte sich, ob sie etwas zu trinken wollten.

»Öffnen Sie die Jalousien, und bringen Sie uns etwas Wasser.«

Claudio Alacena sah Sebastião an.

»Wir machen gerade eine schwierige Zeit durch: Ein Vater wird sich wohl nie damit abfinden können, seinen eigenen Sohn überlebt zu haben.«

»Ich verstehe, Don Claudio.«

Don Claudios Frau verharrte in Schweigen. Sie war eine außerordentlich schöne Frau, mit der es der Lauf der Zeit gut gemeint hatte. Mehr noch: Das Alter hatte ihr eine reife Schönheit verliehen, die es einem schwermachte, ihr wirkliches Alter zu erraten. Oder zumindest war es bisher so gewesen. Sie warteten schweigend ab, bis die Bedienstete mittels einer an der Wand installierten Fernbedienung die Jalousien hochgefahren hatte. Dann zog sie sich zurück und wies darauf hin, dass sie gleich mit dem Wasser zurückkommen werde.

»Wo bist du in Madrid untergebracht …? Wie gefällt es dir in London …? – Wir sprechen oft mit Horacio, deinem Onkel. Ein großartiger Mensch …« Dann erschien wieder die Hausangestellte mit einem großen, gläsernen Wasserkrug, einem silbernen Eiswürfelbecher und drei voluminösen Gläsern; sie schenkte den Anwesenden ein und verließ schweigend den Raum.

Schließlich berichtete Sebastião von Juans letzter Nacht im Casino, wobei er unnötig heikle Details beiseite ließ; wie man Juan auf dem Parkplatz entführt hatte, und von seinem Tod. Er versuchte den beiden das irrationale Vorgehen eines Serienmörders nahezubringen und dass ihr Sohn das Opfer einer Laune eines zutiefst krankhaften Geistes geworden war. Don Claudios Frau umklammerte mit aller Kraft die Hand ihres Mannes; ihr Blick verschleierte sich, und als Sebastião zu Ende erzählt hatte, brach sie in Tränen aus.

»Juan war in jener Nacht im Casino?«, fragte Don Claudio verwundert.

»Wir wissen inzwischen, dass ihm aufgrund eines gerichtlichen Beschlusses der Zutritt zu Spielsalons untersagt war, allerdings wurde der Beschluss eine Woche vor seinem Tod annulliert.«

»Wer hat das veranlasst?«

»Das konnte ich noch nicht herausfinden, Don Claudio, aber …«

»Das muss ein Irrtum gewesen sein«, meinte Don Claudios Frau wutentbrannt. »Juan wäre wahrscheinlich noch am Leben, wenn …«

»Nein, Silvia«, mischte sich Don Claudio ein. »Juan ist nicht gestorben, weil er ins Casino gegangen ist, sondern weil ihn ein gewissenloser Schurke umgebracht hat, für den ich keine Worte finde.«

Der Zorn stand Don Claudio ins Gesicht geschrieben.

»Und was unternimmt die Polizei?«

»Ich stehe schon seit mehreren Tagen im Kontakt mit den ermittelnden Kommissaren. Ich kann Ihnen versichern, dass sie alles Menschenmögliche tun, um den Killer zu fassen.«

Auf Don Claudios Drängen hin erzählte Sebastião schließlich alles, was er bislang herausgefunden hatte. Dabei versuchte er die Beschreibung der Beweisstücke, die man gefunden hatte, so wenig blutig wie möglich zu halten.

»Wie heißen die ermittelnden Kommissare denn?«, fragte Don Claudio. Er legte sich einen Füllfederhalter und ein Blatt Papier zurecht. Sebastião gab ihm die Namen von Beatriz Puerto und González und fügte hinzu, dass der Letztere die Hauptverantwortung für den Fall trage.

»Hilfskommissarin Puertos Team setzt alles daran, Juans Mörder hinter Gitter zu bringen, Don Claudio.«

»Und du?«, fragte Don Claudios Frau.

Sebastião war überrascht und blinzelte verlegen mit den Augen.

»Ich weiß, dass ihr euch nur wenig gekannt habt, aber mein Sohn hat immer nur Gutes über dich erzählt, und ich vertraue dir auch. Bitte hilf uns!«

Das war eine Bitte. Und Sebastião hatte im Innersten darauf gehofft. Er wusste, dass er sich, so wie die Dinge standen, nicht mehr einfach davonmachen konnte. Das Auffinden von Serienmördern war ein Teil seines Berufs, und nun hatte einer davon das Leben eines Freundes auf dem Gewissen. Man war in seine Welt eingedrungen. Morantes würde ihn bitten, noch einige Tage zu bleiben, da war er sicher, und er würde sich nicht mehr dagegen wehren.

»Ich weiß noch nicht genau, wie lange ich bleiben kann. Fälle dieser Art können manchmal sehr lange dauern, aber in den nächsten Tagen werde ich in Madrid bleiben, um zu helfen. Es gibt noch jemanden, der sich in die Ermittlungen eingeschaltet hat, ein Freund, ein Agent des CNI. Er hat in der Behörde ziemlichen Einfluss. Bevor ich hierhergekommen bin, traf ich ihn, und heute Abend werde ich ihn wiedersehen.«

»Es ist mir klar, dass du einen Beruf und ein Leben in London hast, und ich möchte dir nicht weiter zur Last fallen, aber wir vertrauen dir nun mal, und es geht uns viel besser, wenn wir wissen, dass du in Madrid bist. Ich würde dich gerne, so lange wie eben nötig, für die Aufklärung des Verbrechens engagieren. Bitte, Sebastião …!«, meinte Don Claudio, als er den Gesichtsausdruck des Portugiesen sah. »Es liegt in keinster Weise in meiner Absicht, dich zu kränken, aber ich glaube, es wäre nicht korrekt …«

»Die Frage ist nicht, ob korrekt oder nicht korrekt, Don Claudio!«, unterbrach ihn Sebastião. »Aber ich bin nun mal kein Privatdetektiv und bezweifle, ob ich mich von Ihnen bezahlen lassen darf, selbst wenn ich es wollte. Ich bin hier, weil es meine Pflicht ist. Weil ich Erfahrung habe und nicht ruhig schlafen könnte, wenn ich in Madrid einen Serienmörder frei umherlaufen ließe, der noch dazu Trauer über eine von mir geschätzte und befreundete Familie gebracht hat. Ich muss wohl noch einige Tage bleiben, sowohl meinetwegen, als auch Ihnen beiden zuliebe. Allerdings weiß ich noch nicht, wie lange …«

Wenn der Fall länger dauerte, müsste er zwischen London und Madrid hin- und herfliegen, und dann würde ihm Don Claudios Geld tatsächlich nicht ungelegen kommen. Er würde Don Claudios Angebot annehmen, wenn sich die Sache verkomplizierte.

»Nun, Sebastião, wir kommen darauf noch mal zurück. Was auch immer du brauchst, wann auch immer es ist, ich stehe zu deiner Verfügung.«

Claudio Alacena begleitete ihn zur Tür. Sebastião blieb einen Moment stehen. Er wusste nicht, was er noch sagen sollte, also machte er eine hastige Bewegung mit dem Kopf und verließ das Haus mit dem Versprechen, sich bald zu melden.

Um 21.30 Uhr stieg Sebastião aus dem Taxi, das ihn in die Calle Príncipe de Vergara gebracht hatte, und klingelte an der Sprechanlage des Gebäudes. Anschließend fuhr er mit dem Aufzug in den vierten Stock.

»Immer so pünktlich …«, meinte Morantes und zwinkerte ihm zu, als er ihm die Tür öffnete.

Sebastião musste lächeln. Auf der Straße herrschte noch immer eine Eiseskälte, und dem Wetterbericht zufolge sollten die Temperaturen noch weiter sinken. Er reichte Morantes den Mantel und folgte seinem Gastgeber in die Küche. An einem Küchentisch aus Holz saß Beatriz.

»Hi!«, begrüßte sie ihn. Sebastião wollte auf sie zugehen, um ihr zur Begrüßung einen Kuss zu geben, aber dann blieb er wie festgewurzelt an seinem Platz.

»Ich habe eine Flasche Weißwein mitgebracht«, sagte er zu Morantes. »Passend zum Fisch.«

»Dank dir, mein Junge. In der Schublade da findest du einen Korkenzieher. Sei so gut, ich kann zurzeit nicht.«

»Hoffentlich ist es nichts Schlimmeres!«, sagte Sebastião, womit er den Arm meinte, den Morantes noch immer in der Schlinge trug.

Sein Freund machte eine abschätzige Geste.

»Nur eine kleine Schürfwunde, aber du weißt ja, wie die Ärzte sind.«

Beatriz rührte sich nicht vom Fleck. Ihre Blicke folgten Sebastião, ein leichtes Lächeln umspielte ihre Lippen. Ihre hellblaue Bluse trug sie ein gutes Stück weit aufgeknöpft, sie stellte einen langen Hals zur Schau, den eine kleine, an einem Goldkettchen baumelnde Perle zierte; ihre eng anliegende Hose betonte ihre Hüften.

»Junge, das riecht ja, dass einem das Wasser im Mund zusammenläuft«, sagte Sebastião.

Er öffnete einen der Schränke an der Wand und holte drei Gläser heraus.

»Habt ihr noch nichts getrunken?«

»Wir haben auf dich gewartet«, meinte Morantes. »Bea ist eben erst gekommen.«

Morantes reichte Beatriz das Weinglas und hob seines zum Toast. Dann sagte er: »Auf die alten Freundschaften! Und dass wir ihnen stets gut gesinnt und treu bleiben …«

Ein gefühlsbeladenes Schweigen erfüllte plötzlich den Raum. Es war der Lieblingssatz von Morantes' Frau Sol gewesen, und so lange Sebastião zurückdenken konnte, hatten sie sich in dieser Wohnung mit diesem Satz zugeprostet.

»Also hört mal, ich will uns den Abend nicht verderben«, sagte Morantes schnell. »Wie geht's dir denn so in der großen Stadt?«

Sebastião nahm einen Stuhl und setzte sich Beatriz gegenüber.

»Gut.«

Dann meinte Beatriz: »Morantes hat mir erzählt, dass du wieder in deinem Elternhaus wohnst.« Ihre Augen hatten einen Braunton, der fast honigfarben wirkte, und Sebastião bemerkte, dass sich Beatriz der Wirkung ihrer Augen auf das männliche Geschlecht durchaus bewusst war. Er bemühte sich, ihrem Blick standzuhalten.

»Ja«, antwortete er. »Das Haus meiner Eltern in Olavide. Eigentlich gehörte das Haus ja meiner Mutter. Es ruft alte Erinnerungen in mir wach!«

»Nicht nur angenehme, wie man mir erzählt hat.«

»Wie diskret!«, knurrte Morantes. »Man kann ihr einfach nichts Vertrauliches erzählen.«

»Ach, schon gut. Vergangene Zeiten, die in diesem Fall nicht unbedingt besser waren.«

»Also, das hier wäre jetzt so weit«, stellte Morantes fest, indem er sich über den Herd beugte.

Beatriz näherte sich, zog den Seebarsch mit Hilfe eines Topflappens aus der Röhre und stellte die Schüssel auf einen Untersetzer aus Weidengeflecht.

»Lasst uns ins Esszimmer gehen«, wies der Gastgeber an.

»Ich geh noch mal kurz für kleine Mädels«, meinte Beatriz. »Deckt ihr schon mal den Tisch, ich habe beschlossen, dass die Frauen heute nicht arbeiten müssen.«

Morantes und Sebastião verließen die Küche mit dem Abendessen und der Flasche Wein.

»Hör zu, Portugiese, behalte dich ein wenig unter Kontrolle, dir fallen ja fast die Augen raus!«, unterwies ihn Morantes schmunzelnd.

»Ich weiß gar nicht, wovon du sprichst«, murmelte Sebastião.

Seine Blicke schweiften durch den Raum, der gleichzeitig als Wohn- und Esszimmer diente. Überall waren Fotos von Sol, Morantes und deren Kindern. Er ging zu einem der Regale und griff nach einem Foto in einem Alpakarahmen.

»Wie geht's deinen Kids?«

»Gut«, antwortete Morantes. »Studieren im Ausland. Solete ist ein wahres Genie, sie studiert an keinem geringeren Ort als Princeton. Aber natürlich mit Stipendium, ansonsten …«

Sebastião stellte den Rahmen wieder zurück und griff nach einem anderen; er musste lächeln.

»Erinnerst du dich noch an die Party?«, fragte Morantes.

»Klar.«

Sie hatte vor vielen Jahren stattgefunden, als man Morantes direkt nach der Entwaffnung eines der blutigsten Kommandos in der Geschichte der ETA einen Orden verliehen hatte, *»'ne kleine Blechmarke«*, wie er es nannte, und er befördert worden war. Seine gesamte Abteilung hatte sich versammelt, um sich maßlos zuzuschütten. Sebastião und zwei Freunde von Morantes hatten es schließlich geschafft, ihn mit dem Orden am Sakko nach Hause zu bringen, wo Sol bereits mit einem Lächeln und einem Fotoapparat auf sie wartete. Sebastião musste laut lachen.

»Damals waren wir ganz schön blau, was? Ich verstehe bis heute nicht, warum Sol dir dafür nicht den Kopf abgerissen hat.«

»Pah, was glaubst du wohl, ich musste Sol danach vor jeder Sache schriftlich um Erlaubnis bitten«, meinte Morantes. »Und wegen des berühmten Fotos hab ich noch eine ganze Zeit lang büßen müssen. Aber es stimmt schon, Sol hat mir nie eine Szene gemacht. Doch fangen wir nicht schon wieder damit an, ich werde sonst nur sentimental.«

»Na, lasst ihr eure Männerbesäufnisse aufleben?« Beatriz betrat das Zimmer. Sie betonte das Wort *Männer* in einer Weise, die an ihrer Einstellung gegenüber dieser Art von Partys nicht den geringsten Zweifel ließ. »Wie altmodisch ihr seid. So was macht man doch jetzt nicht mehr.«

»Du bist eben noch zu jung«, entgegnete Morantes. »Früher hat sich jeder echte Bulle nach einer spektakulären Verhaftung regelmäßig volllaufen lassen. Heute muss immer alles politisch korrekt und keimfrei zugehen. Diese Einfaltspinsel betrinken sich nicht, rauchen nicht und treiben viel Sport. Wo gelangen wir mit einer so lauen Polizei noch hin?« Er sah Beatriz an.

»Nur gut, dass ich dich kenne und nichts auf deine Sprüche gebe, ansonsten müsste ich dich wegen Beamtenbeleidigung verhaften lassen«, meinte sie.

Sebastião folgte dem Wortwechsel mit erkennbarem Neid. Es ging dabei so natürlich und intim zu, dass er sich daran erinnerte, dass er selbst in London nicht einen einzigen Freund besaß. Bekannte viele, aber einen wirklichen Freund, in England, nicht einen einzigen. Die Schuld schrieb er der Tatsache zu, dass sich der angelsächsische und der mediterrane Charakter wie Öl zu Wasser verhielten, aber er hatte den stillen Verdacht, dass er selbst auch ein wenig daran schuld war.

Sie aßen köstlich zu Abend, lachten und erzählten sich Geschichten aus vergangenen Zeiten, und als sie fertig waren, nahmen sie im Wohnzimmer Platz.

Dann sagte Beatriz: »Also, weil ihr bisher alles gemacht habt, serviere ich euch den Kaffee.« Als sie Sebastião die Tasse reichte, streifte sie seine Schulter, und er merkte, wie sehr er die Berührung genoss.

»Nun, Portugiese. Schließlich sollte dieses Abendessen dazu dienen, dir die Zunge zu lösen«, witzelte Morantes.

Beatriz setzte sich aufs Sofa, schlug die Beine übereinander und blickte ihn an.

»Aber zuerst erzähl mir bitte von der Scherbe, die du auf dem Casinoparkplatz gefunden hast.«

Sebastião schilderte nochmals in aller Kürze, was er an dem Ort erlebt hatte, an dem Juan Alacena entführt worden war. Daraufhin erklärte Beatriz, dass sie die Analyse der Urinproben, die auf dem Feld gefunden worden waren, auf dem die Leiche gelegen hatte, heute bekommen hatte.

»Sie weisen einen Kontrast auf«, nickte Beatriz. »Ich habe mir den genauen Fachjargon nicht gemerkt, aber die Jungs vom Laboratorium haben mir bestätigt, dass die Urinproben wahrscheinlich auf Diabetes hinweisen. Im Moment nehmen wir an, dass die Insulinkapsel, die du auf dem Parkplatz gefunden hast, vom Mörder stammt. Wir sind gerade dabei, Listen von Diabetikern aus allen Krankenhäusern und Kliniken Spaniens zusammenzustellen, aber ich fürchte, dass die Anzahl der Kranken ungeheure Ausmaße annehmen wird. Ich weiß nicht, ob uns dieses Indiz wirklich weiterhilft. Und die Leute von der Spurensicherung meinen, dass sie auf der Scherbe keine Fingerabdrücke finden konnten.«

»Und der Mord von heute?«, erkundigte sich Sebastião.

»Pablo García«, meinte Beatriz. »Zigeuner, siebenundzwanzig Jahre alt und drogenabhängig. Man fand seine Leiche in einer Barackensiedlung südlich von Madrid. Todesursache: Erstickung und Ertränkung, nebst einem kräftigen Schlag auf den hinteren Schädelbereich. Er war der jüngste Sohn eines Drogenbarons aus dem Norden Madrids: Papi ist nicht gerade erfreut über den Vorfall! Wir versuchen gerade ein Massaker zwischen den beiden rivalisierenden Clans zu verhindern.«

»Du hast erzählt, er sei in einer Schlammlache erstickt?«, erkundigte sich Sebastião mit müdem Gesichtsausdruck.

Beatriz nickte.

»Erinnert euch nur daran, wie es gestern Nacht geschüttet hat. Der Mörder schlug von hinten zu, um ihn außer Gefecht zu setzen, hat seinen Kopf anschließend so lange in den Morast getaucht, bis García erstickte. Die Jungs von der Spurensicherung haben den Bereich im Umkreis von hundert Quadratmetern abgesperrt und durchkämmen jetzt jeden Zentimeter des Geländes. Wir haben einige kuriose Objekte gefunden …«

Sebastião machte ein erstauntes Gesicht.

»In Garcías Hosentasche befanden sich eine Schachtel Diabetestabletten und ein silbernes Hufeisen.«

»Besaß der Junge etwa eine Farm für Zuchthengste?«, fragte Morantes.

»Sehr witzig. Nichts dergleichen. Um das Hufeisen war eine neue Selbstmordbotschaft gewickelt. Aber ich kapiere ihre Bedeutung nicht, obwohl ich extra das entsprechende Kapitel in der *Göttlichen Komödie* gelesen habe!«

»*Filippo Argenti*«, fuhr Sebastião dazwischen, »... er ist einer der Büßer des fünften Kreises. Er soll laut Boccaccio ein mächtiger Bürger der Stadt Florenz gewesen sein, und er war berühmt für sein aggressives Auftreten und seine Eitelkeit. Der Legende zufolge waren die Hufe seiner Rösser mit silbernen Hufeisen beschlagen.«

Er merkte, wie die Hilfskommissarin das Gesicht verzog; ohne Zweifel ärgerte sie sich, dass sie die Botschaft hinter dem mysteriösen Fund nicht selbst entdeckt hatte.

»Irgendwelche Vorstrafen?«, fragte Sebastião, um das Thema zu wechseln.

»Mehrere Strafen wegen Drogenhandels und Tätlichkeit. Ich persönlich hätte ihn in den Knast gesteckt, ohne lange nachzudenken, allein schon wegen seiner familiären Herkunft.«

»Psychologisches Profil?«

»Kannst du dir vorstellen: Gewaltbereit und offenbar ziemlich beschränkt. Auf der Botschaft waren keine Fingerabdrücke.« Beatriz stand auf, nahm einen Umschlag vom Tisch und reichte ihn Sebastião. »Eine Fotokopie!«, sagte sie.

Sebastião öffnete ihn und las den Inhalt laut vor:

Falls du die Bedeutung oder eine Antwort auf meine Taten suchst, bedenke, ich bin einer der Weinenden. Ich möchte kein Verständnis, denn in meiner Gewalt liegt mein Scheitern. Gewalt führt unweigerlich zu Gewalt; zum Verlieren der Nerven, zur Zerrüttung des Verstandes; die unkontrollierte Leidenschaft entfernt uns vom Guten und bringt uns den Tieren näher; sie führt uns vom Weg ab und trennt uns von der Wahrheit; sie tötet uns. Auf diese Weise begehe ich meine letzte, sinnlose Tat. Der Tod verleiht das Leben und läutert meine Sünden. Gott, vergib mir!

Sebastião blieb einige Sekunden nachdenklich, dann legte er die Botschaft auf den Tisch. Er zog eine Taschenbuchausgabe der *Göttlichen Komödie* aus dem Sakko und blätterte, bis er das passende Kapitel gefunden hatte.

»Er möchte uns nicht ein einziges Detail ersparen ...« Sebastião lächelte bitter. »Sobald wir die Dante-Schablone darüberlegen, wird alles klar. ›*Ich bin einer der Weinenden*‹ – abgesehen davon, dass der Satz in der Botschaft steht, die wir gerade gelesen haben, handelt es sich um einen Vers des fünften Kreises. In dieser Botschaft ist wieder vom *Weg* die Rede, genau wie im Fall von Juan Alacena. Es sieht ganz so aus, als ob der Weg für ihn eine große Rolle spielt. In der Psychiatrie ist das meist ein Hinweis auf geistige Verwirrung, extreme Angstzustände oder Schizophrenie ...«

Er dachte einen Moment nach, dann sagte er:

»Was wisst ihr über Serienmörder?«

Beatriz setzte ein Pokerface auf:

»Ein bisschen was, aber es ist nicht direkt mein Spezialgebiet.«

»Du hast ja selbst gesagt, dass dergleichen in Spanien eher selten vorkommt«, ergänzte Morantes.

»Erstens und grundsätzlich gilt festzuhalten, dass Serienmörder meistens hochgradig intelligente Menschen sind«, erklärte Sebastião. »Es stimmt zwar, dass sie krank sind, aber man darf nicht vergessen: Sie sind keine paranoiden Geisteskranken, die sich ihrer Taten nicht bewusst wären. Serienmörder sind berechnend, ehrenhaft, selbstsicher, charmant und unmoralisch. Ein Serienmörder könnte unser Familienanwalt sein oder der Krämer von nebenan; der schüchterne Mann, den wir an der Bushaltestelle treffen, oder der leidenschaftliche Verführer aus der Disko. Er ist eben nicht der klassische und klischeehafte Verbrecher, und deshalb ist es auch so schwer, ihn zu fassen. Die Tatsache, dass er sich seinen Opfern überlegen fühlt, macht ihn zum gefährlichsten aller Mörder. Er glaubt, er habe das Recht zum Morden und zum Vergewaltigen, obwohl er sehr genau weiß, dass seine Taten unmoralisch und gesetzeswidrig sind. Seine Gefährlichkeit besteht darin, dass wir ihn nicht verstehen. Er handelt nicht aus Motiven, die wir in unseren Schablonen unterbringen können. Geld, Macht und Rache sind ihm gleichgültig.«

Sebastião trank einen Schluck Kaffee und fuhr dann fort:

»Für diese Unmenschen sind ihre Verbrechen so ähnlich wie Fernsehserien. Wenn ein Kapitel zu Ende ist, wird man süchtig danach, man ist über den offenen Schluss unbefriedigt und will unbedingt das nächste Kapitel sehen. Serienmörder fantasieren darüber, wie sie ihre Opfer noch besser ermorden können, welcher Aspekt ihres Verbrechens sich noch verbessern ließe, und deshalb hören sie auch nicht auf zu töten, bis sie festgenommen werden oder selbst umkommen. Sie handeln zwanghaft, wie Alkoholiker oder Drogensüchtige, sie fühlen sich wie getrieben zu ihren scheußlichen Taten.«

Da unterbrach ihn Beatriz: »Okay, aber du willst mir doch jetzt nicht etwa sagen, dass Serienmörder von der Gesellschaft dazu getrieben werden, oder?«

»Das ist die Meinung, die der französische Philosoph Rousseau vertritt. Es steht völlig außer Zweifel, dass dabei soziale Faktoren, wie sozioökonomische, familiäre oder sexuelle – etwa ödipalen Ursprungs –, eine Rolle spielen, aber wir sind uns, glaube ich, trotzdem darüber einig, dass nicht die Gesellschaft den Mörder hervorbringt. Obwohl Serienmörder in der Regel eine konfliktbeladene Kindheit, Vergewaltigungen oder andere körperliche und geistige Misshandlungen erlitten haben, ist es richtig, dass ein feindseliges familiäres Umfeld nicht zwangsläufig einen solchen Killer erzeugt.«

»Hört nur, wie gebildet er ist!«, rief Beatriz. Ihre Augen strahlten.

»Er ist Professor«, meinte Morantes in ernstem Ton.

Sebastião verdrehte die Augen.

»Soll ich weitermachen?«

»Klar«, antwortete Beatriz mit ihrem unendlichen Lächeln, das ihr wie auf die Lippen gemalt schien. Sie trug wenig Lippenstift, nur ein blasses Rosa, das ihre Sinnlichkeit betonte. Der zartgelbe Lichtstrahl der Lampe ließ sie noch attraktiver aussehen.

»Also gut. Ein Serienmörder ist in keinster Weise, wie viele glauben, ein Produkt unserer Zeit, obwohl er erst jetzt einen gewissen Bekanntheitsgrad erlangt hat. Der berüchtigte Graf Dracula zum Beispiel, der in Wirklichkeit Prinz Vlad Tepes hieß, war ein Serienmörder und gleichzeitig ein ethnischer Säuberer der türkischen Besatzer seines Landes im 15. Jahrhundert. Er rühmte sich des Beinamens *der Pfähler*, weil er die blutrünstige Angewohnheit hatte, seine Feinde auf Holzpfähle zu spießen und sie langsam ausbluten zu lassen, während er selbst ein Festbankett veranstaltete. Ich warne euch, ich bin Prof und als solcher an Abschweifungen und ausführliche Zusatzerläuterungen gewöhnt, also bremst mich, falls es euch langweilen sollte.«

Beatriz lachte kurz auf, dann ließ sie sich wie eine Diva auf dem Sofa nieder. »In einer Epoche, die einem Adligen noch das Recht der ersten Nacht mit der Braut seines Leibeigenen zugestand, in der es rituelle Opfer gab, Inquisitionen und die Jagd auf Hexen, war ein Serienkiller sowieso eine ziemlich diffuse Angelegenheit. Fest steht aber, dass man selbst in unserer Zeit, mit unserer klaren Gesetzgebung und unseren Systemen, die alles zu bewerten und einzuordnen versuchen, jene historischen Figuren nicht ohne Weiteres als Serienkiller einstufen kann. Aber es hat sie wahrscheinlich schon immer gegeben. Ein anderer Fall, um ein weiteres Beispiel zu nennen, war der schonungslose und bestialische *Gilles de Rais,* der im Laufe seines Lebens mehr als zweihundert Kinder getötet und missbraucht hat.«

»So ein Schwein«, murmelte Beatriz.

»Die Realität übertrifft manchmal bei weitem die Fiktion«, stimmte Morantes zu.

»So ist es«, fuhr Sebastião fort. »Aber der erste Serienmörder im modernen Sinne war *Jack the Ripper.* Er ermordete innerhalb von zwei Monaten insgesamt fünf Prostituierte im Londoner Stadtteil Whitechapel. Er verstümmelte seine Opfer auf entsetzliche Weise, wobei er die Köpfe fast vollständig vom Körper abtrennte und die Eierstöcke, die Eingeweide und manchmal sogar die Gebärmutter aufschlitzte. In immer gleicher Form fand man neben den Opfern eine Nachricht mit den Worten *»Yours truly, Jack the Ripper«.*

»Man hat ihn nie erwischt …«, bekräftigte Beatriz.

Sebastião nickte.

»Es existieren zahlreiche Theorien darüber, wer er gewesen sein könnte, manche davon sind ziemlich verschroben. Diejenige, die der Realität am nächsten kommt, schildert ihn als einen normalen Mann der Mittelklasse, der tagsüber nicht das geringste Aufsehen erregte, aber nachts seinen finstersten Passionen freien Lauf ließ. Und genau das, nämlich die Vorstellung, dass eine ganz normale Person in der Lage ist, derart scheußliche Verbrechen zu begehen, hat solche Bestien zu Helden der Popkultur gemacht.«

»Und in Spanien?«

»Bisher kennt man drei oder vier. Der Letzte war der sogenannte *Spielkartenmörder*, mit sechs Todesopfern in dreiundfünfzig Tagen. Er benutzte eine Feuerwaffe. Oder der *Greisinnenmörder*. Er schlug sechzehn Mal zu. Immer alte Frauen, an denen er sich außerdem noch sexuell verging. Er war ein sadistisch veranlagter Mann, nekrophil, mit einer starken neurotischen Persönlichkeitsstörung, aber von normaler Intelligenz.«

Sebastião dachte einen Moment nach. »Ach ja … Manuel Delgado Villegas, der *Honigkuchenverkäufer*, der Killer mit den meisten Morden in unserer Kriminalgeschichte. Er beging in den Sechzigerjahren achtundvierzig Morde, obwohl man ihm nur zweiundzwanzig zur Last legte. Er vergewaltigte eines seiner Opfer mehrfach, als es schon tot war, bis die Leiche von der Polizei gefunden wurde.«

Sebastião fuhr konzentriert fort: »Und der *Bettelmörder*, er legte ein Geständnis über vierzehn Verbrechen ab. Er zermalmte den Kopf seiner Opfer mit einem Stein, dann köpfte er sie oder riss ihnen das Herz heraus. Er war drogenabhängig, alkoholsüchtig, psychopathisch, bisexuell, nekrophil und kannibalisch veranlagt.«

»Es überrascht mich immer wieder, wozu Menschen imstande sind«, bemerkte Beatriz.

»Hör mal, Bea«, mischte sich Morantes ins Gespräch. »Möchtest du noch was? Vielleicht einen Drink?«

»Wenn du noch Pacharán hast, nehme ich gern einen. Geht's mit dem Arm?«

»Klar. Noch ist der Tag nicht gekommen, an dem mich ein armseliger Kratzer am Arm daran hindert, einen Drink in meiner eigenen Wohnung zu servieren.«

Beatriz streifte sich die Schuhe ab und legte ihre Beine aufs Sofa. Dabei fiel ihr das Haar ins Gesicht und verdeckte eines ihrer Augen. Sie warf es mit einer Geste zurück, die ihren langen Hals freilegte. Dabei sprang die Perle in ihrem Ausschnitt ein wenig in die Höhe, und Sebastiãos Herz begann wie wild zu schlagen.

»Ich bevorzuge Whisky on the rocks«, sagte der Portugiese.

Morantes öffnete die Türen seiner Schrankbar und begann die Drinks zu servieren.

Dann sagte er: »Unser böser Bube ist also ein stinknormaler Typ und keine Ausgeburt des Teufels?«

»So ist es. Die Statistik belegt, dass die meisten Serienmörder Männer weißer Hautfarbe sind, zwischen siebenundzwanzig und dreißig Jahre alt, und aus der Mittelklasse kommen. Unser ›böser Bube‹, wie du ihn nennst, sieht mit Sicherheit völlig normal aus, wahrscheinlich sogar ganz nett.«

»Und sein soziales Verhalten?«, erkundigte sich Beatriz.

»Ist völlig normal. Die große Mehrheit zeigt keine auffälligen mentalen Störungen. Sie haben zwar vielfach eine schmerzvolle Kindheit hinter sich, aber sie sind nicht wahnsinnig. Das muss euch immer bewusst sein! Und meistens sind sie überdurchschnittlich intelligent«, wiederholte Sebastião.

»Also ich denke ja nach wie vor, dass er nicht ganz richtig in der Birne sein muss«, sagte Beatriz.

»Ja, aber wenn wir ihn schnappen wollen, sollten wir diese Vorstellung aus unseren Köpfen kriegen.« Erst jetzt bemerkte Sebastião, dass er sich selbst zur Gruppe der Ermittler gezählt hatte. Dann sagte er: »Bedenkt man also, dass das Verhalten von Serienmördern nicht durch eine geistige Störung oder klassische Motive wie Geld gesteuert wird, sie durch ihre Taten aber trotzdem entschädigt werden, dann lassen sie sich …«

»*Entschädigt* werden …?«, unterbrach ihn Beatriz.

»Nicht im materiellen Sinne, sondern eher im psychologischen. Also, wenn man all das in Betracht zieht, können wir die Mörder in vier wesentliche Gruppen einteilen: Die *Visionäre,* die morden, weil sie Stimmen hören, die es ihnen so befehlen. Die *Missionare,* die glauben, es sei ihre Aufgabe, die Gesellschaft von einer bestimmten Bevölkerungsgruppe oder Ethnie zu befreien. Zum Beispiel die Prostituiertenhasser, wie Jack the Ripper. Und die *Hedonisten,* die auf der Suche nach einem Gefühlskick sind, und bei denen jedes neue Verbrechen einen Adrenalinstoß freisetzt. Diese kann man wiederum in zwei Gruppen unterteilen: Die *schwarzen Witwen,* die aus materiellen Gründen töten, und hier gerate ich ein wenig in Widerspruch zu dem, was ich vorhin gesagt habe …, ich meine damit nicht diejenigen, die ausschließlich um des Geldes willen töten, wo das Geld das Motiv ist, sondern Personen, die aus purer Mordlust töten und ihren Erfolg durch eine materielle Errungenschaft unterstreichen wollen.«

Sebastião machte eine Pause.

»Ja, ja, ich hab's verstanden …«, nickte Beatriz.

»Das Mädel ist zwar hübsch, aber nicht doof.« Morantes zwinkerte Beatriz schelmisch zu.

»Ja, klar«, meinte Sebastião etwas verlegen. »Dann fahr ich also fort?« Er zögerte etwas. »Jetzt hab ich doch glatt vergessen, wo ich stehengeblieben war.«

»Bei der ersten Untergliederung der dritten Gruppe. Aber bitte keine weiteren Untergliederungen mehr, sonst bin ich völlig verloren«, bemerkte Beatriz.

»Stimmt. Die zweite Untergruppe sind die *Sexuellen,* die entweder vor oder nach dem Mord den Beischlaf mit ihren Opfern vollziehen. Und zur vierten Gruppe gehören schließlich all diejenigen, die Macht und Kontrolle ausüben wollen. Obwohl sie sexuelle Handlungen an ihrem Opfer vornehmen, ziehen sie ihren Lustgewinn aus der Kontrolle über ihre Opfer und nicht aus dem sexuellen Akt an sich. Ohne Zweifel haben sie Vergnügen am Leid ihrer Opfer.«

Dann fragte Morantes: »Und wo ordnen wir unseren bösen Buben ein?«

»Hier beginnen meine Probleme. Denn eigentlich passt er in keine der Gruppen so richtig hinein. Eine Hure, ein Anwalt, ein Beamter und jetzt der rauschgiftsüchtige Sohn eines Drogenbarons aus dem Zigeunermilieu. Es gibt kein klares Verhaltensmuster, dem sich eine zufriedenstellende psychiatrische Erklärung zuordnen ließe. Natürlich sind die vier Kategorien von vorhin nur eine Vereinfachung, jeder Charakter ist eine Welt für sich, einzigartig, und setzt sich aus verschiedenen Graustufen zusammen. Unser Mörder ist ein Hedonist, weil ihm jeder Mord ein intensives Lustgefühl verschafft, aber er zeigt auch ein Bedürfnis, die Situation zu kontrollieren. Diese Überlegenheit genießt er in der Tat in vollen Zügen, deshalb auch das Spiel mit der Polizei.«

»Aber alles passt zum Muster der *Göttlichen Komödie*«, ergänzte Beatriz. »Du vermutest also, dass der Mörder nur einer einzigen Regieanweisung folgt, aber in verschiedene Verhaltensmuster einzuordnen wäre?«

Sebastião nickte.

»Bevor wir weitermachen«, sagte Morantes, indem er aufstand, »erlaubt mir, dass ich eure Gläser auffülle.«

Beatriz drehte sich auf dem Sofa um und reichte ihrem Freund das Glas. Sebastião überraschte sich dabei, dass er sie von oben bis unten musterte. Sie war eine ausgesprochen attraktive Frau, aber mindestens ebenso gefährlich.

Dann konzentrierte er sich ganz darauf, die Gedanken und Fakten aus den Kommentartexten zur *Göttlichen Komödie* zu ordnen, die er sich am vergangenen Dienstag besorgt hatte, und die, die er aus den Erläuterungen des *Cambridge*-Kreises gewonnen hatte.

»Erzähl einfach weiter, ich versteh dich von hier aus genauso gut«, sagte Morantes.

»*Die Göttliche Komödie*«, sagte Sebastião dann, »ist eine Versdichtung, die im ersten Jahrzehnt des 14. Jahrhunderts verfasst worden ist, von dem italienischen Dichter des Mittelalters schlechthin: *Dante Alighieri*. Das Buch ist das Ergebnis einer Reise, die Dante aus Schmerz über den Tod seiner Geliebten Beatrice Portinari angetreten hat, und es besteht insgesamt aus drei Teilen: Hölle, Fegefeuer und Himmel. Aber uns interessiert vor allem der erste Teil, den Dante im Jahr 1309 beendete.«

»Die Geschichte kommt mir irgendwie bekannt vor …«, sagte Beatriz.

»Dante verlegt das Höllentor an einen der Erdpole und an den anderen einen gewaltigen Hügel, das Fegefeuer, das exakt dem großen Loch des Bösen entspricht. Um diese herum befinden sich die neun Himmelskreise. Das Entscheidende dabei ist, dass die Büßer nach einer Werteskala angeordnet sind: Je weiter man zum Erdmittelpunkt hinabkommt, desto schlimmer werden die Sünden. Und ebenso gibt es einen Kontrapunkt zu den Strafen, eine Regel, derzufolge jede Strafe eine Schuld widerspiegelt, entweder durch Analogie oder durch Kontrast. Aber es existiert immer eine logische Verbindung zwischen Strafe und Sünde. Die Hölle muss man sich wie einen stinkenden Trichter vorstellen, der an seiner Oberfläche noch ganz breit ist und dann zunehmend enger wird, bis er den neunten und letzten Kreis erreicht. In dem sitzt Luzifer.«

Dann fuhr Sebastião fort: »Die Handlung setzt in der

Nacht von Gründonnerstag auf Karfreitag des Jahres 1300 ein. Zu dieser Zeit war Dante fünfunddreißig Jahre alt. Damals bewegte sich die Sonne noch um die Erde, und Drachen lauerten unvorsichtigen Seeleuten auf, die sich zu weit vom Festland entfernten. Nachdem der Vorhof oder die Vorhalle zum Limbus durchschritten wird, stürzen die Seelen der Sünder in einen Abgrund und gelangen direkt zum ersten Kreis, wo sich die tugendhaften Heiden und die Ungetauften befinden. Ihre Strafe besteht darin, dass sie niemals in den Genuss von Gottes Güte und Gnade kommen.«

»Ja, aber viele wurden doch Jahrhunderte vor der Gründung des Christentums geboren!«, protestierte Beatriz. »Es ist ja schließlich nicht ihre Schuld, dass sie die christliche Lehre noch nicht kannten, oder?«

»Natürlich nicht, aber unser Dante war eben ein erzreligiöser Mensch, und er kannte kein Mitleid.«

»Was ich nicht verstehe: Warum das Spielchen mit den Rätseln? Wieso drückt sich der Mörder in den Selbstmordbotschaften nicht klarer aus?«

»Genau deswegen, weil es ein hinterlistiges Spiel ist! Der Mörder geht davon aus, dass alles klar genug ist, damit ein gewiefter Ermittler, der sich auf demselben geistigen Level befindet, es verstehen kann. Seine Gegenspieler müssen eben schlau genug sein, um die Botschaft zu begreifen. Ansonsten fehlt der Kick!«

Dann erläuterte Sebastião den zweiten Kreis, den Ort, an dem die Unzüchtigen ihre Strafe absitzen. Er erläuterte in knappen Worten auch die Art der Strafe: Die Körper der Verdammten werden von orkanartigen Windböen ausgepeitscht, und Sandstürme verstümmeln ihre Gesichter.«

»Hier soll wahrscheinlich die Sadomaso-Hure reinpassen?«

»So ist es. Eine Tätigkeit, die sich sowohl aus eigener

als auch aus fremder Unzucht zusammensetzt. Das Interessante hierbei ist das Objekt, das der Mörder uns hinterlässt: Der Star. Bei Dante heißt es:

›*So wie zur Winterszeit mit irrem Flug*
Ein dichtgedrängter breiter Tross von Staren,
so sah ich hier im Sturm der Sünder Zug
Hierin und dort, hinauf', hinunterfahren …‹

Vielleicht hätte er es noch deutlicher machen können, aber es ist eigentlich nicht nötig. Seinen Lustgewinn zieht der Killer weniger aus der Nachahmung der *Göttlichen Komödie* als aus dem Tod seiner Opfer und der Provokation der Gesetzeshüter.«

»Trotzdem wirst du mir zustimmen, dass einige Punkte nicht ganz passen«, meinte Beatriz.

»Genau. Jeder Kreis für sich betrachtet, ergibt ein unvollständiges Bild, aber alle Morde zusammen ergeben den Kontext. Im nächsten Kreis, dem dritten, stoßen wir auf die Vielfraße. Hier leiden die Büßer unter heftigen Gewittern mit Hagelschauern; und *Zerberus*, der Höllenhund und Torhüter, reißt ihnen das Fleisch bis zum letzten Stück aus dem Leib. Ihr habt ein Stoffhündchen an der Haustür gefunden: Das ist *Zerberus*! Andere Übereinstimmungen sind die Eiseskälte oder der gespaltene Rachen des Opfers.«

»Laut Polizeibericht …«, warf Morantes ein, »war das Opfer ein maßloser Esser und Trinker! Wenn ich mich recht erinnere, brachte Martínez das eine oder andere Kilo Übergewicht auf die Waage.«

»Ja, elegant ausgedrückt. Aber vor allem war seine Leber ziemlich im Arsch!«

»Der Autopsie zufolge stand er kurz vor der Leberzirrhose«, ergänzte Beatriz.

»Zu Dantes Zeiten: Ein Vielfraß.«

»Weiter!«, trieb Morantes an.

»Den vierten Kreis bevölkern die Geizhälse und Verschwender. Ihre Qual besteht darin, dass sie große Felsen so lange mit der Brust vor sich her wälzen, bis sie mit anderen Sündern zusammenstoßen und ihre kräfteraubende Arbeit wieder von vorne beginnen müssen. In diesem Zusammenhang erwähnt Dante den Satz: ›*Sie wussten nie zum Sparen sich ein Maß zu schaffen*‹, womit er die Verschwender meint. Fortuna verteilt einer göttlichen Weisung folgend ihre Güter unter den Menschen und Nationen, und diese verschwenden sie blindlings: Ein Casino. Aber es gibt noch mehr Details, die übereinstimmen. In der Selbstmordbotschaft, die sich neben den Eintrittskarten fürs Casino in der Plastiktüte befand, erwähnt der Mörder einen *Weg* im Wald; der erste Gesang des Infernos handelt von Dantes Grauen, sich im Wald verirrt zu haben. Ich glaube, Dante sagt wörtlich: ›*Auf halbem Weg des Menschenlebens fand / ich mich in einen finstern Wald verschlagen / weil ich vom rechten Weg mich abgewandt.*‹ Die Botschaft, die uns der Mörder hinterlässt, erwähnt ebenfalls den *Weg*, genau wie die aus dem Zigeunerviertel, die du mir vorhin gegeben hast. In der Botschaft wird auch die Göttin Fortuna erwähnt, die im vierten Kreis auftaucht. Allerdings weiß ich noch nicht, ob die Botschaften irgendeine Mitteilung enthalten, einen verschlüsselten Code oder etwas in der Art.«

»Und der Kreis von heute?«

»Der fünfte Kreis ist der Kreis der Jähzornigen, die im Schlick des Unterweltflusses Styx ertrinken, jener höllischen Wassermasse, über die der Fährmann Charon die Seelen der Sünder hinwegsetzt. Beatriz, du sagtest, das heutige Opfer wäre äußerst gewalttätig gewesen?«

»Ja, García war insgesamt dreißig Mal wegen Raubes

unter Gewaltandrohung verhaftet worden; allerdings handelte es sich um kleinere Beträge, die ihn vor dem Gefängnis bewahrten. Aktuell liefen zwei Strafverfahren gegen ihn, wegen gewalttätiger Überfälle.« Dann sagte Beatriz: »Seine Familie kontrolliert den größten Teil der Drogen im westlichen Korridor, nicht gerade angenehme Zeitgenossen. Und das mit dem Schlick stimmt auch.«

»Genau wie das silberne Hufeisen!«, ergänzte Morantes.

Sebastião nickte.

»Auch wenn es stimmt, dass einige Details nicht hundertprozentig ins Bild passen, ich habe keinen Zweifel daran, mit wem wir es hier zu tun haben. Die kalifornische Polizei begann 1969 mit den Ermittlungen zu den Verbrechen eines Killers, der sich der *Mörder der Tierkreiszeichen* nannte. Die wenigen Überlebenden seiner Übergriffe beschrieben ihn als vermummte Gestalt, auf dessen Kapuze sonderbare Symbole abgebildet waren. Die Briefe, die er an Polizei und Presse verschickte, waren mit einem Kreis und einem Kreuz unterschrieben; minutiöse Untersuchungen mit Computern ergaben, dass die Orte, an denen man seine Opfer fand, auf der Landkarte ein großes ›Z‹ ergaben. Man hat ihn nie erwischt, aber es ist unbestritten, dass seine okkultistischen Neigungen ihn mit den Ermittlern spielen ließen, indem er Hinweise und Hieroglyphen verteilte, die auf verworrenen Wegen zu den Leichen der Opfer führten. Es ist vielleicht ein bisschen weit hergeholt, aber wahr.«

»Du meinst also, er spielt mit uns«, sagte Beatriz.

»Ohne Zweifel«, antwortete Sebastião.

Dann fragte Morantes: »Und der Nächste?«

»Der sechste Kreis: Ketzer, Gottlose oder die Anführer ketzerischer Sekten. Aber wer weiß schon, was unser Mörder unter einem Ketzer versteht?«

Beatriz sah Morantes an.

»Das könnte ein erster Anhaltspunkt für unsere Ermittlungen sein. Morgen spreche ich mit der Abteilung, die bei uns die Akten über Sekten und verbotene Organisationen verwaltet, mal sehen, was die so haben. Ich habe letztes Jahr in einem Fall über Satanismus gearbeitet. Wenn ich mich richtig erinnere, gibt es in Spanien über zweihundert aktive Sekten mit mehr als 150 000 Mitgliedern. Ganz zu schweigen von den Satanisten, insgesamt sind rund 6000 Personen in solchen Gruppen organisiert.«

»Ich erinnere mich daran, im Sachverständigenbericht gelesen zu haben, dass Juan durch ein *illegales* Selbstverteidigungsspray außer Gefecht gesetzt wurde. Gibt's dazu was Neues?«, erkundigte sich Sebastião.

Beatriz sah ihn erstaunt an. »Der weiß aber auch alles«, dachte sie.

»Die Konzentration von CS-Gas bei legalen Sprays ist in aller Regel nicht höher als 5 %. Laut gerichtsmedizinischem Bericht lag die Konzentration des Reizwirkstoffes, den man bei Alacenas Autopsie fand, bei über 40 %. In Spanien kann man solche Sprays lediglich in Waffenhandlungen und nur gegen Vorlage eines Personalausweises erwerben, aber in Frankreich und Deutschland kriegt man sie ohne Registrierung und in viel höheren Konzentrationen, als es das Waffengesetz erlaubt. Es wird nur wenig kontrolliert, und einige Oberschlaue kaufen im Ausland ein, um die Sprays danach in Spanien zum doppelten Preis zu verkaufen. Wir ermitteln schon.«

Sebastião zückte sein Handy. »Ich kenne einen Internetfreak, der uns mit ein bisschen Glück weiterhelfen könnte.«

Beatriz wartete geduldig, bis Sebastião in seiner Telefonagenda Davids Nummer gefunden hatte. Es läutete drei Mal, bis der Junge antwortete. Er war von Sebastiãos Anruf überrascht und entschuldigte sich; er sei noch immer auf der Suche nach dem Namen des Arztes, der den Beschluss zur Streichung Juan Alacenas aus der Verbotsliste unterschrieben hatte.

»Gute Arbeit, David, aber ich muss dich um einen weiteren Gefallen bitten. Kannst du deine Zauberkünste im Web mal ein bisschen spielen lassen und für mich nach Geschäften suchen, die illegale Selbstverteidigungssprays anbieten oder verkaufen?«

Sebastião machte eine Pause und lächelte.

»Ja, ja, ... es muss in jedem Fall ein illegales Spray sein! Hast du was zum Schreiben? Der Wirkstoff heißt *2-Chlorbenzyliden-Malonsäuredi* ...« Er musste es ihm buchstabieren, dann fügte er hinzu: »In einer Gaskonzentration von über 40 % ...!«

Sebastião lauschte einen Moment Davids Fragen.

Dann sagte er: »Ähnliche Sprays kann man in Waffenhandlungen kaufen, allerdings kann ich mir nicht vorstellen, dass jemand wegen des Verkaufs hoch konzentrierter Sprays seine Lizenz aufs Spiel setzt. Keine Ahnung, vielleicht irgendein rechtsextremer Laden oder eine Privatperson? Wie gesagt, keine Ahnung. Ist auch nur so eine Vermutung.«

Sebastião bedankte sich bei David für dessen Hilfe und legte auf. »Man kann ja nie wissen ...«, meinte er und hob die Schultern.

»Es gibt noch etwas, über das wir bisher noch nicht gesprochen haben«, deutete Morantes an und wandte sich zu Sebastião: »Der erste Kreis?«

»Stimmt. Ich weiß nicht, ob es wirklich hilfreich ist, aber ich würde nach einem Säugling suchen, der vor kurzem und unter zweifelhaften Umständen verstarb.«

»Ich fürchte, ich hab mal wieder den Faden verloren«, gestand Beatriz.

Dann erinnerte sich Morantes: »Wir haben vier Leichen, jede davon entspricht einem Kreis, vom zweiten bis zum fünften, aber uns fehlt der erste. Der erste Kreis schloss die tugendhaften Heiden und die ungetauften Seelen ein. Darunter fallen auch neugeborene Babys!«

»Und was passiert, wenn er beim neunten Kreis angelangt ist? Hört er dann auf zu morden?«, erkundigte sich Beatriz.

»Da hab ich meine Zweifel. Wie ich dir schon sagte, Serienmörder sind nicht in der Lage, ihr Verlangen zu kontrollieren. Er würde es vielleicht eine Zeit lang lassen, aber danach würde er wahrscheinlich mit einem neuen Szenario zurückkehren«, erklärte Sebastião.

Beatriz nickte. Sie schwiegen alle drei, bis Morantes sagte:

»Du solltest ihm mehr vertrauen.«

Beatriz sah Sebastião einen Moment an. Schließlich schien sie sich entschieden zu haben:

»Ich würde bei der Lösung des Falles gerne auf deine Hilfe zählen!«

Sebastião war überrascht.

»Ganz offiziell?«

»Nein, das würde mein Boss nie akzeptieren; ich glaube, ihr habt nicht gerade das beste Verhältnis zueinander. Nein, völlig inoffiziell und ohne Entgelt.«

»Warum?«

Wieder herrschte eine Pause.

»Es fällt mir schwer, es zuzugeben, aber du bist in dem Fall in vier Tagen weiter gekommen als wir in einem Monat. Und dein Lebenslauf spricht für dich. Und …, es gibt noch etwas.«

Sebastião zog eine Augenbraue hoch und wartete, bis Beatriz weitersprach.

»Wir haben einen Verdächtigen!«

Sebastião sah Morantes mit einem Ausdruck des Erstaunens an. Der Agent des CNI betrachtete ihn aufmerksam.

»Das verstehe ich nicht«, gestand Sebastião, »wenn ihr einen Verdächtigen habt, warum dann die Geheimniskrämerei? Ich bin davon ausgegangen, dass ihr noch keine heiße Spur habt.«

»Haben wir auch nicht. Alle Indizien weisen auf eine Person hin. Es gibt ein Motiv, Spuren und eine Gelegenheit, aber er ist mit Sicherheit kein Serienmörder.«

»Könntest du dich bitte etwas klarer ausdrücken, Beatriz.«

Die Hilfskommissarin lächelte.

»Lass uns einen Pakt schließen: Ich erzähl dir alles, was wir bisher herausgefunden haben, und du hilfst mir dabei, den Mörder zu schnappen. Danach lade ich zum Abendessen ins beste Restaurant von Madrid ein.«

Sebastião lächelte.

»Wie verführerisch! Aber du hast mir noch immer nicht meine Frage beantwortet.«

»Morgen erzähle ich dir alles. Was hältst du davon?«

»Was bleibt mir schon anderes übrig? Ansonsten erfahre ich ja nie das Geheimnis vom Mörder, der keiner ist.«

Beatriz lachte. Es war ein ehrliches und offenes Lachen, das ansteckend wirkte.

Seine Entscheidung, in Madrid zu bleiben, fiel Sebastião leichter als erwartet; zwar würde er seine Lehrpflichten vernachlässigen, aber seine jahrelange berufliche Erfahrung, seine Forschungen und seine Arbeit wiesen ihn als einen der am besten qualifizierten Spezialisten außerhalb der Einheit für Verhaltensforschung des FBI aus. Wenn er jetzt ginge und es zu einem weiteren Mord käme, wäre es dann zum Teil nicht seine eigene Schuld? Und warum es verschweigen? Der Kick, den die Jagd in ihm auslöste, die Gelegenheit, die eigenen Kräfte mit einem hochgradig intelligenten Psychopathen zu messen, faszinierte ihn. Die lautlose Verfolgung des Gegenspielers, mit dem angenehmen Nebeneffekt, dabei Menschenleben retten zu können, war eine Verführung, der Sebastião nur schwer widerstehen konnte. Und schließlich hatte ihn, wenn auch auf ziemlich unorthodoxe Weise, eine Polizistin darum gebeten.

Diese Entscheidung sollte Sebastiãos Leben für immer verändern.

»Einverstanden«, sagte er, halb enthusiastisch, halb resigniert. »Mich beunruhigt allerdings die Häufigkeit, mit der er zuschlägt. Ich bin fest davon überzeugt, dass wir bald wieder von ihm hören werden. Wir brauchen ein operatives Zentrum, etwas zum Schreiben und eine Kopie von allen Beweisen, die uns bisher vorliegen.«

Morantes fuchtelte mit den Händen durch die Luft.

»Nicht so eilig, Portugiese!«, rief er und lachte kurz auf. »Es ist schon ein bisschen spät. Was haltet ihr davon, wenn wir morgen weitermachen?«

Beatriz schüttelte den Kopf.

»Ich verlasse Madrid morgen. Ich bin erst in drei Tagen wieder zurück, am Dienstag um die Mittagszeit. Wenn ihr wollt, machen wir am Nachmittag weiter.«

»Meine Wohnung ist neutrales Gebiet«, meinte Sebastião, »und ich hab dort genügend Platz für den ganzen Kram, ich schlage euch vor, dass wir uns dort treffen.«

Die Nacht hatte sich bereits im Morgen des nächsten Tages aufgelöst. Schon lange hatte sich Sebastião nicht mehr so lebendig gefühlt; ein neuer Fall in seiner Heimatstadt, Morantes' freundschaftliche Wärme und Beas immer deutlicher werdende Sinnlichkeit wirkten wie ein Aufputschmittel.

»Hervorragend«, nickte Morantes.

»Also was?«, fragte Sebastião. Er hatte Morantes gar nicht zugehört.

»Eine hervorragende Idee, *Romeo!* Du bist ja ganz zerstreut. Morgen sehen wir uns …«

So ging der Tag zu Ende. Mit einem Kuss auf Beas Wange, der etwas länger dauerte als streng genommen notwendig, und einem Taxi.

In jener Nacht kam der Alte spät nach Hause. Er fühlte sich müde und von einem Schmerz befallen, der ihm in den Schläfen pochte und ihm die Kraft seiner Seele nahm. Er stieg langsam die Treppe des Hauses hinauf, das er im Stadtteil La Latina bewohnte, und blieb auf jedem Absatz einen Moment stehen, bis er den vierten Stock erreichte. Der Aufzug war schon jahrelang defekt, nie hatte sich jemand darum gekümmert, ihn zu reparieren; das Schild an seinem Türgriff war im Laufe der Zeit vergilbt.

Als er ins Zimmer kam, ging er zum Fenster und blieb dort stehen. Die schwache Deckenbeleuchtung schaltete er gar nicht erst ein. Der Regen lief an den Scheiben herab, kleine Bäche bildend, die in die Fensterbank einmündeten. Die Wohnungseinrichtung bestand aus einem abgewetzten Sofa, einem betagten Holztisch und einigen wackligen Stühlen. Der alte Fernseher hatte seinen Geist schon vor Monaten aufgegeben, aber das Radio verkündete noch immer – unter statischem Rauschen – die Nachrichten.

Er sah sich um; die Wohnung war ein elendes Loch, er hatte sie vor einem halben Jahr gemietet, mit der Klausel, sie tagsüber nicht zu nutzen, da sie in dieser Zeit zum improvisierten Tummelplatz der dominikanischen Nutten aus dem Viertel wurde. Jeden Morgen weckte ihn ein baumlanger Neger auf, der so heftig gegen die Tür klopfte, dass diese unter den Schlägen nachgab; das verursachte einen Höllenlärm und drohte außerdem die Tür zu zerstören. Wenigstens waren die Mädchen sauber: Ihre

Betttücher bewahrten sie in einem Schrank im Wohnzimmer auf, und normalerweise putzten sie die Wohnung, bevor er abends nach Hause kam.

Er pries das System der spanischen Sozialversicherung, die ihn in die Hände seines Erlösers gegeben hatte, ohne dass es ihn auch nur einen Cent kostete. Der Mann, der ihn heilen würde. Sein Erlöser.

Sein Regenmantel tropfte noch immer, aber er zog ihn nicht aus. Es war teuflisch kalt. Er schloss halb die Augen und blinzelte durchs Fenster in den Innenhof, er erahnte das schwache Licht eines Nachbarn und den abbröckelnden Putz der Fassade gegenüber. Die Gesichter waren noch da, sie spiegelten sich in der Scheibe; weiß, blass und spottend. Sie tauchten in seinen Träumen auf, in den Lichtschimmern der Nacht, in den Pfützen des Asphalts, wie Geister, die seine Präsenz an einem anderen Ort forderten. Vom Jähzorn entstellte Fratzen. Sie warteten auf ihn, und er wusste, dass es nur einen Weg gab, sich von ihnen zu befreien. Als er dem Doktor zum ersten Mal davon erzählte, hatte dieser eine ernste Miene gemacht: »Es ist ganz wichtig, dass du nicht vor ihnen fliehst«, hatte er gesagt. »Es sind deine Ängste, dein innerer Zorn, der an die Oberfläche strebt. Es ist ein Teil von dir, aber du darfst nicht zulassen, dass deine Ängste dich beherrschen. Wir werden gemeinsam gegen die Gesichter kämpfen«, hatte er entschieden. Der Doktor wusste, was zu tun war.

Der Alte ging zur Heizung und strich mit der Hand darüber. Sie war lauwarm.

Dann griff er mit einer Hand in die Tasche seines Regenmantels und zog einen Zettel heraus. Er warf ihn auf den Boden, als wäre er mit einer ansteckenden Krankheit infiziert, und wich ihm mit entsetzt aufgerissenen Augen aus. Er verfluchte das Auffanglager für arabische Einwanderer im Stadtteil Chueca und seine religiösen Flugschriften.

Er war dort abends um neun angekommen, weil er gehofft hatte, die Zeremonie sei längst vorbei. Er wollte das Terrain auskundschaften, einen Eindruck von der Schwierigkeit seines Vorhabens gewinnen und bei der Gelegenheit auch gleich etwas essen; aber der Betreuer kam zu spät. »*Betreuer*, Ayatollah, oder was auch immer – aber Pfarrer ist er mit Sicherheit nicht«, dachte er. Ein schlanker Mann mit dichtem Vollbart und einer großen schwarzen Hornbrille, die während der Predigt ununterbrochen auf seiner Nase hin- und herrutschte. Die Geste, mit der sich der Mann die Brille alle paar Minuten zurechtrückte, machte den Alten hysterisch. Der Körper des Ayatollah war mit einem braunen Kaftan bedeckt, den er über mehrere Kleiderschichten gezogen hatte und der ihm bis zu den Sandalen reichte. Das Lager nahm ein komplettes Gebäude auf der Rückseite der Gran Vía in Anspruch, ein schmutziges Haus mit verdunkelten Scheiben, die mit Metallverstrebungen gegen Vandalismus geschützt waren; es war Zufluchtsstätte und Informationszentrum für Tausende illegaler Einwanderer, die in der Stadt herumstreunten.

Er verzog die Mundwinkel beim Gedanken an den Trupp von Bettlern und Nichterwünschten, die sich dort jede Nacht versammelten, um für ein paar mickrige Brotkrumen und ein Glas heiße Milch die Predigt zu ertragen. Dass man ihm nur nicht erzählte, in jenem Trupp von Nichterwünschten herrsche wahre Frömmigkeit! Als profunder Kenner der menschlichen Natur – dafür hielt er sich zumindest – glaubte er nicht einen Augenblick daran. Es war nicht nötig, dass der Doktor es ihm bestätigte. Der Doktor würde seine Seele erlösen.

Sein dunkler Teint und seine Kleidung erleichterten es ihm, zwischen den Hunderten von Menschen, die im Gemeinschaftsraum zusammengepfercht waren, nicht aufzufallen. Der Betreuer, Ayatollah, oder was auch immer dieser war, bahnte sich seinen Weg durch die Versammelten, bis er zu einem Holztisch kam, auf dem ein Kassettenrecorder stand. Er legte eine Kassette ein, und der Gesang des Muezzin begann aus dem Stereoapparat zu dröhnen. *Allah u-akhbar.* Der Alte musste die gesamte Zeremonie auf einem schmierigen Teppich kniend ertragen und dabei der blechernen Predigt der Kapitel aus dem Koran lauschen. Der Mann rechts vor ihm war eingeschlafen, seine Stirn ruhte auf dem Boden, und er stellte sich einen Moment vor, der Mann sei tot. Der Saal ähnelte dem Speiseraum einer Militärkaserne, man hatte die Tische entfernt, um für die Menschen Platz zu schaffen, die Richtung Mekka beteten. »*Menschen?* – Um sie irgendwie zu nennen«, dachte er. Doch er hielt durch: Er kniete mit dem Rest der Glaubensgemeinde nieder, wenn es von ihm gefordert wurde, und tat so, als betete er unchristliche Worte. Sein schmuddliges Antlitz und sein Dreitagebart erschienen ihm ausreichend, um für einen Araber gehalten zu werden.

Als die Zeremonie zu Ende war, wurden die Bänke aus dem Raum geschafft, und auf der anderen Seite des Saals begann um eine Holztheke herum das Abendbrot. Die Stimmen wurden lauter. Der Kellner schrie »*Jalás*«, wenn er glaubte, er habe einem der Speisenden, die sich um die Theke herum drängelten, genügend Essen ausgeteilt. Als der Alte die Straße betrat, regnete es noch immer. Er hatte seinen Regenmantel zugeknöpft und war nach Hause zurückgekehrt, ohne auf die zu achten, die ihn gleichgültig in einer fremden Sprache grüßten.

Er atmete tief durch und blickte fest auf die weißen Fratzen, die zwischen den Tropfen der Fensterscheibe herumtanzten, und nach einigen Sekunden verformten sich seine Lippen zu einem Zwangslachen. Es war sein erstes

Lächeln seit Jahren – obwohl es eher einer Grimasse glich. Der Doktor hatte einen Plan für ihn.

Sonntag, 7. April

Der Mörder kehrt immer an den Ort seines Verbrechens zurück. Sebastião war es nicht ganz geheuer dabei, auf »Kains« Spuren die unterschiedlichen Tatorte in Madrid aufzusuchen. Sie hatten sich darauf geeinigt, ihn so zu nennen: *Kain;* sie hatten keinen grusligeren und gehässigeren Namen finden können. Ein Name war der erste Schritt zur Ergreifung eines Mörders.

Auf der Straße sah man kaum Menschen. Die Kälte, der Nieselregen und die Tatsache, dass es noch früh am Morgen war, ließen die Bewohner der Gegend in ihren Wohnungen ausharren. Trotzdem spürte der Portugiese die Gegenwart des Bösen in seiner Umgebung, dass sich ihm die Nackenhaare sträubten. Er überquerte den Puente de Segovia in Richtung Calle de la Morería, unter ihm die Ronda de Segovia. Links blickte er auf die Madrider Altstadt; in einiger Entfernung konnte er den Anfang der Calle del Nuncio erahnen.

Was trieb einen Menschen wie Kain zu seinen Taten? Sebastião staunte jedes Mal wieder über die Gründe, die jemanden dazu brachten, sich mit einer derartigen Brutalität auf so kaltblütige Verbrechen einzulassen. Er hatte unzählige Bücher, Berichte, Doktorarbeiten und Vorträge gelesen, die dem Geheimnis auf die Spur zu kommen versuchten, und dennoch gelang ihm noch immer nicht jener Salto mortale, der notwendig war, um die Psyche seiner Gegner zu verstehen.

Wer wäre der Nächste?

Dem Muster der *Göttlichen Komödie* zufolge: ein Ketzer. Das konnte für Dante und sein mittelalterliches Verständnis von Religion alles Mögliche bedeuten. Würde sich Kain auf eine moderne Definition beschränken und unter den in Madrid ansässigen Sekten suchen, oder würde er sich dem mittelalterlichen Kanon anpassen, in dem die Tage eines jeden gezählt waren, der nicht auf fromme (und untadelige) Weise dem Christentum folgte? Mit Sicherheit würde er sich für die erstere Variante entscheiden, denn der Kick war alles, was zählte.

Als er die Brücke überquert hatte, bog er rechts nach Las Vistillas ab. Er schlenderte durch die Baumgruppen hindurch, bis er die Autos sehen konnte, die unter dem Viadukt hindurchfuhren, und blieb dann auf der Suche nach Schutz vor dem Regen unter einigen Zweigen stehen. Er blies eine Dunstschwade aus, während er an ferne Tage zurückdachte. Kurz vor seinem zwölften Geburtstag hatte sich seine Mutter das Leben genommen, sein Geburtstagsgeschenk hatte sie bereits besorgt gehabt und in einem der Schränke seines Zimmers versteckt. Sebastião fand es einige Monate später, als er in dem Schrank nach etwas suchte, woran er sich jetzt nicht mehr erinnern konnte. Sie hieß Sofía, und obwohl seit damals so viele Jahre vergangen waren, erinnerte er sich noch so genau an sie, als trüge er ihre Fotografie ständig mit sich herum. Sie war hübsch gewesen, von großem Wuchs, und strotzte nur so vor Leben; dieselbe Lebensfreude, die ihr Mann bei ihrem Tod verlor. Enrique Silveira, Professor für Literatur und ein angesehener Schriftsteller. Sein Vater. Der Mann, der sich von damals an unerbittlich aus seinem Leben gestohlen hatte, sich in seine Studien, seine Bücher und seinen Kreis verkrochen hatte, bis er diese Welt verließ. Eine normale, zumindest verständliche Reaktion für einen Mann, für den es keinen Grund mehr gab, morgens aufzustehen; aber völlig unverständlich für einen Jungen seines Alters.

Ein Jahr nach dem Tod seiner Mutter waren sie nach Lissabon zurückgekehrt, und Sebastião hatte dort die nächsten zwei Jahre seines Lebens verbracht; auf sich selbst gestellt, mit der vagen und flüchtigen Hilfe des einen oder anderen Verwandten. Mit fünfzehn schickte man ihn auf ein Internat nach London. Er hatte kaum Erinnerungen an diese Zeit: Das englische Essen, das ihm nie wirklich geschmeckt hatte, irgendein Freund, an dessen Namen er sich inzwischen nicht mehr erinnerte, und die Ferien in Sotogrande, im Haus seiner Großeltern. Die Universität und sein erster Job blieben in seinem väterlichen Haus völlig unbeachtet. Und dann starb sein Vater. Der einzige Familienangehörige, der ihm blieb, war Horacio Patakiola; er war der Cousin seiner Mutter und ein Ersatzvater für das, was ihm in seiner Jugend gefehlt hatte.

»Sebastião Silveira?«

Sebastião blickte überrascht auf und sah seinen Gesprächspartner an. Das Gesicht kam ihm äußerst vertraut vor, aber der dazugehörige Name wollte ihm nicht einfallen.

»Ich freue mich, dich zu sehen«, sagte der Mann. Er war klein, hässlich und von ziemlich hagerer Erscheinung. Er hatte weit vorstehende Wangenknochen, die ihm das Aussehen einer schlecht genährten Maus oder, besser gesagt, eines Wiesels verliehen. Er sprach mit deutlich andalusischem Akzent, den man selbst durch eine starke Erkältung hindurch hören konnte.

Sebastião verzog das Gesicht, als wollte er sich entschuldigen.

»Sie müssen entschuldigen«, sagte er, »aber ich erinnere mich nicht an Ihren Namen.« Er lächelte, um sein mangelndes Gedächtnis zu kaschieren.

»Gestatten, *Harry Álvarez!*«, antwortete der Mann. Er machte eine Pause und zog schnell ein schmutziges

Taschentuch aus der Manteltasche. Sein ganzer Körper erschauerte unter einem Niesen, das er nicht höflich genug gewesen war zu unterdrücken. Sebastião wich ihm ein Stück aus. Der Mann schnäuzte sich lautstark, dann meinte er: »Aber wir haben uns doch vor ein paar Jahren während jenes Falls des Kommandos Madrid kennengelernt. Ich arbeite für die Zeitschrift *El Confidencial.*« Er setzte ein breites Grinsen auf und kam ihm näher, um ihm leicht auf die Schulter zu klopfen. Sebastião fluchte leise.

»Jetzt erinnere ich mich«, sagte Sebastião in trockenem Ton. Álvarez war ein Sensationsjournalist, der ihm während seiner Teilnahme an der Jagd auf mehrere Mitglieder einer Terroristengruppe schrecklich auf die Nerven gegangen war. Seine Chroniken neigten eher zum Klatsch als zum ernsthaften Journalismus, sie zogen Übertreibungen den Fakten vor. Sebastião glaubte sich daran erinnern zu können, dass Álvarez aus Gibraltar stammte.

»Was für eine Überraschung, sich auf diese Art wiederzutreffen. Es ist eine Ewigkeit her, seit wir uns zum letzten Mal gesehen haben. Ich hoffe, du bist inzwischen nicht mehr sauer auf mich?«, meinte Álvarez.

Er lächelte und stellte einige vom Tabak geschwärzte Zähne zur Schau. Sebastião nickte, wobei er den Absichten des Reporters misstraute.

»Es gibt wenig, worüber wir miteinander reden könnten, Señor Álvarez …«, begann Sebastião seinen Rückzug.

»Ich habe dich gestern auf der Pressekonferenz gesehen.«

Sebastião sah Álvarez erwartungsvoll an.

»Um ehrlich zu sein«, meinte der Journalist, während er sich erneut das feuchte Tuch an die Nase führte, »unser Treffen ist kein Zufall. Ich schreibe in meiner Zeitschrift über den Serienmörder, und deine Anwesenheit im Saal hat mich neugierig gemacht. Warte …!«

Er trat Sebastião schnell in den Weg, als dieser meinte: »Entschuldigen Sie mich, aber ich hab's eilig.«

»Nur eine Minute, ich will dir alles erklären«, fuhr Álvarez fort. »Es gibt einen Psychopathen in der Hauptstadt, und das ist nun einmal eine Nachricht! Ich habe mit Kommissar González gesprochen und würde gerne …« Er musste erneut mit aller Gewalt niesen; ein Anfall, der seine Bronchien zum Pfeifen brachte. »Entschuldige … ich meinte, ich hätte gerne deine Meinung dazu gewusst.«

Sebastião machte ein erstauntes Gesicht.

»Meine Meinung? Das ist eine Angelegenheit der Polizei. Was hab ich damit zu tun?«

»Ich möchte dich ja nicht belästigen …« – der Portugiese hatte das Gefühl, dass dies den Reporter am allerwenigsten störte –, »aber ich glaube, wenn Professor Silveira in einem Saal auftaucht, in dem gerade eine Pressekonferenz zu einem Serienmord stattfindet, und er anschließend mit dem leitenden Kommissar und seiner Helferin plaudert und in Begleitung eines Agenten des CNI das Gebäude verlässt …« – Álvarez schnappte nach Luft –, »dann darf man doch wohl annehmen, dass irgendwas Wichtiges im Gange ist, oder?«

»Nochmal, das ist ein Fall der Polizei. Ich bin da völlig außen vor. Ich kann Ihnen nicht helfen.«

Álvarez machte eine finstere Miene.

»Oder vielleicht willst du es nicht?«

Sebastião zuckte mit den Schultern.

Dann sagte er: »Tut mir leid«, und machte sich los.

»Es wäre mir lieber, wenn ich González nicht sagen müsste, dass du mit mir gesprochen hast!«

Die sowieso schon niedrigen Temperaturen schienen noch um ein paar Grade zu sinken.

»Was sagen Sie da?«, fragte Sebastião. Seine Gesichtszüge verhärteten sich.

»Alle Welt kennt deine Aversion gegen den Kommissar. Und umgekehrt, natürlich. Ich weiß, vor ein paar Jahren hattest du eine ziemliche Auseinandersetzung mit ihm, und seitdem ist er nicht besonders gut auf dich zu sprechen. Ich bin sicher, er wird sich nicht gerade darüber freuen, wenn er erfährt, dass du dich mit der Presse triffst.«

Sebastião sah dem Journalisten fest in die Augen, dieser wich einen Schritt zurück. Álvarez befeuchtete sich die Lippen und presste den Schal gegen seinen Hals. Mit einer automatischen Geste wischte er sich ab, was ihm aus der Nase lief. Seine Augen tänzelten in alle Richtungen, als suchte er nach einem Fluchtweg.

»Hör zu«, meinte er, »ich mache nur meinen Job, und ich glaube, wir sind uns einig, dass unsere Leser ein Recht haben …«

»Ich habe nicht die geringste Absicht, mich mit Ihnen weiter zu unterhalten«, sagte Sebastião mürrisch. »Mir zu drohen, ist ein ziemlich unkluger Weg.«

Damit machte er sich von Álvarez los und lief die Straße hinunter; er versuchte sich nicht noch einmal umzudrehen. Dass ihn ein Aasgeier wie Álvarez ausfindig gemacht hatte, ließ nichts Gutes erhoffen.

Álvarez war einer von denen, die die Ethik des Journalisten für eine störende Begleiterscheinung hielten, und all die Unschuldigen, denen durch seine Chroniken Schaden zugefügt wurde, betrachtete er als unvermeidliche Verluste seiner Aufstiegsschlacht in den Reihen des Journalismus.

Sebastião stieg, für den Fall, dass ihm Álvarez folgte, ins erstbeste Taxi, das er finden konnte, und bat den Taxifahrer, ihn nach Olavide zu bringen.

Als er zu Hause ankam, klingelte sein Handy. Es war David.

»Hast du was zum Schreiben?«

Er bemerkte den Ausdruck der Zufriedenheit in der Stimme des Jungen und versuchte schnell einen Kugelschreiber und einen Notizblock aufzutreiben.

»Die Sache ging ziemlich flott«, versicherte David.

Sebastião wartete geduldig, die Spitze des Kugelschreibers über dem Papier zum Schreiben gezückt. Welche Sache meinte David wohl? Den Namen des Arztes, der Juans Streichung aus der Verbotsliste unterschrieben hatte, oder das illegale Verteidigungsspray? Er würde es gleich erfahren.

»Ich habe in *Google* und *Altavista* nachgeschaut« – er zögerte einen Augenblick –, »… zwei Suchmaschinen im Internet!«, ergänzte er, falls Sebastião ihn nicht verstanden hatte. »Hör mal, ich bin zwar älter als du, aber so alt bin ich nun auch wieder nicht«, meinte Sebastião. Dann sagte David: »Ich musste nur ein paar Kombinationen mit dem Namen des Wirkstoffs ausprobieren, dann fand ich mehrere Geschäfte, die solche Sprays anbieten:

2-Chlorbenzyliden-Malonsäuredinitril, Selbstverteidigungssprays in hohen Konzentrationen.«

David las ihm die Adressen der Geschäfte vor, mit den dazugehörigen Namen.

»Mit ziemlicher Sicherheit gibt es in der Stadt noch andere Läden, in denen man das Spray kaufen kann, aber im Internet werden nur die erwähnt, die ich dir vorgelesen habe. Zumindest in Madrid. In Barcelona habe ich weitere sieben gefunden und in Bilbao auch einige. Wenn du willst, kann ich dir die Websites der Geschäfte zeigen; allerdings handelt es sich um ultrarechte Läden, und die Grafiken, die sie benutzen, sind ziemlicher Schweinkram!«

Dann sagte er stolz: »In zehn Minuten hatte ich die Liste fertig.«

Sebastião bedankte sich für die Information mit Lobesworten. David zufolge hätte ihm jeder andere, sofern er sich nur ein bisschen im Internet auskannte, ebenso gut weiterhelfen können; das Erstaunliche daran war, dass diese Art illegaler Produkte offen im Internet zum Verkauf angeboten wurde.

»Es gibt Typen, die verkaufen in ebay sogar ihre eigene Leber«, meinte David.

Der Portugiese legte auf und rief gleich danach Morantes an.

»Junge, du überraschst mich am laufenden Band«, sagte er, als ihm Sebastião von seiner neuen Entdeckung erzählte. »Hast du schon mit Bea darüber gesprochen?«

»Nein.«

»Ich steh' in einer Viertelstunde bei dir vor der Tür.«

»Am Sonntag? Ich bezweifle, dass die Geschäfte heute geöffnet haben.«

»Du hast heute Nachmittag doch sonst nichts vor, oder?«, entgegnete Morantes.

»Okay, ich warte unten auf dich.«

Als Sebastião auflegte, hörte er noch, wie sein Freund lachte.

Auf Davids Liste waren fünf Geschäfte erwähnt, denen Morantes, nach ein paar Telefonaten, noch einige hinzufügte. Sie klapperten mehrere davon ab, die meisten davon waren geschlossen; und die, die offen hatten, brachten sie nicht viel weiter. Morantes übte Druck auf die Verkäufer aus, er drohte ihnen, aber ohne Erfolg. Es war kein leichtes Vorhaben, dass Individuen, für die das Gesetz wenig galt, ihre Geschäfte mit illegalen Substanzen zugaben. Am Ende verging der Nachmittag ohne aufregende Neuigkeiten, und ein paar Stunden später war Sebastião wieder zu Hause.

Am nächsten Tag holte Morantes ihn früh ab, und in Begleitung des Geheimdienstagenten, den Sebastião einige Tage vorher kennengelernt hatte, suchten sie die restlichen Adressen auf. Allerdings mit dem gleichen Ergebnis, mit Ausnahme von zwei Geschäften, die sie sich für den kommenden Tag aufhoben.

Dienstag, 9. April

»Nummer 82 ist hier!«

Sebastião parkte Morantes' Wagen vor dem letzten Geschäft, das auf der Liste übrig geblieben war (der Geheimdienstagent, der über Schmerzen in seinem verletzten Arm klagte, hatte seinem Freund das Steuer überlassen). Wie an den Tagen davor, hatte Morantes Sebastião schon morgens an seiner Wohnung abgeholt, und danach hatten sie im Straßenverzeichnis die Adresse des Geschäftes gesucht; es lag diesmal im Süden der Hauptstadt. Während der Fahrt von Olavide nach Getafe besprachen sie mehrere Aspekte des Falles, indem sie noch einmal die Beweise durchgingen, die der CNI gesammelt hatte. Sebastião versuchte seinem Freund etwas über Beatriz' Verdächtigen zu entlocken, aber Morantes schwieg hartnäckig und zwinkerte ihm geheimnisvoll zu: »Portugiese, sei nicht so ungeduldig. Wir treffen uns heute Nachmittag bei dir zum Arbeiten, und Bea wird dich schon auf den neuesten Stand bringen.« Sebastião erinnerte sich wieder an die Pressekonferenz und stellte plötzlich fest, dass González doch nicht gelogen hatte. Sie hatten tatsächlich jemanden im Visier. Aber warum tappten sie dann noch immer so sehr im Dunkeln, dass sie auf seine Hilfe angewiesen waren?

Er ersparte es sich, Morantes von seiner kaum als Zufall zu bezeichnenden Begegnung mit dem Reporter des *El Confidencial* zu erzählen; er glaubte, es sei besser, Álvarez erst einmal in Ruhe zu lassen und abzuwarten, was der Mann aus Gibraltar unternehmen werde, anstatt nervös zu werden. Denn Morantes konnte, wenn es um die Presse ging, manchmal ziemlich unvorhersagbar reagieren.

Sie fuhren in gemächlichem Tempo die Castellana entlang bis nach Atocha, der Wagen glitt unter dem Regen dahin; dabei wichen sie vorsichtig Schlaglöchern und Sturzbächen aus. Morantes saß in Jeans unter einem hellen Regenmantel und mit einem dicken Wollpulli bekleidet neben Sebastião. Seinen Arm hatte er mit einem Tuch festgebunden, das, wie der Portugiese glaubte, nur von Beatriz stammen konnte.

Sie parkten vor dem Eingang und stiegen aus. Das Geschäft verfügte über eine Tür, die zur Straße ging, und auf der rechten Seite über ein kleines Schaufenster von kaum einem Meter Länge; in diesem waren einige Objekte ausgestellt, die ihre Aufmerksamkeit erregten. Hinter einem halben Dutzend Zetteln, die von innen mit Klebeband befestigt waren, verbarg sich die schmutzige Schaufensterscheibe; auf den Zetteln wurden Versammlungen, Vorträge und Selbstverteidigungskurse, rechtsradikale Schmähschriften und Aufrufe zu Demonstrationen unter provokantem Motto angekündigt. Dann ging plötzlich die Tür auf, und zwei jugendliche Skins im typischen Aufzug der rechten Szene verließen den Laden: Lederjacke, Springerstiefel und ein halbes Kilo Ketten- und Nietenschmuck auf dem Leib. Die Anwesenheit der beiden Männer überraschte sie; sie warfen Morantes einen feindseligen Blick zu und machten sich dann mit den Händen in den Hosentaschen und hängenden Köpfen im Nieselregen davon.

Sebastião widmete seine Aufmerksamkeit wieder dem

Schaufenster und nahm die Objekte in Augenschein, die in einem halbhohen Schaufensterregal ausgestellt waren: Rechtsextreme Bücher, Schlagringe, Messer aller Kaliber, einige fernöstliche Kampfgeräte und ein Tablett mit Piercings aller Art. Sein Blick blieb an einem Totenkopfpiercing hängen. Daneben wurden auf einer weiteren Unterlage Piercings für Analbereich und Klitoris zum Verkauf angeboten. Sebastião zog eine schmerzvolle Grimasse.

»Interessant, was?«

Sebastião sah Morantes an, der jetzt durch die Schaufensterscheibe das Innere des Ladens auskundschaftete und bereits damit beschäftigt war, die Komplikationen abzuwägen, zu denen es kommen konnte. »Großartig …«, murmelte Sebastião. Morantes prüfte sein Spiegelbild und trocknete sich mit der Handfläche das spärliche Haar, das ihm an den Schläfen noch verblieben war. Dann lächelte er einem Mann zu, der sie von der Ladentheke aus mit verächtlicher Miene ansah.

»Los geht's!«, sagte Morantes.

Sie betraten den Laden und gingen zur Theke, wo der Verkäufer-Skin sie auf einem Holzstuhl sitzend beobachtete.

Das Geschäft war klein, die Wände waren mit Postern aus der Heavy-Metal- und Punkszene, dem einen oder anderen Kung-Fu-Kämpfer in Kampfpose und Werbeplakaten der Waren dekoriert, die zum Verkauf angeboten wurden. Morantes näherte sich dem Mann und warf ihm ein breites Grinsen zu. Morantes strahlte eine Bedrohlichkeit aus, die Sebastião beeindruckte, obwohl er an harte Polizisten gewöhnt war.

Auf der linken Seite verdeckte ein kleiner Vorhang aus Plastikstreifen eine Tür, die in einen Raum führte, aus dem verzerrte Gitarren und Percussion im Rhythmus eines Presslufthammers dröhnten.

»Weißt du, welche Strafe auf den Verkauf illegaler CDs steht?«, schmunzelte Morantes.

Der Verkäufer legte eine Hand auf den Ladentisch, und Sebastião bemerkte, dass darin vom kleinen bis zum Zeigefinger das Wort *Hass* eintätowiert war. Der Verkäufer verharrte starr auf seinem Platz, ohne Morantes' Lächeln zu erwidern. Er steckte von Kopf bis Fuß in einer schwarzen Ledertracht und trug an Augenbrauen, Ohren und Lippen haufenweise Sicherheitsnadeln. Sebastião, der in der Nähe der Eingangstür stehen geblieben war, sah, wie sich hinter dem Vorhang ein Schatten bewegte. Irgendjemand versteckte sich dahinter.

Morantes rührte sich nicht vom Fleck, er schwieg und schaute dem Verkäufer fest in die Augen. Es verstrich eine volle Minute, die Spannung im Laden stieg an, bis Sebastião bemerkte, dass ihm eine Schweißperle den Rücken herunterlief. Plötzlich ging die Tür des Ladens auf, der Portugiese erschrak zu Tode. Zwei Jugendliche kamen herein, doch als sie die Situation erkannten, drehten sie sich auf ihren Absätzen herum, ohne ein Wort zu verlieren, und verließen das Geschäft.

Morantes stand noch immer da, ohne mit der Wimper zu zucken. Nach einer Weile, die eine Ewigkeit zu dauern schien, bemerkte Sebastião, wie der Skin innerlich kochte.

Dann meinte er: »Alter, ich will keine Probleme!«

»Natürlich nicht …«, nickte Morantes, »und dein Kumpel hinter dem Vorhang wahrscheinlich auch nicht. Und dafür wirst du mir jetzt eine kleine Frage beantworten, nichts Besonderes. Es geht um niemanden aus deinem Bekanntenkreis, deshalb glaube ich, dass es dich nicht weiter stört. Und ich vergesse ganz schnell die CDs, die ihr da drinnen brennt, den Dreck im Schaufenster und die Tatsache, dass ich dir in den nächsten zwölf Monaten das Leben so schwermachen könnte, dass du dir einen neuen Laden in Australien suchst.«

Der Verkäufer warf einen flüchtigen Blick auf den Vorhang, dann zu Sebastião; schließlich blieben seine Augen auf Morantes haften. Zur Wahrung seiner eigenen Würde hob er ein wenig das Kinn und fragte:

»Was willst du?«

Morantes ließ ihn nicht einen Augenblick aus den Augen.

»Als Erstes soll dein Kumpel da rauskommen. Menschen, die ich nicht sehe, machen mich nervös!«

Der Verkäufer-Skin dachte einen Moment nach, was er tun sollte, dann rief er: »Komm raus, Javi«, in die Richtung, in der sich die Tür mit dem Vorhang befand. Ein etwas jüngerer Kerl, ungefähr fünfzehn Jahre alt, aber von angsteinflößender Gestalt, kam heraus und blieb an den Türpfosten gelehnt stehen, wo er eine Pose zwischen zufälliger und einstudierter jugendlicher Coolness einnahm.

Morantes, der weiterhin unerschütterlich blieb, sagte: »Es gibt ein Riesenarschloch, das frei herumläuft, und das ich einlochen will. Vor einem oder mehreren Monaten hat er hier ein Spray von der speziellen Sorte gekauft – ihr wisst schon, was ich meine.«

Er beließ den Satz dabei.

Der Verkäufer-Skin machte ein fragendes Gesicht und wollte etwas sagen, aber Morantes kam ihm zuvor:

»Du hast nur eine einzige Chance. Gefällt mir deine Antwort nicht, hast du ein Problem, also überleg dir, wen du lieber zum Freund haben möchtest: Den Typen, der dir das Spray abgekauft hat, oder mich?«

Dem Verkäufer fiel schlagartig der Mund zu, und er schien seine Möglichkeiten abzuwägen. Schließlich rang er sich zu einer Antwort durch:

»Das kaufen viele«, sagte er.

»Verstehe …«, meinte Sebastião von der Tür aus. Er dachte noch einmal kurz darüber nach, was sie über den Mörder wussten: Ein Mann, der Dante kannte und dem Julio Martínez die Tür zu seiner Villa geöffnet hatte. »Jemand, der nicht gerade aus deinem Viertel stammt! Mittleres Alter, seriös gekleidet …«

Der Verkäufer schüttelte den Kopf. »Letzten Monat? Entschuldige, Kollege, aber ich bin nicht vierundzwanzig Stunden im Laden. Manchmal ist mein Cousin Caco hier, manchmal Javi …«

»Caco hat mir erzählt, dass ein Alter im Anzug hier vor ungefähr zwei Monaten ein solches Spray gekauft hat.«

Sebastião sah den Jungen an, der weiterhin an der Tür lehnte, die zum Innenraum führte. Seine Hände steckten in den Taschen enger und ziemlich abgetragener Jeans. Sein langes und schlaffes Haar fiel ihm fettig in die Stirn.

»Ein *Alter?*«, fragte Sebastião.

»Mann, Kollege, was weiß ich?«, konterte der Junge und zuckte die Achseln. »Caco sagte, er sei alt gewesen, aber Caco ist ständig bekifft. Für den sind alle alt. Das ist seine Art zu reden.«

»Dieser Caco hat ihn also bedient. Ein Freund von euch?«

Bevor er weitersprach, sah der Junge zuerst den Verkäufer-Skin an, aber dieser ließ Morantes nicht aus den Augen. Morantes hatte den Verkäufer-Skin, seit er den Laden betreten hatte, ebenfalls nicht einen Moment lang aus den Augen gelassen.

»Ja, Mann. Ein Freund. Aber er ist nicht in Madrid. Er ist mit'n paar Kumpels nach Marokko gefahren.«

»Javi!«, rief der Verkäufer-Skin. Der Junge verzog die Mundwinkel.

»Aber das ist doch jetzt nicht mehr illegal, oder … *Kraut* holen?«

»Das ist mir ehrlich gesagt scheißegal«, sagte Morantes. »Von mir aus kann er sich die Syphilis holen. Ich will endlich von dir wissen, wie ich den Typen finden kann, der euch das Spray abgekauft hat.«

Der Junge machte einen Zischlaut, der in ein leichtes Grinsen zwischen seinen Zähnen überging.

»Caco hat mir gesagt, er sei Arzt gewesen, aber ich sagte dir ja schon, Caco ist meist ziemlich zugedröhnt.«

»Verflucht, Javi!« Der Verkäufer-Skin fasste Mut und begann aufzustehen, worauf Morantes eine Hand auf den Ladentisch legte und ganz leise zu ihm »Setz dich« sagte.

Sebastiãos Herz schlug schneller. Der Skinhead verbiss sich seinen Unwillen und nahm wieder seine ursprüngliche Haltung ein.

»Warum *Arzt?*«

Der Junge lächelte müde.

»Caco nimmt irgend so 'ne komische Medizin, und er hatte die Schachtel auf dem Tisch liegen, als er gerade einen Joint rauchte. Der Typ meinte, er solle es besser bleiben lassen, es würde nur die Wirkung des Medikaments verringern, oder so ähnlich. Jedenfalls hat er das in demselben Fachchinesisch gesagt wie mein Hausarzt. Mann, Kollege ..., so Worte eben, die man kaum aussprechen kann. Du verstehst mich, oder? Zumindest hat Caco es mir so erzählt. Aber der ist eben den halben Tag über *high*«, wiederholte er noch einmal.

»Worte, die man kaum aussprechen kann ...? Meinst du damit die Bezeichnung des Arzneimittels oder den Namen der Krankheit?«

»Verdammt, was weiß ich, Kollege? Caco hat so was Merkwürdiges, das niemand richtig aussprechen kann. Der Alte kannte sich scheinbar damit aus. Deshalb meinte Caco, er sei Arzt gewesen.«

»Habt ihr hier irgendwo eine Schachtel von Cacos Medizin?«, erkundigte sich Sebastião.

Der Junge schüttelte den Kopf, während er eine Zigarette mit dunklem Tabak hervorholte und anzündete. Er klappte das Feuerzeug mit routiniertem Handgriff zu und verstaute es in der Rücktasche seiner Hose.

»Hat Caco Familie?«, fragte Morantes.

Der Verkäufer-Skin ergriff das Wort:

»Hör zu, Caco ist sauber! Er hat hier niemanden. Seine Familie stammt angeblich aus Zaragoza, aber ich kenne sie nicht. Er arbeitet manchmal hier, und wir bezahlen ihn dafür. Er dreht seine Joints und tut keiner Fliege was zuleide.«

Morantes blieb noch einige Sekunden bewegungslos auf seinem Platz, dann stand er auf: »Also …«, sagte er ohne Eile, wobei er seine Visitenkarte auf die Ladentheke warf. »Wenn dieser Caco hier auftaucht, rufst du mich an. Verstanden? Sollte ich erfahren, dass er zurückgekommen ist, und du hast mich nicht angerufen …«

Er wollte sich gerade umdrehen, da fragte ihn der Verkäufer-Skin:

»Der Alte, den du suchst. Was hat der eigentlich verbrochen?«

»Er geht mir auf die Eier«, antwortete Morantes, während er die Tür zur Straße öffnete.

Einige Minuten vor 17.00 Uhr klingelte es an Sebastiãos Wohnungstür. Als er die schwere Holztür des Hauseingangs aufschloss, erlebte er eine Überraschung.

»Verflixt«, rief er. »Die Sache mit dem Modem habe ich doch glatt vergessen.«

Vor ihm stand das junge Paar aus dem Informatikladen.

»Nein, wir sind nicht deswegen hergekommen«, meinte

der Junge. »Ich habe noch mehr Informationen zu den Schutzlisten für Spielsüchtige gefunden, und da unser Geschäft nun mal direkt gegenüber liegt …« – er beließ den Satz dabei. »Benito stand vor der Tür und sagte uns, in welchem Stockwerk du wohnst.«

»So, so«, sagte Sebastião erstaunt. Er trat zur Seite und bat die beiden, hereinzukommen. »Danke, dass ihr euch extra die Mühe gemacht habt, hierher zu kommen.«

Die beiden traten ein, und der Junge wühlte nach etwas in seiner Jackentasche, bis er auf ein zerknittertes Papier stieß. Er faltete es auseinander und reichte es Sebastião. David hatte langes Haar, länger als das seiner Freundin, es war blond gefärbt (obwohl Sebastião unter der Wollmütze noch eine zusätzliche Farbe zu erkennen glaubte), und in seinem linken Ohr steckte ein Ohrring. Er trug weite Klamotten, wie es die Mode auf der Straße vorschrieb (oder zumindest einige Fernsehserien), leicht herabhängende Hosen, buntes T-Shirt, Jeansjacke und eine Wollmütze. Er war von mittelgroßer Statur, etwas mager, und hatte eine blasse Gesichtshaut, wie alle Madrilenen im Winter. Rosa hatte viel kürzeres, aber genauso blondes Haar. Sie steckte in einer hautengen Jeans und trug Turnschuhe und eine dicke, schwarze Jacke.

Sebastião führte die beiden ins Wohnzimmer und bot ihnen etwas zu trinken an.

»Nein, danke«, antwortete David. Er betrachtete neugierig den Raum, bis sein Blick an einer bestimmten Stelle haften blieb. »Hübsches Schachbrett.«

Sebastião betrachtete das großdimensionierte Schachbrett, das links von David, zwischen ihm und dem hohen Wandfenster, das auf die Straße ging, auf einem Holztischchen stand. Die Figuren, die aus Elfenbein und Ebenholz gefertigt waren, zeigten eine Schachpartie von anno dazumal.

»Magst du Schach?«

»O je!«, antwortete Rosa. »Er spielt im Internet den ganzen Tag über Schach.«

David runzelte geduldig die Stirn, dann ergriff er das Wort.

»Ich bin nur ein stinknormaler Schachfan. Und du?«

»Ich hab schon lange nicht mehr gespielt«, meinte Sebastião. »Dann kennst du bestimmt Ivan Polskaian?«

»Ja, klar!«, rief David begeistert, wobei er seiner Freundin zuvorkam. »Er ist der beste Schachspieler der Geschichte.«

»Ich habe ihn vergangene Woche kennengelernt. Ein interessanter Typ.«

»Wirklich! Wie ist er?«

Sebastião lächelte.

»Ein wahres Genie. Wenn er dich ansieht, nehmen seine Augen so einen mysteriösen Ausdruck an, als würde er jede deiner Bewegungen berechnen. Ein bisschen unheimlich. Wenn sich die Gelegenheit bietet, stelle ich ihn dir einmal vor.«

Rosa versetzte ihrem Freund einen leichten Puff in die Rippen.

»Ach ja …, als ich gestern Nacht etwas Zeit hatte, habe ich im Internet gesurft, bis ich auf diesen Namen gestoßen bin«, erklärte David und zeigte dabei auf das Blatt, das Sebastião in der Hand hielt.

Der Portugiese warf einen Blick auf das Blatt, auf dem *Klinik Ramón y Cajal* und direkt dahinter *Emiliano Del Campo* stand. Er sah überrascht auf.

»Ich kenne beide Namen. Aber welche Beziehung haben sie zu Juan?«

»Der Arzt und die Klinik, die den Typen von der Liste genommen haben«, sagte David ohne Umschweife.

Sebastião sah ihn erstaunt an.

»Diese Information steht im Internet?«

»Da kommt nicht jeder dran«, antwortete David. »Man muss schon eine Ahnung davon haben, wie man sie findet. Außerdem hat mir eine Gruppe befreundeter Informatiker dabei geholfen. Piraten, die verdammt gut *hacken.*«

»Was erzählst du da eigentlich, das hast du doch alles selbst gemacht«, rief Rosa. David wurde rot.

Sebastião betrachtete einige Sekunden lang den Zettel, dann schnaufte er auf. Mehrere Fragen befielen ihn: Warum hatte ihm Emiliano Del Campo nicht erzählt, dass Juan Alacena bei ihm in Behandlung war? Im Nachhinein hatte es eine gewisse Logik. Die Klinik Ramón y Cajal war eines von zwei Krankenhäusern in der Region Madrid, die auf die Behandlung von Spielsucht spezialisiert waren, und Del Campo trug als Leiter der Psychiatrie die Hauptverantwortung für Juan Alacenas Schicksal. Allerdings konnte sich Sebastião nicht erklären, warum ihn der Freund des *Cambridge*-Kreises nicht über seine Beziehung zu Juan informiert hatte; es sei denn, Juan war bei einem von Del Campos Mitarbeitern in Behandlung gewesen und der Chefarzt hatte aufgrund der strikten Einhaltung der ärztlichen Schweigepflicht selbst nichts davon gewusst. Das erschien ihm allerdings ziemlich unwahrscheinlich, da Del Campos Name ja in der Akte erwähnt wurde.

»Sag mal, ermittelst du gerade in einem Fall oder so was?«, fragte David.

»So ist es«, gab Sebastião zu. »Ich unterstütze die Polizei bei ihren Ermittlungen.«

»Cool!«, murmelte der Junge vor sich hin. »Worum geht es dabei denn?«

»Das kann ich dir leider nicht verraten. Aber ich kann dir versichern, dass du mir sehr geholfen hast, mehr, als du es dir selbst vorstellen kannst.« Dann stand Sebastião auf und meinte: »Ich bin dir noch ein Modem schuldig.«

»Nicht nötig«, entgegnete David, indem er mit den Händen eine abwehrende Gebärde machte. »Wirklich nicht.«

»Kommt nicht in Frage. Pakt ist Pakt! Du hast einen guten Job gemacht, und dafür sollst du auch was kriegen.«

Sebastião wühlte in seiner Geldbörse, zog ein paar Scheine heraus und zahlte ihm den handelsüblichen Preis für ein Modem (David zufolge »ein preisgünstiges, aber von der guten Sorte«).

Der Junge verstaute das Geld in seiner zerfransten Geldbörse und versicherte Sebastião, dass er ihm, sobald sie sich wiedersahen, die Rechnung nachliefern würde.

»Ich werde dir den Laptop vorbeibringen, damit du mir das Modem einbauen kannst«, sagte Sebastião. »In Sachen Informatik bin ich eine Null.«

Dann sagte David: »Falls du bei den Ermittlungen Hilfe brauchst, könnte ich dich unterstützen.«

»Du Vollidiot!«, rief Rosa und verpasste ihm einen Hieb auf die Schulter. »Wie willst du ihm denn helfen?«

»David hat ziemlich wertvolle Fakten zu den Ermittlungen beigesteuert«, sagte Sebastião schnell. Der Junge sah seine Freundin schräg an, er machte einen verletzten Gesichtsausdruck. »Außerdem war deine Internetrecherche über die Geschäfte mit den illegalen Sprays ausgesprochen nützlich! Bei deiner Effizienz zweifle ich nicht im Geringsten daran, dass ich wieder auf dich zurückkommen werde, sobald ich deine Hilfe brauche«, versicherte Sebastião dem Jungen.

Als sie gingen, konnte er hören, wie David seiner Freundin Vorwürfe machte. »Du bist einfach unmöglich«, sagte er zu ihr. Und sie antwortete ihm: »Mag schon sein, aber du liebst mich trotzdem!« Sebastião hatte das Gefühl, dass

Rosa David um den kleinen Finger wickelte und ihm in Sachen Reife um Jahre voraus war. Der Ärmste.

Sebastião kehrte ins Wohnzimmer zurück und las das gerichtsmedizinische Gutachten zu Ende. Dann rief er Don Claudio an.

»Ich muss mit Ihnen unbedingt eine Sache abklären: Wussten Sie, dass Juan bei Emiliano Del Campo in Behandlung war?«

»Ja, natürlich. Emiliano ist ein alter Freund, er hat sich persönlich für meinen Sohn interessiert. Gibt's Probleme?«

»Nein. Ich wundere mich nur darüber, dass der Doktor uns diese Information vorenthalten hat.«

»Verstehe«, sagte Don Claudio. Seine Stimme färbte sich traurig. »Mein Sohn wollte selbst mit der Krankheit fertig werden. Er bat mich darum, ihn mit Emiliano in Kontakt zu bringen, aber er beschloss, alleine zu ihm zu gehen. Juan hatte viele Fehler, aber in jenen schwierigen Momenten bewies er eine große Besonnenheit. Und er wollte es geheim halten, weil er annahm, dass man in der Geheimdienstbehörde seine …« – er suchte nach dem schmerzhaften Begriff – »*Veranlagung* nicht gutheißen würde! Ist das für die Ermittlungen relevant?«

»Das weiß ich noch nicht, Don Claudio. Normalerweise ist jede Information wichtig.«

Als Sebastião aufgelegt hatte, ärgerte er sich darüber, dass so viele Personen bereits vor ihm über eine so wichtige Information Bescheid wussten.

Eine halbe Stunde später kamen seine beiden Gäste an. Beatriz trug einen Karton, vollgestopft mit Papieren und Mappen, den sie gegen ihre Brust gepresst hielt. An der Art, wie sie sich nach hinten beugte, um das Gleichgewicht zu halten, sah man, dass der Karton ein ziemliches

Gewicht hatte; Sebastiãos Angebot, ihr die Fracht abzunehmen, schlug sie trotzdem aus. Morantes hielt in seinem gesunden Arm ein Tablett mit Cremetörtchen.

»Einen schönen guten Tag«, sagte Morantes, während er Sebastião das Tablett überreichte. »Cremetörtchen …, war Beas Idee.«

»Man dankt«, meinte Sebastião.

Im Wohnzimmer standen um einen Glastisch voller bunter Edelsteine zwei Sessel und ein beigefarbenes Sofa. Besonders einer der Edelsteine war von einem fast elektrisierenden Blau, in Form einer halben Pampelmuse voller kleiner Kristalle. Vom Wohnzimmer ging es durch einen Türbogen ins Esszimmer, das fast vollständig von einem riesigen Mahagonitisch und acht Stühlen ausgefüllt wurde. Sebastião vermutete, dass der Tisch aus England stammte, aufgrund der Vorliebe seiner Mutter für viktorianische Möbel, um nicht zu sagen, für jegliche Art von Holz, das von der Insel kam. Während der Zeit, in der sie in Madrid gewohnt hatten, war seine Mutter Eigentümerin eines der bekanntesten Antiquitätengeschäfte in der Calle Lista im Barrio de Salamanca gewesen. Er konnte sich noch dunkel an den Verkauf des Geschäftes für weniger als eine Million Peseten erinnern. Aus irgendeinem Grund, den er niemals erfuhr, hatte seine Mutter den Laden eines Tages verkauft; dabei ließ sie ein blühendes Geschäft und ein kleines Hochparterre voller Illusionen zurück.

Sebastião breitete eine Tischdecke über dem Mahagonitisch aus. Er sagte zu Beatriz, sie solle die Schachtel am Ende des Zimmers abstellen, neben seinem Laptop und einigen Schreibheften, die er am Morgen besorgt hatte. Vorsichtig legte Beatriz die Schachtel auf den Tisch und strich sich mit der rechten Hand eine Haarsträhne zurecht, die sich aus ihrem Zopf gelöst hatte. Sie war kaum geschminkt und trug bequeme Jeans.

»Bea weiß über die Sache von heute Morgen Bescheid«, deutete Morantes an, womit er die Informationen meinte, die sie in dem Laden in Getafe herausgefunden hatten.

»Ich habe für diesen Caco schon Haftbefehl veranlasst«, sagte Beatriz. »Mit dem Namen und seinen Vorstrafen wegen Drogenkonsum war es nicht schwer, seine Personalien in unserem Computer zu finden. Er hält sich tatsächlich in Marokko auf. Bei der Ausreise ist er vom Zoll registriert worden. Sobald er spanischen Boden betritt, schnappen wir ihn und bringen ihn nach Madrid zurück.«

Sebastião nickte und meinte: »Ich habe über die Möglichkeit nachgedacht, dass es sich bei dem Mörder um einen Arzt handelt, wie jener Caco meint. Wenn das stimmt, wären wir in unseren Ermittlungen schon einen großen Schritt weiter. Die andere Seite der Medaille ist, dass wir durch falsche Fährten in eine Sackgasse geraten können.« Er machte eine Pause, dann sagte er mit leicht spöttischem Unterton: »Würde das mit eurem mysteriösen Verdächtigen zusammenpassen?«

»Ich fürchte, nein.«

Beatriz zog ihr Sakko aus und enthüllte darunter einen eng anliegenden, bordeauxroten Spitzenpullover, der minutiös darauf ausgerichtet war, bei Männern einen Herzinfarkt auszulösen. Dann begann sie den Inhalt der Schachtel auszupacken. Morantes nahm rechts neben der Hilfskommissarin Platz, und Sebastião stand weiterhin an eine große Kommode gelehnt, die die linke Wand des Zimmers beherrschte.

»Wie ich dir schon sagte …«, begann Beatriz, »es gibt jemanden, der allen Grund gehabt hätte, Martínez um die Ecke zu bringen. Er kann aber leider unmöglich unser Serienmörder sein. Die Sache hat mich schon ganz konfus gemacht. Also, ich erzähl dir, was in Martínez' letzter Nacht passiert ist: Am Tag vor seinem Tod hatte unser fettleibiger Anwalt in seinem Haus zu einem Umtrunk geladen, an dem seine engsten Mitarbeiter teilnahmen. Vorgesetzte, Anwälte aus der Kanzlei, Anlageberater, die Abteilungssekretärin, der Junge, der die Fotokopien macht usw. Martínez war jeder Anlass gut genug, um eine rauschende Party zu feiern. Achtzehn Personen insgesamt, unter ihnen auch ein Individuum namens Jacobo Ros.«

Sie wühlte in einem der Aktenordner und zog eine schlanke blaue Mappe heraus. Sie öffnete sie und las laut vor:

»Jacobo Ros, neunundzwanzig Jahre alt, war Mitarbeiter im Team von Julio Martínez. Er warf sein Jurastudium bereits im ersten Studienjahr über den Haufen und arbeitet – oder besser gesagt – *arbeitete* als ›Mädchen für alles‹ in der Abteilung unserer unglücklichen Leiche. Er führte das Archiv, ging bei vorbereitenden Arbeiten zur Hand und erledigte Botengänge. Ros, der nicht gerade eine Leuchte ist, trat in die Kanzlei ein, weil der Vater von irgendjemandem dem Vater von irgendwem einen Gefallen schuldete, und widmete sich Tätigkeiten von geringer Bedeutung. Ein weiteres von Ros' Merkmalen ist – und ich betone es, weil es hierher passt –, dass er etwa 150 Kilo auf die Waage bringt und nicht gerade das verkörpert, was man gemeinhin einen Adonis nennt.«

Sie warf einen weiteren Blick in die Unterlagen:

»In jungen Jahren mit einem Mädchen aus seinem Heimatdorf verheiratet, hatte er sich erst kürzlich kinderlos von ihr getrennt. In Wirklichkeit hatte ihn aber seine Frau verlassen. Allem Anschein nach konnte er sie sexuell nicht befriedigen, was mich, nach allem, was ich gelesen habe, nicht im Geringsten wundert.«

Beatriz schnappte nach Luft, dann fuhr sie fort:

»Seine Kollegen haben uns erzählt, dass Ros seinem

Chef gegenüber Zorngefühle hegte, eine Tatsache, die durch den gerichtsmedizinischen Psychologen, der Ros verhört hat, noch erhärtet wurde. Demzufolge leidet Ros an einer heftigen Paranoia, die sich in abgrundtiefem Hass seinem Chef gegenüber bemerkbar machte und im Laufe der Zeit noch zunahm, bis sie schließlich zum wichtigsten Bestandteil seiner Existenz wurde. Martínez verkörperte alles, was Ros nicht war: Er war sympathisch, erfolgreich, hatte viel Geld, und obwohl beide an Übergewicht litten, stand Martínez im Ruf, ein Frauenverführer zu sein. Erinnert euch daran, dass Martínez in Dantes Worten ein Vielfraß war, aber ein Vielfraß mit großer sozialer Kompetenz und viel Geld, was auf einen gewissen Typ von Frauen anziehend wirkt. Also weiter im Text: Der Anlass zu jener Party war der erfolgreiche Abschluss eines äußerst lukrativen Vertrags für die Anwaltskanzlei, und Martínez knauserte nicht im Geringsten bei den alkoholischen Getränken für seine Gäste. Wein vom Feinsten, Tequila und Whisky. Martínez hatte allen Grund, zufrieden zu sein: Als Vertragsnotar entfiel ein satter Happen der Gewinnbeteiligung auf ihn selbst. Aber er beging einen unverzeihlichen Fehler, der anschließend seinen Tod provozierte: Er machte sich vor seinen Kollegen über Ros lustig. Laut Zeugenaussagen erlaubte er sich einen ziemlich üblen Scherz auf Kosten seines Untergebenen, über den dieser wohl kaum lachen konnte.«

Sebastião folgte der Erzählung, ohne wirklich zu wissen, auf was Beatriz eigentlich hinauswollte: *Sollte Ros etwa der Serienmörder sein?* Völlig ausgeschlossen.

»In der anschließenden Nacht parkte ein Wagen vor der Villa, aus dem der Mann stieg, der Martínez' Leben ein Ende setzte. Er läutete an der Tür und betrat das Haus ohne Gegenwehr des Opfers. Wenn es Ros gewesen wäre, hätte Martínez diesem selbstverständlich die Tür geöffnet.

Dann kam es zu einem Handgemenge, und wir alle wissen, wie die Geschichte ausging. Ich erspare euch die Einzelheiten, aber Ros' Spuren tauchen überall auf.«

»Und was ist daran so verwunderlich?«, meinte Sebastião. »Schließlich war er am Tag vorher bei ihm eingeladen!«

»Richtig«, pflichtete ihm Beatriz bei. »Ich meine damit auch nicht seine Fingerabdrücke, zumal unser Mörder ja Latexhandschuhe zu tragen pflegt. In dem Protokoll, das ich dir gegeben habe, wird dieser Umstand nicht erwähnt, aber auf dem Boden fanden wir eine Haarsträhne, die während einer gewaltsamen Auseinandersetzung offenbar vom Kopf des Angreifers abgerissen wurde, und diese stammt gemäß der Jungs vom Laboratorium zweifelsfrei von Ros. Die Untersuchungen der Gerichtsmedizin ergaben, dass unter Martinez' Fingernägeln Hautspuren klebten, die genetisch mit denen von Ros übereinstimmen. Außerdem wurde nach einer eingehenden DNS-Analyse bestätigt, dass die Urinreste auf der Kloschüssel, die noch am selben Morgen (laut Aussagen der Putzfrau) gereinigt worden war, von Ros stammten.«

Beatriz schwieg, und Sebastião saß mit offenem Mund da. Nach einer Minute verließ der Portugiese seinen Platz neben der Kommode und nahm auf einem der Stühle Platz. Ros schien der Mörder zu sein, aber …

»Und die übrigen Verbrechen?«

Beatriz lehnte sich im Stuhl zurück.

»Das ist eben genau das Problem. Am Tag, als Vanessa Población starb, war Ros in Sevilla. Und in der Nacht, als Alacena entführt wurde, befand er sich im Haus seiner Eltern in seinem Heimatdorf. In beiden Fällen gibt es mehr als ausreichend Zeugen. Vielleicht hat er noch einen Helfer, oder die Zeugen seiner Alibis lügen.«

»Und Dante? Die Botschaften? Der angebliche Arzt,

der das Spray gekauft hat? Das kann Ros nicht gewesen sein.«

»Da bin ich ganz deiner Meinung«, sagte Beatriz. »Gäbe es deine Nachforschungen nicht, säße Ros wahrscheinlich schon längst in einem Kerker auf dem tiefsten Meeresgrund. Jeder neue Beweis aus der Gerichtsmedizin verdächtigt ihn. Unser geheimnisvoller Mörder!«

»Auch ich habe Neuigkeiten«, informierte Sebastião die beiden. »Juan Alacena wurde eine Woche vor seinem Tod durch die Vollmacht eines Arztes der Klinik Ramón y Cajal aus der Schutzliste für Spielsüchtige gestrichen.«

»Der Klinik *Ramón y Cajal?*«, rief Beatriz erstaunt aus.

Sebastião runzelte die Stirn.

»Warum überrascht dich das?«

»Erzähl weiter, danach sag ich dir, warum«, meinte Beatriz.

»Also, besagte Vollmacht wurde vom Chef der Psychiatrie, Doktor Emiliano Del Campo, unterschrieben.«

»Wer ist das?«, fragte Beatriz.

Sebastião umriss kurz die Biografie des Freundes aus dem *Cambridge*-Kreis.

»Ich werde gleich morgen mit dem Doktor sprechen. Er war eng mit meinem Vater befreundet. Außerdem habe ich ihn erst kürzlich getroffen.«

Ohne dass er wusste, weshalb, schämte sich Sebastião für dieses Geständnis.

»Ach ja?«, meinte Morantes interessiert.

Sebastião zuckte mit den Schultern. Mit knappen Worten erklärte er die Beziehung zwischen Del Campo und seinem Onkel Horacio Patakiola und das Gespräch, das sie während ihres Treffens in der Calle Barquillo geführt hatten.

»Ich habe keine Telefonnummer von dem Doktor«,

fuhr Sebastião fort, »obwohl ich sie morgen herausfinden kann.«

Sebastião machte sich im Geiste eine Notiz: Am nächsten Tag wollte er seinen Onkel Horacio anrufen. Beatriz zog einen Kugelschreiber aus der Tasche und notierte sich etwas ins Heft. Sebastião störte es, dass der Name eines so berühmten und anerkannten Arztes im Notizblock der Hilfskommissarin auftauchte, aber was konnte er schon groß dagegen tun?

Beatriz sah auf ihre Uhr und notierte sich neben dem Eintrag Datum und Uhrzeit; danach lehnte sie sich im Stuhl zurück.

»In der Tat interessant«, bemerkte sie. »Ich würde mich gern mal mit deinem Freund Del Campo darüber unterhalten, ob er Alacena persönlich aus der Liste gestrichen hat. Vielleicht nähern wir uns langsam an jemanden an. Ihr müsst wissen, das ist nicht die zweite medizinische Übereinstimmung, sondern bereits die dritte …«, sagte sie mit zufriedenem Gesichtsausdruck. Sie wartete die Reaktion ihrer Freunde ab, und als sie die Zeit ihrer Pause als ausreichend empfunden hatte, fuhr sie fort: »In Morantes' Wohnung habt ihr mir vom ersten Kreis erzählt und dass es sich bei dem Opfer um einen Säugling handeln könnte. Ich bin der Spur noch einmal nachgegangen und fand heraus, dass vor ein paar Monaten im Müllcontainer eines Krankenhauses ein neugeborenes Baby tot aufgefunden wurde. Die Ermittler fanden einen schmutzigen Fetzen Papier an die Decke geheftet, in die das Baby gewickelt war. Der Zettel verschwand bis auf Weiteres im Beweisarchiv. Da wir die übrigen Botschaften mit absoluter Verschwiegenheit behandelt haben, konnte die ermittelnde Abteilung das eine mit dem anderen nicht in Verbindung bringen, bis ich der Sache noch einmal nachgegangen bin und bei anderen operativen Einheiten nachgeforscht habe. Die liebe Bürokratie.«

Beatriz überreichte Sebastião einen fotokopierten Zettel.

Wenn das, was dich umgibt, nicht das ist, was du dir für dein Leben gewünscht hast, hat es keinen Sinn, auf diese Welt zu kommen. Noch hast du nicht gesündigt, und schon schleppst du wie einen gewaltigen Amboss die Schlechtigkeit deiner Vorfahren auf deinen winzigen Schultern. Noch hast du nicht gesündigt, und schon füllt sich deine Zukunft mit Leiden, vergebenen Mühen und Tätigkeiten ohne Sinn und Zweck. Noch hast du nicht gesündigt, und schon ist dein Schicksal besiegelt. Wozu leben, wenn Leben unmöglich ist?

Obwohl er die Antwort bereits wusste, erkundigte sich Sebastião, ob es sich bei dem Krankenhaus um die Klinik Ramón y Cajal handelte. Beatriz lächelte: »Der erste Preis geht an Señor Silveira!«

Dann verkündete Morantes: »Mädels und Jungs, der nächste Schritt ist glasklar. Wir werden der angesehenen Klinik so bald wie möglich einen Besuch abstatten.«

Sebastião nickte, und die drei verabredeten sich für den nächsten Tag am Eingang der Klinik. Sie würden mit dem Geschäftsführer sprechen und in der Richtung weiterermitteln, die Morantes bereits die *medical connection* nannte.

Es war bereits 19.00 Uhr, als Sebastião in die Küche ging, um ein paar Bier zu holen. Er nutzte den Weg durch den langen Flur dazu, um ein wenig Ordnung in das Geheimnis zu bringen. Wenn Ros Martínez umgebracht hatte, wer hatte dann all die anderen umgebracht? Und wer war der rätselhafte Arzt aus dem rechtsradikalen Geschäft in Getafe? Eines stand fest, die Klinik Ramón y Cajal gewann im Laufe der Ermittlungen immer mehr an Bedeutung. Er nahm drei Flaschen Bier aus dem Kühlschrank und stellte sie zusammen mit drei Gläsern auf ein Tablett. Anschließend häufte er eine Dose Erdnüsse und einige Kartoffelchips auf einen Teller und trug alles mit größter Vorsicht ins Esszimmer.

Während er das Bier servierte, fragte er: »Ist Ros eigentlich diabeteskrank?«

Er erinnerte sich an die Scherbe, die von der Insulinkapsel auf dem Casinoparkplatz stammte.

»Gute Frage«, meinte Beatriz, »und die Antwort ist: Ja! Wie ich schon sagte, jeder Hinweis deutet auf unseren zuckerkranken und übergewichtigen Señor Ros.«

Dann erklärte Morantes: »Wenn es sich um verschiedene Mörder handelt, leiden alle an Diabetes. Und alle hinterlassen die gleichen Botschaften am Tatort und folgen demselben Muster der *Göttlichen Komödie.* Aber alle können es nicht gewesen sein, es sei denn, sie besäßen die Gabe, gleichzeitig überall zu sein.«

Sebastião öffnete die Flaschen und stellte seinen Gästen die Gläser und das Bier hin.

»Beatriz, hältst du Ros für intelligent genug, einen derart makaberen Mord selbst zu organisieren?«

Die Hilfskommissarin machte eine zweideutige Geste, womit sie zu sagen schien: »Ros ist zwar ein ziemlich schwerfälliger Mensch, aber ich habe schon die verrücktesten Sachen gesehen.« Sebastião strich sich das Haar glatt und schloss einen Moment die Augen.

»Natürlich können es auch mehrere Mörder sein«, sagte Beatriz langsam. »Ein Rollenspiel?«

»Oder eine Verschwörung der Vereinigten Diabetiker?« Morantes verdrehte die Augen. »Ich würde gerne wissen, wie du das mit dem Krankenhaus und dem Arzt herausgefunden hast?«

»Aus dem Internet … und von zwei aufgeweckten, fünfzehnjährigen Turteltäubchen aus dem Informatikladen auf der anderen Seite der Plaza Olavide. Frag mich nicht, wie ich sie dazu animiert habe und wie sie es herausfanden.«

»Wir sollten mit ihnen sprechen, selbst wenn nicht viel dabei rauskommt«, deutete Morantes an. »Wo ist der Laden?«

»Auf der anderen Seite des Platzes. Der Junge hinter der Ladentheke heißt David.«

»Perfekt. Mach du in der Zwischenzeit was zum Abendessen, ich bin gleich wieder zurück.«

»Aber schüchtere mir die beiden nicht ein.«

Morantes sah ihn mit unschuldiger Miene an.

»*Moi?*«

Kurz darauf kam Morantes in Begleitung des jungen Pärchens wieder zurück. Die zwei betraten die Wohnung mit überraschtem Gesicht, und Sebastião konnte sich die Geschichte, die sie später ihren Freunden erzählen würden, nur allzu gut vorstellen (wie er Morantes kannte, hatte er ihnen seine Dienstplakette des Geheimdienstes unter die Nase gehalten). In der Zeit, in der sie alleine gewesen waren, hatten Beatriz und Sebastião das Beweismaterial geordnet: Die Protokolle der Spurensicherung, die Botschaften des Mörders, die Zeugenaussagen sowie Fotos und Videos von den Tatorten, die von den ermittelnden Teams aufgenommen worden waren. Sebastião würde seine ganze Kraft darauf verwenden, ein psychologisches Profil des Mörders zu erstellen und die Beziehung zur *Göttlichen Komödie* weiter zu vertiefen.

In der Küche bereiteten sie etwas zum Abendessen vor; ein paar warme Sandwiches, Käse und Pasteten, die María, die Tochter des Portiers, gekauft hatte, und Tomatensalat mit Mozzarella.

»Worüber denkst du nach?«, fragte Beatriz.

»Über Ärzte und Krankenhäuser«, antwortete Sebastião.

»Morgen wissen wir mehr.«

»Hallo ihr beiden«, sagte Sebastião zur Begrüßung, als er David und Rosa die Tür öffnete. Er lächelte sie freundlich an, um sie zu beruhigen, obwohl sie kein bisschen besorgt wirkten. Im Gegenteil, David lächelte schüchtern, und Rosa benahm sich wie immer, etwas reserviert und gleichgültig. Er begleitete sie aufs Neue ins Wohnzimmer, und die beiden nahmen am selben Ort Platz, wo sie erst kurz vorher gesessen hatten.

»Ich darf euch Hilfskommissarin Puerto vorstellen«, sagte Morantes. »Sie ist die in dem Fall, von dem ich euch erzählt habe, zuständige Polizistin, und sie würde euch gerne ein paar Fragen stellen. Bleibt ganz ruhig und seid ehrlich mit euren Antworten.«

»Na dann, schießt mal los!«

David, der mehrmals von Rosa unterbrochen wurde, redete und redete, in abgehackten und unsicheren Sätzen, die auf etwas konfuse Weise die Wette mit Sebastião wiedergaben, die Rekrutierung der mit ihm befreundeten Webpiraten, ihre Suche im Cyberspace und wie sie schließlich auf den Namen des Psychiaters gestoßen waren. Sie gaben zu, in mehrere Privatserver eingedrungen zu sein, deren Sicherheitssysteme sie umgangen hatten, aber natürlich ohne etwas durcheinanderzubringen.

Schließlich stockte David, zuckte die Achseln und sagte:

»Das ist alles.«

»Wisst ihr, dass Datenpiraterie ein Delikt ist?« Beatriz

sah sie ohne mit der Wimper zu zucken an. Danach herrschten einige Sekunden Sendepause, bis Beatriz aufseufzte, mit dem Finger auf die beiden zeigte und sagte: »Bringt euch nicht in Schwierigkeiten, okay?«

Beide nickten unterwürfig. Sebastião merkte, dass David innerlich grollte, aber Rosa behielt auch weiterhin ihren herausfordernden Blick bei, die Augen halb geschlossen und die Mundwinkel leicht hochgezogen. Sebastião war sich sicher, dass sie sich einen Kommentar nicht verkneifen würde, und fiel ihr ins Wort, um eine unangenehme Szene zu vermeiden.

»Freunde, habt vielen Dank für eure Hilfe. Wir haben noch viel Arbeit vor uns und sehen uns also später, okay?« Er stand auf und begleitete sie zur Tür.

Als sie im Flur standen, drehte sich Rosa um.

»Echt liebenswert, der weibliche Bulle …«, bemerkte sie leise. Sebastião ignorierte ihren Kommentar.

Und David sagte vom Aufzug aus: »Hör zu, auch wenn die Kommissarin ein bisschen nervig ist, wir sind auch weiterhin bereit, dir zu helfen.«

Der Portugiese nickte mit dankbarem Gesichtsausdruck.

»Ich hab ja deine Handynummer. Falls mir irgendwas einfallen sollte, ruf ich dich an.«

Er verabschiedete sich von dem Jungen, wobei er ihm über die Schulter einen ausgestreckten Daumen zeigte.

»Und passt auf, dass wir nicht alle im Gefängnis landen.«

Sebastião kehrte ins Esszimmer zurück und ließ sich auf einem der Stühle nieder, während Morantes seinen Telefonapparat benutzte.

»Es wäre besser, wenn wir nicht das ganze Stadtviertel in Schrecken versetzen«, bemerkte er. Beatriz lächelte Sebastião an und lachte dann laut auf.

»Der gute Prof und die böse Polizistin ...«

Sebastião krümmte den Rücken, verzog das Gesicht zu einem leichten Ausdruck des Schmerzes.

»Verspannt?«, fragte Beatriz.

Sebastião schüttelte den Kopf.

»Nein, nein, nicht der Rede wert. Ach, übrigens ...«, fuhr er fort, wobei er Luft holte, »ich hätte heute Nacht Lust, ein bisschen wegzugehen. Ich bin schon seit mehreren Tagen nicht mehr aus dem Haus gekommen und müsste unbedingt ein bisschen verschnaufen. Ich habe in der Zeitung gelesen, dass im *Café Central* guter Jazz gespielt wird. Wäre das was für dich?«

Beatriz lächelte, ihre vollen Lippen wölbten sich ein wenig in den Mundwinkeln, ohne dass sie sich ganz öffneten:

»Klar.«

Morantes hatte aufgelegt und klatschte lautstark in die Hände.

»Worüber wird denn geflüstert ...?«, fragte er, indem er ihr Gespräch unterbrach.

»Über die letzte Leiche«, erwiderte Beatriz, ohne mit der Wimper zu zucken.

»Sehr gut«, nickte dieser, obwohl Sebastião ein flüchtiges Lächeln auf den Lippen des Geheimdienstagenten zu erkennen glaubte. »Unterhalten wir uns darüber während des Abendessens, ich komme um vor Hunger!«

»Der fünfte Kreis ...«, begann Sebastião, während er die Teller verteilte. »Ein gewalttätiger Zigeuner, der unzählige Male verhaftet wurde, *jähzornig* – um mit Dante zu sprechen – und in die Welt der Drogen verwickelt ist und schließlich in einem Schlammloch ertränkt wird. Was habt ihr am Tatort gefunden?«

Beatriz zählte aus dem Gedächtnis auf:

»Natürlich das silberne Hufeisen mit der Botschaft. Es gibt verschiedene Geschäfte in Madrid, in denen man derlei Sachen kaufen kann. Bisher hatten wir kein Glück. Neben Fuß- und Reifenspuren einige Haare. Es sieht so aus, als hätte García Widerstand zu leisten versucht. Es gibt keine einzigen Zeugen. Wir haben jemanden rausgeschickt, der zwei Tage lang die Bewohner der Zigeunersiedlung befragte, aber dort sind alle blind, taubstumm oder leiden an Gedächtnisschwund. Das Übliche.«

»Mit Wurzel? Ich meine die Haare?«, fragte Morantes.

Beatriz nickte, und Sebastião musste schmunzeln. Ohne die Haarwurzel war es praktisch unmöglich, relevante Aussagen zu treffen; man konnte weder das Geschlecht der Person genau bestimmen, noch das Alter, noch die Haarfarbe, und zog man die Vielfältigkeit der menschlichen Pigmente in Betracht, so verwirrte ein Haar mehr, als es half. Abgesehen von der geringen Wahrscheinlichkeit, dass ein Haar zweier unterschiedlicher Personen exakt übereinstimmt, ließ sich ohne die Haarwurzel keine DNS-Analyse durchführen. Das machte eine Haarprobe vor Gericht als gerichtsmedizinisches Beweismittel in den meisten Fällen unbrauchbar.

Sebastião verteilte Sandwiches, Salat und Pasteten und füllte anschließend die Gläser mit Riojawein.

»Gut. Wann liegen die DNS-Analysen vor?«

Der Abgleich der DNS des Urins, der an den Tatorten von Martínez und Juan Alacena gefunden wurde, mit der DNS der Haarproben würde ihnen über die Beteiligung des Mörders an allen drei Verbrechen Gewissheit verschaffen.

»Es dauert wohl noch ein paar Tage. Die Jungs aus dem Laboratorium arbeiten zurzeit an einem Fall im Zusammenhang mit der ETA, der höchste Priorität besitzt«, erläuterte Beatriz. »Der entscheidende Beweis gegen Ros muss wohl noch warten.«

»Und die Botschaft?«, fragte Sebastião.

»Wie üblich, nicht die geringste Spur von Fingerabdrücken. Diesmal haben wir das Papier sogar einem Lasertest unterzogen. Allerdings haben wir eine Schachtel Diabetestabletten gefunden.«

»Die Schachtel«, erklärte Beatriz, »befand sich auf dem Weg, in unmittelbarer Nähe der Leiche, es handelt sich dabei offenbar um ein Ersatzprodukt für das zu injizierende Insulin, das sich der Mörder wahrscheinlich spritzt.« Mit müder Geste warf sie die Akte auf den Tisch.

»Die Botschaft scheint vom selben Drucker zu stammen und ist in der Schriftart *Courier* und Schriftgröße 12 verfasst, eine eher ungewöhnliche Schriftart bei PCs, da sie normalerweise auf *Times New Roman* oder *Arial* programmiert sind. Ein wenig Glück hatten wir trotzdem: Wir fanden die Fußspuren, die der Mörder in der weichen Erde hinterlassen hat, direkt unterhalb eines Gebüsches, wo sie vor dem Regen geschützt waren. Sogar die Marke der Schuhe war zu erkennen und, was noch besser ist oder schlechter – je nachdem, wie man es nimmt –, die Schuhgröße!«

»Und?«, fragte Sebastião.

»Sie stimmt mit keinem der Fußabdrücke an den anderen Tatorten überein. Ein weiterer Mörder?«

Plötzlich stand Sebastião auf und begann durchs Zimmer zu laufen. Er presste die Lippen aufeinander und atmete langsam durch die Nase aus.

»Ich glaube, wir sollten anfangen umzudenken. Wir haben es hier offenbar mit mehreren Tätern zu tun.«

»Die sehr gut koordiniert sind«, fiel ihm Morantes ins Wort. »Den definitiven Beweis wird uns die DNS-Analyse der Urinprobe liefern.«

Sie schwiegen, bis Morantes fortfuhr:

»Also, Mädels und Jungs, ich glaube, wir sind auf jeden Fall schon ein ganzes Stück vorangekommen. Dem bewussten Buch zufolge könnte es sich bei dem nächsten Opfer um das Mitglied einer Sekte handeln. In einem größeren Zusammenhang gedacht, könnte Kain sich dafür entscheiden, den Anführer einer Sekte höchstpersönlich abzumurksen.«

Sebastião schnaubte, er verschränkte die Hände hinter dem Hals, lehnte sich auf dem Stuhl zurück und ließ seine Nackenwirbel knacken.

Dann erklärte er: »Ich habe meine Hausaufgaben gemacht, es gibt noch eine andere Möglichkeit: ein *Araber!* Ihr müsst wissen, obwohl der Einfluss des Islam in der Gesellschaft des Mittelalters nicht offensichtlich zu Tage trat, war seine Wirkung im intellektuellen und wissenschaftlichen Leben jener Zeit deutlich spürbar. Die Mathematik, die Algebra, die Trigonometrie, die Medizin und die Astronomie machten, nachdem man einmal damit begonnen hatte, Texte aus dem Orient zu übersetzen, spektakuläre Fortschritte. Im Gegensatz dazu hielt die katholische Kirche aus unterschiedlichen Gründen auch weiter an ihrer speziellen Abneigung gegenüber der arabischen Welt fest, Gründe, die Dante von ganzem Herzen teilte. Es war sogar so, dass Dante den Islam zutiefst verabscheute, nicht nur deshalb, weil dieser sich von der einzigen und wahren katholischen Religion entfernte, sondern auch wegen der Spaltung, die der Islam innerhalb der katholischen Kirche hervorrief. Dante gab dem Islam die Schuld daran, dass im Orient dem Katholizismus die Gläubigen davonliefen, die durch Mohammeds Lehren geködert wurden.«

»Und wohin führt uns das alles?«, fragte Morantes.

»Na ja. Zum ersten Mal findet sich im achten Gesang der Hölle, der dem fünften Kreis entspricht, eine Anspielung auf die arabische Welt. Dante und Vergil erreichen die Höllenstadt *Dis,* in der klar und deutlich ›glutrote Moscheen‹ zu sehen sind. Auf die zweite Anspielung stoßen wir im 28. Gesang, der dem achten Kreis entspricht, wo wir Mohammed und seinen Schwiegersohn Ali antreffen, beide erleiden fürchterliche Qualen, aufgeschlitzt vom Kinn bis zur Stirn. Also, wenn ich der Mörder wäre, wäre diese Anspielung mehr als eindeutig für mich. Und Araber gibt es in Madrid zuhauf.«

Den restlichen Abend sprachen sie von nichts anderem, wobei sie die Beweise wieder und wieder in Erwägung zogen. Als sie mit dem Abendessen fertig waren, entschuldigte sich Morantes; er musste am nächsten Tag früh aus den Federn und wollte lieber schlafen gehen. Beatriz und Sebastião verließen gemeinsam mit ihm die Wohnung in Olavide und machten sich auf den Weg Richtung Café Central.

Der Alte betrat die Straße und machte sich entschlossen auf den Weg zur Metrostation La Latina. Es war schon nach 23.00 Uhr, und die dominikanischen Nutten hatten längst sein Appartement verlassen, aber bis zu seiner wohlverdienten Nachtruhe sollten noch einige Stunden vergehen. Vorher war es seine Pflicht, noch einmal sorgfältig das Gelände des Auffanglagers für Araber im Stadtteil Chueca in Augenschein zu nehmen, damit er seinen Plan auch mit Aussicht auf Erfolg ausführen konnte; wie bei einer militärischen Operation durfte nichts dem Zufall überlassen werden. Alles war tausendundeinmal durchdacht, jedes Detail in Erwägung gezogen, jede Möglichkeit berücksichtigt. War er wahnsinnig? Er glaubte nicht an den Wahnsinn, sondern an die Vorbestimmung. Wie wollte man Wahnsinn auch definieren? Wer legte die Parameter dafür fest? Die Gesellschaft? Die Ärzte? Diese Blutsauger hatten, moralisch gesehen, gar nicht das Recht, ihn zu verurteilen. Mit Ausnahme des Doktors, aber der verurteilte ihn nicht: Er ermutigte ihn, verstand ihn. Die Spiegelgesichter redeten zu ihm, sie quälten ihn Tag und Nacht, aber das war kein Zeichen von Wahnsinn. Es waren die Gesichter aus seiner eigenen Vergangenheit, und sein Schicksal war es, sich von ihnen zu befreien. Sein Schicksal. Sein Wahnsinn.

Er bewegte sich zügig vorwärts, getrieben vom Mut, den ein fester Entschluss verleiht, der über lange Zeit vorbereitet worden ist. In der U-Bahn stieg er in den letzten Wagen und setzte sich in einem gewissen Abstand zu den wenigen Fahrgästen, die er dort antraf. Er hasste die U-Bahn wie die Pest – eine schmale Röhre in den Eingeweiden der Erde. In den Abgründen der Erde. In den kotigen Abwasserkanälen der Erde. Randvoll mit dem Auswurf der Menschheit. Es stank nach beklemmendem Kerker. Der Zug hielt in einer Station, und drei Araber stiegen in den Wagon: ein schmuddliger Mann, seine Frau und ein kleines Kind. Die Frau war kugelrund und schwarz gekleidet wie im Film, an einer Hand schleifte sie das Kind hinter sich her. »Verflucht, die sollen sich bloß auf die andere Seite setzen«, schrie es in seinem Kopf. »Sie kommen hierher. Nein, um Gottes willen, bloß nicht!« Das Kind riss sich von seiner Mutter los, rannte schnurstracks auf die Seite des Wagens, wo der Mörder saß, und setzte sich ihm gegenüber. Es glotzte ihn mit frechen Augen an und streckte ihm die Zunge heraus. Die Frau kam durch das Rütteln des Zuges schwankend näher und ließ sich schwergewichtig auf dem Platz neben ihm nieder. Sie zog das Kind zu sich heran und setzte es auf ihre Knie. Sie roch entsetzlich. Der Mörder versuchte sich diskret abzuwenden, Distanz zwischen den beiden Körpern und sich selbst herzustellen, aber sein Platz war der Letzte in der Reihe, und die Sicherheitsschranke hinderte ihn daran, sich noch weiter weg zu setzen. Wieder streckte das Kind ihm die Zunge heraus, und die Mutter gab etwas in einem Kauderwelsch von sich.

Es geschah vor vielen Jahren. Der Mörder war Legionär in der spanischen Exklave Ceuta gewesen, und wie viele seiner Kollegen versuchte er durch Geschäfte mit der marokkanischen Nachbargemeinde seinen Sold aufzubessern. Er versorgte die Spanier, die nach Marokko kamen, mit Haschisch oder deckte irgendeinen wichtigen Araber, wenn es nötig war; kurz und gut: Er tat alles, um an Geld zu kommen und Spaß zu haben. Es waren lange und harte Jahre, und sein Hass gegen die Marokkaner wuchs im Laufe der Zeit immer weiter an. Eines Nachts, als er dabei helfen sollte, in den frühen Morgenstunden am Strand von Ceuta eine Ladung Haschisch zu löschen, lief etwas schief; ein Dutzend Männer umringten das Schnellboot: drei Legionärskollegen, ein halbes Dutzend Einheimische und einige andere von verschiedener Herkunft, unter denen er einen Spanier und möglicherweise auch einen oder zwei Südamerikaner zu erkennen glaubte. Durch die Ankunft einer Patrouille der Guardia Civil geriet die Situation außer Kontrolle. Sie war plötzlich wie aus dem Nichts in der Nacht aufgetaucht, mit eingeschalteten Scheinwerfern und Lautsprechern, aus denen Anweisungen hallten; vier Jungs, die Militärdienst leisteten, gegen ein kleines, bis an die Zähne bewaffnetes Streitheer. Die Folge davon war, dass das Patrouillenschiff nach wenigen Minuten in Flammen aufging und ziellos abgetrieben wurde und die Besatzung entweder tot oder mit dem Tode ringend an Deck lag. Sie luden noch die restliche Fracht aus, aber die Araber waren der Überzeugung, dass die Legionäre sie verraten hatten, und als sie fertig waren, eröffneten die Araber das Feuer. Der Mörder war der Einzige, der überlebte; seine Kollegen waren von den Kugeln des schmuggelnden Söldnerheers durchlöchert worden. Er blieb der Länge nach ausgestreckt am Strand liegen und war am Verbluten, als eine Verstärkung der Guardia Civil auftauchte. Der Mörder wurde festgenommen und wegen Totschlags, Schmuggel, Drogenhandel und verschiedenen anderen Verbrechen verurteilt (in den Qualen eines Fieberdeliriums gestand er im Krankenhaus alles). Anschließend saß er zehn Jahre in einem Gefängnis in Ceuta ein, einem elenden Drecksloch, umringt von Arabern, die ihren Hass gegen die Spanier an ihm ausließen. Noch heute erinnerte er sich Nacht für Nacht an die Folterqualen und Vergewaltigungen. Er sah die höhnischen Fratzen seiner Häftlingsgenossen, wie sie auf ihn zukamen. Und jeden Morgen wachte er schweißgebadet auf.

Er vermied es, sein Spiegelbild in den verdunkelten Scheiben gegenüber zu betrachten, für den Fall, dass die Fratzen wieder zurückkamen. Als er aus dem Wagon stieg und die arabische Familie hinter sich ließ, verspürte er Erleichterung. Er musste noch zweimal umsteigen, bis er die Station Callao erreicht hatte. Dort stieg er aus und erschien in der Gran Vía wieder an der Oberfläche. Er lief eng an der Innenseite des Gehsteigs entlang, die Fassaden der Gebäude streifend, während er sich misstrauisch umblickte. Zwei Mädchen, die eilig zu einem Rendezvous unterwegs waren, liefen ihm über den Weg, und er drehte sich nach ihnen um. Die rechte hatte eine bessere Figur als ihre Freundin, er konnte erkennen, wie sich die Klamotten eng an ihr Gesäß schmiegten. Nach ein paar Metern hielten sie an und betraten eine Bar. Rhythmische Klänge moderner Musik drangen einen Moment auf die Straße und rissen ihn wie aus einem Traum. Der Mörder nahm seinen Weg wieder auf. Er schüttelte mit Entschlossenheit den Kopf. Konzentration. Er musste sich besser konzentrieren. Er durfte sich nicht von der Umgebung ablenken lassen. Heute würde er sich darauf beschränken, das Gelände zu überprüfen, aber morgen würde er seine Aufgabe mit Nüchternheit zu Ende bringen (»mit klinischer Exaktheit«, hatte der Doktor gesagt), er würde die Botschaft hinterlassen, und sein Leben könnte von vorne beginnen.

Genau in diesem Moment, aber an einem anderen Ort der Stadt, betraten ein junger Professor und seine Begleiterin ein Jazzcafé. Das *Café Central* liegt an der Plaza del Ángel, und von außen kann man durch große Fensterscheiben runde Tische erkennen, die um eine Bühne herum gruppiert sind. Ein großes Plakat an der Tür verkündete den Namen eines Jazzquartetts. Während es auf der Straße ziemlich kalt war, sorgten die Menschen, die sich im Inneren des Lokals drängten, für genügend Wärme, sodass die beiden ihre Mäntel ausziehen mussten, sobald sie das Lokal betreten hatten. Sebastião war froh darüber, dass er schon am Nachmittag telefonisch einen Tisch reserviert hatte, und sie bahnten sich ihren Weg durch die Menge, bis sie einen Kellner ausfindig machten.

Die Band – Kontrabass, Piano und Schlagzeug, unter der Führung des New Yorker Tenorsaxofonisten Bob Sands – spielte sich mit den ersten Takten von *All the things you are* warm, ein langsames Stück, das zum Aufwärmen der Finger bestens geeignet war. Sebastião und Beatriz folgten dem Kellner an einen Tisch und machten es sich bequem.

»Was möchtest du trinken?«, fragte Sebastião; schließlich bestellte er zwei Gin Tonic. Dann sagte er: »Ich habe über Kain nachgedacht.« Beatriz machte große Augen.

»Schaltest du nie ab?«

»Während der Ermittlungen nicht. Mir ist klar, Regel Nummer eins lautet, sich nicht zu sehr in einen Fall hineinziehen zu lassen und zu wissen, wie man Distanz bewahrt, aber ich wache jede Nacht auf und denke, eine

Stunde Schlaf mehr könnte ein Leben weniger bedeuten.«

Sie wurden unterbrochen, der Kellner kam mit den Getränken; dann schwiegen sie ein paar Minuten und lauschten dem Saxofon. Sebastião sah Beatriz heimlich an und dachte, dass er sie von Minute zu Minute hübscher fand. Sie war inzwischen nicht mehr nur attraktiv, sondern von einer geradezu überwältigenden Sinnlichkeit. Mit zerstreuter Miene und das Gesicht zur Bühne gewandt, rührte Beatriz mit dem Zeigefinger im Inhalt ihres Drinks, sodass die Eiswürfel gegen das Glas klirrten und zu einer Bläschenexplosion im Tonic-Water führten. Dann führte sie den Finger zum Mund und schleckte ihn ab, bis er trocken war. Plötzlich sah sie Sebastião an, der seinen Blick schlagartig abwandte. Als er sie wieder anblickte, sah Beatriz ihn noch immer an, ein leichtes Lächeln auf den Lippen. Ihre Augen schienen in Sebastiãos Fantasie, oder wegen der zarten Lichtreflexe im Lokal, glitzernde Funken zu versprühen.

»Es gibt etwas, was ich dich schon seit der Pressekonferenz fragen wollte.«

Sebastião animierte sie weiterzureden, indem er mit dem Kopf nickte.

»Warum kann dich mein Boss eigentlich so gut leiden?«

Der Portugiese setzte eine resignierte Miene auf.

»Vor einigen Jahren kam González im Rahmen einer Ermittlung der Interpol als Verbindungsmann nach London, in einem Fall, in dem ich als Berater tätig war. Es ging um einen spanischen Killer, der ausgesprochen grausam agierte. Er fraß seine Opfer auf und verwahrte ihre Schädel im Kühlschrank, um sich anschließend damit selbst zu befriedigen. Kurz und gut: Ein Prachtexemplar von einem Mörder, der schließlich einen Fehler beging, sodass wir ihn hinter Schloss und Riegel bringen konnten. Eines Tages traf ich in der Wohnung eines der Opfer deinen Boss, wie er dort wie ein Trampeltier herumschnüffelte und ohne die geringsten Skrupel den Tatort verschmutzte. Er aschte sogar seine Zigarette über dem Boden ab. Ich geriet darüber in Zorn und erreichte, dass er von dem Fall suspendiert wurde. Ich glaube nicht, dass ihm das besonders gut gefallen hat.«

Beatriz zog die Augenbrauen hoch.

Sie rief: »O je! Das glaube ich allerdings auch nicht. Übrigens, ich musste ihm etwas von deiner Theorie erzählen.«

Sebastião schloss die Augen und schnaubte.

»Na und …? Er ist mein Chef, und wenn er von der Sache Wind kriegt, beendet er meine Karriere mit einem Federstrich«, entschuldigte sie sich. »Oder er lässt mich wegen Beweisverschleppung verhaften. Du kennst ja González' Methoden!«

Nach den langsamen und melodischen Takten der ersten Stücke legte die Band mit *Round Midnight* von Thelonius Monk jetzt einen Zahn zu. Sebastião löste den Blick von der Bühne und ließ seine Augen auf Beatriz ruhen; auf ihrem bordeauxroten Spitzenpullover, ihren großen braunen Augen und ihren Händen mit den langen Fingern und perfekt manikürten Fingernägeln.

»Er wird uns Probleme bereiten. Was hast du ihm erzählt?«

»Fast alles: Die Sache mit Dante, und dass du am Anfang an den psychologischen Untersuchungen beteiligt warst …«

»Am Anfang?«, fragte Sebastião verwundert. Er stellte seinen Drink auf den Tisch und näherte sich Beatriz, die ihn verschmitzt anlächelte.

»Natürlich habe ich ihm nicht *alles* erzählt. Also doof

bin ich ja nun nicht. Er nimmt an, dass du hier und da ein bisschen herumschnüffelst, aber dass wir dich nicht weiter ernst nehmen. Bisher hast du ihn jedenfalls nicht gestört.«

»Wenn er was mitkriegt, kann er ziemlich unangenehm werden.«

Beatriz hörte auf zu lächeln.

»Wenn er was mitkriegt, lieber Prof, kann er sogar mehr als unangenehm werden!«

Die Eingangstür zur Bar ging auf, ein Luftzug blies durch das Lokal, und eine schmächtige Figur in einem schweren Mantel trat ein. Der Mann ging lautlos zur Theke und postierte sich dort so, dass ihn eine der Säulen des Raumes schützte. Er bestellte einen Whisky on the rocks und legte Handschuhe und Schal auf die Theke. Er zog ein Taschentuch aus der Manteltasche und putzte sich lautstark die Nase.

Sebastião fiel es schwer, Beatriz' Blicken standzuhalten. Obwohl sie viele Jahre jünger war als er, zeigten ihre Augen bereits die ersten Anzeichen von Falten; Beatriz lachte häufig, und wenn sie es tat, erstrahlte ihr Gesicht. Er musste seinen Blick abwenden und Zuflucht bei der Jazzgruppe suchen.

»Ich muss dir etwas gestehen«, sagte sie.

»Nur zu.«

»Ich habe in deiner Vergangenheit gestöbert. Überrascht es dich zu erfahren, dass im Internet ziemlich viele Informationen über dich stehen?«

»Der helle Wahnsinn, dieses *Netz der Netze!*«, bemerkte Sebastião.

»Es gibt bessere Quellen.«

»Welche denn?«

»Ich habe einen Freund aus höchsten Kreisen angerufen, und der hat mir eine Kopie deines Curriculums zugespielt. Einschließlich Fotos von deinem Universitätsabschluss.«

»Du machst Witze? Der Geheimdienst stellt Nachforschungen über mich an?«

»Nein, nein. Es ist ein Standardprotokoll aus deinem Archiv bei der Interpol. Ich hab einfach im Computer nachgeschaut, und schon hatte ich dich gefunden. Man braucht nicht unbedingt James Bond zu sein, um auf so einen Bericht zugreifen zu können.«

»Wie schade.«

»Nicht wahr? Der Bericht ist ziemlich eindrucksvoll. Im Ausland bist du eine Koryphäe. Ein bekannter Name beim FBI.«

Sebastião zuckte mit den Schultern.

»Ich habe vor Jahren mal mit denen zusammengearbeitet, und die melden sich immer noch bei mir, wenn es was im Zusammenhang mit der Interpol zu erledigen gibt. Aber tatsächlich bin ich Professor an der Uni und ohne große Ansprüche.«

»Das glaube ich nicht.«

»Glaub es einfach. Ich halte Vorlesungen, schreibe Bücher, und wenn die Interpol mich braucht, studiere ich eben auch mal Mordprotokolle. Ich liebe Musik und hasse Fernsehen. Und deine anderen Quellen?«

»Morantes. In dem hast du einen echten Freund. Mehr sogar: Er vergöttert dich, als wärst du sein eigener Sohn.«

»Wir haben uns vor einer Ewigkeit kennengelernt, als ich für kurze Zeit in Spanien war, um bei einer Aktion gegen ein ETA-Kommando mitzuhelfen, das in Südspanien operierte. Ich habe ihm viel zu verdanken.«

»Morantes hat mir von der Sache mit deinem Vater erzählt«, platzte Beatriz plötzlich heraus. »Eine Beziehung, die dich bis ins Knochenmark geprägt haben soll.«

Sebastião sah sie wieder an.

»Junge, entschuldige!«, sagte Beatriz, als sie seinen Gesichtsausdruck bemerkte. »Ich wusste nicht, dass dir das Thema immer noch so nahegeht.«

Sebastião sah auf den Rand des Tisches; er verfolgte die Funken, die das Licht auf die Kupferverzierungen zeichnete. Die Musik hatte aufgehört zu spielen, und das Publikum applaudierte enthusiastisch. Er wartete den Anfang des nächsten Stückes ab.

»Meine Mutter beging Selbstmord, als ich erst zwölf Jahre alt war. Sie hinterließ keinerlei Nachrichten, und mein Vater wollte nie darüber sprechen, deshalb weiß ich nicht, warum sie es getan hat. Das Einzige, was ich sicher weiß, ist, dass sie eine Überdosis Schlaftabletten geschluckt hat und …«

Während er sprach, sah er die ganze Zeit auf die Bühne. Dann hob er sein Glas und tat einen langen Schluck.

»Ich habe lange darunter gelitten. Ich fing an, Psychiatrie zu studieren, ohne genau zu wissen, warum. Es ist schwer, einen Selbstmord zu begreifen, die Mischung aus Mut und Feigheit, die dazu nötig ist. Die Schwäche, die dich zu einer solchen Entscheidung bringt, und die notwendige Selbstsicherheit, um die Tat auszuführen. Ich glaube, dass ich mir irgendwann der Nutzlosigkeit meines Vorhabens bewusst wurde, deshalb gab ich das Fach zugunsten der Geisteswissenschaften auf. Ich will nicht behaupten, dass mein Vater die Schuld an ihrem Tod hatte. Vielleicht ging es meiner Mutter wirklich nicht besonders gut, aber er hätte zumindest um sie kämpfen können. In der Psychiatrie gibt es Möglichkeiten, Selbstmordkandidaten zu behandeln. Ich werde auch nie verstehen, warum er mir gegenüber dieses beharrliche Schweigen an den Tag legte.

Ich bin zu der festen Überzeugung gelangt, dass es etwas gibt, was er mir verschwiegen hat. Etwas Schreckliches. Ich werde es nie erfahren.«

Er machte eine Pause.

»Ich habe im Kreis meiner Verwandten nachgeforscht. Er ist mit meiner Mutter nie zu einem Arzt gegangen. Von da an verlor die Beziehung zu meinem Vater jeglichen Sinn für mich. Es gab nichts mehr, was ich noch von ihm hätte lernen können, das Licht, das jeden Sohn leitet, verlosch frühzeitig. Inzwischen denke ich nicht mal mehr, dass ich anders handeln würde, wenn ich unsere Beziehung noch einmal von vorne beginnen könnte. Vielleicht übertreibe ich, aber ich schaffe es einfach nicht, meine Gefühle zu ändern.«

Beatriz betrachtete ihn aufmerksam, sie saß ganz nah bei ihm.

»Ich bin vielleicht nicht die richtige Person, um dir das zu sagen …, aber das ist eine ganz schön verbitterte Lebenseinstellung.«

»Ich versuche positiv zu denken. Aber es ist nicht einfach.«

»Ich bekomme in meinem Job ebenfalls viele schreckliche Dinge zu sehen«, sagte sie. »Aber es gibt Menschen, deren Pflicht ist es, zu kämpfen und glücklich zu sein. Damit meine ich uns, die wir auf der anderen Seite des Sumpfes stehen.«

»Des Sumpfes?«

»Des Schmerzes, der Gewalt, des Verbrechens, der Ungerechtigkeit, was auch immer. Es gibt immer welche, denen es schlechter geht.«

Sebastião zuckte mit den Schultern.

»Manchmal reagiere ich ziemlich doof. In Wirklichkeit ist das ein Lebensabschnitt, den ich längst überwunden habe.«

Sebastião kam es so vor, als hätte sich Beatriz ihm noch weiter genähert, er konnte fast den zarten Duft ihres Haarshampoos riechen.

»Darf ich weiterfragen?«

»Du erschreckst mich.«

»Du warst verheiratet, stimmt's?«, sagte sie.

Sebastião nickte.

»Nur kurz. Wir passten nicht zueinander. Vielleicht war es auch meine Schuld. Ich weiß es nicht. Um ehrlich zu sein, ich versuche nicht darüber nachzudenken. Es war eine Dummheit.«

»Auf mich wirkst du wie ein ziemlich vernünftiger Mensch«, meinte Beatriz.

»Vernünftig klingt nach langweilig. Manchmal begehe ich schon die eine oder andere Dummheit.«

»Du? Das müsste ich sehen, um es glauben zu können«, sagte sie schmunzelnd.

Sebastião rückte näher an sie heran.

»Dann lass mich jetzt eine begehen.«

Er näherte sein Gesicht dem von Beatriz und presste seine Nase fest gegen die ihre, während er ihr aus wenigen Zentimetern in die Augen sah. Er berührte ihren Mund und ließ dann seine Zunge zwischen ihren Lippen hindurchgleiten. Mit halb geschlossenen Augen ergötzte er sich am Bild ihrer Lippen und den Lichtreflexen ihres Speichels auf dem roten Lippenstift.

»He …« Sie zog ihr Gesicht etwas zurück. »Ich weiß nicht, ob das der richtige Moment ist.«

Sebastião ließ nicht von ihr ab.

»Es ist eine Dummheit, erinnerst du dich?« Und indem er sie am Kinn anfasste, küsste er sie erneut, bis ihm der Atem wegblieb.

Harry Álvarez, der Reporter von *El Confidencial,* saß an der Theke hinter der Säule und verzog die Oberlippe auf eine Art, die nur wenige für ein Lächeln gehalten hätten. Er zog gerade noch rechtzeitig sein schmutziges Taschentuch aus der Tasche, um einer Niesattacke zuvorzukommen, die mehrere Flüssigkeitströpfchen auf der Glasscheibe der Theke hinterließ. »Sieh mal einer an«, sagte er sich, während er auf seinem Weg zur Tür vom Barhocker glitt.

Mittwoch, 10. April

Sebastião stand am Mittwoch spät auf, sein Kopf dröhnte aufgrund eines fürchterlichen Katers wie eine Trommel. Er verließ das Bett mit einem schmerzhaften Knurren, schluckte zuerst zwei Aspirin hinunter und ging duschen. Er wartete, bis das Wasser heiß war, und blieb eine ziemlich lange Zeit unter dem Strahl der Brause stehen, wobei er die Zeit nutzte, sich gewissenhaft zu rasieren. Das üppige Wasser und die Schmerzmittel begannen bald Wirkung zu zeigen, und Sebastião kam wie neu geboren aus dem Badezimmer. Noch ein Kaffee, und er wäre so gut wie zurechnungsfähig. So viel hatte er in der letzten Nacht doch auch wieder nicht getrunken. Oder doch?

Sie hatten sich im *Café Central* noch lange und ohne Unterbrechung von ihren persönlichen Lebensgeschichten erzählt, wobei sie den Mordfall, der sie zusammengebracht hatte, mit keinem Wort erwähnten. Er hätte nicht mit Bestimmtheit sagen können, um wie viel Uhr ihn die Hilfskommissarin an seiner Haustür verabschiedet hatte, mit einem Kuss, aus dem mehr hätte werden können, was aber schließlich doch nicht geschah; doch er hatte den Eindruck, als hätte es bereits zu dämmern begonnen, als er den Schlüssel ins Schloss der Eingangstür steckte. Sie hatten über alles Mögliche gesprochen: Über ihre Kindheit, ihre Lebenserfahrungen, die bitteren Momente und die bestandenen Herausforderungen, über die Gründe, warum Beatriz Polizistin geworden war, und über Sebastiãos gescheiterte Beziehungen. Über London und Madrid.

Er zog sich den Bademantel über und kochte sich einen Kaffee. Dazu toastete er zwei Scheiben Weißbrot. Er sah auf die Uhr: Es war halb elf. In einer Stunde war er mit seinen beiden Freunden in der Klinik Ramón y Cajal verabredet. Während er sein Frühstück beendete, schaltete er sein Handy ein und rief seinen Onkel Horacio an.

»Schönen guten Morgen, Horacio. Ich bin's, Sebastião.«

»Sebastião! Wie läuft's denn so?«

»Gut, gut. Ich rufe an, weil ich eine Frage an dich habe: Ich müsste dringend Emiliano Del Campo kontaktieren. Hast du seine Nummer?«

»Was gibt's denn?«

»Ich glaube nicht, dass es besonders wichtig ist. Wie es aussieht, war Juan in der Klinik Ramón y Cajal in Behandlung, in Del Campos Abteilung, und ich würde mich mit dem Doktor gerne darüber unterhalten.«

Am anderen Ende der Leitung wurde es still.

»Wie ist es möglich, dass Emiliano uns nichts davon erzählt hat?«

Horacio verstand immer gleich, worum es ging.

»Nach Don Claudios Aussagen wollte sich Juan seiner Krankheit ganz alleine stellen. Es wussten nur wenige Menschen darüber Bescheid, und sie wollten das Thema nicht an die große Glocke hängen.«

»Verstehe. Ich kann dir seine Nummer jetzt gleich geben, oder besser noch, wir laden dich nach dem Mittagessen im *Cambridge*-Kreis auf einen Kaffee ein und plaudern ein bisschen miteinander. Ivan, Alberto und ich sind da. Die anderen haben heute keine Zeit. Auf die Art sehen wir uns mal wieder.«

»Gute Idee. Was ist eigentlich aus der Dante-Vitrine geworden?«

»Komm einfach heute Nachmittag vorbei, dann erzähle ich dir alles«, sagte Horacio mit einem Lachen.

Sebastião kam pünktlich an der Klinik an und stieg aus dem Taxi. Er fragte an der Pforte nach der Geschäftsleitung und machte es sich, während er auf seine beiden Freunde wartete, in einem Sessel mit Blick auf die Eingangshalle bequem. Sollte Kain hier etwa arbeiten? Laut Morantes sprach vieles dafür; es gab eine Menge Übereinstimmungen, die in diese Richtung deuteten, und der Agent des CNI war nicht eben ein Freund des Zufalls, wie er immer betonte.

Kurz darauf erschien Beatriz. Sie trug Jeans und eine braune Jacke. Diesmal fiel ihr das Haar offen auf die Schultern. Schlagartig erinnerte sich Sebastião an den Kuss der vergangenen Nacht und verspürte eine gewisse Unsicherheit.

Als sie ihn erkannte, lächelte die Hilfskommissarin und kam auf ihn zu. Sebastião überkam ein Gefühl der Erleichterung. Sie blieb vor ihm stehen, bot ihm eine Wange zum Kuss an und begrüßte ihn.

»Und Morantes?«, fragte Sebastião.

»Ist nach Cádiz gefahren. Er bekam heute Früh die Nachricht, dass die Polizei von La Línea diesen Caco lokalisiert hat. Er ist bereits auf der Fähre aus Marokko.«

»Eine gute Nachricht«, lächelte Sebastião.

Sie machten sich durch einen Gang auf den Weg zum Verwaltungstrakt, wo der Geschäftsführer der Klinik sie bereits erwartete. Beatriz hatte diesen sicherheitshalber über ihren Besuch informiert. Die Sekretärin empfing die beiden im Vorzimmer und öffnete ihnen umgehend die Tür zum Büro ihres Chefs. Doktor Jerónimo Alonso war ein Mann von kleinem Wuchs, aber erstaunlichem Körperumfang. Er hatte weißes Haupthaar, das sein großes, rechteckiges Gesicht krönte. In Benehmen und Gestik zeichnete er sich durch schweizerische Präzision aus. Er ging mit ausgestreckter Hand und einem gewinnenden Lächeln auf die beiden zu, das bald wieder verschwinden sollte.

Ohne lange Umschweife sagte er: »Schießen Sie los. Wie kann ich Ihnen behilflich sein?«

Sebastião und Beatriz machten es sich jeweils auf einem verzierten lederbezogenen Lehnstuhl bequem. Der Geschäftsführer legte zwei kräftige Hände auf den Schreibtisch und beobachtete die beiden, wobei seine Blicke vom einen zum anderen wanderten.

Beatriz ging sofort zur Offensive über: »Wir haben starken Grund zu der Annahme, dass jemand aus dieser Klinik außerordentlich brutale Tötungsdelikte begangen haben könnte.«

Die Brauen des Geschäftsführers richteten sich auf wie Sprungfedern, aber er verharrte schweigend.

»Haben Sie von den Verbrechen gehört, die ein Serienmörder in Madrid verübt?«

Der Geschäftsführer dachte ein paar Sekunden nach, dann nickte er.

»Stimmt. Stand auf den Titelblättern aller Zeitungen. Drei oder vier Todesopfer!«

»So ist es«, erwiderte Beatriz. »Einige unserer Kollegen waren vor ein paar Wochen hier, um den Tod eines neu geborenen Babys aufzuklären. Erinnern Sie sich?«

»Ja, natürlich.«

»Es könnte sein, dass die beiden Fälle in einem Zusammenhang stehen.«

Der Geschäftsführer machte ein düsteres Gesicht.

»Ich muss Sie doch bitten, etwas konkreter zu werden. Wie kann ich Ihnen helfen?«

»Wir arbeiten auf der Grundlage einer Vermutung«, bemerkte Sebastião. »Dennoch könnte es sein, dass der Mörder, den wir verfolgen, in dieser Klinik auf seine Opfer stieß. Durch die Art und Weise, wie er sie auswählt, muss es sich um jemanden handeln, der Zugang zu den Daten und den Arztprotokollen der Patienten hat.«

Jerónimo Alonso schnaubte und ließ sich in seinen Lehnstuhl zurückfallen. Sein Telefon klingelte.

»Ich möchte jetzt keine Anrufe bekommen«, sagte er kurz angebunden. »Sie machen mich sprachlos. Ich stehe selbstverständlich zu Ihrer vollsten Verfügung.«

Sebastião sah Beatriz an, diese nickte mit dem Kopf.

»Dafür sind wir Ihnen dankbar. Wir brauchen dringend Einblick in die Patientenprotokolle. Sind sie in einer Datenbank erfasst?«

»Teilweise ja«, entgegnete der Geschäftsführer. »Wir stecken gerade mitten in der Umstellungsphase unseres gesamten Informatiksystems, wir müssen uns modernisieren, wie es die neuen Zeiten nun einmal verlangen. Ein Teil der Dateien wird gerade auf neue Datenbanken überspielt, und bestimmte Abteilungen arbeiten schon mit den neuen Systemen. Aber es ist wohl besser, wenn Sie mit unserem Informatikchef sprechen. Er ist für Sie sicherlich ein besserer Ansprechpartner als ich.«

»Wir müssten ihn so schnell wie möglich sprechen«, sagte Beatriz.

»Gehen wir einfach in sein Büro. Falls Sie keine weiteren Fragen an mich haben, führe ich Sie hin.«

Beatriz stand auf und meinte:

»Ich muss Sie bitten, mit niemandem darüber zu sprechen. Derlei Nachrichten verbreiten sich wie im Flug, und wir wollen weder Panik verbreiten noch unseren Tatverdächtigen vorwarnen.«

Doktor Alonso begleitete sie in den Verwaltungstrakt

der Klinik. Dort gingen sie durch eine verdunkelte Glastür in den Technikbereich und kamen in einen Raum, in dem sich mehrere salopp gekleidete Youngsters mit offenbar komplizierten Informatikprogrammen herumquälten.

Am Ende des Raumes führte eine weitere Tür ins Büro des Abteilungsleiters. Der Geschäftsführer klopfte und betrat, ohne eine Antwort abzuwarten, das kleine Zimmer des Informatikchefs. Der Mann war überrascht, als er seinen Chef eintreten sah, und hörte unverzüglich zu tippen auf.

»Doktor Alonso?«, sagte er. »Guten Tag.«

Der Geschäftsführer stellte seine Gäste vor und erklärte den Grund für den Besuch der beiden Ermittler. Der Informatiker riss die Augen weit auf, dann rief er: »Heilige Jungfrau Maria!«

»Wir sind in der Sache auf Ihre Mitarbeit und Ihr Stillschweigen angewiesen!«

»Versteht sich von selbst!«, antwortete der Informatikchef.

»Es wäre für uns von großem Nutzen, die Namen der Personen zu erfahren, die Zugriff zu den Krankenprotokollen bestimmter Patienten haben«, sagte Sebastião. »Geht das?«

»Entschuldigen Sie, wenn ich Sie unterbreche«, mischte sich Doktor Alonso ein. »Aber wenn meine Anwesenheit hier nicht länger gebraucht wird, würde ich lieber in meinem Büro auf Sie warten. Wenn Sie fertig sind, melden Sie sich einfach bei mir.«

Der Geschäftsführer verabschiedete sich, nicht ohne vorher Mostaza darauf hinzuweisen – der Informatikchef hieß Juan Gómez Mostaza –, dass er seine volle Unterstützung zur Verfügung stellen solle. Mostaza bat die beiden, Platz zu nehmen:

»Womit soll ich anfangen ...?« Dann sagte er im selben Atemzug: »Die Klinik befindet sich zurzeit mitten in einem technologischen Umbruch. Wir aktualisieren und integrieren gerade neue Informatiksysteme, wodurch so gut wie alle internen Arbeitsabläufe verbessert werden sollen, von den Einkäufen und Warenanlieferungen bis zu den krankenhausinternen Bestellungen, und nicht zuletzt – den Patientenprotokollen. Kann ich Ihnen etwas zum Trinken anbieten? Wasser oder Kaffee?«

Beide baten um Wasser. Das Wetter schien gerade umzuschlagen, und die Meteorologen sagten voraus, dass sich der Frühling im Anmarsch befand, sodass das winterliche Wetter der vergangenen Tage am Wochenende ganz verschwinden würde. Tatsache war, es begann wärmer zu werden, weshalb Sebastião auch – in Kombination mit seinem Kater, der ihm noch immer in den Schläfen pochte – einen unerträglichen Durst verspürte.

»Früher wurden alle Patientenprotokolle handschriftlich verfasst und auf Papier festgehalten, am Fußende des Patientenbettes oder in voluminösen Mappen im Zentralarchiv. Das aktuelle System funktioniert mit einem PDA, wie diesem hier.« Er zog einen kleinen Computer heraus, der kaum größer war als ein Notizblock für die Tasche. »Der Arzt gibt die Daten des Patienten gemeinsam mit der Diagnose, der Behandlung und allen weiteren Informationen ein, die damit im Zusammenhang stehen. Alle Daten werden drahtlos auf einen zentralen Server übertragen, in dem sie archiviert werden. Der PDA ist ständig an den Server angeschlossen, sodass der Arzt in jedem Augenblick jede beliebige Information eingeben kann. Aber er ist ebenso imstande, von jedem Punkt des Gebäudes aus Daten abzurufen. Sie sehen also, der Prozess der Informationsbeschaffung, die Entscheidungen und damit die Sicherheit des Patienten werden verbessert, ganz zu schweigen von der Zeitersparnis für die Ärzte.«

»Benutzt die gesamte Klinik dieses Programm?«

Der Informatiker schüttelte den Kopf:

»Wir befinden uns gerade in der Installationsphase. Es ist nicht so leicht, das gesamte Klinikpersonal an die neue Anwendung zu gewöhnen. Bedenken Sie nur, dass eine große Anzahl von Ärzten und Krankenschwestern in diesem Krankenhaus arbeitet. Außerdem testen wir zurzeit noch die Belastungsfähigkeit des Netzes.«

»Seit wann verwenden Sie das neue System?«

»Seit drei Monaten. Wir hoffen, dass wir nach dem Sommer, ungefähr in einem halben Jahr, mit voller Leistung arbeiten können.«

»Ich denke mal, das Ganze funktioniert mit Passwörtern?«, unterbrach Sebastião den Informatikchef. »Ich schätze, dass nicht jeder auf jede x-beliebige Information im Server zugreifen kann, oder?«

»So ist es. Jeder Benutzer hat sein eigenes Passwort.«

»Und diese Passwörter werden bei jedem Zugriff auf das System registriert?«

Mostaza nickte.

»Bei einem normalen Server wird jeder Zugriff auf das System oder auf bestimmte Daten in einer Datei namens *log* vermerkt. Jeder Zugriff wird genau mit Datum und Uhrzeit, Benutzername und der Registerkarte des jeweiligen Patienten erfasst. Das macht man zur internen Kontrolle und damit der Datenschutz gewährleistet ist. Aber solche Informationen sind streng vertraulich.«

Beatriz sah ihn verwundert an.

»Was ist Ihnen lieber? Ein Durchsuchungsbefehl, oder sollen wir Doktor Alonso rufen?«

Der Informatiker hob in einer Geste der Ohnmacht die Hände.

»Ich verstehe die Bedeutung und Dringlichkeit Ihres Falles, aber ich will mich durch die Verletzung von privaten Daten nicht selbst strafbar machen!«

»Machen Sie sich darüber mal keine Sorgen«, versicherte ihm Beatriz. Der Mann zweifelte einen Moment, dann willigte er ein.

»Von diesem Terminal aus haben wir Zugriff aufs System. Ich bin im Besitz eines Allroundpassworts.«

Sebastião nahm einen Notizzettel vom Schreibtisch und schrieb zwei Namen darauf.

»Zwei Patienten. Ist es möglich, die Daten abzugleichen, damit man sieht, wer die beiden Register konsultiert hat?«

Mostaza griff nach dem gelben Notizzettel.

»Das kann etwas dauern. Und ich hoffe, dass wir uns dabei auf die letzten drei Monate beschränken, denn ich sagte Ihnen ja bereits, das System ist noch ganz neu.«

»Dann versuchen wir's einfach mal«, animierte ihn Sebastião.

Der Informatiker tippte Vanessa Poblacións Namen in den Computer ein und klickte anschließend mit der Maus auf die verschiedenen Optionen des Programms. Schweigend warteten sie, bis das Programm auf die Datenbank zugegriffen hatte und die gesuchte Information ausspuckte.

»Da haben wir schon die Daten zum ersten Patienten. Jetzt machen wir dasselbe« – er warf einen Blick auf den Notizzettel – »für Señor *Alacena*. Die Schwierigkeit besteht im Abgleichen der Daten. Das Programm wurde nicht für solche Aufgaben konzipiert, wir werden die entsprechenden Listen selbst abgleichen müssen. Aber ich glaube nicht, dass sie sehr lang sind.«

Der Informatiker machte eine Pause, um sich eine Zigarette anzuzünden.

»Ich dachte, in Krankenhäusern herrscht Rauchverbot?«, bemerkte Beatriz.

Der Mann zuckte mit den Achseln und meinte dann, andernfalls müsse er eben alle zehn Minuten zum Rauchen auf die Straße gehen. Er teile sich die Zigaretten so gut es ging ein. Einen Augenblick später sprang der Drucker an.

»Da haben wir die Listen!«

»Versuchen Sie es bitte noch mit einem anderen Namen«, bat Sebastião. »Jacobo Ros.«

»Hier ist er«, sagte Mostaza, nachdem er auf einige Tasten gedrückt hatte. »In der Endokrinologie – Behandlung wegen Übergewichts. Soll ich Ihnen das Krankenprotokoll ausdrucken?«

»Nein, ist nicht nötig«, sagte Sebastião. »Nur die Liste der Personen, die sein Register eingesehen haben. Mit dieser hätten wir schon drei.«

Sie prüften das Dutzend Namen in der Liste und suchten nach einem, der in allen Listen auftauchte. Beatriz' Fingernagel glitt über den Ausdruck hinweg, bis sie bei einem Namen hängenblieb.

»Eine Sache noch …«, meinte Beatriz mit einem Ausdruck von Zufriedenheit. »Ich bräuchte die komplette Liste der Protokolle, die von Doktor … *Luis Montaña* eingesehen wurden!«

Als sie wieder auf der Straße waren, zückte Beatriz ihr Handy und forderte eine komplette Übersicht aller Telefongespräche an, die von Doktor Montañas Festnetzanschluss bzw. Handy geführt worden waren. Sie veranlasste, dass man seine vollständigen Personaldaten, seine Sozialversicherungsangaben, Vorstrafen (sofern vorhanden) und seine Adresse zusammentrug, dann rief sie Morantes an. »Wir haben einen weiteren Namen.« Sie erläuterte ihm kurz, wie sie ihn gefunden hatten, dann mussten sie

Morantes über einen Sturzbach von Fragen aufklären: Jawohl, sie besaßen die Liste mit den restlichen Protokollen, die Doktor Montaña konsultiert hatte, Sebastião würde sie mit der *Göttlichen Komödie* abgleichen, sofern eines davon interessant genug erschien. Jawohl, sie hatten auch schon einen Durchsuchungsbefehl für Montañas Haus und eine unauffällige Beschattung seines Domizils veranlasst. Natürlich wäre jede Information des CNI über den Doktor von größtem Nutzen. Morantes informierte die beiden darüber, dass Caco bisher noch nicht aufgetaucht war und er deshalb noch bis Sonntag in Cádiz bleiben werde, um auf ihn zu warten.

Beatriz setzte Sebastião an seiner Wohnung in Olavide ab und machte sich auf den Weg ins Büro. Sie versprach ihm, sich später zu melden. Obwohl er darauf bestand, wollte sie am Abend nicht mit ihm essen gehen, weil die liegen gebliebene Arbeit langsam ihren Schreibtisch zu sprengen drohte.

Sebastião verbrachte den Rest des Vormittags damit, in den Akten zu schmökern und sich den Kopf zu zerbrechen. Nachmittags traf er auf seinem Weg zum *Cambridge*-Kreis auf David, der die Plaza Olavide gerade in Richtung Informatikladen überquerte.

»Du bist ja gar nicht in der Schule?«, sagte Sebastião. »Ich will ja nicht altmodisch wirken, aber ich bin nun mal Prof und kann es eben nicht lassen.«

»Pah, mit den Noten habe ich keine Probleme! Am Mittwoch haben wir nachmittags nie Unterricht. Außerdem muss ich für unseren Schachclub was ins Internet stellen, und dazu muss ich die Computer im Laden benutzen.«

»Was ist das denn für ein Schachclub?«

David winkte bescheiden ab.

»Ich spiele in einem Verein der Lokalliga.«

»Das hast du mir ja noch gar nicht erzählt«, meinte Sebastião. »Statt eines ganz normalen Schachfans würde ich dich dann doch eher als einen erfahrenen Spieler bezeichnen.«

»Ach was! Wir trainieren für die Madrider Stadtmeisterschaft, und wenn wir die gewinnen, steigen wir vielleicht in die Regionalliga auf.« Und dann erklärte er stolz: »Mit ein bisschen Glück können wir dieses Jahr am Landesturnier teilnehmen.«

»Pass auf, ich mach dir einen Vorschlag. Ich treffe mich hier in der Nähe mit ein paar Freunden auf einen Kaffee, die dir vielleicht wie Neandertaler vorkommen, aber soweit ich weiß, ist auch Ivan Polskaian mit von der Partie. Hättest du Lust, ihn kennenzulernen?«

Es war als kleines Dankeschön für Davids Hilfe gedacht; außerdem war ihm der Junge sympathisch. David blieb stehen und machte ein überraschtes Gesicht.

»Im Ernst?«

Diesmal war es die Putzfrau, die ihnen die Tür zur Dachwohnung in der Calle Barquillo öffnete. Ohne viel zu fragen, führte sie die beiden in den Salon und machte sich bei den Anwesenden durch ein diskretes Räuspern bemerkbar.

»Nur hereinspaziert, Sebastião. Wie ich sehe, hast du Besuch mitgebracht.«

Horacio, Ivan und Alberto hatten es sich auf Sesseln bequem gemacht und schlürften Kaffee. Sie erzählten ihm, dass Oskar und Emiliano Del Campo heute nicht dabei waren; der eine aus privaten Gründen und der andere, weil er in seiner Praxis Sprechstunde hatte.

»Dies hier ist ein junger Freund, der mir in letzter Zeit bei meinen Ermittlungen geholfen hat«, erklärte Sebastião, während er dem Jungen mit verschwörerischer Miene zunickte. »Darf ich vorstellen: David, Experte aus der Welt des *World Wide Web* und leidenschaftlicher Schachspieler!«

»Oh, das trifft sich gut«, bemerkte Ivan Polskaian.

»Eure Einladung zum Kaffee ausnutzend, habe ich mir erlaubt, ihn mitzubringen, damit er dich kennenlernt, Ivan. Ich hoffe, es stört dich nicht?«

»Ganz und gar nicht«, antwortete der Aserbaidschaner und erhob sich aus seinem Sessel. David reichte ihm die Hand und machte dabei fast einen Diener.

»Erfreut, Sie kennenzulernen«, murmelte er.

Ivan nahm ihn beim Arm.

»Wir werden dich ein wenig in Verlegenheit bringen«, sagte er. »Ich fordere dich zum Blitzschach auf!«

David riss erstaunt die Augen auf. Er sah Sebastião verwundert an und ließ sich zu einem Schachbrett am anderen Ende des Zimmers führen.

»Komm rein und nimm Platz«, sagte Horacio zu Sebastião. »Wenn du schon mal hier bist, will ich die Gelegenheit nutzen und dich an diesem Freitag in der Casa del Estudiante zur Präsentation eines meiner Bücher einladen. Hast du Zeit?«

»Klar doch. Ich wusste gar nicht, dass du Bücher schreibst?«

»Ein paar bescheidene Gedanken über Wirtschaft, von denen ein Verleger meint, dass sie es wert seien, zwischen den Deckeln eines Buches zu ruhen.«

»Eine Abhandlung über Ökonomie«, warf Alberto ein, »… der Minister und der Leiter der Banco de España sind auch zu Gast. Nur keine falsche Bescheidenheit, alter Freund!«

Horacio hob die Hand, um der Sache die Wichtigkeit zu nehmen, und wandte sich wieder an Sebastião.

»Deine Teilnahme würde mich ehren.«

Sein Neffe nickte, während ein Lächeln über seine Lippen zog. Horacio Patakiola hatte nach seiner Ausbildung an der London School of Economics jahrelang als Assessor fürs Britische Wirtschaftsministerium gearbeitet, wo er bei jeder Phase der Entstehung und der Gründung der Europäischen Union mitgekämpft hatte. Sebastião war sich sicher, dass das Buch von größtem historischem Interesse sei und, wie er seinen Autor kannte, höchstes Lob verdiente.

»Erzähl schon«, sagte Horacio. »Wie läuft's denn so? Wie kommst du mit deinen Ermittlungen voran? Ich muss gestehen, dass diese Frage unsere letzten Treffen bestimmt hat.«

»Gestern habe ich mit Don Claudio gesprochen und ihn über die Lage in Kenntnis gesetzt. Wir machen Fortschritte, aber ich gebe zu, es ist nicht einfach. Das ist es ja nie. Wie ich dir schon am Telefon sagte, bin ich hergekommen, weil ich Del Campos Telefonnummer brauche. Juan war in psychiatrischer Behandlung in der Klinik Ramón y Cajal, und ich würde den Doktor gerne dazu befragen.«

Alberto servierte ihm eine Tasse Kaffee.

»Horacio hat uns schon gesagt, dass Juan bei Emiliano in Behandlung war. Warum hat er uns bloß nichts davon erzählt?«

Sebastião zuckte die Schultern und erklärte ihnen, dass es Juans Wunsch gewesen war, die Behandlung geheim zu halten. Dann schrieb Horacio Del Campos Handynummer und die Nummer seiner Privatpraxis auf einen Zettel und bot Sebastião anschließend seinen Telefonapparat an. Aber der wollte den Doktor lieber später anrufen.

»Ich glaube nicht, dass es von besonderer Bedeutung ist, aber in der Klinik Ramón y Cajal geschehen ziemlich merkwürdige Dinge. Einer der Verdächtigen« – er meinte damit Jacobo Ros – »war ebenfalls in der Klinik in Behandlung, wenn auch aus anderen Gründen. Er war fettsüchtig. Außerdem wurde dort vor einiger Zeit ein Säugling umgebracht. Dabei könnte es sich um den Mord des ersten Kreises handeln. Die Leiche fand man im Krankenhaus. Und zu alldem kommt noch hinzu, dass die Daten mehrerer Opfer erst kürzlich von demselben Arzt eingesehen wurden.«

Sebastião erzählte, wie sie zu Doktor Montaña gelangt waren, und als er fertig war, fragte Alberto: »Und welchen Schluss ziehst du daraus?«

»Es ist gut möglich, dass der fragliche Arzt die Opfer aus der Datenbank der Klinik auswählt. Obwohl er selbst nicht der Mörder ist.«

Sebastião atmete tief durch und dachte an Jacobo Ros. Er erzählte, welche Indizien sie gegen Ros hatten.

»Das würde einen Kreis erklären, aber nicht die restlichen. Ich bin zu der Überzeugung gelangt, dass das nächste Opfer ein Mitglied der arabischen Gemeinde sein könnte, oder sogar der Religionsführer einer Moschee.«

Horacio und Alberto blickten einander zufrieden an.

»Wir sind exakt zum selben Ergebnis gekommen«, sagte der Italiener. »Die Hinweise im achten und im achtundzwanzigsten Gesang lassen fast keine andere Lösung zu.«

Das Gespräch verstummte, und die Schachpartie war ebenfalls vorbei.

»Du hast ganz passabel gespielt«, sagte Ivan. »Aber du hast zwei Fehler gemacht: Du hast eine Läufer-Diagonale verloren und deinen Damenflügel preisgegeben, fatale Fehler, auf die du in Zukunft besser aufpassen solltest. Erlaube mir, dass ich dir noch ein paar Tipps zu deiner Eröffnungsvariante gebe …«

»Er ist unerbittlich«, dachte Sebastião. »Ein Schachweltmeister gegen einen Anfänger, und er vernichtet ihn hoffnungslos.«

Doch als David aufstand, strahlte er übers ganze Gesicht.

»Ich habe sechzehn Züge durchgehalten«, sagte er leise. Sebastião zwinkerte ihm freundschaftlich zu.

»Meine Intuition sagt mir, dass wir viel zu viel Zeit verlieren«, meinte Sebastião dann. »Ich will einfach nicht an eine Gruppe von diabeteskranken Mördern glauben, aber ich gebe mich auch nicht damit zufrieden, dass so viele erkennbare Ungereimtheiten das Werk einer einzigen Person sein sollen.«

»Deine *Intuition?*«

Sebastião sah Horacio an und nickte.

»Du tust gut daran, deine Intuition als Handwerkszeug nicht zu unterschätzen«, warf Ivan ein. »Die Intuition arbeitet auf der Grundlage geistiger Abläufe, die kontinuierlich alle in unserem Gedächtnis gespeicherten Informationen abrufen und ihnen eine neue Form geben. Die sogenannten *Déjà-vu*-Erlebnisse stehen mit diesen Abläufen in engem Zusammenhang, und dennoch ist bei der Aufklärung eines Verbrechens die Erfahrung eines professionellen Ermittlers durch nichts zu ersetzen, und keine Arbeitsmethode wird zu einem guten Ergebnis führen, wenn sie nicht auf deiner beruflichen Erfahrung aufbaut. Als Detektiv stehen dir zwei Hilfsmittel zur Verfügung: die Indizien und deine Intuition! Du musst dich von allem, was du über einen Fall weißt, durchdringen lassen, dann filtern deine geistigen Prozesse die zusammengehörenden Daten von alleine heraus. Und eines schönen Tages merkst du, dass du genau begriffen hast, was vorgefallen ist, du weißt nur nicht, wie du es beweisen sollst.«

Alberto, der es sich in einem Sessel bequem gemacht hatte, stand jetzt auf.

»Stimmt genau, lieber Freund, aber vergiss nie, dass du den Indizien nicht deinen eigenen Stempel aufdrücken darfst. Indizien sind Tatbestände, die von Natur aus von einem selbst unabhängig sind, und du weißt ja, wenn man mit vorgefertigten Ideen an ein Problem herangeht, wird es meistens nur noch größer.«

Sebastião stand auf und ging zum Fenster. Der dünne Regen des Morgens war einem sonnigen Nachmittag gewichen, der mit dem Heraufziehen der Nacht langsam an Licht verlor. Sein Blick folgte einem Pärchen, das vor einem der Schaufenster in der Calle Barquillo stehen geblieben war. Es war schon seltsam! Einerseits war er in Madrid, einer Stadt so einschneidender und schmerzlicher Erinnerungen für ihn; andererseits hatte er eine Frau kennengelernt, die ihn interessierte, etwas, was ihm schon seit Jahren nicht mehr passiert war. Jene Stadt, die zugesehen hatte, wie seine Mutter gestorben war, schenkte ihm nun eine andere Frau. Und zur Krönung des Ganzen kamen ihm diese Gedanken inmitten des *Cambridge*-Kreises, des einstigen Bollwerks seines Vaters. Gleichzeitig verfolgte er einen Serienmörder.

»Sebastião«, sagte Alberto. »Hast du Lust auf einen Schluck Portwein? Ich hoffe, wir langweilen dich nicht zu sehr, aber wir neigen eben oft dazu, ein wenig abzuschweifen. Wo waren wir stehen geblieben? Ach ja – dass man der Intuition vertrauen soll!«

»Ein Mann hat sich besonders ausführlich über das intuitive Wissen geäußert: *Kurt Gödel.*«

Sebastiãos Blick fiel auf Ivan, den großen internationalen Schachmeister und leidenschaftlichen Mathematiker. Er trug eine Cordhose und ein graues Stoffsakko und spielte gerade mit einem versilberten Zigarettenetui. Er steckte sich eine Zigarette an und tat einen langen Zug.

»Zweifelsfrei ist Gödel der Mathematiker, der in der Art,

wie er die Wissenschaft und die Welt begriff, das Denken des zwanzigsten Jahrhunderts am meisten beeinflusst hat. Er konnte beweisen, dass die Mathematik, wie man sie seit den Überlegungen des Euklid zur Arithmetik aufgefasst hatte, nicht die gesamte Wahrheit im Hinblick auf die natürlichen Zahlen erkennen ließ. Durch Gödels Behauptungen wurde die Mathematik in ihren Grundfesten erschüttert, und die Auswirkungen sind bis heute spürbar. In seinen Schriften aus den Dreißigerjahren konnte er zeigen, dass es in Bezug auf die natürlichen Zahlen wahre mathematische Aussagen gibt, die sich jedoch nicht beweisen lassen. Damit setzte er dem mechanistischen Traum von David Hilbert ein Ende, der darauf abzielte, die Mathematik vollständig auf ein System von Axiomen zu reduzieren.«

»Die mathematische Intuition, die Gödel vertritt, baut auf dem sogenannten *Reflexionsprinzip* der Logik auf. Dieses erlaubt es uns, unsere Intuitionen zu formulieren und sie in neue wahre mathematische Aussagen zu überführen, die auf formalem Wege – über Axiome oder Regeln – nicht ableitbar wären. Wenn wir also Gödels Überlegungen geschickt anwenden, können wir aus dem engen Korsett der formalen Logik ausbrechen und zu ganz neuen mathematischen Wahrheiten gelangen.«

»Mein lieber Ivan, manchmal verstehe selbst ich nicht mehr, wovon du sprichst«, warf Horacio ein.

»Zusammenfassend gesagt, ist die wichtigste Lehre aus Kurt Gödels Arbeit, dass sich ableitbare Prozesse nicht mechanisch erfassen lassen und wir unserer Intuition einen Spielraum lassen sollen. Wenn man ein Problem mit ungewöhnlichen Mitteln angeht, kann es zu kreativen Lösungen führen.«

Er legte sein Feuerzeug auf den Tisch und sah Sebastião an.

»In diesem Zusammenhang würde es mich interessieren, wie ein Meeresforscher ein Geldinstitut führt, ein Vulkanforscher eine Werbekampagne organisiert oder … ein Anthropologe ein Verbrechen löst.«

Sebastião blies die Backen auf. Er zog aus der Innentasche seines Anzugs einen weißen Umschlag, den er am Morgen vorbereitet hatte.

»Mit ein wenig Hilfe, hoffe ich! Ich habe mir erlaubt, einige rätselhafte Dokumente mitzubringen: Selbstmordbotschaften, die der Mörder an den Tatorten hinterlassen hat. Es erübrigt sich der Hinweis, dass es sich dabei nicht um Selbstmordbotschaften im eigentlichen Sinne handelt, sondern eher um *Mordbotschaften.* Schriftstücke, mit denen er seine Sünden rechtfertigt und die uns verführen sollen und ihn vor seinem eigenen Gewissen zu entschuldigen versuchen. Ich hätte gerne eure Meinung dazu gewusst.«

Sebastião reichte Horacio den Umschlag. Sein Onkel öffnete ihn so behutsam, als handelte es sich um die Büchse der Pandora, und zog die fünf Blätter heraus, die jeweils in drei gleiche Teile gefaltet waren. Vorsichtig faltete er die Schriftstücke auf und las sie aufmerksam durch. Als er sie zu Ende gelesen hatte, sah er Sebastião an.

»In der Tat, besorgniserregend! Wir werden die Botschaften mit Sorgfalt analysieren. In ein paar Tagen können wir dir mehr darüber sagen.«

»Also, Omar, alles verstanden?«

González' Büro in der Mordkommission war geräumig und wurde von einem modernen, cremefarbenen Schreibtisch dominiert, auf dem sich unzählige Papiere stapelten. Die Baumwipfel reichten bis an sein Fenster im zweiten Stock. Durch das Fenster sah man den klaren Himmel, der darauf wartete, gegen ein Heer von Kumuluswolken in die Schlacht zu ziehen, die sich am Horizont auftürmten.

An den Wänden des Zimmers hingen Diplome (wenige, um die Wahrheit zu sagen), Fotografien, auf denen González mit berühmten Persönlichkeiten abgebildet war, und einige mit Reißnägeln befestigte Landkarten. Es war ein modernes und zweckmäßig eingerichtetes Zimmer, aber es wirkte kühl und unpersönlich.

Niemand bezweifelte González' Arbeitseifer. Manchmal ließ sich jemand im Flüsterton zu der Bemerkung hinreißen, González wolle durch seine Arbeitswut nur seine offenkundige Inkompetenz kaschieren; aber es war nun einmal eine Tatsache, dass er zu später Stunde noch immer hinter seinem Schreibtisch hockte.

»Natürlisch.«

Omar hieß in Wirklichkeit Francisco Franco Abdullah, er war Sohn marokkanischer Einwanderer und ein aktiver Polizeispitzel. Seine Eltern hatten ihm einen spanischen Namen gegeben, weil sie glaubten, er werde zu Beginn der Sechzigerjahre in Spanien damit leichter integriert werden (durch einen glücklichen Zufall hatte die Familie während der Franco-Diktatur eine Aufenthaltsgenehmigung bekommen). Aber niemand nannte ihn Francisco Franco. Sein zusammengesetzter Name gefiel ihm nicht, genauso wenig wie sein arabischer Spitzname, den ihm González verliehen hatte. Auf der Straße hieß er einfach Abdullah; ein Mann mit schwarzbraunem Teint, weit in den Vierzigern, von unverwechselbar arabischem Aussehen, hager, mit rasierter Glatze und kahler Stirn, von kleinem Wuchs und nachlässig in seiner Körperpflege. Was González am wenigsten ertragen konnte, waren Omars schwarze Zähne; aber er war nun einmal zuverlässig, gefährlich und ziemlich aalglatt (um Omars Zuverlässigkeit sicherzustellen, verwahrte González Akten im Schrank, die den Marokkaner für ziemlich viele Jahre hinter Schloss und Riegel gebracht hätten). Er war der ideale Kandidat für die wichtige Aufgabe, mit der ihn der Kommissar betraut hatte.

»Also, wiederhol noch mal.«

»Verdäschtisches Subschekt heiß' Sebastião Sylvano. Steckt Nase in unser' Angelegenheit und wäre besser in Grube.«

»Das Subjekt heißt Silveira!«, wiederholte González geduldig. »Und falls ihm etwas zustoßen sollte, schlag ich dir den Schädel ein. Hast du mich verstanden? Du sollst ihn nur bewachen. Und informier mich gefälligst auch darüber, wenn er pinkeln geht, aber ohne dass er dich bemerkt.«

»Völlisch klar.«

»Silveira ist sehr schlau …«, warnte ihn der Polizist. González verschloss halb die Augen hinter dem Qualm der Kippe, die ihm an den Lippen hing. Das hielt er für einen Ausdruck von Härte, den er häufig einübte. »Unterschätz ihn bloß nicht, sonst bekommen wir Probleme.«

Dann griff González nach einer Bierflasche und nahm einen langen Schluck. Als er sie wieder auf den Schreibtisch stellen wollte, schlug ihm der Überdruck in der Flasche ein Schnippchen, und der Schaum ergoss sich über die Papiere, die vor ihm lagen. Er sprang auf und versuchte die Unterlagen zu retten.

»Verflucht!«, schrie er. »Himmel, Arsch und Zwirn.«

– 3 –

»Denn zwischen Gräbern sieht man Flammen lodern,
Und alle sind so durch und durch entflammt,
dass keine Kunst mehr Stahl und Eisen fodern.«

Donnerstag, 11. April

Als Sebastião das Haus verließ, erwartete ihn eine dringende Nachricht von David; Benito, der gerade damit beschäftigt war, die Portierskabine zu putzen, gab sie ihm. Der Mann wühlte in den Taschen seines Blaumanns und zog ein gefaltetes Blatt heraus. Sebastião faltete es auseinander und las, er solle so schnell wie möglich in den Informatikladen kommen.

Die Nacht vorher hatte er kaum einschlafen können. Er hatte bis in die frühen Morgenstunden am Esszimmertisch gesessen und die Stunden zwischen seinen Papieren verbracht. Davor hatte er ziemlich lange mit Beatriz am Telefon über dies und jenes gequatscht; die Hilfskommissarin hatte lieber im Kommissariat bleiben wollen, um ihre Unterlagen durchzusehen und mit den Jungs aus dem Laboratorium zu sprechen, ob sie die DNS-Proben nicht etwas schneller bearbeiten konnten. Also war er mit seinem Freund Morantes durch die Madrider Nacht gezogen, um mit dessen gewohnten Spitzeln zu plaudern; er hatte endlich einmal wieder den Puls der Stadt fühlen wollen.

Auf dem Weg zu Davids Informatikladen dachte er über die Möglichkeit nach, auf die ihn Beatriz aufmerksam gemacht hatte: Dass es sich bei den Verbrechen um ein Rollenspiel handelte. Inmitten der Unterlagen, die er zu dem Fall gesammelt hatte, fand er auch einen Zeitungsartikel, den ihm seine Sekretärin nach Durchforsten seiner Archive am Morgen aus London gefaxt hatte.

Die Strafkammer des Obersten Gerichtshofes hat das Urteil vom 25. Juni 1998 bestätigt, das Javier Rosado Calvo, den geistigen Urheber des sogenannten Rollenspielmordes, zu 42 Jahren und sechs Monaten Gefängnis verurteilt hatte.

Die Tat ereignete sich in den frühen Morgenstunden des 30. April 1994, als Rosado an einer Bushaltestelle in Madrid auf heimtückische und erbitterte Weise Carlos Moreno umbrachte, ein willkürlich ausgewähltes Opfer, in Übereinstimmung mit den Spielregeln des Rollenspiels Rasse, *das Rosado selbst entwickelt hatte.*

Der Oberste Gerichtshof ratifizierte damit die Entscheidung des Madrider Landgerichtshofs vom 12. Februar 1997, in der auch Rosados Begleiter und Komplize, Félix Martínez Reséndiz, zu zwölf Jahren und neun Monaten verurteilt wird. Félix kam noch am glimpflichsten davon, da das Landgericht ihm den strafmildernden Umstand der Minderjährigkeit zuerkannte (er war zum Zeitpunkt der Tat siebzehn Jahre alt). Dieser zweite Angeklagte verzichtete darauf, vor dem Obersten Gerichtshof Berufung einzulegen.

Alle acht Punkte aus Rosados Berufung wurden von der Strafkammer zurückgewiesen; einschließlich des strafverhindernden oder strafmildernden Umstandes geistiger Unzurechnungsfähigkeit.

(LA VANGUARDIA, *1998*)

Was wusste er über Rollenspiele? Zum ersten Mal erwähnte sie H.G. Wells 1913 in seinem Buch *Little Wars*, obwohl sie erst durch Tolkiens 1954 erschienenen Roman *Herr der Ringe* so richtig populär wurden. Eine Gruppe von Spielern, die sich, mit Bleistift, Papier, Würfeln und ähnlichen Utensilien bewaffnet, in fantastische Welten begeben und auf der Suche nach fiktiven Abenteuern in die Haut monströser Kreaturen oder tollkühner Helden schlüpfen. In manchen Fällen brach die Fiktion in die Realität der Spieler ein. Sebastião wusste, dass es immer eine zentrale Figur gab – den Spielleiter, der die Regeln bestimmte, mit denen die Spieler durch ihre Abenteuer geführt wurden. War Kain der Spielleiter eines Rollenspiels, das auf der *Göttlichen Komödie* basierte? War Montaña etwa Kain?

Während er darüber nachdachte, erreichte er Davids Laden. Er wich drei oder vier Wasserpfützen aus, um seine Schuhe nicht mit Lehm zu besudeln. Als er den Laden betrat, bediente der Junge gerade einen Mann mittleren Alters. Sebastião wartete geduldig, während der Kunde sich in nicht enden wollenden Fragen erging. David blickte zu Sebastião und runzelte die Stirn.

»Eine Sekunde, ich bin gleich so weit.«

Sebastião nickte und ging in die hinterste Ecke des Ladens. Die Hände auf dem Rücken, begutachtete er neugierig die CD-ROMs, die in einem Regal ausgestellt waren: Enzyklopädien, Didaktik-Programme und vor allem Computerspiele. Er wünschte sich, alle Morde ließen sich auf ein simples Computerspiel reduzieren. Das Spiel ist zu Ende, man zählt die Punkte zusammen, einer wird zum Sieger erklärt – und danach fängt man einfach wieder von vorne an. Niemand stirbt.

Er spürte eine Mischung aus Faszination und Beunruhigung, weil er sah, wie die Spiele von Tag zu Tag realistischer und brutaler wurden. Die neuen Computertechnologien vermittelten eine so reale Spielerfahrung, dass die Grenze zwischen Realität und Fiktion an Bedeutung verlor. Sebastião erinnerte sich an eine noch nicht lange zurückliegende Konferenz, bei der es um die Gewalt in Computerspielen ging. Der Referent hatte die Frage aufgeworfen, ob diese Art von Gewalt das Gemüt von Kindern beeinflussen kann. Ob die virtuelle Gewalt in wirkliche Gewalt umschlagen und das Realitätsempfinden eines heranwachsenden Gemüts so weit beeinflussen kann, dass es sein soziales Verhalten verändert. »*Wir haben alle irgendwann mal davon geträumt, jemandem wehzutun. Der einzige Unterschied zwischen einem Mörder und uns ist, dass wir nur davon träumen, und er es tatsächlich tut.*« Ein denkwürdiger Satz, dem er jedoch nicht zustimmte.

Während er wartete, beschloss er, Emiliano Del Campo anzurufen. Er zog den Zettel mit den Nummern des Arztes heraus, den ihm Horacio gegeben hatte, und rief den Doktor auf seinem Handy an. Ein Anrufbeantworter schaltete sich ein. Anschließend versuchte er es in dessen Praxis. Dort konnte er ihn ausfindig machen, indem er seiner Sekretärin versicherte, ein persönlicher Freund des Doktors zu sein. Nach wenigen Sekunden vernahm er die sonore Stimme des Arztes:

»Sebastião? Emiliano Del Campo am Apparat. Guten Morgen.«

»Guten Morgen, Don Emiliano. Ich rufe Sie an, weil ich zwei Fragen an Sie habe, die im Zusammenhang mit dem Mord an Juan Alacena aufgetaucht sind.«

»Natürlich. Ich stehe dir voll und ganz zur Verfügung.«

Sebastião beschloss, nicht lange um den heißen Brei herumzureden:

»Ich habe herausgefunden, dass Juan in der Klinik

Ramón y Cajal in Ihrer Abteilung wegen Spielsucht behandelt wurde.«

»Stimmt«, antwortete Del Campo knapp.

»Außerdem taucht Ihre Unterschrift bei Juans Streichung aus der Schutzliste für Spielsüchtige auf, Don Emiliano.«

»Stimmt auch«, sagte Del Campo wieder kurz angebunden. Sebastião wunderte sich über die schlichten Antworten des Arztes.

»Eben deshalb rufe ich Sie an. Ich möchte wissen, warum Sie geglaubt haben, diese Information sei für uns nicht wichtig?«, sagte er in einem etwas schärferen Ton; die fehlende Hilfsbereitschaft des Doktors, die dieser ihm andererseits so hoch und heilig versprochen hatte, ärgerte Sebastião.

»Ganz einfach, Sebastião, weil ich nicht konnte. Das Berufsgeheimnis und mein Versprechen, das ich dem armen Juan gegeben hatte, machten es mir unmöglich. Obwohl ich zugeben muss …« – fuhr Del Campo fort –, »dass ich noch einmal über alles nachgedacht habe und die Absicht hatte, während Horacios Buchpräsentation mit dir darüber zu sprechen. Ich hoffe, es behindert die Ermittlungen nicht?«

»Jede Information zu einem Fall ist relevant. Mir wäre es lieber gewesen, es auf andere Weise zu erfahren.«

»Du hast ja Recht, Sebastião. Ich kann nur noch mal wiederholen, dass ich die feste Absicht habe, dich im Rahmen meiner Möglichkeiten zu unterstützen. Selbstverständlich kannst du auf die Hilfe aller Mitarbeiter aus meiner Abteilung zählen. Glaubst du, einer meiner Patienten steckt hinter diesen furchtbaren Verbrechen?«

»Keine Ahnung, Don Emiliano.«

Sie einigten sich darauf, sich am nächsten Tag bei der Buchpräsentation von Sebastiãos Onkel zu treffen.

Endlich hatte sich der Kunde für eines der neuesten Modelle entschieden – das leistungsstärkste; David füllte gewissenhaft den Bestellschein aus. Einige Sekunden später waren sie allein im Laden.

»Guten Morgen«, begrüßte ihn Sebastião.

David griff in ein Abstellbord hinter sich und zog eine Zeitschrift heraus. Er war sehr ernst, das beunruhigte Sebastião.

»Es gibt etwas, worüber du nicht besonders glücklich sein wirst«, bemerkte der Junge. Er überreichte dem Portugiesen eine Illustrierte, mit dem Hinweis, sie auf Seite 82 aufzuschlagen.

Sebastião sah den Titel und wurde noch aufgeregter, als er den Namen der Zeitschrift erkannte: *El Confidencial*. Er blätterte die Seiten hastig um, bis er zu der Seite kam, die ihm der Junge genannt hatte; ein kalter Schauer lief ihm über den Rücken. Die Layouter der Zeitschrift hatten die Seite in drei Abschnitte gegliedert. Im mittleren Teil blickte ihm das verzerrte und graue Antlitz des Vampirs *Nosferatu* aus Friedrich Murnaus berühmtem Stummfilmklassiker mit hasserfüllter Miene entgegen; es nahm fast die komplette Seite in Anspruch. Links davon ein Foto, das Sebastião in einem Ganzkörperbild beim Verlassen seiner Wohnung in Olavide zeigte. Auf der Aufnahme erkannte man, wie Sebastião sich den Mantelkragen zurechtrückte und nach rechts schaute, als erwartete er jemanden. Das dritte Foto, rechts neben Nosferatus Abbildung, entlockte ihm einen Fluch: Beatriz war darauf in einem schicken Partykleid zu sehen, wie sie in die Kamera lächelte, bildhübsch und mit ziemlich weitem Ausschnitt. Sebastião vermutete, dass das Foto auf irgendeiner Privatparty aufgenommen worden war und man es so zugeschnitten hatte, dass man darauf lediglich die Hilfskommissarin erkennen konnte. Jemand hatte Beatriz für ein paar Groschen an die Wölfe verkauft. Der Titel am Seitenende lautete: *»Das Monster und die Romanze«*. Anschließend folgte ein zweiseitiger Artikel, in dem in unbestimmten Details – größtenteils albernen Vermutungen – die Umstände jedes einzelnen Verbrechens und die Schritte der polizeilichen Ermittlungen beschrieben wurden. Das Übelste war zweifellos der Absatz, in dem über eine mögliche Romanze zwischen einem jungen und smarten, »europaweit anerkannten Experten der Kriminologie« und der ermittelnden Hilfskommissarin spekuliert wurde.

»Verflucht!«, murmelte Sebastião. Er presste die Kieferknochen zusammen, um nicht noch weitere Flüche auszustoßen, und setzte sich auf einen Stuhl, bis er den Artikel zu Ende gelesen hatte. Er suchte den Namen des Autors und fand ihn schließlich auch: *»Von unserem Reporter Harry Álvarez«*. Wenn er Álvarez das nächste Mal traf, würde er ihm den Hals umdrehen.

Der Artikel würde die Ermittlungen erschweren. Und es blieb abzuwarten, wie Beatriz darauf reagieren würde.

Er bedankte sich bei David für die Information und verließ den Laden, wobei er ihm versprach, ihn später noch einmal anzurufen. Er zog sein Handy aus der Tasche und tippte die Nummer der Hilfskommissarin ein. Er ließ es drei Mal klingeln, dann sprang ihr Anrufbeantworter an. Er hinterließ keine Nachricht.

Um Viertel nach acht am Abend desselben Tages, aber an einem anderen Ort der Stadt, schlug ein Händepaar die gleiche Zeitschrift auf und verharrte mit dem gleichen Entsetzen auf der gleichen Seite. Das Bild des Vampirs aus der Stummfilmzeit sah ihn mit herausforderndem Blick an. Der Mann, dem die Hände gehörten, starrte so lange in jene vom Tod erfüllten Augen, bis er die Zeitschrift zur Seite legen musste.

Sein Haus befand sich in der Villensiedlung La Moraleja, in einer der exklusivsten Gegenden der Stadt. Ein hübsch verziertes Metalltor gab von der Straße aus den Weg frei auf einen langen Schotterweg, der von Weiden flankiert war und vor einer luxuriösen Villa endete. Auf der linken Seite begrenzte eine Hecke das Nachbargrundstück, und rechter Hand beherbergte der große Garten, der wie ein Golfrasen gepflegt war, einen riesigen Pool, der früher täglich vom Gebrüll seiner Neffen und der Kinder seiner Cousins erfüllt war. Der Mann selbst hatte nie geheiratet, und er hatte auch keine Nachkommen.

Der Schotterweg mündete in einem Oval vor dem Hauseingang – ohne Zweifel der Ort, an dem die Fahrzeuge wohlhabender und berühmter Gäste parkten, wenn er zu Abendgesellschaften eingeladen hatte – und führte, über vier oder fünf Steinstufen, zum Haupteingang des Anwesens.

Hinter diesem erstreckte sich die Vorhalle, in der mehrere Jagdtrophäen den Besucher willkommen hießen – weiße Tierschädel mit großen Hörnern, die auf prunkvolle Kupferplatten montiert waren. Im Hintergrund zeugten zwei gewaltige Stoßzähne aus Elfenbein vom Schicksal eines glücklosen Dickhäuters. Mehrere Gemälde bedeckten die freien Flächen der ohnehin schon überfrachteten Wände; ein Kunstkenner hätte zwischen den Bilderrahmen einen Rubio, einen Romeu und einen Gris entdecken können. Rechts, auf der anderen Seite eines Türbogens, befand sich das Wohnzimmer, in dem ein vor Wut schäumender Mann saß.

Seine zartgliedrigen Finger stellten eine makellose Maniküre zur Schau, und am rechten Ringfinger trug er ein großes Wappensiegel, das in einen goldgefassten Amethysten eingraviert war; das Familienwappen, ein Vermächtnis, das seit Generationen von den Eltern auf ihre Kinder übertragen worden war. Er saß auf einem bequemen Sofa, vor einem stattlichen Kamin, der Wärme spendete.

Trotz der frühen Stunde hatte er schon zu Abend gegessen und es sich anschließend gemütlich gemacht, um in einer der zahlreichen Zeitschriften zu blättern, die er im Laufe der Woche verschlang: Fachzeitschriften, Wirtschaftsmagazine und einige Illustrierte wie *El Confidencial;* man konnte nie wissen, ob man zwischen den Seiten auf etwas Interessantes stieß!

Die Pressekonferenz und die anschließende zirkusmäßige Pantomime der lokalen Fernsehnachrichten hatten ihn mit Gleichgültigkeit erfüllt. Die Polizisten hatten nicht die geringste Ahnung. Er nahm deren plumpen Versuch zur Kenntnis, ihn zu beleidigen, indem sie so taten, als stünden sie kurz davor, sein Projekt zu beenden (als wäre die Polizei aus ihren lächerlichen Amtsstuben heraus und mit ihren antiquierten psychologischen Theorien dazu imstande). Hofften sie etwa, ihn mit billigen Tricks zu schnappen, die er so gut kannte, als hätte er sie selbst erfunden? Er gestattete sich ein leichtes Schmunzeln, dann fiel sein Blick wieder auf die Illustrierte. Was wussten sie schon, mit ihren altertümlichen Methoden? Wie sollten sie sich die Konzepte zu eigen machen, die er selbst schmiedete? Seine Absicht war nicht, zu töten und Schaden zuzufügen, sondern zu heilen. Er wollte nicht zerstören, sondern erschaffen und erlösen.

Jahrelang hatte er mit der Idee gespielt, zu seiner persönlichen Odyssee aufzubrechen, aber das Leid, das er damit gezwungenermaßen bei seinen Opfern auslöste, hatte ihn jedes Mal davon abgehalten. Währenddessen war der innere Druck in seiner Brust immer größer geworden. Doch jetzt, als er die Entscheidung getroffen hatte, gab es kein Zurück mehr; er musste bis ans Ende gelangen.

Während er den Artikel las, braute sich in seinem Innern eine dunkle Wolke zusammen, die durch die Beleidigungen in jedem Absatz nur noch größer wurde. Es störte ihn nicht, dass man ihn als *Monster* bezeichnete – im Grunde war er es ja –, sondern dass verabscheuungswürdige Individuen ohne einen Funken Intellekt es taten, die nicht das Recht hatten, ihn zu beleidigen. Wer waren sie schon, um seine Taten zu richten?

Er klappte die Zeitschrift zu und schleuderte sie wutentbrannt in einen Papierkorb aus Rattan, der dadurch umkippte. Er atmete tief durch und beruhigte sich. Er erhob sich langsam, wobei er seine Hände auf die Lehne des Sofas stützte. Dann ging er zum Papierkorb, bückte sich und rückte diesen zurecht; behutsam legte er die Zeitschrift wieder hinein. Vielleicht war die Polizei doch schlauer, als er glaubte; er war es nicht gewohnt, auf eine solche Weise die Kontrolle zu verlieren. Wenn er sich mit etwas brüsten konnte, dann waren es seine Kaltblütigkeit und die vernunftgesteuerte Kontrolle seiner Gefühle.

Er lehnte sich wieder im Sofa zurück und formte mit den Fingern eine Pyramide unterhalb des Kinns. Er hatte lange an seinem Vorhaben gezweifelt. Und selbst jetzt noch sträubte sich ein verborgener Teil seines Wesens in den dunkelsten Stunden der Nacht gegen jene Scheußlichkeiten. Aber die Wissenschaft vertrug sich nun einmal nicht mit der Moral. Die Wissenschaft machte nur dann Fortschritte, wenn der Mensch litt, in Kriegszeiten oder Wirtschaftskrisen. Das Leben und der Fortschritt hatten ihren Ursprung im Tod. Der Mensch wurde menschlicher, wenn er mit sich selbst konfrontiert war und sich selbst zu überwinden lernte. In solchen Momenten kam der Mensch, diese kleine Ameise der Schöpfung, Gott ein Stück näher.

Er zerstreute seine Zweifel und blickte wieder auf die zerknüllte Zeitschrift im Papierkorb. Er schloss die Augen, und ein Lächeln flog über seine dünnen Lippen, die ein weißer Bart umgab. Der Weg war bereits abgesteckt, und es war zu spät, das Drehbuch noch einmal neu zu schreiben.

Beatriz ging die Treppe des Kommissariats bis in den zweiten Stock hinauf, und als sie den Treppenabsatz erreicht hatte, lief sie durch den Gang auf der rechten Seite in die Zone, wo sich ihre Ermittlungseinheit befand. Auf ihrem Weg traf sie einige Kollegen, die sie begrüßten, ohne dabei von den Papieren aufzuschauen, die sie zwischen ihren Händen trugen. Schließlich gelangte sie zu einer Doppeltür und öffnete diese. Der Saal, in der die Gruppe arbeitete, war quadratisch und geräumig und stand voller kleiner und runder Tische für die unterschiedlichen operativen Einheiten. Unter anderem: *Koordination mit internationalen Agenturen, Serienverbrechen* und *Kooperation mit Antiterroreinheiten.* Die Wände waren mit Plänen, Landkarten und Farbfotos unfreundlich dreinblickender Zeitgenossen bedeckt und mit schwarzen Brettern, die vor Informationen nur so überquollen. Einige Digitaluhren zeigten die Uhrzeit an verschiedenen Orten der Welt an: New York, London, Moskau und Hongkong.

Etwa zwanzig Personen hielten sich im Saal auf, sie saßen vor Computern, lasen in ihren Unterlagen oder telefonierten. Die Arbeit plätscherte unter gedämpften Gesprächen dahin und dem Geräusch von PC-Druckern, die Papierbündel ausspuckten. Beatriz blieb an ihrem Tisch stehen und tippte das Passwort in ihren Computer ein. Sie wartete, bis das System ansprang, und nach einem Mausklick stellte sie fest, dass sie keine neuen E-Mails bekommen hatte. Sie sah auf, da traf sie der Blick eines Kollegen.

»Die vom Laboratorium suchen dich«, sagte er zu ihr.

»Ah, und der Boss hat schon mehrmals nach dir gefragt. Er ist total außer sich.«

Beatriz nickte und beschloss, zuerst ins Untergeschoss zu fahren, bevor sie González' Büro aufsuchte; der Boss hatte sowieso nur schlechte Nachrichten für sie. Sie nahm den Aufzug in den Keller und lief schnurstracks zum Büro des Leiters der wissenschaftlichen Abteilung.

Dort traf sie auf einen glatzköpfigen Mann von kleiner Statur und mit einer dicken Hornbrille, der in einem weißen Laborkittel steckte. Luis Renat kämpfte damit, den Blätterberg zu dezimieren, der seinen Tisch beherrschte. Er war ein Mann, der sich ganz seiner Arbeit verschrieben hatte, und besaß den Ruf, ein ernster und effizienter Mensch zu sein. Beatriz begrüßte ihn von der Tür aus.

»Puerto, komm rein, und setz dich! Ich muss dir unbedingt was zeigen.«

»Wohl beim Papiere-Abarbeiten, was?«

Der Mann schnaufte.

»Ich hänge extrem hinterher. Keine Ahnung, wann ich damit fertig bin.«

Er wühlte sich durch den Blätterberg, wobei er die Reste eines Zuckerhörnchens und einen Becher Maschinenkaffee aus dem Weg räumte. Dann zog er eine blaue Mappe hervor. Beatriz öffnete sie und überflog den Inhalt.

»Was gibt's?«

»Ein ziemliches Problem. Ein weiterer Tatbestand, der Ros des Mordes an Martínez verdächtigt, ihn aber von den übrigen Verbrechen immer weiter entfernt. Es würde deine These bestätigen, dass es nicht nur einen einzigen Mörder gibt. Schau mal …«

Er stand auf, griff nach einem Bündel Fotos aus der Mappe und breitete sie über einer freien Lücke seines Tisches aus.

»Kehle und Genick von Pablo García, dem letzten Opfer – der Zigeuner, der im Schlamm ertränkt wurde!«, sagte er in erklärender Weise.

»Luis, ich weiß, wer das ist.«

Die Fotos waren mit einem Violettfilter aufgenommen, und Renat markierte die entscheidenden Bereiche mit einem Kugelschreiber.

»Sieh mal, hier ... und hier« – dabei deutete er unter leichtem Klopfen auf die entsprechenden Stellen des Fotos. »Das sind die Druckspuren, die der Mörder hinterließ, als er den Kopf seines Opfers in den Schlamm tauchte. Aufgrund der Latexhandschuhe existieren keine Fingerabdrücke, aber gewisse Informationen hat er uns doch hinterlassen: Der Mörder verfügt über große Hände. Schau mal, wo der das Vorderglied seiner Finger und anschließend den Daumen eingedrückt hat. Zweifellos: Eine riesige Hand ...«, wiederholte er.

Beatriz betrachtete die Fotografien minutiös und nickte.

»Allerdings ...«, fuhr Renat fort, während er ein anderes Foto hervorholte. »Das ist die Aufnahme eines Abdrucks, der in Martínez' Haus gefunden wurde. Es scheint, als wären die beiden im Laufe eines Handgemenges auf einen Glastisch gestürzt, der daraufhin zersplittert ist. Beim Aufstehen hat sich Ros offenbar auf einem der Glassplitter abgestützt und dabei seinen Abdruck hinterlassen. Wie immer haben wir keine Fingerabdrücke, aber doch eine klare Größenangabe seines Handumfangs. Schau dir mal den Unterschied zwischen den beiden an.«

»Wann sind diese Fotos gekommen?«

»Sehr zeitig heute Früh. Wir konnten nicht noch schneller arbeiten.«

Renat nahm auf dem Rand des Tisches Platz und sammelte die Aufnahmen wieder ein. Dann zog er ein Päckchen Zigaretten aus der Tasche seines Kittels und steckte sich eine an. Er ließ langsam den Rauch aus seinen Lungen strömen.

»Ach, und eben sind noch die Ergebnisse der DNS-Analysen von den verschiedenen Tatorten eingetroffen. Keine stimmt mit der anderen überein.«

»Dankeschön!«, brummte Beatriz und stand auf.

Renat erhob sich vom Tisch und kehrte zu seinem Stuhl zurück. Er blinzelte ihr über die Brille hinweg zu.

»Gib ihnen Saures!«

Beatriz verließ den Raum, bedankte sich nochmals bei Renat und nahm den Aufzug zu González' Büro. Es sah so aus, als hätte Ros lediglich Martínez umgebracht. Die anderen waren durch die Hand irgendwelcher Helfershelfer, Höllenkumpane oder wessen auch immer gestorben. Notfalls würden sie die Informationen eben aus Ros herausprügeln. Sie befühlte die Jackentasche, in der sie die Liste mit sämtlichen Telefonaten aufbewahrte, die Doktor Montaña im letzten Monat getätigt hatte; dank eines befreundeten Richters hatte sie diese innerhalb weniger Stunden bekommen. Sie würde Sebastião anrufen und ihn fragen, ob er die Liste der Patienten, die Montaña konsultiert hatten, in irgendeinen Zusammenhang mit der *Göttlichen Komödie* bringen konnte. Eine Liste, die ohne Zweifel den Schlüssel zum nächsten Opfer beinhaltete.

Auf dem Weg begegnete sie einem anderen Ermittler, der ihrer Einheit zugeteilt war. Sie hielt ihn an und erkundigte sich nach den Ergebnissen der Informatikabteilung. Der Polizeibeamte, etwa vierzig Jahre alt, schien irritiert darüber zu sein, dass seine Vorgesetzte in dem Mordfall eine Frau war, noch dazu viel jünger als er selbst. Der Kampf um immer höhere Dienstgrade, in einem Job, der durch machohaftes Auftreten bestimmt wurde, war keine leichte

Herausforderung. Beatriz' Karriere hatte einen guten Weg genommen, und sie versuchte, ihr junges Alter durch einen außergewöhnlichen Diensteifer zu kompensieren. Außerdem – warum es verschweigen? – halfen die Stellenquoten für Frauen im öffentlichen Dienst und das positive Image, das eine Abteilung durch die Führung einer Frau erhielt.

»Wir verfügen bereits über Listen von Diabetikern, Psychiatriepatienten und Personen, die in den letzten Monaten Kopfbedeckungen oder Latexhandschuhe gekauft haben. Von silbernen Hufeisen keine Spur! Und den Stoffhund kann man in jedem Ramschladen an der Ecke kaufen. Das Problem ist, dass wir viele der Daten selbst eingeben müssen, und das nimmt viel Zeit in Anspruch. Ich habe fünf Personen für den Job abgestellt. Mal sehen, ob ich dir morgen mehr sagen kann.«

Beatriz bedankte sich für die Auskunft.

Als sie González' Büro erreichte, klopfte sie diskret an die Tür und öffnete, ohne auf eine Antwort zu warten.

»Sie wollten mich sehen?«

González nickte und bat sie herein. Er las weiter in seinen Akten, und Beatriz blieb geduldig vor seinem Schreibtisch stehen und wartete. Nach ein paar Sekunden sah González auf und bot ihr einen Stuhl an.

»Wir haben ein Problem.« González öffnete eine Schublade, zog eine Zeitschrift heraus und warf sie ihr mit verachtungsvoller Geste zu.

Beatriz schlug sie an der mit einem Clip markierten Stelle auf. Es verstrichen einige Sekunden, bis sie wieder aufsah.

»Ich könnte Sie jetzt sofort von den Ermittlungen suspendieren«, meinte González. »Ich könnte Sie sogar wegen Verletzung des Dienstgehorsams entlassen. Und möglicherweise wegen Verbreitung vertraulicher Informationen festnehmen.«

González saß noch immer zurückgelehnt im Sessel. Er schien sich zu amüsieren, und so war es auch. Die Hilfskommissarin war ihm schon lange ein Dorn im Auge; seit er sie zweimal zum Essen eingeladen hatte, berufliche Abendgelage, die seiner Meinung nach dazu dienen sollten, die Karriere der jungen Polizistin zu befördern (und in seiner Fantasie in einer heißen Affäre enden sollten). Beide Vorhaben nahmen den gleichen Verlauf: González erhielt in einer lässigen und, wie er fand, beleidigenden Weise einen Korb.

»Silveira besitzt in diesem Mordfall keine Zuständigkeit, und am allerwenigsten in meiner Abteilung.« González sah sie mit seinen kleinen, von Argwohn erfüllten Augen an. »Was weiß er?«

Er sprach jetzt in einem versöhnlicheren Ton. Beatriz spürte, dass sie sich auf gefährliches Terrain begab und mit allerhöchster Vorsicht agieren musste.

»Man hat ihn zu Beginn der Ermittlungen um Rat gebeten. Professor Silveira hat sich bei der Interpol ausführlich mit der Aufklärung von Serienmorden befasst, und er war es, der die Dante-Theorie einbrachte. Darüber hinaus hat er nichts mit uns zu schaffen.« Beatriz maß ihre Worte peinlich genau ab und achtete beim Sprechen auf eine Vergangenheitsform, die sie in keinen direkten Zusammenhang mit dem Portugiesen brachte. Falls González beabsichtigte, irgendwelche Bauernopfer durchzuführen – sie würde ihm jedenfalls keine Gelegenheit dazu bieten!

»Wie aus dem Artikel hervorgeht, scheint ihr beiden euch … ganz gut zu verstehen?« Beatriz glaubte aus dem Satz so etwas wie einen Vorwurf herauszuhören.

»Ich glaube, dass es weder Sie noch die Abteilung etwas angeht, was ich in meinem …«

»Nicht, wenn Sie beide sich über den Fall unterhalten, während er mit Ihnen bumst.«

Beatriz konnte sich nicht länger beherrschen.

»Wie können Sie es wagen?« Sie bemühte sich, nicht laut zu werden. »Selbst wenn Sie mein Vorgesetzter sind …«

»Beruhigen Sie sich, Puerto. Unsere Ermittlungen sind von höchster Relevanz, und von Ihnen und der Gruppe hängt viel ab. Ein Fehler, ein Ausrutscher – und ich versetze Sie zur Polizeistreife nach Chiclana.«

Beatriz spürte, wie ihr das Blut in den Adern kochte. Es ging hier verdammt noch mal um ihr Privatleben, und schließlich entschied sie noch immer selbst darüber, wen sie küsste, und nicht ihre Abteilung. Doch sie beschloss, den Mund zu halten; ein Ausrutscher dem Boss gegenüber konnte das Ende ihrer Karriere bedeuten. Ihr Chef redete weiter, während er mit dem Kinn auf die Illustrierte deutete:

»Diese Reportage macht die Dinge nur noch schwerer. Das ist mein Fall, und ich will niemanden von außen, der mir dabei auf die Eier tritt. Wie konnten Sie sich nur auf so naive Weise einlullen lassen?«

Beatriz spürte, wie sie einen Augenblick die Kontrolle verlor. Aber sie verbiss sich die Worte.

Dann fragte der Kommissar: »Was gibt's Neues?«

Beatriz atmete langsam durch die Nase aus.

»Wir beschatten Jacobo Ros rund um die Uhr. Es gibt einen neuen Tatbestand, der ihn des Mordes verdächtigt, aber wir warten immer noch darauf, dass er mit seinen Helfershelfern Kontakt aufnimmt. Wir hören nach wie vor sein Telefon ab und haben Auskünfte über alle seine Bekannten und Familienangehörigen eingeholt, über seine Vergangenheit, seine Finanzen, Hypotheken, Bankkonten, sexuellen Beziehungen und kulturellen Aktivitäten – die eher spärlich sind. Das Laboratorium hat die DNS-Analysen inzwischen vorliegen – der Mörder von Alacena, Martínez und Pablo García ist jedes Mal ein anderer. Sicherlich verhält es sich mit den Übrigen genauso.«

González zog ausgiebig an seiner Zigarette.

»Es ginge mir ziemlich auf den Keks, wenn Sie mir etwas verschweigen würden, Puerto!«

Angesichts des sanften und zugleich bedrohlichen Tons ihres Vorgesetzten sprang Beatriz auf.

»Wovon reden Sie überhaupt?«

»Werden Sie nicht unverschämt, Hilfskommissarin. Dieser Silveira kommt erstaunlich gut voran, stimmt's nicht? Und wir quälen uns hier einen ab.«

»Sie täuschen sich«, meinte Beatriz. »Die gesamte Information steht in meinen Tagesrapports, die ich pünktlich aktualisiere.«

»Schnauze!«, fiel ihr González ins Wort. »Und der Nächste?«

Es vergingen einige Sekunden von höchster Anspannung.

»Wir überwachen alle wichtigen muslimischen Einrichtungen der Stadt. Das islamische Kulturzentrum der Madrider Moschee, Konsulate und Sammellager für Einwanderer. Wir reden täglich mit unseren Verbindungsleuten, um herauszufinden, welche Informationen innerhalb der islamischen Gemeinde zirkulieren.«

»Reden reicht nicht, Puerto. Du musst sie ausquetschen! Ich möchte, dass jeder Spitzel, jeder elende Taschendieb weiß, dass er schon jetzt seine Koffer packen kann, falls er uns irgendwelche Informationen vorenthält. Wenn es sein muss, kämpfen wir eben mit harten Bandagen. Verstanden?«

Beatriz nickte schweigend. González dachte einen Moment nach.

»Sehr gut«, sagte er dann, um das Gespräch zu beenden. »Ich möchte, dass der Fall so bald wie möglich aufgeklärt wird. Ach, … und, Puerto, schlagen Sie sich gefälligst Ihre Männergeschichten aus dem Kopf! Sie haben alle Hände voll zu tun.«

Der Alte schritt dieselbe Strecke ab wie am Sonntag zuvor. Der einzige Unterschied war, dass er diesmal acht Liter Benzin unter seinem Mantel transportierte. Er hatte vier Coca-Cola-Flaschen an den Hälsen mit einem Strick zusammengebunden und sie sich um die Schultern gehängt, eine auf jeder Seite, vorne und hinten. Unter seinem dicken Mantel fielen sie kaum auf, und höchstens ein Freund hätte seine schwerfälligen Schritte und die deutlichere Krümmung seines Rückens bemerkt. Doch er kannte niemanden, den er als Freund bezeichnet hätte.

Wie an den Tagen zuvor verließ er die U-Bahn-Station Callao und lief anschließend die Gran Vía entlang. Er ging unter einem Gerüst hindurch und musste sich zur Seite zwängen, um eine Gruppe Schwarzafrikaner vorbeizulassen. Er versuchte, nicht mit ihnen zusammenstoßen; das Benzin schleppte der Teufel! Der Alte grinste mit halb geschlossenen Zähnen über den Vorfall. Er bog nach links ab, in die Calle Mesonero Romanos, und lief weiter bis zur Calle Desengaño; eine alte Prostituierte, der mehrere Zähne fehlten, kam auf ihn zu, sie trug rotes und blaues Make-up im Gesicht, und ihre Brüste quollen aus ihrem Ausschnitt.

»He, Schatzi! Brauchst'n bissel Liebe?«

Der Mann ignorierte sie. Er verhielt sich ihr gegenüber nicht einmal geringschätzig, wie er es an jedem anderen Tag getan hätte. Er hatte eine Mission, die wichtiger war als alles andere auf der Welt.

Plötzlich blieb er stehen; ein brutaler Schwindel überfiel ihn, und er geriet ins Schwanken. Der Doktor hatte ihm gesagt, dass die Medikamente bei ihm eine Hyperweißnichtwas auslösen könnten, jedenfalls eine ziemlich fiese Übelkeit. Zum Teufel mit der verfluchten Medizin! Er lehnte sich gegen die Wand, gab darauf Acht, dass er die Flaschen nicht zu sehr schüttelte, und zog eine Schachtel Diabetestabletten hervor. Er öffnete sie und schluckte die kleine Tablette hinunter, die letzte. Er hatte es satt, seinen Organismus mit Müll vollzustopfen, aber der Doktor war resolut gewesen. Wenn er von den Gesichtern geheilt werden wollte, musste er genau das tun, was ihm der Doktor befahl. Er hatte ihm seine Aufgaben präzise geschildert, er hatte jede einzelne mit größter Überlegung festgelegt und darauf bestanden, dass er sie exakt auswendig lernte. Der Mann warf die leere Schachtel wie ein überflüssiges Gepäckstück nach beendeter Reise auf den Gehsteig.

Der Hintereingang des Gebäudes Gran Vía 32 war von mehreren Landstreichern bevölkert, die sich mit Kartons und abgewetzten Decken vor der Kälte schützten. Zwei Bettler, schwarz wie Kohle, lagen wie tot auf dem Boden. Der Alte vermutete, dass sie schliefen, aber angesichts der Kälte in dieser Nacht konnte man nicht ganz sicher sein. Andere tummelten sich um ein Fass, in dessen Innerem eine schwache Flamme züngelte. Mehrere Paletten mit Dachziegeln und ein Schuttbehälter behinderten den Fußgängerdurchgang; ein penetranter Gestank nach Urin, Drogen und Armut drang in seine Nase.

»Ich warte mit einer Schere vor deiner Haustür auf dich!«, keifte eine der Dirnen.

Er zuckte zusammen und presste die Arme gegen seinen Körper, die Liter seiner Erlösung schützend. Er sah sich um und erkannte den Grund für die Auseinandersetzung: Zwei Prostituierte hatten sich in einen fürchterlichen Streit verwickelt, fuchtelten wie wild mit den Armen und überhäuften sich mit Schimpfwörtern. Ihre Zuhälter, ein paar gefährlich wirkende Schwarze, beobachteten sie gleichgültig, um nicht zu sagen mit einem gewissen Ausdruck des Vergnügens von der Kühlerhaube eines alten Wagens aus – wie jemand, der zum Boxkampf geht, um Blut fließen zu sehen.

»Du alte Nutte. Die Nutte da handelt mit Drogen«, kreischte die zweite Frau zu wem auch immer.

Der Alte legte jetzt einen Schritt zu und lief die Calle Ballesta hinunter. Nach ungefähr zwanzig Metern machte er vor einer Tür Halt und drückte vorsichtig gegen den Türklopfer. Wie immer, stand sie offen. Aus dem oberen Stockwerk hallten arabische Gesänge. Als er durch die Tür trat, stieß er frontal mit einem Bettler zusammen, der strauchelnd das Gebäude verließ. Er drehte sich mit hasserfüllter Miene nach der Gestalt um, die wie vom Teufel geritten davonrannte. »Verfluchter ausländischer Schnorrer.«

Auf einmal roch es nach Benzin. Er knöpfte seinen Mantel auf und stellte besorgt fest, dass eine der Flaschen zerbrochen war; ein kleiner Sprung, durch den Flüssigkeit nach außen drang. »Der Zusammenstoß mit dem Bettler«, fluchte er vor sich hin. Er hatte alles kaputtgemacht! In diesem Moment ging die Zeremonie zu Ende; der Gesang des Muezzin wurde schlagartig unterbrochen, und das Stimmengewirr im Speisesaal und der Lärm der Hungrigen setzten ein. Er fasste es als ein Zeichen auf und tat, was er konnte, um den Ausfluss der Flasche zu stoppen, indem er mit dem Daumen auf die Bruchstelle drückte.

Gegenüber führte eine schmale und alte Holztreppe ins Obergeschoss und in den Saal, der gleichzeitig als Gebets- und Speisesaal diente. Das Stockwerk darüber war in mehrere Zimmer unterteilt, in denen einige Bettler schliefen, wenn im Auffanglager Platz übrig war.

Er stieg in den zweiten Stock hinauf, darauf bedacht, so wenig Lärm wie möglich zu machen. Das Knarren der Treppe kam ihm bei jedem Schritt wie das Geläute der Apokalypse vor. Auf seinem Weg begegnete er niemandem, und so gelangte er, ohne gesehen zu werden, in den dritten Stock. Die Treppe endete auf einem Treppenabsatz, der in einen engen Gang mündete; von diesem aus gelangte man in die Zimmer. Mehrere Feldbetten mit zerwühlten Decken stapelten sich an einer Seite der Wand. Eine Frau fortgeschrittenen Alters hockte auf einem Bett; es schien, als starrte sie auf die Wand, während sie mit dem Zahnfleisch an einem Stück Brot kaute. Er gab sich Mühe, sie nicht aufzuscheuchen, als er an ihr vorbeilief, und gelangte schließlich in das letzte Zimmer. Er trat in einen kleinen Aufenthaltsraum, in dem ein halbes Dutzend Betten stand, legte sich auf eines und deckte sich zu. Er hatte die zersprungene Flasche in der anderen Ecke des Zimmers so aufgestellt, dass sie nicht noch mehr von ihrer wertvollen Flüssigkeit verlor; und als er so dalag, die Decke über den Kopf gezogen, betete er, der Geruch des Benzins möge ihn nicht verraten.

Da tauchten wieder die Gesichter auf – höhnisch, eingehüllt in einen Strudel aus Wut und Zweifeln. Jene Gesichter, die ihn in seinen Träumen peinigten und auf den Scheiben der Spiegel oder den vom Regen benetzten Fensterscheiben erschienen. Er seufzte erschreckt auf.

Er verharrte fast eine Stunde in derselben Position, ohne dass er wagte, den Kopf zu heben. Dann begannen Menschen durch den Raum zu laufen. Der Mann blieb ruhig, trotz des lärmenden Protests, den seine Inbesitznahme des fremden Bettes ausgelöst hatte; aber keiner der Aufseher des Zentrums kam, um nachzusehen, was der Grund für den Aufruhr war, und der Alte konnte seinen Platz behaupten. Der vermeintliche Besitzer des Bettes verließ nörgelnd den Raum, auf der Suche nach einer anderen Ruhestätte. Der Alte musste noch eine weitere Stunde warten, bis es in dem Gebäude still wurde. Mit äußerster Vorsicht schlug er die Decke zurück und sah sich um. Außer ihm waren noch fünf Bettler im Raum. Sie waren alt und schwach und stanken erbärmlich nach Armut, Alkohol und Drogen. »Und *Benzin …«*, fluchte er leise. Er verließ das Bett, nahm die beschädigte Flasche wieder an sich und lief mit den drei Flaschen, die ihm um den Hals baumelten, zur Tür.

Ein Schrei erschreckte ihn so sehr, dass er beinahe die beschädigte Colaflasche fallen gelassen hätte. Er kehrte um, weil er glaubte, man habe seinen Plan entdeckt. Einer der Bettler schrie im Schlaf und machte dem dröhnenden Schnarchen der anderen Konkurrenz. Der Alte öffnete die Tür und verließ eilig den Raum. Eine einzige Glühbirne, die an einem langen Elektrokabel hing, spendete mehr Schatten als Licht auf dem Weg ins untere Stockwerk. Er betrat den Speisesaal, der inzwischen leer war, und entledigte sich seines Mantels, ohne es besonders eilig zu haben, aber mit schonungsloser Entschlossenheit; dann begann er, das Benzin über dem Boden auszugießen. Acht Liter (sieben und ein dreiviertel Liter, um exakt zu sein), die den Holzbelag des Bodens, die Tische, die Stühle und die Theke des Lokals durchtränkten und, als er endlich das halb feuchte Streichholz angezündet hatte, mit einer solchen Geschwindigkeit zu brennen begannen, dass er hastig davonrennen musste.

Er eilte die Treppe hinunter und erreichte die Tür, die auf die Straße hinausführte. Er drehte sich ein letztes Mal um und blickte die Treppe hinauf, wo er einen gelblichen Lichtschimmer erkannte.

Da wusste er mit absoluter Gewissheit, dass der Doktor Recht gehabt hatte: Die Gesichter würden nie wieder zurückkehren.

Beatriz trommelte mit den Fingerkuppen auf das Lenkrad, und nach einigen Sekunden öffnete sie zum wiederholten Mal das Fenster ihres roten SEAT. Ein paar schwere und träge Regentropfen verhinderten hartnäckig die Sicht durch die Windschutzscheibe. Der kühle Wind durchzog das Innere des Wagens, wo die Luft nach über zwei Stunden bereits ziemlich abgestanden war.

Das Fahrzeug war in der Calle Galileo geparkt, Jacobo Ros' Wohnung gegenüber, der der Verdächtige in einem Mordfall war, der immer komplizierter wurde; sowohl wegen der unerwarteten Richtungsänderungen, die die Ermittlungen alle paar Tage nahmen, als auch wegen des immer größer werdenden Drucks, der sich über den Köpfen der Ermittler zusammenbraute. Die Regenbogenpresse fühlte sich mit ihren Spekulationen über die makabren Möglichkeiten eines Serienmörders ganz in ihrem Element. Was noch nicht bis zu den Journalisten durchgedrungen war, war die Tatsache, dass es sich in Wahrheit um eine Gruppe von Mördern handelte. »Verflucht, und alle waren Diabetiker!« Wie war es nur möglich, dass mehrere Personen derart gut organisiert waren?

Beatriz vermutete, dass ein Teil von González' schlechter Laune etwas mit seinen heimlichen Blicken zu tun hatte, sobald sie an ihm vorüberging, und mit ihren ständigen Absagen, mit ihm zum Abendessen zu gehen.

Sie dachte über Ros nach. Ros war für den Mord an Martínez verantwortlich, und trotzdem musste sie ihm noch ein paar Tage Freiheit gewähren, in der Hoffnung, dass er sich mit den anderen Mördern in Verbindung setzte. Wie aus seinem psychiatrischen Gutachten hervorging, litt Ros an Schizophrenie und einem starken Minderwertigkeitskomplex. Ein Fettsüchtiger mit pathologischem Verfolgungswahn, der seinen Vorgesetzten hasste.

Sie ging noch einmal alles durch, was sie über Ros

wusste: Ein dünn bestücktes Girokonto, zwei Kreditkarten, die er mit Häufigkeit einsetzte, um Porno-Ware zu kaufen; die Scheckkarte eines Kaufhauses, die er schon seit vierzehn Monaten nicht mehr benutzt hatte; eine hohe Telefonrechnung aufgrund zahlreicher Anrufe bei einer Sex-Hotline; wenige Freunde; Vater und Mutter lebten in der Nähe von Sevilla, er hatte zu ihnen kaum Kontakt; und seine Behandlung wegen Übergewichts bei einem Endokrinologen in der Klinik Ramón y Cajal.

Sie wartete darauf, dass Ros mit jemandem in Kontakt trat. Aber mit wem? Darüber zuckte Beatriz im Geist die Schultern. Vielleicht mit dem Organisator des Ganzen oder einem weiteren Mörder? Ros steckte schon so gut wie hinter Gittern, aber um in dem Fall weiterzukommen, brauchten sie ihn in Freiheit. Sie waren in der schwierigen Lage, nach weiteren vier Mördern suchen zu müssen – dem des Babys, dem von Vanessa Población, dem von Juan Alacena und dem von Pablo García. Aber wie viele Mörder würde es noch geben? Dem Aufbau der *Göttlichen Komödie* zufolge insgesamt neun. Neun Killer, die koordiniert vorgingen, demselben Leitfaden folgten und dieselben Botschaften hinterließen.

Sie hoffte, dass die Listen, die von den Computern des Laboratoriums verarbeitet wurden, zu einem Ergebnis führten; sie benötigten nur einen einzigen Namen, der in irgendeiner Weise mit Ros in Verbindung stand, um ein entscheidendes Stück in den Ermittlungen voranzukommen. Beatriz betete, dass die Listen nicht zu umfangreich ausfielen und jenes Dutzend Ermittler, die für den Fall eingeteilt waren, sie in Rekordgeschwindigkeit durcharbeiten konnten. Das Einzige, was sie wirklich sicher wusste, war, dass Ros sie zu den übrigen Mördern führen konnte, und deshalb würde sie ihn nicht einen Moment lang aus den Augen lassen. Auf der anderen Seite gab es den schillernden Doktor Montaña. Ein Mann, der in der Datenbank auffällig viele Patientenprotokolle eingesehen hatte, die mit seiner Abteilung nichts zu tun hatten. Heute war Ros an der Reihe, aber morgen würde sie sich um Montaña kümmern, der in dieser Nacht von zwei anderen Polizisten beschattet wurde.

Und das war der Grund, weshalb Beatriz um zehn Uhr abends mitten im Stadtteil Argüelles, etwa zwanzig Meter von der Haustür des Verdächtigen entfernt, ihr Auto geparkt hatte. Beschattung während der Nachtschicht; bis zur Ablösung waren es noch acht Stunden.

Die Tür des Wagens sprang auf, und ihr Kollege, ein Mann, der gerade dreißig geworden war, stieg ein. Pablo, das war sein Name, trug sein langes Haar zu einem Pferdeschwanz gebunden und hatte ein Babyface.

»O Mann, wie das regnet! Laut Wetterbericht ist das der verregnetste Frühling seit hundert Jahren. Zumindest ist es nicht mehr so kalt.«

Pablo ließ eine Hand in seiner Jackentasche verschwinden und zog eine Schachtel Zigaretten heraus.

»Du hast doch nicht etwa vor, hier drinnen zu rauchen?«, meinte Beatriz.

»Bea, fang jetzt bitte nicht damit an. Ich werde sicherlich nicht die ganze Nacht hier herumlungern, ohne zu rauchen. Klar?«

»Ist mir klar. Also steig einfach aus, und stell dich da drüben in den Hauseingang.«

»Komm schon, Bea, ich mach einfach ein bisschen das Fenster auf, das merkst du gar nicht. Außerdem riecht's im Wagen sowieso schon nach Qualm.«

Beatriz schnaubte. »Dieser Schlaumeier.« Sie hatte den Hauseingang von Ros im Blick.

Dann sagte Pablo: »Wir sollten einfach reingehen und die Wohnung durchsuchen.«

Beatriz beobachtete, wie sich ihr Kollege eine Zigarette ansteckte und den Rauch durch einen Spalt in der Scheibe blies.

»Die Asche auch zum Fenster raus!«, sagte sie im Befehlston. »Ros steckt schon seit drei Tagen in seinem Appartement; er ist nicht mal Brot kaufen gegangen. Deshalb können wir da jetzt nicht rein.«

»Ich habe den Eindruck, du bist ein bisschen angespannt«, bemerkte Pablo. »Wenn du zubeißen willst, hier hast du meinen Finger.«

Beatriz lächelte und stöhnte auf.

»Tut mir leid, Mann. Ich habe ein bisschen zu viel Stress im Moment …!«

»Die Zeitschrift, ich weiß. Was für ein Riesenarschloch, dieser Reporter. Willst du meine Meinung hören?«

»Nein.«

»Na ja, es ist dein Leben, Kollegin. Niemand hat dir vorzuschreiben, was du zu tun hast. Obwohl ich mir gut vorstellen kann, dass unser allseits beliebter Chef dir die Hölle heiß macht.«

»Ich sagte, dass mich deine Meinung nicht interessiert.«

»Wozu sind Kollegen denn da?«

Harry Álvarez, der Redakteur der Zeitschrift *El Confidencial,* stand auf ihrer schwarzen Liste ganz oben. Er war ein verdammter Naseweis, der es mit ein paar Seiten niederträchtigem Journalismus geschafft hatte, ihr das Leben schwerzumachen. Knapp zwei Stunden nach ihrer Auseinandersetzung mit González hatte dieser sie noch einmal zu sich in sein Büro rufen lassen: Ein stellvertretender Staatssekretär des Innenministeriums verlangte, dass man ihr auf der Stelle die Ermittlungen entzog. Beatriz war auf ihrem Sessel erstarrt und hatte ihren Vorgesetzten angeschaut. Nach einigen Sekunden, die mit mathematischer

Präzision kalkuliert waren, hatte González ein sanfteres Gesicht aufgesetzt. Beatriz konnte die plötzliche Hilfsbereitschaft ihres Chefs nicht verstehen. Dass González sie verteidigte und sich gegenüber einem stellvertretenden Staatssekretär für sie verbürgte, konnte eigentlich nur einen perversen Grund haben. Würde er sie dafür eines Tages um einen Gefallen bitten? »Wenn González denkt, dass er wegen seiner Hilfe mit mir ins Bett gehen kann, kastriere ich ihn eigenhändig«, dachte Beatriz.

Und Sebastião. Der verfluchte Flirt einer Nacht – und ihre ganze Karriere geriet ins Schwanken. Ein Kuss, und ihr Kollege sagte bereits Sätze wie: *»Na ja, es ist dein Leben, Kollegin.«* Es stimmte ja, dass er ihr gefiel. Sie hätte zwar nicht sagen können, warum, da er ja das genaue Gegenteil der Männer war, mit denen sie es normalerweise zu tun hatte. *»Vielleicht gefällt er dir ja genau deshalb«*, flüsterte ihr ein kleiner dicker Engel über die rechte Schulter. Sie fühlte sich in Sebastiãos Gegenwart wohl, ohne eine Spur von Gezwungenheit oder künstlichem Lachen. *»Schlag ihn dir aus dem Kopf. Wenn es etwas gibt, was wir nicht brauchen können, sind es Probleme«*, widersprach das rote Teufelchen auf ihrer linken Schulter. Doch der besagte Kuss schwirrte Beatriz auch weiterhin durch den Kopf.

»Ich verstehe nicht, warum Ros nicht mal Zigaretten kaufen geht«, meinte Pablo.

Beatriz zog ein wenig den Kopf ein, um die Fassade des Gebäudes sehen zu können. Im vierten Stock brannte Licht.

»Dieser Señor Ros legt eine ausgesprochen merkwürdige Verhaltensweise an den Tag«, sagte Beatriz nickend.

Sie hatte zwei Nachrichten von Sebastião auf ihrem Handy. Bei der ersten hatte er nur seinen Namen hinterlassen, aber an seiner Stimme merkte sie sofort, dass er über den Artikel von Harry Álvarez Bescheid wusste. Bei der zweiten Nachricht sagte der Portugiese, er habe eine für den Fall wichtige Entdeckung gemacht und müsse unbedingt mit ihr sprechen. Sie hatte ihn noch nicht zurückgerufen. Morantes war auswärts und nicht erreichbar.

Beatriz begann Sebastiãos Nummer zu wählen.

Da sagte Pablo plötzlich: »Kollegin … Neuigkeiten!«

Sie sah durch die Scheibe und stellte fest, dass das Licht ausgegangen war. Sie schaltete ihr Handy mit der zur Hälfte eingetippten Nummer aus. Ein paar Minuten später ging die Eingangstür auf, und Ros verließ das Gebäude.

»Tausend Peseten für den, der weiß, wo Ros hinfährt.« Pablo schnippte den Zigarettenstummel zum Fenster hinaus.

Beatriz ließ den Motor an, während der übergewichtige Ros auf einen klapprigen Renault zulief, die Fahrertür öffnete und unter Schwierigkeiten einstieg.

»*Euro,* Pablo. Man bezahlt inzwischen in Euro! Glaubst du, er trifft sich mit jemandem zum Abendessen?«

Ihr Kollege zuckte mit den Schultern.

»Er wird doch wohl nicht flüchten wollen?«

»Flüchten, wovor? Es gibt doch keine Klage gegen ihn. Und ich glaube kaum, dass er intelligent genug ist, um zu merken, dass wir ihm auf den Fersen sind.«

»Mensch, vielleicht haben wir Glück, und er ist gerade auf dem Weg zu einem Geheimtreffen der kriminellen Diabetiker! Es gibt bestimmt auch irgendeinen Chef der Bande. Wir werden es doch nicht mit einer geheimen Sekte zu tun haben?«

Beatriz sagte nichts. Sie hatte längst über die Möglichkeit nachgedacht, dass es jemanden gab, der die Verbrechen organisierte, aber sie verstand noch immer nicht, warum. Sie legte den ersten Gang ein und ließ ihren Wagen langsam hinter dem Renault herrollen. Sie fuhren den Häuserblock entlang, bis sie zur Calle Cea Bermúdez gelangten. Dort bogen sie rechts ab Richtung Castellana. Als sie die Calle Bravo Murillo überquerten, bremste der Renault plötzlich vor einer gelben Ampel. Beatriz, die etwa fünfzig Meter hinter diesem herfuhr, fluchte; es war bereits zu spät zum Bremsen, und die Autos neben ihr beschleunigten allesamt, um noch über die Ampel zu kommen. Sie schloss auf und hielt rechts neben Ros' Wagen an; in diesem Moment drehte sie sich zu Pablo um.

»He, was soll das?«

Beatriz umarmte ihren Kollegen und näherte ihm ihre Lippen, bis es so aussah, als ob sie sich küssten.

»Simulieren …, du Idiot! Was glaubst du denn?«

Sie verharrten in derselben Stellung, solange die Ampel auf Rot stand. Dann sagte Pablo: »Schatz, es ist Grün. Ich weiß, dass ich unwiderstehlich bin …«

»Schon gut, Don Juan.«

Beatriz betete, Ros möge nicht bemerken, dass sie ihn verfolgten; sicherheitshalber vergrößerte sie den Abstand zwischen den beiden Fahrzeugen. Als sie zur Castellana kamen, bogen sie nach links ab, Richtung Plaza de Castilla und den beiden schrägen Türmen der Puerta de Europa.

»Es schaut so aus, als würde er verreisen«, sagte Pablo, als sie etwas später auf die Autobahn Richtung Burgos einschwenkten. »Haben wir genügend Benzin?«

Beatriz blickte auf die Benzinanzeige.

»Der Tank ist nur halb voll. Ich hätte nicht gedacht, dass es dazu kommen würde. Rufen wir die Leitstelle an?«

»Warten wir erst mal ab, wohin er fährt. Sollte er über Alcobendas hinauskommen, rufen wir an.«

Beatriz murrte und gab Gas, um den Renault nicht aus den Augen zu verlieren.

Ros fuhr vorsichtig, ohne die Geschwindigkeitsbegrenzung zu überschreiten, und beim Überholen benutzte er jedes Mal den Blinker. Nach drei Kilometern verließ er die Autobahn und fuhr auf eine Nebenspur.

»Na, Richtung *La Moraleja* oder *Alcobendas?*«, meinte Pablo. »Was wettest du?«

»Ros, nach La Moraleja? Du machst wohl Witze. Um dort wohnen zu können, braucht man ziemlich viel Kohle. Ich glaube kaum, dass wir dort auf seine Helfershelfer stoßen.«

Beatriz schaute ungläubig, als sie sah, dass Ros, entgegen ihrer Prognose, die Ausfahrt zur Villensiedlung La Moraleja nahm.

»Also, ich versteh diesen Ros von Tag zu Tag weniger. Welche Freunde könnte der Hungerleider hier nur haben?«

»Diabetiker, Killer, jedenfalls mit viel Knete ...«, murmelte Pablo. »Was es nicht alles gibt ...«

Die Zufahrtspromenade zu La Moraleja, ein etwa hundert Meter langer, mit Nadelbäumen gesäumter Weg, führt zu einem gepflasterten Platz, an dessen Ende ein großer Torbogen den Zugang ins Wohngebiet eröffnet. In der Mitte des Platzes befindet sich ein Verkehrskreisel. Als Ros dort ankam, wendete er seinen Wagen und fuhr auf demselben Weg, auf dem er gekommen war, wieder davon. Beatriz fluchte zum zweiten Mal.

»Verflixt«, rief Pablo. »Hat er etwa Wind von der Sache gekriegt?«

Beatriz schüttelte den Kopf. Sie hatte sich sehr diskret verhalten und war Ros in einer wohl überlegten Distanz gefolgt. Sie hielt es für unwahrscheinlich, dass ein so unbeholfener Typ wie Ros sie entdeckt haben konnte.

»Vielleicht hat er jemanden angerufen, und die haben ihm gesteckt, dass er auf keinen Fall zu seinem Ziel, sondern schleunigst nach Hause zurückfahren soll«, mutmaßte sie.

In diesem Augenblick klingelte ihr Handy. Beatriz riss mit der linken Hand das Lenkrad herum, um den Kreisel zu umfahren und erneut die Verfolgung von Ros aufzunehmen, während sie gleichzeitig mit der rechten Hand versuchte, ihr Telefon aus der Tasche zu ziehen.

»Gib mir die Tasche, Bea, ich geh für dich ran!«, meinte Pablo nervös.

Sie korrigierte den Wagen in demselben Moment, in dem sie an ihr Handy gelangte. Sie sah Pablo aus dem Augenwinkel an und musste schmunzeln, als sie das erschrockene Gesicht ihres Kollegen sah.

»Ja, bitte?«

Gemessen an dem Abstand, der in diesem Moment zwischen den beiden Fahrzeugen lag, fuhr Ros' Wagen jetzt ausgesprochen schnell. Beatriz drückte das Gaspedal bis zum Anschlag und nahm kurz die Hände vom Steuer, um einen Gang höher zu schalten.

»Hilfskommissarin Puerto …?«

»Bin am Apparat«, antwortete Beatriz, wobei sie erneut den Gang wechselte.

»Hier *Mordkommission,* Sekretariat! Uns ist ein Brandanschlag in der Calle Ballesta gemeldet worden. Kommissar González hat angeordnet, dass Sie sich umgehend dort einfinden sollen.«

»Ein Brandanschlag? Sagen Sie ihm, dass ich im Augenblick nicht …« Sie riss das Steuer herum, um einem BMW auszuweichen, und sah, wie Ros' Renault etwa hundert Meter vor ihnen erneut die Autobahn verließ und auf einen anderen Verkehrskreisel zusteuerte. Sie verringerte die Geschwindigkeit.

»Es scheint, dass der Anschlag in direktem Zusammenhang mit Ihrem Fall steht. Der Kommissar sagte mir, das Feuer habe sich in einem Auffanglager für arabische Flüchtlinge ereignet.«

Beatriz fluchte erneut.

»Bin schon auf dem Weg!«

»Was ist los?«, fragte Pablo.

Beatriz erklärte es ihm.

»Und Ros?«

»Der fährt nirgendwo hin … und ich glaube auch nicht, dass er uns gesehen hat. Wie dem auch sei, du informierst die Zentrale, dass sie uns vor seinem Haus ablösen sollen. Wer weiß, vielleicht ist er aus irgendeinem Grund nervös geworden. Sag ihnen Bescheid, dass sie seine Telefonate von heute Nacht überprüfen sollen.«

Pablo holte die Sirene hervor, kurbelte das Fenster herunter und befestigte sie auf dem Dach des SEAT.

»Alles klar, Kollegin. Aber bitte nicht so schnell, mmh?«

Der SEAT gelangte mit über 130 Stundenkilometern auf die Avenida Castellana. Beatriz' rechte Hand tänzelte zwischen dem Lenkrad und der Gangschaltung hin und her; dann bremste sie den Wagen herunter und fädelte sich in die mittlere Spur ein. Um diese Uhrzeit, es war nachts um halb elf, floss der Verkehr bereits zügig dahin, obwohl noch immer zahlreiche Autos unterwegs waren, die ihre Insassen zu einem späten Abendessen oder nach einem langen Arbeitstag nach Hause zurückbrachten.

Pablo klammerte sich am Armaturenbrett fest und versuchte Normalität vorzutäuschen. Beatriz gab Gas, bis der Motor vor Protest laut aufheulte. Sie schaltete einen Gang höher und trat erneut aufs Gaspedal.

»Bea …?«

Sie fuhr langsamer, blieb aber weiterhin in der mittleren Spur.

»Danke«, meinte Pablo.

Kurz darauf erreichten sie die Gran Vía und schließlich

die Ecke zur Calle Mesonero Romanos. Mehrere Fahrzeuge der Polizei hatten bereits die Zufahrt zur Straße gesperrt, nur Rettungswagen und Feuerwehrautos durften passieren. Die Lichter der Polizeisirenen spiegelten sich bläulich und rötlich in den Schaufenstern der Geschäfte, wo sie mit den Neonlichtern der angrenzenden Bars und Sexshops wetteiferten. Ein schwacher Nieselregen sorgte für kleine Regenbögen in den Benzinpfützen des Asphalts, was die zahlreichen Neugierigen, die sich in der Hoffnung auf etwas Spektakuläres versammelt hatten, jedoch nicht abschreckte.

Beatriz und Pablo liefen zur Polizeiabsperrung und zeigten ihre Dienstplaketten vor, um durchgelassen zu werden. Dann gingen sie so schnell wie möglich zur Calle Ballesta und blieben dort stehen.

»Scheiße«, rief Pablo.

Aus jedem Fenster des Gebäudes schlugen riesige Feuerzungen, die sich auf den gegenüberliegenden Fußgängerweg auszubreiten drohten. Zwei Feuerwehrautos hatten sich auf jeder Seite des Eingangs zum Gebäude postiert und schleuderten pausenlos Wasserfontänen in die Luft. Männer in schweren, dunklen Uniformen kämpften mit den Flammen und näherten sich so weit sie konnten, um ihre Schläuche zu den Fenstern und ins Innere des Gebäudes zu lenken. Die Straße füllte sich mit dem dunklen Rauch des Feuers und dem Wasserdampf, der durch die hohen Temperaturen im Inneren des Gebäudes entstand. Rußteilchen schwebten wie schwarze Schneeflocken durch die Luft, und trotz der kühlen Nacht war es in der Umgebung des Feuers, das wie die Hölle brannte, unerträglich heiß. Beatriz musste sich Mund und Nase mit einem Taschentuch zudecken, um einen Hustenanfall zu verhindern.

Ein Aufgebot von Polizisten, Feuerwehrleuten und weiteren Rettungskräften versammelte sich um die Löschfahrzeuge; sie waren dazu entschlossen zu retten, wen auch immer sie in dem Gebäude noch finden konnten. Die Bewohner der Umgebung waren bereits evakuiert worden. Beatriz betrachtete das Gebäude und bezweifelte, dass es in seinem Inneren noch irgendwelches Leben gab. Sie war sich sicher, dass die Tage des Häuserblocks gezählt waren und die Feuerwehrleute sich inzwischen nur noch darum bemühten, wenigstens die benachbarten Gebäude zu retten.

»O Gott«, dachte Beatriz. »Die ganze Straße hätte abbrennen können.«

»Puerto!«

Ein rauer Schrei hallte von der anderen Straßenseite herüber. Beatriz erkannte González, der von Polizisten umringt war, die an ihren Handys klebten. Sie gab Pablo einen Knuff in die Seite und deutete in die Richtung, in der ihr gemeinsamer Chef stand. González verformte die Hände zu einem Trichter.

»Wurde dieses Gebäude von uns beschattet?«

Beatriz überkamen Zweifel. Die Abteilung verfügte nicht über genügend Personal, um alle verdächtigen Zonen zu bewachen, gleichzeitig Ros zu verfolgen und die Ermittlungen voranzutreiben. Sie ging nochmal alles im Gedächtnis durch: die Moschee, die wichtigsten kulturellen Einrichtungen, einige Ausstellungen für arabische Kunst und die Wohnungen herausragender Persönlichkeiten der islamischen Gemeinde; außerdem hatte man die Guardia Civil in Botschaften und Konsulaten benachrichtigt. Für mehr hatte es nicht gereicht. Jedenfalls nicht für ein einsames Auffanglager für arabische Flüchtlinge. Die Hilfskommissarin schüttelte den Kopf.

»Himmel, Arsch und Zwirn!«, schrie González.

Pablo deutete einem seiner Kollegen an, zu ihm zu kommen.

»Erzähl, was ist passiert?«, sagte er, wobei er mit dem Kopf auf die Flammen zeigte.

»Es begann vor etwa einer Stunde, und nach Aussagen der Feuerwehr ist das Gebäude völlig im Arsch. Wir versuchen im Moment die gesamte Nachbarschaft zu evakuieren, aber es gibt immer welche, die nicht wollen. Irgendein Verrückter, der lieber verbrennen möchte, als seine eigene Wohnung zu verlassen. Das Übliche.«

»Irgendwelche Zeugen?«, erkundigte sich Beatriz.

»Einer. Den haben sie schon aufs Kommissariat geschleppt. Er meinte, ein Mann sei auf ihn zugekommen und habe ihm eine Nachricht für uns in die Hand gedrückt. Sie stimmt mit den übrigen Botschaften überein. Im Kommissariat versuchen die Jungs von der Phantombilderabteilung bereits etwas rauszufinden. Aber es ist schwierig: Der Zeuge sieht aus wie ein unzurechnungsfähiger Alkoholiker; ich bin mir sicher, über die letzte Flasche hinaus erinnert der sich an nichts mehr.«

»Opfer?«

Der Polizist blickte auf das Gebäude und zuckte mit den Schultern.

»Schwer zu sagen, wie viele Personen sich in dem Gebäude befanden. Im Moment werden die Schaulustigen abtransportiert, … sollte das hier einstürzen, hätten wir ein Riesenproblem.«

Plötzlich hatte Beatriz eine Idee und begann zur Gran Vía zu laufen, wo sich die Menschen hinter Metallzäunen tummelten, die man zum Schutz der Bürger aufgestellt hatte. Sie hörte Pablos Schritte hinter sich und wusste, dass er dieselbe Idee gehabt hatte. Der Mörder konnte noch immer inmitten der Menge stecken, begierig danach, das Ergebnis seiner Arbeit zu sehen. Die Konfrontation mit den Ermittlern war ein wesentlicher Bestandteil des Spiels, seines Bedürfnisses, sich überlegen zu fühlen. Den

Adrenalinstoß, den er verspüren würde, wenn er sah, wie seine ohnmächtigen Gegner vor der von ihm geschaffenen Hölle standen, war eine süße Droge, der er nicht widerstehen könnte. *»Ich stehe hier, direkt vor euch. Und ihr merkt es nicht mal.«*

Die beiden Polizisten rannten in Windeseile auf die Straße, und Beatriz blieb vor der Menge stehen, während ihr Kollege möglichst unauffällig zwischen den Schaulustigen hindurchglitt, um die Presse nicht aufzuscheuchen. Jagdhund und Jäger. Beatriz erforschte die Gesichter der Menschen: Junge Leute mit grellen Haarfarben mischten sich mit den schmutzigen Visagen von Landstreichern, die das Feuer auf die Straße getrieben hatte. Verschiedene Gruppen von Ausländern – Koreaner, Chinesen oder irgendein anderes asiatisches Völkchen – hatten sich hinter ihren Kameraobjektiven verschanzt. Es blitzte ein Dutzend Mal, bis Beatriz ihnen zu verstehen gab, dass sie aufhören sollten.

Als sie sahen, was für ein Gesicht Beatriz dabei machte, gehorchten sie ihr unverzüglich. Die Hilfskommissarin achtete speziell auf die Augen der Menschen, wobei sie versuchte, in ihnen Zeichen von Wahnsinn zu erkennen, aber sie sah lediglich Neugierde, Sorge und in einigen Fällen – Vergnügen.

Dann entdeckte Beatriz einen Mann, der eilig auf der Straße davonlief; sie schrie den Namen ihres Kollegen.

»Da drüben … Rechts.«

Die Hilfskommissarin stürzte auf die Absperrungen zu und bahnte sich ihren Weg durch das Meer von Menschen, die sich hinter den gelben Metallzäunen drängten. Sie schrie, man solle ihr den Weg frei machen, aber es waren zu viele, und es war nicht einfach, sie hinter sich zu lassen. Sie blieb stehen und sah sich um, auf der Suche nach der Gestalt. Ihr Herz klopfte wie wild, und sie musste tief durchatmen, um wieder Luft zu bekommen. »Komm schon, ich brauche nur ein Fünkchen Glück …«

Der Mann überquerte die Straße und lief eilig Richtung Callao.

»Da ist er!«, schrie sie in Pablos Richtung. »Auf dem Gehsteig gegenüber.«

Beatriz begann, zwischen den Autos hindurchzulaufen, die sich auf der einzigen Fahrspur fortbewegten, die die städtische Polizei für den Verkehr freigehalten hatte. Auf dem Gehsteig auf der anderen Seite häuften sich Hunderte von Anwohnern, um das Spektakel mitzuverfolgen, und Beatriz musste sich unter Einsatz ihrer Ellbogen und den Beschimpfungen derer, die um einen besseren Sichtplatz stritten, ihren Weg durch die Menge bahnen. In diesem Moment erreichten mehrere Rettungswagen und Löschfahrzeuge den Tatort. Ein heilloses Chaos.

Sie versuchte die Gestalt, die sich ein paar Meter vor ihr durch die Menschenmenge schlug, fest im Blick zu behalten, bis diese an der Plaza de España um eine Straßenecke bog und verschwand.

»Aus dem Weg! Polizei!«

Beatriz rannte bis zur Straßenecke und blieb stehen. »Verflucht. Wo hat er sich nur versteckt?« Sie bemerkte, dass Pablo herbeigelaufen kam und neben ihr stehen blieb.

»Scheiße. Siehst du ihn?«

Beatriz schüttelte den Kopf, während sie in alle Richtungen schaute.

Dann sagte sie: »Die U-Bahn. Vielleicht ist er in die U-Bahn abgetaucht.«

Pablo sprintete zur Treppe und verschwand einige Sekunden später unter der Erde. Beatriz lief auf die Mitte des Platzes. Der Mann konnte sich in jedes der Fast-Food-Restaurants geflüchtet haben, die synthetische Menüs für Passanten anboten. Links von ihr und gegenüber befanden sich zwei Imbisse dieser Art. Sie suchte in ihrem Umkreis nach einem dunklen Regenmantel und entschied sich schließlich für einen Fast-Food-Laden, der der Straßenecke am nächsten lag. Sie versteckte ihre Dienstwaffe unter der Jacke, um die wenigen Kunden nicht aufzuscheuchen, die dort eilig ihre Sandwiches verdrückten, bevor sie ihren Einkaufsbummel fortsetzten. Beatriz kontrollierte von ihrem Standort aus jede Ecke des Erdgeschosses. Wo befanden sich wohl die Toiletten? Am Ende? Rechts von ihr führte eine Treppe ins Obergeschoss. Beatriz nahm zwei Stufen auf einmal …

Der Schlag traf sie mitten ins Gesicht. Er war mit einem Stuhl ausgeführt worden, aber glücklicherweise wurde sie nur von der Plastiklehne getroffen. Doch selbst so verlor sie das Gleichgewicht und stürzte kopfüber die Treppe hinunter. Taumelnd stand sie auf und hatte gerade noch Zeit, um zu sehen, wie ein schmuddliger Mann in einem dunklen Mantel über sie hinwegsprang und stolpernd durch die Tür verschwand. Die Kunden des Imbisses kreischten vor Schreck laut los. Beatriz fluchte und stand auf. Sie vermutete aufgrund des stechenden Schmerzes, dass sie sich ein Bein gebrochen hatte. Sie belastete es einen Moment lang, um sicherzugehen, dass es sich nur um eine Prellung handelte, dann holte sie tief Luft und verließ hinkend das Lokal.

Der Verdächtige war verschwunden. Sie sah, wie Pablo aus dem U-Bahn-Eingang nach oben gestürzt kam, und lehnte sich dann erschöpft an eine Wand. Eine weitere Gruppe Polizisten, die Pablo verständigt hatte, stürmte herbei. »Er war so nahe. Verfluchte Scheiße!«

Per Funkgerät gaben sie Anweisungen, und kurze Zeit später tauchten zwei Dutzend Männer der nationalen und der städtischen Polizei auf, die sich erfolglos darum bemühten, jeden Winkel des Platzes abzusuchen. Nach zwanzig Minuten kehrten Beatriz und Pablo gemeinsam zu der improvisierten Kommandostelle in der Nähe von González' Dienstwagen zurück. Das Feuer war, trotz zusätzlicher zwanzig Feuerwehrmänner, noch immer nicht unter Kontrolle gebracht worden. Eines der Einsatzfahrzeuge hatte eine Leiter ausgefahren, auf die zwei Feuerwehrleute geklettert waren, die Tausende von Litern Wasser durch die Fenster der verkohlten Ruine schleuderten. Mehrere Verletzte erholten sich auf dem Gehsteig, sie hatten aufgrund des dichten Qualms Rauchvergiftungen erlitten.

Bevor González auftauchte, wurde noch eine verzweifelte Verfolgungsjagd organisiert. Alle Mannschaften, Streifenwagen und Polizisten der umliegenden Stadtviertel hatten innerhalb weniger Augenblicke eine detaillierte Beschreibung des Verdächtigen erhalten. Die gleiche Beschreibung erging per Funkspruch an alle Sicherheitsbeamten der U-Bahn. Jeder, der dem Verdächtigen irgendwie ähnlich sah, war unverzüglich festzunehmen. Dafür gab es eine Redewendung, dachte sich Beatriz: »Das Unmögliche möglich machen!«

González ließ nicht lange auf sich warten.

»Puerto, was ist passiert?«

Pablo unterbrach den Kommissar und erläuterte, was vorgefallen war. Dann mussten sie González noch eine volle Stunde lang Frage und Antwort stehen, bis er sie endlich nach Hause gehen ließ. Mehr konnten sie nicht tun. Der Mörder war ihnen entkommen.

»Du weißt doch, wie Horacio ist. Er tut immer so gleichgültig, aber es ist eine Ehre für ihn. Wir sind dir dankbar dafür, dass du gekommen bist.«

Oskar Schmidt sprach mit seinem üblichen deutschen Akzent. Der Versammlungssaal der *Residencia de Estudiantes* war für den Anlass großartig geschmückt worden. Die Präsentation von Horacios Buch *Neue ökonomische Herausforderungen* hatte zahlreiche Persönlichkeiten aus der Welt der Wirtschaft angezogen. Der Minister, der Leiter der spanischen Zentralbank und mehrere Wirtschaftsexperten, deren Fotos regelmäßig in der Fachpresse erschienen, bildeten gemeinsam mit anderen illustren Gästen kleine Gesprächsgruppen.

Die *Residencia de Estudiantes* umfasst einen kompletten Häuserblock im Zentrum von Madrid und verfügt über verschiedene niedrige Gebäude, die von Pinienhainen umgeben sind. Der Saal, in dem die Veranstaltung stattfand, hatte hohe Decken und große Glasfenster, durch die die frischen Blätter zu sehen waren, mit denen der Frühling die Bäume im Park geschmückt hatte; er befand sich im Untergeschoss eines der Gebäude. Von der Kontrollschranke aus gelangte man erst nach einem längeren Fußmarsch dorthin. Am Ende des Saals stand ein etwas erhöhter Tisch für den Ehrengast und den Präsidenten der Kommission, die die Buchpräsentation veranstaltete. Als Sebastião den Raum betrat, erkannte er die Freunde des *Cambridge*-Kreises: Alberto, Ivan, Emiliano Del Campo und Oskar Schmidt; allerdings konnte er nur den Deutschen begrüßen, da die anderen mit Horacio und dem Wirtschaftsminister plauderten und er sie dabei nicht stören wollte.

»Wir haben für dich einen Platz in der zweiten Reihe reserviert«, informierte ihn Oskar Schmidt. »Direkt hinter uns. Ich begleite dich.«

Oskar nahm Sebastião am Arm und führte ihn bis zum Ende des Saals, während das Publikum um sie herum bereits anfing, Platz zu nehmen, und das Gemurmel leiser wurde. Sebastião begrüßte rasch die übrigen Teilnehmer des *Cambridge*-Kreises und setzte sich anschließend auf seinen Platz.

»Meine Damen und Herren, wenn Sie so freundlich wären … ich bitte um Ihre Aufmerksamkeit!«

Nach der Aufforderung des Sprechers und einem diskreten Klopfen gegen das Mikrofon verstummte das Publikum. Der Mann sprach mit französischem Akzent, aber in korrektem Spanisch:

»Ich bin ein langjähriger Freund Horacio Patakiolas und in der glücklichen Lage, alle seine Bücher, Aufsätze und akademischen Arbeiten gelesen zu haben. Als er mich bat, nach Madrid zu kommen, um dieses Buch zu präsentieren, bin ich seiner Einladung mit dem größten Vergnügen gefolgt. Ich will Sie also nicht länger auf die Folter spannen und übergebe dem Autor das Wort. Vielen Dank!«

Als Horacio etwa ein Dutzend Seiten vorgelesen hatte, sah Sebastião, wie sich Oskar auf seinem Stuhl umdrehte – etwas, was ihm angesichts seines Körperumfangs nur mit gewisser Schwierigkeit gelang – und ihm bedeutete, näher zu kommen. Der Portugiese beugte sich auf seinem Stuhl nach vorne, während Oskar ihm seine schwere, rosarote Hand auf die Schulter legte und leise zu ihm sagte:

»Wir haben die Botschaften analysiert.« Oskars Flüstern klang wie ein Flintenschuss in Sebastiãos Ohren, und er warf einen heimlichen Blick auf seine Umgebung, um zu sehen, ob jemand seine Worte gehört hatte. Mit feurig schimmernden Augen, die unter seinen buschigen schwarzen Brauen versteckt lagen, fuhr Oskar fort: »Wir müssen unbedingt über eine Entdeckung von allergrößter Wichtigkeit mit dir sprechen. Ein Code, der in den Botschaften versteckt ist – dabei handelt es sich womöglich um eine chiffrierte Mitteilung des Mörders. Wir sind uns sogar sicher, dass Kain uns vor eine neue und beunruhigende Herausforderung stellt.«

In diesem Moment entlockte ein Satz von Horacio dem Publikum Ovationen, und Oskar drehte sich enthusiastisch klatschend um. Kurz danach verebbte der Applaus, und der Deutsche deutete Sebastião erneut an, sich zu nähern.

»Ich würde sogar sagen: Wir sind zu einem furchtbaren Schluss gekommen. Sobald die Präsentation zu Ende ist, müssen wir darüber sprechen.«

Sebastião musste sich bis zum Ende der Veranstaltung gedulden, um das Geheimnis erfahren. Was konnte der Teilnehmer des *Cambridge*-Kreises nur meinen?

Die Präsentation dauerte etwas über eine Stunde und ging unter großem Beifall zu Ende. Menschengrüppchen begrüßten sich, während sie auf die obligatorischen Kanapees und Erfrischungsgetränke warteten; der Autor signierte lächelnd einige Exemplare seines Buches.

Sebastião und die übrigen Gäste wurden in einen angrenzenden Saal geführt. Eine Bedienung bot ihnen von einem Tablett voller Gläser etwas zum Trinken an; er griff nach einem Tonic Water. Mit verstohlenen Blicken beobachtete er die Freunde des *Cambridge*-Kreises und wartete mit größter Ungeduld darauf, sie anzusprechen. Er wurde immer ungeduldiger, und er fragte sich, was sie wohl so Entscheidendes entdeckt haben konnten. Kurz darauf sah er, wie Emiliano Del Campo sich bei einer Dame entschuldigte, die pausenlos auf ihn eingeredet hatte, und auf ihn zukam. Wie immer imponierte Sebastião die Vitalität, die der Siebzigjährige verströmte. Der Arzt trug einen makellosen grauen Dreireiher, in dessen Weste die Goldkette einer Taschenuhr zu erkennen war, dazu eine modische Krawatte; das einzige Kleidungsstück, das aus der Reihe tanzte, war ein buntgescheckter Schal, den er nicht abgelegt hatte.

»Ich freue mich, dich zu sehen, Sebastião. Wie hat es dir gefallen?«

»Es ist eine Ehre, an einer Veranstaltung wie dieser teilzunehmen«, antwortete der Portugiese. »Horacio ist ein begnadeter Redner.«

»So ist es«, meinte Del Campo und nickte, dann hielt er einen Moment inne; sein Gesichtsausdruck wurde ernst, und eine sorgenvolle Miene zeichnete sich darauf ab. Nach einer Weile meinte er: »Ich habe noch mal intensiv über unser Telefonat nachgedacht. Wie du weißt, liegt es in unser aller Interesse, dir zu helfen, wo auch immer wir können, um den entsetzlichen Vorfall aufzuklären. Heute Morgen habe ich mit Claudio Alacena telefoniert und ihm versichert, dass ich alles in Bewegung setzen werde, um der Sache auf den Grund zu gehen. Wie du dir vorstellen kannst, bin ich über meine eigene Unbeholfenheit bestürzt, dir nicht gesagt zu haben, dass Juan bei mir in Behandlung war. Und ich glaube, mein Diensteifer hat mir in diesem Fall ein böses Schnippchen geschlagen. Wie du weißt, habe ich Claudios Wunsch entsprechend die ersten Schritte in die Wege geleitet, um zu verhindern, dass Juan weiterhin Zutritt zu Spielsalons bekam, eine Formalität, die wir ohne Schwierigkeiten durchsetzen konnten. Ich weiß noch, dass ich während der zweiten Januarwoche mit Claudio gesprochen habe. Ich riet ihm, seinen Sohn davon zu überzeugen, in meine Praxis zu kommen. Doch Juan bekam allem Anschein nach einen Wutanfall und weigerte sich.«

Del Campo nahm einen Schluck aus seinem Rotweinglas. Mit der anderen Hand führte er eine Papierserviette an seinen Bart und wischte sich damit einige imaginäre Tropfen ab.

»Ablehnung und Wut sind in solchen Situationen ganz normale Reaktionen. Der Kranke schämt sich seiner Sucht und verspürt eine starke Abneigung, die Notwendigkeit einer ärztlichen Behandlung zu akzeptieren. Es ist nicht gerade angenehm, sich selbst einzugestehen, dass man an einer geistigen Störung leidet. Dennoch bewies Juan Mut. Er ließ sich noch einmal alles durch den Kopf gehen und rief mich dann an. Er bat mich, mit niemandem über seine Behandlung zu reden. Die Einzigen, die davon wussten, waren seine Eltern und ich.«

»Warum entschieden Sie sich dafür, ihn von der Verbotsliste zu nehmen?«

»Weil er mich darum gebeten hatte und ich es für angebracht hielt. Eine Art Schocktherapie sozusagen. Ich dachte, er wäre imstande, künftig der Versuchung zu widerstehen.«

Dann sagte er völlig unvermittelt: »Horacio hat mir erzählt, dass du den Verdacht hegst, jemand aus dem Krankenhaus könnte der Mörder sein.«

Sebastião überlegte sich genau, was er darauf antworten sollte: »Das ist *eine* Möglichkeit.«

Del Campo betrachtete die Gäste, dann nahm er einen weiteren Schluck aus seinem Glas. Er neigte fast unbemerkt den Kopf und lächelte ein wenig.

»Willst du mir nicht anvertrauen, wer?«

»Sie wissen, dass ich das nicht kann, Don Emiliano.«

»Klar.« Sein Lächeln wurde breiter.

Sebastião zuckte die Achseln.

»Haben Sie schon mit der Polizei gesprochen, Don Emiliano?«

»Bis jetzt nicht. Ich dachte, die Ermittlungen liegen, was uns betrifft, in deiner Hand. Wenn du es für erforderlich hältst, würde ich dich bitten, mich mit den Ermittlern in Kontakt zu bringen, damit wir so bald wie möglich ein Treffen vereinbaren können.«

Sebastião erforschte die Miene des Doktors und versuchte herauszufinden, was sich hinter diesem Blick verbarg, der einen wie ein Operationsmesser zu sezieren schien. Sorge? Aufrichtigkeit? Es war schwer zu sagen. Das Gesicht war undurchdringlich.

»Ja, das werde ich tun.«

Sebastião war so ins Gespräch vertieft, dass er Horacios Anwesenheit nicht bemerkte, bis ihm dieser eine Hand auf die Schulter legte.

»Ich freue mich, dass du kommen konntest.«

Sebastião sah seinen Onkel an und lächelte. Eine dunkle Wolke zog vom Horizont ab. Unverzüglich schloss sich der Rest des *Cambridge*-Kreises der Gruppe an.

»Herzlichen Glückwunsch, Horacio … zum Buch und zur Präsentation! Über das Buch kann ich mir noch kein Urteil erlauben, obwohl ich mich beeilen werde, es zu lesen, aber die Veranstaltung war großartig.«

Sein Onkel neigte leicht den Kopf, zum Zeichen der Dankbarkeit.

»Eine kleine Freude für einen Amateurschriftsteller«, sagte er.

Anschließend nahm Horacio Emiliano Del Campo beim Arm und fragte ihn:

»Habt ihr über Claudios Sohn gesprochen?«

Der Arzt nickte und erzählte kurz, was er mit Sebastião besprochen hatte. Horacio nickte mit sorgenvoller Miene und atmete zum Schluss tief aus. Sein Neffe bemerkte den Schmerz, den das Auftauchen Kains im Leben jener Männer ausgelöst hatte. Horacios Blick verfinsterte sich.

»Wir haben bestürzende Neuigkeiten. Oskar sagte mir, er habe dich bereits informiert.«

»In Wirklichkeit hat er mir noch nichts Genaues erzählt«, erwiderte Sebastião mit einem Glas Champagner in der Hand, von dem er bisher noch nicht einmal genippt hatte.

Horacio machte eine ernste Geste des Einverständnisses. Die übrigen Freunde verharrten in Schweigen und warteten darauf, dass er fortfuhr.

»Bevor wir dich über unseren neuesten Verdacht unterrichten, erzähl mir zuerst mal, welche Fortschritte ihr gemacht habt?«

»Die Polizei hat einen Tatverdächtigen für einen der Morde!«

Der Portugiese fasste die letzten Ergebnisse kurz zusammen und schilderte die Richtung, die die Ermittlungen genommen hatten.

»Sie halten ihn unter ständiger Beschattung. Ich bezweifle nicht, dass sie Recht haben, aber es ist offensichtlich, dass dahinter noch eine weitere Person steckt. Meine Intuition sagt mir, dass der wahre Mörder, der im Hintergrund die Fäden zieht, die einzelnen Täter gut kennt. Zumindest gut genug, um sie von der Notwendigkeit der Morde zu überzeugen.«

Horacio vollführte eine Kopfbewegung.

»Darin stimmen wir mit dir überein. Es gibt ein skrupelloses Gemüt, das die Täter kontrolliert. Kain existiert, und seine Hände sind genauso mit Blut befleckt wie die der restlichen Mörder. Außerdem sind wir fest davon überzeugt, dass er dich kennt!«

Sebastião empfing die Nachricht wie einen Schlag in die Magengrube.

»Mich?«

»Lass mich schnell erzählen, was wir herausgefunden haben«, meinte Horacio. »Wir verfügen über fünf Botschaften, die uns die Mörder hinterlassen haben, pro Mord eine Botschaft; fünf Bekenntnisse, die die geheimen

Motive enthalten, weshalb die Täter zu ihrem Mord getrieben wurden und warum sie ihre Opfer ausgewählt haben. Einverstanden?«

Sebastião nickte.

»Aber es gibt noch etwas. Etwas wirklich Merkwürdiges und Erschütterndes. Nach einer minutiösen Analyse der Botschaften haben wir herausgefunden, dass die Botschaften einer bestimmten mathematischen Formel folgen und eine nur schwer zu entschlüsselnde Nachricht enthalten; eine Nachricht, die ohne den geringsten Zweifel an dich gerichtet ist. Du musst wissen, viele Autoren hinterlassen in ihren Werken verschlüsselte Nachrichten, indem sie mit den Buchstaben in den einzelnen Sätzen spielen. In unserem Fall erschließt sich die Nachricht, wenn man auf die Botschaften in ihrer Gesamtheit die Lucas-Folge anwendet.«

»Was?«

Horacio musste seine Ausführungen für einen Moment unterbrechen, um ein Paar zu begrüßen, das sich auf den Nachhauseweg machte; dann nahm er den Gesprächsfaden wieder auf. Während ihm die neue Information durch den Kopf spukte, blickte Sebastião zu Alberto, Ivan, Oskar und Emiliano, die ihn schweigend beobachteten. Es war mit Sicherheit kein Zufall, dass Kain gerade die Lucas-Folge benutzte, um eine Nachricht in den Botschaften zu hinterlassen. Beatriz hatte ihm gegenüber bemerkt, dass die Hochleistungsrechner ihrer Abteilung erfolglos versucht hatten, eine verborgene Nachricht in den Botschaften zu finden. Was hatte der *Cambridge*-Kreis nur herausgefunden?

»Du erinnerst dich wahrscheinlich noch daran, dass die Lucas-Folge eine Abfolge von Zahlen ist – von eins bis unendlich –, die sich folgendermaßen aufbaut:

1 – 3 – 4 – 7 – 11 – 18 – 29 – 47 – 76 und so fort. Wenn

du daran zurückdenkst, was wir dir in Barquillo erzählt haben, benutzten wir die Lucas-Folge, um eines der mathematischen Probleme der Universität von Clay zu knacken. Das *Eine-Million-Dollar-Problem.*«

Sebastião nickte stumm.

»Also, wenn wir das erste Wort der ersten Botschaft, das dritte der zweiten, das vierte der dritten, das siebte der vierten, und das elfte der letzten nebeneinander stellen und mit allen Botschaften, die uns Kain noch übermittelt, so weitermachen, können wir ohne Zweifel einen Satz von perverser Bedeutung lesen.«

Sebastiãos Blick war auf seinen Onkel gerichtet, ihm entging nicht ein einziges Wort.

»Betrachten wir einfach die erste Botschaft: *Wenn das, was dich umgibt, nicht das ist, was du dir für dein Leben gewünscht hast, hat es keinen Sinn, auf diese Welt zu kommen.* Danach folgt eine paranoide Abhandlung, die nicht weiter wichtig ist; was uns interessiert, ist das erste Wort, die Zahl 1 der Lucas-Folge: *WENN.*«

Dann sagte Alberto: »Die zweite Botschaft, die in Vanessa Poblacións Kleidern gefunden wurde, beginnt folgendermaßen: *Willst du tatsächlich wissen, warum ich so gehandelt habe – dann entschlüssele, was ich hier schreibe.* Die Abfolge verlangt die Zahl 3: *DU.*«

»Die dritte Botschaft lautet: *Entschlossen muss ich die Lösung aus dieser Situation finden.* Laut Lucas müssen wir das vierte Wort notieren: *DIE*«, sagte Horacio.

Als handelte es sich um ein verbales Tennismatch, meldete sich Alberto wieder zu Wort: *»Auf der Suche nach der definitiven Lösung habe ich rundum versagt.«* Er hob beide Hände und hielt sieben Finger in die Luft, die der nächsten Zahl in der mathematischen Formel entsprachen: *»LÖSUNG«.*

Schließlich sagte Horacio: *»Falls du die Bedeutung*

oder eine Antwort auf meine Taten suchst, bedenke, ich bin einer der Weinenden. Das elfte Wort lautet: *SUCHST.*«

Wieder ergriff Alberto das Wort und sagte:

»*WENN – DU – DIE – LÖSUNG – SUCHST*«. Er befeuchtete sich die Lippen mit einem Schluck Champagner. »Fünf Botschaften, fünf Worte. Der Rest ist das Rätsel. Oder vielleicht auch nicht.«

»Du musst wissen, Sebastião, es geht noch weiter«, sagte Horacio anschließend. »Eines der berühmtesten Bücher deines Vaters basierte auf dem Satz: ›*Wenn du die Lösung suchst, analysiere alle vorhandenen Möglichkeiten.*‹ Ein einfacher Satz, der jedoch die Kernaussage des Lateralen Denkens definiert.«

Sebastião schloss die Augen und atmete tief durch, um gegen den plötzlichen Schwindel anzukämpfen, der ihn überkam. Kain. Sein Vater. Der *Cambridge*-Kreis. Was ging eigentlich vor sich?

»Horacios Entdeckung der Dante-Vitrine ist von der einschlägigen Fachpresse bereits vor Monaten veröffentlicht worden«, sagte Alberto. »Erinnere dich daran, dass es eine Zeit lang gedauert hat, bis wir die Vitrine bekamen und die verschiedenen Erbfragen geklärt waren. Unterdessen breitete sich die Nachricht von der Entdeckung innerhalb der literarischen Welt aus. In einigen Zeitungen erschienen Aufsätze, obwohl sowohl die Besitzer der Vitrine als auch wir äußerstes Stillschweigen bewahrt haben. Jeder hätte die Dinge miteinander in Verbindung bringen können und über ausreichend Zeit verfügt, die Morde zu planen.«

»Das würde natürlich bedeuten, dass der Mörder uns kennt und von Anfang an die Absicht hatte, uns in dieses makabre Spiel mit hineinzuziehen«, erklärte Horacio.

»O Gott«, rief Sebastião zum Schluss. Seit der furchtbaren Wendung, die die Ereignisse genommen hatten, schwirrten ihm tausend Sachen durch den Kopf. »Und der verschlüsselte Satz?«

»Ich bin mir sicher, dass du mit dem Lateralen Denken vertraut bist«, sagte Horacio.

»Ich kenne Edward De Bonos Theorien gut«, erwiderte Sebastião. »Das Laterale Denken besteht darin, neuartige Lösungsansätze für Probleme aller Art zu finden. Anders ausgedrückt: Es gibt viele Probleme, die verschiedene Perspektiven benötigen, um erfolgreich gelöst zu werden. Ich wusste gar nicht, dass mein Vater sich für De Bonos Arbeiten interessierte?«

»Allerdings!«, meinte Horacio. »Die beiden standen in regem Austausch miteinander. Dein Vater hat sich ausführlich mit De Bonos Theorie beschäftigt und mehrere Bücher und Aufsätze zu dem Thema publiziert. Eines dieser Bücher beginnt mit dem Satz, der in Kains Botschaften zu stecken scheint. Stell dir vor, der Satz setzt sich exakt aus neun Wörtern zusammen.«

Sebastião fluchte leise. Sie sprachen noch einige Minuten miteinander und verabredeten, dass sie ihm eine Ausgabe des besagten Buches zukommen lassen würden. Es wäre das erste Buch seines Vaters, das er lesen würde. Einmal mehr präsentierte sich das Schicksal von seiner ironischsten Seite.

Ohne auf die Menschen zu achten, die um ihn herum den Saal verließen, gelangte Sebastião zur Tür, die ins Freie führte. Er atmete die kühle Luft tief ein und spürte, wie er langsam wieder klar zu denken begann. Er blieb ein paar Sekunden stehen und beobachtete gedankenverloren das Lichtspiel der Straßenlaternen in den Ästen der Bäume, als er plötzlich Oskars sonore Stimme hörte:

»Sebastião, warte! Ich habe ganz vergessen, dir von einem lästigen Thema zu berichten, das wir nicht ganz übergehen wollen. Heute Morgen bekamen wir in Barquillo unerwarteten Besuch von einem Reporter namens Harry Álvarez. Sagt dir der Name etwas?«

Sebastião machte ein leicht verstimmtes Gesicht.

»Ich fürchte, ja. Was wollte er denn?«

»Informationen. Was alle wollen. Über den Stand der Ermittlungen.«

»Er ist eine Kanaille und arbeitet für *El Confidencial*«, bemerkte Sebastião. »Er hat in dieser Woche einen widerlichen Artikel über den Fall veröffentlicht. Habt ihr mit ihm gesprochen?«

»Natürlich nicht«, erwiderte Oskar. »Und ich glaube, dass ihm das überhaupt nicht gefallen hat. Er ging sogar so weit, uns zu drohen.« Ein grausames Lächeln überfiel den Deutschen: »Er hat *uns* zu drohen versucht!«

Harry Álvarez stellte Sebastiãos Geduld tatsächlich auf die Probe. Den Portugiesen schauerte es beim Gedanken an die nächste Ausgabe von *El Confidencial.*

»Álvarez hat keine Skrupel davor, ungeprüfte Informationen zu veröffentlichen. Er hat den Ermittlungen großen Schaden zugefügt. Serienmörder sind auf Ruhm aus, sie suchen den *Glamour* der Öffentlichkeit, dieser Reporter kam dabei wie gerufen. Wenn die Mörder berühmt werden wollten, dann haben sie es geschafft. Aber das ist noch nicht alles: Die Veröffentlichung von falschen Informationen führt auch dazu, dass der Zorn der Killer noch zunimmt.«

Sebastião lief bis zum Kontrollhäuschen und verließ das Gelände der *Residencia de Estudiantes;* danach schaltete er sein Handy ein. Er hatte eine Nachricht von Morantes, der ihm auf einen seiner zahlreichen Anrufe geantwortet hatte. Er war *»im Kampf gegen die bösen Jungs«* den ganzen Tag auswärts tätig gewesen: »Habe deine Nachricht erhalten. Ruf mich an, wann du willst …«

Er schaltete sein Handy wieder aus und machte sich auf den Weg Richtung Castellana, auf der Suche nach einem Taxi.

»He, Prof.«

Die bekannte Stimme schnürte ihm den Magen zu.

»Die verloren gegangene Hilfskommissarin!«, sagte er in gespielt trockenem Ton.

Beatriz trug ein langes schwarzes Kleid, das den oberen Teil eines Stiefelpaars mit hohen Absätzen bedeckte; unter einer schwarzen Lederjacke trug sie einen Rollkragenpullover. Sie stand an einen Wagen gelehnt, die Hände in den Hosentaschen und die Beine an den Knöcheln übereinandergeschlagen.

»Wie läuft's denn so?« Sebastião hatte das Gefühl, ihr gegenüber eine gewisse Distanz wahren zu müssen. Beatriz trug offenes Haar und war ungeschminkt. Sie hatte kein Make-up nötig: Das zarte Licht der Straße betonte mit seinen Schatten ihre wunderschönen Gesichtszüge. Er deutete mit dem Kinn auf das Eingangstor der *Residencia de Estudiantes.*

»Ein Vortrag meines Onkels. Ich konnte dich den ganzen Tag über nicht erreichen.« Dann meinte er: »Ich habe dir einige Dinge zu erzählen.« Seitdem der Artikel in *El Confidencial* erschienen war, hatte er zahlreiche Nachrichten auf Beatriz' Anrufbeantworter hinterlassen, doch sie hatte ihn nie zurückgerufen.

Etwas schwer zu Beschreibendes blitzte in den Augen der Hilfskommissarin auf.

»Muss ich dir gegenüber also auch Erklärungen abgeben?«, entgegnete sie.

Sebastião stand mit den Händen in den Taschen vor ihr.

»Stopp«, rief er. »Ich bin unschuldig!«

»Du hast Recht.« Sie rieb sich mit zwei Fingern über den Nasenrücken. »Tut mir leid, ich hab einen harten Tag hinter mir.«

Beatriz machte sich vom Wagen los und näherte sich ihm, bis er ihr Parfüm riechen konnte.

»Entschuldige. Der verdammte Artikel hat mich ziemlich aus der Fassung gebracht. Außerdem habe ich mir mit Jacobo Ros, unserem Hauptverdächtigen, eine Verfolgungsjagd geliefert. Ich hätte dich zurückrufen sollen.«

Mehrere der Gäste der Buchpräsentation kamen an ihnen vorbei. Beatriz schwieg einen Moment.

Schließlich sagte sie seufzend: »Ich wäre fast vom Fall suspendiert worden.« Sebastião sagte nichts, aber er vermerkte einen weiteren Minuspunkt auf der Liste seiner persönlichen Abrechnung mit Harry Álvarez.

»Was für ein Tag!«, wiederholte sie.

Er fasste sie am Arm, dann machten sie sich gemeinsam auf den Weg zum Wagen der Polizistin.

Als sie unter einer Laterne entlangkamen, bemerkte Sebastião die Beule an Beatriz' Stirn. Als er sie sah, fiel ihm auch auf, dass sie leicht hinkte.

»Was ist denn mit dir passiert?«, fragte er besorgt.

»Ich hatte eine Auseinandersetzung mit Kain.«

»Was?« Sebastião blieb stehen und hielt sie mit aller Kraft am Arm fest. Ihm wurde schwindlig.

Beatriz erzählte ihm, was am Tag davor geschehen war, einschließlich des Angriffsversuchs in dem Restaurant bei Callao. Ihr Gesicht nahm einen müden Ausdruck an. Sebastião schwor sich, nicht aufzugeben, bis er Kain gefasst hatte.

Sie sah ihm einen Moment in die Augen, ohne eine Wimper zu bewegen. Das Laternenlicht ließ die Erschöpfung in ihrem Gesicht deutlich zu Tage treten.

»Na ja, mit einem von Kains Schergen. Es geht mir inzwischen ziemlich auf den Wecker, dass wir neun Mörder festnehmen müssen.«

»Eine komplizierte Aufgabe«, gab Sebastião ihr Recht. »Gibt's sonst noch etwas Neues?«

Als sie mit der Schilderung der Ergebnisse aus dem Labor fertig war, meinte Beatriz:

»Wir beschatten Ros rund um die Uhr und werden jetzt anfangen, ein wenig Druck auf ihn auszuüben. Wenn wir Glück haben, setzt er sich mit einem seiner Kollegen in Verbindung. Auf diese Weise könnte er uns zu dem führen, der hinter der ganzen Sache steckt.«

»Eine gute Idee. Kain ist gerissen, aber das schwächste Glied in der Kette könnte Ros sein. Wurde bei dem Brandanschlag irgendeine Botschaft hinterlassen?«

»Ein Landstreicher hat sie uns überreicht. Morgen mach ich dir eine Kopie davon.«

Sebastião wusste, wie das nächste Wort lautete: *ANALYSIERE. »Wenn du die Lösung suchst, analysiere alle vorhandenen Möglichkeiten.«* Es blieben noch drei Morde übrig. Er richtete den Blick in den finsteren Himmel. Es regnete nicht mehr, aber der Dunst, der von der nassen Erde aufstieg, kreiste im Schein des Laternenlichts. Beatriz führte ihre Hand zum Nacken; der Schlag mit dem Stuhl und die Anspannung der letzten Tage machten sich in einer schmerzhaften Genickstarre bemerkbar.

Dann sagte sie: »Wir haben unsere Leute inzwischen auch in Clubs für Rollenspiele, an den Unis und in ein paar Schuppen für illegales Glücksspiel eingeschleust. Außerdem warte ich darauf, dass unsere Rechner endlich Listen von Verdächtigen ausspucken, mit denen wir weiterarbeiten können.«

Sie schwieg. Sebastião atmete tief durch.

»Beatriz, es gibt da noch etwas. Es besteht die Möglichkeit, dass der Mörder mit mir oder mit meinen Freunden aus dem *Cambridge*-Kreis spielt. Mein Onkel glaubt, dass er eine verborgene Nachricht in den Botschaften entdeckt hat, die eine klare Anspielung auf das Werk meines Vaters sein könnte. Ich werde ein paar Tage in London verbringen und meine Archive durchstöbern, mal sehen, ob ich irgendeinen Namen aus der Vergangenheit finde, der sich mit Kain in Verbindung bringen lässt.«

»Ein Feind aus der Vergangenheit?«

»Ich weiß es nicht. Ich muss über diesen neuen Zusammenhang noch nachdenken. Und über den nächsten Kreis. Außerdem muss ich dringend mit meinen Freunden von der Interpol sprechen.«

»Und ich brauche Klamotten«, dachte er sich. »Und ich sollte mich endlich mal wieder an der Uni blicken lassen, bevor sie mich da in hohem Bogen rausschmeißen.«

Die Straße füllte sich mit Leuten, die aus der *Residencia de Estudiantes* strömten. Sebastião konnte erkennen, wie die Freunde des *Cambridge*-Kreises in eine große dunkle Limousine einstiegen, die Alberto gehörte. Beatriz' Wagen – er erkannte den SEAT sofort – stand einige Meter weiter, mit der auf dem Dach angebrachten Sirene.

»Wann fliegst du?«

»Morgen.«

»Ich kann dich leider nicht zum Flughafen bringen. Heute Nacht habe ich zwar frei, aber morgen erwartet mich ein Tag, der sich gewaschen hat. Außerdem macht mir González zurzeit das Leben schwer, er glaubt, dass ich ihm Informationen vorenthalte.«

»Sei vorsichtig mit González!«

»Danke. Ich kann ganz gut auf mich selbst aufpassen.«

Sie näherte sich ihm, und Sebastião spürte die magnetische Anziehungskraft ihrer Lippen. Er atmete tief ein.

»Bleib heute Nacht bei mir«, sagte er und ließ dann einfach das Schicksal entscheiden. Sie lächelte und verzog dabei einen ihrer Mundwinkel. Dann stellte sie sich auf die Zehenspitzen und küsste ihn; ihre Zunge glitt zwischen seinen Lippen hindurch, und ihr Körper presste sich ganz eng gegen den seinen. Sebastião nahm sie in den Arm und spürte, wie ihm das Blut in die Adern schoss und ihm eine augenblickliche Erektion bescherte.

»Ich kann nicht«, antwortete sie mit müder Stimme. »Ich würde sofort einpennen. Ich bin total erschöpft und brauche dringend Schlaf.« Dann flüsterte sie ihm ins Ohr: »Aber ich verspreche dir, sobald du aus London zurück bist, gibt's keine Ausreden mehr.«

Sie kamen zum Auto, und Beatriz wühlte in ihrer Handtasche nach den Schlüsseln.

»Ach, übrigens …«, ergänzte Sebastião, »Emiliano Del Campo erwartet deinen Anruf, um sich mit dir über Juan Alacena und Ros zu unterhalten.«

»Morgen Früh ruf ich ihn an. Steig schon ein, ich bring dich nach Hause!«

Sebastião öffnete Beatriz die Tür und wartete, bis sie Platz genommen hatte. Sie lächelte matt und steckte den Zündschlüssel ins Schloss. Der Wagen sprang sofort an.

»Du hast mich gar nicht gefragt, ob es bei dem Brandanschlag Tote gegeben hat?«

Sebastião seufzte. Die Müdigkeit hatte ihn nun ebenfalls überwältigt.

»Die Verantwortlichen des Zentrums sagen, dass in jener Nacht an die dreißig Personen in dem Gebäude übernachtet haben. Zweiundzwanzig schafften es noch rechtzeitig auf die Straße. Insgesamt vermissen sie acht Menschen.«

Omar machte sich von dem Wagen los, an den er sich zufällig angelehnt hatte, als er Beatriz und Sebastião beschattete. Er lächelte. González würde zufrieden sein. Und wenn González glücklich war, wurde es auch für Omar besser. Der Wissenschaftler und die Polizistin. Er betrachtete aufmerksam die Figur der Frau, während sie ins Auto einstieg, und verzog den Mund in einem Ausdruck von Befriedigung. Ein paar Stunden mit ihr, und er würde ihr zeigen, wozu ein richtiger Mann imstande war. Ein paar Stunden, um ihr die Künste eines arabischen Zuchthengstes zu beweisen.

»He, Schatzi. Willste was von mir?«

Omar drehte sich um. Ein Minirock im Leopardenmuster verdeckte nur mit Schwierigkeit die männlichen Attribute des Transvestiten. Die Stiefel mit den irrsinnig hohen Absätzen, die feuerrot lackiert waren, reichten dem Stricher bis an die Oberschenkel. Und um seine zwei gewaltigen Silikonballons im Zaum zu halten, hatte er sich eine enge Lederjacke um die Taille geschnürt, die noch gekünstelter wirkte als das Frausein jener Erscheinung. Eine Hand in schwarzen Samthandschuhen griff nach einer Zigarette, die an überdimensionalen Lippen klebte, dem Pendant zu den kolossalen Brüsten.

»Obde Lust hast auf 'n Schäferstündchen …?«, wiederholte der Transvestit ohne große Überzeugung. Er kannte andere Gegenden, in denen es ohne Zweifel geeignpteres Material für die Vorlieben des kleinwüchsigen Arabers gab.

Omar machte sich zwischen zwei Autos davon, unter dem Gelächter der Kolleginnen vom Straßenstrich jener vermeintlichen Frau. Als er weit genug weg war, blieb er stehen. Das Bild von Beatriz und das Versprechen von schnellem Sex waren zu viel für ihn gewesen; er musste sich den Gürtel weiter schnallen.

Pah! Er hatte nicht das Geld dafür, um jenes teuflische Weibsbild in der Kunst der Liebe zu unterweisen.

Er würde ein anderes Mal wiederkommen, wenn González ihn bezahlt hatte.

Samstag, 13. April

Doktor Montaña war fünfundvierzig Jahre alt. Er war schlank, und sein Kopf war mit genügend grauen Strähnen versehen, um vornehm auszusehen, ohne dabei alt zu wirken; dank eines Fitness-Studios mit hohem Monatsbeitrag war er körperlich bestens in Form; er war kinderlos, geschieden, reich und ein angesehener Traumatologe. Ein Mann, der nach außen hin scheinbar alles besaß, aber zu viele Protokolle aus der Datenbank eingesehen hatte und dadurch ins Fadenkreuz einer gewissen Hilfskommissarin geraten war.

»Er stinkt nach Ratte«, dachte Beatriz. Sie hätte zwar nicht genau sagen können, weshalb, aber wenn sie an Montaña dachte, sträubten sich ihr sämtliche Nackenhaare.

Seit zwei Tagen stand er unter polizeilicher Kontrolle, und schon hatten sie entdeckt, dass der gute Doktor geheime Überraschungen bereithielt; Beatriz' Mundwinkel nahmen die Züge einer Katze an, die einer Maus auflauert, die sich unbewusst zu weit aus dem Loch gewagt hat. Die erste Überraschung war Montañas Vorliebe für Koks. Nachdem das Beschattungsteam den Dealer, der ihm abends gegen fünf ein Päckchen vorbeibrachte, kurz, aber intensiv verhört hatte, sah alles danach aus, als sei Montañas Neigung statt eines zufälligen Wochenendvergnügens eher eine Sucht, die nichts Gutes für den Traumatologen verhieß.

Die zweite große Überraschung stand ihnen noch bevor.

Beatriz schaltete den Motor und die Scheinwerfer aus und stellte ihr Fahrzeug an einer der Straßen ab, die an den Platz grenzten, wo Doktor Montaña geparkt hatte. Soeben hatten sie das Team abgelöst, das Montaña tagsüber beschattete. Beatriz hatte den Vormittag im Büro zugebracht und danach eine Siesta gehalten, um für die Nacht ausgeschlafen zu sein. Bevor Sebastião nach England geflogen war, hatte sie noch kurz mit ihm telefoniert. Er würde ihr fehlen.

Der Platz, an dem sie sich befand, war von zahlreichen zweistöckigen Reihenhäusern und einer Menge grünblättriger Kastanienbäume umgeben. In der Mitte, die von einer gepflasterten Straße umgeben war, erhob sich ein Sockel mit der Statue irgendeiner Berühmtheit. Der Platz war eher klein und maß von einer Seite zur anderen nicht mehr als dreißig Schritte. Montaña war jedoch so in Gedanken gewesen, dass er die Anwesenheit des roten Autos der Hilfskommissarin nicht bemerkt hatte. Es war nicht mehr so kalt wie an den Tagen zuvor, aber der Regen wollte nicht aufhören.

Der Wagen des Arztes hielt vor dem Garagentor, das sich lautlos öffnete, und verschwand darin.

»Ruf an und frag, wer der Eigentümer des Hauses ist«, ordnete Beatriz an.

Pablo nickte und schnappte sich sein Handy.

Beatriz dachte über die letzte Nacht nach und schnalzte vor Wut mit der Zunge. Es hatte nur wenig gefehlt, um einen weiteren Mörder zu fassen, und sie war schuld daran, dass es nicht geklappt hatte. Wäre sie etwas schneller gewesen, wäre ihr der alte Penner wohl kaum entwischt. Sie dachte an Ros und seine nächtliche Flucht. Es hatte ebenfalls nur wenig gefehlt, aber irgendetwas hatte ihn aufgeschreckt. Vielleicht ein Anruf? Bald würde sie es wissen, denn sie hatte die Telefongesellschaft kontaktiert, um die

Nummern herauszufinden, die Ros in jener Nacht angerufen hatte. Mit wem hatte er sich in La Moraleja treffen wollen? Beatriz spürte, dass Luzifer höchstpersönlich hinter dem Komplott steckte und sich von irgendeiner Luxusvilla am Stadtrand aus ins Fäustchen lachte. Sie machte es sich auf dem Autositz bequem; noch immer schmerzten sie der Schlag auf die Stirn und die Prellungen, die sie sich auf der Treppe zugezogen hatte. Aber außer ihrem Stolz war zum Glück nichts gebrochen.

»Merkwürdig. Das Haus ist auf den Namen einer Handelsgesellschaft von der *Isle of Man* registriert«, meinte Pablo, als er sein Handy abgeschaltet hatte.

Ohne das Haus aus den Augen zu lassen, fragte Beatriz:

»Merkwürdig, warum?«

Pablo blies eine Rauchschwade durchs Fenster, ohne sich um den zornigen Blick seiner Kollegin zu kümmern.

»Die Insel ist eine Steueroase. Du verstehst?« Er versuchte durch die beschlagenen Scheiben hindurch etwas zu erkennen. »Es scheint ja nicht besonders viel Leben in dem Haus zu geben. Er hat nicht ein einziges Licht eingeschaltet. Was macht der da drin nur?«

Beatriz zuckte die Achseln.

»Vergiss morgen nicht, Informationen über die merkwürdige Handelsgesellschaft einzuholen, und frag auch mal bei dem Sicherheitsdienst da nach …«

Pablo sah Beatriz an; sie beschränkte sich darauf, mit dem Kinn Richtung Haus zu deuten.

»Das Fenster im zweiten Stock.«

Tatsächlich konnte man dort das Schild einer Sicherheitsfirma erkennen, und Pablo fluchte, dass ihm dies nicht früher aufgefallen war. Am Tag davor, als Beatriz und Pablo Ros überwacht hatten und später den mutmaßlichen Brandstifter-Mörder verfolgten, hatte ein anderes Beschattungsteam in Boadilla del Monte vor einer Villa, die dem Traumatologen gehörte, dreißig Kilometer außerhalb von Madrid, auf der Lauer gelegen. Die Party mit zwei Damen hatte bis vier Uhr nachts gedauert; dann verließen die beiden Frauen das Anwesen des Doktors. Montaña war, um in die Klinik zu fahren, nicht vor neun Uhr morgens aus dem Haus gegangen. Einige Stunden später erschien die Putzfrau, die sich dort bis mittags aufgehalten hatte; dann stand das Haus leer. Die Polizisten hatten die Gelegenheit genutzt, um den Müll zu durchstöbern, den die Putzfrau auf die Straße getragen hatte; dabei stießen sie auf Reste von Joints und Kokainbriefchen. Es waren dieselben Polizisten gewesen, die beobachtet hatten, wie der Dealer, der in der Drogenszene kein Unbekannter war, nachmittags (als der Verdächtige wieder von der Arbeit zurückgekommen war) die Villa aufsuchte, und die den Dealer anschließend über seine Beziehung zu dem Verdächtigen ausgequetscht hatten. »Mit anderen Worten: Doktor Montaña feiert gern Orgien«, dachte Beatriz.

Jetzt war Montaña zu einem Reihenhaus im Nobelviertel El Viso gefahren, das einer Firma aus einem Steuerparadies gehörte.

Und das Allerneueste, die zweite Überraschung, die die beiden erwartete, war Montañas Gast, der in einem Fahrzeug mit großem Hubraum auftauchte, vor der grünen Metalltür parkte, ausstieg und den Knopf der Sprechanlage betätigte.

Pablo holte sein Infrarotfernglas heraus und beobachtete den soeben Erschienenen. Er machte einen erstaunten Ausruf.

»Was ist los?«, fragte Beatriz.

Pablo stellte das Fernglas scharf und behielt die Gestalt fest im Auge.

»Du wirst's nicht glauben: Francisco Horcajo, *in Person.*«

»Das gibt's nicht!«, platzte Beatriz heraus und forderte das Fernglas von ihrem Kollegen.

Francisco José Horcajo war einer der Schlimmsten.

Mehrere Vorstrafen wegen Zuhälterei und Drogenhandel waren seine größten sozialen Errungenschaften, aber eine gute Führung im Gefängnis und teure Anwälte hatten erreicht, dass er wieder frei auf der Straße herumlief. Beatriz erkannte die Narbe, die seine rechte Wange bis zum Kinn durchfurchte. Er trug inzwischen kürzeres Haar, Oberlippenbärtchen und einen hauchdünnen Bart, der sich mit den Koteletten vereinigte; aber seine Miene eines gefährlichen Wolfs war unverwechselbar. In schrillem Grünton sah sie im Fernglas, wie Horcajo sich vor der Sprechanlage hinabbeugte und ein breites Grinsen über sein Gesicht zog. Die Tür ging auf, aber statt hineinzugehen, lief der Verbrecher wieder zum Wagen zurück, öffnete die Beifahrertür und streckte eine Hand ins Innere.

Beatriz stockte der Atem.

Luis Montaña lief ungeduldig durchs Wohnzimmer des Hauses, das man ihm für jene besonderen Anlässe zur Verfügung gestellt hatte. Besondere und seltene Anlässe. Und süchtig machende, wie er nochmals selbst feststellte; ziemlich süchtig machende. Er war sich bewusst, dass es eine Sünde war, noch dazu illegal und eine ziemliche Schweinerei, aber er konnte sich nicht beherrschen. Die Mischung aus Adrenalin, Testosteron und *purer Vitalität,* wie einige seiner Freunde es nannten, machte süchtiger als jedes andere Gefühl, das er im Laufe seines Lebens ausprobiert hatte; mehr als seine erste Operation, ein mehrfacher Auffahrunfall, der ihn nach einem langen Nachtdienst überrascht hatte – müde, aber elektrisiert. Mehr als die paar Gramm weißes Pulver, die er mit immer größerer Häufigkeit konsumierte; mehr als die zahllosen Mädchen, einige davon gegen Bezahlung und andere nicht, die mit derselben Häufigkeit sein Bett frequentierten. Zu behaupten, jene Sache erreiche, dass er sich lebendig fühlte, war, als behauptete man, Käpt'n Ahab besitze eine gewisse Neigung für Weiße Wale.

Er ließ den Raum verdunkelt, aber einen Moment später überlegte er es sich anders und schaltete hastig alle Lampen an. Er ging die Treppe ins Obergeschoss hinauf, die mit einem Teppichboden aus Bast ausgelegt war, und trat in das geräumigere der beiden Schlafzimmer. Als er sah, dass alles wie immer war, schnalzte er mit der Zunge. Das Bett, geräumig und mit einem geschnitzten Betthimmel, von dem leichte Stoffvorhänge herabhingen, war mit frischen und duftenden Bettdecken überzogen. Er ging wieder ins Untergeschoss und wandte sich der Hausbar zu, in der zwei Dutzend Flaschen für jeden Geschmack bereitstanden. Wer außer ihm frequentierte wohl sonst noch diesen Ort? Er öffnete eine Flasche schottischen Whisky, der ein Vierteljahrhundert lang gereift war, und bestückte ein Glas aus einem bis zum Rand gefüllten Eisbehälter mit zwei Eiswürfeln – war das auch die Putzfrau gewesen, oder kümmerte *er* sich direkt darum? –; dann goss er sich einen großzügigen Schluck ein.

Er lief nervös durchs Wohnzimmer, bis er die Anspannung nicht länger aushielt. Er stellte das Glas auf den Wohnzimmertisch und fuhr mit der Hand in die Tasche seines eleganten und teuren Anzugs. Er faltete vorsichtig das Briefchen über dem Glastisch auf und zog mit Hilfe einer Kreditkarte zwei Linien feines Pulver, das, wie er wusste, von exzellenter Qualität war. Die Dosis erreichte ihn mit der Wirkung eines Güterzugs. Am Tisch kauernd, warf er den Kopf zurück und schloss die Augen, wobei er sich ganz dem Gefühl hingab. Er spürte, wie eine heftige

Erektion gegen seine Hose pochte, die verfrüht nach außen drängte und ihn in Gesellschaft seiner beiden Reisegefährten – weißes Pulver und bernsteinfarbener Whisky – in Kürze in sein PARADIES zu befördern versprach.

Da läutete es.

»Dieser elende Hurensohn!«

Beatriz beobachtete die Szene, wobei ihr das Blut in den Adern kochte. Pablo, der die Scheibe hinuntergekurbelt hatte, streckte den Kopf zum Fenster hinaus, um besser sehen zu können, und fluchte. Francisco Horcajo richtete sich auf und führte ein Mädchen, das nicht älter als sieben oder acht Jahre war, zur Tür des Reihenhauses. Das Mädchen, mit langem, blondem Pferdeschwanz, klammerte sich unsicher an seine Hand. Beide verschwanden durch die Tür.

»Wir müssen da rein«, flüsterte Pablo.

Beatriz war sprachlos, sie zögerte. Sie verharrte einen Moment bewegungslos, die Situation abwägend. Der Arzt war ein entscheidender Trumpf, um weitere Mörder zu stellen, aber sie konnten so etwas nicht zulassen. »Uns bleibt keine andere Wahl, selbst wenn unsere Taktik in Bezug auf Montaña dadurch auffliegt.«

Beide stiegen aus und erreichten nach wenigen Schritten das Gitter. Sie versuchten die Tür zu öffnen, aber sie war fest verschlossen. Beatriz wies ihren Kollegen an, ihr mit einer Räuberleiter beim Aufstieg zu helfen. Sie kletterte über die Umfriedung und gelangte ohne großen Lärm auf die Innenseite des Grundstücks. Pablo folgte ihr, indem er sich über das Gitter schwang – zwar wirkte er dabei nicht gerade wie ein Wettkampfturner, aber er war doch ziemlich effektiv. In kürzester Zeit erreichten sie die Haustür und reckten die Hälse, um durch das Wohnzimmerfenster zu spähen. Horcajo saß entspannt in einem Sessel, die Beine übereinandergeschlagen, und las die Tageszeitung, völlig unbekümmert angesichts der Obszönitäten, die sich im Stockwerk über ihm ereigneten.

Beatriz berührte vorsichtig den Türgriff und bemerkte, dass dieser nachgab; wahrscheinlich ging Horcajo davon aus, dass die Sicherheit des Gitters ausreichend war. Wahrscheinlich war er bewaffnet, ein ziemlich gefährlicher Typ. Die beiden betraten lautlos das Haus, und Horcajo, der in seine Zeitung vertieft war, bemerkte ihre Anwesenheit nicht. Pablo zog seine Waffe, zielte damit auf den Ganoven und räusperte sich. Das Ergebnis war alles andere als spektakulär: Horcajo rührte sich nicht. Dann schlug er langsam die Ecke seiner Zeitung zurück, blickte darüber hinweg und sah sich einem Pistolenlauf und Pablo gegenüber; der umklammerte, die Knie leicht angewinkelt, mit beiden Händen seine Waffe. Pablo machte mit dem Kopf eine kaum wahrnehmbare Bewegung in Richtung Treppe und gab so seiner Kollegin zu verstehen: »*Geh du.*«

Beatriz machte sich leise auf den Weg ins Obergeschoss. Als sie oben angekommen war, zog die Hilfskommissarin ebenfalls ihre Pistole und sah sich um. Die Treppe endete in einer breiten Diele mit drei Türen. Sie näherte sich lautlos der ersten und öffnete sie vorsichtig. Ein leerer Raum. Dann ging sie zur zweiten und tat dasselbe. Vor sich sah sie ein geräumiges Schlafzimmer, in dem ein Bett mit Baldachin und Stoffvorhängen stand, und eine halb geöffnete Tür, die in ein marmorgetäfeltes Bad führte, das mit einem Wandspiegel ausgestattet war. Das Mädchen saß bewegungslos auf dem Bett, es war nur mit einem ärmellosen T-Shirt bekleidet und verdrehte die Augen. Beatriz ging zum Badezimmer, aber die Augen des Mädchens folgten ihr nicht. »O Gott, man hat sie unter Drogen gesetzt«, dachte sie. Im Bad stand Montaña, mit dem Rücken zu Beatriz, er trug nichts weiter als ein Handtuch um die Hüfte und beugte sich über den Waschbeckenschrank. Der Arzt inhalierte mit einem kräftigen Zug das weiße Pulver, das er auf der Marmorplatte verteilt hatte. Dann richtete er sich schlagartig auf. Als er die Polizistin im Spiegel sah, sprang er in die Höhe und drehte sich mit einem Schwung herum. Er stützte sich auf den Marmor, wobei er mit beiden Händen den kalten Stein berührte. Beatriz fiel die hauchdünne Kokainspur auf, die seine Nasenflügel bedeckte.

»Wer sind Sie?«, stammelte Montaña.

Beatriz zielte auf ihn und zeigte ihm leise ihre Dienstplakette. Aus dem Augenwinkel beobachtete sie das Mädchen, das noch immer genauso auf der Bettdecke saß wie vorher, ohne durch die Szene, die sich vor ihren Augen abspielte, erschüttert worden zu sein.

»Sie sind festgenommen.« Beatriz musste ihren Zorn im Zaum halten, um jenes gewissenlose Wesen nicht gleich an Ort und Stelle über den Haufen zu knallen.

Der Mann zitterte, und eine Strähne seines Ponys löste sich aus seinen mit Pomade befestigten Haaren und fiel ihm in die Stirn.

»Es ist … es ist nicht das, wonach es aussieht. Ich habe nichts gemacht.« Die Worte sprudelten ihm aus dem Mund. »Sie können mich höchstens wegen Drogenkonsums festnehmen.« Er fuhr sich mit einem Finger über die Nase und schnaubte. Seine Zunge fuhr, wie bei einer Schlange, in einer schnellen Bewegung aus dem Mund, und er schleckte sich die Oberlippe. »Ich habe der Kleinen kein einziges Haar gekrümmt.«

Beatriz zielte weiterhin mit der Pistole auf den Brustkorb des Arztes.

»Vanessa Población, Juan Alacena und Julio Martínez.

Jacobo Ros. Wir wissen, dass du das warst«, sagte sie. Dann improvisierte sie: »Und die anderen auch …«

Nach diesem Wortwechsel verdüsterte sich die Miene des Arztes, und es vergingen mehrere Sekunden, bevor er etwas sagte.

»Die Klinik Ramón y Cajal?« Er begann hysterisch zu lachen. »Diese Loser?« Wieder lachte er, wobei ihm die Spucke aus dem Mund lief. Er lachte, bis ihn ein Hustenreiz unterbrach. »Und?«

»Wozu hast du die Informationen benutzt?«

Der Gesichtsausdruck des Mannes veränderte sich, und Beatriz bemerkte die Schweißperlen, die ihm auf der Stirn standen. Das Kokain zeigte jetzt Wirkung, und seine Halsadern begannen anzuschwellen. Sein Atem wurde schneller.

»Zu nichts«, sagte er fast unhörbar.

»Du lügst«, brach es aus Beatriz hervor. Sie ging einen Schritt auf ihn zu. »Für den Fall, dass ich dich nicht gleich hier über den Haufen schieße, werde ich mich persönlich dafür einsetzen, dass du den Rest deiner Tage hinter Gittern verbringst. Und ich werde mich darum kümmern, dass deine neuen Zellengenossen von deiner besonderen Vorliebe erfahren. Weißt du, was mit Päderasten im Knast geschieht?«

»Er hat es mir befohlen«, antwortete Montaña.

»*Er …?*«

»Ich hatte keine Chance, mich dagegen zu wehren. Er hätte mich umgebracht, oder noch schlimmer …« Die Worte kamen ihm zitternd aus dem Mund. »Er kannte meine … *Bedürfnisse* … und er hat mir geholfen.« Es schien, als stünde Montaña kurz vor dem Kollaps. »Er wollte nur ein paar Namen …« Der Arzt atmete krampfhaft. »Bis ich von der Sache mit dem Säugling erfuhr.«

Er fluchte und streckte den Kopf vor. Beatriz lief ein eisiger Schauer über den Rücken; in den Augen des Arztes war nicht mehr die geringste Spur von Zurechnungsfähigkeit zu sehen. Sie waren vor Schreck weit aufgerissen, als wollten sie ihm in jedem Moment aus den Augenhöhlen springen. Sein Gesicht war schweißüberströmt, und Beatriz sah, wie sich Montañas Brustkorb mit Feuchtigkeit benetzte.

»Aber es war schon zu spät.«

Montaña machte sich vom Schrank los und richtete sich mit einer Drohgebärde auf.

»Von wem sprichst du?« Beatriz blieb unbeirrt, und der Doktor lachte erneut auf.

»Was tut das schon zur Sache?«

»Ich darf mich nicht einwickeln lassen«, sagte sich Montaña. Er streckte seine Hand nach links aus und griff nach einem braunen Ledernecessaire. Beatriz legte den Finger um den Abzug der Waffe.

»Rühr dich nicht vom Fleck!«, befahl sie ihm.

Der Arzt kümmerte sich nicht darum und ließ die Hand im Necessaire verschwinden.

»Du hast keine Chance, Montaña.«

»Ruhig bleiben«, dachte Beatriz. »Ich muss selbstsicher wirken.«

Der Mann schien sie nicht zu hören, obwohl seine Augen – weiß und groß – fest auf die Hilfskommissarin gerichtet waren. Er zog eine Spritze aus dem Beutel und riss mit den Zähnen die Umhüllung ab, mit der die Nadel geschützt war.

»Was zum Teufel machst du da, Montaña? Wenn du mir mit dem Ding zu nahe kommst, schieß ich dich über'n Haufen.«

Sie schätzte, sie hätte keine andere Wahl, als ihn zu erschießen, wenn der Arzt über sie herfiel. Beatriz war in Selbstverteidigung geübt, aber jener Mann war stark wie ein Stier, und sie würde ihn kaum überwältigen können.

»Sie wickeln mich nicht ein«, sagte er fast flüsternd. Er ließ den Kopf auf die Brust fallen, dann wusste Beatriz, was geschehen würde.

»Nein!«, rief sie, obwohl es schon zu spät war.

Montaña rammte sich mit voller Gewalt die Spritze in den rechten Arm und drückte so lange zu, bis der gesamte Inhalt aus der Spritze gewichen war. Er brach augenblicklich zusammen.

»Pablo«, schrie sie und näherte sich dem Mann mit äußerster Vorsicht. Sie verstaute ihre Pistole im hinteren Teil ihrer Jeans, kniete neben dem Arzt nieder und nahm sein Gesicht zwischen beide Hände. Sie drückte seinen Kopf nach hinten und versuchte ihm die Augen zu öffnen. Sein Körper wurde von Krämpfen geschüttelt, und ein schaumiges Rinnsal quoll ihm aus dem Mund. Als ihr Kollege zur Tür hereinkam, fluchte Beatriz. »Sag schon … Wer ist *er?*«, schrie sie Montaña an. Sie versetzte ihm einen heftigen Schlag ins Gesicht und schrie erneut: »Verfluchter Scheißkerl. Wer hat dir befohlen, in den Patienten-Protokollen nachzuschauen?«

Sie schlug den Kopf des Arztes gegen das Waschbeckenmöbel, aber der Mann verdrehte die Augen und hatte bereits aufgehört zu zittern. Beatriz schrie ihm aus wenigen Zentimetern immer wieder dieselbe Frage ins Gesicht, bis Pablo sie an den Schultern festhielt.

»Der sagt nichts mehr«, murmelte er.

– 4 –

»Mit breiten Schwingen, Federn an den Bäuchen,
Klau'n an den Füßen, menschlich von Gesicht,
Wehklagend aus den seltsamen Gesträuchen.«

Montag, 15. April

Sebastião verbrachte das Wochenende und den anschließenden Montag in London. Seine Maschine der British Airways war an demselben Freitag, an dem sich Doktor Montaña das Leben genommen hatte, kurz nach 22.30 Uhr gelandet. Der Portugiese ging an dem Schwall von Passagieren vorbei, die das stets ungewisse Warten auf ihre Koffer vor dem Förderband geduldig ertrugen. Er konnte diese Formalität überspringen, da sich seine Klamotten schließlich in seinem Londoner Appartement befanden und er nichts weiter als eine kleine Reisetasche bei sich trug, in der sein Laptop steckte. Er würde unter anderem einen Koffer mit nach Madrid nehmen müssen, falls er die Absicht hatte, für längere Zeit dort zu bleiben.

Er war bis zum Bahnhof der Untergrundbahn gelaufen und hatte eine Linie gewählt, die ihn nach kurzer Fahrt vom Airport ins West End brachte; ein Taxi zu nehmen bedeutete, dass man eine Stunde unterwegs war und ein kleines Vermögen ausgab. Um ihn herum waren Hunderte von Menschen nach einer anstrengenden Arbeitswoche an einem anderen Ort der Welt in die englische Hauptstadt zurückgekehrt. Männer in Anzügen und Frauen in dunklen Kostümen, deren Hände Aktentaschen und Arbeitsmappen umklammerten, befanden sich auf ihrem Weg nach Hause. »*Nach Hause?*«, dachte Sebastião. Was war eigentlich sein Zuhause?

Briten mit blassem Teint, Inder und Pakistaner, Asiaten und Afrikaner ... ein Schmelztiegel der Hautfarben und Rassen, der die kosmopolitische Kultur Londons widerspiegelte, die man in dieser Intensität in keiner anderen europäischen Metropole zu Gesicht bekam. Sebastião dachte, dass Madrid in dieser Hinsicht viel simpler war; es fehlte an Farbe, Mannigfaltigkeit, Möglichkeiten.

Er kaufte sich an einem der automatischen Fahrkartenschalter einen Fahrschein und ging zum Bahnsteig. Während des Flugs hatte er sich zu entspannen versucht und über Beatriz und ihre berückende Schönheit nachgedacht; über Morantes, der seit dem Tod seiner Frau zum einsamen Wolf geworden war und sich ganz seinem persönlichen Kreuzzug gegen das Böse verschrieben hatte; über den *Cambridge*-Kreis, die alten Freunde seines Vaters und die unfreiwillige Rolle, in die sie gedrängt worden waren. Und über Kain.

Es gab im Zusammenhang mit den Morden eine Sache, die wie ein Mühlstein auf ihm lastete; eine Sache, die den Zufall herausforderte und ihn wie ein Splitter reizte, der in seinem Unterbewusstsein steckte. Er musste daran denken, als er in den Zug stieg, die Reisetasche mit dem Laptop unter dem Sitz verstaute und es sich für die knapp zwanzigminütige Fahrt bequem machte.

»An insgesamt drei Tatorten waren Hinweise darauf gefunden worden, dass die Mörder diabeteskrank waren.«

Freitagnacht, Samstag und Sonntag hielt er sich in seinem Appartement in der Londoner City auf und stellte die Sachen zusammen, die er nach Madrid mitnehmen wollte. Er grübelte viel und schmökerte im Buch seines Vaters über das Laterale Denken, für den Fall, dass er zwischen seinen Seiten auf irgendeine versteckte Fährte stieß. Er fand jedoch nichts, was ihm relevant erschien. Trotzdem hatte er das Gefühl, dass es ein großartiges Buch war.

Endlich war es Montag geworden. Er verließ den Bahnhof Warren Street und machte sich zu Fuß auf den zehnminütigen Weg zur Universität. Es war ein herrlicher Vormittag; die Sonne schien, und obwohl er sich mitten in der Londoner City befand, wehte ein klarer und frischer Wind in der Stadt des *Smog*. Lediglich einige ferne Wolken türmten sich Richtung Westen auf. Der Frühling hatte mit voller Pracht Einzug gehalten, und die Stadt schmückte sich in intensivem Grün. Die Bewohner Londons, leidenschaftliche Naturliebhaber, stellten ihre Blumentöpfe auf die Balkone. Der Frühling ist ohne Zweifel Londons schönste Jahreszeit. Danach kam der Sommer mit der Feuchtigkeit der Themse und der Luftverschmutzung von dreizehn Millionen Einwohnern.

Das *University College of London* war 1825 auf Initiative des schottischen Dichters Thomas Campbell gegründet worden, der bei dem Parlamentsmitglied Henry Brougham den Antrag zur Errichtung einer Universität für die Hauptstadt der Nation gestellt hatte. Zu jener Zeit existierten in England lediglich zwei Universitäten: Oxford und Cambridge, die ausschließlich für die Mitglieder der Anglikanischen Kirche bestimmt waren. Das University College of London war die erste Universität, die Studenten aller Glaubensrichtungen ihre Pforten öffnete. Dies trug ihr zur damaligen Zeit scharfe Kritik ein.

Sebastião marschierte von der Untergrundbahn weiter über die Gower Street und begegnete auf seinem Weg Studenten unterschiedlichster Nationalitäten; einige von ihnen legten an den Terrassen der *coffee-shops* eine Zwischenstation ein, um den großartigen Tag zu genießen, andere hetzten zu ihren Vorlesungen. Ein paar Mädchen indischer Herkunft verließen lachend das Darwin-Gebäude der Biologischen Fakultät und begrüßten Sebastião, als sie ihn erkannten.

Gower Street ist keine besonders breite Straße, kaum zwei schmale Spuren, zu deren beiden Seiten sich dreistöckige Gebäude erheben, die größtenteils zur Universität gehören, und in denen Fakultäten, Bibliotheken und Studentenwohnheime untergebracht sind. Die Gebäude waren, was ihre Architektur betraf, nicht gerade eine Augenweide, aber sie erfüllten ihren Zweck. Die Anlage umfasste zahlreiche Gebäudeblöcke und verfügte über ein Dutzend Bauwerke und Plätze, einschließlich des British Museum, der British Library und des in früheren Zeiten so genannten *London Hospital.* Sein Haupteingang ist aufsehenerregend: Ein breiter Weg aus rotem Lehm, umgeben von großzügigen Gärten und eindrucksvollen Pinienhainen; er führt direkt zur Hauptfassade, einem viktorianischen Tempel mit großer Kuppel und zehn Säulen, die sich in der Höhe verlieren. An der Universität waren über viertausend Dozenten beschäftigt, die ihrerseits mehr als 17000 Studenten unterrichteten. Doch Sebastião fühlte, dass er dieser Welt nicht mehr angehörte. Sein Leben der vergangenen Jahre, das so geordnet und gewissenhaft (und langweilig) gewesen war, war nach seiner Stippvisite in Madrid wie ein Kartenhaus in sich zusammengestürzt. Das College kam ihm fremd und sonderbar vor.

Er lief von der Gower Street zur Torrington Street, und seine Füße trugen ihn fast wie von selbst zur Anthropologischen Fakultät, die der Watson-Bibliothek und dem Archäologischen Museum gegenüberliegt; hinter ihren großen Fenstern und ihrer roten Ziegelfassade, die mit einem

Polster aus grünen Schlingpflanzen bedeckt war, befanden sich die Abteilungen für *Biologische Anthropologie, Materielle Kultur* und *Soziale Anthropologie;* Letztere war der Grund, weshalb Sebastião in London lebte.

Er stieg die Treppe hinauf, bis er zur Eingangstür kam, und fragte sich, was ihm das Schicksal wohl bescheren werde. Er ging gemächlich den Weg zu seinem Büro im Obergeschoss, seine Schritte hallten auf dem harten Steinboden. Seine Armbanduhr stand noch nicht ganz auf zwölf Uhr, als er die Tür zu seinem Büro öffnete und seine Sekretärin Sherryl antraf, die vor ihrem Computer saß. Sie sah vom Bildschirm auf, der einen großen Teil ihres Schreibtischs in Anspruch nahm, und hörte auf zu tippen. Verwundert hob sie die Augenbrauen.

»Die komplette Universität erkundigt sich Tag und Nacht nach dir«, sagte ihm Sherryl in ihrem schottischen Akzent. Sie war rothaarig, und ihre Haut war beinahe durchsichtig.

Sebastião legte seinen Mantel ab und hängte ihn an den alten Kleiderständer hinter der Tür.

»Dann lass uns einfach anfangen«, sagte er.

Sherryl war nicht ausschließlich seine Sekretärin; sie arbeitete in der Fakultätsdirektion, aber Sebastião überließ ihr seinen Computer zur Benutzung, wann immer sie ihn benötigte. Ihre Kolleginnen waren eingefleischte Raucherinnen, und sie konnte, wie es Ex-Rauchern häufig passiert, den dichten Qualm nicht ertragen, der unentwegt in den Räumen schwebte. Sebastiãos Büro war ihr Refugium.

Es war ein kleines Zimmer im zweiten Geschoss des Gebäudes, ziemlich ungeordnet und vollgefüllt mit Büchern, Diplomen und Papieren, die sich in allen Ecken des Raumes stapelten. Auf mehreren Holzstühlen lagen Stöße von Zeitschriften, die darauf warteten, eines Tages geordnet zu werden. Das Fenster befand sich auf der Rückseite des Gebäudes, und man sah von dort aus auf ein bewaldetes Rechteck, wo einige der Studenten, wenn es nicht gerade regnete, ihren Lunch einnahmen.

Sherryl erhob sich vom Stuhl und überließ Sebastião den Platz vor dem Computer. Dann entfernte sie einen Stapel Zeitschriften von einem der Stühle, legte sie in einem Regal ab und setzte sich ihm gegenüber an den Schreibtisch. Während Sebastião sein Passwort in den Computer eintippte, klappte Sherryl einen Notizblock auf und las ihm seine Termine vor.

»Der Abteilungschef hat dich ungefähr hundert Mal zu erreichen versucht«, sagte sie am Ende. »Nach einer Woche hatte ich sämtliche Ausreden aufgebraucht.« Sie sah ihn über ihre Hornbrille hinweg an: »Du fliegst zu einer Beerdigung, und am Ende bist du ohne Auftrag der Interpol in polizeiliche Ermittlungen verwickelt. Wie war's überhaupt in Madrid? Du scheinst nur wenig Sonne abbekommen zu haben.«

Wie die übrigen Mitglieder des Programms für pathologische Auswertung der Interpol war Sebastião häufig an den Ermittlungen zu Verbrechen beteiligt, aber immer nach einem Auftrag von offizieller Seite. So funktionierte das System.

»Es hat in Strömen geregnet. Mir blieb nichts anderes übrig, als in Madrid zu bleiben, aber ich werde selbst mit dem Chef sprechen. Ich glaube, es ist an der Zeit, ein wenig Urlaub einzureichen.«

Sherryl machte große Augen und sah ihn verwundert an. »*Mr. Arbeitssüchtig?* Ein bisschen Urlaub?«

Seine Sekretärin animierte ihn schon seit längerem dazu, sich eine wohl verdiente Pause zu gönnen. Die vergangenen Jahre waren stürmisch und aufreibend gewesen: Ermittlungen und Mitarbeit bei den Polizeiagenturen, die ständig unter Personalmangel litten und deren Bitte um Hilfe Sebastião sich nie verweigern konnte; verschiedene Buchpublikationen, die ihn dazu zwangen, die Nächte durchzuarbeiten, daneben Vorlesungen, Vorträge und tausenderlei Angelegenheiten, die ihm keine freie Minute gelassen hatten, Ordnung in sein Leben zu bringen. Sherryl, die ihn zeitweise wie eine Mutter umsorgte (einmal pro Woche erschien sie mit einer Fleischpastete oder einem rohen Roastbeef), hatte ihm verboten, am Wochenende zu arbeiten, und erteilte ihm häufig einen Rüffel, wenn sie ihn nach durchwachter Nacht in irgendein Projekt vertieft im Büro antraf.

»Du hast auch Anrufe von deinen Dozentenkollegen bekommen«, sagte sie und las ihm im Anschluss daran die Namensliste vor. »Peter sucht dich schon wie ein Verrückter. Ich hab ihm gesagt, dass du in Madrid bist. Er war nicht gerade begeistert darüber, dass er sich ganz alleine um deine Angelegenheiten kümmern soll.«

Sebastião schloss die Augen, fasste sich an die Schläfen und knurrte leise vor sich hin. Peter war seine Ersatzkraft, ein junger Assistenzprofessor, dem Sebastião, wenn er auswärts war, seine Seminare anvertraute.

Kain und Beatriz. Madrid war wie ein Hurrikan, der ihn mit sich fortgerissen hatte. Seine wohl geordnete und langweilige Londoner Existenz kam ihm im Vergleich zu dem, was er in den vergangenen Wochen erlebt hatte, schrecklich monoton vor.

»Wo ist Peter?«

»Er hält gerade ein Seminar. *Anthropologie II.*«

Das war eines von Sebastiãos Seminaren. Der Portugiese seufzte und dachte darüber nach, wie er es wiedergutmachen konnte.

»Ist Andrews in seinem Büro?«, erkundigte er sich nach dem Fakultätsleiter.

Sherryl nickte.

»Sehr gut«, sagte Sebastião und stand auf. »Ich werde ihm einen Besuch abstatten, und falls du Peter siehst, richte ihm aus, dass er hier auf mich warten soll. Ich bin gleich wieder zurück.«

Er verließ das Büro und lief in den dritten Stock, wo die Verwaltung untergebracht war. Das Gespräch mit dem Fakultätsleiter nahm keinen guten Verlauf. Zu Recht war er über das Verschwinden seines Professors verärgert, und wieder einmal waren Ermittlungen zu einem Verbrechen der Grund dafür gewesen. Sein Chef hatte nicht den geringsten Schimmer davon, dass er für den Fall nicht ausdrücklich von der Interpol beauftragt worden war, und Sebastião war es lieber, ihn in seinem Irrglauben zu lassen. Am Ende zog sich der Portugiese mit dem Versprechen zurück, seine Vorlesungsthemen, während er auswärts war, gut geordnet zu hinterlassen und seine Sekretärin über seinen Verbleib auf dem Laufenden zu halten. Er verließ in Siegerpose das Büro seines Chefs und suchte seinen geduldigen Mitarbeiter Peter auf.

Mittags mied er das indische Restaurant, wo sich seine Kollegen normalerweise zum Essen trafen. Stattdessen ging er in eine Sushi-Bar, die zwei Blöcke weiter entfernt lag. Er hatte weder auf Gespräche über Gott und die Welt Lust, noch wollte er neugierige Fragen. Er sehnte sich danach, sobald wie möglich seine Verpflichtungen zu beenden, um nach Madrid zurückzufliegen und dort wieder die Ermittlungen aufzunehmen; und vielleicht sogar ein ganz neues Leben zu beginnen. Von Kindesbeinen an war er an ein Leben ohne feste Wurzeln, an Einsamkeit und zielloses Herumreisen gewöhnt. Der Tod seiner Mutter und das Verlassen des Vaters waren der Beginn eines langen Lebensabschnitts gewesen, in dem er sich nie wirklich wohl gefühlt hatte. Wurzeln zu schlagen erschien ihm unmöglich.

Die Arbeit an der Universität begeisterte ihn nicht, aber sie war ein Zeitvertreib; zumindest sagte ihm die relative Ruhe am University College zu, verglichen mit anderen Universitäten, die unter einem größeren Konkurrenzdruck standen. Es erlaubte ihm, seine Stunden im Büro mit persönlichen Projekten zu füllen.

Die eine oder andere Frau war ihm in den vergangenen Jahren über den Weg gelaufen. Sebastião war ein attraktiver und beruflich erfolgreicher Mann, aber sein Gefühl von Einsamkeit wurde mit jedem Abschied nur noch größer. Er dachte an Beatriz und an das Wenige, was sie beide miteinander verband; die Leidenschaft für polizeiliche Ermittlungen und eine von Jazzakkorden begleitete gemeinsame Nacht. Der Kuss nach Horacios Buchpräsentation und das ins Ohr geflüsterte Versprechen ließen sein Herz schneller schlagen. Es war ein ruhiger Kuss gewesen, ohne den Druck einer lange vorbereiteten Situation. Spontan. Sebastião schloss die Augen und stellte sich Beatriz' mandelförmige Augen vor, hellbraun, fast honigfarben, so voller Kraft, dass es schwierig war, ihnen standzuhalten. Er erinnerte sich an den Übergang ihres ewigen Halblächelns in ein offenes Lächeln. Beatriz lächelte mit den Augen, aus dem Innern ihrer Seele.

Um halb eins hatte er zu Ende gegessen und kehrte in sein Büro zurück. Sherryl war nicht da, aber er fand eine Nachricht auf seinem Tisch: »Flieg zurück nach Madrid, und lass dich von der Sonne bräunen, aber verschwinde nicht wieder von der Bildfläche!«

Er wägte die Möglichkeiten ab, die sich ihm nun boten. Sollte er sein Lager erneut in Madrid aufschlagen? Schon lange bedrängte ihn der Rektor der Autonomen Universität von Madrid, am Lehrstuhl für Anthropologie Vorlesungen zu halten: Seine Erfahrung als Dozent, seine Forschungen als Kriminologe und ein Dutzend veröffentlichte Bücher machten ihn für einen solchen Posten ausgesprochen attraktiv.

Er war sich bewusst, dass Olavide mit jedem Tag mehr zu seinem eigentlichen Zuhause wurde.

Sein Vater.

Die analytische Hälfte seines Gehirns bestand darauf, dass er die Erinnerungen an seinen Vater allzu scharf beurteilte; er hatte sich von irrationalen Gefühlen überrumpeln lassen, und das irritierte ihn. Wie war die Verantwortung, die sein Vater am Selbstmord seiner Mutter hatte, in Wirklichkeit einzuschätzen? Er seufzte auf und sagte sich, dass es vermutlich nicht fair war, ihm die ganze Schuld zu geben. Die deutlich spürbare Zuneigung, die der *Cambridge*-Kreis für seinen Vater empfand, hatte ihn überrascht. Er hatte immer gedacht, dass jener Mann, der seit dem Tod seiner Mutter zu einem menschenscheuen Wesen geworden war, keine Freunde gehabt hatte, und dennoch erkannte er in den diplomatischen und extrem höflichen Mienen der Mitglieder des *Cambridge*-Kreises die Zuneigung, die sie ihm gegenüber gehegt hatten. Sprachen sie wirklich über denselben Menschen, den Sebastião gekannt, geliebt und später zu vergessen versucht hatte? Jener distanzierte und kühle Mensch, der seinen heranwachsenden Sohn verlassen hatte, wurde von Männern verehrt, die man nicht hoch genug schätzen konnte. Es gab für ihn in Madrid noch immer viele Dinge zu entdecken.

Und vielleicht auch sich selbst.

Zwei Stunden später verließ Sebastião die Universität und machte sich auf den Weg zu einem Kommissariat in der City, wo er sich mit seiner gewohnten Kontaktperson von der Interpol traf.

Nach einer halben Stunde kam er dort an. Nachdem ihn das Taxi vor der Tür abgesetzt hatte, lief er die Treppe hinauf und erreichte die Rezeption, die klein und zweckmäßig war und einen Geruch nach harter Arbeit verströmte. Er blieb vor dem Polizisten stehen, der hinter der Holztheke saß, und zeigte ihm seinen Ausweis. Hinter dem Mann hingen mehrere Fotos von Verbrechern, die zur Fahndung ausgeschrieben waren. Etwas weiter rechts zeugte eine weitere Gruppe von Fotos von ganz anderen Geschichten: Verschwundene Jugendliche und Kinder, die man niemals wiederfinden würde. Der Mann zog Sebastiãos Ausweis an einer Kamera entlang, um ein Abbild davon im Eingangsregister zu speichern.

»Zu wem wollen Sie?«

»Inspektor Danny McTyre.«

McTyre, ein fast zwei Meter großer und hundert Kilo schwerer Schotte, war sein Verbindungsmann bei der Interpol. Der Polizist nickte, griff zum Telefonhörer und tippte eine dreistellige Nummer ein. Er telefonierte ein paar Sekunden im Flüsterton; als er damit zu Ende war, legte er den Hörer wieder auf und meinte:

»Der Inspektor kommt gleich. Warten Sie bitte hier auf ihn.«

Kurz darauf erschien der kräftige Schotte in einer Tür, die ins Innere der Geschäftsräume führte.

»Sebastião!«, rief er und legte, wie es seine Gewohnheit war, dabei die Betonung auf die zweite Silbe. »Was verschlägt dich denn in unseren bescheidenen Schlupfwinkel?«

Sie begrüßten sich mit Handschlag. Der Schotte trug braune Cordhosen, wobei sein Bauch leicht über seinen Gürtel hinausragte, und ein kariertes Flanellhemd. Er hatte blondes, ganz kurz geschorenes Haar. McTyre war ein absoluter Profi.

»Nichts Besonderes, Danny. Ich müsste mal einen Blick in euren VICAP-Computer werfen.«

Der Polizist nahm ihn beim Arm und machte eine Geste, als wollte er ihn ins Innere des Kommissariats schleppen.

»Kein Problem. Gehen wir einfach rein und suchen dir an einem der Terminals einen Platz.« Er schloss halb die Augen und sah ihn argwöhnisch an. »Bist du etwa an irgendwas dran, wovon ich nichts weiß? Hör mal, wenn das so ist, dann …«

»Ich würde doch niemals fremdgehen, Danny!«, meinte Sebastião lachend.

Sie betraten einen Raum, der mit Tischen und Detektiven vollgepfropft war. Einige sahen auf, aber der Krach war zu groß, und die meisten von ihnen beachteten die beiden gar nicht. Sie gingen zu einem der Tische, auf dem sich haufenweise Papiere stapelten.

»Wie ich sehe, überfordert dich das Thema Ordnung nach wie vor.«

Der Schotte zuckte die Achseln und schob einige Papiere neben seinem Computer zusammen, die er anschließend in einer Schublade aufbewahrte. Dann nahm er Platz.

»Okay, dann schieß mal los!«

Sebastião erzählte ihm so knapp es ging von den Ereignissen in Madrid, von Kain und den verschiedenen Mördern. Sie sprachen eine halbe Stunde über den Fall, dann stand Danny auf und überließ ihm seinen Stuhl.

»Fühl dich ganz wie zu Hause. Das Passwort kennst du ja.«

»Danke, Danny. Dafür bin ich dir was schuldig.«

»Bring ihn einfach hinter Schloss und Riegel! Ich bin drüben, sag mir Bescheid, wenn du fertig bist.«

Sebastião loggte sich mit seinem gewohnten Passwort ins System ein und wartete, bis es ihn erkannt hatte und der Cursor auftauchte, der ihm anzeigte, dass das System nun bereit war, seine Befehle zu empfangen. Er nutzte diesen Moment, um die Detektive, die sich im Saal aufhielten, genauer in Augenschein zu nehmen; einige der Gesichter kamen ihm vertraut vor, aber sie waren so in ihre Arbeit vertieft, dass er sie dabei lieber nicht stören wollte.

Er schenkte wieder seine ganze Aufmerksamkeit dem Computer. Das Informatiksystem VICAP, das *Violent Crime Apprehension Program* des FBI und der Interpol, wird zur Identifizierung von möglichen Tatverdächtigen im Zusammenhang mit brutalen Verbrechen eingesetzt. Es wird staatenübergreifend auf der ganzen Welt von der Polizei verwendet und speist sich aus einer gigantischen Datenbank mit Namen, Vorgehensweisen, Spurenbefunden und all dem, was für die Aufklärung eines Verbrechens von Bedeutung sein kann. Das System, das ähnliche Fälle auf der ganzen Welt vergleicht, indem es auf Informationen zugreift, die von den Ermittlern in Form von Fragebögen gesammelt wurden, hatte bereits zur Klärung Hunderter mysteriöser Mordfälle beigetragen. Sebastião gab alle seine Informationen mit größtmöglicher Genauigkeit ein und stellte vergleichende Suchen an, aber ein paar Stunden später war das Ergebnis noch immer negativ. Er konsultierte verschiedene andere Datenbanken, in denen er nach ähnlichen Verbrechensmustern suchte, aber er hatte keinen Erfolg.

Schließlich versuchte er es mit der allgemeinen Suche im System und gab als Stichwörter *Rollenspiel* oder *Die Göttliche Komödie* ein. Zu dem ersten Begriff spuckte das System Dutzende von Hinweisen aus, aber … Er fluchte.

»Wie kommst du voran?«

Sebastião lehnte sich auf dem Stuhl zurück und streckte die Arme über dem Kopf aus. Er schnaubte, sah auf und blickte McTyre mit müdem Gesichtsausdruck an.

»Eine große *Null*.«

»Schick mir per E-Mail einfach alles, was du hast, und ich verspreche dir, dass ich der Sache ein paar Stunden Zeit widme. Vielleicht stoße ich ja auf irgendetwas, was dir durch die Lappen gegangen ist.«

Sebastião nickte, dann fiel ihm plötzlich etwas ein.

»Hör zu. Wo kann ich hier Informationen über die Eigenschaften von Insulin finden?«

McTyre setzte sich auf die Kante des Metalltisches.

»*Insulin …?*«

»Du musst wissen, entweder sind alle Mörder Diabetiker, oder ich habe irgendwas falsch gemacht.«

Der Portugiese erzählte ihm vom Beweismaterial, das man an den verschiedenen Tatorten gefunden hatte. Als er fertig war, sah sich McTyre im Saal um und rief dann einen seiner Mitarbeiter herbei, der gerade schwer beschäftigt hinter seinem Bildschirm hockte. Der Mann, der vermutlich nicht älter als zweiundzwanzig Jahre war, kam sofort zu ihnen. McTyre stellte ihn Sebastião vor.

»Das ist Richard, unser blutjunger Guru in der unergründlichen Welt des *Bill Gates.* Und das hier ist … Professor Silveira, unser Mitarbeiter und Spezialist in den rätselhaften Abgründen menschlichen Verhaltens. *Bits versus Geisteskrankheiten.* Einfach herrlich!«

Richard sah in der Tat wie ein Informatikstudent aus. Er grüßte nervös und wartete darauf, dass man ihm Anweisungen gab.

»Richard, ich benötige Informationen über Insulin«, meinte Sebastião.

»Okay. Wenn ich mich kurz setzen dürfte?«

Der Informatiker nahm Sebastiãos Platz vor dem Monitor ein und begann wie wild zu tippen. Sebastião sah ihm dabei über die Schulter, aber er konnte lediglich erkennen, wie Richard die VICAP-Datenbank verließ und ein neues Programm öffnete. Die Seiten des Bildschirms wechselten in einem schwindelerregenden Rhythmus ab. Etwas über Pharmakologie … Sebastião sah McTyre an, der ihm zuzwinkerte.

Richard, der unaufhörlich tippte, redete telegrammstilartig und mit kindlicher Stimme:

»Seit kurzem verfügen wir über eine gemeinsame Datenbank mit Scotland Yard, Antiterrorbekämpfung, Europol und MI5 … sofern es sich nicht um ein Staatsgeheimnis handelt, klar … einfach herrlich … und da haben wir's auch schon … *Insulin!* – Hier gibt es reichlich Informationen zum Thema, aber nicht mehr, als man in einem beliebigen Medizinlehrbuch auch finden würde. Was möchten Sie genau wissen?«

»Schau mal nach, ob es Verbindungen zu bekannten Fällen gibt«, sagte McTyre.

»Nein«, unterbrach ihn Sebastião. Er wusste zwar nicht, ob eine Insulininjektion bei einem gesunden Menschen tödlich verlief oder nicht, aber das erschien ihm in diesem Fall auch nicht relevant. Die Opfer waren ja nicht deshalb gestorben. »Wird Insulin außer bei Diabetes noch woanders eingesetzt?«

Erneut machte sich Richard über die Tastatur her. Es dauerte nicht lange, bis er eine neue Seite öffnete.

»Offenbar ja, … wir sind soeben auf die Datenbank der Psychiatrie umgeleitet worden.«

Sebastião spürte, wie ihm plötzlich heiß wurde. Er wusste, dass er das Geheimnis des Insulins gelöst hatte. Er legte dem Informatiker eine Hand auf die Schulter.

»Lass mich kurz ran«, sagte er ungeduldig. Sie wechselten die Plätze, und Sebastião quälte sich mit der Abhandlung herum, die auf dem Bildschirm zu erkennen war: *»Giftwirkung bei der Behandlung mit atypischen Antidepressiva«.*

Als er sie durchgelesen hatte, ließ er sich in den Stuhl

zurückfallen, während sich sein Blick am Horizont verlor. Sein Herz pochte heftig. »*Verdammt!*«, dachte er. »Verdammt, verdammt, verdammt.«

Als er nachts in seinem Appartement ankam, sah er, dass sein Anrufbeantworter voller Nachrichten war. Er zog Sakko und Schal aus und legte beides über die Stuhllehne. Er sah sich um und fand eine leere Wohnung vor.

Er ging zum Anrufbeantworter, um die Nachrichten zu löschen – was nutzte es schon, sie abzuhören? –, aber im letzten Moment machte er einen Rückzieher. Er drückte auf den Rückspulknopf und ließ sich auf den beigefarbenen Dreisitzer fallen, der in dem kleinen Wohnzimmer stand. Morantes und Beatriz waren im Besitz seiner Londoner Nummer. An Madrid zu denken, beunruhigte ihn. Kain steckte hinter den Mauern irgendeines Gebäudes und plante seinen nächsten Mord. Und er würde wie beim Schach schon in Kürze eine seiner Figuren bewegen.

Dann stand Sebastião auf, ging zu einem Beistelltisch und griff nach einer Flasche Whisky, aus der er sich in ein Glas eingoss, das bis an den Rand mit Eiswürfeln gefüllt war. Anschließend setzte er sich aufs Sofa und nahm einen kräftigen Schluck. Das Insulin hatte ihm die Augen geöffnet.

Die Abhandlung war mit dem Titel »*Giftwirkung bei der Behandlung mit atypischen Antidepressiva*« überschrieben. Dem Bericht zufolge konnte die Behandlung von Schizophrenie mit klassischen Antidepressiva wie Haloperidol langfristig zu wenig wünschenswerten Nebenwirkungen führen. Obwohl jene Art von Medikamenten das Leben schizophrener Patienten erheblich verbesserte, war es im Fall von Unverträglichkeit und bei Nebenwirkungen in manchen Fällen nötig, sie wieder abzusetzen. Deshalb hatte man die »atypischen Antidepressiva« entwickelt, sie besaßen geringere Nebenwirkungen, auch wenn man sie nicht ganz ausschließen konnte. Sie reichten von Gewichtszunahme, neurologischen Folgen wie Dystonie oder Parkinson bis zu Muskelstarre und Inkontinenz. Die Urinspuren an den Tatorten!

Eines jener sogenannten »atypischen Antidepressiva« war *Olanzapin*, das mehrere Rezeptoren im Gehirn, insbesondere die Dopamin-Rezeptoren blockierte; es handelte sich dabei im Wesentlichen um einen Neurotransmitter des vegetativen Nervensystems. Bei einem Überschuss an Dopamin kam es zu einer Überreizung dieser Gehirnrezeptoren.

Olanzapin konnte, je nach Umständen, noch andere schädliche Auswirkungen haben: Diabetische Ketoazidose, oder, was dasselbe ist, Symptome von Hyperglykämie. In den meisten Fällen handelte es sich dabei um *Diabetes Typ II*, und es stand völlig außer Frage, dass in solchen Fällen eine Behandlung mit Insulin notwendig war. Und, als wäre dies nicht schon genug, verschleierte diese Anwendung zudem die Behandlung mit den Antidepressiva. Das bedeutete also – resümierte Sebastião noch einmal für sich –, dass die Behandlung eines schizophrenen Patienten mit Olanzapin Diabetes auslösen konnte; dies machte eine Insulinbehandlung erforderlich, die zudem das Antidepressivum vertuschte.

»O Gott!« Die Erklärung kam ihm schlagartig in den Sinn, aber Sebastião wollte es einfach nicht glauben.

Also doch kein Rollenspiel.

Die Mörder waren Kranke, die durch einen brillanten Geist gesteuert wurden; arme schizophrene Teufel, die mit Olanzapin behandelt worden waren und schließlich an Hyperglykämie erkrankten. Er spürte, wie ihn ein starkes Kopfdröhnen am Rande seines Bewusstseins quälte. Kain, der Marionettenspieler.

Emiliano Del Campo, Doktor der psychiatrischen Medizin, stand mit mindestens einem der Opfer in Verbindung.

Er besaß eine Verbindung zu Dante.

Er besaß eine Verbindung zu seinem Vater.

Das war verrückt, aber etwas in seinem Kopf sagte ihm, brüllte ihm förmlich zu, dass es nur diese eine Möglichkeit geben konnte.

Der Anrufbeantworter war inzwischen zurückgespult und begann, die Nachrichten wiederzugeben. Die ersten fünf waren von der Universität, aber die sechste war von Morantes. »Sebastião …«, sagte die vertraute Stimme zu ihm, »ich kann dich nicht auf dem Handy erreichen. Wir haben Caco. Ich habe ihn für alle Fälle erst mal eingelocht und ihm ein Foto von Montaña gezeigt, um herauszufinden, ob er ihm das Spray abgekauft hat. Er kannte ihn nicht. Übrigens, Montaña hat sich ins Jenseits befördert. Er ganz allein. Ruf mich an, sobald du kannst.«

Wer wäre der Nächste? Mit einer gewissen Beklemmung prüfte Sebastião die Mailbox seines Handys; jeder Anruf konnte einen weiteren Mord bedeuten. Er hoffte, dass es nicht dazu kam, solange er sich außerhalb von Madrid befand. Er dachte darüber nach, Morantes anzurufen und ihm von seinen Nachforschungen in Sachen Olanzapin zu erzählen, aber vorher würde er erst einmal seine eigenen Gedanken ordnen müssen. Denn falls er sich irrte, konnte dies tragische Folgen haben: für seine Zukunft, für seine Freunde im *Cambridge*-Kreis – und für Beatriz und Morantes, die seinem Verdacht Vertrauen geschenkt hatten.

Dantes siebter Höllenkreis teilte sich in drei Stufen oder Unterkreise auf. Es handelte sich um den *Kreis der Gewalttätigen;* dieser gliederte sich in »Gewalttätige gegen andere«, »Gewalttätige gegen sich selbst« und »Gewalttätige gegen Gott«. Die erste Gruppe, die Tyrannen und Mörder, waren in *Phlegeton,* einen Fluss aus siedendem Blut, getaucht. Die zweiten, die Selbstmörder und Verschwender, waren in steinerne Bäume verwandelt worden, deren Äste und Rinde – Gliedmaßen und Haut – erbarmungslos von abscheulichen Harpyien zerrissen wurden. Und die dritten, die Gewalttätigen gegen Gott, waren auf der letzten Stufe angesiedelt; sie schmorten in einem Feuerregen – es waren die Gotteslästerer, Sodomiten und Wucherer.

Auf den ersten Blick waren es zu viele und zu unterschiedliche Personengruppen, um sie kontrollieren zu können. Es schien, als ob Kain (um Gottes willen, war es wirklich die Person, die er vermutete?) diesmal eine breite Palette von Möglichkeiten zur Verfügung hatte, aber Sebastião war sich sicher, dass er sich diesmal für einen Selbstmörder als Opfer entscheiden würde. Jemand, der ohne Erfolg versucht hatte, sich das Leben zu nehmen. Kains psychologisches Profil war eindeutig das eines Mannes, der zu Selbstzerstörung neigte.

Sebastião saß auf dem Sofa seiner Wohnung, knipste eine Lampe an und nahm eine CD von Frank Sinatra zur Hand. Er betrachtete einige Sekunden lang das Titelfoto; er studierte die schlanke Figur mit dem schelmischen Grinsen, dem quer in die Stirn geschobenen Hut und dem mit einstudierter Gleichgültigkeit über die rechte Schulter geworfenen Mantel. Die Anfangsakkorde von *My kind of town* erklangen. Sebastião zog die Schuhe aus, legte die Füße auf den Tisch und begann zu lesen, wie Dantes Reise nach der Überquerung des Flusses Phlegeton weiterging.

Einige Stunden zuvor hatte Beatriz in ihren mit Kritzelschrift verfassten Aufzeichnungen in der Akte des Falles herumgewühlt, bis sie endlich auf die Telefonnummer von Emiliano Del Campos Praxis gestoßen war, die ihr Sebastião besorgt hatte. Sie wählte die Nummer, die rechts neben dem Namen des Arztes notiert war.

»*Klinik Ramón y Cajal.* Guten Tag!«, antwortete eine Stimme.

Beatriz erkundigte sich nach dem Doktor und musste sich eine weitere Nummer notieren. Man informierte sie darüber, dass der Doktor an jenem Tag nicht in der Klinik arbeitete, sie ihn aber mit ziemlicher Sicherheit in seiner Privatpraxis in der Calle Príncipe de Vergara antreffen würde, in der Nähe der Plaza Marqués de Salamanca. Beatriz wählte die zweite Nummer.

»Ich möchte bitte mit Doktor Del Campo verbunden werden.«

»Was wünschen Sie? Der Doktor ist zurzeit beschäftigt.«

»Richten Sie ihm aus, dass Hilfskommissarin Puerto am Apparat ist; er erwartet meinen Anruf.«

Dann herrschte einen Moment lang Schweigen in der Leitung.

Ein paar Sekunden später antwortete eine tiefe und ruhige Stimme:

»Ja, Emiliano Del Campo. Wie kann ich Ihnen helfen?«

»Ich vermute, Sebastião Silveira hat bereits mit Ihnen gesprochen. Ich würde Ihnen gerne ein paar Fragen zu einem Ihrer Patienten stellen.«

Wieder kam es zu einer Pause, dann hörte sie erneut die Stimme aus dem Lautsprecher:

»Ich glaube, dass sich für heute Abend noch ein Termin finden lässt.«

Beatriz nickte und notierte sich das Treffen in ihrem Kalender.

Sie entschied sich dafür, Emiliano Del Campos Praxis im Taxi aufzusuchen (ihren Wagen hatte sie Pablo abgetreten, der in diesem Moment Jacobo Ros beschattete); sie stoppte das erstbeste Taxi, das sie am Eingang des Kommissariats erwischte, und teilte dem Fahrer ihr Ziel mit. Als sie in den Wagen stieg, dachte sie über ihren Boss und dessen Beziehung zu Sebastião nach. Sie schmunzelte darüber, dass sie noch immer imstande war, leichtfertige Entscheidungen zu treffen. Seit sie den verflixten Professor kennengelernt hatte, genoss sie das Leben, und ihre Tage bestanden nicht nur aus Verbrechern, Protokollen und Fällen.

Ihr Handy klingelte. Es war Pablo.

»Was gibt's?«, fragte sie kurz und bündig.

»Ich bin ein Crack, Kollegin. Ein Genie.«

»Schon gut, *Sherlock Holmes*. Spuck endlich aus, worum es geht!«

»Kannst du dich noch daran erinnern, als wir hinter Ros her waren, auf dem Weg nach La Moraleja, und er plötzlich aufgescheucht wurde und sich auf und davon machte?«

»Ich erinnere mich. Hast du seine Handyanrufe überprüft?«

»Ja. Es gibt keine.«

»Scheiße.«

»Bea, warte. Ros' Handy wird kaum benutzt, was mich auf eine geniale Idee brachte. Um es kurz zu machen: Ich habe bei der Telefongesellschaft nachgefragt und herausgefunden, dass seine Mutter ebenfalls ein Handy besitzt.«

»Und?«

»Um 22.14 Uhr wurde von Mama Ros' Handy ein Anruf getätigt. Und stell dir mal vor, an wen?«

»Na sag schon.«

»An den ehrwürdigen *Emeritus* Doktor Emiliano Del Campo.«

Beatriz stieß einen leisen Fluch aus.

»Das hab ich mir auch gedacht ... Die von der Telefongesellschaft haben nach einigem Drängen meinerseits und einem richterlichen Beschluss die Position des Handys geortet und bekamen heraus, dass sich das Gerät mehr oder weniger auf der Höhe von Ros' Wohnung befand. Mama Ros, das habe ich geprüft, lebt aber in aller Seelenruhe in ihrem Heimatdorf.«

»Mit anderen Worten ...«, sagte Beatriz, »Ros benutzt das Handy seiner Mutter.«

Was wollte Ros nur von Del Campo? Behandelte der Doktor etwa auch den Mörder von Martínez?

»Danke, Pablo. Ich melde mich später bei dir«, sagte Beatriz und legte auf.

Sie war so gedankenverloren, dass sie den dichten Verkehr nicht bemerkte. Die Uhr an der Kreuzung stand auf 19.20 Uhr. Sie war spät dran.

»Entschuldigen Sie, würde es Ihnen etwas ausmachen, einen anderen Weg zu nehmen?«, wies sie den Taxifahrer an. »Ich habe in fünfzehn Minuten einen wichtigen Termin.«

Der ungefähr Vierzigjährige, mit Vollbart und einem Zahnstocher im Mundwinkel, betrachtete Beatriz im Rückspiegel.

»Einen *wichtigen Termin*, sagen Sie? Na ja, wie eben alle, die im Stau stecken. In dieser Stadt hat immer jemand einen wichtigen Termin.«

Beatriz ärgerte sich über die Dreistigkeit.

»Die Ampel steht jetzt schon zum dritten Mal auf Grün, und wir sind noch keinen einzigen Meter vorangekommen.«

»Señorita, Sie haben Recht. Die Ampel ist schon zum dritten Mal auf Grün. Ganz Madrid scheint heute im Auto unterwegs zu sein. Der Bürgermeister sollte sich eben lieber um die Verkehrsregelung kümmern, als die ganze Stadt mit Baustellen zu übersäen. Wissen Sie, wie viele Baustellen es zurzeit in Madrid gibt? Das Einzige, was ich Ihnen empfehlen kann: Gehen Sie zu Fuß! Glauben Sie bloß nicht, dass es in meinem Interesse liegt … mir ist es natürlich lieber, wenn Sie mit dem Taxi fahren, aber ich bin nun einmal ein ehrlicher Mensch. Wenn Sie pünktlich sein wollen, im Auto werden Sie's jedenfalls nicht schaffen! Außerdem scheint das Wetter in den vergangenen Tagen ja besser geworden zu sein.«

Beatriz zog ihre Geldbörse aus der Handtasche und bezahlte. Sie waren in der Calle Serrano, etwa auf der Höhe der Calle Ortega y Gasset; die Straße versank im Verkehr, vor ihnen erstreckte sich eine endlose Autoschlange, mit eingeschalteten Scheinwerfern und Auspuffrohren, die graue Abgaswolken in die Atmosphäre bliesen.

Sie lief entschlossenen Schrittes zur Plaza Marqués de Salamanca.

»Eine schöne Bescherung …«, dachte sie. »Nicht mal zu Weihnachten gibt's solche Staus.«

Sie schaute noch einmal auf den Zettel, auf dem sie sich die Adresse notiert hatte, und sah dann zur anderen Straßenseite hinüber. Das Gebäude lag an der Ecke zur Calle Príncipe de Vergara. Ein Portier unterwies sie in höflichem Ton, dass sich die Praxis im letzten Stock befand, und öffnete ihr die Tür zum Aufzug.

»Danke schön«, sagte Beatriz, während der Portier wieder an seinem Tisch Platz nahm.

Sie betrachtete sich im Spiegel des Aufzugs und strich sich das Haar glatt. Als sie den Aufzug verließ, befand sie sich in einem mit Stofftapeten tapezierten Flur; ihr gegenüber hingen zwei englische Aquarelle, die von zwei vergoldeten Lampen beleuchtet wurden. An der Tür war ein vergoldetes Schild angebracht, das keine Zweifel aufkommen ließ. Sie läutete. Einen Augenblick später bat eine Dame in einem weißen Kleid und Gummischuhen sie herein.

»Sie sind sicherlich Hilfskommissarin Puerto?«

Beatriz nickte.

»Wenn Sie so freundlich wären und einen Augenblick in diesem Raum Platz nehmen würden? Der Doktor empfängt Sie gleich.«

Sie sagte das und deutete auf einen Raum, der sich direkt links von ihr befand. Beatriz bedankte sich und betrat den Raum. Er war sehr geschmackvoll dekoriert und sollte zweifellos beruhigend auf Körper und Geist wirken. Sie nahm auf einem der Sofas Platz, lehnte den Kopf an die Lehne und schloss die Augen. Sie war müde; die Begegnung mit dem Alten in dem Fast-Food-Laden und vor allem die Episode mit Doktor Montaña, der sich vor ihren Augen das Leben genommen hatte, waren nicht ganz spurlos an ihr vorbeigegangen. Kain strich irgendwo da draußen herum, aber sie bekamen ihn nicht zu fassen. Jedes Mal, wenn sie ihm näher gekommen waren, hatte der verfluchte Kerl sich ihnen wieder entzogen.

Ein leichter Geruch nach Jasmin oder Weihrauch, den sie nicht genau identifizieren konnte, schwebte in der Luft. Ein großes Bild, das vermutlich ein Vermögen gekostet hatte, beherrschte die Wand gegenüber. Die Tür ging auf, und noch mal erschien dieselbe Krankenschwester. Diesmal schaute Beatriz sich die Frau etwas genauer an. Allem Anschein nach war sie schon weit in den Vierzigern; sie hatte graue Haare und sehr blasse Haut und trug eine große, runde Brille, die eher unvorteilhaft wirkte.

»Hilfskommissarin Puerto? Der Doktor hat nun Zeit für Sie. Wenn Sie so freundlich wären und mich begleiten …«

Beatriz folgte der Krankenschwester durch einen Gang,

an dem sie noch mehrere Räume entdeckte, in denen Patienten auf ihren Sesseln warteten. Auf dem Weg sah sie außerdem ein exquisit eingerichtetes Büro und weitere Krankenschwestern sowie einige junge Ärzte, die beschäftigt wirkten. Der Gang war breit und besaß hohe Decken; der Boden aus edlem Holz knarzte bei jedem Schritt. An der linken Wand breitete sich in regelmäßigen Abständen eine Reihe von Kupferstichen aus. Die rechte Wand hing voller großformatiger zeitgenössischer Bilder.

»Für eine Privatpraxis ist das hier ganz schön groß, es wirkt eher wie eine Klinik«, meinte Beatriz, als dächte sie laut nach. »Sind immer so viele hier?«

Die Frau mit den grauen Haaren und der runden Brille antwortete, ohne den Kopf umzudrehen:

»In der Tat. *Eine Klinik.*« Sie sprach in kurzen und präzisen Sätzen. »Hier arbeiten, wenn man Ärzte, Krankenpersonal und Verwaltungskräfte zusammenzählt, über zwei Dutzend Menschen. Die meisten Sprechstunden müssen wir übrigens im Untergeschoss abhalten, das auch dem Doktor gehört.« Sie blieb vor einer Tür stehen und wiederholte: »Wir sind über zwanzig Personen. Und manchmal sind wir rund um die Uhr im Einsatz. Unsere Arbeit macht uns Spaß!«

Beatriz sah sie an, wobei ein Lächeln über ihr Gesicht huschte, das ihr sogleich wieder auf den Lippen gefror, als sie merkte, dass die Frau es ernst meinte. Sie zeigte auf eine große Doppeltür aus Holz mit vergoldeten Türklinken. Es war die letzte Tür an dem langen Gang, und sie ging, wenn Beatriz sich richtig orientierte, Richtung Plaza Marqués de Salamanca. Die Krankenschwester klopfte ein paar Mal diskret an, wartete höflich einige Sekunden ab und öffnete anschließend mit großer Feierlichkeit. Sie blieb auf der Schwelle stehen, räusperte sich und kündigte mit leiser Stimme den Besuch der Hilfskommissarin an.

Sie wartete, bis Beatriz eingetreten war, und schloss die Tür; Beatriz kam es so vor, als hätte sie außerdem einen Knicks gemacht.

Sie betrat das Zimmer und versuchte, mit einem Blick so viele Details wie möglich aufzuschnappen. Es handelte sich um einen weitläufigen Saal, der von großen Fenstern beherrscht wurde, durch die man den Platz mit dem Spanischen Außenministerium im Hintergrund erahnen konnte. Sie erkannte einen Diwan, ein Regal voller Bücher und einen großen Plasmafernseher mit der dazugehörigen Lautsprecheranlage. Auf der rechten Seite standen ein Konferenztisch für sechs bis acht Personen sowie ein großformatiger englischer Schreibtisch und eine Schrankbar mit Likören in schweren Kristallflaschen.

In der Mitte des Raums, direkt vor der Doppeltür, zog ein imposantes Gemälde die Aufmerksamkeit des Beobachters auf sich. Ein modernistisches Wunderwerk, auf dem ein alter Landarbeiter, die Hände in den Hosentaschen vergraben, in die Ferne blickte. Unterhalb des Bildes stand ein antiker Schreibtisch, und dahinter erwartete sie Emiliano Del Campo und streckte ihr die Hand entgegen.

»Hilfskommissarin Puerto. Erfreut, Sie kennenzulernen!« Er bat sie, auf einem der beiden Stühle vor seinem Schreibtisch Platz zu nehmen. Beatriz näherte sich dem Doktor und erwiderte seinen Händedruck; er war trocken und fest.

Doktor Emiliano Del Campo war von großem Wuchs, aber nicht so groß, um auffällig zu wirken. Er war ziemlich schlank, hatte weißes, makellos nach hinten gebürstetes Haar, den ergrauten Bart präzise gestutzt, und er verfügte über einen prägnanten Gesichtsausdruck; seine dunklen Augen schienen imstande, auch noch in den entlegensten Winkel vorzudringen, um alles auszukundschaften, was sich dort verbarg; und sei es aus purer Neugierde.

Del Campo nahm wieder Platz in seinem Sessel, ordnete einige Papiere, mit denen er gerade beschäftigt gewesen war, schraubte behutsam seinen Füllfederhalter zu und blickte Beatriz an. Er schien wegen der Unterbrechung seiner Arbeit irritiert zu sein, und diese Irritation kam in seinem nächsten Satz zum Ausdruck:

»Nur zu, Hilfskommissarin!«

»Ich dachte, Sie hätten Sebastião Silveira um eine Unterredung mit mir gebeten«, meinte Beatriz. »Jetzt habe ich aber doch eher den Eindruck, als würde Sie meine Anwesenheit überraschen.«

Del Campo verzog keine Miene, den Blick fest auf seine Gesprächspartnerin gerichtet.

»In keinster Weise, Hilfskommissarin«, erwiderte er in trockenem Ton und ohne mit der Wimper zu zucken. »Ich sagte Sebastião ja schon, dass ich helfen werde, wo immer ich kann, allerdings immer unter der Bedingung, dass meine ärztliche Schweigepflicht davon nicht berührt wird.«

Der Psychiater schenkte aus einem gläsernen Krug zwei Gläser Wasser ein und reichte Beatriz eines davon. Während er damit beschäftigt war, nutzte sie die Gelegenheit, sich noch einmal im Raum umzuschauen. Kleinere und weniger kleine Rahmen, die überall im Zimmer hingen, zeugten von Titeln, Diplomen und Ernennungen, die die Arbeit des Doktors verbürgten.

Offensichtlich genoss der Doktor innerhalb der Welt der Wissenschaft großes Ansehen. Zahlreiche eingerahmte Fotografien zeigten ihn mit verschiedenen Persönlichkeiten; und obwohl Beatriz in gesellschaftlichen Dingen nicht sehr bewandert war, erkannte sie unter ihnen einige Politiker und bekannte Unternehmer sowie mehrere berühmte Sportler.

Sie stellte ein Tonbandgerät auf den Tisch und sah den

Psychiater an, wobei sie die Augenbrauen mit fragendem Gesichtsausdruck hob.

»Stört es Sie?«

Del Campo schüttelte den Kopf, während er eine Schublade seines Schreibtisches öffnete. Er legte eine Schatulle mit Tabak auf den Tisch und wählte eine Pfeife aus dem Pfeifenständer aus. Anschließend öffnete er die Schatulle, entnahm ihr eine Hand voll Tabak und stopfte diesen in den Pfeifenkopf. Seine Bewegungen waren gemächlich und präzise und wirkten bis ins kleinste Detail einstudiert. Beatriz beobachtete, wie er ein goldenes Feuerzeug aus seiner Westentasche zog und die Flamme sorgfältig zum Tabak führte. Dann neigte der Arzt den Kopf leicht nach vorn und zog lautstark einige trockene Luftstöße ein, bis sich der Tabak entzündete und die erste süßlich duftende Rauchwolke sich im Raum verbreitete. Beatriz wartete in aller Seelenruhe ab; wenn es sein musste, spielten sie eben das Geduldsspiel miteinander. Als er fertig war, lehnte sich der Psychiater im Sessel zurück und sah auf. Beatriz machte eine vage Geste in die Umgebung.

»Eine wirklich eindrucksvolle Praxis«, sagte sie.

»Verstehen Sie was von Malerei?«

»Nein«, gestand die Hilfskommissarin. »Aber ich weiß, was mir gefällt.«

»Wie Recht Sie doch haben …«, lächelte Del Campo. Sein Ausdruck erinnerte Beatriz an die hohle und gefährliche Miene eines Haifischs. »Ich bin ein leidenschaftlicher Anhänger zeitgenössischer spanischer Kunst und investiere, soweit es meine bescheidenen Möglichkeiten erlauben. *Chillida, Caruncho …*« – er deutete mit dem Finger auf mehrere Gemälde – »… *Urrutikoetxea.* Große Meister aus Spanien.«

Beatriz schaute sich im Raum um und prägte sich alles ein, was sie sah.

Anschließend sagte sie: »Ich würde mich jetzt gerne mit Ihnen über Jacobo Ros unterhalten.«

Del Campos Blick verdüsterte sich.

»Ich dachte, Sie wollten mit mir über Juan Alacena sprechen?«

»Später«, erwiderte sie mit geübt trockenem Tonfall.

Del Campo ließ einige Sekunden verstreichen, sein Gesichtsausdruck blieb unerschüttert, ein blauer Vorhang aus Pfeifenqualm stieg zwischen ihnen auf. Danach stand er auf und griff zum Telefonhörer. Er bat seine Sekretärin, im Archiv nach der Akte von Ros zu suchen, dann legte er auf. *»Bingo.«*

Nach weniger als einer Minute kam die Sekretärin ins Büro und überreichte dem Psychiater eine cremefarbene Mappe. Del Campo legte die Pfeife in einen gläsernen Aschenbecher und setzte sich eine winzige Lesebrille auf die Nase, er öffnete die Mappe und zog einige Blätter heraus. Während er schweigend darin las, schüttelte er energisch den Kopf.

»Jacobo Ros ist zwar ein Patient in meiner Abteilung, aber er wird nicht direkt von mir, sondern von Doktor José de Miguel behandelt. Er ist ein Mann mit ernsthaften Problemen, die eine umfassende Observation erfordern. Mit unserer Arbeit unterstützen wir die Abteilung für Endokrinologie der Klinik Ramón y Cajal, die uns um Mithilfe gebeten hat, als Ros sich das Leben nehmen wollte. Das war nach einem besonders demütigenden Erlebnis, das mit seinem Übergewicht zu tun hatte.«

Dann las er laut aus Jacobo Ros' Akte vor:

»Akute Schizophrenie. Persönlichkeitsspaltung. Impotenz. Verfolgungswahn. Ein klassisches, aber sehr akutes Erscheinungsbild.« Er wiederholte noch einmal: »Ich behandele ihn nicht direkt, aber ich verfolge den Fall aus der Nähe. Mit Leidenschaft.«

»Eine Kopie der Akte wäre für uns von allergrößtem Nutzen«, meinte Beatriz.

Der Arzt sah auf und richtete den Blick auf die Hilfskommissarin.

»Sie verstehen, dass das völlig ausgeschlossen ist.«

Er legte die Akte zwischen ihnen auf den Tisch, als forderte er Beatriz heraus, danach zu greifen. Sie sah ihm in die Augen und hatte das Gefühl, in seinem Blick eine Spur von Zufriedenheit zu erkennen.

»Ros rief Sie am Donnerstag um 22.15 Uhr an.«

Del Campo lächelte und nickte mit dem Kopf.

»So ist es. Ich fühle gewissen Patienten gegenüber nun einmal eine große Verantwortung. Ros ist einer davon. Und er hat die Erlaubnis, mich oder Doktor de Miguel anzurufen, wann immer er möchte. Er rief mich an, weil er unter einer Angstattacke litt, und ich telefonierte einige Minuten mit ihm, bis es mir gelang, ihn zu beruhigen. Ein Rückfall ohne große Bedeutung innerhalb eines deutlich erkennbaren Heilungsprozesses.«

»Worüber haben Sie miteinander gesprochen?«

»Das fällt unter die ärztliche Schweigepflicht.« Nach einigen Sekunden schien er seine Antwort zu überdenken: »Ich sagte Ihnen ja bereits, Señor Ros leidet an Schizophrenie. Seine Welt speist sich aus erfundenen Ideen, die es zu korrigieren gilt. Wir redeten kurz über eine seiner am häufigsten wiederkehrenden … *Ängste.* Er erzählte mir, er sei gerade im Auto unterwegs, und ich riet ihm, besser gleich wieder nach Hause zu fahren. Glauben Sie, dass Ros für einen der Morde verantwortlich ist?« Bevor Beatriz antworten konnte, stellte Del Campo eine neue Frage: »Hat es etwas mit Juan Alacena zu tun?«

Beatriz wartete einige Sekunden ab, bevor sie ihm antwortete.

»Möglicherweise.«

»Ich bezweifle, dass Ros ein Serienmörder ist. Sein Krankheitsbild passt überhaupt nicht dazu.«

»Passt nicht dazu?«, wiederholte Beatriz. »Ich habe den Eindruck, er ist geistig verwirrt genug, um das Krankheitsbild eines psychopathischen Mörders vollstens zu erfüllen.«

Del Campo streichelte seinen weißen Bart und lehnte sich zurück, ohne Beatriz auch nur eine Sekunde aus den Augen zu lassen.

Seine ausdruckslose Miene machte die Hilfskommissarin nervös.

»Was wissen Sie über den *Wahnsinn,* Hilfskommissarin?«

Die Frage machte Beatriz unschlüssig, und ohne dass er ihr Zeit zum Antworten ließ, sagte der Psychiater:

»Ich habe das Gefühl, dass Sie die Erkrankungen des Geistes nicht besonders ernst nehmen. Ein Mensch kann eine Amputation hinter sich haben oder an Aids oder tödlichem Krebs leiden, aber in jeder dieser Situationen ist er sich seiner Handlungen auch weiterhin bewusst; er kann für sich selbst entscheiden und in mehr oder weniger glücklichen Kontakt mit seinen Mitmenschen treten. Er kann dies, weil er auch weiterhin in der Realität derer lebt, die um ihn herum sind. Er hat seine menschliche Natur nicht verloren, jenes Charakteristikum, das ihn vom Wurm oder einem Marmorfelsen unterscheidet. Er ist auch weiterhin eine Person, die in der Gesellschaft lebt. Menschen, deren Verstand nicht richtig funktioniert, die Geisteskranken, sind dagegen nur eine Last für die Gesellschaft. Im Laufe der Geschichte hat man die Geisteskranken einfach weggesperrt, an Orte, die die Gesellschaft selbst im Verborgenen hält. Bis vor kurzem war ein Besuch in einem Irrenhaus etwas sehr Seltenes, man wusste eigentlich kaum, dass derlei existiert.«

Der Arzt griff nach seiner Pfeife und zündete sie wieder an.

Dann fuhr er fort: »Der *Wahnsinn,* wie man gemeinhin sagt, ist ein Kontinuum. Er ist eine Abfolge von Zuständen, die sich meistens nur sehr schwer messen lassen, sodass man nie sagen kann, um wie vieles verrückter oder gesünder als andere ein Mensch ist, ohne dabei Gefahr zu laufen, dass man völlig danebenliegt. Das Hinübergleiten in einen Zustand des Wahnsinns beginnt, sobald ein Mensch anfängt, in einer fehlerhaft interpretierten Realität zu leben. Wenn er damit beginnt, seine Wirklichkeit mit einer scheinbaren Wirklichkeit auszufüllen, um sich das Überleben einfacher zu machen oder eine bequemere Existenz zu führen. Der Mensch versucht die Unsicherheiten, die das tägliche Leben mit sich bringt, möglichst zu begrenzen. Das entfernt ihn von der Realität, wie sie tatsächlich ist, führt zu Problemen innerhalb der Kommunikation und in der Beziehung. Bei vielen Psychosen, die wir behandeln, versuchen wir als Erstes diese endlose Kette zu zerschlagen, in der der Kranke die Realität verzerrt, die normalen Abläufe verändert und seiner Fantasiewelt aus seiner Sicht eine höhere Wahrscheinlichkeit zugesteht als der realen Welt.«

Beatriz warf einen Blick auf das Tonbandgerät, um sicher zu sein, dass es auch eingeschaltet war. Das Gespräch mit Del Campo diente ihr weniger dazu, Informationen über Ros oder Juan Alacena herauszufinden (das konnte sie, sosehr sich der Doktor auch dagegen wehrte, mit einem richterlichen Durchsuchungsbefehl genauso gut erreichen); sie wollte vielmehr den Psychiater persönlich kennenlernen. Der Mann schien vollkommen in seine Gedanken vertieft; das gab ihr Gelegenheit, den Raum weiter zu erforschen.

»Wenn man das zu Ende denkt, Doktor, kann also jeder

wahnsinnig werden, oder zumindest an irgendeiner Art von Geisteskrankheit leiden?«

»Wir alle sind der Gefahr des Wahnsinns ausgesetzt: Neunzig Prozent der Bevölkerung leiden im Laufe ihres Lebens mindestens an einem Typ von feststellbarer und behandelbarer Geistesstörung. Wir handeln normalerweise aufgrund von vorgefertigten Verhaltensmustern. Betrachtet man einmal unsere Evolution, dann sind wir vor gar nicht so langer Zeit noch auf den Bäumen herumgeklettert. Unsere primitiven Überlebensinstinkte sind nach wie vor fest in uns verankert, allerdings kommt es durch unser Leben in der Gesellschaft zu einem Zusammenprall zwischen dem, was der Mensch als Individuum möchte, und dem, was die Gesellschaft von ihm verlangt. Diese Tatsache löst Krisensituationen aus, die sich nicht immer zufriedenstellend beheben lassen.«

Er legte in seinen Ausführungen eine Pause ein und blickte auf einen entlegenen Punkt hinter Beatriz; sie vermutete, dass er in seinem Gedächtnis nach weiteren Formulierungen suchte.

»Ein typischer Fall ist *Eifersucht*«, fuhr er dann fort. »Der starke territoriale Instinkt unserer biologischen Vorfahren findet sich in unserem genetischen Code wieder. Wenn wir glauben, dass uns etwas gehört, neigen wir dazu, es dominieren zu wollen und seine Interaktionen mit der Umgebung zu kontrollieren. Wenn das Verständnis von Realität bei einem der beiden Partner in einer Beziehung nicht mit der tatsächlichen Realität übereinstimmt, kann es zu Verhaltensstörungen kommen. Nehmen wir mal an, der Mann in dem fiktiven Paar glaubt, dass ihn seine Frau betrügt. Übereinstimmend mit diesem Urteil *a priori* schafft der eifersüchtige Mann sich seine eigene Interpretation von der Welt, die ihn umgibt. Findet er eine Telefonnummer und eine Adresse auf einem Zettel in der Jackentasche seiner Frau, glaubt er, sie treffe sich mit einem vermeintlichen Liebhaber auf ein Rendezvous. Ihre Entschuldigung, mittags nicht nach Hause kommen zu können, treibt ihn zu der eindeutigen Vermutung, sie treffe sich mit jemandem zum Essen und möchte es ihm nicht verraten. Lächelt ihn ein Herr in einem Geschäft an, schließt er daraus, dass dieser über die ganze Geschichte Bescheid weiß und sich über ihn lustig macht. Und so wird der Verstand unseres Mannes die Realität immer weiter verzerren und versuchen, sie der von ihm erschaffenen Welt anzupassen. In diesem Moment ist der Prozess noch rückgängig zu machen, doch normalerweise verschlimmert sich die Lage und geht in eine klare Psychose über. Der Mann genießt es, sich eine exemplarische Rache auszudenken, mit dem Ziel, allen zu zeigen, wie sehr sie sich bei der Annahme geirrt haben, ihn betrügen und geringschätzen zu können. Und es kann passieren, dass die Person, die in ihrem kranken Verstand bereits einen Beweggrund gefunden hat, auch Mittel und Gelegenheit findet, und ein einfacher Auslöser kann dann die Tragödie in Gang setzen. Fast täglich werden wir Zeugen solcher Dramen.«

»Ich habe schon mal von dieser Abstammungs-Theorie gehört«, sagte Beatriz. »Aber ich teile die Auffassung nicht, dass unser prähistorischer Instinkt uns zu asozialem Verhalten antreibt. Das würde, lieber Doktor, am Ende auch eine Vergewaltigung rechtfertigen! Der prähistorische Mann dominierte das Weib und verstreute seinen Samen mit Hilfe von Stockschlägen innerhalb seines Stammes. Tut mir leid, aber ich kann diese Auffassung von krimineller Motivation nicht teilen.«

Mit dem Hereinbrechen der Nacht war es im Raum finster geworden; eine kleine Tischlampe war die einzige Beleuchtung. Del Campos Miene lag im Schatten. Die kurzen Pausen, die der Psychiater einlegte, um seinen Ausführungen beim Sprechen einen angemessenen Rhythmus zu verleihen oder einen Schluck Wasser zu trinken, benutzte Beatriz, um einen Blick auf die Papiere und Aufzeichnungen zu werfen, die auf dem Schreibtisch lagen. Plötzlich blieb ihr Blick an einem Blatt hängen, das ihr bekannt vorkam. Sie schärfte ihren Blick. Von ihrem Platz aus und bei dem spärlichen Licht konnte sie den Text nicht genau erkennen, aber sie sah, dass es sich um einen knappen Absatz, etwa in der Mitte des Blattes, handelte. Del Campo beobachtete sie aufmerksam.

»Fühlen Sie sich bedroht, Hilfskommissarin?«

»Sollte ich?«

Der Psychiater legte die Pfeife im Aschenbecher ab und öffnete eine Schublade auf der rechten Seite seines Schreibtisches. Von ihrem Platz aus konnte Beatriz nicht erkennen, was sich in der Schublade befand. Dann nahm Del Campo seine Pfeife wieder zur Hand.

»Ihr Beruf ist gefährlich, Hilfskommissarin. Sie müssen sich täglich mit gewaltbereiten Menschen herumschlagen, Menschen, die nicht zögern, Gewalt anzuwenden, um ihre Ziele zu erreichen, oder um sich … *zu verteidigen.*«

Er legte erneut die Pfeife in den Aschenbecher und ließ beide Hände auf dem Schreibtisch ruhen. Man hörte, wie diskret an die Tür geklopft wurde und wie diese anschließend aufging; es war die Krankenschwester mit den grauen Haaren.

»Falls Sie mich nicht mehr brauchen, würde ich mich jetzt gerne zurückziehen, Herr Doktor.«

»Selbstverständlich. Ist sonst noch jemand im Haus?«

Die Krankenschwester schüttelte den Kopf.

»Wir haben noch einen Notfall im Untergeschoss, aber oben ist niemand mehr.«

»Sehr gut. Dann gute Nacht.«

Die Krankenschwester nickte und machte die Tür hinter sich zu. Beatriz beobachtete Del Campo, während sie hörte, wie sich die gedämpften Schritte auf dem Gang entfernten.

»Wir sprachen von Bedrohung, Hilfskommissarin. Betrachten Sie die Schizophrenie zum Beispiel, eine relativ häufig auftretende Geisteskrankheit. Stellen Sie sich vor, dass man durch Dinge in Panik geraten kann, die Ihnen oder mir nicht die geringsten Sorgen bereiten. Etwa, wenn das simple Öffnen einer Schublade zur Bedrohung wird. Was befindet sich in der Schublade, Puerto? Eine Waffe? Ein paar harmlose Blätter?«

In der Dunkelheit konnte sie erkennen, wie das Gesicht des Psychiaters einen zynischen Ausdruck annahm, und sie spürte, wie ein Hitzeschwall durch ihren Körper strömte.

»Wir sind allein in der Praxis …«, fügte er dann hinzu.

»Danke für das Beispiel, Doktor«, antwortete Beatriz mit einer größeren Selbstsicherheit, als sie in Wahrheit verspürte. Was beabsichtigte dieser Mann nur? Wenn er eine Waffe in der Schublade versteckt hielt … na gut, ich bin ausreichend trainiert, um mit einer solchen Situation fertig zu werden.

Der Doktor schwieg noch immer, seine Hände ruhten bewegungslos auf dem Mahagonischreibtisch.

Dann sagte Beatriz: »Um ehrlich zu sein, Doktor, meine Zeit ist zu kostbar, um mir theoretische Abhandlungen anzuhören. Es wäre mir lieber, wenn wir zum eigentlichen Grund meines Besuchs zurückkehren würden.«

Del Campo tat, als hörte er sie nicht.

»Es ist überraschend, wie wenig die Menschen von der Welt der Wissenschaft eigentlich verstehen. Ein ganzes Leben lang sind wir auf der Suche nach einer Lösung für die Geisteskrankheiten, die unsere Welt zerstören und die in wenigen Jahren die wirkliche Plage sein werden, die die Bevölkerung dezimiert. Stress, Schlaflosigkeit, Magersucht, Spielsucht, Depression – das sind alles Erfindungen des Menschen des 20. Jahrhunderts. Theoretische Abhandlungen? Die Wissenschaft kommt nur schleppend voran, aber sie ist unsere einzige Verbündete, wenn wir die Übel ausmerzen wollen, die wir selbst geschaffen haben. Das sind keine Theorien, sondern ein Weg zur Lösung des Problems.« Del Campo griff nach seinem Wasserglas. Seine rechte Hand ruhte noch immer in der Nähe der offenen Schublade. »Und ich sage ausdrücklich *ein* Weg, denn Sie sollten nicht daran zweifeln, dass es noch andere Wege gibt, bisweilen sogar … *radikalere.*«

Beatriz stellte eine besorgniserregende Veränderung im Wesen des Arztes fest: Seine Stimme erfüllte sich mit einem Anflug von Gewalt, den sie vorher nicht besessen hatte. Eine Stimme, die allein dazu imstande war, die Temperatur im Raum um mehrere Grade sinken zu lassen.

»Wovon reden Sie überhaupt?«

Ein nicht mit Worten zu beschreibender Blick huschte über Del Campos Antlitz.

»Ich meine die Behandlung mit Medikamenten. Manchmal verlockt mich die Idee, dass wir alle Medikamente nehmen sollten. Vielleicht ginge es der Menschheit um einiges besser, wenn ihre Staatsoberhäupter *Lexatin* oder *Valium* in ihre Ernährung aufnähmen. Ich bin ein extrem pragmatischer Mensch und glaube, dass, außer in wenigen Ausnahmen, der Zweck die Mittel heiligt.«

Er machte eine Pause und goss sich aufs Neue ein.

»Mit anderen Worten, Hilfskommissarin: Man muss die Menschen gegen ihren Willen heilen.«

Beatriz entschied sich dafür, das Thema zu wechseln und die kaum mehr verschleierten Drohungen des Arztes zu ignorieren; eine Art, mit der sie der Spannung Einhalt zu gebieten versuchte, mit der sich der Raum gefüllt hatte.

»Ich habe nicht viel Zeit, Doktor, und würde mich mit Ihnen gerne über Juan Alacena unterhalten: Personentyp, Vorlieben, Verhalten der Gesellschaft … mit anderen Worten alles, was sie mir erzählen können und was nicht unter Ihr *Berufsgeheimnis* fällt, aber für den Fall von Nutzen sein könnte.«

Der Mann machte ein verärgertes Gesicht und blinzelte. Schließlich lächelte er.

»Wenn man Professor ist, verfällt man leicht in eine vermitteln wollende, rhetorische und dialektische Haltung, die den natürlichen Rhythmus eines Gesprächs durcheinanderbringen kann. Ich verstehe, dass dies eine Schwäche ist. Hoffentlich habe ich Sie nicht zu sehr belästigt. Die Person, nach der Sie fragen, war ein Mann mit geringem Selbstbewusstsein. In vielen Fällen hängt die Spielsucht mit diesem Problem zusammen.«

»Diese Information ist uns bereits bekannt. Ich würde Sie gerne etwas fragen: Warum haben Sie Sebastião Silveira nicht erzählt, dass Sie Juan Alacena in Ihrer Praxis behandelt haben?«

Emiliano Del Campo lachte auf.

»Ich habe es Sebastião längst erzählt.«

»Ich hoffe, es macht Ihnen nichts aus, es für mich noch einmal zu wiederholen«, erwiderte Beatriz freundlich.

»Abgesehen davon, dass sein Vater mein Freund ist und er mich darum bat, mich persönlich um den Fall zu kümmern, entschied sich Juan dafür, seine Behandlung streng …« – er suchte nach dem passenden Wort – *»vertraulich* zu behandeln. Gewöhnlich breche ich meine Versprechungen oder mein Berufsgeheimnis nicht.«

Beatriz hatte genug. Sie warf einen Blick auf ihre Uhr und stand mit entschlossener Haltung vom Stuhl auf.

»Ich habe Sie schon viel zu lange von Ihrer Arbeit abgehalten, Doktor! Sie waren sehr liebenswert und haben mir sehr geholfen. Ich hoffe, dass ich Sie nicht noch mit weiteren Fragen belästigen muss.«

Während sie das sagte, verschloss Emiliano Del Campo schlagartig die Schublade. Er schüttelte die Hand der Hilfskommissarin und meinte:

»Es war mir ein Vergnügen, mit Ihnen zu plaudern. Ich begleite Sie zur Tür.«

Als Sebastião am Montagabend am Flughafen Barajas in Madrid den Terminal für internationale Flüge verließ, war es bereits stockfinster. Er sog die kühle Luft ein und merkte, dass er sich, sobald er einen Fuß in die Stadt gesetzt hatte, wie neu geboren fühlte. Einige Geschäftsleute, von einem langen Arbeitstag erschöpft, liefen müden Schrittes auf eine lange Taxischlange zu, die darauf wartete, sie nach Hause zu bringen.

Sebastião warf sich die Reisetasche über die Schulter und hob den schweren Koffer hoch, in dem sich genügend Kleidung für einen längeren Aufenthalt in Madrid befand, und verließ den Terminal. Da erkannte er, gegen eine Brüstung gelehnt, Beatriz mit ihrem ewigen verschmitzten Lächeln.

»Ein Bodyguard gefällig, Professor …?«

Ein Lächeln zog über Sebastiãos Gesicht.

»Was für eine Überraschung!«

»Ich hab eben gute Kontakte, und als ich erfuhr, dass du in dem Flieger sitzt … also, da dachte ich mir, dass wir dich in letzter Zeit nicht gerade behandelt haben, wie es sich für eine *Eminenz* gehört.«

Sie hatte ihren SEAT in der Ladezone geparkt und erreichte ihn gerade noch rechtzeitig, bevor ein Verkehrspolizist sichtbares Interesse an ihm fand. Beatriz zeigte ihre

Dienstplakette vor. Der Schutzmann hielt die Hand zum Gruß an seine Mütze und machte kehrt.

Sebastião deponierte seine Reisetasche auf dem Rücksitz, verstaute sein Gepäck im Kofferraum und machte es sich für die Fahrt nach Olavide bequem. Sie verließen den Flughafen, ohne ein Wort zu wechseln, und erst nachdem sie mehrere Kilometer zurückgelegt hatten, beschloss Beatriz, das Schweigen zu brechen.

»Wie war London?«

»Sonnig. Traurig. Leer. Und voller *Überraschungen.*«

»Überraschungen …?«

»Etwas, über das wir unbedingt sprechen müssen«, erwiderte Sebastião, während er an Olanzapin und seine Anwendung bei der Behandlung von Psychiatriepatienten dachte.

Beatriz, die inzwischen in die Calle María Molina einschwenkte, sah ihn argwöhnisch an.

»Junge, immer wenn du so anfängst, lässt du eine Bombe platzen!«

Sebastião schnaubte und lehnte seinen Kopf im Sitz zurück. Er schloss die Augen. Er zog es vor, ihr etwas später, wenn sie in seiner Wohnung waren, mit einem Glas in der Hand über seine Nachforschungen zum Thema »Olanzapin« und dessen Verbindung zur Psychiatrie zu berichten.

»Wenn wir da sind, erzähle ich es dir.«

»Okay. Und ich verrate dir, was ich herausgefunden habe.«

»Morantes hat mir erzählt, dass Montaña Selbstmord begangen hat?«

Beatriz nickte.

»So ist es, aber es gibt noch mehr.«

Als sie in Olavide ankamen, ließ Sebastião Beatriz als Erste eintreten und knipste anschließend den alten Lichtschalter an, der den riesigen Kronleuchter an der Zimmerdecke erleuchtete. Er begleitete sie ins Wohnzimmer, dann legte er die Reisetasche und den Koffer im Zimmer ab. Auf dem Rückweg hielt er vor einer alten Schrankbar aus Holz und öffnete die im Laufe der Jahre rissig gewordene Tür.

»Möchtest du einen Drink?«

Beatriz, die zwischen den Familienfotos im Wohnzimmer herumschnüffelte, stand auf.

»Biete mir was an.«

Er kramte im Inneren des Schrankes und stellte zwei leere und völlig verstaubte Flaschen zur Seite. Dann stieß er auf eine Flasche schottischen *Macallan*, den sein Vater besonders gern gemocht hatte und der inzwischen wohl mehr als ein Vierteljahrhundert alt war.

»Whisky ... mit *Wasser*«, bemerkte Sebastião, wobei er sich an den Zustand seines Kühlschranks erinnerte.

Er lief durch den Flur, bis er am anderen Ende der Wohnung angelangt war. Er dachte dabei an Beatriz. Er betrachtete sein Spiegelbild in einem alten Wandspiegel und strich sich das Haar glatt. Sein Spiegelbild stellte einen zwei Tage alten Bart zur Schau und wirkte nur wenig verführerisch. Er machte ein resigniertes Gesicht und setzte seinen Weg in die Küche fort.

Wieder traf er Beatriz dabei an, wie sie das Wohnzimmer erforschte. Diesmal stöberte sie in den Büchern in der großen Mahagonischrankwand, die sein Vater im Laufe der Jahre gesammelt hatte. Beatriz verdrehte den Kopf, um die Buchrücken von Enzyklopädien, Gedichtsammlungen und klassischen Werken lesen zu können, die Sebastião noch immer aufbewahrte, aber trotz seiner Liebe und Faszination für Bücher nie nach London hatte mitnehmen wollen. Mit zwei Gläsern in der Hand kam er auf Beatriz zu.

»Was wolltest du mir denn unbedingt erzählen?«

»Nimm erst mal einen Schluck Whisky, dann erzähle ich dir alles. Ich muss ein wenig ausspannen, sonst falle ich um.«

Im Laufe der Jahre sollte sich Sebastião immer wieder daran zu erinnern versuchen, was in den folgenden Sekunden geschah, mit der Absicht, es festzuhalten und aufzubewahren, aber es sollte ihm nie ganz gelingen. Tatsache war, dass Beatriz, ohne dass er wusste, wie, plötzlich in seinen Armen gelegen hatte.

Später, nachdem viele Stunden vergangen waren und sie zusammen in seinem alten Zimmer im Bett lagen, versuchte er zum ersten Mal die Abfolge der Ereignisse zu rekonstruieren. Er konzentrierte sich ganz auf die Berührung von Beatriz' Schenkeln an seinen Leisten und die Geschmeidigkeit ihrer Haare auf seiner Brust. Er näherte ihr sein Gesicht, um den Duft ihres Haares und das Aroma der Seife riechen zu können, die sich mit dem Geruch nach feuchtem Geschlecht vermischten. Er seufzte, erschöpft von der Leidenschaft und der Heftigkeit ihrer Vereinigung. Schnell, hemmungslos und mit einer abschließenden Explosion, die ihn atemlos zurückgelassen hatte.

»Es ist mir klar, dass es nicht die feine Art ist, diese Art von Dingen zu bewerten, aber mir fehlen die Worte …«, flüsterte Sebastião.

»Junge, wir leben im 21. Jahrhundert …«, meinte Beatriz, während sie auf ihn glitt. Sie sah ihm aus nur wenigen Zentimetern fest in die Augen, dann sagte sie: »Kommentare sind erlaubt …«

Auf ihm liegend, strich sie mit ihren Fingerkuppen über seine Lippen; die Geschmeidigkeit ihrer Haut und das Kitzeln ihrer Schambehaarung begannen ihn erneut zu erregen. Sebastião verlor sich in ihren hellbraunen, mandelförmigen Augen, die mit außergewöhnlicher Kraft strahlten. Er spürte einen plötzlichen Stich der Beklemmung, als er sich vorstellte, die Wärme, die er hinter Beatriz' Pupillen erahnen konnte, irgendwann wieder zu verlieren. Er konnte sie verlieren: Seine Liebesbeziehungen hatten nie mehr als einen flüchtigen Augenblick gedauert; gerade genug, um sich zu verlieben. Der Portugiese schrieb dies seinem persönlichen Pech zu.

Er hob die Hände, streichelte ihr Gesicht und entfernte eine widerspenstige Strähne, die sich in ihrem Mundwinkel verfangen hatte. Dann fing er an zu reden. Er versuchte seine Gefühle in Worte zu fassen, ließ seine Blicke über ihr Gesicht streifen und ergötzte sich an den kleinen Unvollkommenheiten, die er entdeckte. Aber die Worte verweigerten sich, sie kamen ihm kindisch vor. Zum Schluss lächelte er und zuckte mit den Schultern.

»Quatsch! Das könnte ich mit Worten gar nicht beschreiben.«

Beatriz begann, sich rhythmisch auf ihm zu bewegen, und er spürte, wie ihm das Blut in die Adern schoss und sein Glied hart wurde.

»Übrigens …«, flüsterte sie ihm ins Ohr. »Ich habe deinem Freund Del Campo einen Besuch abgestattet. Ein seltsamer Kauz. Wir müssen reden. Auf seinem Schreibtisch lag ein Zettel, der mir verdächtig vorkam.«

Sebastião versuchte sich auf ihre Worte zu konzentrieren. Seine Hände glitten an ihrem Rücken hinab, bis er ihren Po spürte. Dann ließ er seine Finger weiterwandern und in die Feuchtigkeit ihres Geschlechts eindringen. Beatriz stöhnte leise auf, was ihm eine unmittelbare Erektion bescherte.

»Es war eine Nachricht, die …« – Beatriz seufzte erneut auf – »große Ähnlichkeit mit den Botschaften von den Tatorten hatte … Au! – Was machst du denn da?«

Sebastião hielt sie an den Hüften fest und hob sie hoch, bis er erneut in sie eindringen konnte.

»Das erzählst du mir später.«

Dienstag, 16. April

Um acht Uhr früh klingelte es an der Haustür. Beatriz und Sebastião waren gerade aufgestanden und hatten sich einen starken Kaffee gekocht. Sie blickten sich schweigend an; sie erwarteten keinen Besuch. Sebastião knotete seinen Morgenmantel zu und ging zum Eingang. War es etwa Morantes mit neuen Informationen zum Fall? Er hatte schon seit mehreren Tagen nichts mehr von ihm gehört. Wenn es so wäre, würde Morantes eine Überraschung erleben. In einem der Spiegel sah er Beatriz stolpernd in seinem Zimmer verschwinden; ohne Zweifel, um sich etwas überzuziehen.

Sebastiãos Schritte knarrten auf dem Parkett des Flurs, bis er vor der Eingangstür stehen blieb. Er schob vorsichtig das Verdeck des Spions zur Seite und erkannte die blauen Uniformen zweier Beamter der Nationalpolizei.

»Señor Silveira?«

Sebastião antwortete nicht. Er beschränkte sich darauf, die Tür zu öffnen. Hinter den beiden Polizisten sah er González. Dieser lief an Sebastião vorbei, blieb in der Mitte des Flurs stehen und betrachtete mit in die Hüften gestemmten Armen die Wände und die Gemälde der kleinen Empfangshalle. Er trug einen grauen Regenmantel, von dem es auf den Holzboden tropfte.

»Ich kann mich nicht daran erinnern, Sie eingeladen zu haben«, sagte Sebastião.

»Haben Sie auch nicht«, erwiderte González, ohne ihn eines Blickes zu würdigen.

»Dann verschwinden Sie lieber.«

»Ich habe einen Durchsuchungsbefehl«, entgegnete der Kommissar und klopfte auf die Tasche seines Überziehers. Er drehte sich um und warf Sebastião ein Haifischlächeln zu. Da erschien unversehens Beatriz in der Tür des Flurs.

»Sieh mal einer an!«, rief González mit theatralischer Geste. »Unsere geschätzte Hilfskommissarin.«

»Was wollen Sie?«, fragte Beatriz. Sie hatte sich ihre Kleidung vom Vortag übergezogen und dabei kaum Zeit gehabt, sich ein wenig zu kämmen oder sich das Gesicht zu waschen.

González drehte sich um, mit einem Ausdruck größter Zufriedenheit.

»Ich wollte Sie einladen, mich in mein Büro zu begleiten«, sagte er zu Sebastião.

»Lassen Sie mich in Ruhe, González«, entgegnete der Portugiese.

Der Kommissar setzte ein gefährliches Lächeln auf und befühlte erneut seine Tasche:

»Ich muss darauf bestehen.«

Sie gingen zu den Fahrzeugen hinunter, die vor dem Hauseingang warteten. Sebastião nahm in einem der beiden Platz und sah, wie Beatriz mit bleichen Zügen in das andere einstieg. González gab den Polizisten einige kurze Anweisungen, dann stieg er in den dritten Wagen, der kein Streifenwagen war; wahrscheinlich sein Privatfahrzeug. Nach weniger als fünfzehn Minuten erreichten sie das Kommissariat (ohne eingeschaltetes Blaulicht), fuhren über eine Rampe auf der Rückseite des Gebäudes in die Tiefgarage hinunter und parkten in der Nähe der Aufzüge. Als Sebastião am Kommissar vorbeikam, machte er Halt.

»Nach Ihnen, González!«, bedeutete er ihm.

Im Büro bat sie der Kommissar, sich zu setzen, und servierte drei Tassen Kaffee. Sebastião bedankte sich und stellte seine Tasse auf dem Tisch ab. Er glaubte eine ziemliche genaue Vorstellung davon zu haben, was González vorhatte. Der Kommissar war zwar ein Ratte, allerdings eine schlaue. Er war keineswegs brillant, aber er besaß eben jene animalische Schlauheit, im rechten Augenblick am rechten Fleck zu sein, günstige Gelegenheiten zu nutzen und Probleme zu vermeiden.

Beatriz, die links von Sebastião saß, verzog keine Miene; in ihrem Blick erkannte man Wut und Scham. Der Kommissar machte es sich auf seinem Stuhl bequem und beschäftigte sich ein paar Sekunden damit – die auf den Bruchteil genau kalkuliert waren –, sich eine Zigarette anzustecken und intensiv zu inhalieren.

»Ich sterbe vor Neugier, endlich den Grund für diese ... *Einladung* zu erfahren«, sagte Sebastião in ruhigem Ton.

González hob die Arme mit ausgestreckten Handflächen in die Höhe und stellte ein breites Grinsen zur Schau, das seine Gesichtszüge verzerrte.

Dann sagte er: »Ein Schwätzchen unter Kollegen.«

»Ich glaube nicht, dass wir viel miteinander zu besprechen haben.«

»Im Gegenteil«, antwortete González, »ich denke, was ich Ihnen mitzuteilen habe, könnte interessant für Sie sein. Es ist besser so ... für alle.«

Sebastião freute sich insgeheim. Abgesehen davon, dass González eine Ratte war, konnte man sein Verhalten voraussagen.

»Ich mag es nicht, wenn man mir droht.«

Beatriz beobachtete schweigend das Gespräch, und durch die Art, wie sie schaute, wusste Sebastião, dass sie keine Ahnung von den Plänen ihres Chefs hatte.

»Die Bemerkung bezog sich nicht auf Sie, Silveira!«, sagte González geheimnisvoll.

Der Kommissar zog ein Notizbuch hervor und gab eine flüchtige Beschreibung von Sebastiãos Erlebnissen und Spaziergängen in den vergangenen Tagen. Er sprach von der Negativwerbung, die der Artikel in *El Confidencial* darstellte, und von den zahllosen offiziellen Beweisstücken, die mit Hilfe eines Durchsuchungsbefehls zweifellos in Sebastiãos Domizil in Olavide zu finden wären; Beweisstücke, die in den Händen eines Mitarbeiters einer internationalen Polizeibehörde nichts verloren hätten. Sebastião lauschte mit versteinerter Miene.

»Alles ist streng vertrauliche Information«, sagte González abschließend, indem er seine Karten auf den Tisch legte. »Und könnte ohne Weiteres das Aus für Hilfskommissarin Puertos Karriere bedeuten!«

Beatriz fuhr auf, aber Sebastião wartete bereits auf den Erpressungsversuch.

»Es gibt kein Gesetz«, fuhr der Kommissar fort, »das es einem Mitglied unserer Abteilung verbietet, mit wem auch immer ins Bett zu gehen, und da die nationale Sicherheit Spaniens von dem Fall nicht berührt ist, sind Schlafzimmergeheimnisse nichts Strafbares, obwohl ich Ihnen versichere, dass Ihr Lebenslauf für alle Zeit beschädigt ist.«

Beatriz sagte noch immer nichts, aber die Farbe war ihr aus dem Gesicht gewichen. Sebastião hoffte, dass sie merkte, wie notwendig es war, dieses Spiel mitzuspielen.

»Alle diese Unterlagen werden ausschließlich von Hilfskommissarin Puerto – ich betone nochmal, sie ist die mit dem Fall beauftragte Person –, von Agenten des CNI und mir verwendet. Ich selbst bin durch die Interpol ausgewiesen«, erwiderte Sebastião. »Wo liegt das Problem?«

»Die Botschaften sind äußerst brisantes Material. Wenn

sie nach außen gelangten, würden wir das spezifische Tatmotiv der Morde preisgeben. Jeder dahergelaufene Idiot wäre in der Lage, einen ähnlichen Mord zu begehen, indem er den Stil der Botschaften kopiert, und wir könnten ihn dann nicht mehr vom eigentlichen Mörder unterscheiden. Die Ermittlungen sind Sache meiner Abteilung und nicht der Interpol!«

»González …«, sagte Sebastião, ohne laut zu werden, »die Botschaften haben mit unserem momentanen Gespräch überhaupt nichts zu tun. Sie wissen, dass Sie bei diesem Fall auf Hilfe angewiesen sind und dass der größte Teil der Schlussfolgerungen und Vorstöße bei den Ermittlungen nicht aus Ihrem Büro kam. Also, kommen Sie auf den Punkt!«

Sebastião blieb dabei ganz ruhig; der Kommissar bereitete nun das Feld vor, um seine Forderungen zu präsentieren, und der Portugiese musste warten, bis er zu Ende geredet hatte.

»Wollen Sie noch einen Kaffee?«

Sebastião verneinte mit flüchtiger Geste. González ergötzte sich an seiner neu gewonnenen Überlegenheit dem Portugiesen gegenüber und war entschlossen, sie bis ins Letzte auszukosten. Er stand auf und ging zur Kaffeemaschine, um seine Tasse erneut zu füllen.

Es schien, als existierte Beatriz überhaupt nicht in der kleinen Welt des Büros ihres Chefs. González spielte seine Karten mit Beharrlichkeit aus; und Beatriz zu ignorieren schien ein Teil seiner Strategie zu sein. Sebastião fragte sich, ob González die Hilfskommissarin insgeheim begehrte, und er glaubte, dass neben dem Ehrgeiz des Kommissars wahrscheinlich auch Eifersucht eine Rolle spielte. Beatriz war attraktiv genug, um jemanden wie González, indem sie ihm einen Korb gab, in blinden Hass zu treiben.

»Ich bin ein vernünftiger Mensch«, sagte der Kommissar. »Und ich will niemandem die Tour vermasseln. Ich wünschte, dass sich ...« – sein Blick ging an die Decke, während er behutsam nach den richtigen Worten suchte – »so sensible und bedeutende Angelegenheiten auf freundschaftliche Weise regeln ließen. Oder wenigstens auf *zivilisierte*, wenn Ihnen das lieber ist.«

»Mit anderen Worten: Sie wollen, dass die Ergebnisse meiner Nachforschungen direkt von Ihrer Abteilung bearbeitet werden«, sagte Sebastião zusammenfassend. González beabsichtigte, die Lorbeeren von Sebastiãos Arbeit für sich zu verbuchen. Wie lange plante er diesen Spielzug wohl schon?

»Ich glaub's ja nicht ...«, explodierte Beatriz schließlich.

»Es wäre besser für Sie, wenn Sie sich an dem Gespräch erst gar nicht beteiligen würden«, fuhr González sie schroff an. »Ihre Situation ist mehr als delikat, Hilfskommissarin!«

»Ihr Vorschlag erscheint mir akzeptabel«, sagte Sebastião. Dem Portugiesen ging es vor allem um die Lösung des mysteriösen Falles und nicht um die Anhäufung von Ruhm; Medaillen interessierten ihn nicht.

González sank in die Stuhllehne zurück und lächelte wohlwollend; er fühlte sich als Sieger.

»Sehr gut. Morgen Früh möchte ich einen Bericht über den Stand der Ermittlungen und eine Kopie aller bis zu diesem Zeitpunkt gesammelten Tatbestände. Ich habe sogar schon den ersten Schritt unternommen und die Festnahme von Jacobo Ros angeordnet. Entweder machen wir ihn nervös oder wir prügeln die Informationen einfach aus ihm heraus, das ist mir scheißegal.«

»Verdammt!«, rief Beatriz. »Ros? Nehmen Sie den Befehl sofort wieder zurück. Ros ist derzeit der Einzige, der uns zu den anderen Mördern führen kann. Er ist inzwischen extrem nervös, und meine Kollegen lassen ihn nicht eine Minute lang aus den Augen. Sie gewinnen das Spiel, González, aber lassen Sie uns mit unseren eigenen Karten spielen, okay?«

Sebastião war davon überzeugt, dass Beatriz nicht die leiseste Ahnung von seinem Verdacht gegen Del Campo hatte; aber durch den negativen Eindruck, den die Hilfskommissarin aus dem Gespräch mit dem Psychiater gezogen hatte, wurde sein Verdacht nur noch weiter gefestigt. Es war besser, González darüber im Unklaren zu lassen, bevor dieser eine Dummheit beging.

Plötzlich stand González auf und grinste übers ganze Gesicht.

»Sehr gut, Puerto. Aber ich möchte den Bericht. Zwingen Sie mich nicht, unangenehm zu werden. Danke für Ihr Kommen, Professor. Ich freue mich, dass wir uns verstehen.«

»Dieser verdammte Hurensohn!«, rief Beatriz, als sie das Büro des Kommissars verlassen hatten.

Sebastião schwieg.

»Wie kannst du da so gleichgültig bleiben? Dieser alte Sack erpresst uns ganz einfach und du – pah …!«

Beatriz ging mit großen Schritten zur Treppe und grummelte vor sich hin: Sie müsse unbedingt ein wenig frische Luft schnappen. Sebastião ließ sie vorauslaufen und folgte ihr langsam. Er lief die Treppe hinunter und ging auf die Straße; dort atmete er tief durch, womit er seine Lungen von dem bitteren Tabakgeruch des Büros reinigte, in dem sie eine lange Stunde zugebracht hatten. Ein Polizist in Uniform bewachte den Eingang.

»Wenn Sie Hilfskommissarin Puerto sehen, sagen Sie ihr, dass ich im Restaurant an der Ecke auf sie warte.«

Der Beamte der Nationalpolizei nickte.

»Sie hat gerade eben das Gebäude verlassen.«

»Ich weiß. Sagen Sie es ihr. Bitte!«

Er lief den Gehsteig entlang bis zur Calle Martínez Campos, dann betrat er die Cafeteria und bestellte einen Kaffee, in der Hoffnung, dass dieser besser schmecken würde als der von González. Als er die Tasse in die Hand nahm, bemerkte er, wie seine Hand zitterte; das Adrenalin schoss ihm durch die Adern. Er warf einen Blick auf seine Uhr: Viertel nach zehn. Er schloss die Augen und konzentrierte sich auf seine Atmung, er achtete so lange auf den Rhythmus beim Ausatmen, bis das Gefühl der Beklemmung endlich verflogen war. So sehr er den Absichten des Kommissars von vornherein misstraut hatte, die Situation hatte ihn sichtlich verwirrt. Er schlürfte seinen Kaffee (er schmeckte etwas besser als im Kommissariat) und wartete, bis die Flüssigkeit ihm den Magen erwärmte. Seine Gedanken schweiften zurück zu seiner Ausbildungszeit bei der Interpol. Sein Psychologielehrer hatte immer gesagt, die Ergreifung eines Serienkillers sei wie ein Spiel. *»Das schwerste und gefährlichste Spiel, dem Sie sich aussetzen werden. Der Wetteinsatz ist schlicht und einfach das Leben, und der Preis des Scheiterns ist hoch. Meine Herren, ein Serienmörder wird sich seine eigenen Regeln schaffen, aber die Siegesbedingungen sind stets dieselben. Sie müssen sich die Regeln jedes neuen Spiels mit größter Geschwindigkeit aneignen und auf vorgefertigte Urteile verzichten; bei jedem Mal wird es anders sein.«*

In diesem Fall wurden die Regeln und Umstände durch mehrere Zusatzspieler noch komplizierter. González und sein niederträchtiger Ehrgeiz; Harry Álvarez und sein falsch verstandener Journalismus; und seine eigenen Gefühle für Beatriz.

Kurz darauf erschien Beatriz in der Cafeteria und ließ sich an der Theke neben ihm auf einem Barhocker nieder. Sebastião sah sie an, aber er sagte nichts.

Dann fragte sie ihn verbittert: »Kannst du mir erklären, warum du so ruhig bist?«

Er blies beide Backen auf und ließ die Luft ganz langsam wieder ausströmen.

»Man hat mir einmal gesagt, dass man sich im Leben höchstens zweimal aufregen sollte. In allen übrigen Momenten lohnt es sich nicht; es verschleiert lediglich die Urteilsfähigkeit und führt zu keiner Lösung. Das Leben ist viel zu kurz, um die Zeit mit Ärger zu vertun.«

»Das ist von den *Beatles*«, sagte Beatriz jetzt mit sanfterer Stimme. »Aber ist es dieser Fall nicht doch wert, dass man sich ziemlich darüber aufregt?«

Sebastião machte ein teilnahmsloses Gesicht.

»Nein. González ist nur eine weitere Schachfigur, mit der wir zu kämpfen haben. Wir versuchen weiterhin einen Mörder zu fangen, aber wir müssen auch darauf achten, dass wir dir dabei keinen Schaden zufügen.«

Beatriz warf ihm einen wütenden Blick zu.

»Hör zu, Junge, ich kann ganz gut auf mich selbst aufpassen. Verstanden?«

»Das meinte ich damit nicht«, entschuldigte sich Sebastião. »Dein Chef ist nur ein weiteres Hindernis, das unser Ziel – Kain einzufangen, ohne uns dabei selbst zu schaden – komplizierter macht.«

Es war nun an der Zeit, ihr zu berichten, was er in London herausgefunden hatte.

»Der Grund, weshalb wir Spuren von Hyperglykämie im Urin der Mörder gefunden haben, ist die Behandlung mit einem Medikament namens *Olanzapin.* Unsere Mörder leiden an Schizophrenie, und das Medikament löst eine leichte Diabeteserkrankung aus, die anschließend mit

Insulin behandelt wird. Übrigens ist Inkontinenz eine der Nebenwirkungen bei erhöhter Olanzapindosis.«

Beatriz machte eine ausweichende Bewegung mit dem Kopf und schloss die Augen; sie hatte erraten, worauf Sebastião hinauswollte.

»Eine Gruppe Geisteskranker. Dahinter könnte ... *ein Psychiater* stecken«, sagte sie, wobei sie jedes Wort abwog.

»Ein Mann, der durch seinen Beruf und das Verhältnis, das ihn an seine Patienten bindet, eine große Macht über sie besitzt«, sagte Sebastião und nickte mit dem Kopf. »Macht und Einfluss!«

»Verdammt, Sebastião! Auch Ros steht mit Del Campo im Zusammenhang.«

»Ein Mann ...«, fuhr Sebastião fort, »der mich kennt und der meinen Vater und seine Arbeit in der Welt des Lateralen Denkens kannte und genau weiß, welche Nachricht er in den Selbstmordbotschaften unterzubringen hat.«

Er rieb sich an der Schläfe.

Dann rief er: »Verflucht ... er hat uns vom *Cambridge*-Kreis aus geleitet!«

»Aber weshalb?«

Sebastião zuckte mit den Schultern:

»Wer weiß?«

Trotz der Hitze, die die Heizkörper der Cafeteria verströmten, spürte Beatriz, wie es sie fröstelte.

»Ich war bei ihm in der Praxis, als du in London warst. Er hat Katz und Maus mit mir gespielt. Er hat sich sogar erlaubt, mir zu drohen.«

»Was hat er ...?«

»Nichts Schlimmes«, antwortete sie rasch, indem sie eine unbestimmte Geste mit der Hand machte. »Das Wichtigste ist, dass ich auf seinem Tisch ein Blatt entdeckt habe, das von einem Laserdrucker stammte ... in der Schriftart

Courier. Es ist dieselbe Schriftart wie in den Botschaften. Ein kurzer Absatz, zentriert, etwa in der Mitte des Blattes. Wenn ich böse wäre, würde ich ihn verdächtigen, dass er es absichtlich dort hingelegt hat, damit ich es sehen soll.«

Sebastião schloss die Augen, atmete aus und flüsterte: »Kain.«

»Du musst unbedingt wieder ins Büro zurück. Später treffen wir uns bei mir zu Hause.«

Der Portugiese erläuterte ihr seine Absichten, und Beatriz verließ in höchster Eile die Bar. Sebastião nutzte den Moment, um Morantes anzurufen und ihn um einen Gefallen zu bitten: »Hältst du diesen Caco noch immer im Knast fest? Zeig ihm ein Foto von Del Campo. Frag ihn, ob er der Arzt ist, der das Spray gekauft hat. Tu, was ich dir sage, Morantes. Ich habe meine Gründe.«

Anschließend kehrte Sebastião nach Hause zurück und führte mehrere Telefongespräche. Er wollte Nachforschungen über Doktor Emiliano Del Campo anstellen, und dafür musste er mit alten Freunden aus früheren Zeiten Kontakt aufnehmen. Er spürte Kains Nähe, und um ihn zu fassen, mussten sie so viele Informationen wie möglich zusammentragen. Die Zeit verfloss, während er mit seinem Füllfederhalter die Seiten füllte und das Leben eines brillanten Arztes und bekannten Forschers nachvollzog, dessen Arbeiten zahlreiche Aspekte der modernen Psychiatrie revolutioniert hatten.

Mit jedem Schriftzug seiner Feder überzeugte er sich ein Stück mehr von der Beziehung, von jenem Dualismus: *Kain – Del Campo.*

Beatriz tauchte nach dem Mittagessen auf, und als Sebastião ihr die Tür aufmachte, überraschte sie ihn mit einem langen und heftigen Kuss. Sie trat mit einem Ausdruck von Zufriedenheit ein und ging direkt ins Esszimmer.

»Hast du die Informationen?«

»Klar«, antwortete sie. »Wo ist dein Laptop?«

Sebastião nahm eine Tasche vom Boden, zog den kleinen Computer hervor und legte ihn auf den Tisch. Beatriz klappte den Apparat auf und drückte die Einschalttaste; das Gerät sprang an.

»Das Modem, das du gekauft hast, hast du bestimmt schon installiert?«

Sebastião schüttelte den Kopf.

»Wir brauchen dringend einen E-Mail-Zugang«, fuhr Beatriz fort. »Warum bittest du nicht den Jungen …?«

»David.«

»… dass er kurz vorbeikommt und es dir installiert …?«

Beatriz ging in die Küche, um sich einen Kaffee zu kochen, während Sebastião David auf seinem Handy anrief. Kurz darauf kam Beatriz mit zwei dampfenden Tassen ins Wohnzimmer.

»Was meint er?«

»Er ist schon auf dem Weg.«

Einige Minuten später kam der Junge. Er trat ein, wobei er zuerst seine Wanderstiefel auf dem Fußabstreifer abwischte. Er begrüßte Sebastião mit ernster Miene, wie jemand, der eine wichtige Aufgabe zu erledigen hat und nur über wenig Zeit verfügt, dann legte er seinen Mantel auf einem Lehnstuhl im Flur ab. Die drei setzten sich um den Computer.

»Das ist ganz einfach«, meinte David. »Diese neuen Modems lassen sich im Nu installieren.«

»Können wir damit auch ins Internet?«, fragte Beatriz. »Ich müsste nämlich eine E-Mail herunterladen, die ich an diese Adresse verschickt habe.« Sie reichte ihm ein Papier.

»Ist das deine E-Mail-Adresse?«

»Ja, ich habe ein paar Dateien aus dem Kommissariat an mich selbst geschickt.«

Davids Hände bewegten sich mit großer Sicherheit über die Tastatur.

»Was beinhaltet die Mail?«

»Datenlisten. Ich fürchte, dass es wahnsinnig lange Listen sind, und deshalb wollte ich sie lieber nicht ausdrucken. Aber die Datei ist komprimiert.«

David sah sie argwöhnisch an.

»Und das darf alles aus dem Kommissariat heraus?«

»Hör mal, du stellst zu viele Fragen«, entgegnete Beatriz.

»Es ist nicht der korrekteste Weg, wenn du das meinst«, mischte sich Sebastião ein. »Hilfst du uns?«

»Klar«, meinte David, indem er Beatriz zublinzelte. »Ich wollte nur wissen, ob wir die Empfängeradresse tarnen müssen. Damit niemand mitkriegt, dass wir die E-Mail heruntergeladen haben.«

Sebastião glaubte einen gewissen Ton des Vorwurfs aus Davids Stimme herauszuhören.

»Geht das?«, fragte Beatriz.

»Natürlich.«

»Na, dann mach mal.«

David lächelte: Ein kleiner Sieg in der Welt der Detektive. Einen Augenblick später begann das Modem zu knacken.

»Fertig!«, rief der Junge triumphierend. »In ein paar Sekunden laden wir uns die E-Mail herunter.«

Sie beinhaltete ein Verzeichnis aller Selbstmordversuche, die es in der Region Madrid in den vergangenen fünf Jahren gegeben hatte; Dutzende von Blättern, die Hunderte von Namen, Adressen und die wichtigsten Merkmale jedes Selbstmordversuchs enthielten.

»Gut, und was machen wir jetzt damit?«, fragte David.

Beatriz hob eine Augenbraue.

»Wir viel. Du nichts.«

»Schon gut, … welche Laus ist der denn über die Leber gelaufen?«, fuhr der Junge auf.

»Lass ihn in Ruhe, Bea. David hat es verdient, und er kann uns helfen.«

Beatriz nickte halbherzig. Sebastião hatte Recht.

»Entsprechend dem Muster der *Göttlichen Komödie* wird sich der nächste Mordfall in der Nähe eines Flusses ereignen«, erläuterte Sebastião. »Im siebten Kreis taucht ein Fluss aus siedend heißem Blut auf, der *Phlegeton*, zu dem man gelangt, sobald man den Wald der Selbstmörder durchquert hat. Wir suchen also einen Namen aus dieser Liste, jemanden, der irgendwann mal erfolglos versucht hat, sich das Leben zu nehmen, und in der Umgebung des Madrider Flusses *Manzanares* wohnt.«

Beatriz hob gespannt die Augenbrauen, und Sebastião wurde deutlicher:

»Einen so klaren Bezug zur *Göttlichen Komödie* kann sich der Mörder einfach nicht entgehen lassen. Davon bin ich überzeugt.«

»Versuchen wir's einfach. Aber es gibt ein Problem: Die Adressen in der Liste sind nicht auf dem aktuellsten Stand. Viele der Personen leben wahrscheinlich schon längst nicht mehr dort. Es kann passieren, dass wir jemanden ausschließen, der jetzt in dieser Gegend wohnt, in der Liste aber noch unter einer anderen Adresse gemeldet war.«

»Okay«, nickte Sebastião. »Aber Kain wird genau vor demselben Problem stehen. Es ist für alle am einfachsten, wenn wir nach jemandem suchen, der zu dem Zeitpunkt, als er sich umbringen wollte, in der Nähe des Flusses gewohnt hat und nicht umgezogen ist.«

Die Aufgabe versprach, viel Zeit in Anspruch zu nehmen, und die drei wappneten sich mit Geduld und mehreren Straßenverzeichnissen und begannen, die Liste Name für Name durchzugehen. Es zeigte sich, dass es viel länger dauerte, als sie erwartet hatten; da sie viele Nebenstraßen, die an den Manzanares grenzten, nicht kannten, mussten sie jede einzelne Adresse auf dem Stadtplan nachprüfen.

»*Indalecio Gómez ...*«, sagte Beatriz und las dann die Adresse vor.

Sebastião glaubte, dass die fragliche Straße im Stadtviertel Vallecas lag, aber er beschloss auf Nummer sicher zu gehen und im Straßenverzeichnis nachzuschauen. Er schüttelte den Kopf, und Beatriz löschte den Namen mit der Maus aus dem Verzeichnis. Dann las sie den nächsten vor.

»Nur Mut, wir kommen doch ganz gut voran.« Wieder schlug Sebastião die Adresse nach. Und wieder hatten sie kein Glück.

So vergingen die Stunden, bis es wenige Minuten nach zwanzig Uhr an der Haustür klingelte. David erklärte den beiden, dass seine Freundin Rosa darauf bestanden hatte, ihn zu begleiten, und ihm schließlich nichts anderes übrig geblieben war, als sie einzuladen: »Ich hoffe, es stört euch nicht?«, entschuldigte er sich. Das Mädchen setzte sich mit einer Informatikzeitschrift und mehreren Dutzend Dezibel, die aus einem kleinen MP3-Player drangen, in eine der Ecken des Wohnzimmers. Obwohl sie Kopfhörer aufhatte, konnten die drei die metallischen Bässe der *Dance*-Rhythmen deutlich hören.

»Du solltest ihr mal sagen, dass das nicht gut fürs Gehör ist«, bemerkte Sebastião.

»Pah! Die hört auf niemanden. Die hat heute wieder so einen Tag ...«

»Lass dich nicht dominieren, David!«, meinte der Portugiese.

»Was ist das denn für ein Ratschlag?«, rief Beatriz. »Kommt, lasst uns weitermachen.« Sie sah David an und meinte in konspirativem Ton: »Darüber unterhalten wir uns später mal unter vier Augen. *Evangelina Morrón …*«

Sie waren bis zum Anbruch der Dunkelheit beschäftigt, bis sie die Liste auf drei Namen und eine ganze Menge an Möglichkeiten zurückgeführt hatten. Drei deprimierte Seelen mit einer zweiten Gelegenheit, deren Leben durch eine zynische Laune des Schicksals nun tatsächlich in Gefahr schwebte. Beatriz meinte, dass jemand aus ihrem Team die Liste am folgenden Tag erneut durcharbeiten werde. Auf Beatriz' Drängen kreuzten noch Morantes und Pablo in Sebastiãos Wohnung auf und machten es sich bequem, um sich die Ausführungen des Portugiesen über die jüngsten Ereignisse anzuhören. David und Rosa verschwanden, wenn auch widerwillig, als die beiden Polizisten eintrafen.

Nach einigen Minuten Erläuterungen über das Medikament Olanzapin, das Laterale Denken, zu Doktor Montaña und Beatriz' Unterhaltung mit dem Psychiater gingen die Mienen der beiden Männer von Überraschung schnell in Wut über. Schließlich rief Pablo:

»*Del Campo?* Der Freund deines Vaters aus dem *Cambridge*-Kreis?«

»Sebastião, Junge. Jedes Mal, wenn man dich allein lässt, fängst du an zu grübeln und stiftest Verwirrung«, sagte Morantes.

»Ich hoffe, ich täusche mich nicht, alter Freund. Hast du mit Caco gesprochen?«

»Hab ich. Er hat ihn zweifelsfrei identifiziert. Del Campo hat im Laden seines Cousins das Verteidigungsspray gekauft.«

»Was für ein Fatzke«, murmelte Pablo.

Der Portugiese schüttelte müde den Kopf.

Dann sagte er: »Noch kenne ich nicht das Warum, aber das Wie scheint klar zu sein: Del Campo benutzt einige seiner Patienten, auf die er großen Einfluss hat, und unterzieht sie einer Olanzapinbehandlung. Über die Einzelheiten der Wirkung weiß ich nichts, aber es steht fest, dass das Medikament Diabetes auslöst. Dies muss wiederum mit Insulin behandelt werden, entweder per Spritze oder auf oralem Weg. Danach wählt der Doktor seine Opfer in der Klinik Ramón y Cajal aus, wo er sich bislang des verstorbenen Arztes Luis Montaña bediente. Del Campo schreibt die Botschaften und spielt Dante, indem er seine Schachfiguren gemäß den Vorgaben der *Göttlichen Komödie* bewegt. Er hat im *Cambridge*-Kreis die ganze Zeit über unsere Fortschritte verfolgt, in der Gewissheit, über den nächsten Schritt seines Gegners jederzeit Bescheid zu wissen.«

»Und die verschlüsselte Nachricht in den Botschaften?«

»Die Lucas-Folge: Die mathematische Formel, mit deren Hilfe der *Cambridge*-Kreis eine Million Dollar gewonnen hat. Del Campo empfindet offenbar einen Heidenspaß dabei, einen der Lieblingssätze meines Vaters in den Selbstmordbotschaften zu verschlüsseln. Bisher haben wir Del Campo mit den Opfern in Zusammenhang gebracht. Das Problem ist, dass wir ihn nun auch mit einem der Mörder in Zusammenhang bringen müssen.«

»Genau. Und ich habe nicht die leiseste Ahnung, wie«, meinte Beatriz.

»Na ja«, mischte sich Morantes ein, »das sollten wir morgen besprechen, wenn wir ausgeschlafen haben. Aber es ist unsere unmittelbare Pflicht, die Namen in der Liste zu schützen.«

Sie einigten sich darauf, tatsächlich so schnell wie möglich zu handeln, und teilten die Namen untereinander durch Losentscheid auf. Sebastião las, was auf seinem Zettel stand: eine Frau, die zweimal versucht hatte, sich das Leben zu nehmen.

»Und jetzt erklärt mir mal, warum wir nicht um Verstärkung aus dem Kommissariat bitten?«, fragte Pablo.

»Del Campo ist ein tüchtiger, respektierter und bekannter Mann, der über mächtige Freunde verfügt. Stell dir mal vor, was los wäre, wenn wir ihn einem Typen wie González ausliefern? Mal angenommen, González handelt vorschnell und lässt ihn festnehmen. Ohne stichhaltigere Beweise als die Aussagen Cacos, eines Drogensüchtigen, der mehrmals vorbestraft wurde, und unseren Verdachtsmomenten wäre es schwierig, Del Campo anzuklagen. González würde sich fürchterlich blamieren, und du kannst dir bestimmt vorstellen, wem er die Schuld für den ganzen Schlamassel in die Schuhe schieben würde.«

»Du hast mich überzeugt«, gab Pablo zu. »Aber du weißt ja, wie nervös er ist. Irgendwann werden wir ihm was sagen müssen.«

»Morgen ist auch noch ein Tag«, sagte Beatriz. »Dafür finden wir schon eine Lösung. Kommt, lasst uns gehen.«

Die vier verließen die Wohnung, entschlossen, einen weiteren Mord zu verhindern.

Für Trinidad Pelayo gab es nur wenige Gründe, weiterzuleben.

Sie war eine Frau, der das Leben böse mitgespielt hatte. Sie war im Schoß einer kaputten Familie aufgewachsen, und ihre Eltern waren Alkoholiker gewesen, deren lautstarke Auseinandersetzungen Nacht für Nacht in ihrer Wohnung widerhallten. Ihre Kindheit war alles andere als friedlich verlaufen. Man kann sich nur schwer vorstellen, was für ein Albtraum es für ein junges Mädchen ist, inmitten eines Familienkrieges aufzuwachsen. Aus einer ungewünschten Schwangerschaft mit einem Mann, der nie wieder etwas von sich hören ließ, war ein Mädchen entsprungen, das inzwischen drei Jahre alt war. Das Kind hatte nicht die geringste Schuld daran, im verkehrten Elternhaus geboren worden zu sein, aber es war nun einmal eine Tatsache, dass Trini nicht für den Unterhalt des Mädchens sorgen konnte; anstatt die Kleine ganz ihrem Schicksal zu überlassen, bat sie eine entfernte Verwandte um Hilfe, die Nonne war und sich schließlich bereit erklärte, das Kind ein paar Jahre lang zu versorgen.

Trinis größter und einziger Stolz war es, nicht in die schäbige Welt der Drogen abgerutscht zu sein. Andererseits waren ihre Jobs nur von kurzer Dauer, denn Trini ließ sich – abgesehen davon, dass sie ganz passabel aussah, ein guter, wenn auch etwas naiver Mensch war und zu Depressionen neigte – mit Leichtigkeit von skrupellosen Männern überrumpeln. Im Supermarkt ihres Viertels hatte sie sich vom Sohn des Besitzers zu intimen Handlungen im Lagerraum hinreißen lassen, und als die ersten Gerüchte aufkamen und man anfing, Witze darüber zu machen, wurde sie entlassen. In einem Restaurant geschah dasselbe, mit dem einzigen Unterschied, dass in diesem Fall der Mann, um den es ging, verheiratet war; also setzte man sie ein weiteres Mal auf die Straße. Aus Verzweiflung und weil sie glaubte, es sei eine vorübergehende Lösung, bis bessere Zeiten kämen, suchte sie ihr Auskommen auf dem Straßenstrich und versank in Depressionen. Bis sie sich in einer Anwandlung von Tapferkeit eines Tages aus den Händen ihres Zuhälters befreite. Das beraubte sie ihrer Einnahmequelle (und nahm ihr die Kraft, sich einen neuen Job zu suchen). Es vergingen einige Wochen, bis sie in einem traurigen Winter, ohne Heizung und Licht, in ihrer schäbigen Wohnung einen

Selbstmordversuch unternahm, indem sie sich mit der Schere die Pulsadern aufschnitt. Sie überlebte dank eines Zufalls und einer neugierigen Nachbarin und wurde in eine Klinik eingeliefert, aus der man sie einige Wochen später wieder entließ.

Sebastião las den Rest des psychiatrischen Gutachtens im Taxi, auf dem Weg zu Trinis Appartement, wenige Meter vom Fluss entfernt. Der mit dem Fall befasste Psychiater, der vielleicht wegen Trinis verborgener Schönheit Mitleid mit ihr gehabt hatte, verschaffte ihr einen Job in einer Reinigungsfirma. Von dort bezog sie noch immer ihr Gehalt, und nach einem kurzen Anruf bei der Firma bestätigte man ihm ihre Adresse und dass Trini – schweigsam und ein wenig kränklich, aber nervlich stabil – jeden Morgen zur Arbeit ging.

Als Sebastião die Avenida de los Pontones erreichte, war es stockfinster. Das Taxi fuhr die lange Avenida bis zum Fluss hinunter und bog am Ende der Straße abrupt rechts ab, um parallel zur Ringstraße am Ufer des Manzanares weiterzufahren. Hinter ihnen ragte das Fußballstadion *Vicente Calderón* in die Höhe, und links kroch eine Autoschlange im Schneckentempo die Stadtautobahn entlang. Sie fuhren unter einer Fußgängerbrücke hindurch und parkten vor einem langgestreckten Gebäude aus grauem Beton, das mit zahlreichen Graffiti verziert war. Die Scheiben waren zerbrochen, und die spärlichen und in unregelmäßigen Abständen im Zement versenkten Laternen, die der Gewalt der Halbstarken des Viertels und der Suche nach Schutz einiger Drogensüchtiger widerstanden hatten, boten nur schwache Beleuchtung.

»Hier ist es«, sagte der Taxifahrer. »Ist keine gute Gegend.«

»Da haben Sie Recht, und ich finde wahrscheinlich auch nur schwer ein Taxi für die Rückfahrt. Würde es Ihnen etwas ausmachen, auf mich zu warten? Lassen Sie die Taxiuhr einfach weiterlaufen.«

Der Taxifahrer zögerte einen Augenblick, schließlich willigte er ein. Sebastião stieg aus und näherte sich dem Eingang des Gebäudes, in dem Trini wohnte.

Die Sprechanlage war kaputt, und das Metallgehäuse baumelte an den losen Kabeln. Die Glasscheiben der Eingangstür waren zerbrochen, und er konnte die Hand zwischen den Gittern hindurchstecken und die Tür von innen öffnen. Er hatte keinen Grund zu vermuten, dass Kains Schergen überraschend auftauchen könnten, doch selbst so spürte er, wie sich ihm sämtliche Nackenhaare sträubten. Er ging hinein und stieg eine alte Holztreppe hinauf, die aussah, als würde sie im nächsten Augenblick zusammenkrachen. Der abblätternde Kalk kämpfte an den Wänden mit den Feuchtigkeitsflecken um die Vorherrschaft, und das fehlende elektrische Licht verdeckte glücklicherweise den Blick auf all die Tierchen, die bei jedem seiner Schritte mit Zischen und Quietschen reagierten.

Sebastião wurde es mulmig zumute. Die Bewohner dieser Welt hatten vergleichsweise wenig zu verlieren, und er war gut gekleidet und erweckte den Eindruck, Geld zu haben. Es wäre wohl besser gewesen, in Jeans und Turnschuhen hierherzukommen. Wie viele Augenpaare hatten ihn wohl beobachtet, als er aus dem Taxi ausgestiegen war und das Gebäude betreten hatte?

Sebastião schlich die Treppe leise hinauf und spitzte die Ohren, damit ihm auch nicht das geringste verdächtige Geräusch entging. Von der Decke im dritten Stock baumelte eine Glühbirne an einem ausgefransten Kabel herab; sie bot gerade so viel Licht, dass man die Wohnungstür mit dem Messingschild erkennen konnte.

Er klingelte und wartete auf eine Reaktion.

»Señora Pelayo?«

Die Tür ging einige Zentimeter auf, bis sie durch eine Sicherungskette blockiert wurde. Die Frau sah Sebastião mit Augen voller Misstrauen an.

»Wer sind Sie?«

Sebastião zog seine Brieftasche hervor und zeigte ihr seinen Ausweis der Interpol.

»Mein Name ist Sebastião Silveira, ich würde mich gern ein paar Minuten mit Ihnen unterhalten. Ich bin kein Polizist, aber es geht um eine Angelegenheit der Polizei.«

Die Tür bewegte sich nicht.

»Ich habe nichts verbrochen«, erwiderte die Frau.

»Ganz und gar nicht. Ich weiß, Señora. Ich komme auch nicht, um Sie zu belästigen, sondern um Sie zu warnen, weil Sie womöglich in Gefahr schweben. Wir müssen bitte unbedingt reden.«

Sie sagte nichts, aber sie verschloss auch nicht die Tür vor ihm.

»Sehen Sie, ich bin ein Ermittler der …«

»Der *Firma?*«

»Bitte?«

»Ob Sie von der Putzfirma sind? Ich habe heute meinen freien Tag … ich habe nichts verbrochen«, wiederholte sie noch einmal.

»Nein, Señora, ich bin nicht von der Firma. Ich weiß, dass Sie nichts verbrochen haben, aber …«

Sie fiel ihm ins Wort: »Für einen Polizisten sind Sie aber ziemlich gut gekleidet.«

»Ich sagte Ihnen doch, dass ich nicht von der Polizei bin. Aber ich arbeite an einem Fall, in den Sie als Opfer verwickelt sein könnten. Es dauert nur ein paar Minuten.« Die Tür wurde geschlossen, und Sebastião konnte hören, wie Trinidad die Kette löste. Einige Sekunden später ging die Tür erneut auf, und Sebastião trat in das Appartement. Es war winzig; kaum dreißig Quadratmeter, in denen Mutter und Tochter wohnten. Am Ende des Wohnzimmers ging es in das einzige Schlafzimmer, in dem Sebastião zwei Betten erkannte, auf denen zwei mit lauter Flickwerk überzogene Decken lagen. Ein kleiner Elektroofen sorgte für ein wenig Wärme in der Wohnung.

»Sie leben mit Ihrer Tochter zusammen, stimmt's?«

Trinidad sah ihn mit einem Ausdruck von Misstrauen an. Ihre Augen spiegelten die Erschöpfung wider, die von einem Leben voller Widerstände zeugte, und Sebastião dachte, dass sie ihn vielleicht hereingelassen hatte, um sich einfach mit jemandem unterhalten zu können. Sie war eine Frau von kleinem Wuchs und wog nicht mehr als vierzig Kilo. Ihre Gesichtszüge waren die einer schönen Frau, aber zeugten von Misshandlungen. Sie trug abgewetzte Jeans und einen schweren Wollpulli mit einem Loch an der rechten Schulter. Sie war damit beschäftigt, sich eine Strähne ihres Haares glattzustreichen, die sich trotzig aus ihrem Pferdeschwanz gelöst hatte.

»Ja«, antwortete die Frau, »aber sie verbringt gerade ein paar Tage bei ihren Großeltern im Dorf. Sie ist so ein liebes Kind …«

»Ich glaube es Ihnen.« Sebastião lächelte bedrückt. »Trini. Darf ich Sie *Trini* nennen?«

Sie nickte schweigend.

»Sehen Sie, Trini«, sagte Sebastião, wobei er sich im Stuhl nach vorne beugte. »Ich will Sie nicht erschrecken, aber es ist wichtig, dass Sie mir jetzt gut zuhören. Ich sagte Ihnen ja schon, dass ich der Polizei bei der Klärung eines Falles helfe, bei dem es bereits mehrere Todesopfer gegeben hat. Es gibt einen Mann, einen Serienmörder, von dem wir glauben, dass er in Kürze einen weiteren Mord begehen wird. Die Polizei hat eine Liste von potenziell gefährdeten Personen erstellt, und ich fürchte, Sie sind eine davon.«

Es schien, als wollten Trinis Augen aus den Höhlen treten. Sie rieb sich pausenlos die Hände.

»Aber ich bin völlig unschuldig«, stotterte sie.

»Ich weiß, Trini. Aber dieser Mann handelt ohne Motive. Ich will damit nicht behaupten, dass er hinter Ihnen her ist, aber ich möchte, dass Sie von jetzt an gut auf sich aufpassen und mich anrufen, sobald Ihnen etwas Verdächtiges auffällt.« Er sagte dies und steckte ihr seine Visitenkarte zu. »Wenn Sie jemanden beobachten, der Ihnen folgt, oder jemanden sehen, den Sie nicht kennen, der hier herumstreunt. Was auch immer, um welche Uhrzeit auch immer. Rufen Sie mich an. Okay?«

Die Frau nickte und verbiss sich ihren Unwillen.

»Warum ausgerechnet ich?«

»In der Liste stehen mehrere Namen. Sie sind nicht die Einzige. Wir warnen jeden Einzelnen. Wenn ich Ihnen noch einen Rat geben darf: Wenn es einen Ort gibt, wo Sie für ein paar Tage unterschlüpfen können, bei irgendeinem Bekannten, dann gehen Sie dorthin.«

Die Frau sah sich mit ängstlichem Blick um, und es schien, als dächte sie einige Sekunden nach.

»Ich könnte zu einer Freundin gehen. Für wie lange müsste es denn sein?«

»Wenn Sie mir eine Telefonnummer hinterlassen, wo ich Sie erreichen kann, dann benachrichtige ich Sie, sobald die Gefahr vorüber ist. Es wird wohl nicht lange dauern.«

»Muss ich noch heute verschwinden?«

»Je früher, desto besser. Wenn Sie heute nicht können, verriegeln Sie, sobald ich gehe, die Tür hinter sich, und passen Sie gut auf!«

Trini stand auf und ging ohne ein Wort zu sagen in die Küche. Ein paar Sekunden später kam sie mit zwei Gläsern Wasser zurück.

»Was haben wir nur getan, dass …? Das bedeutet also …«

Sebastião hatte beschlossen, ihr die wahren Motive des Mörders nicht zu verraten; es würde zu nichts führen und Trini bloß ihre traurige Vergangenheit in Erinnerung bringen und ihr noch mehr Schmerz zufügen.

»Es gibt keinen Grund, Trini. Vielleicht irren wir uns auch, und es passiert überhaupt nichts. Aber wir wollen auf keinen Fall ein Risiko eingehen. Vorsicht ist besser als Nachsicht, stimmt's? Erlauben Sie mir, dass ich Ihnen ein paar Fragen stelle. Haben Sie während der letzten Tage etwas Auffälliges bemerkt?«

Sie blieb nachdenklich.

»Ich habe ja auf nichts geachtet. Auf jeden Fall bin ich morgen Früh hier weg.«

Plötzlich schien sie auf etwas aufmerksam zu werden.

»Und Sie, wer sind Sie eigentlich?«

Sebastião verwendete einige Minuten darauf, es ihr zu erklären; er musste sie davon überzeugen, dass es sich um eine wahre Geschichte handelte und ihr Leben tatsächlich in Gefahr schwebte. Ihr Blick erinnerte ihn an eines jener Fotos von Frauen aus Kriegsgebieten, voller Angst und Resignation. Es machte ihn traurig, dass das Leben manchen Menschen so hart mitspielte, während es anderen so viel gab. Als er fertig war, war Trini noch eingeschüchterter als am Anfang, und in ihren Augen schimmerten Tränen. Er tat, was er konnte, um sie zu beruhigen und ihr zur Vorsicht zu raten.

»Machen Sie niemandem die Tür auf, Trini. Und rufen Sie mich an, wann immer es Ihnen danach ist«, sagte er, als er sich auf der Treppe von ihr verabschiedete.

Bedrückt ging er die Stufen hinunter und verließ das Gebäude. Dann blieb er stehen und sah sich um. Die schwache Straßenbeleuchtung bewirkte, dass die Schatten der Nacht um ihn herumtanzten. Der Taxifahrer wartete noch immer auf ihn, und als er ihn sah, entriegelte er die Zentralverriegelung. Sebastião gab ihm Bescheid, ihn nach Hause zu bringen; dann kehrten seine Gedanken zu Trini zurück. Er vertraute darauf, dass sie seine Warnungen ernst genommen hatte und das Gebäude so schnell wie möglich verließ. Und er hoffte, dass Kain sie nicht ins Fadenkreuz genommen hatte.

Es vergingen einige Minuten, bis das Taxi aus dem Viertel herausgefunden hatte und an einer der viel befahrenen Hauptstraßen angekommen war. Sein Handy riss ihn aus seinen Gedanken. Der Portugiese wühlte in der Manteltasche.

»Ja?«

»Sebastião! Gott sei Dank erreiche ich dich.«

Es war Beatriz, ihre Stimme klang aufgeregt und voller Anspannung.

»Was ist los?«

»Konntest du mit deinem Namen aus der Liste sprechen?«

»Ja, vor ein paar Minuten. Ich bin schon wieder im Taxi, auf dem Weg nach Hause.«

»Die anderen zwei sind unauffindbar. Du bist der Einzige, der mit jemandem gesprochen hat.«

Beatriz' Besorgnis war durch das Handy spürbar. Sie redete hastig.

Sebastião merkte, wie ihm das Blut in den Adern gefror.

»Sind wir zu spät gekommen?«

»Sebastião, du begreifst nicht«, erwiderte Beatriz. »Die beiden anderen leben nicht mehr in Madrid, der eine ist nach Barcelona gezogen und der andere in ein Dorf nach Galicien.«

»O Gott! Moment …« Er beugte sich nach vorne, um

mit dem Taxifahrer zu sprechen. »Kehren Sie sofort wieder um.«

Er verständigte den Mann, so schnell wie möglich zu Trinidads Appartement zurückzufahren, und wandte sich wieder an Beatriz: »Ich fahre zurück.«

»Wir machen uns ebenfalls auf den Weg«, informierte sie ihn. »Wir treffen uns dort, aber falls es länger dauern sollte, warte auf uns, bevor du hochgehst. Warte an der Eingangstür auf uns. Hast du mich verstanden?«

»Ruhig Blut.«

Sebastião legte auf.

Trinidad war Kains einzige Möglichkeit.

Es dauerte nicht lange, bis sie wieder bei Trinis Hauseingang angelangt waren. Sebastião stieg aus und sagte dem Taxifahrer, er könne nach Hause fahren. Er zückte sein Handy und rief Beatriz an.

»Wo steckt ihr?« Im Hintergrund hörte er die Sirene des Wagens und den Lärm der Hupe.

»Am anderen Ende des Flusses, auf der gegenüberliegenden Seite; etwa zwanzig Minuten entfernt. Und du?«

»Ich bin vor Ort. Scheint alles ruhig zu sein.«

»Schau mal, ob du Licht im Haus erkennst?«

»Es ist eine Wohnung ohne Fenster zur Straße«, sagte Sebastião.

Er legte auf und grübelte einige Minuten. Dann traf er eine Entscheidung: Es würde nicht lange dauern, bis Beatriz und ihre Kollegen ankämen, und er wollte hinauf, um Trini zu beruhigen, bevor sie die Sirenen hörte. Er schwor sich, vorsichtig zu sein. Er ging zum Eingang und öffnete erneut die Tür, indem er die Hand durch das Gitter steckte. Dann stieg er zum zweiten Mal mit geschärften Sinnen die Treppe hinauf. Er beruhigte sich, indem er an die baldige Ankunft seiner Freunde dachte. Er erklomm die baufällige Holzstiege, bis er den Treppenabsatz zu Trinis Wohnung erreicht hatte.

Die Tür war gewaltsam aufgebrochen worden; das mickrige Schloss zertrümmert.

Sebastião stand da wie festgefroren; er reagierte erst, als er ein Geräusch aus dem Inneren der Wohnung vernahm. Er näherte sich leise der Tür, das Herz schlug ihm in der Brust; dann stieß er sie vorsichtig auf, bis er in das leere Wohnzimmer schauen konnte. Dort war niemand, aber das Geräusch brach nicht ab. Ein unaufhörliches Gurgeln und, im Abstand weniger Sekunden, lautes Keuchen. Er betrat geradewegs den Raum, bemüht, so wenig Lärm wie möglich zu machen. Er ging schweigend am Wohnzimmer vorbei und lief schnurstracks ins Badezimmer, aus dem das Geräusch kam. Er trat über die Türschwelle, tat zwei Schritte nach vorne und blieb von der Abscheulichkeit der Szene wie gelähmt stehen.

Trini lag nackt ausgestreckt in der Badewanne. Ihre Kleider waren auf dem Boden und über dem Klo verstreut; dort, wo sie von ihrem Mörder hingeworfen worden waren. Eine Hand und das rechte Bein hingen über den Wannenrand hinaus, und ihr Blut tropfte langsam auf die Bodenfliesen. Von seinem Standpunkt aus konnte Sebastião ihr Gesicht sehen, ihre bereits leblosen Augen, schreckensstarr; ihr in eine Blutlache getauchtes Haar verbarg das, was die Autopsie später als die Todesursache feststellen sollte: Ein brutaler Schlag, der ihren Schädel in zwei Teile gespalten hatte. Sebastião blieb der Atem weg; es schien ihm, als sähe ihn Trini aus vorwurfsvollen Augen an. *»Du hast meinen Tod zugelassen«*, schienen sie zu sagen.

Über sie gebeugt, und weniger als anderthalb Meter von Sebastião entfernt, plagte sich ein korpulenter, fast schon fetter Mann, Trini die Haut in Fetzen vom Leib zu reißen; er bemerkte Sebastião nicht. Wie in Trance machte der

Portugiese einen Schritt nach vorn, besann sich dann aber eines Besseren. Niemand konnte Trini mehr helfen, und die Wohnung verfügte nur über einen einzigen Ausgang: den Eingang zum Gebäude. Mucksmäuschenstill blieb er stehen und tat dann einen Schritt zurück. In diesem Moment drehte sich der Mann um, wie vom Teufel gewarnt. Sein Gesicht spiegelte die Qualen des Wahnsinns wider und wurde noch zusätzlich durch die blutige Brühe entstellt, die ihm an Stirn und Wangen hinablief. In seinen Augen sah man eine Art von Gier, mit seiner Arbeit fertig zu werden, die Sebastião den Magen zuschnürte.

Der Mörder tat einen Satz nach vorne. In diesem Moment erkannte der Portugiese das riesige Küchenmesser, das er in seiner rechten Hand hin- und herschwenkte. Sebastião ging einen Schritt zurück und rutschte in einer Blutlache aus. In diesem Moment fiel der Mann über ihn her, und der Portugiese konnte sich gerade noch beide Hände schützend vors Gesicht halten, bevor er mit dem Kopf gegen das Waschbecken schlug.

»Mach schon!«, sagte Beatriz.

Das Auto der Hilfskommissarin flog buchstäblich über die Stadtautobahn in Richtung Süden, die Sirene war eingeschaltet, und Pablo saß am Steuer; sie waren auf der Suche nach einer Brücke, auf der sie den Manzanares überqueren konnten. Pablo wich auf den Standstreifen aus, um die Autofahrer zu umgehen, die auf der Ringautobahn unterwegs waren.

»Geht nicht schneller«, schmollte er.

»Gib Gas …«, antwortete Beatriz leise. Sie kniff die Lippen zusammen und starrte auf die Autobahn.

Pablo antwortete nicht. Die Beziehung zwischen seiner Kollegin und dem Portugiesen war mehr als offensichtlich. Er bemerkte, dass Beatriz angespannt war, und die

Tatsache, dass sie Sebastião nicht auf seinem Handy erreichen konnte, ließ ihre Stimmung nur noch schlechter werden. Die Straßenbeleuchtungen wechselten einander in schwindelerregendem Tempo ab und überzogen die Gesichter der Polizisten jede Zehntelsekunde mit einem Lichtschimmer.

Pablo schaltete einen Gang herunter, lenkte den Wagen zu einer Ausfahrt, und sie fuhren im Eiltempo über eine Brücke.

»Nach rechts«, wies Beatriz ihn an.

Einige Minuten später trat Pablo mit voller Kraft auf die Bremse und hinterließ zwei lange, schwarze Spuren auf der Fahrbahn und einen intensiven Geruch nach verbrannten Bremsklötzen. Beatriz zog das Kabel heraus, das die Sirene mit der Stromquelle verband, und bereitete damit dem Getöse ein Ende; dann sprang sie vor Trinidads Hauseingang in Windeseile aus dem Wagen.

»Scheiße! Ich wusste, dass er nicht mehr hier sein würde«, murmelte sie. »Der Idiot ist hochgegangen.«

»Beruhig dich. Es ist ihm sicherlich nichts passiert«, entgegnete Pablo. Als sie den Hauseingang erreichten, sahen sie als Erstes die zerbrochenen Scheiben der Tür. Beatriz warf ihrem Kollegen einen kurzen Blick zu, während sie die Hand durch die Eisenstangen hindurchsteckte. Pablo zog lautlos seine Pistole. Sie liefen die Treppe so schnell es ging hinauf, bis sie im dritten Stock angekommen waren. Die Tür stand immer noch sperrangelweit offen, das Türschloss war zersplittert. Mit gezückten und entsicherten Waffen betraten sie vorsichtig den Raum. Beatriz presste sich gegen die Wand und sorgte am Eingang zum Flur für Deckung, während Pablo langsam durch das Wohnzimmer nach vorne ging, bis er sich in Position gebracht hatte. Sie sahen sich an, Beatriz schüttelte den Kopf. Man hörte nicht den geringsten Laut.

Sie gingen durch das Zimmer bis zum Flur und von dort ins Bad, wo Beatriz Sebastião auf dem Boden liegen sah, bewusstlos und mit blutendem Gesicht. Sie stand wie festgefroren da, gelähmt von der Scheußlichkeit der makabren Szene, die sich ihr in blutroten Farbschattierungen präsentierte. In der Badewanne lag Trinidad Pelayos lebloser Körper, aufs Widerwärtigste entstellt. Die Wände waren mit Blut verschmiert, dunkel und dickflüssig, das auf den Fliesen am Fuße der Wanne Pfützen bildete. Beatriz fluchte und kniete neben Sebastião nieder, während sie versuchte, eines seiner Augenlider zu öffnen. Pablo kam näher, er umklammerte noch immer mit beiden Händen die Pistole, wobei er auf die Decke zielte.

»Um Himmels willen …! Wie geht es ihm?«

Beatriz sah ihn an und atmete auf.

»Er lebt. Bleib du bei ihm, und verständige einen Rettungswagen, ich geh runter und schaue, ob ich den Dreckskerl finde, der das hier verbrochen hat.«

»Kommt nicht in Frage, Bea. Ich lass dich auf keinen Fall allein.«

In diesem Moment hörten sie auf der Straße eine weitere Polizeisirene und Reifenquietschen.

»Das ist Morantes«, sagte Beatriz. »Gehen wir.«

Sie verließen das Appartement im Eilschritt und sprangen die Treppen hinab. Am Eingang stießen sie auf den Geheimdienstagenten.

»Was ist passiert?«

»Kain hat wieder zugeschlagen«, meinte Beatriz, während sie die Straße nach beiden Richtungen absuchte. »Sebastião muss ihn auf frischer Tat ertappt haben, er liegt oben und ist bewusstlos. Er hat einen schweren Schlag abbekommen.«

Morantes warf einen Blick die Treppe hinauf.

»Dritter Stock rechts«, sagte Beatriz. »Ich glaube, er ist

okay, aber …« – dann sah sie Morantes fest in die Augen – »ruf einen Rettungswagen, und pass mir gut auf ihn auf.«

Morantes nickte.

Dann meinte er: »Ich habe einen Typen gesehen, der von hier weggerannt ist.«

»In welche Richtung?«

»Er kam mir gerade entgegen, als ich hier eintraf …, he, Beatriz, sei vorsichtig!«, schrie Morantes der Hilfskommissarin hinterher.

»Ruf einen Rettungswagen, und kümmere dich um Sebastião«, schrie sie zurück.

Beatriz und Pablo stiegen erneut in den Wagen, machten eine scharfe Kehrtwendung und verschwanden in rasender Geschwindigkeit die Straße hinauf. Es regnete noch nicht, aber die Luft war so feucht, dass Pablo den Scheibenwischer betätigen musste, um etwas sehen zu können. Allerdings war es kühler geworden, und die Atmung stieg wie Dampf aus ihren Lungen.

Es war möglich, dass der Mann, den Morantes gesehen hatte, lediglich ein unschuldiger Fußgänger war, aber irgendetwas sagte Beatriz, dass es eine von Kains Marionetten war, die sich dort vor ihr in der Dunkelheit verlor. Sie verfluchte ihn voller Zorn; das Gefühl der Ohnmacht, ihm so nahe zu sein … Als sie an Sebastião dachte, wurde ihr mulmig zumute. Falls der Portugiese doch mehr als nur einen Schlag abbekommen hätte, würde sie den Typen, hinter dem sie her waren, direkt an Ort und Stelle abknallen.

Sie fuhren am östlichen Ufer des Manzanares entlang Richtung Süden. Dann überholten sie einen klapprigen Lieferwagen und folgten dem Flussufer mit großer Geschwindigkeit.

»Da!«, rief Beatriz nach einigen Sekunden.

Ein paar hundert Meter vor ihnen war die Silhouette

eines Mannes zu erkennen. Die Scheinwerfer beleuchteten seinen Regenmantel und umrissen eine große Gestalt, die schnellen Schrittes vorwärtslief. Einige Meter vor ihm bremsten sie scharf ab und sprangen aus dem Wagen.

»Polizei! Keine Bewegung, wir wollen …«

Der Mann verharrte ein paar Sekunden lang verwirrt, stand da wie festgenagelt und drehte sich schließlich um und rannte in dieselbe Richtung davon, aus der er gekommen war.

»Scheiße. Polizei! Stehen bleiben!«

Beatriz nahm seine Verfolgung auf und rief Pablo zu, per Funk Verstärkung anzufordern. Doch sie hatte den Verdacht, dass er es nicht tun würde; nach ein paar Sekunden hörte sie die Schritte ihres Kollegen hinter sich. »Hoffentlich dauert es nicht allzu lange: Ich bin schon ewig nicht mehr im Fitness-Studio gewesen«, dachte Beatriz.

Der Killer rannte etwa zehn Meter vor ihnen her – wie der Teufel auf der Flucht vor den Höllenhunden. Sein Regenmantel flatterte wie ein Segel im Wind, darunter konnte man seine blutverschmierten Jeans und die ehemals weißen Turnschuhe erkennen.

»Gleich haben wir dich«, schrie ihm Pablo hinterher.

Je weniger Luft Beatriz bekam, desto bewusster wurde ihr, dass sie doch nicht so fit war, wie sie geglaubt hatte. Sie konzentrierte sich darauf, gleichmäßig zu atmen: Langsam durch die Nase ein- und durch den Mund wieder auszuatmen. Sie versuchte, so gut sie konnte, schneller zu rennen, und schloss mehrere Meter zu dem Mann auf. Sie schätzte, dass sie ihn in Kürze erreicht haben würde. »Falls ich es schaffe, meinen Rhythmus zu halten«, dachte sie.

»Stehen bleiben!«, keuchte sie.

Der Mann warf einen Blick über seine Schulter, und Beatriz war erstaunt über die Gelassenheit, die sie in seinen

Augen erkennen konnte. Sie wirkten erfüllt von beängstigender Entschlossenheit.

Sie rannten mit Blitzgeschwindigkeit an Trinidads Hauseingang vorüber, der Mann bog nach rechts ab und verschwand in einer schmuddligen Gasse, die quer zum Fluss verlief. Beatriz und Pablo schwenkten kurz danach ebenfalls in die Gasse ein und prallten gegen einen Stapel Kisten aus feuchtem Karton. Beatriz konnte den Kisten ausweichen und ließ ihren Kollegen hinter sich, der fluchend aus dem Unrat hervorkroch. Der Mörder hatte erneut mehrere Meter Vorsprung gewonnen. Er blickte wieder über die Schulter, und im schwachen Licht der Straßenbeleuchtung erkannte die Hilfskommissarin seine dunklen, ausdruckslosen Augen und einen üppigen Schnauzbart, der sich auffällig von seinem kahlgeschorenen Schädel unterschied. Ein weiterer Geisteskranker aus Del Campos Praxis.

»Bleib stehen, du Dreckskerl!«, schrie Pablo erneut. »Du hast keine Fluchtmöglichkeit.«

Die beiden Polizisten schossen förmlich aus der Gasse heraus, auf eine breitere Straße zu. Beatriz musste unentwegt an Sebastião denken. Wie ging es ihm wohl?

Neben ihr ballerte Pablo mit seiner Waffe in die Luft, aber der Schuss trieb die Gestalt nur noch weiter an. Der Mann bog plötzlich in eine andere Straße ein, die wieder zum Manzanares hinunterführte.

»Pablo …«, keuchte Beatriz. »Ich weiß nicht, wie lange ich noch durchhalte …«

»Ich bin schon jetzt total kaputt«, antwortete ihr Kollege stockend. »Wenn der nicht bald stehen bleibt … kippe ich um. Und wenn wir uns trennen? Einer geht zurück und holt … *den Wagen?*«

Sie rannten noch ein paar Meter weiter, wobei sie über orangene Müllbehälter hinwegsetzten, die umgestürzt auf dem Boden lagen.

»Okay. Schauen wir einfach, in welche Richtung er rennt, wenn er am Fluss ankommt.«

Gegenüber tauchte wieder das Flussbett des Manzanares auf. Der Mann hatte keine andere Möglichkeit, als nach links zurück zu Trinidads Hauseingang abzubiegen, oder nach rechts weiterzulaufen.

Er rannte allerdings geradeaus und sprang in den Fluss.

Beatriz und Pablo langten fast gleichzeitig an der Steinbrüstung des Manzanares an und mussten zusehen, wie der Mann sich in die pechschwarzen Fluten stürzte.

»Verdammt«, keuchte Pablo. »Dieser ... verfluchte Irre!«

Beatriz zog ihren Mantel aus und steckte sich die Pistole in den Gürtel ihrer Jeans.

»He, was machst du da?«, sagte Pablo.

Beatriz zog ihr Handy aus der Tasche und warf es ihm zu.

»Ruf Verstärkung. Eine Funkstreife ans andere Ufer, bevor uns dieser Scheißkerl noch ganz entwischt.«

»Hör mal, du willst doch nicht etwa da reinspringen, das Wasser ist ... *Bea!*«

Sie sprang mit den Füßen voran, weil sie befürchtete, dass der Fluss nicht tief genug war, aber der viele Regen der vergangenen Monate hatte die Wassermenge ansteigen lassen, und sie gelangte nicht bis auf den Grund hinab. Das Wasser war eisig, es schmerzte, und als Beatriz wieder an die Oberfläche gelangte, seufzte sie laut auf. Sie hörte, wie Pablo ihr vom Ufer etwas zurief, und dann vernahm sie plötzlich eine dumpfe Detonation. Beatriz drehte sich im Wasser um.

»Nicht schießen!«, schrie sie, wobei ihr die Kräfte aus den Lungen schwanden. »Wir brauchen ihn lebend, damit er uns zu Kain führen kann. Ruf Verstärkung.«

Mit letzter Kraft begann sie zum anderen Ufer zu schwimmen. Mit jedem weiteren Meter schien das Wasser eisiger zu werden. Was würde sie tun, wenn sie den Mörder erreichte? In Anbetracht seiner Körpergröße und seiner Korpulenz war klar, dass der Mann viel stärker war und sie mit Leichtigkeit unter Wasser drücken konnte. Sie streckte einen Moment lang den Kopf aus dem Wasser, um ihre Position zu bestimmen, dann spürte sie, wie sie Panik überkam. Sie hatte ihn aus den Augen verloren. »Dort!« Sie war einige Meter abgetrieben worden. Sie fluchte. Er war ziemlich weit von ihr entfernt. Vor ihnen ragte die Mauer des Westufers des Manzanares in die Höhe, und daran hinaufzuklettern, war unmöglich. Beatriz kraulte hinter dem Mörder her, ohne darüber nachzudenken, wie sie wieder aus dem Wasser kommen würde. Sie beschloss, erst dann über zukünftige Probleme nachzudenken, wenn die Zeit dafür gekommen war … in etwa fünfzehn Metern!

Jedes von Kains Opfern, jeder vorausgegangene Schritt in die verkehrte Richtung und jeder einzelne Fehler motivierten sie. Das war sie den zerstörten Familien der Opfer schuldig. Sie biss die Zähne zusammen und kämpfte gegen Kälte und Erschöpfung an.

Nach einer Weile hielt sie erneut an, um sich zu orientieren. Der Mann vor ihr plantschte im Wasser und klammerte sich an einen Metallvorsprung, der in den Zement eingelassen war. Sie sah, wie er in die Höhe fuhr, als ob er schwebte, und die andere Hand ausstreckte, bis es ihm gelungen war, sich an einem weiteren Vorsprung festzuhalten. Eine Treppe!

Mit erneuten Kräften preschte sie nach vorn, und nach einigen Zügen hatte sie ihn erreicht. Mit einem letzten, wütenden Schwimmzug fuhr die Hälfte ihres Körpers aus dem Wasser, und sie klammerte sich mit aller Kraft an der Kleidung des Mörders fest. Ihr Gewicht bewirkte, dass der

Mann den Halt verlor und mit Beatriz wie ein Klumpen Blei zurück ins Wasser plumpste. Beatriz war sich ihrer unterlegenen Situation bewusst, der Mörder würde nicht davor zurückschrecken, sie zu ertränken, wenn er nur fliehen konnte. Was nun? Gegen ihn zu kämpfen, hatte keinen Sinn. Wenn sie ihn nur lange genug ablenken könnte, bis die Verstärkung eintraf, hätte sie vielleicht eine Chance, heil aus dem Abenteuer herauszukommen.

Der Mann drehte sich mit zorniger Miene um und vollführte einen Schlag in Beatriz' Richtung. Beatriz versuchte sich zu verteidigen, so gut es ging. Sie erinnerte sich an den Selbstverteidigungskurs der Akademie. »*Bleib ruhig – studiere die Situation – analysiere deinen Angreifer – und schlag ihm danach in die Weichteile oder in die Augen.*« Sie streckte einen Finger aus und bohrte ihm einen ihrer Fingernägel ins rechte Auge. Der Mann brüllte auf vor Schmerz, zerrte an ihren Haaren und versuchte sie unter Wasser zu tauchen. Sie wollte sich aus seinem Griff befreien, aber er war zu kräftig. Sie geriet in Atemnot. Ihre Bewegungen wurden langsamer, und mit jeder Sekunde, die verging, kam sie der Bewusstlosigkeit, der Schwelle des Todes näher.

Sie bewegte sich nicht mehr, doch irgendwann spürte sie, dass der Mann von ihr abließ – ohne Zweifel war er zufrieden mit dem Schicksal der Polizistin. Mit letzter Kraft versetzte sie ihm einen Stoß mit dem Fuß und klammerte sich dann an die Metallleiter; hustend und Wasser erbrechend, streckte sie den Kopf aus den Fluten. Der Mörder drehte sich verwundert in ihre Richtung und betrachtete sie aus der Nähe. In seiner Miene waren weder Verdruss, Hass, noch sonstige Gefühle zu erkennen; lediglich Entschlossenheit. So standen sie sich einige Sekunden lang gegenüber: die Polizistin und der Killer. An dieselbe Metallleiter geklammert und sich aus wenigen Zentimetern

Entfernung ansehend, bis der Mann mit einem Zungenschnalzen seinen Weg nach oben fortsetzte. Beatriz blieb, wo sie war, und schnappte gierig nach Luft, während sie gegen die Magenkrämpfe ankämpfte, die ihren Körper erschütterten. Kurz darauf begann sie völlig erschöpft, aber von ihrer Wut angetrieben, den mühsamen Aufstieg über die Metallsprossen, die aus der Mauer ragten. Oben angekommen, fiel sie der Länge nach auf den Boden. Sie drehte sich auf den Rücken, die Atmung kam stoßweise aus ihren Lungen. Inzwischen spürte sie die Kälte nicht mehr, nur unüberwindliche Müdigkeit.

»*Nichts da*«, feuerte sie sich an. Sie rappelte sich auf und strich sich das Haar zurecht, das ihr im Gesicht klebte. Der Mann vor ihr schleppte sich davon. Er stolperte und fiel hin, blieb einige Sekunden ausgestreckt liegen, stand erneut auf, sah sich nach seiner Verfolgerin um und setzte mühsam seinen Weg fort.

»Fast hätte ich dich kleingekriegt, und das, obwohl ich eine Frau bin«, dachte Beatriz zufrieden. Sie überlegte, ob sie zur Pistole greifen und ihm einen Schuss ins Hinterteil verpassen sollte, aber schließlich besann sie sich eines Besseren. So erschöpft, wie sie war, und mit ihrem rasenden Puls, würde sie ihn wahrscheinlich nur tödlich verletzen. Außerdem hörte sie schon von fern die Polizeisirenen. Die *Siebte Kavallerie* rückte an. Beatriz atmete tief durch und nahm die Verfolgung des Mannes wieder auf.

Rund fünfzig Meter vor ihr hielt der Typ plötzlich vor einem Metallgitter, das den Fluss von der Autobahn trennte. Er bückte sich. Es sah so aus, als hätte er die Absicht, durch ein Loch im Zaun zu schlüpfen, die Stadtautobahn zu überqueren und zwischen den Gebäuden auf der gegenüberliegenden Seite zu verschwinden.

»He!«, schrie Beatriz, um seine Aufmerksamkeit zu erregen.

Sie musste ihn so lange ablenken, bis der Wagen der Patrouille eintraf. Eines war ihr klar: Sie würde sich nicht noch einmal auf ein direktes Handgemenge mit ihm einlassen können.

»Warte mal, ich möchte was sagen …«

Der Mörder blieb stehen, mit der Hälfte seines Körpers befand er sich bereits auf der anderen Seite des Gitters. Er warf ihr einen Blick zu. Es sollte sein letzter sein. Er stand auf, legte sich einen Weg zwischen den Fahrzeugen hindurch zurecht, die mit hoher Geschwindigkeit angefahren kamen, und rannte los.

Er hatte sich verrechnet.

Das erste Auto versuchte der plötzlich auf der Fahrbahn erscheinenden Gestalt auszuweichen und bohrte sich in die mittlere Leitplanke der Autobahn. Das zweite dagegen stieß gegen Trinidads Mörder, als dieser versuchte, dem ersten auszuweichen. Der dumpfe Schlag des Aufpralls klang wie das Zerplatzen einer reifen Melone, und der Körper des Mörders wurde in hohem Bogen durch die Luft geschleudert. Beatriz schrie vor Wut und rannte los.

Es dauerte nicht lange, bis sich ein gewaltiger Stau gebildet hatte, begleitet vom Quietschen der Bremsen und eingeschalteten Warnblinklichtern. Beatriz erreichte das Zaunloch, kletterte hindurch und betrachtete die Gestalt vom Standstreifen aus, bis sie sicher war, dass sie die Fahrbahn überqueren und zu ihr gelangen konnte. Sie näherte sich dem leblosen Körper, kniete sich neben ihn, legte ihm zwei Finger an die Halsschlagader und suchte nach einem Lebenszeichen.

Einige Autofahrer stiegen aus und rannten zum Unglücksort, aber Beatriz, bis auf die Knochen durchnässt und ihre Dienstmarke in der Hand, konnte sie so lange abwimmeln, bis zwei Beamte der Guardia Civil auf schweren Motorrädern eintrafen.

Nach einer Weile hörte man die Sirenen von zwei Rettungsfahrzeugen, die sich auf der Gegenspur näherten, begleitet von einem halben Dutzend Funkstreifenwagen der Polizei. Beatriz setzte sich auf die Leitplanke und schrie plötzlich laut auf: Der Killer hatte ihr eine Rippe gebrochen. Sie begann zu zittern, und bei jeder Bewegung sah sie Sternchen. Einer der beiden Motorradfahrer in Uniform beeilte sich, Leuchtkegel aufzustellen, um den Unfallort zu sichern.

In diesem Moment erschien Morantes' Fahrzeug auf dem Standstreifen und bremste neben ihr scharf ab.

»Beatriz!«, rief Morantes.

Sie stand blitzartig auf, dann verzog sie vor Schmerz das Gesicht. Sebastião stieg aus und rannte mit blutbeflecktem Gesicht und Hemd auf sie zu. Beatriz und er umarmten sich schweigend. Hinter ihm kamen Pablo und Morantes.

»Du bist ja patschnass«, meinte Sebastião und zog seinen Mantel aus.

Beatriz entledigte sich ihres Pullovers und ihres Hemdes und zog sich den Mantel über. Sie zitterte vor Kälte, und bei jeder Zuckung erbebte ihre gebrochene Rippe.

»Wo tut es dir weh?«

»Ich bin okay. Mir geht's besser als dem da«, sagte sie, wobei sie mit dem Kopf auf den Mörder zeigte.

Drei Rettungsärzte standen über diesen gebeugt und versuchten alles, um ihn am Leben zu erhalten. Morantes lief zu einem der Rettungsfahrzeuge und holte eine Decke aus dem Inneren, während Pablo mit den Rettungsärzten sprach.

Nach einer Weile kehrte Pablo mit düsteren Gesichtszügen zurück.

»Ich habe gerade mit einem der Ärzte gesprochen, und der meint, es käme einem Wunder gleich, wenn er es noch bis ins Krankenhaus schafft.«

Beatriz schloss die Augen und fluchte, während Morantes ihr vorsichtig die Rettungsdecke überstreifte und einen der Sanitäter heranwinkte.

»Aber Sebastião und du, ihr fahrt jetzt auf jeden Fall erst einmal ins Krankenhaus.«

»Hör mal, Morantes«, begann Beatriz zu protestieren.

»Ich kümmere mich hier um alles. Und du bist jetzt mal ganz still!«

Er nahm sie am Arm, begleitete sie zu einem der Rettungswagen und verabschiedete sich von den beiden, wobei er ihnen versicherte, dass sie sich am nächsten Tag treffen würden.

Beatriz und Sebastião trafen drei Stunden später leicht lädiert, aber ohne ernsthafte Verletzungen, in Olavide ein: Sebastião mit einem Kopfverband und vier Stichen im hinteren Schädelbereich und Beatriz mit einer angebrochenen Rippe und vor Kälte steifen Knochen. Der Bruch, der nicht operiert werden musste, würde *»mit Knoblauch und Wasser kuriert werden«*, wie es in Spanien im Volksmund hieß, und nach ein paar Wochen des Unbehagens wieder von selbst verheilen. Mit Cognac und einer Schüssel warmer Suppe schuf Beatriz Abhilfe gegen den Schüttelfrost.

Nach dem Abendessen redeten sie nur wenig miteinander. Sebastião dachte an Trinidad, Beatriz an Del Campo.

»Ich sollte mich etwas hinlegen«, sagte sie sich. »Ich bin total erschöpft, aber ich komme einfach nicht zur Ruhe.« Ihr Rücken schien in eine gigantische Schraubklemme eingezwängt, und sie musste bei jeder Bewegung im Bett die Zähne zusammenbeißen.

Sebastiãos Idee, statt in ihrer Wohnung bei ihm in Olavide zu übernachten, setzte sie nur schwachen Widerstand entgegen, die Erschöpfung der Verfolgungsjagd hatte ihr weder Lust noch Kraft für Diskussionen übrig gelassen. Und warum es nicht zugeben? Sich von Sebastião versorgen zu lassen, erschien ihr, speziell in dieser Nacht, äußerst attraktiv.

Sie streckte vorsichtig die Hand aus und knipste das Licht der Nachttischlampe an. Sie warf einen Blick auf ihre Armbanduhr: Es war halb sechs Uhr morgens. Sebastião lag nicht mehr neben ihr im Bett. Sie berührte die Decke: Sie war kalt. Er musste schon vor einer geraumen Weile aufgestanden sein.

Als man Beatriz im Krankenhaus untersucht hatte, hatte ihr Handy geklingelt; es war Morantes gewesen, der anrief, um ihr mitzuteilen, dass die Situation unter Kontrolle war, der Mörder im Koma lag und González ihn pausenlos anklingelte.

»Mädchen, dein Chef ist wirklich unmöglich …«, hatte er gesagt.

Dennoch konnte Beatriz nicht einschlafen. Sie konnte einfach nicht loslassen, sie musste immer wieder über die Morde und über ihren Flirt mit dem unfreiwilligen Ermittler nachdenken, der noch vor kurzem neben ihr im Bett gelegen hatte.

Die Sache war bereits verloren. Sie waren dem Mörder zwar nahe gekommen, aber angesichts so vieler Toter im Leichenschauhaus konnten sie nicht gerade stolz auf sich sein. Sie versuchte Rückschau zu halten. Was hätte sie tun können, um all die Morde zu verhindern, wenn sie von Anfang an über das Wissen verfügt hätte, das sie nun besaß? Sie sah an die Zimmerdecke und vertrieb sich einen Moment die Zeit damit, die Vierecke zu zählen, aus denen sich die Gipsleiste zusammensetzte.

Und immer wieder tauchte ein Name in ihrem Kopf

auf: *Emiliano Del Campo – Kain.* Wie konnte man ihn nur hinter Gitter bringen?

Sie hörte ein sanftes Klopfen an der Tür und lächelte.

»Herein«, sagte sie in zartem Ton.

Sebastião öffnete die Tür.

»Ich konnte nicht schlafen. Und dann habe ich unter dem Türspalt Licht gesehen«, erklärte er, am Türpfosten lehnend. »Ich denke schon die ganze Zeit über das Thema nach und komme jedes Mal zu demselben Ergebnis.«

Mit seiner Hilfe richtete Beatriz sich auf. Im Liegen schmerzte die Rippe ohnehin noch mehr als im Sitzen.

»Was meinst du?«

Sebastião trug Jeans und einen dicken Wollpullover, in der rechten Hand hielt er eine Kaffeetasse. Ohne zu fragen, schnappte sich Beatriz diese und nahm einen Schluck daraus. Sie schnitt eine Grimasse.

»Mit extra viel Zucker!«, bestätigte Sebastião. »Fördert das Nachdenken!«

Beatriz reichte ihm die Tasse und maulte.

»Erzähl mir, zu welchem Ergebnis du gekommen bist.«

»Wir müssen so schnell wie möglich Zugang zu Del Campos PC in seiner Privatpraxis bekommen«, sagte Sebastião.

»Was meinst du damit?«

»Emiliano Del Campo – *Kain* – bringt Patienten unter seine Kontrolle, damit sie für ihn Morde begehen. Er ist selbst geisteskrank …, aber hinter dieser Krankheit, dieser Psychose, steckt ein Grund. Ein Motiv, das seinen Taten einen Sinn verleiht, zumindest aus seiner Sicht. Aus irgendwelchen Gründen spielen mein Vater, das Laterale Denken, die Botschaften und ich selbst dabei eine entscheidende Rolle. Der gesamte … Plan, die Patienten, die Mörder, die Olanzapinbehandlungen, die Botschaften und ihre Schlussfolgerungen, das alles muss schließlich irgendwo aufbewahrt sein.«

Beatriz verzog das Gesicht.

»Del Campo ist Wissenschaftler«, sagte Sebastião dann, »es ist also schon fast ein Muss, dass er Tagebuch führt, um seine Erfahrungen und Ergebnisse bis ins kleinste Detail zu dokumentieren. Und der logischste Ort dafür ist sein eigener PC.«

»Und wie sollen wir das anstellen? Ein Durchsuchungsbefehl schadet eher. Und wenn wir in seinem Computer nichts finden …«

»Ich dachte eigentlich nicht an einen Durchsuchungsbefehl, Bea. Ich will ihn ja nicht aufscheuchen, sondern festnehmen. Wenn wir erneut mit ihm reden oder seine Praxis filzen und dabei auf nichts Stichhaltiges stoßen, erreichen wir nur, dass er untertaucht.«

Sebastião setzte sich neben Beatriz aufs Bett und betrachtete sie schweigend. Die Hilfskommissarin neigte den Kopf zur Seite.

»Du hast doch nicht etwa vor, in seine Praxis einzubrechen …?«

Sebastião schwieg. Beatriz lehnte sich an das Kopfende des Bettes und verzog schmerzhaft das Gesicht.

»Also, ich zeichne dir mal die verschiedenen Szenarios auf«, sagte sie. »*Erstens:* Wir betreten die Praxis, und die Alarmanlage wird ausgelöst. Es gibt einen Wachmann, und er entdeckt uns. In diesem Fall wäre der Teufel los, unsere beruflichen Karrieren wären mit einem Schlag beendet, weil wir mit größter Sicherheit hinter Gittern landen würden – wegen Störung laufender Ermittlungen, Hausfriedensbruch und weil wir González damit zum wiederholten Mal auf den Schlips getreten wären. *Zweitens:* Es gelingt uns reinzukommen, und wir finden Beweismaterial, das Del Campo zweifellos der Morde bezichtigt. Auch dies würde nur wenig nützen, denn da es sich um eine illegale Hausdurchsuchung handelt, dürften wir die Beweise in einem Gerichtsverfahren überhaupt nicht verwenden. Wieder wäre der Doktor fein raus.«

»Aber es gibt noch eine andere Möglichkeit.«

»Ach? Und die wäre?«

Sebastião atmete tief durch, wie jemand, der kurz vor einem riskanten Spielzug steht.

»*Drittens:* Wir gehen rein, niemand entdeckt uns, und wir finden das belastende Beweismaterial. Danach verschwinden wir wieder, ohne eine Spur zu hinterlassen, und stellen Del Campo anschließend eine Falle.«

»Wir ködern ihn also?«

»Genau.«

»Das halte ich für unrealistisch.«

»Aber es ist unsere Chance, einmal schneller zu sein als Kain.«

Beatriz streckte die Hand aus und griff nachdenklich nach der Kaffeetasse.

Mittwoch, 17. April

Morantes war der Erste, der sich in Olavide blicken ließ. Früh um halb acht klingelte es. Sebastião öffnete ihm die Tür, der Geheimdienstagent betrat den Flur und legte seinen Regenmantel und den Hut ab. Beatriz kam auf ihn zu, drückte ihm einen Kuss auf die Wange und begleitete ihn ins Wohnzimmer.

Einige Minuten später erschien Pablo, noch immer mit verschlafenem Gesicht. Nach der Anspannung der vergangenen Nacht hatte er nur wenig und schlecht geschlafen.

Die vier nahmen vor einer Thermoskanne Kaffee und

Donuts, die die Polizisten mitgebracht hatten, im Wohnzimmer Platz.

»Das Wichtigste zuallererst«, sagte Morantes. »Wie fühlt ihr euch?«

»Gut«, log Beatriz. »Es tut noch ein bisschen weh, aber mit ein paar Aspirin kriegen wir es schon in den Griff.«

»Klar«, entgegnete Pablo. »Derjenige, der beinahe abgekratzt wäre, bin ich. Als ich sah, wie du ins Wasser gesprungen bist, hätte ich fast einen Herzinfarkt bekommen.«

»Und du?«, erkundigte sich Morantes bei Sebastião.

»Auch gut«, versicherte der Portugiese. »Eine kleine Beule! Was ist mit dem Typen von gestern Nacht?«

»Jede Menge innerer Verletzungen«, antwortete Morantes. »Die Ärzte können sich nicht erklären, dass er noch immer am Leben ist, aber sie glauben kaum, dass er durchkommt. Und *Trini* …« – Morantes machte eine Pause –, »… das könnt ihr euch wahrscheinlich selbst vorstellen!«

Dann meldete sich Pablo zu Wort und erklärte, er habe in der vergangenen Nacht wiederholt mit González gesprochen; das letzte Mal von der Klinik aus. Nach einem ausgedehnten und erschöpfenden Verhör über die letzten Ereignisse und den Aufenthaltsort von Beatriz und Sebastião hatte der Kommissar ihn schließlich in Ruhe gelassen. Anschließend hatte Pablo noch bis spät in die Nacht Daten über den vermutlichen Mörder gesammelt. Sein Name war *Indalecio Parada,* er war zweiundvierzig Jahre alt und hatte eine gewalttätige Vergangenheit und eine siebenjährige Haftstrafe in der Strafvollzugsanstalt von Sevilla wegen versuchten Mordes hinter sich. Im Gefängnis hatte er sich mit Hilfe eines Nylonseils zu erhängen versucht, das er Gott weiß wo aufgetrieben hatte; deshalb hatte man ihn schließlich ins Psychiatriezentrum López Ibor überwiesen; später reichte man seine Akte an die Klinik Ramón y Cajal weiter.

Beatriz durchbohrte Sebastião mit einem Blick.

»Er war dort interniert, bis er vor einigen Wochen plötzlich spurlos verschwand ...« – »Aber der Zweck unseres Treffens ist doch die Frage, wie wir Kain dingfest machen können«, sagte Morantes mit einem halben Donut im Mund. »Oder irre ich mich?«

Sebastião ergriff das Wort. »Reden wir also nicht länger um den heißen Brei herum: Wir haben die Absicht, in Del Campos Privatpraxis einzudringen und den Terminkalender seines PCs zu durchforsten.«

Morantes sah die beiden aufmerksam an.

»Und was hofft ihr, dort zu finden?«

»Einen Namen«, erwiderte der Portugiese. »Den Namen des nächsten Mörders. Sag bloß, das interessiert dich nicht?«

Es herrschte einen Moment Schweigen, während alle über Sebastiãos Vorschlag nachdachten.

»Ohne Durchsuchungsbefehl?«, rief Pablo, indem er die Hände erhob. »Ich habe das Gefühl, Sebastião, der Schlag auf den Kopf hat dich über Gebühr in Mitleidenschaft gezogen.«

»Pablo!«, tadelte ihn Beatriz.

»Verflucht noch mal, Bea. Weißt du eigentlich, was das für einen Ärger geben kann?«

»Welche Möglichkeiten haben wir sonst?«, fragte Sebastião. »Sollen wir etwa die Arme verschränken und darauf warten, dass Kain seinen achten Mord begeht? Und selbst dann bliebe noch ein Mord übrig. Und danach?«

»Wir werden es auf jeden Fall tun«, versicherte Beatriz. »Wir werden diesen Kerl hinter Gitter bringen, selbst wenn ich dafür in seiner privaten Wäschetruhe herumstöbern müsste. Die Unterstützung des CNI wäre für uns dabei natürlich von größtem Nutzen!«

Morantes schmunzelte zynisch:

»Rechne besser nur mit der Unterstützung des alten Morantes!«

»Und du, Pablo, was ist mit dir?«, fragte Beatriz.

Pablo schnaubte wütend und ließ sich in den Sessel zurückfallen.

»Noch zwei Morde, und Kain verschwindet für immer von der Bildfläche!«, meinte Sebastião. Pablo machte eine resignierte Miene.

»Es ist Wahnsinn, das ist meine Meinung.« Dann sagte er: »Aber es lohnt sich, es zumindest auszuprobieren.«

Er zog eine Schachtel Zigaretten aus dem Jackett und zündete sich eine an. »Sag mir jetzt bloß nicht schon wieder, ich soll nicht rauchen«, meinte Pablo und sah Beatriz an.

»Gut, wenn wir uns damit also entschieden haben …«, sagte Morantes und sah auf die Uhr. Dann streckte er die Hand nach einem kabellosen Telefon aus, das an der Wand befestigt war, und reichte es Sebastião. »Schritt Nr. 1: Ruf Del Campo an! Er ist um diese Zeit bestimmt schon wach.«

»O Mann«, meinte Pablo.

– 5 –

»Wer könnte je, auch mit dem freisten Wort,
Das Blut, das ich hier sah, die Wunden sagen,
Erzählt' er auch die Kunde fort und fort.«

Mittwoch, 17. April

Morantes knipste sein Handy aus und drehte sich herum, um mit dem Mann zu reden, der ihn mit besorgter Miene ansah; der Mann trug einen billigen marineblauen Anzug und hatte die Dienstmütze tief ins Gesicht gezogen, um seine Glatze zu kaschieren.

»Da kommt er«, sagte Morantes. »Ein dunkelblauer Mercedes, an dessen Steuer ein älterer Mann sitzt. Alles klar?« Der Typ mit der Dienstmütze, dessen Job es war, die Autos der Gäste der Bar *José Luis* in der Calle Serrano zu parken, sah den hochhackigen Absätzen von zwei knackigen Blondinen hinterher – ihrer Erscheinung nach Osteuropäerinnen –, die in einem der gehobenen Rotlichtlokale um die Ecke arbeiteten.

»Mann, was sind das für Schnecken«, rief der Mann vom Parkservice deutlich hörbar und ohne großen Hehl aus seinem lasziven Begehren zu machen; auch wenn ernstere Absichten aufgrund der fehlenden ökonomischen Mittel auszuschließen waren.

»Mariano, verdammter Mist! Du bist schon wieder nicht bei der Sache«, fuhr ihn Morantes an.

Der Mann sah wieder zu Morantes. Entweder war er schon über sechzig und hatte sich gut gehalten, oder er war erst fünfzig und schon sehr verlebt, jedenfalls war er kaum größer als einen Meter fünfzig. Er erging sich in einem ungeheuren, zahnlosen Lachen.

»Man schaue sich doch bloß mal diese Püppchen an. Wenn ich noch ein paar Jahre jünger wäre …«

»Könntest du die Rechnung trotzdem nicht bezahlen! Komm schon, Mariano, tu endlich, was ich dir sage.«

Um diese Uhrzeit – nachmittags um halb drei – strömten aus den Büros des Viertels scharenweise Menschen in die Bars und Menürestaurants. Die drei oder vier bekanntesten füllten sich mit Abteilungsleitern in Nadelstreifenanzügen, Damen in schweren Pelzmänteln und den jungen und kessen Mädchen aus dem Stadtviertel. Die Autos, die von ihren Besitzern geparkt wurden, wo immer es ging, machten die Straßenecken und Zebrastreifen in der Umgebung unpassierbar. Der Mann vom Parkservice zog ein ernstes Gesicht.

»Also noch mal: Ein Mercedes, ich parke ihn ein Stück die Straße rauf, und die Schlüssel, wozu brauchst du die?«

»Ich sagte es dir ja schon. Ist eine Privatangelegenheit. Wie damals, als ich deinem Neffen einen Gefallen getan habe. Oder habe ich ihn etwa nicht vor sechs Monaten Aufenthalt im Bau gerettet?«

Mariano hob die Hände.

»Schon gut, Boss. Es war ja nur, damit ich weiß …« Er warf einen Blick in alle Richtungen und fuhr dann in konspirativem Ton fort: »Und für mich, springt da auch was raus?«

»Wenn wir Glück haben und alles nach Plan läuft, kriegst du fünfzig Euro dafür.«

Mariano drehte sich um, wie jemand, der gar nicht zuhört, und beobachtete erneut die beiden Osteuropäerinnen, bevor sie um die Ecke verschwanden.

»Mann, sind die hübsch ...«, seufzte er.

Morantes bezog seinen Posten vor dem Eingang der Hausnummer 85.

Wie immer, wenn er alleine war, verloren sich seine Gedanken in den Erinnerungen an seine Frau. Er hatte sie als unglaublich hübsch im Gedächtnis behalten, selbst als der Krebs schon die Schlacht gegen ihre Haare und ihre Widerstandskraft gewonnen hatte. Es war ihre Sanftheit, die ihn angezogen hatte, dachte er. Ihre große Geduld und ihre Leutseligkeit, die dazu führten, dass die Menschen ständig um sie herum waren. Bei Meinungsverschiedenheiten hatten oft sogar seine eigenen Freunde für Sol Partei ergriffen. Sie konnte die Menschen mit dem ersten Lächeln für sich gewinnen. Und er blieb am Leben, weil sie ihn mit ihrem letzten Atemzug darum gebeten hatte: »Gib nicht auf, hörst du? Du hast noch viel zu erledigen.«

Er zog sich seine Handschuhe aus und wischte sich eine Träne ab, die ihm die Wange herablief. »Solange ich von Nutzen bin ...«, hatte er versprochen. Heute war es Kain und morgen, wer weiß?

Er wachte aus seiner Lethargie auf, als er sah, wie sich Del Campos Mercedes der Bar näherte, worauf Mariano auf den Wagen zustürmte, um sich sein Trinkgeld zu sichern. Der Wagen hielt vor der Bar, und Mariano öffnete die Tür. Der Psychiater war in einen dunklen Mantel gehüllt und trug einen italienischen Markenhut. Er überließ Mariano die Schlüssel und ging gemächlichen Schrittes in die Bar. Der Mercedes, der nun von Mariano gelenkt wurde, rollte langsam an, fuhr bis zur nächsten Straßenecke und hielt an dem vereinbarten Ort. Der Mann vom Parkservice stieg aus und verschloss die Tür des Wagens.

Dann hielt er nach Morantes Ausschau und ging zu der Stelle, wo der Geheimdienstagent auf ihn wartete.

»Irgendwann erzählst du mir aber, worum es ging«, meinte Mariano in konspirativem Tonfall.

Morantes wusste, dass es sich bei der Tür zu Del Campos Praxis um eine gängige Sicherheitstür handelte. Er nahm die Schlüssel zur Hand und begutachtete den Schlüsselbund eingehend: Einer davon war ein Sicherheitsschlüssel. Dem Agenten entschlüpfte ein Lächeln. Er zog einen Geldschein aus der Brieftasche und steckte ihn in eine der Taschen von Marianos zerknittertem Blazer.

»Mariano, bin gleich wieder da!«

Sebastião stand auf, als er sah, wie Del Campo die Bar betrat. Der Psychiater blieb nicht einmal in der Tür stehen, um nach ihm Ausschau zu halten; er kam direkt auf ihn zu, als wüsste er längst, welchen Tisch der Portugiese ausgewählt hatte. Es war leicht zu erraten: ein Tisch am Ende des Lokals. Er überließ dem Kellner Mantel, Schal und Hut und näherte sich Sebastião. Dieser streckte ihm die Hand entgegen und schnappte im selben Moment nach Luft.

»Sebastião. Ich freue mich, dich wiederzusehen.« Del Campo lächelte nur mit den Lippen, ohne irgendwelche andere Gesichtsmuskeln in Bewegung zu setzen. Sein Händedruck war fest und trocken und besaß die gewohnte Kraft.

Als sie Platz genommen hatten, war im Nu ein Kellner neben ihnen aufgetaucht. Ohne die Speisekarte zu konsultieren, bestellte Del Campo Consommé und Seehecht. Der Kellner warf Sebastião einen forschenden Blick zu.

»Ich möchte ebenfalls Consommé und als Hauptgang Steak paniert und eine Flasche Wasser ohne Kohlensäure.«

»Und eine Flasche Rioja *Reserva*«, ergänzte Del Campo.

Der Kellner notierte sich alles und zog sich zurück. Der Psychiater legte eine lederne Aktenmappe vor sich auf den Tisch und drapierte die Serviette sorgfältig auf seinem Schoß. Ein Goldsiegel mit einem Amethysten blitzte eine Sekunde unter dem Licht der Halogenstrahler auf, die an der Decke angebracht waren. Seine kräftigen und makellos gepflegten Hände richteten das Tischbesteck aus, bis es perfekt dalag.

Dann fragte er: »Wie laufen die Ermittlungen?«

Sebastião war sich bewusst, dass dies der schwierigste Teil seiner Rolle war: Er musste mit Kain zu Mittag essen und dabei tun, als ob er von nichts wüsste, und die Ruhe zu bewahren versuchen. Ihm gegenüber saß zweifellos der Mann, der für den Tod vieler Unschuldiger verantwortlich war. Der Mann, der ihn verspottete, indem er Botschaften voller Anspielungen auf seinen Vater hinterließ und im *Cambridge*-Kreis Überraschung und Empörung vortäuschte. Der Mann, der den Mord am Sohn eines Freundes kaltblütig geplant hatte. Sebastião versuchte das Zittern seiner Hände zu kontrollieren, als er nach der Serviette griff, um sie auf seinem Schoß auszubreiten.

»Hoffentlich hast du die Schlüssel, Morantes«, dachte er.

»Genau darüber wollte ich mit Ihnen sprechen.«

»Nur zu, Sebastião. Ich freue mich, dass der Mörder von Don Claudios Sohn es mit einem so begabten Ermittler zu tun hat.«

Die Schmeichelei störte Sebastião, doch Del Campo missverstand seine Reaktion.

»Du solltest dein Licht nicht unter den Scheffel stellen. Ich kenne deine Verdienste und Erfolge bei der Interpol sehr gut und finde, dass du die Ermittlungen mit großer Professionalität führst. Trotz der Dummheit deiner Kollegen, die nur blind in der Gegend herumfuchteln. Vor allem beeindruckt mich, wie du in der Vergangenheit einige deiner Fälle mit Hilfe von menschlichen Verhaltensmustern gelöst hast. Dabei lagst du zwar manchmal daneben, aber warst doch überraschend effektiv.«

»Ein Verfahren, das außerhalb Spaniens mit großer Häufigkeit benutzt wird«, sagte Sebastião, ohne dass er wusste, worauf Del Campo eigentlich hinauswollte. »Die Lorbeeren gehören mir nicht allein.«

»Keine falsche Bescheidenheit, Professor Silveira. Mehr als ein Verbrecher wird sein Schicksal verflucht haben, weil er dich zum Gegner hatte. Aber du hast Recht, wenn du sagst, dass man diese Methoden hierzulande zu wenig benutzt. Es ist ein Jammer, dass unsere Behörden der Verhaltensforschung so wenig Bedeutung beimessen. Wir haben noch viel von unseren amerikanischen Kollegen zu lernen.«

Del Campo machte eine Pause, um mit ruhiger Hand aus der Riojaflasche einzuschenken, die der Kellner auf den Tisch gestellt hatte. Der Doktor spielte mit ihm. Er schien zu sagen: *»Ich bin Kain. Du bist ein ehrenwerter Gegner. Aber ich bin unbesiegbar.«* Sebastião hoffte, dass seine Blicke seinen Zorn nicht verrieten.

»Ein exzellenter Wein.« Del Campo hob das Glas und betrachtete seine Färbung gegen das Licht. Dann schwenkte er den Inhalt mit erfahrener Bewegung, führte das Glas an seine Nase und roch daran. Er beendete das Ritual, tat einen Schluck und ließ den Wein über seine Zunge laufen. »Die Weine aus Haro sind vorzüglich«, meinte er mit Kennermiene. »In einer Sache sind wir beide uns ähnlich. Wir steigern uns zu sehr in unsere Arbeit hinein. Ein Exzess an Leidenschaft – aber ohne diese wären wir mittelmäßige

Menschen. Die großen Taten der Menschheit waren immer von Leidenschaft erfüllt.«

»Leidenschaft besitzt viele Gesichter«, erwiderte Sebastião und dachte: »Du irrst dich. Wir ähneln uns nicht im Geringsten. Ich bin der Jäger, und du bist meine Beute!«

Er musste die Ruhe bewahren, durfte sich das Zittern seiner Hand nicht anmerken lassen. Er biss die Zähne zusammen, während er im Geiste bis fünf zählte. Del Campo lächelte ihm spöttisch zu. In diesem Moment kam der Kellner mit den dampfenden Consommés, und Sebastião rückte endlich mit der Entschuldigung heraus, die er sich Stunden vorher in seiner Wohnung zurechtgelegt hatte.

»Wir würden gerne mit Jacobo Ros sprechen und glauben, dass wir das am besten in Ihrer Praxis und in Ihrer Anwesenheit tun sollten. Möglicherweise wirkt das beruhigend auf ihn. Auf diese Weise erzählt er vielleicht etwas, was nützlich für uns sein könnte. Die andere Möglichkeit wäre, ihn auf dem Kommissariat zu verhören, aber ich glaube kaum, dass dabei viel herauskommt. Mit einem Anwalt an seiner Seite wird er jede Auskunft hartnäckig verweigern.«

Del Campo hörte ihm mit düsterer Miene zu und schlürfte seine Suppe.

»Ich glaube nicht, dass ich deinen Wünschen entsprechen kann«, sagte er und schüttelte den Kopf. »Ros ist ein extrem komplizierter Patient, der jedoch in kürzester Zeit eine überraschende Entwicklung durchgemacht hat. Eine Unterbrechung dieser Größenordnung könnte ihn vollkommen aus dem Gleichgewicht bringen und eine gefährliche Regression verursachen.«

Er legte den Löffel auf dem Teller ab und trocknete sich die Lippen mit der Serviettenspitze.

»Die Polizei verfügt über Beweise, die Ros als Mörder von Martínez ausweisen. Wenn wir nicht mit ihm sprechen können, wird er morgen ganz offiziell zur Aussage vorgeladen«, bemerkte Sebastião.

Unauffällig erforschte der Portugiese das Gesicht des Psychiaters. Natürlich war der Grund ihres Gesprächs nicht die Erlaubnis zu einem Verhör von Ros; vielmehr musste Sebastião Zeit gewinnen, damit Morantes die Schlüssel besorgen konnte. Der Arzt machte einen verstimmten Eindruck.

»Ich wiederhole es gerne noch mal: Es ist völlig unmöglich. Ros befindet sich in Behandlung und darf nicht gestört werden.«

»Ist er inzwischen nicht gesundgeschrieben?«

Der Psychiater blickte ihn scharf an.

»Wenn du weiterhin darauf beharrst, Ros verhören zu wollen, müsst ihr ihn festnehmen lassen. Ich kann euch dabei nicht helfen.«

»Das wundert mich. Ich dachte, die Ergreifung von Juan Alacenas Mörder habe höchste Priorität.«

Del Campo stellte die leere Suppentasse auf dem Teller ab. Sein Gesichtsausdruck veränderte sich, und Sebastião bemerkte um seine Lippen ein leichtes Zittern. Es dauerte einen Moment, bis Del Campo sich wieder gefasst hatte. Sebastião näherte sich ihm, beugte sich vor und sah ihm fest in die Augen.

»Das Einzige, was mich interessiert, ist die Ergreifung *Kains*. Ros ist nur zweitrangig.«

Sie warteten schweigend ab, bis der zweite Gang serviert wurde.

»Ich werde dir eine Frage stellen …«, sagte der Psychiater. Er nahm das Fischbesteck zur Hand und trennte ein Stück vom Seehecht ab, der gerade serviert worden war. Sebastião trank einen Schluck Wein und bedeutete ihm, er solle weitersprechen.

»Glaubst du an Gott?«, fragte Del Campo. »Glaubst

du, dass uns auf der anderen Seite etwas Wunderbares erwartet?« Sebastião bemerkte die Verbitterung, die aus jeder Silbe sprach. Dann sagte der Doktor: »Ich erinnere mich an einen Film, in dem ein Mann von Moral, ein Geistlicher, einen tödlichen Autounfall erleidet und ins Koma fällt. Doch die Wissenschaft bringt es fertig, ihn den Klauen des Todes wieder zu entreißen. Der Film handelt davon, wie der Mann stirbt und ins Jenseits gelangt, und als er wieder zurückkommt, ist er in keinster Weise von Gottes Güte berührt, sondern wird zum skrupellosen Mörder. Ein anderer Geistlicher, ein Freund aus der Gemeinde, stellt sich ihm am Ende des Films in den Weg und fragt ihn nach den Gründen für seine tragische Mutation. Der vom Tode Erweckte antwortet ihm in einer Szene von bestürzender Grausamkeit, dass er auf der anderen Seite absolut nichts vorgefunden habe. Wozu also einer angeblich göttlichen Ethik folgen? Es ist, als schliefe man, das Bewusstsein existiert nicht, nur der Tod. Stell dir so was Grausames einmal vor, wenn du dazu imstande bist.«

Plötzlich schwieg der Psychiater.

»Ich verstehe nicht ganz, worauf Sie mit der Geschichte hinauswollen«, antwortete Sebastião.

»Die Ethik, Sebastião, trübt unsere Urteilsfähigkeit. Das meine ich damit!«

Der Doktor blickte auf, griff nach der Aktenmappe, die er zu Beginn ihrer Unterhaltung auf den Tisch gelegt hatte, und überreichte sie dem Portugiesen.

»Lesen Sie das, Professor Silveira. Es ist die Wahrheit, nach der Sie suchen.«

Dann entschuldigte er sich, indem er auf einen nicht aufschiebbaren Termin in der Praxis hinwies, stand auf und versicherte ihm, die Rechnung sei bereits bezahlt.

Oswaldo Cosíos Geschichte klang, aufgrund ihrer Umstände, nicht vollkommen aus der Welt gegriffen, aber doch ein wenig an den Haaren herbeigezogen. Er war an einem brütend heißen Tag des Jahres 1950 in Buenos Aires auf die Welt gekommen, und das Schicksal hatte es nie besonders gut mit ihm gemeint.

Als erbärmlicher Schüler war Oswaldo zunächst ein ziemlicher Schlingel gewesen, entwickelte sich später zum Spitzbuben und, nachdem er ins Erwachsenenalter gekommen war, zum Kleingauner. Man konnte nicht behaupten, dass seine Familie wohlhabend gewesen wäre, aber dank der Anstrengungen des Großvaters (des Vaters seiner Mutter) hatten Oswaldos Eltern doch ein wenig Geld geerbt. Oder zumindest hatten sie es besessen, bis sie – ohne wirklich zu verstehen, weshalb, und so häufig sie auch ihre Konten überprüften – alles hoffnungslos verloren hatten.

Oswaldo beendete sang- und klanglos sein Jurastudium und hatte das Glück, seine spätere Ehefrau kennenzulernen, als die Suche nach einem Job für ihn zur Notwendigkeit geworden war. Seine Frau wiederum hatte in ihm einen jungen, hübschen Mann gesehen, der allerdings nur wenig Lust zu arbeiten hatte. Also klammerte sich Oswaldo mit beiden Händen an das – im Übrigen spärliche – Geld der Familie seiner Frau (Geld, das ebenfalls vom Großvater mütterlicherseits erarbeitet, aber vorteilhafter angelegt worden war). Ein Jahr lang machte Oswaldo seinen Schwiegereltern etwas vor, bis diese, so schwer es in Argentinien in jenen Jahren war, einen Job zu finden, an seinem Willen dazu ernsthaft zu zweifeln begannen.

Danach hatte er noch ein weiteres Mal Glück, auch wenn dies, wie alle schicksalsvollen Ereignisse in seiner Familie, schon bald ins Gegenteil umschlagen sollte. Er lernte Gilberto Martín kennen, einen idealistisch eingestellten Menschen mit politischen Tendenzen, die sich im Nachhinein als tödlich erwiesen. Er war Gewerkschafter, oder zumindest nannte er sich so, und widmete seine Zeit dem Kampf für die Gerechtigkeit, für die sozial benachteiligten Gesellschaftsschichten und, wie Oswaldo in einigen (wenigen) Momenten vermutete, für Dinge, die eigentlich niemand so richtig verstand, aber deren Parolen sich zumindest gut anhörten.

Oswaldo versuchte seinem Freund gegenüber sein Talent mit solchem Erfolg und Eifer zu beweisen, dass seine Reden ihm innerhalb kürzester Zeit einen gewissen Bekanntheitsgrad verschafften (in Kombination mit einer höchst attraktiven äußeren Erscheinung). Zwar wurde er nicht sehr bekannt, aber doch genug, um sich selbst in Schwierigkeiten zu bringen. Am 24. April 1977 wurde er in Buenos Aires mitten auf der Calle Constitución von einer Gruppe bewaffneter und in Zivil gekleideter Individuen überwältigt, die behaupteten von der Abteilung für Drogenbekämpfung zu sein. Sie steckten ihn gefesselt und mit einer Kapuze über dem Kopf in ein geräumiges Fahrzeug und brachten ihn zu den Kellergewölben der aus traurigem Grund berühmt gewordenen *Escuela Mecánica de la Armada*.

Er verbrachte lange Nächte in einer winzigen Gefängniszelle, er hörte die Schreie anderer Gefangener und war so verängstigt, dass er sich nicht einmal fragte, weshalb man ihn an jenen Ort gebracht hatte. Die Militärs konnten ihn rasch überzeugen, und nachdem sie ihn ein paar Mal mit Elektroschocks gefoltert hatten, plauderte Oswaldo alles aus, was er wusste: Namen, Adressen und konkrete Aktionen (einige davon malte er in seiner Fantasie noch aus, um seine Situation der Obrigkeit gegenüber noch zu verbessern). Schließlich gelang es ihm, wie seine Geschichte beweist, auf Kosten vieler seiner Kollegen seine eigene Haut zu retten.

Oswaldo, der schon immer debil gewesen war (zumindest hätte sein Schwiegervater es so ausgedrückt), verlor schließlich den Verstand. Die Ärzte, die ihn Jahre später behandelten, als er bereits im Hochsicherheitsgefängnis im argentinischen Córdoba einsaß, erstellten die Diagnose »*Manisch depressiv, mit heftiger Gewaltneigung und extremem Verfolgungswahn.*« Zu seinem nächsten Gefängnisaufenthalt kam es, als er nach seiner Entlassung aus Argentinien weggegangen war und sich in Spanien niedergelassen hatte. Ohne Arbeit und mit dem wenigen Geld, das er seiner Frau hatte entwenden können, die er völlig mittellos zurückließ, geriet er in eine Welt, die ihn an seine Jugendjahre erinnerte. Die spanische Polizei erwischte ihn zusammen mit einigen Kolumbianern, die auf besonders brutale Weise Luxusvillen in der Umgebung von Madrid plünderten.

Sein Kopf brummte heute ganz besonders. Er öffnete eine Pillenschachtel und nahm zwei von den Tabletten ein, die ihm der Arzt verschrieben hatte. Noch zwei mehr – und zum Teufel mit der Ermahnung, nicht zu viele davon zu nehmen, weil sie das andere Medikament beeinflussten. Die Scheißtabletten! Bei den anderen hatte er das Gefühl, den ganzen Tag über urinieren zu müssen. Und er konnte nicht klar denken. Und außerdem bekam man davon noch Diabetes.

Oswaldo Cosío war zu einem gefährlichen Mann geworden. Er sah erneut zur Decke seiner Gefängniszelle hinauf und dachte, dass er in wenigen Stunden frei sein würde. Frei auf Bewährung. Doch wäre er erst einmal in Freiheit, würden sie ihn nicht mehr zu sehen bekommen. Dabei wollte er doch vor wenigen Monaten noch Selbstmord begehen! Er streckte die Arme vor sich aus und betrachtete die Narbe, die an seinem linken Handgelenk entlanglief; eine violette Furche, die Zeugnis von den Angstzuständen und der Verzweiflung ablegte, in die er in den vergangenen Jahren verfallen war.

Ein Selbstmordversuch, der zu einer Fügung des Glücks wurde, die – wie bei jedem Mal – anschließend ins krasse Gegenteil umschlagen sollte: Er lernte einen Mann kennen, der ihm sagte, dass er ihm helfen wolle.

Das Paar näherte sich dem Hauseingang. Sie liefen Arm in Arm und eng umschlungen, um sich gegen die Kälte zu wappnen, die um diese Uhrzeit auf die Stadt niedersank. Ein kühler Wind wehte heftig zwischen den Gebäuden des Wohnblocks und ließ die Rockschöße der Mäntel flattern. Um diese Uhrzeit – es war drei Uhr morgens – waren nur noch wenige Fahrzeuge unterwegs. Auf der anderen Straßenseite kam ihnen ein Wagen entgegen, dessen Reifen einen Sprühnebel hinterließen, der anschließend durch die Luft wirbelte. Die Laternen beleuchteten den dünnen Regen, der in geradem Winkel herabfiel.

Das Paar erreichte den herrschaftlichen Hauseingang und blieb einen Moment lang vor der Tür stehen, die ein paar Sekunden später aufging. Sie verschwanden in der Tür, und der Gehsteig war wieder menschenleer.

Allerdings war die Straße nicht so verlassen, wie sie glaubten. Zwei Personen beobachteten von unterschiedlichen Standpunkten aus jede ihrer Bewegungen. Als das Paar im Hauseingang war, schaltete es keine Lichter ein, und statt den Fahrstuhl zu benutzen, stiegen die beiden mit Hilfe von Taschenlampen über die Personaltreppe ins erste Untergeschoss hinab. Sie gelangten in einen langen und feuchten Gang, der mit der Eleganz der Eingangshalle nichts mehr zu tun hatte. Eine Treppe führte in ein weiteres Untergeschoss, dort stießen sie auf die Abstellkammern und den Garagenzugang. Am Ende des Gangs gab es eine Tür zum Innenhof; sie war nicht verschlossen. Der Mann sah nach oben und war froh darüber, dass er in keinem der Fenster, die auf den Innenhof zeigten, Licht erkannte.

Der Telefonanschlusskasten befand sich auf der gegenüberliegenden Seite des Hofs; ein grauer Metallkasten mit einem einfachen Verschluss. Sie brauchten nicht lange, um ihn zu öffnen.

Das Gebäude verfügte über sechs Stockwerke mit jeweils einem Anwohner pro Stockwerk. Zwölf Kabel, die aus den Wohnungen kamen und in dem Metallkasten mündeten, wurden von der Leitung genommen und anschließend an einen Apparat angeschlossen, wie ihn Telekommunikationstechniker verwenden. Der Mann zückte sein Handy und wählte die Nummer von Emiliano Del Campos Praxis. Wenige Sekunden später blinkte auf dem Oszilloskop ein Lämpchen auf.

»Das ist es«, flüsterte die Frau und schloss die übrigen Kabel wieder an. Nur zwei Kabel blieben an den externen Apparat angeschlossen.

Die beiden kehrten auf demselben Weg in die Eingangshalle zurück, auf dem sie gekommen waren, doch diesmal nahmen sie den Fahrstuhl in den fünften Stock. Sie stiegen aus und näherten sich einer Tür aus Massivholz, die einen soliden Eindruck machte. Der Mann steckte den Schlüssel ins Schloss, atmete tief durch und öffnete vorsichtig die Tür. Schweigend betrat er den Raum. Ein Piepsen setzte ein.

Nach wenigen Sekunden hatte er die Alarmanlage gefunden. Sie hatten weniger als eine Minute Zeit, um zu verhindern, dass die Alarmanlage ausgelöst wurde; auch wenn das Signal die Zentrale niemals erreichen würde, würde es genügend Lärm machen, um die gesamte Nachbarschaft aufzuscheuchen. Schweigend und mit eiligen

Bewegungen öffnete er den Deckel der Alarmanlage und stieß auf zwei Schrauben, mit denen die Sicherungstafel befestigt war. Er zog einen elektrischen Schraubenzieher in Miniaturformat hervor und löste die beiden Schrauben. Er achtete darauf, dass sie nicht auf den Boden fielen, und verstaute sie in seiner Tasche. Die Frau hielt einen weiteren Apparat bereit, und sobald die Elektronik unter der Sicherungstafel sichtbar wurde, reichte sie ihrem Kollegen den Apparat. Der Mann verband ihn mit zwei Anschlüssen und betätigte einen Knopf, der zwei Nadeln in Drehung versetzte. Der Mechanismus war einfach: Der Verstärker der Alarmanlage wurde durch einen elektrischen Impuls aktiviert, der seinerseits eine Sirene auslöste. Wenn dieser Impuls unterbrochen wurde, schickte die Anlage ein automatisches Warnsignal an die Sicherheitszentrale, das allerdings nicht ankam, da die Telefonkabel zuvor von den beiden auf einen speziell dafür vorgesehenen Apparat umgeleitet worden waren, der die Warnung abfing. Es handelte sich um keinen übermäßig komplizierten Vorgang, aber man brauchte dafür Spezialgeräte.

Beatriz sah Pablo an und begann wieder aufzuatmen. An ihren feuchten Händen bemerkte sie, wie nervös sie war. Sie trocknete sich die Hände an ihren Jeans ab, während sie durch den langen Flur bis zum Ende der Wohnung ins Hauptbüro lief. Eine kleine Taschenlampe – ein roter, kaum sichtbarer Lichtstrahl – wies ihr den Weg. Sie verschafften sich Durchgang durch die Doppeltür des Büros, ließen aber das Licht ausgeschaltet.

Pablo machte es sich auf Del Campos Bürosessel bequem und schaltete den Computer ein, während er eine externe Festplatte an die USB-Buchse anschloss. Das Gerät, nicht viel größer als eine Zigarettenschachtel, war in der Lage, innerhalb von wenigen Minuten alle Daten herunterzuladen, die sich auf der Festplatte des Computers befanden. Anschließend konnte man die Daten an einem anderen Ort in Ruhe analysieren. Währenddessen durchstöberte Pablo die Schreibtischschubladen. Er schnüffelte zwischen Papieren herum, fand aber nichts von Bedeutung. Mit einer winzigen Digitalkamera fotografierte er alles, was von Interesse sein konnte: die Seiten eines Terminkalenders, Rezepte, Notizen auf losen Blättern … Dann piepste der Computer.

»He, Pablo«, murmelte Beatriz. Sie kauerte neben ihm und wühlte in einer der Schubladen. Mit einer ihrer Hände, die in Latexhandschuhen steckten, wie sie vielleicht auch von den Mördern benutzt worden waren, zog sie drei Blätter heraus. »Foto!«

Pablo stellte die Kamera scharf und machte drei Aufnahmen. Anschließend machte er mit dem Kinn eine fragende Geste.

»Derselbe Schrifttyp wie auf den Botschaften«, erklärte Beatriz flüsternd.

Pablo prüfte den Status des Kopiervorgangs des Computers und hob zwei Finger. Noch zwei Minuten. Seine Kollegin atmete tief durch und rückte sich das winzige Mikrofon zurecht, das um ihren Hals baumelte. Mit dem Mikrofon und über den Kopfhörer war sie in ständigem Kontakt mit Morantes, der aus seinem Wagen die Umgebung kontrollierte. Sie schwitzte noch immer und merkte, dass ihre Hände zitterten. Verdammt, sie befand sich schließlich nicht zum ersten Mal in einer solchen Situation.

»Cool bleiben. Morantes ist unten, und sollte was Unvorhergesehenes passieren, sind wir in der Lage, die Praxis in weniger als dreißig Sekunden zu verlassen.«

»Kannst du während des Downloads auch Dateien öffnen?«

Pablo nickte.
»Dann mach mal.«

Unweit davon verschloss Sebastião in seiner Wohnung in Olavide langsam wieder die Aktenmappe, die Del Campo ihm an diesem Nachmittag in der Bar überreicht hatte. Er saß auf dem Sofa, die Stehlampe neben ihm tauchte das Zimmer in Halbschatten. Er starrte auf die gegenüberliegende Wand. Dann streckte er die Hand nach einem Whiskyglas aus. Das Eis klirrte leise. Sebastião betrachtete den Deckel der Aktenmappe. Er war aus braunem Leder gefertigt und im Laufe der Zeit gealtert; die Gummibänder, mit denen der Deckel verschlossen wurde, waren mürbe und rissig. Es war eine alte Mappe.

»Dieser Schuft«, dachte er. Mitten in seinem Erstaunen, in einem Sturzbach von Gefühlen, fragte er sich, aus welchem Grund ihm Del Campo die Aktenmappe gegeben hatte. Spielte er weiterhin mit ihm und ließ den Wetteinsatz immer höher werden? Er blickte erneut auf die Mappe, während er ihren Inhalt im Kopf durchging. »Mein Gott! So viele Jahre lang habe ich mich getäuscht!«

Schweigend vergrub Sebastião Silveira das Gesicht in den Händen, und während er seinen Vater um Vergebung bat, begann er zu weinen.

»Wonach suchen wir?«

Beatriz sah Pablo über die Schulter. Der Bildschirm verströmte ein schwaches, bläuliches Licht, das die Anspannung im Gesicht seiner Kollegin noch größer erscheinen ließ. »Ich habe Angst, dass sich die Informationen nicht auf seiner Festplatte befinden. Und wenn sie in irgendeinem Server gespeichert sind, der an einem internen Netzwerk hängt? Ich vermute mal, das Ding hier kopiert ausschließlich lokale Dateien, oder?«

Pablo nickte:

»Im Server zu suchen, kann ziemlich lange dauern.«

»Das glaube ich nicht«, entgegnete sie. »Wenn er in seinem PC einen Terminkalender angelegt hat, müsste dieser leicht zugänglich sein. Eine andere Möglichkeit wäre, den Textprozessor zu öffnen und nachzusehen, welche Dateien zuletzt benutzt worden sind. Wenn du also den Ordner …«

»Ich weiß schon, wie man das macht«, murmelte Pablo.

Das Passwort für Del Campos Computer konnten sie überraschend leicht knacken. Beim dritten Anlauf, und nachdem sie es erfolglos mit Namen und Nachnamen eines gewissen italienischen Dichters versucht hatten, fand Beatriz plötzlich das Passwort, das es ihnen erlaubte, die Firewall zu durchbrechen.

»Okay. Perfekt. Du hattest Recht«, murmelte Pablo. »Der Terminkalender befindet sich im Intranet, vielleicht, weil er ihn mit seiner Sekretärin teilt. Eine Sekunde, ich kopiere ihn gleich mit. Ach, übrigens, wie bist du eigentlich auf das Passwort gekommen?«

»Weibliche Intuition. *Beatrice* war der Name von Dantes großer Liebe.«

Die Hilfskommissarin blickte zur Eingangshalle, die undeutlich hinter der Tür wahrnehmbar war. Es war bereits ziemlich viel Zeit vergangen, und das Glück währte bekanntermaßen nicht ewig.

Mit jeder Sekunde, die verstrich, erwartete sie das Auftauchen einer Silhouette in der Bürotür oder das Geräusch eines Schlüssels, der von jemandem ins Hauptschloss gesteckt wurde.

»Pablo, mach schon, ich werde langsam nervös.«

»Keine Sorge, Mädel. Ich mach mir auch schon fast in die Hose!«

Zwei Häuserblöcke weiter bewachten mehrere Personen den Hauseingang. Morantes, der auf der anderen Seite des Gehsteigs in seinem Auto saß, blickte bereits zum wiederholten Mal auf seine Armbanduhr. »Mach schon, Bea, es wird langsam Zeit!« Normalerweise wurden die Dinge nicht auf diese Weise erledigt; diese Art von Operationen erforderten mindestens fünfzehn Polizisten, so lauteten die Vorschriften. Die einen gingen in die Wohnung, andere dagegen bewachten die Gegend, wobei an allen Häuserecken jemand Posten bezog, und eine dritte Gruppe kümmerte sich darum, den Verdächtigen zu beschatten. Dass die Polizisten *in flagranti* ertappt wurden, gab es eigentlich nur in amerikanischen Fernsehserien. Aber in diesem Moment konnte es ihnen verdammt noch mal genauso ergehen.

Er sah wieder auf die Uhr. Durch die Anspannung des Wartens bemerkte er den Schatten nicht, der sich heimlich von hinten näherte.

Aus einer gewissen Entfernung, an einen Hauseingang gelehnt, der im Dunkeln lag, bewachte ein zweites Augenpaar den Agenten des CNI und den Eingang, in dem die beiden anderen Polizisten verschwunden waren. Die kleinwüchsige Gestalt mit kurzem Deckhaar und abgezehrtem Äußeren streckte – ohne aus dem Schutz des Hauseingangs zu treten – den Hals vor, um die Umgebung auszukundschaften, bevor ihr Blick wieder zum Wagen zurückkehrte; plötzlich fuhr die Gestalt auf. »*Allah uh-akbar.*« Die Gestalt blinzelte mehrmals und fluchte leise auf Arabisch. Sie zog ein Handy aus der Tasche und wählte eine Nummer.

»Boss, *isch bin's* …« Die Gestalt lauschte einige Sekunden und schnalzte dann ungeduldig mit der Zunge. »… Omar. *Is' was ganz Schlimmes passiert.*«

»Was macht der Download?«

Pablo tippte hastig auf einigen Tasten herum, schließlich atmete er auf. »Fertig.«

»Haben wir alles?«

»Das will ich hoffen«, sagte er, während er den Computer herunterfuhr und die externe Festplatte herauszog. Er legte eine blaue Tüte auf den Tisch und ließ darin den Apparat und die winzige Digitalkamera verschwinden. Sie liefen zum Ausgang und blieben vor der Alarmanlage stehen, wobei sie nun den umgekehrten Prozess ausführten, um sie wieder in ihren Anfangszustand zu versetzen. Im letzten Moment, bevor er die Anlage wieder ans Netz anschloss, sah Pablo Beatriz an.

»Hoffentlich springt die jetzt nicht an.«

»Egal. Mach schon.«

Sie schlossen die Kabel ohne das geringste Problem wieder an und öffneten die Eingangstür ebenso verschwiegen wie am Anfang. Der Gang war dunkel. Sie erreichten den Hauseingang, rannten die Treppe hinunter und nahmen das Gerät wieder an sich, das sie mit dem Telefonanschlusskasten verbunden hatten; auf dem Treppenabsatz rief Beatriz Morantes an. Er meldete sich nicht.

»Komm schon, Morantes. Ist die Luft rein?«

»Was ist los?«, fragte Pablo.

Beatriz machte eine düstere Miene.

»Morantes – *antworten!*«, wiederholte sie beharrlich.

Nachdem einige Sekunden vergangen waren, klopfte sie ein paar Mal gegen den Empfänger, den sie am Gürtel trug. »Angeblich gehen diese Dinger nie kaputt«, dachte sie.

»Gehen wir!«, ordnete sie an.

Sie verließen den Hauseingang und hielten sich linker Hand. Beatriz erkannte das Auto des Geheimdienstagenten aus fünfzig Metern Entfernung, mit den zur Hälfte auf den Gehsteig hinaufgefahrenen Reifen.

Die Silhouette ihres Freundes war durch die Vorderscheibe zu sehen.

Um zu dem Wagen zu gelangen, mussten sie über die Straße.

»Scheiße«, murmelte Pablo.

Sie beobachteten die Straße. Dann gingen sie, alle Sinne geschärft, vorsichtig weiter. Sie kreuzten den Fußgängerüberweg, bis sie nur noch zwanzig Meter – die Entfernung von fünf oder sechs Autos – von der dunklen und starren Figur des Agenten entfernt waren. Sie näherten sich von vorne, auf der Beifahrerseite, aber Morantes machte immer noch keine Anstalten, sie zu erkennen. Beatriz' Hand verschwand in ihrem Parka, sie löste die Sicherung ihrer Pistole. Mit aller Kraft umklammerte sie die Waffe. Warum reagierte Morantes nicht?

Ihr Herz pochte wie wild, und sie spürte, dass ihr Rachen plötzlich trocken wurde. Panik ergriff sie. Morantes ... Nein, bitte nicht. Nicht er!

Sie wollte schon losrennen, aber sie war sich bewusst, dass sie vorsichtig sein musste. Der Austräger eines Pizzaservices hinter ihr erschreckte sie mit dem kaputten Auspuff seines Mopeds.

Als sie nur noch zwei Autolängen entfernt war, zog sie die Pistole und hielt den Arm schussbereit ausgestreckt neben ihr rechtes Bein, den Waffenlauf auf den Boden gerichtet. Pablo machte es ihr nach und sprang dann zwischen zwei Autos hindurch auf den Gehweg.

»Vorsicht, Pablo«, grummelte Beatriz. »O Gott! Bitte.«

Sie tat noch ein paar Schritte nach vorn, bis sie ihren Freund deutlich erkennen konnte. Er saß auf dem Fahrersitz, den Kopf auf die Brust gesenkt. Beatriz öffnete langsam die Beifahrertür und stützte ein Knie auf dem Sitz ab.

Morantes war durch einen Schuss in die Schläfe gestorben, der aus nächster Nähe abgegeben worden war. Mit fast klinischer Nüchternheit stellte Beatriz fest, dass es sich, der Wunde nach, um eine Kleinkaliberwaffe gehandelt haben musste. Die Scheibe auf der Fahrerseite war teilweise heruntergekurbelt gewesen, dadurch hatte der Mörder den Pistolenlauf gegen den Kopf ihres Freundes pressen und kaltblütig abdrücken können.

Sie verspürte eine Trostlosigkeit wie noch nie in ihrem Leben.

Durch die Scheibe sagte sie zu Pablo:

»Ruf einen Krankenwagen.«

Noch nie war ihr dieser Satz so nutzlos erschienen. Ihre Augen füllten sich mit Tränen, sie krabbelte aus dem Wagen, ließ sich auf dem kalten Boden nieder und vergrub das Gesicht in den Händen.

Diese Nacht war furchtbar; es war die schlimmste im Leben der Hilfskommissarin. Sie saß noch lange so da und flüsterte immer wieder den Namen ihres Freundes, der wie ein Vater für sie gewesen war. Schließlich sah sie zum Himmel auf, in einen grauen Mond, der zwischen dicken Wolken hindurchschien. Sie schwor Rache, mit aller Inbrunst. *»Auge um Auge«*, schwor sie.

Von weitem hörte man den Klang der Sirenen, dann kam Pablo auf sie zu. »Bea«, sagte er und streckte ihr eine Hand entgegen, »der Krankenwagen kommt.«

Die Spurensicherung sperrte das Gebiet ab und nahm routinemäßig die Arbeit auf. Entsetzt verfolgte Beatriz die Nüchternheit der Szene; die kühlen, detailversessenen Kommentare ihrer Kollegen, die das Einschussloch, Schäden in Gewebeteilen und Knochenmasse analysierten und die mögliche Position des Mörders auf Grundlage des Schussverlaufs zu bestimmen versuchten.

Andere stellten ihr Frage um Frage. Nie enden wollende Anrufe wechselten einander ab: González, der über alles auf dem Laufenden zu sein schien (»wenn ich diesen Feigling von Omar finde«, dachte Beatriz), der Generaldirektor des CNI, Sebastião, dem angesichts der Nachricht die Worte fehlten, und weitere Anrufe, die Pablo abfing.

Es vergingen Stunden, bis ein Richter die Erlaubnis zum Abtransport der Leiche ins Gerichtsmedizinische Institut von Madrid erteilte, wo die Autopsie vorgenommen werden sollte. Morantes sollte erst mehrere Tage später beigesetzt werden, und Beatriz graute es bei dem Gedanken, dass ihr geliebter Freund von einem Arzt der Gerichtsmedizin auf einer kalten Stahlbahre zerstückelt werden sollte. Sie fuhr im Krankenwagen mit zum Gerichtsmedizinischen Institut und lief dort pausenlos durch einen verlassenen Wartesaal, ohne selbst zu wissen, warum.

Als Sebastião wieder anrief, saß sie bereits in einem Streifenwagen, der sie in ihre Wohnung zurückbrachte. Sie sprachen nur kurz miteinander, lustlos, und Beatriz sagte ihm, dass sie in dieser Nacht allein sein wollte.

Donnerstag, 18. April

Am Abend des nächsten Tages trafen sich Beatriz, Pablo und Sebastião in dessen Wohnung. Beatriz hatte die ganze Nacht nicht schlafen können, sie war voller Schmerz und Wut. Sie war erschöpft und hatte tiefe Augenringe; ihre Augen hatten die gewohnte Wärme verloren.

Die drei nahmen im Wohnzimmer Platz, und die Hilfskommissarin erzählte in trockenem Ton, was geschehen war. Pablo sagte währenddessen kein einziges Wort.

»Für diesen Hurensohn gibt es keinen Ort mehr, wo er sich noch verstecken könnte«, brach es schließlich aus Beatriz heraus.

Sebastião kniff die Lippen zusammen und nickte leicht mit dem Kopf. Er wollte ihr sagen, dass sie kurz davorstanden, Kain festzunehmen, und dass es immer Morantes' Wunsch gewesen war, dass niemand für ihn Rache nehmen sollte, aber er brachte die Worte nicht über die Lippen. Beatriz überraschte ihn:

»Ich möchte ihn jetzt endlich festnehmen. Ich möchte ihn hinter Gitter bringen, ruinieren und leiden sehen. Schaut mich nicht so an; ich werde mit Sicherheit keine Dummheiten begehen.«

Sebastião warf Pablo einen argwöhnischen Blick zu.

Dann rief Beatriz: »Ich bin ein Profi und habe viel von Morantes gelernt! Ich werde ihn doch jetzt nicht im Stich lassen.«

Sebastião wusste nicht, ob er ihr glauben sollte.

»Hast du mit González gesprochen?«

Beatriz nickte:

»Gestern Nacht, als ich mit ihm telefonierte, wusste er bereits über … Morantes' Tod Bescheid. Die Nachricht hatte er von einem seiner Spitzel, der uns offenbar beschattet hat.«

Sebastião stand auf und ging zum Fenster. Er schob die Gardinen einen Spalt auseinander und kundschaftete die Straße aus. Er sah niemanden.

»Diese Ratte hat sich bestimmt versteckt. Er weiß genau, wenn ich ihn erwische, dann …«

Beatriz wischte sich mit zwei Fingern die Tränen aus den Augen.

»Wir müssen weitermachen«, sagte Pablo. »Ich habe gehört, dass die vom CNI in die Angelegenheit einsteigen wollen. Es hat inzwischen schon zwei aus ihrer Organisation erwischt. González ist völlig außer sich darüber, dass sich jemand unbefugt in den Fall einmischen könnte. In

Anbetracht der bürokratischen Streitigkeiten haben wir höchstens ein oder zwei Tage, um frei agieren zu können. Danach …«

Er hatte Recht: Danach würde man ihnen den Fall entziehen und sicherstellen, dass Sebastião unverzüglich nach London zurückkehrte.

»Gut. Was haben wir in der Hand?«, fragte Beatriz.

Pablo zog einen Laptop der neuesten Generation aus seinem Reiserucksack. Er enthielt eine exakte Kopie von Emiliano Del Campos Festplatte sowie die eine oder andere Datei aus dem Intranet. Während Pablo die Sachen auf dem Esszimmertisch verteilte, kam Beatriz zu Sebastião.

»Du hast mir gar nicht erzählt, wie dein Mittagessen mit Del Campo verlaufen ist?«

Sebastião zuckte mit den Schultern. Der Inhalt der Akte, die Del Campo ihm gegeben hatte, hatte ihn schwer mitgenommen.

»Er weiß, dass wir hinter ihm her sind.«

Beatriz machte eine gleichgültige Bewegung: »Ist mir schnuppe.«

»Das Essen war wie eine Herausforderung zum Zweikampf. Jedes Wort war genau überlegt, er hatte jeden Satz einstudiert.« Sebastião ließ das Essen noch einmal Revue passieren. »Die Art, wie er mich beobachtet hat. Ich weiß nicht, ob er mich provozieren wollte oder einfach nur zu dem Treffen gekommen ist, um zu demonstrieren, dass er uns überlegen ist. Es kann sein, dass dieser Dreckskerl Morantes' Tod bereits während wir aßen geplant hat. Er ist aus dem Muster der *Göttlichen Komödie* ausgebrochen. Es ist eine persönliche Herausforderung …«

»Wovon sprichst du?«

Er wollte ihr eigentlich erzählen, was in der Akte stand, aber er hatte nicht die Kraft für Erklärungen. Alles passte, und inzwischen war ihm klar, was hinter dem Spiel mit der *Göttlichen Komödie* steckte. Endlich verstand er Del Campos Motive, den Grund für seine Morde und die Botschaften.

»Fertig«, verkündete Pablo schließlich vom Arbeitstisch aus. »Der virtuelle Terminkalender steht. Wonach suchen wir als Erstes?«

Sebastião nahm neben ihm Platz.

»Del Campos Kontakte!«, sagte er. »Patienten, die aktuell bei ihm in Behandlung sind. Ich brauche ihre Krankheitsbilder.«

Im Nu erschien auf dem Bildschirm der Sprechstundenkalender der Praxis, nach Datum und Patienten geordnet. Für den nächsten Tag waren in der Praxis verschiedene Sprechstunden eingetragen, zwei davon bei Del Campo, die übrigen waren auf die restlichen Ärzte verteilt. Ein weiterer Patient für übermorgen, und dann fanden sie für die laufende Woche keine weiteren Termine mehr. Insgesamt also drei Patienten. Und einige Anmerkungen der Sekretärin zu Versammlungen mit Ärzteverbänden sowie das eine oder andere Mittagessen.

»Dann lasst uns mal die Namen prüfen«, sagte Beatriz. »Danach ruf ich beim Kommissariat an, ob die in der Datenbank was dazu haben. Sucht inzwischen mal nach den Patientenprotokollen.«

Sie hatten sie schnell gefunden, und Sebastião las die Protokolle laut vor. Der Erste auf der Liste war ein Mann, der mehr als ein halbes Dutzend Mal wegen Diebstahls unter Gewaltandrohung in Apotheken und Lebensmittelgeschäften im Süden Madrids verurteilt worden war. Dank seiner labilen geistigen Gesundheit und der geringen Diebesbeute blieb ihm das Gefängnis erspart. Bis jetzt hatten seine Überfälle keine Opfer gefordert, aber das war nur eine Frage der Zeit. Allen psychologischen Berichten zufolge war er eine wandelnde Zeitbombe.

Bei dem Zweiten handelte es sich um einen Jugendlichen, für den sich offensichtlich weder die Gesellschaft noch das Strafsystem verantwortlich fühlte. Er war ein Profi in Betrugsfällen, die auf grotesken Geschichten beruhten, an die er selbst glaubte; allerdings hatte er das Pech, die greise Mutter eines Mitglieds der lokalen Chinesenmafia hereingelegt zu haben. Der asiatische Herr hatte die Ehrenkränkung nicht gerade wohlwollend aufgenommen und machte sich auf die Suche nach ihm. Der Jugendliche glaubte, nicht ganz zu Unrecht, dass er auf der Straße nicht mehr sicher sei, und flüchtete sich in eine bekannte Klinik der Hauptstadt, wo er begeistert an mehreren Testprogrammen für Psychopharmaka gegen Schizophrenie teilnahm (an der er im Anfangsstadium litt); auf diese Weise wurde er zum menschlichen Versuchskaninchen.

Über den dritten und letzten Patienten erfuhren sie aus der Kopie von Del Campos Festplatte nur wenig. Man hatte ihn inhaftiert, weil er immer dabei erwischt wurde, dass er Papiergeld und Schecks zu fälschen versuchte – beides jedoch ohne größeren Erfolg –, und später erlitt er im Gefängnis eine starke Depression.

»Einer dieser drei Männer ist unser nächster Mörder!«, erklärte Sebastião.

»Es sieht zumindest ganz danach aus …«, sagte Pablo.

»Sie passen in den achten Kreis der *Göttlichen Komödie«*, erläuterte der Portugiese. »Ich erkläre es euch. Der achte Kreis teilt sich in zehn Unterkreise in Form konzentrischer Gräben auf. Im siebten Graben siedelt Dante die Diebe an, sie werden von Schlangen gebissen; im achten Graben die falschen Ratgeber, die in Flammen schmoren, und im neunten die Geldfälscher. Seht mal …«, sagte er und zeigte auf die Daten im Computer, »alle drei sind Patienten der Klinik Ramón y Cajal im Rahmen eines Pilotprojekts der spanischen Sozialversicherung zur Wiedereingliederung in die Gesellschaft. Ich wette, dass Del Campo sie ausgewählt hat, um anschließend zu entscheiden, welcher davon am besten zu seinen Plänen passt. Warum, wenn nicht deshalb, sollte er sie denn in seiner Privatpraxis behandeln? Und schaut mal hier ...« Er deutete mit einem Finger auf den Bildschirm. »Alle drei werden mit dem Medikament *Olanzapin* behandelt. Jeder von ihnen könnte also unser nächster Mörder sein.«

Sie suchten im Computer noch einige Minuten, bis Beatriz ihren Anruf beendet hatte.

»Morgen schicken sie uns die vollständigen Unterlagen zu.«

Trotz der Erschöpfung, die alle verspürten, einigten sie sich darauf, die drei Patienten in dieser Nacht zu beschatten: Sebastião war sich sicher, dass Del Campo noch in dieser Nacht zuschlagen werde. Die drei Verdächtigen sollten von Beatriz und Pablo und durch einen Kollegen von Morantes beschattet werden, jenen Agenten des CNI, den Sebastião wenige Wochen vorher im Wagen seines Freundes kennengelernt hatte, als er den anderen zum ersten Mal vom Schema der *Göttlichen Komödie* berichtete. Damals hatte der Agent des Geheimdienstes den Mund nicht aufbekommen; jetzt, nachdem ihn Beatriz telefonisch verständigt hatte, versprach er, sie vorbehaltlos zu unterstützen. Sebastião würde in Olavide bleiben und die Kopie von Del Campos Festplatte noch genauer auswerten, für den Fall, dass er dabei auf weitere nützliche Informationen stieß, die ihnen entgangen waren.

Oswaldo Cosío, weit davon entfernt, sich nach dem Verlassen des Gefängnisses frei zu fühlen, glaubte vielmehr, die Welt werde über ihm zusammenbrechen. Als er auf die Straße trat, schluckte er zuerst ein paar Tabletten hinunter. Dann setzte er bedrückt seinen abgewetzten

Rucksack auf und marschierte los. Er hatte die Adresse der Pension einstecken, wo er absteigen würde und wo er vor allem das Geld einfordern würde, mit dessen Hilfe er nach Argentinien zurückkehren konnte; Geld, das ihm nach so vielen Jahren im Gefängnis zustand – Resultat seiner Umtriebe als Delinquent –, und das die Polizei niemals gefunden hatte. Unter Kriminellen gab es keine Ehre, aber seine ehemaligen Kollegen, die nicht erwischt worden waren, wussten, wie gefährlich und aggressiv er war und dass man gut daran tat, Oswaldo Cosío nicht über den Weg zu laufen.

Doch selbst so blieb ihm noch eine letzte Aufgabe, die er in Spanien zu erledigen hatte. Etwas, womit seine Rückkehr in die Heimat zu einem Triumph werden würde; etwas, das ihn von den Dämonen seiner Nächte erlösen würde. Eine Aufgabe, die ihn von dem Wahnsinn heilen würde, der sich in seinem Kopf eingenistet hatte und den er nicht in den Griff bekam.

Eine letzte Aufgabe.

Cosío kam nachts in der Pension an, einer tristen Bude in der Nähe der Puerta del Sol. Bei seiner Ankunft ließ er sich an der Rezeption einen kleinen Umschlag mit Geld aushändigen. Seine Aufgabe war wie mit Feuer in sein Gedächtnis gebrannt. Viel Geld war es nicht, aber es reichte, um sich über Wasser zu halten, bis er die Beute aus seinen Raubzügen wiedergewonnen und seine Aufgabe erledigt hatte.

Das *Spiel.* Das verfluchte Spiel. Im Gegenzug holte ihn der Alte aus dem Gefängnis, brachte seine Seele zur Ruhe und gab ihm genügend Geld, um in seine Heimat zurückzukehren ... im Gegenzug *wofür?* Der Alte war noch wahnsinniger als er selbst. Cosío grinste. »*Dante.*« Der gottverdammte Alte.

Er ließ sich auf die Matratze des armseligen Pensionszimmers fallen und fühlte sich auf einmal trotz allem besser. Aber er musste sich eine Dosis Insulin spritzen, um gegen den Schwindel anzukämpfen; dafür schlief er in dieser Nacht praktisch ohne Tabletten und ohne das Gestöhne der billigen Nutten wahrzunehmen, das durch die dünnen Wände drang.

Während Pablo in seinem Wagen saß, ging er nochmals die Polizeiakte des ersten Namens auf der Liste von Del Campos Terminkalender durch. Ein wirklich liebenswerter Zeitgenosse! Er sah von der Akte auf und stellte fest, dass sich seine Person noch immer in der Bar befand, die sie vor einer Stunde betreten hatte. Die Silhouette zeichnete sich hinter der beschlagenen Scheibe eines der Fenster ab. Es gab nur einen Ausgang zur Straße, und vor dem schob Pablo geduldig Wache (natürlich hatte er sich zuvor vergewissert, dass das Lokal nicht über einen Hinterausgang verfügte); um das Lokal zu verlassen, musste der Mann unweigerlich an seinem Wagen vorbeikommen.

»Scheiße …«, fluchte er leise. Sie operierten hinter dem Rücken von González und des CNI, der inzwischen überall herumschnüffelte. Die Geheimdienstagenten waren wie im Wirbelsturm in den Fall eingestiegen und prüften die gesamten Unterlagen. Der stellvertretende Staatssekretär des Inneren war außer sich, und das wirkte sich auch auf González aus. Ihnen blieb nur noch wenig Zeit.

»Verdammt«, grummelte er erneut. »Komm schon, Junge, beweg deinen Arsch. Unternimm endlich etwas, das uns zu Kain führt.« In diesem Moment tauchte der Mann, den er beschattete, in der Tür der Bar auf. Er trug einen schweren Regenmantel und einen Schal, doch trotz Finsternis und Regen erkannte Pablo in seinen Gesichtszügen deutlich, dass er es eilig hatte. Pablo wartete, bis der Mann ins Auto gestiegen war, gleich danach rief er Beatriz an.

Oswaldo Cosío stieg in den Wagen und verband aufs Neue die Zündkabel miteinander. Er hatte das Fahrzeug an diesem Morgen gestohlen; sicherlich ein unnötiges Risiko, aber es erfüllte ihn mit Genugtuung zu sehen, dass er seine Fähigkeiten von einst noch nicht verlernt hatte. Er hatte nur wenige Minuten gebraucht, um das Schloss aufzubrechen und sich des Fahrzeugs zu bemächtigen.

Er blinkte, lächelte über sein korrektes Benehmen im Straßenverkehr und machte sich auf den Weg in den Madrider Norden.

Dabei entging Oswaldo Cosío nicht, dass ein anderes Fahrzeug hinter ihm herfuhr.

»Hör mal, Bea«, sprach Pablo in sein Handy. »Gibt's bei dir was?«

Beatriz warf einen Blick auf den Eingang des Bordells, das sich am Kilometer 36 der Autobahn nach Burgos befand, eine üppige Villa mit zwei Stockwerken, die als stadtbekannter Luxuspuff fungierte. Das erste Stockwerk beherbergte eine große Bar, an der die Mädchen ihre Geschäfte einleiteten, und im zweiten Stock fanden die fleischlichen Angelegenheiten statt. Der Parkplatz war, dafür, dass es mitten unter der Woche war, zum Platzen voll. Beatriz widmete ihre Aufmerksamkeit wieder dem Wagen ihrer Person.

»Meiner ist immer noch in der Nuttenbar zugange!« Dann warf sie einen Blick auf die Uhr: »Er ist inzwischen schon über eine Stunde drin. Und deiner?«

»Fährt weiter mit dem Auto durch die Gegend.«

»Moment mal, warte.« Ein Mann kam aus dem Bordell, hielt seinen Mantel fest und zog den Kopf ein. »Meine Person setzt sich gerade in Bewegung.«

»Sei vorsichtig.«

Beatriz beendete das Gespräch und startete den Wagen.

Sie klammerte sich mit voller Kraft ans Lenkrad. »Sei vorsichtig.«

Sebastião stand in seinem nur wenig erhellten Wohnzimmer und starrte auf die Akte, die ihm Del Campo überreicht hatte. Sie enthielt Informationen, die sein Leben komplett durcheinandergebracht hatten. Innerhalb kürzester Zeit war alles, was seine Jugend beeinflusst und sein Wesen geprägt hatte – im Guten wie im Schlechten –, wie ein Kartenhaus in sich zusammengestürzt.

Nun verstand er, warum Del Campo sich dazu entschlossen hatte, ihm das Ganze genau in diesem Moment zu offenbaren. Alles war bis ins kleinste Detail überlegt; alles perfekt einstudiert. Die Vorführung, das Spiel, näherte sich seinem Ende, und es war Teil eines sorgfältig ausgearbeiteten Plans. Und diesem verfluchten Spiel war auch Morantes zum Opfer gefallen, ein klarer Hinweis darauf, dass es gefährlich war, Del Campo herauszufordern. Aber es war auch eine Aufforderung, sich ganz allein seinem Schicksal zu stellen. Kain wollte sich absichern, dass Sebastião in dieser Nacht weder mit Hilfe noch in Begleitung erschien.

Seine Wahrheit lautete bis zu diesem Moment, dass seine Mutter sich das Leben genommen und sein Vater ihn verlassen und sich egoistisch in seinen Schmerz geflüchtet hatte. *Seine Wahrheit* lautete, dass sein Vater die Anzeichen der Verzweiflung seiner Mutter nicht erkannt und nicht alles Menschenmögliche unternommen hatte, um ihren Tod zu verhindern. *Seine Wahrheit* lautete, dass sein Vater die Hauptschuld an der Zerstörung seiner Familie trug.

Aber das war nicht die Wahrheit.

Deprimiert überlegte Sebastião, dass er wesentlich für den Tod und das Leiden von Morantes, Vanessa, Pablo, Julio, Trini und Juan verantwortlich war. Er war selbst einer der Hauptdarsteller in der Tragikomödie, die sich seit einigen Monaten abspielte. Er wusste, dass er, ein unfreiwilliger portugiesischer Ermittler, dazu auserwählt war, Del Campos nächstes Opfer zu sein. Und seine schreckliche Sünde war eine Erbsünde: der Verrat seines Vaters und seiner Mutter an Del Campo. Worin dieser Verrat genau bestanden hatte, war ihm selbst noch nicht richtig klar. Aber er würde es herausfinden.

Er stand ruhig auf, ging in den Flur und nahm den Mantel vom Kleiderbügel. In einer Hand die Akte, verließ er seine Wohnung, ohne zu wissen, ob er lebend zurückkehren würde.

Omar verfluchte sein Schicksal. Jeden Dienstag fand nachts auf dem Gelände hinter dem einstigen Depot der Madrider Stadtbusse in der Calle Alcántara die Ausgabe von Drogen statt. Eine Gruppe langjähriger Kumpel teilte dort untereinander eine gewisse Menge an Rauschgift auf, das in Gestalt menschlicher Drogenkuriere aus dem Süden kam, die damit ihren Fahrschein auf einem der Flüchtlingsboote bezahlten; eine zu geringe Menge, um es im großen Stil zu verkaufen, aber trotzdem ausreichend, um die eigene Geldbörse ein wenig aufzubessern, was nie ungelegen kam. Und es war leicht verdientes Geld. Die Polizei wusste von dem Schacher und tolerierte ihn; schließlich handelte es sich dabei nicht um harte Drogen und stets nur um kleine Mengen, und es konnte der Polizei als Druckmittel dienen, wenn sie Informationen aus der Szene brauchte. Aber in dieser Nacht machte ihm ein Anruf von González einen Strich durch die Rechnung. Und so saß er jetzt im Inneren eines Wagens und beschattete einen weshalb auch immer Verdächtigen. Wenigstens hatte ihm González, der aus irgendeinem Grund nur so vor Energie strotzte (er hatte ihn während des Telefonats sogar »*Omar, mein Junge*« genannt), ein gerichtlich beschlagnahmtes Verbrecherfahrzeug zur Verfügung gestellt. Das Dumme daran war, dass seine Kumpels laut losgelacht hatten, als er sie anrief, um ihnen zu sagen, dass er heute nicht am Treffen teilnehmen werde, sie ihm aber am nächsten Tag seinen Anteil aushändigen sollten; die Regeln waren klar: Das war nicht das Hotel Ritz, wo man vorher reservieren konnte.

Wen verfolgte er eigentlich?

Nach einigen Minuten verließ der Mann einen der Hauseingänge nahe der Puerta del Sol und bestieg seinen Wagen, der auf dem Zebrastreifen an der Straßenecke geparkt war; er blinkte und fädelte sich in den Verkehr ein.

Omar startete den Motor und folgte der mysteriösen Gestalt.

»Ich bin gerade auf der Höhe von Atocha«, gab Pablo durch.

Er lenkte mit der linken Hand, während er mit Beatriz über Handy telefonierte. Er war bereits seit einiger Zeit hinter seiner Person her, die Richtung Süden fuhr. Es sah so aus, als ob der Mann einen Parkplatz suchte. Ihm tat Beatriz leid, denn obwohl sie ihre Gefühle unter dem Deckmantel kühler Professionalität verbarg, merkte man ihr die tiefe Trauer und den Schmerz in ihrem Innern an.

Wenn Kain, wie sie vermuteten, den Mord an Morantes geplant hatte, dann wusste er offensichtlich davon, dass sie in seine Praxis eingedrungen waren; er wusste, dass sie in seinem Büro herumgestöbert hatten. Vielleicht vertraute er dem Sicherheitssystem seines Computers und darauf, dass sie nichts von Bedeutung hatten finden können. Ein Gedanke verursachte ihm Gänsehaut: Dass Del Campo ihnen voraus war – seit dem Mittagessen mit Sebastião bis zum illegalen Einbruch in sein Büro. Und was war, wenn er seinen Terminkalender mit gefälschten Informationen versehen hatte, um sie auf eine falsche Fährte zu locken? Und sie alle drei in diesem Moment nur Lockvögeln hinterherfuhren?

»Halt mich auf dem Laufenden«, sagte Beatriz, bevor sie das Gespräch beendete.

Dann rief er den Agenten des CNI an, der den dritten Namen aus dem Terminkalender beschattete. »Meiner hält sich gerade in der Wohnung seiner Ex auf«, informierte der ihn. »Er hat sich die ganze Nacht nicht von der Stelle gerührt.«

Der Mann, den Pablo verfolgte, hatte einen Parkplatz gefunden, wo er den Wagen abstellte und ausstieg. Pablo fuhr an ihm vorbei und hielt in einiger Entfernung an. Er erschrak, als das Telefon erneut klingelte. Er sah auf die Nummer, die auf dem Display erschien.

»*Bea.*« Er erstarrte, als er die besorgte Stimme der Hilfskommissarin hörte.

»Sebastião hat mich eben von einem Taxi aus angerufen. Er ist auf dem Weg zu Del Campos Villa in La Moraleja und meint, wir sollen so schnell wie möglich hinkommen.«

Ihre Worte überschlugen sich.

»Was hat er dir noch gesagt?«

»Nichts. Nur, dass wir hinfahren sollen. Und dass wir die Namen von der Liste vergessen können. Der neue Mörder ist jemand anderes.«

Pablo schloss die Augen. Es war möglich …, aber wenn er sich irrte und in Wahrheit einer der drei Verdächtigen Kains neuer Mörder war …

»Tun wir, was Sebastião sagt«, meinte Pablo. »Du bist näher dran und kommst wahrscheinlich als Erste an. Sei vorsichtig, Bea.«

Das Taxi fuhr langsam durch die Villensiedlung La Moraleja, und auf dem Rücksitz überfiel Sebastião ein sonderbares Gefühl, eine Mischung aus Erschöpfung, Gewissensbissen und Wut. Voller Sorge stellte er sich die Enthüllungen vor, die ihn aller Voraussicht nach erwarteten. Bevor ihn Beatriz erneut anrufen würde, knipste er das Handy aus; sie wussten über sein Ziel Bescheid. Nun war es an der Zeit, allein zu sein und nachzudenken. Er schloss die Augen und atmete langsam aus, wobei er die Anspannung, die er in den Muskeln verspürte, abzubauen versuchte.

Auf Del Campos Festplatte hatte Sebastião eine weitere Datei gefunden, deren Lektüre kaum weniger schmerzhaft für ihn gewesen war als die Enthüllungen aus der Akte. Der Portugiese war bei der minutiösen Untersuchung der Festplatte darauf gestoßen. Plötzlich hatte er in der Kopfzeile eines der Patientenprotokolle den Namen seiner Mutter gelesen. Seine Miene hatte einen Ausdruck des Entsetzens angenommen, der schließlich dumpfer Wut gewichen war. Del Campo würde in dieser Nacht für mehr als ein Verbrechen bezahlen!

Dichter Nebel bedeckte den verlassenen Weg zwischen den luxuriösen Villen und den riesigen Baumalleen. Der Wagen nahm die letzte Steigung vor Del Campos Anwesen und hielt vor dem Gittertor der gewünschten Nummer an. Sebastião bezahlte und stieg aus. Er wartete, bis das Taxi verschwunden war, bevor er zur Sprechanlage ging und klingelte. Es wunderte ihn kaum, dass die automatische Eingangstür von selbst aufging. Vom Gittertor führte ein langer Kiesweg zum Haus, den ein Dutzend Zypressen flankierte, die wie Wachmannschaften aus dem Nebel ragten; der Weg wurde alle paar Meter durch leistungsstarke Halogenstrahler beleuchtet. Rechts von ihm breitete sich ein großer Garten aus, der an einer grünen Hecke endete. Er ging langsam und hörte, wie seine Schritte leise auf dem Kies knirschten. Es hatte plötzlich aufgehört zu regnen, aber die Feuchtigkeit der Umgebung drang ihm bis in die Knochen. Am Ende des Weges erhob sich ein zweistöckiges Herrenhaus in einem seltsamen Kolonialstil: Der Eingangsbereich war großflächig und wurde von vier weißen Säulen begrenzt. Auf der linken Seite erkannte er den blauen Mercedes des Psychiaters.

Dann erreichte er das Gebäude und stieg langsam die Treppe zum Haupteingang hoch. Er stand offen. Das bestätigte nur, was er bereits wusste: Del Campo erwartete ihn. Er schritt über die Türschwelle, zog sich den Regenmantel aus und hängte ihn an einem Mahagonikleiderständer auf; er blieb einen Moment in der Eingangshalle stehen. Er ließ eine ganze Minute vergehen, während er sich umsah. Es handelte sich um eine elegante Eingangshalle, die mit klassischen Möbeln und wertvollen Malereien geschmückt war. Am Ende sah man zwei große Elefantenstoßzähne neben Geweihen, die an den Wänden befestigt waren. Ein herrschaftlicher Hauseingang für den Wohnsitz eines großen Arztes. Schließlich atmete er energisch durch die Nase ein und betrat den Salon.

»Ach, Sebastião«, sagte Del Campos vertraute Stimme. »Ich erwartete dich bereits …«

Oswaldo Cosío nahm auf der Autobahn nach Burgos die Abzweigung nach La Moraleja und fuhr dann den langen Weg entlang, der am Torbogen bei der Einfahrt zur Wohnanlage endete. Er warf einen Blick in den Rückspiegel und stellte fest, dass die Scheinwerfer seines Verfolgers noch immer hinter ihm zu sehen waren. Er fuhr durch den Bogen hindurch und lenkte das Fahrzeug langsam auf den Camino de Gaitanes, um seinen Verfolger nicht aus den Augen zu verlieren. Dann bog er nach rechts ab in eine Sackgasse, die auf einen kreisrunden Platz mündete, wo man wenden und wieder aus der Straße herausfahren konnte. Er lächelte. Er erinnerte sich noch immer gut an die Anordnung der Straßen, die einst das Schlachtfeld seiner Beutezüge gewesen waren. Als er sah, dass der andere hinter ihm in die Straße einbog, trat er aufs Gaspedal. Als er das Ende der Sackgasse erreicht hatte, machte er eine Kehrtwende und raste mit hoher Geschwindigkeit auf seinen Verfolger zu. Seine Scheinwerfer beleuchteten den kleinwüchsigen Fahrer mit schwärzlicher Hautfarbe und ängstlichem Gesichtsausdruck. Der Argentinier bremste scharf ab und blockierte den Weg seines Verfolgers, dann sprang er blitzschnell aus dem Wagen. Wenige Sekunden später stand die Tür des anderen Fahrzeugs offen, und Cosío richtete seine Waffe auf den kleinen Mann.

»Und du? Wer zum Teufel bist du?«

Omar erstarrte vor Schreck, aber seine jahrelange Erfahrung auf der Straße rettete ihm das Leben.

»Isch, niemand«, stotterte er. *»Isch nur, … Kommissar González beauftragt misch, Ihnen zu folgen, Señó. Isch hab kein Schimmer von nischts«*, plapperte Omar hastig vor sich hin und hielt beide Hände wie einen Schutzschild vors Gesicht.

»Halt die Fresse!«, schnauzte ihn Oswaldo an.

Er befand sich in einem Dilemma. Wenn er diesen Unglücklichen hier an Ort und Stelle abknallte, würde es die Angelegenheit nur noch komplizierter machen; der Schuss könnte ihn verraten, und er hatte nicht vorgehabt, in dieser Nacht zwei Leichen zu hinterlassen. Es war nicht ratsam, seinen Plan zu ändern. Andererseits konnte keine Drohung verhindern, dass der kleine Araber, sobald er sich in Sicherheit wähnte, nicht doch seinen Boss anrief.

»Die Schlüssel!«, sagte Cosío schließlich drohend.

Omar gehorchte, ohne zu zögern. Oswaldo parkte seinen gestohlenen Wagen auf dem Gehsteig und stieg auf der Rückseite von Omars Fahrzeug ein, wobei er die Schlüssel auf den Vordersitz warf.

»Lass jetzt den Motor an, und fahr weiter!«, befahl er ihm. »Und wehe dir, wenn du mir einen Anlass gibst, dir das Hirn aus dem Schädel zu pusten.«

»Trotz allem fällt es mir schwer zu glauben, dass Sie der Verantwortliche für so viel Wahnsinn sind …«

Sebastião saß Del Campo gegenüber auf einem großen, roten Samtsessel und ließ seine Blicke durch den Raum schweifen. Das geräumige Wohnzimmer der Arztvilla war mit Büchern, Enzyklopädien, Bildern und Stichen vollgestopft und mit Mahagonimöbeln im viktorianischen Stil dekoriert. Den Parkettboden aus dunkelrotem Palisanderholz bedeckten mehrere kostbare Perserteppiche. Ein großer Kronleuchter hing von der Decke herab, aber er war nicht eingeschaltet. Das einzige Licht, das die beiden Männer beleuchtete, stammte von einem Kamin, der rechts von Sebastião vor sich hinknisterte.

Der Doktor war längst nicht mehr der kontrollierte und gelassene Mann, den er von den letzten Treffen in Erinnerung hatte. Eine Feuersbrunst, ein unterdrückter Vulkan wütete in seinem Innern. Dies machte sich in einem Ausdruck von Wahnsinn bemerkbar, der in seinen Augen aufblitzte, und in der leichten Starrheit seiner Haltung.

Das Licht des Feuers tauchte die Hälfte seines Gesichts in Halbschatten.

»*Wahnsinn?* Was verstehst du schon von Wahnsinn? Nein, Sebastião. Ich war einmal wahnsinnig, vor langer Zeit, aber jetzt bin ich es nicht mehr. Jetzt bin ich ganz klar im Kopf.«

Del Campo hielt, in seinen Sessel gelehnt, einen Cognacschwenker in den Händen. Er ließ die Flüssigkeit mit nachlässiger Bewegung kreisen, und Sebastião starrte auf die Tröpfchen, die bei jeder Drehung am Glas hinabrannen.

Der Portugiese beugte sich nach vorne und legte die Akte zwischen ihnen auf den Tisch. Bis zur Ankunft von Beatriz und Pablo blieb ihm nicht mehr viel Zeit.

»Zuallererst …«, sagte er, »weshalb Morantes?«

Der Doktor antwortete nicht; er beschränkte sich darauf, sein Glas weiter mit einer leichten Bewegung des Handgelenks im Kreis zu schwenken.

»Man kann nicht aus der Stadt des Todes zurückkehren, ohne Tränen vergossen zu haben«, sagte er dann. »Das hat dein Vater immer gesagt. Ich wollte auf Nummer sicher gehen, dass du auch zu unserem Treffen erscheinst.« Er lächelte und machte eine höhnische Grimasse. »Eine Einladung, die du nicht würdest ausschlagen können …«

Sebastião fühlte sich körperlich und geistig erschöpft, aber noch immer gab es zu viele Fragen, die ungeklärt waren.

»Meine Mutter …«, begann er. »Sie war Ihre Patientin.«

Del Campo nickte.

Sebastião deutete mit dem Kinn auf die Akte:

»In Ihrem Patientenprotokoll wird ihre geistige Krankheit beschrieben und wie sie von Ihnen behandelt wurde.«

»Es war nur eine Frage der Zeit, bis du die Wahrheit herausfinden würdest!«

»*Die* Wahrheit?«, wiederholte Sebastião. »Oder *Ihre* Wahrheit?«

»Verzichten wir auf Wortspiele. Deine Mutter hatte Vertrauen zu mir, und nicht ich war es, der sie hintergangen hat.«

»Aber die Behandlung erwies sich als ungenügend. Am Ende nahm sie sich das Leben!«

Sebastião bemerkte, dass ein Anflug von Schmerz über Del Campos Gesicht huschte. Er wollte den Mann, der ihm gegenübersaß, leiden sehen.

»Sie haben eine psychiatrische Behandlungsmethode entwickelt und sich darauf versteift, aber Sie sind damit auf klägliche Weise gescheitert.«

Angesichts von Del Campos Schweigen fuhr Sebastião fort:

»Meine Mutter litt an sehr schweren Depressionen, sie war eine junge und schöne Frau, die alles auf der Welt besaß und plötzlich ihren Glauben ans Leben verlor. Ich war noch ein Kind, aber ich habe bis heute ihre traurigen Augen vor mir. Und ich sehe meinen Vater, der tapfer zu sein versuchte. Dann baten die beiden um Ihre Hilfe.«

Del Campos Blick verschleierte sich.

»Ich kannte deine Mutter, bevor ich deinen Vater kennenlernte«, erklärte er. »Als sie krank wurde, suchten die beiden mich auf. Dein Vater bat mich, deine Mutter in ihrer Wohnung in Olavide aufzusuchen. Dort traf ich sie.« Die Blicke des Psychiaters durchbohrten Sebastião. »Ich konnte ihr helfen.«

»Sie irrten sich. Durch Sie wurde alles nur noch schlimmer. Ich habe die Akte aufmerksam durchgelesen. Sie haben sie in den Wahnsinn getrieben. Sie verliebten sich in meine Mutter und glaubten, dass sie Ihre Liebe erwidern würde. Was sind Sie nur für ein erbärmlicher Mensch!«

Das Glas begann in den Händen des Doktors zu zittern.

»Wie kannst du so etwas behaupten!«, entgegnete er. »Ich hätte nie etwas getan, was ihr geschadet hätte. Aber … dann traten Komplikationen auf. Dafür war ich nicht verantwortlich.«

»Entschuldigungen spielen keine Rolle. Tatsache ist,

dass meine Mutter körperlich und psychisch verfiel, bis sie es nicht mehr länger aushielt und sich das Leben nahm. Sie sind daran schuld, genau wie an vielen anderen Todesfällen, und dafür werden Sie büßen müssen.«

»Ich büße schon mein ganzes Leben«, sagte Del Campo schwerfällig. »Doch die Umstände spielen sehr wohl eine Rolle! Deine Mutter hatte den falschen Mann geheiratet und musste sich in einem Leben ohne Liebe zurechtfinden. Sie glaubte ganz wesentlich an die Liebe. Sie konnte ohne Liebe nicht leben.«

»Wovon reden Sie eigentlich?«

»Von mir, Sebastião.« Er stellte den Cognac auf einem Beistelltisch ab und richtete sich auf. »Ich versichere dir, ich liebte deine Mutter wie das Leben selbst.«

Sebastião spürte, wie ein eisiger Schauer seinen Körper erfasste und ihm die Luft wegblieb.

»Von dieser Albernheit habe ich bereits in der Akte gelesen. Sie wurden wahnsinnig und nutzten Ihre Macht als Arzt dazu, dass es meiner Mutter ebenso erging. Sie hofften, sie verrückt machen zu können, damit sie sich schließlich von meinem Vater trennte, aber Sie trieben es zu weit. Sie halten sich für Gott und sind in Wahrheit nur ein armer Teufel.«

Del Campo fuhr empört in die Höhe, Wut im Gesicht.

»Ich verbiete dir, so mit mir zu reden! Ich gestand ihr die Liebe, die ich für sie empfand, doch sie war eine aufrichtige Frau und konnte meinen Wünschen nicht entsprechen. Aber selbst so wusste ich, dass sie mich liebte.« Del Campo lief durch den Salon wie ein Tier, das in einen Käfig gesperrt ist. »Ich wollte sie zu mir nehmen. Sie in der Klinik unterbringen, aber ihr Gatte, dein Vater, weigerte sich. Vielleicht hegte er Verdacht. Und mir war klar, dass sie mit einem solchen Leben nicht zurechtkommen würde, ganz ohne Hilfe. Sie brauchte mich!«

»Sie sind total krank, Del Campo«, meinte Sebastião. »Meine Mutter hat Sie außer in Ihren krankhaften Träumen niemals geliebt ...«

»Du lügst!«, schluchzte der Doktor.

Mit geballten, an den Körper gepressten Fäusten blieb er vor Sebastião stehen. Der Portugiese glaubte, der Doktor werde gleich über ihn herfallen, und machte sich bereit, obwohl er wusste, dass Del Campo ihm gegenüber keine Chance hatte, wenn es zu Handgreiflichkeiten käme.

»Meine Mutter litt an Depressionen, aber sie wusste sehr wohl, mit wem sie verheiratet war, und sie liebte ihren Mann. Sie glauben, meine Mutter habe Sie verraten, weil sie sich nicht von meinem Vater trennen wollte. Del Campo, Sie leiden an Größenwahn und haben sich in eine Illusion verrannt!«

Sebastião brannte innerlich vor Wut. Vor ihm stand der Mann, der seine Familie zerstört hatte. Es verging eine angespannte Minute, bis der Arzt sich wieder in seinem Sessel niederließ und zu seinem Cognacschwenker griff.

»Du enttäuschst mich. Ich dachte, dass deine Intelligenz es dir erlauben würde, die Wahrheit zu sehen.«

Sebastião blieb ruhig.

»Ich kenne die Wahrheit. Ich gebe zu, es war nicht ganz einfach, sie herauszufinden, aber ...«

Del Campo brach in ein Lachen aus, das sich wie das Krächzen eines Raben anhörte.

»Erzählen Sie, Professor Silveira. Erzählen Sie.«

Der Portugiese blickte argwöhnisch auf eine große Uhr mit einem Glockenspiel, die sich am Ende des Raumes befand, direkt hinter dem Platz, auf dem Del Campo saß. Seit er das Haus betreten hatte, waren fünfzehn Minuten vergangen – noch zehn Minuten, und Beatriz wäre hier!

»Die Medikamentenbehandlung, die Sie angewendet haben, schlug bei meiner Mutter nicht an, und die dadurch hervorgerufenen hormonellen und physiologischen Störungen ihres Körpers stürzten sie nur noch weiter in den Abgrund. Sie haben meine Mutter umgebracht, daran gibt es nicht den geringsten Zweifel. Sie haben sie in den Wahnsinn getrieben, bis sie nicht mehr weiterwusste. Und Sie haben ebenso das Leben meines Vaters ruiniert, das Leben eines rechtschaffenen Mannes, den ich zu Unrecht gehasst habe.«

Der Doktor hatte wieder seine ursprüngliche Haltung eingenommen, er saß in den Sessel zurückgelehnt, den Cognacschwenker in der rechten Hand. Ein schwaches Lächeln verzerrte sein Gesicht.

»Der Tod meiner Eltern hat Ihnen den Rest gegeben. Seither leben Sie in einem Inferno, aus dem Sie nicht mehr herauswissen.«

Wieder lächelte Del Campo.

»*Inferno* …, welch passendes Wort! Und doch ist der Ausweg schon vorgezeichnet. Aber rede ruhig weiter, ich bin ganz Ohr.«

»Seit dem Tod meiner Mutter haben Sie den Verstand verloren«, wiederholte Sebastião. »Doch selbst so sind Sie ein willensstarker Mensch geblieben und konnten Ihr Unglück überwinden. Es war der Tod meines Vaters, der Sie gänzlich zerstörte.«

Sebastião improvisierte; während des Redens erfand er das, was er sagte. Er kümmerte sich nicht darum, ob Del Campo eine bestätigende Miene machte oder nicht.

»Brillante Schlussfolgerung, Professor! Sie basiert ohne Zweifel auf Ihrer weitläufigen Erfahrung, aber es mangelt am faktischen Unterbau. Aber egal, machen wir weiter.«

»In diesem Moment Ihrer verworrenen Existenz kommen zwei Faktoren zusammen. Auf der einen Seite eine Eingebung, die Sie zu der Überzeugung bringt, die auffälligsten Symptome Ihrer Selbstmordkandidaten durch den

Einsatz einer neuen Wunderdroge namens *Olanzapin* und einer eisernen Schockbehandlung unterdrücken, ja heilen zu können. Genau das, was bei meiner Mutter schieflief.«

Sebastião warf erneut einen Blick auf das Glockenspiel; es waren sieben Minuten vergangen.

»Und der andere Faktor ist *Dante*. Durch den zufälligen Fund der Schrift des Dichters im *Cambridge*-Kreis kam Ihnen eine Idee, die Ihr verwirrter Geist in etwas scheinbar Logisches verwandelte. Sie gelangten zu der Überzeugung, dass es absolut notwendig sei, der Selbstmordproblematik eine Schocktherapie entgegenzusetzen.«

»*Konfrontation* ist die Grundlage eines großen Teils des psychiatrischen Denkens. In diesem Punkt, Sebastião, muss ich zugeben, bin ich nichts weiter als ein treuer Anhänger anderer großer Ärzte.«

»Stimmt, obwohl Sie es bis zum äußersten Extrem getrieben haben, indem Sie Leben opferten, um anderes Leben zu retten. Welche Ergebnisse kann man damit schon erzielen?«

»Hervorragende!«, rief der Psychiater. »Einen vollen Erfolg, den ich dir beweisen werde, wenn es so weit ist.«

»Das bezweifle ich, Doktor. Sie haben keinen einzigen Ihrer Patienten wiedergesehen«, behauptete Sebastião. Er wusste nicht, ob dies stimmte, aber es war ihm egal. »Sie wissen überhaupt nicht, wo sie sich aufhalten, ja – Sie wissen nicht mal, ob sie überhaupt noch leben!«

Del Campo machte eine abwertende Geste.

»Was soll's? Die Evolution der Krankheit jedes Einzelnen erwies sich bis zum Schluss als zufriedenstellend.«

»Der Zweck heiligt nicht die Mittel. Und schon gar nicht, wenn diese Mittel, wie in diesem Fall, bösartiger Natur sind. Auf diese Weise wurden Sie schließlich zu Ihrem eigenen Patienten. Um Ihren Wahnsinn zu besiegen, probierten Sie Ihre Behandlungsmethode an sich selbst aus, indem Sie Ihren schrecklichen Plan ausführten. Und das bringt uns zum Hauptgrund Ihrer verworrenen Existenz: *Die Göttliche Komödie*. Wie Sie sich dazu entschlossen, das Epos als Vorlage zu nehmen, ist etwas, worüber ich in diesen Tagen viel nachgedacht habe.«

Der Psychiater nahm, ohne Sebastião aus den Augen zu lassen, einen Schluck Cognac, dann animierte er den Portugiesen zum Weiterreden:

»Erzähl weiter.«

»Trotz Ihrer Erbärmlichkeit sind Sie ein brillanter Mann, und es machte Ihnen Spaß, mit den Ermittlern Ihr Spiel zu spielen, vor allem, da es sich bei einem von ihnen um einen Silveira handelt. Ich male mir aus, wie sehr Sie es genossen haben, als ich im *Cambridge*-Kreis um Rat fragte. Oder in den Momenten, als Sie die Botschaften verfassten, in denen Sie die Anspielungen auf das Laterale Denken versteckten, dessen Pionier mein Vater gewesen ist. Aber das ist nicht der Hauptgrund. Die *Göttliche Komödie* ist Ihr ganz persönlicher Abstieg zur Hölle!«

Sebastião erwartete eine Reaktion, aber es kam keine. Del Campos Gesichtszüge schienen wie in einer Momentaufnahme erstarrt zu sein.

»Sie halten sich selbst für einen modernen Dante, der auf der Suche nach seiner Geliebten Kreis für Kreis in die Hölle hinabsteigt und sich dabei, ohne groß darüber nachzudenken, in immer größere Schrecken begibt. Ich will ja nicht behaupten, dass Ihre Analogie nicht stimmt, aber in der Rolle haben Sie sich geirrt. Sie sind nicht der Dichter und Hauptdarsteller der *Göttlichen Komödie*, sondern die Bestie, die im neunten und letzten Kreis festsitzt. In Ihrem tiefsten Unterbewusstsein, Doktor, sind Sie Luzifer. Und diese Höllenfahrt ist nichts weiter als Ihre systematische Selbstzerstörung. Sie sind verrückt, Del Campo, wie so viele andere, die ich kennengelernt habe. Selbst wenn Sie sich mit einer Aura medizinischer Analysen zu umgeben versuchen, lenken Sie dadurch noch lange nicht von Ihrem eigenen Wahnsinn ab.«

In diesem Moment ging hinter Sebastião eine Tür auf, und er hörte Schritte, die näher kamen. Er drehte sich im Sessel um und erstarrte. Er kannte diesen Mann nicht, aber er wusste sofort, dass es sich um einen von Kains Mördern handelte. Um seinen Mörder.

»Du irrst dich, Sebastião! Wenn ich selbstzerstörerische Absichten hätte, dann wäre Señor Cosío hier, um *mein* Leben zu beenden. Das heißt« – Del Campo lachte laut auf –, »für den Fall, dass wir bereits den achten Kreis überschritten hätten. Du kannst beruhigt sein. Das wird nicht geschehen. Mein Leben schwebt nicht in geringster Gefahr!« Der Mann, dachte Sebastião entsetzt, war gekommen, um an ihm für einen von seinem Vater begangenen »Verrat« Rache zu nehmen. Dabei ging es eigentlich um seine Mutter.

Oswaldo Cosío näherte sich, bis er neben Sebastião stand und ihm den Lauf seines Revolvers an den Kopf drückte. Der Portugiese umklammerte mit aller Kraft die Sessellehne, als er die Kälte des Metalls im Nacken spürte.

»Soll ich?«

»Warte …«, sagte Del Campo und hob eine Hand. »Wir haben noch einige Minuten Zeit, bis seine Kollegen kommen.«

Sebastião bemerkte augenblicklich, dass Del Campo einen Fehler gemacht hatte.

»Die Bullen?«, rief Cosío. »Was redest du da? Alter, du bist ja verrückt.«

Der Blick des Psychiaters füllte sich mit Zorn.

»Untersteh dich, so mit mir zu reden!«, schrie er.

Sebastião nutzte die Situation, fuhr mit einem Sprung

aus dem Sessel auf, umklammerte mit der linken Hand die Lehne und wandte sich herum, sodass er plötzlich direkt vor Cosío stand. Diese Reaktion traf den Argentinier völlig unvorbereitet. Er hatte sich ganz auf den Psychiater konzentriert, und sein Revolver war noch immer auf die Stelle gerichtet, die Sebastião bis vor Bruchteilen von Sekunden eingenommen hatte.

Obwohl von kleinerem Wuchs, war Cosío viel kräftiger als Sebastião. Außerdem verschaffte ihm seine lebenslängliche Erfahrung von Gewalt einen klaren Vorteil gegenüber einem Uniprofessor wie Sebastião. Andererseits hatte der Portugiese den Überraschungseffekt auf seiner Seite. Er versetzte Cosío mit beiden Händen einen kräftigen Stoß vor die Brust. Oswaldo drückte ab, ein Feuerblitz leuchtete auf, aber die Kugel schlug in die Decke ein. Sebastião gelang es, zur Seite zu springen und aus dem Zimmer zu rennen.

Er gelangte zum Hauseingang und zerrte an der Türklinke, als ein weiterer dumpfer Einschlag die Glasscheibe auf seiner rechten Seite zum Zerbersten brachte. Gebückt rannte er zur Vortreppe, setzte mit einem Sprung darüber hinweg und landete auf dem Kiesweg. Er strauchelte und fiel aufs Gesicht. Hinter sich hörte er Del Campos Schreie. Er rappelte sich hoch und lief nach links, am Haus entlang, auf eine Baumgruppe zu, die eine gewisse Deckung versprach; dieser Teil des Gartens war im Gegensatz zum vorderen Teil so gut wie nicht beleuchtet. Er spürte, wie ihm kalter Schweiß den Nacken herunterlief. Als er um die Ecke der Villa bog, warf er einen Blick über die Schulter. Er sah, wie der Mörder mit gezücktem Revolver in den Garten gerannt kam, dann stehen blieb und in alle Richtungen blickte, bis er Sebastião entdeckt hatte. Mit einer fließenden Bewegung brachte er die Waffe in Anschlag und schoss. Sebastião bückte sich, und wenige Zentimeter über seinem Kopf zerbarsten einige Ziegel, Staub- und Steinsplitter rieselten über ihn hinweg. Er verschwand hinter der Ecke und suchte Schutz in der Dunkelheit. Er lief weiter, doch nach wenigen Metern spürte er einen dumpfen Schlag im Gesicht, ein gleißender Lichtblitz zuckte hinter seinen Augenlidern auf. Aber es war nur der Zweig eines Baums gewesen, der ihn mitten ins Gesicht getroffen hatte. Blutüberströmt zog er den Kopf noch weiter ein, die Hände schützend vor dem Gesicht, und setzte seine Flucht fort. Noch ein paar Meter, und er käme zur nächsten Ecke, danach könnte er im Schutz der Zypressen bis zum Gitter am Eingang sprinten. Ohne weiter nachzudenken, rannte er mit voller Geschwindigkeit los. Er starrte in Richtung des Gittertors und betete, dass Cosío, der mit größter Wahrscheinlichkeit hinter ihm her war, sein Ziel verfehlte.

Er hatte etwa die Hälfte der Strecke hinter sich, als er einen dumpfen Einschlag an seinem rechten Oberschenkel bemerkte. Er verspürte keinen Schmerz, doch gleich beim nächsten Schritt fiel er zu Boden. Er rollte mehrmals um die eigene Achse, bis er auf dem Rücken zum Liegen kam. Er versuchte aufzustehen, aber seine Kräfte spielten nicht mit, wieder fiel er rücklings auf den Boden. Dann hörte er Cosíos Schritte ganz in seiner Nähe und wandte den Kopf herum, bis er ihm in die Augen sehen konnte.

Der Mörder richtete den Revolver auf ihn. Sebastião starrte in die Öffnung des Pistolenlaufs.

»Nicht schlecht, Alter. Aber trotzdem hast du verloren …«

Dann knallte der vierte Schuss der Nacht.

Sebastião blinzelte. Langsam verbog der Argentinier den Arm. Seine Augen wurden immer größer, während er wie in Zeitlupe auf die Knie sank und sich sein Hemd mit Blut durchtränkte. Sebastião starrte auf einen Tropfen Speichel, der den rechten Mundwinkel an Cosíos Oberlippe zierte. Es war ihm, als sähe er einem Schauspieler auf der Bühne zu.

In diesem Moment kam Beatriz herbeigerannt.

»Sebastião!«

Ihre Pistole weiter auf Cosío richtend, kickte Beatriz dessen Waffe mit dem Fuß davon und drückte dann zwei Finger an die Halsschlagader des Argentiniers. Sie presste die Lippen zusammen und kniete anschließend neben Sebastião nieder. Sie untersuchte wortlos seine Wunde, hob vorsichtig sein Bein an. Ein schmerzender Stich entlockte Sebastião einen Schrei. Die Kugel, konstatierte Beatriz, war auf der Rückseite des Oberschenkels eingedrungen und anschließend auf der Vorderseite wieder ausgetreten, ohne dass ein Knochen zersplittert oder die Oberschenkelarterie durchtrennt worden war.

»Du bist okay, mach dir keine Sorgen. Davon stirbt man nicht. Ich rufe sofort einen Krankenwagen.«

Sie holte ihr Handy heraus, aber es rutschte ihr in der Eile aus der Hand und fiel auf den Boden. Sebastião schnappte es sich.

»Mach dir um mich keine Sorgen …!«, sagte er hastig. »Del Campo ist in der Villa. Such ihn.«

Beatriz nickte und warf ihm Cosíos Revolver zu.

»Bist du auch wirklich okay?«

»Absolut. Sei vorsichtig, er trägt wahrscheinlich eine Waffe.«

Er beobachtete, wie Beatriz auf dem mit Zypressen bestandenen Weg davonlief; dann konnte er den Kopf nicht länger aufrecht halten, er legte sich hin und sah in die Sterne, die zwischen den Wolken hindurchschienen.

– 6 –

»Nun trat mein Führer auf verborgnem Gang
Den Rückweg an entlang des Baches Windung;
Und wie ich, rastlos folgend, aufwärts drang,
Da blickte durch der Felsschlucht obre Rundung
Der schöne Himmel mir aus heitrer Ferne.«

»Es gab einen Augenblick, da glaubte ich, er würde es nicht erzählen!«

»Wenn ich dich begleitet hätte, hätte er wohl kaum dasselbe Geständnis abgelegt«, sagte Beatriz. »Es war riskant, aber es hat funktioniert. Auf jeden Fall hatten wir jede Menge Schwein. Als ich dich zu Cosíos Füßen liegen sah, habe ich schon mit dem Schlimmsten gerechnet. Dein Freund Del Campo war völlig durchgedreht. Den Vortrag, den er mir hielt, bevor er sich das Hirn aus der Birne pustete, war jenseits von Gut und Böse.«

»Ich musste es tun«, sagte Sebastião.

Sie befanden sich in der Klinik, wo Sebastião sich von der Schusswunde in seinem Bein erholte. Nach dem Eingriff, bei dem die inneren Verletzungen geschlossen worden waren, hatten die Ärzte versichert, dass in der Tat das Glück auf seiner Seite gewesen war: Die Kugel hatte die Oberschenkelvene zwar gestreift, aber den Oberschenkelknochen nicht getroffen. Die Verletzungen würden in ein paar Wochen Ruhezeit wieder verheilen.

An diesem Morgen strahlte die Sonne mit aller Kraft, und der Blick vom Fenster auf den grünen und dicht bewachsenen Garten wirkte nach der langen Regenzeit und verstärkt durch den Frühlingsbeginn wie eine Wohltat. Beatriz hatte zur Ergänzung des faden Krankenhausessens Fruchtsäfte mitgebracht und zum Dessert eine Tafel Zartbitterschokolade. Wie immer, sah sie blendend aus.

»Du hast mir gar nicht erzählt, was er zu dir gesagt hat.«

»Ich hatte noch keine Zeit dazu«, erwiderte Beatriz.

Sebastião erinnerte sich, dass er nach dem Schusswechsel auf dem Boden gelegen und zugesehen hatte, wie der Dunst seines Atems kleine Wirbel vor dem Hintergrund des Sternenhimmels bildete. Er hatte jegliches Gefühl für die Zeit verloren, aber man versicherte ihm, dass Pablo wenige Minuten später aufgetaucht war und ihn mitten auf dem Weg unter einer großen Zypresse liegend vorgefunden hatte. Man hatte einen Rettungswagen gerufen, und Sebastião war erneut allein geblieben, während Pablo seiner Kollegin zu Hilfe geeilt war. Er fand sie an die Lehne eines Sessels gelehnt und Del Campo mit einem Schuss in die Schläfe zu ihren Füßen.

»Er sprach von dir, von deinem Vater und von seiner Besessenheit bezüglich deiner Mutter, obwohl er es nicht mit diesen Worten sagte …« Sie sah Sebastião ins Gesicht und nahm ihn bei der Hand. »Er war ein Verrückter. Lass dich nicht vom Wahn eines Mörders verbittern!«

Sebastião sah sie an und lächelte, obwohl sich der Schmerz in seinen Augen bemerkbar machte. Dann betrachtete er die Landschaft, die man durchs Fenster sehen konnte, und das Licht, das hell und blendend hereinschien und den Raum mit angenehmer Wärme erfüllte.

Sein Vater, ein Mann, gefangen in einer nicht mehr kontrollierbaren Spirale, die stärker als er selbst gewesen war. Ein »Verrat« – durch seine Mutter, weil sie Del Campos Liebe nicht erwidert hatte, und durch seinen Vater, weil er nicht hatte aufgeben wollen; schließlich die Hirngespinste eines manischen Psychiaters. Seine Gedanken wanderten weiter zu den Freunden seines Vaters, den Teilnehmern des *Cambridge*-Kreises – Ivan, Oskar, Alberto, und – last but not least – Horacio, sein Onkel. Beeindruckende Männer. Er erinnerte sich an Don Claudio und dass er unbedingt mit ihm reden musste, wohl wissend, dass Del Campos Tod den Schmerz über Juans Verlust im Nachhinein auch nicht lindern würde – nichts würde ihnen jemals ihren toten Sohn ersetzen.

Er dachte an Morantes.

Er drückte den Kopf ins Kissen und schloss die Augen. Er war seit zwei Stunden wach und spürte noch immer die Wirkung der Anästhesie und der Beruhigungsmittel.

»Und Cosío?«

»Tot«, antwortete Beatriz.

»González?«, fragte Sebastião mit dünner Stimme. Beatriz drückte ihm die Hand.

»Du solltest dich ausruhen. Schlaf etwas.«

Sebastião murmelte erneut den Namen des Kommissars, Beatriz schnalzte mit der Zunge. Der Portugiese war stur wie ein Maulesel.

»In diesem Fall aus dem Spiel.« Dann sagte sie in einem offiziell klingenden Tonfall: »Der Innenminister hat für heute Nachmittag eine Pressekonferenz anberaumt, um sich selbst zu beweihräuchern und den hervorragenden Einsatz der Sicherheitskräfte zu loben – aber im *Haus* wissen alle, dass der CNI und ein gewisser Universitätsprofessor und gelegentlicher Mitarbeiter der Interpol die Helden des Tages sind.«

Beatriz blickte Sebastião an und zog vorsichtig ihre Hand zurück. Er war eingeschlafen.

Epilog

Verliert alle Hoffnung, wenn ihr mich überschreitet.

Horacio und Beatriz erschienen gemeinsam um elf Uhr. Morantes' Beerdigung würde in wenigen Stunden beginnen, genau vier Tage nach seinem Tod. Nachdem der Richter die Autopsie für beendet erklärt hatte, erlaubte er, dass seine Familie ihrem Freund das letzte Geleit gab.

Der Fall war abgeschlossen und Del Campo tot. Seinen vorletzten Marionettenmörder, den Mann, dem Beatriz durch den Manzanares hinterhergekrault war, hatte dasselbe Schicksal ereilt. Omar dagegen war weiterhin am Leben und versuchte so gut es ging über die Runden zu kommen, mit zusätzlichem Druck von González, der nicht damit fertig wurde, einmal nicht die gesamte Aufmerksamkeit und das Lob seiner Vorgesetzten und der Presse auf sich gezogen zu haben. Harry Álvarez, der Reporter von *El Confidencial,* machte so weiter wie bisher – manche Schmarotzer bleiben einem wohl auf immer und ewig erhalten! Und schließlich waren da noch David und Rosa. Das junge Pärchen besuchte Sebastião jeden Vormittag in der Klinik, und er war selbst darüber erstaunt, wie sehr ihm die beiden ans Herz gewachsen waren. Sie diskutierten lange und ausführlich über einige der dunkelsten Aspekte des Falles. Die geheime Nachricht in den Botschaften, die klar auf die Theorien des Lateralen Denkens von Sebastiãos Vater anspielte, lautete am Ende tatsächlich: »*Wenn du die Lösung suchst, analysiere alle vorhandenen Möglichkeiten.*« Der Satz seines Vaters, den die Botschaften nicht mehr hatten vervollständigen können. Zumindest war dadurch ein Leben gerettet worden.

Am häufigsten besuchte ihn natürlich Beatriz. Ihre Verdienste in diesem Fall wurden vom stellvertretenden Staatssekretär des Inneren öffentlich gewürdigt, was ihr eine gewisse Immunität gegenüber Kommissar González verschaffte. In ihrem Büro stapelte sich die Arbeit, aber sie hatte erst einmal ihren wohl verdienten Urlaub beantragt, den sie an Sebastiãos Seite verbringen wollte. »An einem fernen Ort, was meinst du? Viele Flugstunden von hier. Wo ich Bikini tragen kann.« Und Sebastião wurde es ganz heiß, wenn er die Augen schloss und sich die Hilfskommissarin nur mit zwei winzigen Stofffetzen bekleidet vorstellte.

Dann erschien der Arzt auf dem Zimmer, um sich zu verabschieden und ihm Glück zu wünschen. Sebastião sah sich ein letztes Mal um, um sicherzugehen, dass er auch nichts vergessen hatte, und mit Hilfe einer Krücke und der fast schon mütterlichen Aufmerksamkeit seiner beiden Begleiter verließ er das Stationszimmer Richtung Aufzug.

Sie erreichten den Almudena-Friedhof, stiegen aus dem SEAT aus, und der Portugiese sog, auf seine Krücke gestützt, die warme Morgenluft in vollen Zügen ein. Es schien ihm, als wäre eine Ewigkeit vergangen, seit er vor ein paar Wochen den feuchten Kies der Friedhofswege betreten hatte; Wochen, die sein Leben für immer verändert hatten. Mit Unterstützung der Hilfskommissarin legte er den langen Weg bis zu der Stelle zurück, wo sich etwa fünfzig Freunde und Familienangehörige von Morantes versammelt hatten. Sebastião kannte einige von ihnen. Ihn schmerzten das Bein und seine Seele.

Als die Beerdigung zu Ende war, machte er sich von Beatriz' Arm los.

»Warte«, sagte er. »Es gibt noch etwas, was ich erledigen möchte, bevor wir gehen.«

Nachdem sie ein paar Minuten langsam durch die Alleen und Wege des Friedhofs gegangen waren, kamen sie ans Grab seines Vaters. Beatriz hielt respektvollen Abstand.

Sebastião hatte geglaubt, dass er beim Wiedersehen mit seinem Vater einen großen Schmerz empfinden werde, doch dann war er überrascht von der Erleichterung, die ihn überkam; der jahrelange Groll löste sich plötzlich in nichts auf. Ein sanftes Lächeln umspielte seine Lippen. Sein Vater, ein rechtschaffener Mann.

In diesem Moment klingelte ein Handy, das seine Gedankengänge jäh unterbrach. Er drehte sich um und sah, dass Beatriz das Handy dicht ans Ohr gedrückt hielt, mit versteinerter Miene.

»Was ist los?«, fragte er.

Die Hilfskommissarin lauschte einige Sekunden, dann beendete sie das Gespräch. Sebastião sah ihr in die Augen und entdeckte eine große Müdigkeit darin.

»Heute Morgen ist die Leiche einer Frau gefunden worden …«, sagte sie. »Und ein Zettel mit einem Text, der in der Schriftart *Courier* und Schriftgröße 12 verfasst ist. Genau wie die anderen. *MÖGLICHKEITEN* – das Wort, das fehlte, um den Satz deines Vaters zu vervollständigen …«

Sie schüttelte den Kopf.

»Gewinnen wir denn nie?«

»Den Krieg niemals, höchstens einzelne Schlachten«, erwiderte Sebastião schwermütig. »Und damit müssen wir uns wohl zufriedengeben.«

Danksagung

Der neunte Höllenkreis entstand aus einer flüchtigen Idee, Produkt der Fantasie zweier Freunde, die beschlossen hatten, sich auf eine Aufgabe einzulassen, die – wie sie glaubten – »*so schwer nicht sein könne*«. Zu meiner Entlastung kann ich nur anführen, dass wir völlig unerfahren waren. Am Ende stellte sich heraus, dass das Schreiben eines Buches einer Odyssee gleichkommt, von der wir, als wir anfingen, nicht die geringste Ahnung hatten; eine Odyssee, die ohne die Unterstützung vieler Menschen wahrscheinlich nie zu einem glücklichen Ende geführt hätte.

Dies sind, vor allem, natürlich Héctor Olarte, der mit mir die Idee zu dem Roman hatte. Gemeinsam legten wir das Fundament zu dem Buch; ein Freund, und einer der klügsten Menschen, die ich kenne.

An zweiter Stelle Basilio Baltasar, der mir durch einen einzigen Satz in einer Sommernacht in Deià den notwendigen Antrieb gab, das Abenteuer zu beginnen. Und selbstverständlich meine Eltern, nicht nur, was die Unterstützung des Romans betrifft, sondern für das Mutmachen bei allen Abenteuern meines Lebens; und alle anderen Freunde, die einen überraschenden Enthusiasmus an den Tag gelegt haben: Ángela, Sonia, Manuel Olarte …

Und das Verlagshaus Planeta, das an das Projekt geglaubt hat. Danke, Emili.